中国现代文学经典
1915—2021（两卷本）（下）

朱栋霖 主编

北京大学出版社
PEKING UNIVERSITY PRESS

图书在版编目(CIP)数据

中国现代文学经典 1915—2021：两卷本. 下/朱栋霖主编. —北京：北京大学出版社, 2021.10
（博雅大学堂·文学）
ISBN 978-7-301-32431-8

Ⅰ. ①中… Ⅱ. ①朱… Ⅲ. ①中国文学—现代文学—作品综合集—高等学校—教材 Ⅳ. ①I216.1

中国版本图书馆 CIP 数据核字（2021）第 176697 号

书　　　名	中国现代文学经典 1915—2021（两卷本）（下） ZHONGGUO XIANDAI WENXUE JINGDIAN 1915—2021（LIANGJUANBEN）（XIA）
著作责任者	朱栋霖　主编
责任编辑	张雅秋
标准书号	ISBN 978-7-301-32431-8
出版发行	北京大学出版社
地　　　址	北京市海淀区成府路 205 号　100871
网　　　址	http://www.pup.cn　新浪微博：@北京大学出版社
电子信箱	pkuwsz@126.com
电　　　话	邮购部 010-62752015　发行部 010-62750672　编辑部 010-62757065
印　刷　者	三河市北燕印装有限公司
经　销　者	新华书店
	965 毫米 × 1300 毫米　16 开本　38.25 印张　686 千字 2021 年 10 月第 1 版　2021 年 10 月第 1 次印刷
定　　　价	95.00 元（下）

未经许可，不得以任何方式复制或抄袭本书之部分或全部内容。
版权所有，侵权必究
举报电话：010-62752024　　电子信箱：fd@pup.pku.edu.cn
图书如有印装质量问题，请与出版部联系，电话：010-62756370

中国现代文学经典 1915—2021

（两卷本）

领衔执笔（按姓氏笔画为序）

方　忠　　方长安　　王中忱　　许　霆

朱栋霖　　汤哲声　　杨　义　　邹　红

吴义勤　　吴福辉　　汪卫东　　汪文顶

汪应果　　张福贵　　赵小琪　　赵学勇

骆寒超　　项仲平　　钱理群　　徐德明

秦林芳　　黄维樑　　温儒敏

《中国现代文学经典1915—2021》(两卷本)出版和使用说明

《中国现代文学经典1915—2021》(两卷本,全二册),与朱栋霖主编的《中国现代文学史1915—2020》(精编版,全一册)相配套。

使用对象为中国语言文学各专业方向(含师范教育、文秘、对外汉语专业方向)、新闻传播学各专业方向、戏剧影视学专业等。随着教学改革的进行,作为中文系主干课的中国现代文学(含中国当代文学)的教学课时有所压缩,在新闻传播学、广告学、中文文秘、对外汉语、戏剧影视文学各专业方向,该课程的教学时数更短。我们根据各方面要求编著了这部精编版教材。

本书也可作为大学语文课程教材。

本书的一个特点是,大多数作品后面都附有二维码,二维码内含两部分内容,一是"作家自述""名家要评""作品解读""拓展阅读"等,一是关于作品的研究论文。同时,我们在配套的文学史教材《中国现代文学史1915—2020》(精编版)中,各章节增加了"声音"栏目,即在相关的文学史重要现象、作品评述中以"声音"的方式,介绍学术界的不同观点。所提供的各种观点之间甚至是相互抵牾的,但它们共同构成了文学史的复杂性,我们也借此一并呈现出来。

我们旨在提供一个贯彻新世纪教学改革理念的新教材,提倡启发式、开放式的专业课教学,探索建构思考型、探究型、教学互动型的教学方法与教学模式。各校教师在教学时,可有机结合各项学术信息资料,通过加强对经典作品的研讨来加深对文学史的理解、把握,师生互动,开展各种形式的教学活动,加强自学与写作指导,培养创新型人才。

入选作品,多采用通行的重要版本。限于篇幅,部分作品只能以存目的方式出现,对其中几部重要的小说作品,编者提供了相关的故事梗概。

多位海内外学术名家为本书提供了大量的作品解读文字,提高了本书的学术品位,并为我们提供了不少宝贵意见与建议;教育部高教司和文科处领导一贯高度重视与支持我们的工作;在此,向大家表示衷心的感谢!

我们恳切希望海内外同行教师、大学生对本教材提出宝贵意见。

朱栋霖
2021 年 5 月 18 日

目录

《中国现代文学经典1915—2021》（两卷本）
出版和使用说明/1

下　册
1949—2021

小　说

萧也牧
　　我们夫妇之间/1

王愿坚
　　七根火柴/14

王　蒙
　　组织部来了个年轻人/17

宗　璞
　　红豆/43

茹志鹃
　　百合花/64

赵树理
　　"锻炼锻炼"/71

杨　沫
　　青春之歌（长篇存目）/86

柳　青
　　创业史（长篇存目）/87

白先勇
　　永远的尹雪艳88/

高晓声
　　李顺大造屋/98

张　洁
　　爱，是不能忘记的/113

谌　容
　　人到中年（存目）/125

目录

汪曾祺
  受戒/126

路 遥
  人生(第三、四章)/140

韩少功
  爸爸爸(一—五)/151

残 雪
  山上的小屋/168

莫 言
  透明的红萝卜/171
  生死疲劳(第二、三章)/206

陈 染
  嘴唇里的阳光/219

王小波
  黄金时代(长篇存目)/232

陈忠实
  白鹿原(第十章)/233

贾平凹
  废都(长篇存目)/245

阿 来
  尘埃落定(长篇存目)/247

林 白
  一个人的战争(长篇存目)/248

王安忆
  长恨歌(第一部第四章)/249

余 华
  许三观卖血记(第28章)/268

毕飞宇
  青衣/289

刘慈欣
  流浪地球/328

格 非
  戒指花/353

目录

诗 歌

何其芳
  回答/362

闻 捷
  苹果树下/365

郭小川
  望星空/366

流沙河
  草木篇/371

郑愁予
  赋别/373
  错误/375

余光中
  乡愁/376
  等你,在雨中/377

蔡其矫
  川江号子/379

贺敬之
  雷锋之歌(节选)/380

牛 汉
  华南虎/386

郭路生
  相信未来/388
  这是四点零八分的北京/390

多 多
  致太阳/391

芒 克
  冻土地/392

穆 旦
  冬/393

北 岛
  回答/395

舒 婷
  神女峰/396

目录

梁小斌
　　中国,我的钥匙丢了/397

翟永明
　　母亲/399

顾　城
　　感觉/401

海　子
　　祖国(或以梦为马)/402

西　川
　　一个人老了/404
　　在哈尔盖仰望星空/406

于　坚
　　感谢父亲/407

陈东东
　　月亮/409

戏　剧

老　舍
　　茶馆(第一幕)/410

沈西蒙等
　　霓虹灯下的哨兵(存目)/420

马　森
　　花与剑/423

刘锦云
　　狗儿爷涅槃(存目)/437

赖声川
　　暗恋·桃花源(存目)/439

散　文

傅　雷
　　家书一封/446

秦　牧
　　社稷坛抒情/449

目录

诗 歌

何其芳
　　回答/362

闻　捷
　　苹果树下/365

郭小川
　　望星空/366

流沙河
　　草木篇/371

郑愁予
　　赋别/373
　　错误/375

余光中
　　乡愁/376
　　等你,在雨中/377

蔡其矫
　　川江号子/379

贺敬之
　　雷锋之歌(节选)/380

牛　汉
　　华南虎/386

郭路生
　　相信未来/388
　　这是四点零八分的北京/390

多　多
　　致太阳/391

芒　克
　　冻土地/392

穆　旦
　　冬/393

北　岛
　　回答/395

舒　婷
　　神女峰/396

目录

梁小斌
　　中国,我的钥匙丢了/397
翟永明
　　母亲/399
顾　城
　　感觉/401
海　子
　　祖国(或以梦为马)/402
西　川
　　一个人老了/404
　　在哈尔盖仰望星空/406
于　坚
　　感谢父亲/407
陈东东
　　月亮/409

戏　剧

老　舍
　　茶馆(第一幕)/410
沈西蒙等
　　霓虹灯下的哨兵(存目)/420
马　森
　　花与剑/423
刘锦云
　　狗儿爷涅槃(存目)/437
赖声川
　　暗恋·桃花源(存目)/439

散　文

傅　雷
　　家书一封/446
秦　牧
　　社稷坛抒情/449

目录

琦　君
　　髻/454

余光中
　　听听那冷雨/458

周瘦鹃
　　夏天的瓶供/463

邓　拓
　　说大话的故事/465

冰　心
　　一只木屐/467

穆　青　冯　健　周　原
　　县委书记的榜样
　　——焦裕禄/469

陈从周
　　说园/484

巴　金
　　怀念萧珊/490

贾平凹
　　秦腔/499

周　涛
　　巩乃斯的马/504

余秋雨
　　风雨天一阁/508

史铁生
　　我与地坛/518

张中行
　　刘叔雅/531

简　媜
　　四月裂帛/533

林清玄
　　光之四书/545

董　桥
　　藏书家的心事/551

目录

林燿德
  鱼梦/554

钟怡雯
  垂钓睡眠/560

周晓峰
  后窗/564

张屏瑾
  纸上的"流明"/570

莫　言
  讲故事的人
    ——诺贝尔文学奖获奖演讲/572

刘大先
  故乡即异邦/581

《中国现代文学经典1915—2021》(两卷本)(下)二维码内容目录

小　说

王　蒙

组织部来了个年轻人/42
1. 《组织部来了个年轻人》导读
2. 李希凡:评《组织部新来的青年人》

宗　璞

红豆/63
《红豆》导读

茹志娟

百合花/70
《百合花》导读

赵树理

"锻炼锻炼"/85
1. 《"锻炼锻炼"》导读
2. 李杨:"赵树理方向"与《讲话》的历史辩证法
3. 商昌宝:找不到方向的"方向作家"——对赵树理被误读的重新解读

杨　沫

青春之歌(长篇存目)/86
1. 《青春之歌》导读
2. 贺桂梅:"可见的女性"如何可能:以《青春之歌》为中心
3. 李杨:"人在历史中成长"——《青春之歌》与"新文学"的现代性问题

柳　青

创业史（长篇存目）/87

《创业史》导读

白先勇

永远的尹雪艳/97

1. 《永远的尹雪艳》导读
2. 欧阳子：《永远的尹雪艳》之语言与语调
3. 刘俊：从"单纯的怀旧"到"动能的怀旧"——论《台北人》和《纽约客》中的怀旧、都市与身份建构
4. 张晓玥：书写心灵无言的痛楚——论白先勇小说

高晓声

李顺大造屋/112

《李顺大造屋》导读

张　洁

爱，是不能忘记的/124

1. 《爱，是不能忘记的》导读
2. 李希凡："倘若真有所谓天国……"——《爱，是不能忘记的》阅读琐记

汪曾祺

受戒/139

《受戒》导读

路　遥

人生（第三、四章）/150

《人生》导读

莫　言

透明的红萝卜/205

1. 《透明的红萝卜》导读
2. 季红真：忧郁的土地，不屈的精魂——莫言散论
3. 张志忠：论莫言小说

陈　染

嘴唇里的阳光/231

1. 《嘴唇里的阳光》导读
2. 戴锦华:重写女性——八九十年代的性别写作与文化空间

王小波

黄金时代(长篇存目)/232

1. 《黄金时代》导读
2. 许纪霖:他思故他在——王小波的思想世界

陈忠实

白鹿原(第十章)/244

1. 《白鹿原》导读
2. 周燕芬:《白鹿原》:文学经典及其"未完成性"

贾平凹

废都(长篇存目)/246

1. 《废都》导读
2. 雷达:《废都》:心灵的挣扎
3. 陈骏涛等:说不尽的《废都》

阿　来

尘埃落定(长篇存目)/247

《尘埃落定》导读

林　白

一个人的战争(长篇存目)/248

1. 《一个人的战争》导读
2. 陈晓明:不说,写作和飞翔——论林白的写作经验及意味

王安忆

长恨歌(第一部第四章)/267

《长恨歌》导读

余 华

许三观卖血记(第28章)/288

1. 《许三观卖血记》导读
2. 洪治纲:悲悯的力量——论余华的三部长篇小说及其精神走向
3. 吴义勤:告别"虚伪的形式"

毕飞宇

青衣/327

1. 《青衣》导读
2. 吴义勤:感性的形而上主义者——毕飞宇论

格 非

戒指花/361

《戒指花》导读

诗 歌

闻 捷

苹果树下/365

《苹果树下》导读

郭小川

望星空/370

1. 《望星空》导读
2. 孟繁华:"突围"欲望与重返起点——郭小川创作道路再评价

流沙河

草木篇/372

《草木篇》导读

郑愁予

赋别/374

1. 《赋别》导读
2. 朱栋霖:从一曲轻歌发出的爱情试探——郑愁予诗鉴赏

余光中
  等你,在雨中/378
  1.《等你,在雨中》导读
  2. 李元洛:隔海的缪斯——论台湾诗人余光中的诗艺

贺敬之
  雷锋之歌(节选)/385
  《雷锋之歌》导读

郭路生
  这是四点零八分的北京/390
  《这是四点零八分的北京》导读

穆　旦
  冬/394
  《冬》导读

北　岛
  回答/395
  《回答》导读

梁小斌
  中国,我的钥匙丢了/398
  1.《中国,我的钥匙丢了》导读
  2. 徐敬亚:崛起的诗群
  3. 孙绍振:新的美学原则在崛起

顾　城
  感觉/401
  《感觉》导读

西　川
  一个人老了/405
  1.《一个人老了》导读
  2. 王家新:从一场濛濛细雨开始

戏　剧

老　舍
　　茶馆(第一幕)/419
　　1. 《茶馆》导读
　　2. 张晓玥:情感与形式:"配合不上"的《茶馆》

赖声川
　　暗恋·桃花源(存目)/445
　　《暗恋·桃花源》导读

散　文

傅　雷
　　家书一封/448
　　《家书一封》导读

秦　牧
　　社稷坛抒情/453
　　《社稷坛抒情》导读

琦　君
　　髻/457
　　1. 《髻》导读
　　2. 许珮馨:五四新文学选择性的继承——论五十年代迁台的女作家与五四美学风格的渊源
　　3. 许珮馨:当娜拉走出家庭——五十年代以降台湾女性散文之流变

余光中
　　听听那冷雨/462
　　《听听那冷雨》导读

周瘦鹃
　　夏天的瓶供/464
　　《夏天的瓶供》导读

邓 拓
    说大话的故事/466
    《说大话的故事》导读

巴 金
    怀念萧珊/498
    《怀念萧珊》导读

贾平凹
    秦腔/503
    《秦腔》导读

周 涛
    巩乃斯的马/507
    《巩乃斯的马》导读

余秋雨
    风雨天一阁/517
    1.《风雨天一阁》导读
    2. 朱大可：抹着文化口红游荡文坛——余秋雨批判

简 媜
    四月裂帛/544
    《四月裂帛》导读

林清玄
    光之四书/550
    《光之四书》导读

董 桥
    藏书家的心事/553
    《藏书家的心事》导读

我们夫妇之间

萧也牧

一 "真是知识分子和工农结合的典型!"

我是一个知识分子出身的干部;我的妻却是贫农出身,她十五岁上就参加革命,在一个军火工厂里整整做了六年工。

三年前我们结了婚。当时我们不在一起,工作的地方相隔有百十来里,只在逢年过节的时候才能见面。所以婚后的生活也很难说好还是坏;只是有一次却使我很感动:因为我有胃病,一挨冻就要发作,可是棉衣又很单薄!那年,正快下雪的时候,她给我捎来了一件毛背心,还附着一封信,信上说:

……天快下雪了!你的胃病怎样了?真叫我着急得不知道怎么着好!我早有心给你打件毛背心,倒也不是羊毛贵,就是钱凑不够!我就在每天下午放工以后,上山割柴禾,可是天气太短了!一下工,天很快就黑了!所以一直割了半个多月,才割了不少柴禾,卖给厂里的马号里了,卖了二千块边币,秤了两斤羊毛,问老乡借了个纺车,纺成了毛线,打了这件毛背心!

因为我不会打,打的又不时样又尽是疙瘩,请你原谅!希望你穿上这件毛背心,就不再发胃病,好好为人民服务……

我读着这封信,我仿佛看到了她那矮小的身影,在那黄昏时候,手拿镰刀,独自一个人,弯着腰,在那荒坡野地里,迎着彻骨的寒风,一把,一把,一把地割着稀疏的茅草……

她这样做,完全是为着我!为着我不挨冻,为着我"不再发胃病,好好的为人民服务……"突然,我流泪了!可是我感到了幸福!

两年以后的秋天,我们有了小孩,组织上就把我们调在一块工作。那时,我们住在一个叫"抬头湾"的山村里。

每当晚上,我在那昏黄的油灯下赶工作。她呢,哄着孩子睡了以后,默默地坐在我底身旁,吃力地、认真地、一笔一划地练习写大楷……

山村的夜是那样的静寂,远远地能听见胭脂河的流水,"哗哗"地流过村边。时间该是半夜了吧,我想她又是照顾孩子,又是工作……一定是很累了,就说:"你先睡吧!"她一听我的话,总是立刻睁大了有点朦胧了的睡眼:"不!"继续练她的大楷……直到我也放下工作。

早上,孩子醒得很早,她就起来哄:"嗯嗯……听妈妈的话,别把爸爸扰醒了……"孩子才几个月大,当然不懂得,还是嚷!于是她就蹑手蹑脚地起来,抱着孩子,到隔壁老乡屋里的热炕头上哄着去了。

闲时,她教我纺线、织布;我给她批仿,在她写的大楷上划红圈,或是教她打珠算,讨论土地政策……

每天下午,孩子睡着了,我们抬水去浇种在窗前的几棵白菜,到沟里帮老乡打枣,或是盘腿坐在炕上,我搓"布卷"(棉花条儿),拐线,她纺线,纺车"嗡嗡"地响,声音是那样静穆、和谐……

虽然我们的出身、经历……差别是那样的大,虽然我们工作的性质是那样的不同:我成天坐在屋子里画统计表,整理工作材料;她呢,成天和老百姓们打交道!……但在这些日子里边,我们不论在生活上、感情上……却觉得很融洽,很愉快!同志们也好意地开玩笑说:"看你这两口子,真是知识分子和工农结合的典型!"

但是,不到一年的光景,我们却吵起架来了,甚至有一个时候,我曾经怀疑到:我们的夫妇生活是否能继续巩固下去。那是我们进了北京城以后的事。

二 "……李克同志:你的心大大的变了!"

今年二月间,我们进了北京。这城市,我也是第一次来,但那些高楼大厦,那些丝织的窗帘,有花的地毯,那些沙发,那些洁净的街道,霓虹灯,那些从跳舞厅里传出来的爵士乐……对我是那样的熟悉,调和……好像回到了故乡一样。这一切对我发出了强烈的诱惑,连走路也觉得分外轻松……虽然我离开大城市已经有十二年的岁月,虽然我身上还是披着满是尘土的粗布棉衣……可是我暗暗地想:新的生活开始了!

可是她呢?进城以前,一天也没有离开过深山、大沟和沙滩,这城市的一切,对于她,我敢说,连做梦也没梦见过的!应该比我更兴奋才对,可是,她不!

进城的第二天,我们从街上回来,我问她:"你看这城市好不好?"她大不为然,却发了一通议论:那么多的人!男不像男女不像女的!男人头上也抹油……女人更看不的!那么冷的天气也露着小腿;怕人不知道她有皮衣,就让毛儿朝外翻着穿！嘴唇血红红，像是吃了死老鼠似的，头发像个草鸡窝！那样子，她还觉得美的不行！坐在电车里还掏出小镜子来照半天！整天挤挤嚷嚷，来来去去，成天干什么呵……总之，一句话：看不惯！说到最后，她问我："他们干活也不？哪来那么多的钱？"

我说："这就叫做城市呵！你这农村脑瓜吃不开啦！"她却不服气："鸡巴！你没看见？刚才一个蹬三轮的小孩，至多不过十三四，瘦的像只猴儿，却拖着一个气儿吹起来似的大胖子——足有一百八十斤！坐在车里，翘了个二郎腿，含了根烟卷儿，亏他还那样'得'！（得意，自得其乐的意思）……俺老根据地哪见过这！得好好儿改造一下子！"

我说："当然要改造！可是得慢慢地来；而且也不能要求城市完全和农村一样！"

她却更不服气了："嘿！我早看透了！像你那脑瓜，别叫人家把你改造了！还说哩！"

我觉得她的感觉确实要比我锐利得多，但我总以为她也是说说罢了，谁知道她不仅那么说；她在行动上也显得和城市的一切生活习惯不合拍！虽然也都是在一些小地方。

那时候，机关里还没起伙，每天给每人发一百块钱，到外边去买来吃。有一次，我们俩到了一家饭铺里。走到楼上，坐下了，她开口就先问价钱："你们的炒饼多少钱一盘？""面条呢？""馍馍呢？"……她一听那跑堂的一报价钱，就把我一拉，没等我站起来，她就在头里走下楼去。弄得那跑堂的莫名其妙，睁大了眼睛，奇怪地看了我们几眼。当时，真使我有点下不来台，说实话，我真想生气！可是，她又是那样坚决，又有什么办法呢？只好硬着头皮跟着她走！

一面下楼，她说："好贵！这哪里是我们来的地方！"我说："钱也够了！"她说："不！一顿饭吃好几斤小米；顶农民一家子吃两天！哪敢那么胡花！"

出了饭铺，我默默地跟着她走来走去，最后，在街角上的一个小饭摊上坐下了！还是她先开口，要了斤半棒子面饼子，两碗馄饨。大概她见我老不说话，怕我生气，就格外要了一碟子熏肉，旁若无人地对我说："别生气了！给你改善改善生活！"

像这类事，总还可以容忍。我想一个"农村观点"十足的"土包子"，总是难免的；慢慢总会改变过来……

哪知她并不！

那时，机关里来了不少才参加工作的新同志，有男的也有女的。她竟不看场合，常常当着他们的面，一板正经地批评起我来。她见我抽纸烟，就又有了话了："看你真会享受！身边就留不住一个隔宿的钱！给孩子做小褂还没布呢！一支连一支地抽！也不怕熏得慌！你忘了？在山里，向房东要一把烂烟，合上大芝麻叶抽，不也是过了？"

开始，我笑着说："这可不是在抬头湾啦！环境不同了呵！"

她却有了气啦："我不待说你！环境变了，你发了财啦？没了钱了，你还不是又把人家扔在地上的烟屁股拣起来，卷着抽！"

不知道是怎么回事儿，我的脸，"刷"地就红了！站在一旁看热闹的青年男女同志们，本来看得就很有兴趣，这时候，就有人天真活泼地嚷起来："哈哈！脸红啦！脸红啦！"旁的同志也马上随声附和，并且大鼓其掌："红啦！红啦！"这一嚷，我的脸，果真更加发烫了！

我发觉，她自从来北京以后，在这短短的时间里边，她的狭隘、保守、固执……越来越明显，即使是她自己也知道错了，她也不认输！我对她的一切的规劝和批评，完全是耳边风！常常是，我才一开口，她就提出了一大堆的问题来难我："我们是来改造城市的，还是让城市来改造我们？""我们是不是应该开展节约，反对浪费？""我们是不是应该保持艰苦奋斗、简单朴素的作风？"等等。她所说的确实也都是正确的，因此，弄得我也无言答对，这样一来，她也就更理直气壮了，仿佛真理和正义，完全是在她的一边；而我，倒像是犯了错误了！她几次很严肃地劝我："需要好好地反省一下！"

我有什么可反省的呢？我自己固然有些缺点，但并不像她说的那样严重，除了沉默，我还有什么办法？可是，有一次，我忽然再也不能沉默了！我们破例的吵了一架，这在我们结婚以来，还是第一次。

在今年六七月间，连日天雨，报上不断登着冀中和冀西一带闹水灾的消息；突然，她的精神也就随着紧张起来了！每天报来，她就抢着去看。我发现，她是专门在找报上所列举的水患成灾的县份和村名……她一面读着，一面不断地发出惊叹："呵呵！怎么得了呀！才翻了身的农民，还没缓过气来，地又叫淹了！呵呵……"

有一次，我正在整理各地灾情的材料，她看着报，就大声嚷了起来："这怎么着好呵！俺村的地全叫淹了！嗳呀！日子怎么着过呀！我娘又该挨饿了呵！怎么着呵！嗳！说呀！你说呀！"这我才发觉她是在征求我的意见。我出口说了句俏皮话："天要下雨，娘要嫁人——谁也没法治！党和政府自会想办法，你操心也枉然！"冷不防，她一伸手，一指头直捅到我的额角上："没良心的鬼！你忘了本啦！这十年来谁养活你来着？"我说："反正不是你家！"她却真的又生我的气了："你进了城就把广大农民忘啦？你是什么观点？你是什么思想？光他妈的会说漂亮话！"我说："谁比得上你的思想！'当当当'的好成份！又是工人阶级出身！"她把桌子一拍："放你妈的臭屁！你别讽刺人啦！"就再也不理我了，好像很伤心的样子。

过了几天,我恰好得了一笔稿费,够买一双皮鞋,买一条纸烟,还可以看一次电影,吃一次"冰淇淋"……我很高兴,我把钱放在枕头心里,不让她知道。

第二天,我正准备取钱上街,钱却怎么找也找不见了,心里真着急。我只好问她:"我的钱呢?"她说:"什么?钱?哪里来的钱?你交给谁啦?"我继续找,直找得头上冒烟!她却"噗嗤"一声笑了!我知道准是她拿了,于是我就很正经地说:"这钱不是我的!""得了!你别唬弄我没文化了!稿费单上还有你的名字呢!""是,是,我这钱,我有用处!我要去买一套'干部必读'——十二本书!好好加强理论学习,比什么也重要!""谁还知不道谁哩!加强你的'冰鸡宁','烟斗牌'烟去吧!"我一看不对头,只好恳求了:"你拿一半行不行?"她却说:"我早给家寄走了!"我不免吃了一惊:"真的?"她说:"唬弄鬼!"

我不知不觉地提高了嗓音:"这钱是我的!你不应该不哼一声就没收了!"哪知她的嗓音更大:"你没花过我的钱?嗯?你的花被面,你的毛背心……是谁的钱买的?"我说:"不稀罕!反正你得检讨检讨,你这样做对不对?"她说:"对!家里闹水灾,不该救济救济么?"我说:"你把钱捐给救灾委员会,那就算你的思想意识强,为什么给自己家里寄呀——那还不是自私自利农民意识!"她却真的火了:"反正比浪费强!钱我是寄走了!你看着办吧!"我说:"咱们分家!"她说:"马上分!今儿格黑价(今天晚上)你就不行盖我的被子!"我说:"好好好!"我一扭头就走了……

说也笑人,为了这么芝麻粒大的一点事,我们三天没说话,而且觉得很伤脑筋!恰好星期六那天晚上,机关内部组织了一个音乐晚会,会跳舞的同志就自动的跳起舞来,这正好解闷,我就去参加了。

我正下场,忽然发现:她抱着孩子来了!一看她的神色,知道糟了!她气冲冲地,直窜到我的面前,把孩子往我怀里一塞:"你倒会散心!孩子有你一半责任,我抱够了!你抱抱吧!"我说:"跳完这一场就回去!"她二话没说,把孩子往旁边的"沙发"上一撂,雄赳赳地走了……

孩子不见他妈,就"哇哇"地嚎啕起来,和着手风琴的伴奏,发出一种奇怪的音乐,引起了人们的注意。

我红着脸,抱起孩子,回到卧室里去。只见她伏在桌上写字呢!我悄悄地走到她的背后一看,原来她在给我写信:"李克同志:你的心大大的变了……"她发觉我来,马上又把纸撕了!

孩子见了妈,挂着两行眼泪,笑着,跳着,"哇!哇!"地叫,向她扑去,她才接过孩子,解开怀来喂奶,一面走到门边,背贴着门,向我命令地说:"不许走!咱们谈判谈判!"

三 她真是一个倔强的人

这些虽然都是非原则问题,但也恰好正在这些非原则问题上面,我们之间的感情,开始有了裂痕!结婚以来,我仿佛才发现我们的感情、爱好、趣味……差别是这样的大!

她对我,越看越不顺眼,而我也一样,渐渐就连她一些不值一提的地方,我也看不惯了!比方:发下了新制服,同样是灰布"列宁装",旁的女同志们穿上了,就另一个样儿:八角帽往后脑瓜上一盖,额前露出蓬松的散发,腰带一束,走起路来,两脚成一条直线,就显得那么洒脱而自然……而她呢,怕帽子被风吹掉似的,戴得毕恭毕正,帽檐直挨眉边,走在柏油马路上,还是像她早先爬山下坡的样子,两腿向里微弯,迈着八字步,一摇一摆,土气十足……我这些感觉,我也知道是小资产阶级的,当然不敢放到桌子面上去讲!但总之一句话:她使我越来越感觉过不去,甚至我曾经想到:我们的夫妇关系是否可以继续维持下去?

幸好,不久她被分配到另一个机关去工作了!我欢欢喜喜地打发她走了,精神上好像反倒轻松了许多!

我想她这种狭隘、保守、固执……恐怕很难有所改变的了!她真是一个倔强的人!

我们分手以后,约摸有个半月的时光,她连电话也没来过一个,却对旁人说:离了我她也能活!

可是,我却不能!即使我对她有很多不满,然而孩子总还是十分可爱的!我一想起那孩子的乌亮墨黑的大圆眼,和他那"牙牙"欲语的神气……,我就十分怀念!终于还是我先去找她去了!那知道一见她,她却向我一挥手:"今天工作太忙,改日来吧!"

我说她真是个倔强的人。这评语,越来越觉得确切了!特别是又发生了几件事情以后。

当她到了那机关不久,找来了一个保姆:姓陈,叫小娟。样子很灵俐,她爸爸是个蹬三轮的工人。

那天正好是星期日,我在她机关里。那"老妈子房"里的掌柜,领着小娟来上工。一进门,指着我们俩,对小娟说:"这是小少爷的母亲,这是……"

小娟毕恭毕正地向她鞠了个躬,叫了一声:"太太!"哪知道我的妻,一听"太太"两个字,就像是叫蝎子螫着了似的嚷起来:"呀!呀!别叫别叫!我不是'太太'!我是我是……我们解放军里头没有'太太'!我姓张,你叫我张同志好了！记住！我叫张同志！要不你就叫我大姐！"她说着就把小娟拉到炕上，和她并排坐下了。弄得那"老妈子房"的掌柜，先是奇怪，接着也笑了："对对！叫张同志！'太太'那名儿，嘿嘿！不时新了！太封建！太封建！"

我的妻马上就给小娟上起政治课来：说她自己也是个穷人，曾经受过旧社会的压迫，后来共产党来了，她就参加了革命，得到了解放……因为工作太忙，孩子照顾不了，所以请小娟来帮忙，这样，她对小娟说：你也是参加了革命工作，咱们一律平等！和旧社会雇老妈子完全不一样……等等。

小娟听得很高兴，不住嘴地说："您说得真好！您说得真好！"

小娟这孩子，虽说是灵俐，可是记性并不好，一不小心，常常又叫"太太"了！每逢这功夫，我的妻决不放松，一定及时纠正，并且又得上一堂政治课，弄得小娟反倒很不安了！

自从小娟来了以后，我的妻几次三番给我打电话：要我给小娟找识字课本，找笔墨纸砚……并且还给她订了学习计划：一天认五个字、写一张仿……一星期还有一堂政治课。我的妻自任文化教员兼政治教员。

每次周末的晚上，我去找她的时候，总是见她在给小娟上课，一板正经地念道："穷人、要、翻身、团结、一条心、永远、跟着、共产党、前进"，小娟就跟着念："穷、人、要、翻、身……"不知道为什么，我有点感动了！心想：她真是个倔强的人呵！

有一次周末的傍晚，我们从东长安街散步回来，看见"七星舞厅"门口，围着一圈人。过去一看，只见有一个胖子，西服笔挺，像个绅士，一手抓住一个十三四岁的小孩，一手张着五个红萝卜般粗的手指，"劈！劈！拍！拍！"直向那小孩的脸上乱打，恨不得一巴掌就劈开他的脑瓜！那小孩穿着一件长过膝盖的破军装，猴头猴脑，两耳透明，直流口水……杀猪般地嚷着："娘嗳！娘嗳！"嘴角的左右，挂下了两道紫血……

看热闹的人，越来越多：抄着手的、微弯着头的、口含着烟卷儿的……但是，都很坦然！

这情景，在我看来，也已经是很生疏的了！觉得很不顺眼，正想问问，忽听得人群里有人喝道："住手！你凭什么压迫人！"嗓音又尖又高。

一瞬眼间，我突然发现，那人不是别人，正是她，是我的妻！这时候，她昂头挺胸地站在那胖子的面前，正像武侠小说里所描写的——那种"路见不平，拔刀相助"的侠客的神气！我突然觉得精神上有点震动，但同时，马上又模糊地想：她真是好管闲事！不知道怎么着才好……

那胖子仍然一手拧住那小孩不放，一手贴到花领结上，很有礼貌地微微一笑，心平气和地向围着的人们说："这小子，太可恶，太可恶！不知道的人,以为我压迫人,其实,不然!我这个舞厅,是在人民政府里登记了的,是正当的营业,是高尚的娱乐!拿捐,拿税……而他,这孩子,却用石头子儿,往里——"他一挥手:"扔!如果,把我的客人们,全撵走了,那么,我——又当如何呢……"他还想接着演讲,却叫我的妻打断了他的话:

"你说得对!这孩子扔石头子儿,也可以说是一个错误!可是,我们是有政府的有秩序的!不是无政府主义!就说他犯了天大的法,也应该送政府法办!你有什么权力随便打人?嗯?有什么权力?你打得他满嘴流血,好像你还受了屈似的?嗯?让大伙儿评评理!"

这时候,人群里就有人嚷起来:"对对对!这同志说得对!"

有一个苦力模样的人,也就走到那胖子面前,转过身来,指着那胖子向大伙儿说:"这位先生说的不假!这小孩儿是往舞厅里扔了一个石头子儿!我亲眼看见的……"

胖子马上微笑点头:"诸位听着!不假吧!光凭我一个人说不行!不行!"

那苦力接着说:"可惜这位先生说得不全!那小孩儿凭吗平白无故的扔石头子儿哩?是那么一回事儿:刚才他在舞厅门口向客人们要钱,这位先生撵他走,他走慢了一步,这位先生'啪!'地给了他一个响锅贴(耳光)!回头,过了一会儿,这小孩就扔了个石头子儿,就又叫这位先生抓住了。这我也是亲眼看见的!现时不是那个世道了,是人就得说实话!"

胖子显得有点不安了,掏出一块小花手绢来不住地擦额角,对我的妻说:"同志!我认错行不行?"说着掏出了一张五百元的人民券,向那小孩一伸:"给!买糖吃!哈哈!"

那被打了一顿的小孩,好像一切的仇恨,马上就消失了!把嘴角的血一擦,正想伸手去接,却马上被我的妻喝住了:"别拿!太便宜啦!一顿巴掌只值五百块钱?"

胖子马上伸手到口袋里,慷慨地说:"再加二百!"

我的妻却发了大火啦:"嗯!你真明白!你以为还在旧社会——有钱能使鬼推磨,有钱能使鬼上树?哪怕你掏一百万人民券,也不能允许你随便压迫人,随便破坏人民政府的威信!走!咱们到派出所去!咱们是有政府的!"

围着的人也就说:"对对!"

结果还是到了派出所。

那胖子先生认了错,表示切实悔过。于是罚了他二千元人民券,赔偿给那小孩作医药费。同时也批评了那小孩,以后不要扔石头子儿。

我跟随着我的妻从派出所回来,她很兴奋地问我:"刚才你怎么一句话也不说?"我说:"我有什么说的!那样的事,在城市里多得很,凭你一个人就管清了?这是社会问题,得慢慢……"我的话还没有说完,就叫她打断了:"去鸡巴的吧!不吃你这一套!我就要管!这是新社会,我就不让随便压迫人!我就不让随便破坏咱们政府的威信!咱们是有政府的,不是无政府主义!"我连忙说:"对对对!正确!"同时也觉得有点好笑,我真想说:什么叫"无政府主义"?你知道么?瞎用新名词儿!可是,我知道这句话是说不得的!

她真是一个倔强的人呵!我开始分析:她对旧社会的习惯为什么那样的憎恨?绝无妥协调和的余地!我想,这和她自己切身的经历是分不开的。

她出身在贫农的家庭,十一岁上就被用五斗三升高粱卖给人家当了童养媳,受尽了人间一切的辛酸,她的身上、头上、眉梢上……至今还留着被婆婆和早先的丈夫用烧火棍打的、擀面杖打的、用剪子铰的伤痕!共产党来了,她就毅然决然地参加了革命,为着自己的命运战斗了!革命对于她,真可以说是"破釜沉舟,背水一战",绝无后退的路!

她曾经在游击区跳沟爬墙,和日本人、汉奸搏斗!她的手杀过人……

她曾经在老山沟里的军火工厂里,制造子弹、装配步枪……为了突击生产,把右手的食指在"压力机"上撞下了一小节指头,成了一个疙瘩……

日本人来"扫荡"了!她率领着一班女工,连夜抬着机器,淌过齐大腿根的水去"坚壁",因此落下了"寒腿"的病,每逢阴雨,至今还隐隐发痛……

有一次深夜,工厂失火,她奋勇当先,率领了二十五个女工去抢救器材,差一点没烧死在火里……

在这些艰苦的日子里,她开始学习认字,写字……终于学成了"粗通文字"……

在一九四四年,她当选了"劳动英雄"。出席晋察冀边区第二届英模大会,我记得当她在大会上作完了典型报告的末了,她举着胳膊宣誓似地说:"……在旧社会里我是个老几?我只值五斗三升高粱米!这会儿大伙儿说我是英雄!叫我来开会,让我上台说话……唉!没有共产党哪会有我呵!我愿意为着全世界被压迫的人们彻底的解放,流尽我最后一滴血!"——那时候我在大会上担任收集和整理材料的工作。组织上分配我给她写传记,我们整整谈了三个晚上。也就在这个时候,我爱上了她。

四 我们结婚三年,直到今天我仿佛才对她有了比较深刻的了解……

那一切的苦难,使她变得倔强。今天她来到城市,和这城市所遗留的旧习惯,她不妥协,不迁就,她立志要改造这城市!因此,有些地方她就显得固执、狭隘……甚至显得很不虚心了！特别是对于我更是如此。也因此使得我们之间的感情有了裂痕！但我对她依然还很留恋，还没有决心和勇气断然和她决裂！特别是当我比较清醒的时候，仔细想来，我们之间的一切冲突和纠纷，原来都是一些极其琐碎的小节，并非是生活里边最根本的东西！所以我决心用理智和忍耐，甚至迁就，来帮助她克服某些缺点！

我以为，我对她的分析和结论，已经是很完满很公平，而且觉得这样做，对我来说是仿佛将要牺牲一些什么！

哪知道她还并不如我想象的那样！

首先是她的某些观点和生活方式也在改变着。最明显的例子是，她现在所担任的工作是女工工作，在那些女工里边，也有不少擦粉抹口红的，也有不少脑袋像个"草鸡窝"的……可是她和她们很能接近，已经变得很亲近……有一次，我故意问她："你不是很讨厌那些擦粉抹口红，头发像'草鸡窝'的人么？"她却很认真地教训起我来了："你不能从形式上、生活习惯上去看问题！她们在旧社会都是被压迫的人，她们迫切需要解放！同志，狭隘的保守观点要不得！"哈哈！她又学了一套新理论啦！

同时，她自己在服装上也变得整洁起来了！"他妈的""鸡巴"……一类的口头语也没有了，见了生人也显得很有礼貌。最使我奇怪的是，她在小市上也买了一双旧皮鞋，逢是集会、游行的时候就穿上了！回来，又赶忙脱了，很小心地藏到床底下的一个小木匣里……我逗她说："小心让城市把你改造了啊！"她说："组织上号召过我们，现在我们新国家成立了，我们的行动、态度，要代表国家的精神；风纪扣要扣好，走路不要东张西望；不要一面走一面吃东西，在可能条件下要讲究整洁朴素，不腐化不浪费就行！"我暗暗地想：女同志到底是爱漂亮的呵！但在某些基本问题上，她不容易接受人家的意见，不认错的毛病，恐怕是很难改变的！

可是随着时间的前进，我又发现我对她的了解不但不完全，而且是相反的！我总还是习惯从形式上去看问题！

有一次周末，我去看她，她独自抱着孩子坐在炕角里沉思。我说："小娟呢？她吃饭去了？"她不安地说："不！她走了！"接着她就告诉我：她们机关里有一个本地做饭的大师傅，有一只怀表，在昨天早晨开饭的时候不见了！恰好这时候，只有小娟到伙房里去倒过水，旁人没去过。同时，早先机关里在拾掇大客厅的时候，她拣了几个扣子。所以就有人怀疑那只表也是她拿的！另外，早先有些同志也嚷嚷过，有的说丢了个化学梳子，有的说丢了一块毛巾……那大师傅也没和别的同志商量，就去找我的妻，肯定说那只表是小娟拿的，要我的妻向小娟追究。于是，她就问小娟拿了那只表没有？问的小娟直啼哭，一口咬定说：没拿！并且说："大姐！要是我拿了，就算对不起您的一片好心！"小娟这孩子个性太强，受不了这，马上非走不可，挡也挡不住！

可是，就在这天晚上，大师傅自己又把表找着了！

这一下，我的妻的激动和不安，真是无法形容！翻来覆去，一夜没睡好觉！她对我说，机关里那么多的人为什么不怀疑旁人，偏偏就怀疑是小娟拿的表？你说老干部们都受过锻炼，决计不会拿的，这倒也是理由；可是机关里留用的旧人员很多，他们也没受过革命锻炼，那么为什么不怀疑是他们拿的呢？她说："这是什么观点？这还不是小看穷人么？"我说："算了！事情已经过去了，鸡毛蒜皮的一点事！"她说："什么？这是思想问题哩！"

第二天清早，她让我陪她到小娟家里去走一趟。我说："那又何必呢！人已经走了！要是让她知道表又找着了，她爸爸说我们诬赖人，老百姓知道了这件事，对我们的影响很不好！"

她说："不！我们错了，为什么不认错呢？要不，小娟一辈子一想起这件事，就要伤心！影响更不好！"

可是，我还是认为不去的好。说实话，也就是说：我没有那样大的勇气！她说："你给看孩子，我去！"我又怕孩子啼哭了没法治，只好硬着头皮，抱着孩子跟她走了。

到了小娟家里，只见她爸爸在拾掇车子，一见我们，就显得很尴尬的样子说："那表的事我知道了！昨天晚上我就揍了她一顿！我对她说：咱们人穷志不穷！要是你真的拿了，我的老脸往那里撂？你不说真话，非打死你不解！刚才，我又揍了她一阵子！她可还是一口咬定：没拿！我正想找您去说说，我这孩子顶老实，手也严实，敢情也不准是她拿的！"

我听了，胸口直打扑通，而她反倒很镇静很自然，微笑着说："不！大伯，我是来赔不是的！表已经找着了，不是小娟拿的！请你原谅！"

正在这时候，小娟从屋里出来了，红肿着双眼，扑到我的妻的怀里，两肩一耸一耸地哭了！我的妻摸着她的小辫，轻声地说："小娟！你怪我不？"小娟哽咽着说："不！大姐！您是，您是个，好人！您待我的好处，我，我，我这辈子也忘不了！"

我发现，我的妻的眼里，"扑索索"地掉下两颗黄豆大的泪点，滴到小娟的头上！

我们结婚三年，我还是第一次在人面前见她掉泪，那么个倔强的人呵！怎么今天也哭啦！

从这以后，我有好几天感到不安，我在她身上发现了不少新的东西，而正是我所没有的！也正是我所感觉她表现狭隘、保守、固执……的地方！也正从这些地方，我们的感情开始有了裂痕！我想到夫妇之间的感情到底应该建筑在什么基础上……我们结婚三年,到今天,我仿佛才觉得对她有了比较深刻的了解。我真应该后悔,真应该像她过去屡次严肃地向我说过的,需要好好地反省一下了!

我正想不等到周末,就找她去深谈一次,恰好那天傍晚,我正在整理劳资关系的材料,她倒来找我了。我觉得有些不寻常,因为在平时她是轻易不来找我的。我问她:"有什么事?"她说:"没事就不许来找你么?"坐了好一会儿,一句话也没说,最后,她说:"到你们屋顶平台上去坐坐好吗?"我说:"好的!"不知道为什么,我的心有点发跳,我怕要发生什么不能推测的事情了……

到了屋顶上,坐了一会儿,她忽然说:"我犯了错误了!"我不觉吃了一惊:"什么?"她笑了,说:"也不是什么大了不起的事!"接着她就说:昨天她们区里,西单商场有一家皮鞋铺里的一个掌柜,嫌学徒晚上到区里开会回去晚了,把那学徒骂了个狗血喷头。那学徒找区工会办事处,她一听就生了气,跑到那铺子里把那掌柜训了个眼发蓝!走路的人都围过来看,觉得很奇怪。今天区里开检讨会,同志们批评她:工作方式太简单;亲自和掌柜吵架,对那学徒也没好处,有点"包办代替",群众影响也不好!并且还批评她的工作一贯有点太急,恨不得一下子就把社会改造好。同时太不讲究工作的方式方法……

她说完了,叹了口气,把头靠到我的胸前,半仰着脸问我:"这该怎么着好?"我说:"你没接受批评吧?"她摇了摇头:"哪里!自己错了,还能不接受?那怎么算是个同志呢?我都坦白地接受了!"我说:"那就算了!还有什么难过的呢!"她忽然紧握着我的手说:"唉!只怪自己文化、理论水平太低,政策掌握得不稳,不能很好地完成党所给我的任务!以后你好好帮我提高吧!"

我说:"这是一方面。可是你也不要把自己的优点忽略了!比方拿我来说:文化上——初中毕业;革命历史——和你一样;工作职位——我是个资料科科长;每天所接触的是工作材料、总结报告;脑子里成天转着的是——党的政策。按理说,对于现实生活里边所发生的问题,应该比你有更锐利的感觉,应该更是是非分明。可是在这些方面我还不如你!——你不要笑!这是真话。我参加革命的时间不算短了,可是在我的思想感情里边,依然还保留着一部分小资产阶级脱离现实生活的成分!和工农的思想感情,特别是在感情上,还有一定的距离,旧的生活习惯和爱好,仍然对我有着很大的吸引力,甚至是不自觉的。——你有这个感觉吗?而你呢?虽说文化水准、理论知识、工作职位都比我低——这也是真话。可是你倔强、坚定、朴素、憎爱分明——这句话的意思就是说你有着很深的阶级仇恨心和同情心。可是你确实也有点急躁情绪——恨不得一个早起的功夫就把社会改造好。因此,常常喜欢用简单的工作方法方式,问题想得不够深不够远。你和我的这些缺点,都会阻碍我们的进步,不能更好地来完成党所给予我们的任务。我相信,在党的教育下加上自己的努力,我们一定都会很快进步的!你记得我们在'抬头湾'的时候,同志们不是曾经好意地和我们开过玩笑吗,说:'看你这两口子真是知识分子和工农结合的典型!'我看,我们倒是真要在这些方面彼此取长补短,好好地结合一下呢……"我像演讲似地说了不少话,要是在往日,准是早被她卡断了!可是,她今天听得好像很入神,并不讨厌,我说一句,她点一下头,当我说完了,她突然紧紧地握着我的手不放。沉默了一会儿,她说:"以后,我们再见面的时候,不要老是说些婆婆妈妈的话;像今天这样多谈些问题,该多好啊!"

我为她那诚恳的真挚的态度感动了!我的心又突突地发跳了!我向四面一望,但见四野的红墙绿瓦和那青翠坚实的松柏,发出一片光芒。一朵白云,在那又高又蓝的天边飞过……夕阳照到她的脸上,映出一片红霞。微风拂着她那蓬松的额发,她闭着眼睛……我忽然发现她怎么变得那样美丽了呵!我不自觉地俯下脸去,吻着她的脸……仿佛回复到了我们过去初恋时的,那些幸福的时光。她用手轻轻地推开了我说:"时间不早了!该回去喂孩子奶呵!"

              1949年秋天,初稿于北京
              重改于天津海河之滨

七根火柴

王愿坚

天亮的时候,雨停了。

草地的气候就是怪,明明是月朗星稀的好天气,忽然一阵冷风吹来,浓云像从平地上冒出来的,霎时把天遮得严严的,接着就有一场暴雨,夹杂着栗子般大的冰雹,不分点地倾泻下来。

卢进勇从树丛里探出头,四下里望了望。整个草地都沉浸在一片迷蒙的雨雾里,看不见人影,听不到人声;被暴雨冲洗过的荒草,像用梳子梳理过似的,光滑地躺倒在烂泥里,连路也看不清了。天,还是阴沉沉的,偶尔有几粒冰雹洒落下来,打在那浑浊的绿色水面上,溅起一撮撮浪花。他苦恼地叹了口气。因为小腿伤口发炎,他掉队了。两天来,他日夜赶路,原想在今天赶上大队的,却又碰上这倒霉的暴雨,耽误了半个晚上。

他咒骂着这鬼天气,从树丛里钻出来,长长地伸了个懒腰,一阵凉风吹得他冷不丁地连打了几个寒战。他这才发现衣服已经完全湿透了。

"要是有堆火烤烤该多好啊!"他使劲绞着衣服,望着那顺着裤脚流下的水滴想道。他也知道这是妄想——不但现在,就在他掉队的前一天,他们连里已经因为没有引火的东西而只好吃生干粮了。可是他仍然下意识地把手插进裤里。突然,他的手触到了一点粘粘的东西。他心里一喜,连忙蹲下身,把口袋翻过来。果然,在口袋底部粘着一小撮青稞面粉;面粉被雨水一泡,成了稀糊了。他小心把这些稀糊刮下来,居然有鸡蛋那么大的一团。他吝惜地捏着这块面团,一会儿捏成长形,一会儿又捏成圆的,心里不由得暗自庆幸:"幸亏昨天早晨我没有发现它!"

已经是一昼夜没有吃东西了,这会儿看见了可吃的东西,更觉得饿得难以忍受。为了不至一口吞下去,他又把面团捏成了长条,正要把它送到嘴边,蓦地听见了一声低低的叫声:"同志——"

这声音那么微弱,低沉,就像从地底下发出来的。他略略愣了一下,便一瘸一拐地向着那声音走去。

卢进勇蹒跚地跨过两道水沟,来到一棵小树底下,才看清楚那个打招呼的人。他倚着树根半躺在那里,身子底下贮满了一汪浑浊的污水,看来他已经有很长时间没有挪动了。他的脸色更是怕人:被雨打湿了的头发像一块黑毡糊贴在前额上,水,沿着头发、脸颊滴滴答答地流着。眼眶深深地塌陷下去,眼睛无力地闭着,只有腭下的喉结在一上一下的抖动,干裂的嘴唇一张一翕地发出低低的声音:"同志!——同志!——"

听见卢进勇的脚步声,那个同志吃力地张开眼睛,习惯地挣扎了一下,似乎想坐起来,但却没有动得了。

卢进勇看着这情景,眼睛像揉进了什么,一阵酸涩。在掉队的两天里,他这已经是第三次看见战友倒下来了。"这一定是饿坏了!"他想,连忙抢上一步,搂住那个同志的肩膀,把那点青稞面递到那同志的嘴边说:"同志,快吃点吧!"

那同志抬起一双失神的眼睛,呆滞地望了卢进勇一眼,吃力地抬起手推开他的胳膊,嘴唇翕动了好几下,齿缝里挤出了几个字:"不,没……没用了。"

卢进勇手停在半空,一时不知怎么好。他望着那张被寒风冷雨冻得乌青的脸,和那脸上挂着的雨滴,痛苦地想:"要是有一堆火,有一杯热水,也许他能活下去!"他抬起头,望望那雾蒙蒙的远处,随即拉住那同志的手腕说:"走,我扶你走吧!"

那同志闭着眼睛摇了摇头,没有回答,看来是在积攒着浑身的力量。好大一会儿,他忽然睁开了眼,右手指着自己的左腋窝,急急地说:"这……这里!"

卢进勇惶惑地把手插进那湿漉漉的衣服。这一刹那间,他觉得同志的胸口和衣服一样冰冷了。在那人腋窝里,他摸出了一个硬硬的纸包,递到那个同志的手里。

那同志一只手抖抖索索地打开了纸包,那是一个党证;揭开党证,里面并排着一小堆火柴。焦干的火柴、红红的火柴头簇集在一起,正压在那朱红的印章中心,像一簇火焰在跳。

"同志,你看着……"那同志向卢进勇招招手,等他凑近了,便伸开一个僵直的手指,小心翼翼地一根根拨弄着火柴,口里小声数着:"一、二、三、四……"

一共有七根火柴,他却数了很长时间。数完了,又询问地向卢进勇望了一眼,意思好像说:"看明白了?"

"是,看明白了!"卢进勇高兴地点点头,心想:"这下子可好办了!"他仿佛看见了一个通红的火堆,他正抱着这个同志偎依在火旁……

就在这一瞬间,他发现那同志的脸色好像舒展开来,眼睛里那死灰般的颜色忽然不见了,爆发着一种喜悦的光。只见他合起党证,双手捧起了它,像擎着一只贮满水的碗一样,小心地放进卢进勇的手里,紧紧地把它连手握在一起,两眼直直地盯着他的脸。

"记住,这,这是,大家的!"他蓦地抽回手去,深深地吸了一口气,用尽所有的力气举起来,直指着正北方向:"好,好同志……你……你把它带给……"

话就在这里停住了。卢进勇觉得臂弯猛然沉了下去! 他的眼睛模糊了。远处的树、近处的草,那湿漉漉的衣服、那双紧闭的眼睛……一切都像整个草地一样,雾蒙蒙的,只有那只手是清晰的,它高高地擎着,像一只路标,笔直地指向长征部队前进的方向……

这以后的路,卢进勇走得特别快。天黑的时候,他追上了后卫部队。在无边的暗夜里,一簇簇的篝火烧起来了。在风雨、在烂泥里跌滚了几天的战士们,围着这熊熊的野火谈笑着,湿透的衣服上冒着一层雾气,洋瓷碗里的野菜"咝——咝"地响着……卢进勇悄悄走到后卫连指导员的身边。映着那闪闪跳动的火光,他用颤抖的手指打开了那个党证,把其余六根火柴一根根递到指导员的手里,同时,又以一种异样的声调在数着:

"一,二,三,四……"

组织部来了个年轻人

王 蒙

一

三月,天空中纷洒着似雨似雪的东西。三轮车在区委会门口停住,一个年轻人跳下来。车夫看了看门口挂着的大牌子客气地对乘客说:"您到这儿来,我不收钱。"传达室的工人、复员荣军老吕微跛着脚走出,问明了那年轻人的来历后,连忙帮他搬下微湿的行李,又去把组织部的秘书赵慧文叫出来。赵慧文紧握着林震的两只手,说:"我们等你好久了。"这个叫林震的年轻人,在小学教师支部的时候就与赵慧文认识。她的苍白而美丽的脸上,两只大眼睛闪着友善亲切的光亮,只是下眼皮上有着因疲倦而现出来的青色。她带林震到男宿舍,把行李放好,解开,把湿了的毡子晾上,再铺被褥。在她料理这些事情的时候,常常撩一撩自己的头发,正像那些能干而漂亮的女同志们一样。

她说:"我们等了你好久!半年前就要调你来,区人民委员会文教科死也不同意,后来区委书记直接找区长要人,又和教育局人事室吵了一回,这才把你调了来。"

"可我前天才知道,"林震说,"听说调我到区委会,真不知怎么好。咱们区委会净干什么呀?"

"什么都干。"

"组织部呢?"

"组织部就做组织工作。"

"工作忙不忙?"

"有时候忙,有时候不忙。"

赵慧文端详着林震的床铺,摇摇头,大姐姐似的不以为然地说:"小伙子,真不讲卫生!瞧那枕头布,已经由白变黑;被头呢,吸饱了你脖子上的油;还有床单,那么多折子,简直成了泡泡纱……"

林震觉得,他一走进区委会的门,他的新的生活刚一开始,就碰到了一个很亲切的人。

他带着一种节日的兴奋心情跑着到组织部第一副部长的办公室去报到。副部长有一个古怪的名字：刘世吾。在林震心跳着敲门的时候，他正仰着脸衔着烟考虑组织部的工作规划。他热情而得体地接待林震，让林震坐在沙发上，自己坐在办公桌边，推一推玻璃板上叠得高高的文件，从容地问：

"怎么样？"他的左眼微皱，右手弹着烟灰。

"支部书记通知我后天搬来，我在学校已经没事，今天就来了。叫我到组织部工作，我怕干不了，我是个新党员，过去做小学教师，小学教师的工作与党的组织工作有些不同……"

林震说着他早已准备好的话，说得很不自然，正像小学生第一次见老师一样。于是他感到这间屋子很热。三月中旬，冬天就要过去，屋里还生着火，玻璃上的霜花溶解成一条条的污道子。他的额头沁出了汗珠，他想掏出手绢擦擦，在衣袋里摸索了半天没有找到。

刘世吾机械地点着头，看也不看地从那一大叠文件中抽出一个牛皮纸袋，打开纸袋，拿出林震的党员登记表，锐利的眼光迅速掠过，宽阔的前额上出现了密密的皱纹，闭了一下眼，手扶着椅子背站起来，披着的棉袄从肩头滑落了，然后用熟练的毫不费力的声调说：

"好，对，好极了，组织部正缺干部，你来得好。不，我们的工作并不难做，学习学习就会做的，就那么回事。而且你原来在下边工作的……相当不错嘛，是不是不错？"

林震觉得这种称赞似乎有某种嘲笑意味，他惶恐地摇头："我工作做得并不好……"

刘世吾的不太整洁的脸上现出隐约的笑容，他的眼光聪敏地闪动着，继续说："当然也可能有困难，可能。这是个了不起的工作。中央的一位同志说过，组织工作是给党管家的。如果家管不好，党就没有力量。"然后他不等问就加以解释："管什么家呢？发展党和巩固党，壮大党的组织和增强党组织的战斗力，把党的生活建立在集体领导、批评和自我批评与密切联系群众的基础上。这样做好了，党组织就是坚强的、活泼的、有战斗力的，就足以团结和指引群众，完成和更好地完成社会主义建设与社会主义改造的各项任务……"

他每说一句话，都干咳一下，但说到那些惯用话的时候，快得像说一个字。譬如他说"把党的生活建立在……上"，听起来就像"把生活建在登登登上"，他纯熟地驾驭那些林震觉得是相当深奥的概念，像拨弄算盘子一样的灵活。林震集中最大的注意力，仍然不能把他讲的话全部把握住。

接着，刘世吾给他分配了工作。

当林震推门要走的时候,刘世吾又叫住他,用另一种全然不同的随意神情问:

"怎么样,小林,有对象了没有?"

"没……"林震的脸刷地红了。

"大小伙子还红脸?"刘世吾大笑了,"才二十二岁,不忙。"他又问:"口袋里装着什么书?"

林震拿出书,说出书名:"《拖拉机站站长与总农艺师》。"

刘世吾拿过书去,从中间打开看了几行,问:"这是他们团中央推荐给你们青年看的吧?"

林震点头。

"借我看看。"

"您有时间看小说吗?"林震看着副部长桌上的大叠材料,惊异了。

刘世吾用手托了托书,试了试分量,微皱着左眼说:"怎么样? 这么一薄本有半个夜车就开完啦。四本《静静的顿河》我只看了一个星期,就那么回事。"

当林震走向组织部大办公室的时候,天已经放晴,残留的几片云现出了亮晶晶的边缘。太阳照亮了区委会的大院子。人们都在忙碌:一个穿军服的同志挟着皮包匆匆走过,传达室的老吕提着两个大铁壶给会议室送茶水,可以听见一个女同志顽强地对着电话机子说:"不行,最迟明天早上! 不行……"还可以听见忽快忽慢的哐哧、哐哧声——是一只生疏的手使用着打字机,"他也和我一样,是新调来的吧?"林震不知凭什么理由,猜打字员一定是个女的。他在走廊上站了一站,望着耀眼的区委会的院子,高兴自己新生活的开始。

二

组织部的干部算上林震一共二十四个人,其中三个人临时调到肃反办公室去了,一个人半日工作准备考大学,一个人请产假。能按时工作的只剩下十九个人。四个人做干部工作,十五个人按工厂、机关、学校分工管理建党工作,林震被分配与工厂支部联系组织发展党的工作。

组织部部长由区委副书记李宗秦兼任,他并不常过问组织部的事,实际工作是由第一副部长刘世吾掌握。另一个副部长负责干部工作。具体指导林震工作的是工厂建党组组长韩常新。

韩常新的风度与刘世吾迥然不同。他二十七岁,穿蓝色海军呢制服,干净得抖都抖不下土。他有高大的身材,配着英武的只因为粉刺太多而略有瑕疵的脸。他拍着林震的肩膀,用嘹亮的嗓音讲解工作,不时发出豪放的笑声,使林震想:"他比领导干部还像领导干部。"特别是第二天韩常新与一个支部的组织委员的谈话,加强了他给林震的这种印象。

"为什么你们只谈了半小时?我在电话里告诉你,至少要用两小时讨论发展计划!"

那个组织委员说:"这个月生产任务太忙……"

韩常新打断了他的话,富有教训意味地说:"生产任务忙就不认真研究发展工作了,这是把中心工作与经常工作对立起来,也是党不管党的一种表现……"

林震弄不明白什么叫"中心工作与经常工作对立起来"和"党不管党",他熟悉的是另外一类名词:"课堂五环节"与"直观教具"。他很钦佩韩常新的这种气魄与能力——迅速地提高到原则上分析问题和指示别人。

他转过头,看见正伏在桌上复写材料的赵慧文,她皱着眉怀疑地看一看韩常新,然后扶头上的假琥珀发卡,用微带忧郁的目光看向窗外。

晚上,有的干部去参加基层支部的组织生活,有的休息了,赵慧文仍然赶着复写"税务分局培养、提拔干部的经验",累了一天,手腕酸痛,不时在写的中间撂下笔,摇摇手,往手上吹口气。林震自告奋勇来帮忙,她拒绝了,说:"你抄,我不放心。"于是林震帮她把抄过的美浓纸叠整齐,站在她身旁,起一点精神支援作用。她一边抄,一边时时抬头看林震,林震问:"干吗老看我?"赵慧文咬了一下复写笔,笑了笑。

林震是一九五三年秋天由师范学校毕业的,当时是候补党员,被分配到这个区的中心小学当教员。作了教师的他,仍然保持中学生的生活习惯:清晨练哑铃,夜晚记日记,每个大节日——五一、七一……以前到处征求人们对他的意见。曾经有人预言,过不了三个月他就会被那些生活不规律的成年人"同化"。但,不久以后,许多教师夸奖他也羡慕他了,说:"这孩子无忧无虑,无牵无挂,除了工作,就是工作……"

他也没有辜负这种羡慕,一九五四年寒假,由于教学上的成绩,他受到了教育局的奖励。

人们也许以为,这位年轻的教师就会这样平稳地、满足而快乐地度过自己的青年时代。但是不,孩子般单纯的林震,也有自己的心事。

一年以后,他更经常焦灼地鞭策自己。是因为社会主义高潮的推动,全国青年社会主义积极分子会议的召开,还是因为年龄的增长?

他已经二十二岁了,记得在初中一年级时作过一篇文,题目是"当我××岁的时候",他写成"当我二十二岁的时候,我要……"现在二十二岁,他的生命史上好像还是白纸,没有功勋,没有创造,没有冒险,也没有爱情——连给某个姑娘写一封信的事都没有做过。他努力工作,但是他做的少、慢,和年轻积极分子们比较,和生活的飞奔比较,难道能安慰自己吗?他订规划,学这学那,做这做那,他要一日千里!

这时,接到调动工作的通知,"当我二十二岁的时候,我成了党工作者……"也许真正的生活在这里开始了?他抑制住对于小学教育工作和孩子们的依恋,燃烧起对新的工作的渴望。支部书记和他谈话的那个晚上,他想了一夜。

就这样,林震口袋里装着《拖拉机站站长与总农艺师》,兴高采烈地登上区委会的石阶,对于党工作者(他是根据电影里全能的党委书记的形象来猜测他们的)的生活,充满了神圣的憧憬。但是,等他接触到那些忙碌而自信的领导同志,看到来往的文件和同时举行的会议,听到那些尖锐争吵与高深的分析,他眨眨那有些特别的淡褐色眼珠的眼睛,心里有点怯……

到区委会的第四天,林震去通华麻袋厂了解第一季度发展党员工作的情况,去以前,他看了有关的文件和名叫"怎样进行调查研究"的小册子,再三地请教了韩常新,他密密麻麻地写了一篇提纲,然后飞快地骑着新领到的自行车,向麻袋厂驶去。

工厂门口的警卫同志听说他是委员会的干部,没要他签名,信任地请他进去了。穿过一个大空场,走过一片放麻的露天仓库与机器隆隆响的厂房,他心神不安地去敲厂长兼支部书记王清泉办公室的门,得到了里面"进来"的回答后,他慢慢地走进去,怕走快了显得没有经验,他看见一个阔脸、粗脖子、身材矮小的男人正与一个头发上抹了许多油的驼背的男人下棋。小个子的同志抬起头,右手玩着棋子,问清了林震找谁以后,不耐烦地挥一挥手:"你去西跨院党支部办公室找魏鹤鸣,他是组织委员。"然后低下头继续下棋。

林震找着了红脸的魏鹤鸣,开始按提纲发问了:"一九五六年第一季度,你们发展了几个人?"

"一个半。"魏鹤鸣粗声粗气地说。

"什么叫'半'?"

"有一个通过了,区委拖了两个多月还没有批下来。"

林震掏出笔记本记了下来。又问:

"发展工作是怎么样进行的,有什么经验?"

"进行过程和向来一样——和党章的规定一样。"

林震看了看对方,为什么他说出的话像搁了一个星期的窝窝头一样干巴?魏鹤鸣托着腮,眼睛看着别处,心里也像在想别的事。

林震又问:"发展工作的成绩怎么样?"

魏鹤鸣答:"刚才说过了,就是那些。"他好像应付似地希望快点谈完。

林震不知道应该再问什么了,预备了一下午的提纲,和人家只谈上五分钟就用完了。他很窘。

这时门被一只有力的手推开了。那个小个子的同志进来,匆匆忙忙地问魏鹤鸣:"来信的事你知道吗?"

魏鹤鸣无精打采地点了点头。

小个子的同志来回踱着步子,然后劈开腿站在房中央:"你们要想办法!质量问题去年就提出来了,为什么还等着合同单位给纺织工业部写信?在社会主义高潮当中我们的生产迟迟不能提高,这是耻辱!"

魏鹤鸣冷冷地看着小个子的脸,用颤抖的声音问:"您说谁?"

"我说你们大家!"小个子手一挥,把林震也包括在里面了。

魏鹤鸣因为抑制着的愤怒的爆发而显得可怕,他的红脸更红了,他站起来问:"那么您呢?您不负责任?"

"我当然负责。"小个子的同志却平静了,"对于上级,我负责,他们怎样处分我我也接受。对于我,你得负责,谁让你作生产科长呢?你得小心……"说完,他威胁地看了魏鹤鸣一眼,走了。

魏鹤鸣坐下,把棉袄的扣子全解开了,喘着气。林震问:"他是谁?"魏鹤鸣讽刺地说:"你不认识?他就是厂长王清泉。"

于是魏鹤鸣向林震详细谈起了王清泉的情况。王清泉原来在中央某部工作,因为在男女关系上犯错误受了处分,一九五一年调到这个厂子作副厂长,一九五三年厂长他调,他就被提拔作厂长。他一向是吃饱了转一转,躲在办公室批批文件下下棋,然后每月在工会大会、党支部大会、团总支大会上讲话,批评工人群众竞赛没搞好,对质量不关心,有经济主义思想……魏鹤鸣没说完,王清泉又推门进来了。他看看左腕上的表,下令说:"今天中午十二点十分,你通知党、团、工会和行政各科室的负责人到厂长室开会。"然后把门砰地一带,走了。

魏鹤鸣嘟哝着:"你看他怎么样。"

林震说:"你别光发牢骚,你批评他,也可以向上级反映,上级决不允许有这样的厂长。"

魏鹤鸣笑了,问林震:"老林同志,你是新来的吧?"

"老林"同志脸红了。

魏鹤鸣说:"批评不动!他根本不参加党的会议,你上哪儿批评去!偶而参加一次,你提意见,他说:'提意见是好的,不过应该掌握分寸,也应该看时间、场合。现在,我们不应该因为个人意见侵占党支部讨论国家任务的宝贵时间。'好,不占用宝贵时间,我找他个别提,于是我们俩吵成了现在这个样子。"

"向上级反映呢?"

"一九五四年我给纺织工业部和区委写了信,部里一位张同志与你们那儿的老韩同志下来检查了一回。检查结果是:'官僚主义较严重,但主要是作风问题,任务基本上完成了,只是完成任务的方法有缺点。'然后找王清泉'批评'了一下,又找我鼓励了一下,开展自下而上的批评的精神,就完事了。此后,王厂长有一个来月对工作比较认真,不久他得了肾病,病好以后他说自己是'因劳致疾',就又成了这个样子。"

"你再反映呀!"

"哼,后来与韩常新也不知说过多少次,老韩也不答理,反倒向我进行教育说,应该尊重领导,加强团结。也许我不该这样。"

林震出了厂子再骑上自行车的时候,车轮旋转的速度就慢多了。他深深地把眉头皱起来。他发现他的工作的第一步就有重重的困难,但他也受到一种刺激,甚至是激励——这正是发挥战斗精神的时候啊!他想着想着,直到因为车子溜进了急行线而受到交通民警的申斥。

三

吃完午饭,林震迫不及待地找韩常新汇报情况。韩常新有些疲倦地靠着沙发背,高大的身体显得笨重,从身上掏出火柴盒,拿起一根火柴剔牙。

林震杂乱地叙述他去麻袋厂的见闻,韩常新脚尖打着地不住地说"是的,我知道。"然后他拍一拍林震的肩膀,愉快地说:"情况没了解上来不要紧,第一次下去嘛。下次就好了。"

林震说:"可是我了解了关于王清泉的情况。"他把笔记本打开。

韩常新把他的笔记本合上,告诉他,"对,这个情况我早知道。前年区委让我处理过这个事情,我严厉地批评过他,指出他的缺点和危险性,我们谈了至少有三四个钟头……"

"可是并没有效果呀,魏鹤鸣说他只好一个月……"林震插嘴说。

"一个月也是效果,而且决不止一个月。魏鹤鸣那个人思想上有问题,见人就告厂长的状……"

"他告的状是不是真的?"

"很难说不真,也很难说全真。当然这个问题是应该解决的,我和区委副书记李宗秦同志谈过。"

"副书记的意见是什么?"

"副书记同意我的意见,王清泉的问题是应该解决也是可能解决的……不过,你不要一下子就陷到这里边去。"

"我?"

"是的。你第一次去一个工厂,全面情况也不了解,你的任务又不是去解决王清泉的问题,而且,直爽地说,解决他的问题也需要更有经验的干部,何况我们并不是没有管过这件事……你要是一下子陷到这个里头,三个月也出不来,第一季度的建党总结还了解不了解?上级正催我们交汇报呢!"

林震说不出话。

韩常新又拍拍林震的肩膀:"不要急躁嘛,咱们区三千个党员,百十几个支部,你一来就什么问题都摸还行?"他打了个哈欠,有倦意的脸上的粉刺涨红了:"啊——哈,该睡午觉了。"

"那,发展工作怎么再去了解?"林震没有办法地问。

韩常新又去拍林震的肩膀,林震不由得躲开了。韩常新有把握地说:"明天咱们俩一齐去,我帮你去了解,好不好?"然后他拉着林震一同到宿舍去。

第二天,林震很有兴趣观察韩常新如何了解情况。三年前,林震在北京师范上学的时候,出去作过见习教师,老教师在前面讲,林震和学生一起听,学了不少东西。这次,他也抱着见习的态度,打开笔记本,准备把韩常新的工作过程详细记录下来。

韩常新问魏鹤鸣:"发展了几个党员?"

"一个半。"

"不是一个半,是两个,我是检查你们的发展情况,不是检查区委批没批。"韩常新纠正他,又问:"这两个人本季度生产计划完成的怎么样?"

"很好,他们一个超额百分之七,一个超额百分之四,厂里黑板报还表扬……"

谈起生产情况,魏鹤鸣似乎起劲了些,但是韩常新打断了他的话:"他们有些什么缺点?"

魏鹤鸣想了半天,空空洞洞地说了些缺点。

韩常新叫他给所举的缺点提一些例子。

提完例子,韩常新再问他党的积极分子完成本季度生产任务的情况,他特别感兴趣的是一些数字和具体事例,至于这些先进的工人克服困难、钻研创造的过程,他听都不要听。

回来以后,韩常新用流利的行书示范地写了一个"麻袋厂发展工作简况",内容是这样的:

……本季度(一九五六年一月——三月)麻袋厂支部基本上贯彻了积极慎重发展新党员的方针,在建党工作上取得了一定的成绩,新通过的党员朱××与范××受到了共产党员的光荣称号的鼓舞,增强了主人翁的观念,在第一季度繁重的生产任务中各超额百分之七,百分之四。广大积极分子,围绕在支部周围,受到了朱××与范××模范事例的教育,并为争取入党的决心所推动,发挥了劳动的积极性与创造性,良好地完成或者超额完成了第一季度的生产任务……(下面是一系列数字与具体事例)这说明:一、建党工作不仅与生产工作不会发生矛盾,而且大大推动了生产,任何借口生产忙而忽视建党工作的作法是错误的。二……但同时必须指出,麻袋厂支部的建党工作,也仍然存在着一定的缺点……例如……

林震把写着"简况"的片艳纸捧在手里看了又看,他有一刹那甚至于怀疑自己去没去过麻袋厂,还是上次与韩常新同去时自己睡着了,为什么许多情况他根本不记得呢?他迷惑地问韩常新:

"这,这是根据什么写的?"

"根据那天魏鹤鸣的汇报呀。"

"他们在生产上取得的成绩是因为建党工作么?"林震口吃起来。

韩常新抖一抖裤角,说:"当然。"

"不吧?上次魏鹤鸣并没有这样讲。他们的生产提高了,也可能是由于开展竞赛,也许由于青年团建立了监督岗,未必是建党工作的成绩……"

"当然,我不否认。各种因素是统一起来的,不能形而上学地割裂地分析这是甲项工作的成绩,那是乙项工作的成绩。"

"那,譬如我们写第一季度的捕鼠工作总结,是不是也可以用这些数字和事例呢?"

韩常新沉着地笑了,他笑林震不懂"行",他说:"那可以灵活掌握……"

林震又抓住几个小问题问:

"你怎么知道他们的生产任务是繁重的呢?"

"难道现在会有一个工厂任务很清闲吗?"

林震目瞪口呆了。

四

初到区委会十天的生活,在林震头脑中积累起的印象与产生的问题,比他在小学呆了两年的还多。区委会的工作是紧张而严肃的,在区委书记办公室,连日开会到深夜。从汉语拼音到预防大脑炎,从劳动保护到政治经济学讲座,无一不经过区委会的忠实的手。林震有一次去收发室取报纸,看见一份厚厚的材料,第一页上写着"区人民委员会党组关于调整公私合营工商业的分布、管理、经营方法及贯彻市委关于公私合营工商业工人工资问题的报告的请示"。他怀着敬畏的心情看着这份厚得像一本书的材料和它的长题目。有时,一眼望去,却又觉得区委干部们是随意而松懈的,他们在办公时间聊天,看报纸,大胆地拿林震认为最严肃的题目开玩笑,例如,青年监督岗开展工作,韩常新半嘲笑地说:"吓,小青年们脑门子热起来啦……"林震参加的组织部一次部务会议也很有意思,讨论市委布置的一个临时任务,大家抽着烟,说着笑话,打着岔,开了两个钟头,拖拖沓沓,没有什么结果。这时,皱着眉思索了好久的刘世吾提出了一个方案,马上热烈地展开了讨论,很多人发表了使林震惊佩的精彩意见。林震觉得,这最后的三十多分钟的讨论要比以前的两个钟头有效十倍。某些时候,譬如说夜里,各屋亮着灯:第一会议室,出席座谈会的胖胖的工商业者愉快地与统战部长交换意见;第二会议室,各单位的学习辅导员们为"价值"与"价格"的关系争得面红耳赤;组织部坐着等待入党谈话的激动的年轻人,而市委的某个严厉的书记出现在书记办公室,找区委正副书记汇报贯彻工资改革的情况……这时,人声嘈杂,人影交错,电话铃声断断续续,林震仿佛从中听到了本区生活的脉搏的跳动,而区委会这座不新的、平凡的院落,也变得辉煌壮观起来。

在一切印象中,最突出和新鲜的印象是关于刘世吾的:刘世吾工作极多,常常同一个时间好几个电话催他去开会,但他还是一会儿就看完了《拖拉机站站长与总农艺师》,把书移借给了韩常新;而且,他已经把前一个月公布的拼音文字草案学会了,开始在开会时用拼音文字作记录了。某些传阅文件刘世吾拿过来看看题目和结尾就签上名送走,也有的不到三千字的指示他看上一下午,密密麻麻地划上各种符号。刘世吾有时一面听韩常新汇报情况,一面漫不经心地查阅其他的材料,听着听着却突然指出:"上次你汇报的情况不是这样!"韩常新不自然地笑着,刘世吾的眼睛捉摸不定地闪着光;但刘世吾并不深入追究,仍然查他的材料,于是韩常新恢复了常态,有声有色地汇报下去。

赵慧文与韩常新的关系也被林震看出了一些疑窦:韩常新对一切人都是拍着肩膀,称呼着"老王""小李",亲热而随便,独独对赵慧文,却是一种礼貌的"公事公办"的态度。这样说话,"赵慧文同志,党刊第一百〇四期放在哪里?"而赵慧文也用顺从包含着警戒的神情对待他。

……四月,东风悄悄地刮起,不再被人喜爱的火炉蜷缩在阴暗的贮藏室,只有各房间熏黑了的屋顶还存留着严冬的痕迹。往年,这个时候,林震就会带着活泼的孩子们去卧佛寺或者西山八大处踏青,在早开的桃李与混浊的溪水中寻找春天的消息……区委会的生活却不怎么受季节的影响,继续以那种紧张的节奏和复杂的色彩流转着。当林震从院里的垂柳上摘下一颗多汁的嫩芽时,他稍微有点怅惘,因为春天来得那么快,而他,却没作出什么有意义的事情来迎接这个美妙的季节……

晚上九点钟,林震走进了刘世吾办公室的门。赵慧文正在这里,她穿着紫黑色的毛衣,脸儿在灯光下显得越发苍白。听到有人进来,她迅速地转过头来,林震仍然看见了她略略突出的颧骨上的泪迹。他回身要走,低着头吸烟的刘世吾作手势止住他:"坐在这儿吧,我们就谈完了。"

林震坐在一角,远远地隔着灯光看报,刘世吾用烟卷在空中划着圆圈,诚恳地说:

"相信我的话吧,没错。年轻人都这样,最初互相美化,慢慢发现了缺点,就觉得都很平凡。不要作不切实际的要求,没有遗弃,没有虐待,没有发现他政治上、品质上的问题,怎么能说生活不下去呢?才四年嘛。你的许多想法是从苏联电影里学习来的,实际上,就么回事……"

赵慧文没说话,她撩一撩头发,临走的时候,对林震惨然地一笑。

刘世吾走到林震旁边,问:"怎么样?"他丢下烟蒂,又掏出一支来点上火,紧接着贪婪地吸了几口,缓缓地吐着白烟,告诉林震:"赵慧文跟她爱人又闹翻了……"接着,他开开窗户,一阵风吹掉了办公桌上的几张纸,传来了前院里散会以后人们的笑声,招呼声和自行车铃响。

刘世吾把只抽了几口的烟扔出去,伸了个懒腰,扶着窗户,低声说:"真的是春天了呢!"

"我想谈谈来区委工作的情况,我有一些问题不知道怎么解决。"林震用一种坚决的神气说,同时把落在地上的纸页拾起来。

"对,很好。"刘世吾仍然靠着窗户框子。

林震从去麻袋厂说起:"……我走到厂长室,正看见王清泉同志……"

"下棋呢还是打扑克?"刘世吾微笑着问。

"您怎么知道?"林震惊骇了。

"他老兄什么时候干什么我都算得出来,"刘世吾慢慢地说:"这个老兄棋瘾很大,有一次在咱这儿开了半截会,他出去上厕所,半天不回来,我出去一找,原来他看见老吕和区委书记的儿子下棋,他在旁边'支'上'招儿'了。"

林震把魏鹤鸣对他的控告讲了一遍。

刘世吾关上窗户,拉一把椅子坐下,用两个手扶着膝头支持着身体,轻轻地摆动着头:

"魏鹤鸣是个直性子,他一来就和王清泉吵得面红耳赤……你知道,王清泉也是个特殊人物,不太简单。抗日胜利以后,王清泉被派到国民党军队里工作,他作过国民党军的副团长,是个呱呱叫的情报人员。一九四七年以后他与我们的联系中断,直到解放以后才接上线。他是去瓦解敌人的,但是他自己也染上国民党军官的一些习气,改不过来,其实是个英勇的老同志。"

"这样……"

"是啊。"刘世吾严肃地点点头,接着说,"当然,这不能为他辩护,党是派他去战胜敌人而不是与敌人同流合污,所以他的错误是应该纠正的。"

"怎么去解决呢?魏鹤鸣说,这个问题已经拖了好久。他到处写过信……"

"是啊。"刘世吾又干咳了一会,作着手势说:"现在下边支部里各类问题很多,你如果一一的用手工业的方法去解决,那是事倍功半的。而且,上级布置的任务追着屁股,完成这些任务已经感到很吃力。作为领导,必须掌握一种把个别问题与一般问题结合起来,把上级分配的任务与基层存在的问题结合起来的艺术。再者,王清泉工作不努力是事实,但还没有发展到消极怠工的地步;作风有些生硬,也不是什么违法乱纪;显然,这不是组织处理问题而是经常教育的问题。从各方面看,解决这个问题的时机目前还不成熟。"

林震沉默着,他判断不清究竟哪样对;是娜斯嘉的"对坏事决不容忍"对呢,还是刘世吾的"条件成熟论"对。他一想起王清泉那样的厂长就觉得难受,但是,他驳不倒刘世吾的"领导艺术"。刘世吾又告诉他:"其实,有类似毛病的干部也不只一个……"这更加使得林震睁大了眼睛,觉得这跟他在小学时所听的党课的内容不是一个味儿。

后来,林震又把看到的韩常新如何了解情况与写简报的事说了说,他说,他觉得这样整理简报不太真实。

刘世吾大笑起来,说:"老韩……这家伙……,真高明……"笑完了,又长出一口气,告诉林震:"对,我把你的意见告诉他。"

林震犹豫着,刘世吾问:"还有别的意见么?"

于是林震勇敢地提出:"我不知道为什么,来了区委会以后发现了许多许多缺点,过去我想象的党的领导机关不是这样……"

刘世吾把茶杯一放:"当然,想象总是好的,实际呢,就那么回事。问题不在有没有缺点,而在什么是主导的。我们区委的工作,包括组织部的工作,成绩是基本的呢,还是缺点是基本的?显然成绩是基本的,缺点是前进中的缺点。我们伟大的事业,正是由这些有缺点的组织和党员完成着的。"

走出办公室以后,林震有一种奇怪的感觉:和刘世吾谈话似乎可以消食化气,而他自己的那些肯定的判断,明确的意见,却变得模糊不清了。他更加惶惑了。

五

不久,在党小组会上,林震受到了一次严厉的批评。

事情是这样:有一次,林震去麻袋厂,魏鹤鸣说,由于季度生产质量指标没有达到,王厂长狠狠地训了一回工人,工人意见很大,魏鹤鸣打算找些人开个座谈会,搜集意见,准备向上反映。林震很同意这种做法,以为这样也许能促进"条件的成熟"。过了三天,王清泉气急败坏地到区委会找副书记李宗秦,说魏鹤鸣在林震支持下搞小集团进行反领导的活动,还说参加魏鹤鸣主持的座谈会的工人都有历史问题……最后说自己请求辞职。李宗秦批评了他的一些缺点,同意制止魏鹤鸣再开座谈会,"至于林震,"他对王清泉说,"我们会给以应有的教育的。"

批评会上,韩常新分析道:"林震同志没有和领导上商量,擅自同意魏鹤鸣召集座谈会,这首先是一种无组织无纪律的行为……"

林震不服气,他说:"没有请示领导,是我的错。但是我不明白为什么我们不但不去主动了解群众的意见,反而制止基层这样作!"

"谁说我们不了解?"韩常新翘起一只腿,"我们对麻袋厂的情况统统掌握……"

"掌握了而不去解决,这正是最痛心的!党章上规定着,我们党员应该向一切违反党的利益的现象作斗争……"林震的脸变青了。

富有经验的刘世吾开始发言了,他向来就专门能在一定的关头起扭转局面的作用。

"林震同志的工作热情不错,但是他刚来一个月就给组织部的干部讲党章,未免仓促了些。林震以为自己是支持自下而上的批评,是作一件漂亮事,他的动机当然是好的;不过,自下而上的批评必须有领导地去开展,譬如这回事,请林震同志想一想:第一,魏鹤鸣是不是对王清泉有个人成见呢?很难说没有。那么魏鹤鸣那样积极地去召集座谈会,可不可能有什么个人目的呢?我看不一定完全不可能。第二,参加会的人是不是有一些历史复杂别有用心的分子呢?这也应该考虑到。第三,开这样一个会,会不会在群众里造成一种王清泉快要挨整了的印象因而天下大乱了呢?等等。至于林震同志的思想情况,我愿意直爽地提出一个推测:年轻人容易把生活理想化,他以为生活应该怎样,便要求生活怎样,作一个党工作者,要多考虑的却是客观现实,是生活可能怎样。年轻人也容易过高估计自己,抱负甚多,一到新的工作岗位就想对缺点斗争一番,充当个娜斯嘉式的英雄。这是一种可贵的、可爱的想法,也是一种虚妄……"

林震像被打中了似地颤了一下,他紧咬住下嘴唇。

他鼓起勇气再问:"那么王清泉……"刘世吾把头一扬:"我明天找他谈话,有原则性的并不仅是你一个人。"

六

星期六晚上,韩常新举行婚礼。林震走进礼堂,他不喜欢那弥漫的呛人的烟气,还有地上杂乱的糖果皮与空中杂乱的哄笑;没等婚礼开始他就退了出来。

组织部的办公室黑着,他拉开灯,看见自己桌上的信,是小学的同事们写来的,其中还夹着孩子们用小手签了名的信:

> 林老师:您身体好吗?我们特别特别想您,女同学都哭了,后来就不哭了,后来我们作算术,题目特别特别难,我们费了半天劲,中于算出来了……

看着信,林震不禁独自笑起来了,他拿起笔把"中于"改成"终于",准备在回信时告诉他们下次要避免别字。他仿佛看见了系蝴蝶结的李琳琳,爱画水彩画的刘小毛和常常把铅笔头含在嘴里的孟飞……他猛把头从信纸上抬起来,所看见的却是电话、吸墨纸和玻璃板。他所熟悉的孩子的世界和他的单纯的工作已经离他而去了,新的工作要复杂得多……他想起前天党小组会上人们对他的批评。难道自己真的错了?真的是莽撞和幼稚,再加几分年轻人的廉价的勇气?也许真的应该切实估量一下自己,把分内的事作好,过两年,等到自己"成熟"了以后再干预一切吧?

礼堂里传来爆发的掌声和笑声。

一只手落在肩上,他吃惊地回过头来,灯光显得刺眼,赵慧文没有声响地站在他的身边,女同志走路都有这种不声不响的本事。

赵慧文问:"怎么不去玩?"

"我懒得去。你呢?"

"我该回家了,"赵慧文说,"到我家坐坐好吧?省得一个人在这儿想心事。"

"我没有心事。"林震分辩着,但他接受了赵慧文的好意。

赵慧文住在离区委会不远的一个小院落里。

孩子睡在浅蓝色的小床里,幸福地含着指头。赵慧文吻了儿子,拉林震到自己房间里来。

"他父亲不回来吧?"林震问。

赵慧文摇摇头。

这间卧室好像是布置得很仓促，墙壁因为空无一物而显得过分洁白，盆架孤单地缩在一角，窗台上的花瓶傻气地张着口；只有床头小桌上的收音机，好像还能扰乱这卧室的安静。

林震坐在藤椅上，赵慧文靠墙站着。林震指着花瓶说："应该插枝花，"又指着墙壁说："为什么不买几张画挂上？"

赵慧文说："经常也不在，就没有管它。"然后她指着收音机问："听不听？星期六晚上，总有好的音乐。"

收音机亮了，一种梦幻的柔美的旋律从远处飘来，慢慢变得热情激荡。提琴奏出的诗一样的主题立即揪住了林震的心。他托着腮，屏住了气。他的青春，他的追求，他的碰壁，似乎都能与这乐曲相通。

赵慧文背着手靠在墙上，不顾衣服蹭上了石灰粉，等这段乐曲过去，她用和音乐一样的声音说："这是柴可夫斯基的意大利随想曲，让人想到南国，想到海……我在文工团的时候常听它，慢慢觉得，这调子不是别人演奏出的，而是从我心里钻出来的……"

"在文工团？"

"参加军事干部学校以后被分配去的，在朝鲜，我用我的蹩脚的嗓子给战士唱过歌，我是个哑嗓子的歌手。"

林震像第一次见面似的又重新打量赵慧文。

"怎么？不像了吧？"这时电台改放"剧场实况"了，赵慧文把收音机关了。

"你是文工团的，为什么很少唱歌？"林震问。

她不回答，走到床边，坐下。她说："我们谈谈吧，小林，告诉我，你对咱们区委的印象怎么样？"

"不知道，我是说，还不明确。"

"你对韩常新和刘世吾有点意见吧，是不？"

"也许。"

"当初我也这样，从部队转业到这里，和部队的严格准确比较，许多东西我看不惯。我给他们提了好多意见，和韩常新激动地吵过一回，但是他们笑我幼稚，笑我工作没作好意见倒一大堆，慢慢地我发现，和区委的这些缺点作斗争是我力不胜任的……"

"为什么力不胜任？"林震像刺痛了似地跳起来，他的眉毛拧在一起了。

"这是我的错，"赵慧文抓起一个枕头，放在腿上，"那时我觉得自己水平太低，自己也很不完美，却想纠正那些水平比自己高得多的同志，实在不量力。而且，刘世吾、韩常新还有别人，他们确实把有些工作作得很好。他们的缺点散布在咱们工作的成绩里边,就像灰尘散布在美好的空气中,你嗅得出来,但抓不住,这正是难办的地方。"

"对!"林震把右拳头打在左手掌上。

赵慧文也有些激动了,她把枕头抛开,话说得更慢,她说:"我做的是事务工作,领导同志也不大过问,加上个人生活上的许多牵扯,我沉默了,于是,上班抄抄写写,下班给孩子洗尿布,买奶粉。我觉得我老得很快,参加军干校时候那种热情和幻想,不知道哪里去了。"她沉默着,一个一个地捏着自己的手指,接着说,"两个月以前,北京市进入社会主义高潮,工人、店员还有资本家,放着鞭炮,打着锣鼓到区委会报喜,工人、店员把入党申请书直接送到组织部,大街上一天一变,整个区委会彻夜通明,吃饭的时候,宣传部、财经部的同志滔滔不绝地讲着社会主义高潮中的各种气象;可我们组织部呢?工作改进很少!打电话催催发展数字,按前年的格式添几条新例子写写总结……最近,大家检查保守思想,组织部也检查,拖拖沓沓开了三次会,然后写个材料完事。……哎,我说乱了,社会主义高潮中,每一声鞭炮都刺着我,当我复写批准新党员通知的时候,我的手激动得发抖,可是我们的工作就这样依然故我地下去吗?"她喘了一口气,来回踱着,然后接着说:"我在党小组会上谈自己的想法,韩常新满足地问:'难道我们发展数字的完成比例不是各区最高的?难道市委组织部没要我们写过经验?'然后他进行分析,说我情绪不够乐观,是因为不安心事务工作……"

"开始的时候,韩常新给人一个了不起的印象,但是实际一接触……"林震又说起那次写汇报的事。

赵慧文同意地点头:"这一二年,虽然我没提什么意见,但我无时无刻不在观察。生活里的一切,有表面也有内容,作到金玉其外,并不是难事。譬如韩常新,充领导他会拉长了声音训人,写汇报他会强拉硬扯生动的例子,分析问题,他会用几个无所不包的概念;于是,俨然成了个少壮有为的干部,他漂浮在生活上边,悠然得意。"

"那么刘世吾呢?"林震问,"他决不像韩常新那样浅薄,但是他的那些独到的见解,精辟的分析,好像包含着一种可怕的冷漠,看到他容忍王清泉这样的厂长,我无法理解,而当我想向他表示什么意见的时候,他的议论却使人越绕越糊涂,除了跟着他走,似乎没有别的路……"

"刘世吾有一句口头语:就那么回事。他看透了一切,以为一切就那么回事。按他自己的说法,他知道什么是'是',什么是'非',还知道'是'一定战胜'非',又知道'是'不是一下子战胜'非',他什么都知道,什么都见过——党的工作给人的经验本来很多;于是他不再操心,不再爱也不再恨。他取笑缺陷,仅仅是取笑,欣赏成绩,仅仅是欣赏。他满有把握地应付一切,再也不需要虔诚地学习什么,除了拼音文字之类的具体知识。一旦他认为条件成熟需要干一气,他一把把事情抓在手里,教育这个,处理那个,俨然是一切人的上司。凭他的经验和智慧,他当然可以作好一些事,于是他更加自信。"赵慧文毫不容情地说道。这些话曾经在多少个不眠的夜晚萦绕在她的心头……

"我们区委副书记兼部长呢?他不管么?"

赵慧文更加兴奋了,她说:"李宗秦身体不好,他想去作理论研究工作,嫌区的工作过于具体。他作组织部长只是挂名,把一切事情推给刘世吾。这也是一种相当普遍的不正常的现象,有一批老党员,因为病,因为文化水平低,或者因为是首长爱人,他们挂着厂长、校长和书记的名,却由副厂长、教导主任、秘书或者某个干事作实际工作。"

"我们的正书记——周润祥同志呢?"

"周润祥是一个非常令人尊敬的领导同志,但是他工作太多,忙着肃反、私营企业的改造……各种带有突击性的任务,我们组织部的工作呢,一般说永远成不了带突击性的中心任务,所以他管的也不多。"

"那……怎么办呢?"林震直到现在,才开始明白了事情的复杂性,一个缺点,仿佛粘在从上到下的一系列的缘故上。

"是啊。"赵慧文沉思地用手指弹着自己的腿,好像在弹一架钢琴,然后她向着远处笑了,她说:"谢谢你……"

"谢我?"林震以为自己听错了。

"是的,见到你,我好像又年轻了。你天不怕地不怕,敢于和一切坏现象作斗争,于是我有一种婆婆妈妈的预感:你……一场风波要起来了。"

林震脸红了。他根本没有想到这些,他正为自己的无能而十分羞耻。他嘟哝着说:"但愿是真正的风波而不是瞎胡闹。"然后他问:"你想了这么多,分析得这么清楚,为什么只是憋在心里呢?"

"我老觉得没有把握,"赵慧文把手放在自己的胸前,"我看了想,想了又看,我有时候想得一夜都睡不好,我问自己:'你的工作是事务性的,你能理解这些吗?'"

"你怎么会这样想?我觉得你刚才说的对极了!你应该把你刚才说的对区委书记谈,或者写成材料给《人民日报》……"

"瞧,你又来了。"赵慧文露出润湿的牙齿笑了。

"怎么叫又来了?"林震不高兴地站起来,使劲搔着头皮,"我也想过多少次,我觉得,人要在斗争中使自己变正确,而不能等到正确了才去作斗争!"

赵慧文突然推门出去了,把林震一个人留在这空旷的屋子里,他嗅见了肥皂的香气。马上,赵慧文回来了,端着一个长柄的小锅,她跳着进来,像一个梳着三只辫子的小姑娘。她打开锅盖,戏剧性地向林震说:

"来,我们吃荸荠,煮熟了的荸荠,我没有找到别的好吃的。"

"我从小就喜欢吃熟荸荠,"林震愉快地把锅接过来,他挑了一个大的没剥皮就咬了一口,然后他皱着眉吐了出来,"这是个坏的,又酸又臭。"赵慧文大笑了。林震气愤地把捏烂了的酸荸荠扔到地上。

临走的时候,夜已经深了,纯净的天空上布满了畏怯的小星星。有一个老头吆喝:"炸丸子开锅!"推车走过。林震站在门外,赵慧文站在门里,她的眼睛在黑暗中闪光,她说:"下次来的时候,墙上就有画了。"

林震会心地笑着:"而且希望你把丢下的歌儿唱起来!"他摇了一下她的手。

林震用力地呼吸着春夜的清香之气,一股温暖的泉水在心头涌了上来。

七

韩常新最近被任命为组织部副部长。新婚和被提拔,使他愈益精神焕发和朝气勃勃。他每天刮一次脸,在参观了服装展览会以后又做了一套凡尔丁料子的衣服。不过,最近他亲自出马下去检查工作少了,主要是在办公室听汇报,改文件和找人谈话。刘世吾仍然那么忙……

一天,晚饭以后,韩常新把《拖拉机站站长与总农艺师》还给林震,他用手弹一弹那本书,点点头说:"很有意思,也很荒唐。当个作家倒不坏,编得天花乱坠。赶明儿我得了风湿性关节炎或者犯错误受了处分,就也写小说去。"

林震接过书,赶快拉开抽屉,把它压在最底下。

刘世吾坐在另一边的沙发上正出神地研究一盘象棋残局,听了韩常新的话,刻薄地说:"老韩将来得关节炎或者受处分倒不见得不可能,至于小说,我们可以放心,至少在这个行星上不会看到您的大作。"他说的时候一点不像开玩笑,以致韩常新尴尬地转过头,装没听见。

这时刘世吾又把林震叫过去,坐在他旁边,问:"最近看什么书了?有没有好的借我看看?"

林震说没有。

刘世吾挪动着身体,斜躺在沙发上,两手托在脑后,半闭着眼,缓慢地说:"最近在《译文》上看了《被开垦的处女地》第二部的片段,人家写得真好,活得很……"

"您常看小说?"林震真不大相信。

"我愿意荣幸地表示,我和你一样地爱读书:小说、诗歌,包括童话。解放以前,我最喜欢屠格涅夫,小学五年级,我已经读《贵族之家》,我为伦蒙那个德国老头儿流泪,我也喜欢叶琳娜;英沙罗夫写得却并不好……可他的书有一种清新的、委婉多情的调子。"他忽地站起来,走近林震,扶着沙发背,弯着腰继续说,"现在也爱看,看的时候很入迷,看完了又觉得没什么,你知道,"他紧挨着林震坐下,又半闭起眼睛,"当我读一本好小说的时候,我梦想一种单纯的、美妙的、透明的生活。我想去作水手,或者穿上白衣服研究红血球,或者作一个花匠,专门培植十样锦……"他笑了。从来没有这样笑过,不是用机智,而是用心。"可还是得作什么组织部长。"他摊开了手。

"为什么您把现在的工作看得和小说那么不一样呢?党的工作不单纯,不美妙,也不透明么?"林震友好而关切地问。

刘世吾接连摇头,咳嗽了一会,又站起来,靠到远一点的地方,嘲笑地说:"党工作者不适合看小说。……譬如,"他用手在空中一划,"拿发展党员来说,小说可以写:'在壮丽的事业里,多少名新战士参加了无产阶级的先锋行列,万岁!'而我们呢,组织部呢,却正在发愁:第一,某支部组织委员工作马大哈,谈不清新党员的历史情况。第二,组织部压了百十几个等着批准的新党员,没时间审查。第三,新党员需经常委会批准,常委委员一听开会批准党员就请假。第四,公安局长参加常委会批准党员的时候老是打瞌睡……"

"您不对!"林震大声说,他像本人受了侮辱一样地难以忍耐,"您看不见壮丽的事业,只看见某某在打瞌睡……难道您也打瞌睡了?"

刘世吾笑了笑,叫韩常新:"来,看看报上登的这个象棋残局,该先挪车呢还是先跳马?"

八

魏鹤鸣告诉林震,他要求回到车间作工人,他说:"这个支部委员和生产科长我干不了。"林震费尽唇舌,劝他把那次座谈会搜集的意见写给党报,并且质问他:"你退缩了,你不信任党和国家了,是吗?"后来魏鹤鸣和几个意见较多的工人写了一封长信,偷偷地寄给报纸,连魏鹤鸣本人都对自己有些怀疑:"也许这又是'小集团活动'?那就处罚我吧!"他是带着有罪的心情把大信封扔进邮箱的。

五月中旬,《北京日报》以显明的标题登出揭发王清泉官僚主义作风的群众来信。署名"麻袋厂一群工人"的信,愤怒地要求领导上处理这一问题。《北京日报》编者也在按语中指出:"……有关领导部门应迅速作认真的检查……"

赵慧文首先发现了,她叫林震来看。林震兴奋得手发抖,看了半天连不成句子,他想:"好!终于揭出来了!还是党报有力量!"

他把报纸拿给刘世吾看,刘世吾仔细地看了几遍,然后抖一抖报纸,客观地说:"好,开刀了!"

这时,区委书记周润祥走进来,他问:"王清泉的情况你们了解不?"

刘世吾不慌不忙地说:"麻袋厂支部的一些不健康的情况那是确实存在的。过去,我们就了解过,最近我亲自找王清泉谈过话,同时小林同志也去了解过。"他转身向林震:"小林,你谈谈王清泉的情况吧。"

有人敲门,魏鹤鸣紧张地撞进来,他的脸由红色变成了青色,他说,王厂长在看到《北京日报》以后非常生气,现在正追查写信的人。

……经过党报的揭发与区委书记的过问,刘世吾以出乎林震意料之外的雷厉风行的精神处理了麻袋厂的问题。刘世吾一下决心,就可以把工作作得很出色。他把其他工作交代给别人,连日与林震一起下到麻袋厂去。他深入车间,详细调查了王清泉工作的一切情况,征询工人群众的一切意见。然后,与各有关部门进行了联系,只用了一个多星期的时间,就对王清泉作了处理——党内和行政都予以撤职处分。

处理王清泉的大会一直开到深夜,开完会,外面下起雨,雨忽大忽小,久久地不停息。风吹到人脸上有些凉。刘世吾与林震到附近的一个小铺子去吃馄饨。

这是新近公私合营的小铺子,整理得干净而且舒适。由于下雨,顾客不多。他们避开热气腾腾的馄饨锅,在墙角的小桌旁坐下来。

他们要了馄饨,刘世吾还要了白酒,他呷了一口酒,掐着手指,有些感触地说:"我这是第六次参加处理犯错误的负责干部的问题了,头几次,我的心很沉重。"由于在大会上激昂地讲过话,他的嗓音有些嘶哑,"党工作者是医生,他要给人治病,他自己却是并不轻松的。"他用无名指轻轻敲着桌子。

林震同意地点头。

刘世吾忽然问:"今天是几号?"

"五月二十。"林震告诉他。

"五月二十,对了。九年前的今天,'青年军'二〇八师打坏了我的腿。"

"打坏了腿?"林震对刘世吾的过去历史还不了解。

刘世吾不说话,雨一阵大起来,他听着那哗啦哗啦的单调的响声,嗅着潮湿的土气。一个被雨淋透的小孩子跑进来避雨,小孩的头发在往下滴水。

刘世吾招呼店员:"切一盘肘子。"然后告诉林震:"一九四七年,我在北大作自治会主席。参加五·二〇游行的时候,二〇八师的流氓打坏了我的腿。"他挽起裤子,可以看到一道弧形的疤痕,然后他站起来:"看,我的左腿是不是比右腿短一点?"

林震第一次以深深的尊敬和爱戴的眼光看着他。

喝了几口酒,刘世吾的脸微微发红,他坐下,把肉片夹给林震,然后斜着头说:"那时候……我是多么热情,多么年轻啊! 我真恨不得……"

"现在就不年轻,不热情了么?"林震用期待的眼光看着。

"当然不,"刘世吾玩着空酒杯,"可是我真忙啊! 忙得什么都习惯了,疲倦了。解放以来从来没睡够过八小时觉。我处理这个人和那个人,却没有时间处理处理自己。"他托起腮,用最质朴的人对人的态度看着林震,"是啊,一个布尔什维克,经验要丰富,但是心要单纯。……再来一两!"刘世吾举起酒杯,向店员招手。

这时,林震已经开始被他深刻和真诚的抒发所感动了。刘世吾接着闷闷地说:"据说,炊事员的职业病是缺少良好食欲,饭菜是他们做的,他们整天和饭菜打交道。我们,党工作者,我们创造了新生活,结果,生活反倒不能激动我们……"

林震的嘴动了动,刘世吾摆摆手,表示希望不要现在就和他辩论。他不说话,独自托着腮发愣。

"雨小多了,这场雨对麦子不错,"过了半天,刘世吾叹了口气,忽然又说:"你这个干部好,比韩常新强。"

林震在慌乱中赶紧喝汤。刘世吾盯着他,亲切地笑着,问他:"赵慧文最近怎么样?"

"她情绪挺好。"林震随口说。他拿起筷子去夹熟肉,看见了他熟悉的刘世吾的闪烁的目光。

刘世吾把椅子拉近他,缓缓地说:"原谅我的直爽,但是我有责任告诉你……"

"什么?"林震停止了夹肉。

"据我看,赵慧文对你的感情有些不……"

林震颤抖着手放下了筷子。

离开馄饨铺,雨已经停了,星光从黑云下面迅速地露出来,风更凉了,积水潺潺地从马路两边的泄水池流下去。林震迷惘地跑回宿舍,好像喝了酒的不是刘世吾,倒是他。同宿舍的同志都睡得很甜,粗短的和细长的鼾声此起彼伏。林震坐在床上,摸着湿了的裤角,眼前浮现了赵慧文的苍白而美丽的脸。……他还是个毛小伙子,他什么也没经历过,什么都不懂。他走近窗子,把脸紧贴在外面沾满了水珠的冰冷的玻璃上。

九

区委常委开会讨论麻袋厂的问题。

林震列席参加。他坐在一角,心跳、紧张,手心里出了汗。他的衣袋里装着好几千字的发言提纲,准备在常委会上从麻袋厂事件扯出组织部工作中的问题。他觉得麻袋厂问题的揭发和解决,造成了最好的机会,可以促请领导从根本上考虑一下组织部的工作。时候到了!

刘世吾正在条理分明地汇报情况。书记周润祥显出沉思的神色,用左拳托着士兵式的粗壮而宽大的脸,右腕子压着一张纸,时而在上面写几个字。李宗秦用食指在空中写划着。韩常新也参加了会,他专心地把自己的鞋带解开又系上。

林震几次想说话,但是心跳得使他喘不上气。第一次参加常委会,就作这种大胆的发言,未免过于莽撞吧?不怕,不怕!他鼓励自己。他想起八岁那年在青岛学跳水,他也一边听着心跳,一边生气地对自己说:"不怕,不怕!"

区委常委批准了刘世吾对于麻袋厂问题提出的处理意见,马上就要进行下面一项议程了,林震霍地举起了手。

"有意见吗?不举手就可以发言的。"周书记笑着说。

林震站起来,碰响了椅子,掏出笔记本看着提纲,他不敢看大家。

他说:"王清泉个人是作了处理了,但是如何保证不再有第二、第三个王清泉出现呢?我们应该检查一下区委组织工作中的缺点:第一,我们只抓了建党,对于巩固党没给以应有的注意,使基层的党内斗争处于自流状态。第二,我们明知有问题却拖延着不去解决,王清泉来厂子整整五年,问题一直存在而且愈发展愈重。……具体地说,我认为韩常新同志与刘世吾同志有责任……"

会场起了轻微的骚动,有人咳嗽,有人放下了烟卷,有人打开笔记本,有人挪了一下椅子。

韩常新耸了一下肩,用舌头舐了一下扭动着的牙床,讽刺地说:"往往听到一种事后诸葛亮的意见:'为什么不早一点处理呢?'当然是愈早愈好喽……高、饶事件发生了,有人问为什么不早一点,贝利亚,也有人问为什么不早一点。再者,组织部并不能保证第二、三个王清泉不会出现,林震同志也未尝能保证这一点。"

林震抬起头,用激怒的目光看韩常新。韩常新却只是冷冷地笑。林震压抑着自己说:"老韩同志知道缺点的存在是规律,但他不知道克服缺点前进更是规律。老韩同志和刘部长,就是抱住了头一个规律,因而对各种严重的缺点采取了容忍乃至于麻木的态度!"说完,他用手抹了抹头上的汗,他也不知道自己怎么敢说得这样尖锐,但是终究说出来了,他有一种如释重负的感觉。

李宗秦在空中划着的食指停住了,周润祥转头看看林震又看看大家,他的沉重的身躯使木椅发出了吱吱声。他向刘世吾示意:"你的意见?"

刘世吾点点头:"小林同志的意见是对的,他的精神也给了我一些启发……"然后他悠闲地蹓到桌子边去倒茶水,用手抚摸着茶碗沉思地说:"不过具体到麻袋厂事件,倒难说了。组织部门巩固党的工作抓的不够,是的,我们干部太少,建党还抓不过来。麻袋厂王清泉的处理,应该说还是及时而有效的。在宣布处理的工人大会上,工人的情绪空前高涨,有些落后的工人也表示更认识到了党的大公无私,有一个老工人在台上一边讲话一边落泪,他们口口声声说着感谢党,感谢区委……"

林震小声说:"是的,正因为这样,我才觉得我们工作中的麻木、拖延、不负责任,是对群众犯罪。"他提高了声音,"党是人民的、阶级的心脏,我们不能容忍心脏上有灰尘,就不能容忍党的机关的缺点!"

李宗秦把两手交叉起来放在膝头,他缓缓地说,像是一边说一边思索着如何造句:"我认为林震、韩常新、刘世吾同志的主要争论有两个症结,一个是规律性与能动性的问题,……一个是……"

林震以不知从哪儿来的勇气对李宗秦说:"我希望不要只作冷静而全面的分析……"他没有说下去,他怕自己掉下眼泪来。

周润祥看一看林震,又看一看李宗秦,皱起了眉头,沉默了一会,迅速地写了几个字,然后他对大家说:"讨论下一项议程吧。"

散会后,林震气恼得没有吃下饭,区委书记的态度他没想到。他不满甚至有点失望。韩常新与刘世吾找他一齐出去散步,就像根本没理会他对他们的不满意,这使林震更意识到自己和他们力量的悬殊。他苦笑着想:"你还以为常委会上发一席言就可以起好大的作用呢!"他打开抽屉,拿起那本被韩常新嘲笑过的苏联小说,翻开第一篇,上面写着:"按娜斯嘉的方式生活!"他自言自语:"真难啊!"

他缺少了什么呢?

十

第二天下班以后,赵慧文告诉林震:"到我家吃饭去吧,我自己包饺子。"他想推辞,赵慧文已经走了。

林震犹豫了好久，终于在食堂吃了饭再到赵慧文家去。赵慧文的饺子刚刚煮熟。她穿上暗红色的旗袍，系着围裙，手上沾满面粉，像一个殷勤的主妇似地对林震说："新下来的豆角做的馅子……"

林震嗫嚅地说："我吃过了。"

赵慧文不信，跑出去给他拿来了筷子，林震再三表示确实吃过，赵慧文不满意地一个人吃起来。林震不安地坐在一旁，一会儿看看这，一会儿看看那，一会儿搓搓手，一会儿晃一晃身体。

"小林，有什么事么？"赵慧文停止了吃饺子。

"没……有。"

"告诉我吧。"赵慧文目不转睛地看着他。

"昨天在常委会上我把意见都提了，区委书记睬都不睬……"

赵慧文咬着筷子端想了想，她坚决地说："不会的，周润祥同志只是不轻易发表意见……"

"也许，"林震半信半疑地说，他低下头，不敢正面接触赵慧文关切的目光。

赵慧文吃了几个饺子，又问："还有呢？"

林震的心跳起来了。他抬起头，看见了赵慧文的好意的眼睛，他轻轻地叫："赵慧文同志……"

赵慧文放下筷子，靠在椅子背上，有些吃惊了。

"我很想知道，你是否幸福。"林震用一种粗重的完全像大人一样的声音说，"我看见过你的眼泪，在刘世吾的办公室，那时候春天刚来……后来忘记了。我自己马马虎虎地过日子，也不会关心人。你幸福吗？"

赵慧文略略疑惑地看着他，摇头，"有时候我也忘记……"然后点头，"会的，会幸福的。你为什么问它呢？"她安详地笑着。

林震把刘世吾对他讲的告诉了她："……请原谅我，把刘世吾同志随便讲的一些话告诉了你，那完全是瞎说……我很愿意和你一起说话或者听交响乐，你好极了，那是自然而然的，……也许这里边有什么不好的，不合适的东西，马马虎虎的我忽然多虑了，我恐怕我扰乱谁。"林震抱歉地结束了。

赵慧文安详地笑着，接着皱起了眉尖儿，又抬起了细瘦的胳臂，用力擦了一下前额，然后她甩了一下头，好像甩掉什么不愉快的心事似地转过身去了。

她慢慢地走到墙壁上新挂的油画前边，默默地看画。那幅画的题目是"春"，莫斯科，太阳在春天初次出现，母亲和孩子到街头去……

一会，她又转过身来，迅速地坐在床上，一只手扶着床栏杆，异常平静地说："你说了些什么呀？真是！我不会作那些不经过考虑的事。我有丈夫，有孩子，我还没和你谈过我的丈夫，"她不用常说的"爱人"，而强调地说着

"丈夫","我们在五二年结的婚,我才十九,真不该结婚那么早。他从部队里转业,在中央一个部里作科长,他慢慢地染上了一种油条劲儿,争地位、争待遇,和别人不团结。我们之间呢,好像也只剩下了星期六晚上回来和星期一走。我的看法是:或者是崇高的爱情,或者什么都没有。我们争吵了……但我仍然等待着……他最近出差去上海,等回来,我要和他好好谈一谈。可你说了些什么呢?"她又一次问,"小林,你是我所尊敬的顶好的朋友,但你还是个孩子——这个称呼也许不对,对不起。我们都希望过一种真正的生活,我们希望组织部成为真正的党的工作机构,我觉着你像是我的弟弟,你盼望我振作起来,是吧?生活是应该有互相支援和友谊的温暖,我从来就害怕冷淡。就是这些了,还有什么呢?还能有什么呢?"

林震惶恐地说:"我不该受刘世吾话的影响……"

"不,"赵慧文摇头,"刘世吾同志是聪明人,他的警告也许并不是完全没有必要,然后……"她深深地吐了一口气:"那就好了。"

她收拾起碗筷,出去了。

林震茫然地站起,来回踱着步子,他想着,想着,好像有许多话要说,慢慢地,又没有了。他要说什么呢?本来什么都没有发生。生活有时候带来某种情绪的波流,使人激动也使人困扰,然后波流流过去,没有一点痕迹……真的没有痕迹吗?它留下对于相逢者的纯洁和美好的记忆,虽然淡淡,却难忘……

赵慧文又进来了,她领着两岁的儿子,还提着一个书包。小孩已经与林震见过几次面,亲热地叫林震"夫夫"——他说不清"叔叔"。

林震用强健的手臂把他举了起来。空旷的屋子里顿时充满了孩子的笑闹声。

赵慧文打开书包,拿出一叠纸,翻着,说:"今天晚上,我要让你看几样东西。我已经把三年来看到的组织工作中的一些问题和自己的意见写了一个草稿。这个……"她不好意思地摸了一下一张橡皮纸:"大概这是可笑的,我给自己规定了一个竞赛的办法。让今天的自己和昨天的自己竞赛。我划了表,如果我的工作有了失误——写入党批准通知的时候抄错了名字或者统计错了新党员人数,我就在表上划一个黑叉子,如果一天没有错,就画一个小红旗。连续一个月都是红旗,我就买一条漂亮的头巾或者别的什么奖励自己……也许,这像幼儿园的作法吧?你好笑吗?"

林震入神地听着,他严肃地说:"决不,我尊敬你对你自己的……"

临走的时候,夜已经深了,林震站在门外,赵慧文站在门里,她的眼睛在黑暗中闪着光,她说:"今天的夜色非常好,你同意吗?你嗅见了槐花的香气了没有?平凡的小白花,它比牡丹清雅,比桃李浓馥,你嗅不见?真是!

再见。明天一早就见面了,我们各自投身在伟大而麻烦的工作里边。然后晚上来找我吧,我们听美丽的意大利随想曲。听完歌,我给你煮荸荠,然后我们把荸荠皮扔的满地都是……"

……林震靠着组织部的门前的大柱子好久好久地呆立着,望着夜的天空。初夏的南风吹拂着——他来时是残冬,现在已经初夏了。他在区委会度过了第一个春天。

他作好的事情简直很少,简直就是没有,但他学了很多,多懂了不少事,他懂得了生活的真正的美好和真正的分量;他懂得了斗争的困难和斗争的价值。他渐渐明白,在这平凡而又伟大的、包罗万象的、担负着无数艰巨任务的区委会,单凭个人的勇气是作不成任何事情的……从明天……

办公室的小刘走过,叫他:"林震,你上哪儿去了?快去找周润祥同志,他刚才找了你三次。"

区委书记找林震了吗?那么不是从明天,而是从现在,他要尽一切力量去争取领导的指引,这正是目前最重要的……

隔着窗子,他看见绿色的台灯和夜间办公的区委书记的高大侧影,他坚决地、迫不及待地敲响领导同志办公室的门。

《组织部来了个年轻人》导读

拓展阅读

拓展阅读

李希凡:评《组织部新来的青年人》

红 豆

宗 璞

  天气阴沉沉的,雪花成团地飞舞着。本来是荒凉的冬天的世界,铺满了洁白柔软的雪,仿佛显得丰富了,温暖了。江玫手里提着一只小箱子,在×大学的校园中一条弯曲的小道上走着。路旁的假山,还在老地方。紫藤萝架也还是若隐若现地躲在假山背后。还有那被同学戏称为阿木林的枫树林子,这时每株树上都积满了白雪,真是"忽如一夜春风来,千树万树梨花开"了。雪花迎面扑来,江玫觉得又清爽又轻快。她想起六年以前,自己走着这条路,离开学校,走上革命的工作岗位时的情景,她那薄薄的嘴唇边,浮出一个微笑。脚下不觉愈走愈快,那以前住过四年的西楼,也愈走愈近了。
  江玫走进了西楼的大门,放下了手中的箱子,把头上紫红色的围巾解下来,抖着上面的雪花。楼里一点声音也没有,静悄悄的。江玫知道这楼已作了单身女教职员宿舍,比从前是学生宿舍时,自然不同。只见那间门房,从前是工友老赵住的地方,门前挂着一个牌子,写着"传达室"三个字。
  "有人么?"江玫环顾着这熟悉的建筑,还是那宽大的楼梯,还是那阴暗的甬道,吊着一盏大灯。只是墙边布告牌上贴着"今晚团员大会"的布告,又是工会基层选举的通知,用红纸写着,显得喜气洋洋的。
  "谁呀?"一个苍老的声音从传达室里发出来。传达室门开了,一个穿着干部服的整洁的老头儿,站在门口。
  "老赵!"江玫叫了一声,又高兴又惊奇,跑过去一把抱住了他。"你还在这儿!"
  "是江玫!"老赵几乎不相信自己昏花的老眼,揉了揉眼睛,仔细看着江玫。"是江玫!打前儿个总务处就通知我,说党委会新来了个干部,叫给预备一间房,还说这干部还是咱们学校的学生呢,我可再也没想到是你!你离开学校六年啦,可一点没变样,真怪,现时的年轻人,怎么再也长不老哇!走!领你上你屋里去,可真凑巧,那就是你当学生时住的那间房!"
  老赵絮絮叨叨领着江玫上楼。江玫抚着楼梯栏杆,好像又接触到了六年以前的大学生生活。
  这间房间还是老样子,只是少了一张床,多了些别的家具,窗外可以看到阿木林,还有阿木林后面的小湖,在那里,夏天时,是要长满荷花的。江玫四面看着,眼光落到墙上嵌着的一个耶稣受难像上。那十字架的颜色,显然深了许多。

好像是有一个看不见的拳头,重重地打了江玫一下。江玫觉得一阵头昏,问老赵:"这个东西怎么还在这儿?"

"本来说要取下来,破除迷信,好些房间都取下来了。后来又说是艺术品让留着,有几间屋子就留下了。"

"为什么要留下?为什么要留下这一间的?"江玫怔怔地看着那十字架,一歪身坐在还没有铺好的床上。

"那也是凑巧呗!"老赵把桌上的一块破抹布捡在手里。"这屋子我都给收拾好啦,你归置归置,休息休息。我给你张罗点开水去。"

老赵走了。江玫站起身来,伸手想去摸那十字架,却又像怕触到使人疼痛的伤口似的,伸出手又缩回手,怔了一会儿,后来才用力一揿耶稣的右手,那十字架好像一扇门一样打开了。墙上露出一个小洞。江玫踮起脚尖往里看,原来被冷风吹得绯红的脸色刷地一下变得惨白。她低声自语:"还在!"遂用两个手指,钳出了一个小小的有象牙托子的黑丝绒盒子。

江玫坐在床边,用发颤的手揭开了盒盖。盒中露出来血点儿似的两粒红豆,镶在一个银丝编成的指环上,没有耀眼的光芒,但是色泽十分匀静而且鲜亮。时间没有给它们留下一点痕迹。

江玫知道这里面有多少欢乐和悲哀。她拿起这两粒红豆,往事像一层烟雾从心上升了起来——

那已经是八年以前的事了。那时江玫刚二十岁,上大学二年级。那正是一九四八年,那动荡的翻天覆地的一年,那激动,兴奋,流了不少眼泪,决定了人生的道路的一年。

在这一年以前,江玫的生活像是山岩间平静的小溪流,一年到头潺潺地流着,很少波浪。她生长于小康之家,父亲做过大学教授,后来做了几年官。在江玫五岁时,有一天,他到办公室去,就再没有回来过。江玫只记得自己被送到舅母家去住了一个月,回家时,看见母亲如画的脸庞消瘦了,眼睛显得惊人的大,看去至少老了十年。据说父亲是患了急性肠炎去世了。以后,江玫上了小学上中学,上了中学上大学。日寇入侵的那段水深火热的日子,江玫也在母亲的尽力遮蔽下较平静地度过。在中学时,有一些密友常常整夜叽叽喳喳地谈着知心话。上大学后,因为大家都是上课来,下课走,不参加什么活动的人简直连同班同学也不认识,只认识自己的同屋。江玫白天上课弹琴,晚上坐图书馆看参考书,礼拜六就回家。母亲从摆着夹竹桃的台阶上走下来迎接她,生活就像那粉红色的夹竹桃一样与世隔绝。

一九四八年春天,新年刚过去,新的学期开始了。那也是这样一个下雪天,浓密的雪花安安静静地下着。江玫从练琴室里走出来,哼着刚弹过的调子。那雪花使她感到非常新鲜,她那年轻的心充满了欢快。她走在两排粉装玉琢的短松墙之间,简直想去弹动那雪白的树枝,让整个世界都跳起舞来。她伸出了右手,自己马上觉得不好意思,连忙缩了回来,掠了掠鬓发,按了按母亲从箱子底下找出来的一个旧式发夹,发夹是黑白两色发亮的小珠串成的,还托着两粒红豆,她的新同屋肖素说好看,硬给她戴在头上的。

在这寂静的道路上,一个青年人正急速地向练琴室走来。他身材修长,穿着灰绸长袍,罩着蓝布长衫,半低着头,眼睛看着自己前面三尺的地方,世界对于他,仿佛并不存在。也许是江玫身上活泼的气氛,脸上鲜亮的颜色搅乱了他,他抬起头来看了她一眼。江玫看见他有着一张清秀的象牙色的脸,轮廓分明,长长的眼睛,有一种迷惘的做梦的神气。江玫想,这人虽然抬起头来,但是一定没有看见我。不知为什么,这个念头,使她觉得很遗憾。

晚上,江玫躺在床上,久久不能入睡。许多片断在她脑中闪过。她想着母亲,那和她相依为命的老母亲,这一生欢乐是多么少。好像有什么隐秘的悲哀在过早地染白她那一头丰盛的头发。她非常嫌恶那些做官的和有钱的人,江玫也从她那里承袭了一种清高的气息,那与世隔绝的清高。江玫想想,忽然好笑了起来。

江玫自己知道,觉得那种清高好笑是因为想到肖素的缘故。肖素是江玫这一学期的新同屋。同屋不久,可是两人已经成为很要好的朋友。肖素说江玫像是从另一个世界来的,清高这个词儿也是肖素说的,她还说:"当然,这也有好处也有不好处。"这些,江玫并不完全了解。只不知为什么,乱七八糟的一些片断都在脑海中浮现出来。

这屋子多么空!肖素还不回来。江玫很想看见她那白中透红的胖胖的面孔,她总是给人安慰、知识和力量。学物理的人总是聪明的,而且她已经四年级了,江玫想。但是在肖素身上,好像还不只是学物理和上到大学四年级,她还有着更丰富的东西,江玫还想不出是什么。

正乱想着,肖素推门进来了。

"哦!小鸟儿!还没有睡!"小鸟儿是肖素给江玫起的绰号。

"睡不着。真希望你快点回来。"

"为什么睡不着?"肖素带回来一个大萝卜,切了一片给江玫。

"等着吃萝卜,——还等着你给讲点什么。"江玫望着肖素坦白率真的脸,又想起了母亲。上礼拜她带肖素回家去,母亲真喜欢肖素,要江玫多听肖姐姐的话。

"我会讲什么?你是幼稚园?要听故事?哎,给你本小书看看。"江玫接过那本小书,书面上写着"方生未死之间"。

两人静静地读起书来了。这本书很快就把江玫带进了一个新的天地。它描写着中国人民受的苦难,在血和泪中,大家在为一种新的生活——真正的丰衣足食,真正的自由——奋斗,这种生活,是大家所需要的。

"大家?——"江玫把书抱在胸前,沉思起来。江玫的二十年的日子,可以说全是在那粉红色的夹竹桃后面度过的。但她和母亲一样,憎恶权势,憎恶金钱。母亲有时会流着泪说:"大家都该过好日子,谁也不该屈死。"母亲的"大家"在这本小书里具体化了。是的,要为了大家。

"肖素,"江玫靠在枕上说:"我这简单的人,有时也曾想过人活着是为了什么,但想不通。你和你的书使我明白了一些道理。"

"你还会明白得更多。"肖素热切地望着她,"你真善良——你让我忘记刚才的一场气了,刚刚我为我们班上的齐虹真发火——"

"齐虹?他是谁?"

"就是那个常去弹琴,老像在做梦似的那个齐虹,真是自私自利的人,什么都不能让他关心。"

肖素又拿起书来看了。

江玫也拿起书来,但她觉得那清秀的象牙色的脸,不时在她眼前晃动。

雪不再下了。坚硬的冰已经逐渐变软。江玫身上的黑皮大衣换成了灰呢子的,配上她习惯用的红色的围巾,洋溢着春天的气息。她跟着肖素,生活渐渐忙起来。她参加了"大家唱"歌咏团和"新诗社"。她多么喜欢那"你来我来他来她来大家一齐来唱歌"的热情的声音,她因为《黄河大合唱》刚开始时万马奔腾的鼓声兴奋得透不过气来。她读着艾青、田间的诗,自己也悄悄写着什么"飞翔,飞翔,飞向自由的地方"的句子。"小鸟"成了大家对她的爱称。她和肖素也更接近,每天早上一醒来,先要叫一声"素姐"。

她还是天天去弹琴,天天碰见齐虹,可是从没有说过话。本来总在那短松夹道的路上碰见他,后来常在楼梯上碰见他,后来江玫弹完了琴出来时,总看见他站在楼梯栏杆旁,仿佛站了很久了似的,脸上的神气总是那样漠然。

有一天天气暖洋洋的,微风吹来,丝毫不觉得冷,确实是春天来了。江玫在练琴室里练习贝多芬的月光曲,总弹也弹不会,老要出错,心里烦躁起来,没到时间就不弹了。她走出琴室,一眼就看见齐虹站在那里。他的神色非常柔和,劈头就问:

"怎么不弹了?"

"弹不会。"江玫多少带了几分诧异。

"你大概太注意手指的动作了。不要多想它,只记着调子,自然会弹出来。"

他在钢琴旁边坐下了,冰冷的琴键在他的弹奏下发出了那样柔软热情的声音。换上别的人,脸上一定会带上一种迷醉的表情,可是齐虹神采飞扬,目光清澈,仿佛现实这时才在他眼前打开似的。

"这是怎么样的人?"江玫问着自己。"学物理,弹一手好钢琴,那神色多么奇怪。"

齐虹停住了,站起来,看着倚在琴边的江玫,微微一笑。

"你没有听?"

"不,我听了。"江玫分辩道,"我在想——"想什么,她自己也不知道。

"我送你回去,好么?"

"你不练琴?"

"不想练。你看天气多么好!"

就这样,他们开始了第一次的散步,就这样,他们散步,散步,看到迎春花染黄了柔软的嫩枝,看到亭亭的荷叶铺满了池塘。他们曾迷失在荷花清远的微香里,也曾迷失在桂花浓郁的甜香里,然后又是雪花飞舞的冬天。哦!那雪花,那阴暗的下雪天!——

齐虹送她回去,一路上谈着音乐,齐虹说:"我真喜欢贝多芬,他真伟大,丰富,又那样朴实。每一个音符上都充满了诗意。"

江玫懂得他的"诗意"含有一种广义的意思。她的眼睛很快地表露了她这种懂得。

齐虹接着说:"你也是喜欢贝多芬的。不是吗?据说肖邦最不喜欢贝多芬,简直不能容忍他的音乐。"

"可我也喜欢肖邦。"江玫说。

"我也喜欢。那甜蜜的忧愁——人和人之间是有很多相同的也有很多不同的东西——"那漠然的表情又来到他的脸上。"物理和音乐能把我带到一个真正的世界去,科学的、美的世界,不像咱们活着的这个世界,这样空虚,这样紊乱,这样丑恶!"

他送她到西楼,冷淡地点了点头就离开了,根本没有问她的姓名。江玫又一次感到有些遗憾。

晚上,江玫从图书馆里出来,在月光中走回宿舍。身后有一个声音轻轻唤她:"江玫!"

"哦!是齐虹。"她回头看见那修长的身影。

"你怎么知道我的名字?"齐虹问。月光照出他脸上热切的神气。

"你怎么知道我的名字?"江玫反问。她觉得自己好像认识齐虹很久了,齐虹的问题可以不必回答。

"我生来就知道。"齐虹轻轻地说。

两人都不再说话。月光把他们的影子投在地上。

以后,江玫出来时,只要是一个人,就总会听到温柔的一声"江玫"。他们愈来愈熟。不知从什么时候起,从图书馆到西楼的路就无限度地延长了。走啊,走啊,总是走不到宿舍。江玫并不追究路为什么这样长,她甚至希望路更长一些,好让她和齐虹无止境地谈着贝多芬和肖邦,谈着苏东坡和李商隐,谈着济慈和勃朗宁。他们都很喜欢苏东坡的那首江城子:"十年生死两茫茫,不思量,自难忘,千里孤坟、无处话凄凉。"他们幻想着十年的时间会在他们身上留下怎样的痕迹。他们谈时间,空间,也谈论人生的道理——

齐虹说:"人活着就是为了自由。自由,这两个字实在好极了。自就是自己,自由就是什么都由自己,自己爱做什么就做什么。这解释好吗?"

他的语气有些像开玩笑,其实他是认真的。

"可是我在书里看见,认识必然才是自由。"江玫那几天正在看《大众哲学》。"人也不能只为自己,一个人怎么活?"

"呀!"齐虹笑道,"我倒忘了,你的同屋就是肖素。"

"我们非常要好。"

因为看到路旁的榆叶梅,齐虹说用热闹两字形容这种花最好,江玫很赞赏这两个字,就把自由问题搁下了。

江玫隐约觉得,在某些方面,她和齐虹的看法永远也不会一致。可是她并没有去多想这个,她只喜欢和他在一起,遏止不住地愿意和他在一起。

一个礼拜天,江玫第一次没有回家。她和齐虹商量好去颐和园。春天的颐和园真是花团锦簇,充满了生命的气息。来往的人都脱去了臃肿的冬装,显得那样轻盈可爱。江玫和齐虹沿着昆明湖畔向南走去,那边简直没有什么人,只有和暖的春风和他们作伴。绿得发亮的垂柳直向他们摆手。他们一路赞叹着春天,赞叹着生命,走到玉带桥旁。

"这水多么清澈,多么丰满啊。"江玫满心欢喜地向桥洞下面跑去。她笑着想要摸一摸那湖水。齐虹几步就追上了她,正好在最低的一层石阶上把她抱住。

"你呀!你再走一步就掉到水里去了!"齐虹掠着她额前的短发,"我救了你的命,知道么?小姑娘,你是我的。"

"我是你的。"江玫觉得世界上什么都不存在了。她靠在齐虹胸前,觉得这样撼人的幸福渗透了他们。在她灵魂深处汹涌起伏着潮水似的柔情,把她和齐虹一起溶化。

齐虹抬起了她的脸,"你哭了?"

"是的。我不知为什么,为什么这样感动——"

齐虹也感动地望着她,在清澈的丰满的春天的水面上,映出了一双倒影。

齐虹喃喃地说:"我第一次看见你,就是那个下雪天,你记得么?我看见了你,当时就下了决心,一定要永远和你在一起,就像你头上的那两粒红豆,永远在一起,就像你那长长的双眉和你那双会笑的眼睛,永远在一起。"

"我还以为你没有看见我——"

"谁能不看见你!你像太阳一样发着光,谁能不看见你!"齐虹的语气是这样热烈,他的脸上真的散发出温暖的光辉。

他们循着没有人迹的长堤走去,因为没有别人而感到自由和高兴。江玫抬起她那双会笑的眼睛,悄声说:"齐虹,咱们最好去住在一个没有人的岛上,四面是茫茫的大海,只有你是唯一的人——"

齐虹快乐地喊了一声,用手围住她的腰。"那我真愿意!我恨人类!只除了你!"

对于江玫来说,正是由于深切的爱,才想到这样的念头,她不懂齐虹为什么要联想到恨,未免有些诧异地望着他。她在齐虹光亮的眼睛里感到了热情,但在热情后面却有一些冰冷的东西,使她发抖。

齐虹注意到她的神色,改了话题:

"冷吗?我的小姑娘?"

"我只是奇怪,你怎么能恨——"

"你甜蜜的爱,就是珍宝,我不屑把处境和帝王对调。"齐虹顺口念着莎士比亚的两句诗,他确是真心的。可是江玫听来,觉得他对那两句诗的情感,更多于对她自己。她并没有多计较,只说是真有些冷,柔顺地在他手臂中,靠得更紧一些。

江玫的温柔的衰弱的母亲不大喜欢齐虹。江玫问她:"他怎么不好?他哪里不好?"母亲忧愁地微笑着,说他是聪明极了,也称得起漂亮,但做为一个人,他似乎少些什么,究竟少些什么,母亲也说不出。在江玫充满爱情的心灵里,本来有着一个奇怪的空隙,这是任何在恋爱中的女孩子所不会感到的。而在江玫,这空隙是那样尖锐,那样明显,使她在夜里痛苦得不能入睡。她想马上看见他,听他不断地诉说他的爱情。但那空隙,是无论怎样的诉说也填不满的罢。母亲的话更增加了江玫心上的阴影。更何况还有肖素。

红五月里,真是热闹非凡。每天晚上都有晚会。五月五日,是诗歌朗诵会。最后一个朗诵节目是艾青的《火把》。江玫担任其中的唐尼。她本来是再也不肯去朗诵诗的,她正好是属于一听朗诵诗就浑身起鸡皮疙瘩的那种人。肖素只问了她两句话:"喜欢这首诗不?""喜欢。""愿意多有一些人知道它不?""愿意。""那好了。你去念罢。"江玫拂不过她,最后还是站到台上来了。她听到自己清越的声音飘在黑压压的人群上,又落在他们心里。她觉得自己就是举着火把游行的唐尼,感觉到了一种完全新的东西、陌生的东西。而肖素正像是指导着唐尼的李茵。她愈念愈激动,脸上泛着红晕。她觉得自己在和上千的人共同呼吸,自己的情感和上千的人一同起落。"黑夜从这里逃遁了,哭泣在遥远的荒原。"那雄壮的齐诵好像是一种无穷的力量,推着她,使她想要奔跑,奔跑——

回到房间里,她对肖素说:"我今天忽然懂得了大伙儿在一起的意思,那就是大家有一样的认识,一样的希望,爱同样的东西,也恨同样的东西。"

肖素直看着她,问道:"你和齐虹有一样的认识,一样的期望么?"

江玫很怪肖素这时提到齐虹,打断了她那些体会,她那双会笑的眼睛严肃起来:"我真不知道怎样告诉你,我和齐虹,照我看,有很多地方,是永远也不会一致的。"

肖素也严肃地说:"本来是不会一致。小鸟儿,你是一个好女孩子,虽然天地窄小,却纯洁善良。齐虹憎恨人,他认为无论什么人彼此都是互相利用。他有的是疯狂的占有的爱,事实上他爱的还是自己。我和他已经同学四年——"

"你怎么能这样说他!我爱他!我告诉你我爱他!"江玫早忘了她和齐虹之间的分歧,觉得有一团火在胸中烧,她斩钉截铁地说,砰的一声关上房门,到走廊里去了。

"回来!回来。"第一声是严厉的,第二声是温柔的。肖素打开房门,看见她站在走廊里,眼睛像星星般亮。"你这礼拜天回家吗?有点事要你做。"

江玫是从不拒绝肖素的任何要求的。她隐约觉得肖素正在为一个伟大的事业做着工作,肖素的生活是和千百万人联系在一起的,非常炽热,似乎连石头也能温暖,她望着肖素,慢慢走了回来。

"什么事?交给我办好了。"

"你不回家么?"

"原来想回去看看。听说面粉已经涨到三百万一袋了。前几天大公报登了几首小诗,有一点稿费,想去送给母亲。"江玫一下子觉得疲倦得要命,坐在椅子上。

肖素本来想说"不食人间烟火的江玫也知道关心物价了",又一想,就没有说。只说:

"这里有几篇壁报稿子,礼拜一要出,你来把它们修改一遍,文字上弄通顺些,抄写清楚。我明天进城,可以把钱送给伯母。"她把稿子递给江玫,关心地看着她,说:"过两天,咱们还要好好谈一谈。"

礼拜天,江玫吃过早饭就坐在桌旁看那些稿子。为什么这些短短的文字并不怎么通顺的文章这样有说服力?要民主反饥饿,像钟声一样在江玫耳边敲着。参加新诗朗诵会的兴奋心情又升起来了。《火把》中的唐尼的形象仿佛正站在窗帘上。

有人敲门。

"江玫!"是齐虹的声音。

江玫转过头去,正是齐虹站在门口,一脸温柔的笑意,在看着江玫。

"哦!你来了!"

"昨天晚上到你家里去了,伯母说你没有回来。我连家也没有回,就回学校来了。"他走上来握住江玫的手。

一提起齐虹的家,江玫眼前就浮现出富丽堂皇的大厅,老银行家在数着银元,叮叮当当响,这和江玫手上的那些文章很不调和。甚至齐虹,这温文尔雅的齐虹,也和它们很不调和,但江玫看见他,还是很高兴的。

"在干什么?要出壁报么?听说你还朗诵诗?你怎么?也参加民主运动了?我的女诗人!"

江玫不太喜欢他那说话的语气,颔首要他坐下。

"我是来找你出去玩的。你看天气多么好!转眼就是夏天了。我来接你到'绝域'去做春季大扫除。"

"绝域"是他们两个都喜欢的一个童话"潘波得"中的神仙领域。他们的爱情就建筑在这些并不存在的童话,终究要萎谢的花朵,要散的云,会缺的月上面。

"今天不行呀,齐虹。"江玫抱歉地说。她抽回了自己的手,理了理放在桌上的稿子。"肖素要我——"

"肖素!又是肖素!你怎么这么听她的话!"齐虹不耐烦地说。

"她的话对么!"

"可是你知道我多么想和你在一起,去听那新生的小蝉的叫唤,去看那新长出来的小小的荷叶——我想要怎样,就要做到!"齐虹脸上温柔的笑意不见了,好像江玫是他的一本书,或者一件仪器。

江玫惊诧地望着他。

"也许,你还会去参加游行罢!你真傻透了!就知道一个肖素!"忿怒的阴云使他的脸变得很凶恶。但他马上又换上一副温和的腔调:"跟我去罢,我的小姑娘。"

江玫咬着自己的嘴唇,几乎咬出血来。

门外有人叫："小鸟儿！江玫！快来看看这幅漫画,合适不合适。"

江玫想要出去。齐虹却站在桌前不放她走。江玫绕到桌子这边,齐虹也绕了过来,照旧拦住她。江玫又急又气,怎么推他也推不动,不一会儿,江玫的头发散乱,那红豆发夹落在地上,马上就被齐虹那穿着两色镶皮鞋的脚踩碎了,满地散着黑白两色的小珠。江玫觉得自己整个的灵魂正像那个发夹一样给压碎了。她再没有一点力气,屈辱地伏在桌上哭起来。

齐虹需要的正是这样的哭泣。他捡起那两粒红豆,极其体贴地抚着她的肩:"原谅我,原谅我！我太任性,我只是说不出的要和你在一起,我需要你——"

"别哭了,别哭了,我的小姑娘。"齐虹真的着急起来,"我再也不惹你生气了,再也不——再也不——"

江玫觉得这一切真没意思。她很快就抬起头来,擦干了眼泪。她看出来壁报是编不成了,但她也下定决心不跟他出去。只呆呆地坐着,望着窗外。

"好了,好了,不要生气。我来做个盒子把这两粒红豆装起来吧。做个纪念,以后绝不会再惹你。咱们该把这两粒红豆藏在哪儿？"

以后,这两粒红豆就被装在一个精致的盒子里面,放在耶稣像后面的小洞里了。那小洞是齐虹偶然发现的。江玫睡在床上看见耶稣的像,总觉得他太累,因为他负荷着那么多人世间的痛苦。

这一次争吵以后,齐虹和江玫并不是再也不,而是把争吵、哭泣,变成了他们爱情中的一部分。他们每次见面总有一阵风波,有时大有时小,但如有一天不见面,不看到听到对方的音容笑貌,在他们却又是受不了的事。他们的爱情正像鸦片烟一样,使人不幸,而又断绝不了。江玫一天天地消瘦了,苍白了,母亲望着她忍不住哭。齐虹脸上那种漠不关心的神气消失了,换上的是提心吊胆的急躁和忧愁。因为他对人生不信任,他对爱情也不信任,他监视着爱情,监视着幸福,监视着江玫——

就在这个时候,江玫也一天天明白了许多事。她知道少数人剥削多数人的制度该被打倒。她那善良的少女的心,希望大家都过好的生活。而且物价的飞涨正影响着江玫那平静温暖的小天地。母亲存着一些积蓄的那家银行忽然关了门。江玫和母亲一下子变成舅舅的负担了。江玫是决不愿意成为别人的负担的。她渴望着新的生活,新的社会秩序。共产党在她心里,已经成为一盏导向幸福自由的灯,灯光虽还模糊,但毕竟是看得见的了。

也就在这时候,江玫的母亲原有的贫血症愈来愈严重,医生说必须加紧治疗,每天注射肝精针,再拖下去的话,后果不堪设想。但是这一笔医药费用筹办起来谈何容易！舅舅已经是自顾不暇了,难道还去麻烦他？本来和齐虹一提也可以,但是江玫决不愿求他。江玫只自己发愁,夜里直睡不着觉。

肖素很快就看出来江玫有心事。一盘问,江玫就一五一十告诉了她。

"那可不能拖下去。"肖素立刻说,她那白白的脸上的神色总是那样果断。"我输血给她!小鸟儿,你看,我这样胖!"她含笑弯起了手臂。

江玫感动地抱住了她:"不行,肖素。你和我的血型一样,和母亲不一样,不能输血。"

"那怎么办?我们总得想办法去筹一笔款子。"

第三天晚上,肖素兴高采烈地冲进房间。一进来就喊:"江玫!快看!"江玫吃惊地看她,她大笑着,扬起了一叠钞票。

"素!哪里来的?你怎么这样有本事!"江玫也笑了,笑得那样放心。这种笑,是齐虹极想要听而听不到的。

"你别管,明天快拿去给伯母治病吧。"肖素眨眨眼睛,故作神秘地说。

"非要知道不可!不然我不安心!"

"别说了。我要睡觉了。"肖素笑过了,一下子显得很是疲倦。她脱去了朴素的蓝外套,只穿着短袖竹布旗袍,坐在床边上。

江玫上下打量她,忽然看见她的臂弯里贴着一块橡皮膏。江玫过去拉起她的手,看看橡皮膏,又看看她的脸。

"有什么好打量的?"肖素微笑着抽回了手,盖上了被。

"你——抽了血?"

肖素满不在乎地说:"我卖了血。不只我一个人,还有几个伙伴。"

人常常会在一刹那间,也许只是因为一个眼神一个手势,伤透了心,破坏了友谊。人也常常会在一刹那间,也许就因为手臂上的一点针孔,建立了生死不渝的感情。江玫这时什么话也说不出来。她一下子跪在床边,用两只手遮住了脸。

礼拜六,江玫一定要肖素自己送钱去给母亲。肖素答应了和江玫一道回家,江玫也答应了肖素不告诉母亲钱的来源。两人欢欢喜喜回家去了。到了家,江玫才发现母亲已经病倒在床,这几天饭都是舅母那边送过来的。她站在衰老病弱的母亲床边,一阵心酸,眼泪夺眶而出。肖素也拿出了手绢。但她不只是看见这一位母亲躺在床上,她还看见千百万个母亲形销骨立心神破碎地被压倒在地下。

这一晚,两人自己做了面,端在母亲床边一同吃了。母亲因为高兴,精神也好了起来。她吃过了面,笑着问:"我真是病得老了,今天你舅母来,问我有火没有,我听成有狗没有。直告诉她从前咱们养了一只狗,名叫斐斐——"肖素和江玫听了笑得不得了。江玫正笑着,想起了齐虹。她想:这种生活和感情是齐虹永远不会懂的。她也没有一点告诉给他的欲望。

六月,反对美国扶植日本的运动达到了高潮。江玫比以前更关心当前的政治局势。她感到美国正在筹谋着什么坏主意。很明显,扶植压迫中国人民八年之久的日本,在每一个中国人心上都会引起抑制不住的愤怒。

有一天,肖素和江玫坐在窗前,读着当时美驻华大使司徒雷登在报上发表的声明,一面读一面生气。声明中说:"如使日人成为饥饿不安之人民,则日人亦将续为和平之威胁,此种情形适为共产主义所需。如吾人诚意为一般之利益计,必须消灭鼓励共产主义之因素。"这很可以看清楚美国的目的究竟何在了。读完报纸,江玫忿忿地说:

"要不要共产主义,是我们自己的事!"

肖素微笑道:"你知道共产主义是什么?"

江玫坦率地说:"我不知道。不过我想那种生活总不会比现在坏。那时的人,都像你一样——"

肖素又笑道:"现在哪里不够好?你吃着大米饭,穿的花布旗袍,还坏么?"

江玫倚在肖素身上,一面想,一面说:"这个人吃人的社会,不只在物质上,也在精神上。"她出了一会儿神,又说:"肖素,要知道,我是多么寂寞呵。"

肖素抚着她的肩,说:"人生的道路,本来不是平坦的。要和坏人斗争,也要和自己斗争——"以后江玫在最困难的时候,总会想起这几句话。

六月九日,北京学生举行反美扶日大游行,江玫也参加了。

那天早上,窗外还黑得像老鸦的翅膀,江玫就起来收拾医药包,她是救护队的。她看看肖素空了一夜的床,又看看救护包上的红十字,心想肖素这一夜不知忙得怎样了,也许今天就会用这包里的绷带纱布来救护她罢。不知为什么,江玫特别为肖素和几个社团里的同学担心,江玫摸摸碘酒和红药水的药瓶,心中又兴奋,又不安。

"小鸟儿快走呀!"同学在门外叫起来了。

她们跑到操场上,夏天的太阳刚在东柳村那边村庄的屋顶上射出一片红光。肖素正在人丛里,她分明是一夜没有睡,胖胖的面庞有些苍白,但精神还是那样好。她看见江玫和同学们跑来,脸上闪过一个嘉许的微笑。

"江玫!"

"肖素!"江玫悄悄地塞给她一个大苹果,那是齐虹昨天送来的。对于齐虹不断向西楼运来的各式各样的礼物,江玫只偶尔接受一点水果和糖食。

长长的队伍出发了,举着各种标语,沉默地走在郊外的大道上。愈走天愈亮,愈走路愈分明,一个男同学问江玫:"药包重吗?我代你拿。"江玫微笑,说:"一个兵士的枪,能让人家代他背着吗?"那男同学也微笑,看着她穿着白衬衫蓝长裤红背心的雄赳赳的样子,问:"你永远都要做一个兵?"江玫严肃地睁大眼睛,略想了一想,她回答:"是的,永远。"

队伍七点钟就到了西直门,可是城门关了,进不去。人群中有人喊着:"不开城门,决不回校!"有的喊着:"大家冲呵,冲进去!"一时群情激昂,人声嘈杂,那些标语牌子忽高忽低地起伏着。肖素在队伍里跑来跑去叫着:"别嚷!别乱!已经去交涉了。"江玫忽然很希望自己是一个手执拂尘的仙女,用拂尘一指,城门马上便开——自己这样想想,又觉得好笑,还是等肖素他们交涉,肖素比仙女有用得多。

果然,到九点钟时,城门开了,队伍涌进城去,正遇到城里几个大学的同学拥在门前迎接他们。"同学们,你好!""兄弟们,你好!"热情的呼声,此起彼落,江玫觉得泪水已冲到了眼睛里,她连忙低下头,看着自己的鞋尖。

游行开始了,大家一步步地走着,一声声地喊着。"反对美国扶植日本!""要自由!""要独立!"口号像炸弹一样在空中炸了开来,路旁有些军警脸上带了惊慌的神色,江玫几乎来不及想喊了什么,只觉得每一步路每一声喊都使大家更接近光明——

队伍走过了西四西单天安门,绕南池子到北京大学的民主广场。走过天安门的时候,江玫望着那雄伟的建筑,心里升起一种怜悯而又惭愧的心情。天安门在不肖的子孙手里,蒙受了多少耻辱。江玫觉得那剥落的红墙也在盼望着:新的社会快点来,让中华民族站起来,让天安门也站起来!

在民主广场举行了群众大会,有几个教授讲演。也许是累了,也许是别的原因,江玫觉得思想很不集中,那种兴奋和激动已经过去了。她惦记着那黄昏笼罩了的初夏的校园,惦记着自己住的西楼,说得更确切些,她是惦记着那西楼窗下徘徊的那个年轻人。天知道他会急成什么样子,会发多么大的脾气,会做出怎样的事来!她把肩上挎的药包紧了一紧,感觉到一阵头昏。

肖素走过来,低声问:"你不舒服么?"

"没有,一点儿都没有!"江玫连忙振起了精神。自己暗暗责骂自己,在这样的场合,偏会想到他!

大队回到学校时,灯光已经缀满校园。江玫回到房间里,两腿再也抬不起来,像是绑上了两块大石头。这时有人敲门,江玫心中一紧,感到一场风暴就要发生了,她靠在床栏杆上,默默地啜着热水。门开了,进来的是老赵。他的眉头皱得打了结,手里拿着一个破碎的糖盒子,往桌上一放说:

"哎哟江小姐!可真不得了啦!我活了这么大年纪也没见过脾气这么火暴的人!你们这位齐先生别是用公鸡血喂大的吧?他要死了,准得下冰冻地狱把人镇凉了才行,要不然连阎王殿都给烧啦!"

"什么'你们齐先生'!别这么说。他怎么了?你快说呀。"江玫放下了手中的杯子。

"今儿个下午他来找您,我说江小姐游行去了。他一听,就把他带来的这盒糖扔到大门外台阶上了,像是扔球似的!盒子破了,糖都滚了出来,我看这盒糖呀,值一袋面的钱,心里怪舍不得,我说,'齐先生,江小姐不在,你给东西留下得了,干嘛发这么大的火呀?'他一听更急了,一张脸煞红煞白,抄起门房的一个茶杯就摔在玻璃窗上,哗啦!您瞧瞧这满地的玻璃碴子!我看他是有点儿疯病!摔完了拔腿就走,还扔在台阶上三百万的票子,那是让我们修玻璃买茶杯?您说是不是?"

"别说了。"江玫无力地挥手。"就补块玻璃买个茶杯罢。"

"这糖,我看怪可惜了儿的,给您捡了来了。"

"你带回家去,那不是我的,我不要。"

这时肖素已经进来了,把这一段话都听了去。她一回来就洗脸洗脚,都收拾好了就伏在桌上写什么。而江玫还靠在床栏杆上,一动也不动。

肖素停下笔来:"你干什么?小鸟儿?你这样会毁了自己的。看出来了没有?齐虹的灵魂深处是自私残暴和野蛮,干嘛要折磨自己?结束了吧,你那爱情!真的到我们中间来,我们都欢迎你,爱你——"肖素走过来,用两臂围着江玫的肩。

"可是,齐虹——"江玫没有完全明白肖素在说什么。

"什么齐虹!忘掉他!"肖素几乎是生气地喊了起来,"你是个好孩子,好心肠,又聪明能干,可是这爱情会毒死你!忘掉他!答应我!小鸟儿。"

江玫还从没有想到要忘掉齐虹。他不知怎么就闯入了她的生命,她也永不会知道该如何把他赶出去。她迟钝地说:"忘掉他——忘掉他——我死了,就自然会忘掉。"

肖素真生她的气:"怎么这样说话!好好儿要说到死!我可想活呢,而且要活得有价值!"她说着,颜色有些凄然。

"怎么了?素姐!"细心而体贴的江玫一眼就看出有什么不平常的事。对肖素的关心一下子把自己的痛苦冲了开去。

肖素望着窗外,想了一会儿,说:"危险得很。小鸟儿。我离开你以后,你还是要走我们的路,是不是?千万不要跟着齐虹走,他真会毁了你的。"

"离开我!"江玫一把抱住肖素。"离开我!为什么!我要跟你在一起!"

"我要毕业了呀,家里要我回湖南去教书。"肖素似真似假地回答。她是湖南人,父亲是个中学教员。

"毕业？"

"是毕业呀。"

可是肖素并没有能毕业，当然也没有回湖南去教书。她去参加毕业考试的最后一项科目，就没有回来。

同学们跑来告诉江玫时，江玫正在为"英国小说选"这一门课写读书报告，读的书是英国女作家艾米莱·勃朗特的《咆哮山庄》。江玫和齐虹常常谈论这本书。齐虹对这本书有那么多精辟的见解，了解得那样透彻，他真该是最懂得人生、最热爱人生的，但是竟不然——

肖素被捕的消息一下子就把江玫从《咆哮山庄》里拉出来了。江玫跳起来夺门而出，不顾那精心写作的读书报告撒得满地。好些同学跟她一起跑出了西楼，一直跑到学校门口，只看见一条笔直的马路，空荡荡的，望不到头。路边的洋槐发散着淡淡的香气。江玫手扶着一棵洋槐树，连声问："在哪儿？在哪儿？"一个同学痛心地说："早装上闷子车，这会子到了警察局了。"江玫觉得天旋地转，两腿再没有一点力气，一下子就坐在地上了。大家都拥上来看她，有的同学过来搀扶她。

"你怎么了？"

"打起精神来，江玫！"

大家喊喊喳喳在说着。是谁忿忿的声音特别响："流血，流泪，逮捕，更教人睁开了眼睛！"

"是呀！"江玫心里说，"逮走一个肖素，会让更多的人都长成肖素。"

江玫弄不清楚人群怎样就散开了，而自己却靠在齐虹的手臂上，缓缓走着。

齐虹对她说："我们系里那些进步同学嚷嚷着江玫晕倒了，我就明白是为了那肖素的缘故，连忙赶来。"

"对了。你们不是一起考理论物理吗？听说她是在课堂上被抓走的。"江玫这时多么希望谈谈肖素。

"是在考试时被抓走的。你看，干那些民主活动，有什么好下场！你还要跟着她跑！我劝你多少次——"

"什么！你说什么！"江玫叫了起来，她那会笑的眼睛射出了火光。"你！你真是没有心肝！"她把齐虹扶着她的手臂用力一推，自己向宿舍跑去了。跑得那么快，好像后面有什么妖魔鬼怪在追着她。

她好容易跑到自己房间，一下子扑在床上，半天喘不过气来。这时齐虹的手又轻轻放在她肩上了。齐虹非常吃惊，他不懂江玫为什么会发这么大的脾气，他曲着一膝伏在床前说：

"我又惹了你吗？玫！我不过忌妒着肖素罢了，你太关心她了。你把我放在什么地方？我常常恨她，真的，我觉得就是她在分开咱们俩——"

"不是她分开我们，是我们自己的道路不一样。"江玫抽咽着说。

"什么？为什么不一样？我们有些看法不同，我们常常打架，我的脾气确实不好。不过，那有什么关系，反正我只知道，没有你就不行。我还没有告诉你，玫，我家里因为近来局势紧张，预备搬到美国去，他们要我也到美国去留学。"

"你！到美国去？"江玫猛然坐了起来。

"是的。还有你，玫。我已经和父亲说到了你，虽然你从来都拒绝到我家里去，他们对你都很熟悉。我常给他们看你的相片。"齐虹得意地拿出他随身携带的小皮夹子，那里面装着江玫的一张照片，是齐虹从她家里偷去的。那是江玫十七岁时照的，一双弯弯的充满了笑意的眼睛，还有那深色的嘴唇微微翘起，像是在和谁赌气。"我对他们说，你是一首最美的诗，一支最美的乐曲——"若说起赞美江玫的话来，那是谁也比不上齐虹的。

"不要说了。"江玫辛酸地止住了他。"不管是什么，可不能把你留在你的祖国呵。"

"可是你是要和我一块儿去的，玫，你可以接着念大学，我们要永远在一起，没有任何东西能分开我们。"

"不要说了，不要说了。"这是江玫惟一能说的话。

心上的重压逼得江玫走投无路。她真怕看肖素留下的那张空床，那白被单刺得她眼睛发痛。没有到礼拜六，她就回家去了。那晚正停电，母亲坐在摇曳的烛光下面缝着什么，在阴影里，她显得那样苍老而且衰弱，江玫心里一阵发痛，无声地唤着"心爱的母亲，可怜的母亲"，眼泪不由自主地流了下来。

"玫儿！"母亲丢了手中的活计。

"妈妈！肖素被捉走了。"

"她被捉走了？"母亲对女儿的好朋友是熟悉的。她也深深爱着那坦率纯朴的姑娘，但她对这个消息竟有些漠然，她好像没有知觉似地沉默着，坐在阴影里。

"肖素被捉走了。"江玫又重复了一遍。她眼前仿佛看见一个殷红的圆圆的面孔。

"早想得到呵。"母亲喃喃地说。

江玫把手中的书包扔到桌上，跑过来抱住母亲的两腿。"您知道！"

"我不知道但我想得到。"母亲叹了一口气，用她枯瘦的手遮住自己的脸，停了一下，才说："我一直没有告诉你。我想着，没有父亲的日子，对我的小女儿来说，已经够受的了，怎能再加上别的缘故，让你的日子更沉重。——要知道你的父亲,十五年前,也是这样不明不白地就再没有回来。他从来也没有害过什么肠炎胃炎,只是那些人说他思想有毛病。他脾气倔,不会应酬人,还有些别的什么道理,我不懂,说不明白。他反正没有杀人放火,可我们就这样糊里糊涂地再也看不见他了——"母亲说着,失声痛哭起来。

原来父亲并不是死于什么肠炎!无怪母亲常常说不该有一个人屈死。屈死!父亲正是屈死的!江玫几乎要叫出来。她也放声哭了。母亲抚着她的头,眼泪浇湿了她的头发……

从父亲死后,江玫只看见母亲无言流泪,还从没有看见她这样激动过。衰弱的母亲,心底埋藏了多少悲痛和仇恨!江玫觉得母亲的眼泪滴落在她头上,这眼泪使得她平静下来了。是的,难道还该要这屈死人的社会么?彷徨挣扎的痛苦离开了她,仿佛有一种大力量支持着她走自己选择的路。她把母亲粗糙的手搁在自己被泪水浸湿的脸颊上,低声唤着:"父亲——我的父亲——"

门轻轻开了,烛光把齐虹的修长的影子投在墙上,母亲吃惊地转过头去。江玫知道是齐虹,仍埋着头不做声。齐虹应酬地唤了一声"伯母",便对江玫说:

"你怎么今天回家来了?我到处找你找不着。"

江玫没有理他,抬头告诉母亲:"他要到美国去。"

"是要和江玫一块儿去,伯母。"齐虹抢着加了一句。

"孩子,你会去吗?"母亲用颤抖的手摸着女儿的头。

"您说呢?妈妈!"江玫抱住母亲的双膝,抬起了满是泪痕的脸。

"我放心你。"

"您同意她去了,伯母?"人总是照自己所期待的那样理解别人的话,齐虹惊喜万分地走过来。

"母亲放心我自己做决定。她知道我不会去。"江玫站起来,直望着齐虹那张清秀的象牙色的脸。齐虹浑身上下都滴着水,好像他是游过一条大河来到她家似的。

可是齐虹自己一点不觉得淋湿了,他只看见江玫满脸泪痕,连忙拿出手帕来给她擦,一面说:"咱们别再闹别扭了,玫,老打架,有什么意思?"

"是下雨了吗?"母亲包起她的活计,"你们商量罢,玫儿,记住你的父亲。"

"我不知道下雨了没有。"齐虹心不在焉地回答,他没有看见江玫的母亲已经走出房去,他的眼睛一刻都没有离开江玫。

江玫呆呆地瞪着他,尽他拭去了脸上的泪,叹了一口气,说:

"看来竟不能不分手了。我们的爱情还没有能让我们舍弃自己的一生。"

"我们一定会过得非常舒适而且快活——为什么提到舍弃,为什么提到分手?"齐虹狂热地吻着他最熟悉的那有着粉红色指甲的小手。

"那你留下来!"江玫还是呆呆地看着他。

"我留下来?我的小姑娘,要我跟着你满街贴标语,到处去游行么?我们是特殊的人,难道要我丢了我的物理音乐,我的生活方式,跟着什么群众瞎跑一气,扔开智慧,去找愚蠢!傻心眼的小姑娘,你还根本不懂生活,你再长大一点,就不会这样天真了。"

"傻心眼?人总还是傻点好!"

"你一定得跟我走!"

"跟你走,什么都扔了。扔开我的祖国,我的道路,扔开我的母亲,还扔开我的父亲!"江玫的声音细若游丝,她自己都听不见自己在说什么。说到父亲两字,她的声音猛然大起来,自己也吃了一惊。

"可是你有我。玫!"齐虹用责备的语气说,他看见江玫眼睛里闪耀一种亮得奇怪的火光,不觉放松了江玫的手。紧接着一阵遏止不住的渴望和激怒,使他抓住了江玫的肩膀。他压低了声音,一字一字地说:"我恨不得杀了你,把你装在棺材里带走。"

江玫回答说:"我宁愿听说你死了,不愿知道你活得不像个人。"

风呼啸着,雨滴急速地落着。疾风骤雨,一阵比一阵紧,忽然哗啦一声响,是什么东西摔碎了。齐虹把江玫搂在胸前,借着闪电的惨白的光辉,看见窗外阶上的夹竹桃被风刮到了阶下。江玫心里又是一阵疼痛,她觉得自己的爱情,正像那粉碎了的花盆一样,像那被吹落的花朵一样,永远不能再重新完整起来,永远不能再重新开在枝头。

这种爱情,就像碎玻璃一样割着人。齐虹和江玫,虽然都把话说得那样决绝,却还是形影相随。花池畔,树林中,不断地增添着他们新的足迹。他们也还是不断地争吵,流泪。

十月里东北局势紧张,解放军排山倒海地压来,解放了好几个城市。当时蒋介石提出的方针是:"维持东北,确保华北,肃清华中"。虽然对华北是确保,但华北的"贵人"们还是纷纷南迁。齐虹的家在秋初就全部飞南京转沪赴美了,只有齐虹一个人留在北京。他告诉家里说论文还有点尾巴没写好,拿不到毕业文凭,而实际上,他还在等着江玫回心转意。他根本不相信江玫可能不跟他走。他,齐虹,这样的齐虹,又在发疯地爱着的齐虹!在那执拗的江玫面前,他不只一次想,若真能把她包扎起来带走该有多好!他脸上的神色愈来愈焦愁,紧张,眼神透露着一种凶恶。这些都常在黑夜里震荡着江玫的梦。

江玫的梦现在已不是那种透明的、颜色非常鲜亮的少女的梦了。局势的变化,肖素的被捕,齐虹的爱,以及她自己的复杂的感情,使她多懂了许多事。在抗议"七五"事件(国民党屠杀东北来的青年学生)的游行里,她已经不再当救护队,而打着"反剿民,要活命,要请愿"的大标语走在队伍的前列了。她领头喊着"为死者伸冤,为生者请命"的口号,她奇怪自己的声音竟会这样响。她想到,在死者里面有她的父亲;在生者里面有母亲、肖素和她自己。她渴望着把青春贡献给为了整个人类解放的事业,她渴望着生活来一次翻天覆地的变动。

后来据肖素说,(肖素在解放后出狱,在广播电台做播音员,向全世界广播北京的声音。)那时的地下组织原打算发展江玫参加地下民主青年联盟的,只是她和齐虹的感情,让人闹不清她究竟爱什么,憎恶什么,就搁下来了。江玫听说这话,只轻轻叹了口气。

一九四八年冬天,北京已经到了解放前夕。城里流传着这样的民谣:"家家挂红灯,迎接毛泽东。"最沉得住气的反动官员们、大亨们都纷纷逃走了。齐虹家里几乎是一天一封电报催他走,并且代他订了飞机座位。那时江玫的中心工作是和同学们一起讨论怎样应"变",宣传护校。她为即将来到的解放,感到兴奋,好像等待着一件期待已久的亲人的礼物,满怀着感情,幻想解放后的日子。而同时,她和齐虹那注定了的无可挽回的分别啮咬着她的心。她觉得自己的心一面在开着花,同时又在萎缩。

一天,齐虹进城去了,直到晚上还没有露面。江玫坐在图书馆里,一页书也没有看,进来一个人她就抬头,可是直到电灯开了,齐虹还是不见。她忽然想,很可能他已经走了。走了,永远再也见不到他了。可是江玫一定还要再看他一眼,最后一眼!"齐虹!齐虹!"江玫几乎要叫出来,叫得全图书馆都听见。她连忙紧咬着嘴唇,快步走出了图书馆。

那是那一年冬天的第一个下雪天。路上的雪还没有上冻,灯光照在雪花上,闪闪刺人的眼。江玫一直向北楼走去,她想看一看那正对着一棵白杨树梢的窗子,有没有灯光。那个房间她从没有去过,可是那窗口她却十分熟悉。齐虹常对她讲窗口的白杨树叶的沙沙声怎样伴着他度过多少不眠的夜。透过飞舞着的迷乱的雪花,她一下子就找到那棵白杨树,而那白杨树梢的窗口,漆黑一片,没有灯光。

江玫的心沉了下去。她两腿发软,站在北楼前,一动不动。

也许他从城里回来太累,已经去睡了?也许他还没有回来?江玫快步走进了北楼,走到齐虹的房间,她敲门又推门,门是锁着的。

"难道再见不着他了!真见不着他了!"江玫走出北楼,心里在大声哭泣。她完全没有看见新诗社的一个同学从她身边走过,也没有听见人家在唤着"小鸟儿"。

好容易走到西楼,江玫真是一点力气都没有了。她想找个地方靠一靠再上楼,一眼看见自己房间里有灯光。那房间,自从肖素被抓去以后,是那样空,那样冷,晚上进去总是黑洞洞的。这时竟点着灯,这灯光温暖了江玫,她三步两步跑上去,在门外就叫着"虹!"

果然是齐虹在房间里等她,满脸的焦急使他看上去苍老了许多。他一看见江玫,连忙迎上来握着她的手,疲倦地、也多少有些安心地说:"你到底回来了!我以为我再也见不着你了。"

江玫没有回答。她怕自己会把刚才那一番焦急向他倾吐,会让他明白她多离不开他。而他却就要走了,永远地走了。

"明天一早的飞机,今晚就要去机场。"齐虹焦躁地说,"一切都已经定了,怎么样?咱们就得分别么?"

"分别?——永远不能再见你——"江玫看着那耶稣受难的像,她仿佛看见那像后的两粒红豆。

"完全可以不分别,永不分别!玫!只要你说一声同我一道走,我的小姑娘。"

"不行。"

"不行!你就不能为我牺牲一点!你说过只愿意跟我在一起!"

"你自己呢?"江玫的目光这样说。

"我么!我走的路是对的。我绝不能忍受看见我爱的人去过那种什么'人民'的生活!你该跟着我!你知道么!我从来没有这样求过人!玫!你听我说!"

"不行。"

"真的不行么?你就像看见一个临死的人而不肯去救他一样,可他一死去就再也不会活转来了。再也不会活了!走开的人永远也不会再回来。你会后悔的,玫!我的玫!"他用力摇着江玫的肩。

"我不后悔。"

齐虹看着她的眼睛,还是那亮得奇怪的火光。他叹了一口气:"好,那么,送我下楼罢。"

江玫温柔地代他系好围巾,拉好了大衣领子,一言不发,送他下楼。

纷飞的雪花在无边的夜里飘荡,夜,是那样静,那样静。他们一出楼门,马上开过来一辆小汽车。从车里跳出一个魁梧的司机。齐虹对司机摇摇手,把江玫领到路灯下,看着她,摇头,说:"我原来预备抢你走的。你知道么?你看,我预备了车,飞机票也买好了。不过,我看了出来,那样做,你会恨我一辈子。你会的,不是么?"他拿出一张飞机票,也许他还希望江玫会忽然同意跟他走,迟疑了一下,然后把它撕成几瓣。碎纸片混在飞舞的雪花中,不见了。"再见!我的玫。我的女诗人!我的女革命家!"他最后几句话,语气非常尖刻。江玫看见他的脸因为痛苦而变了形,他的眼睛红肿,嘴唇出血,脸上充满了烦躁和不安。江玫忽然想起,第一次看见他时,他脸上那种漠不关心,什么都看不见的神气。

江玫想说点什么,但说不出来,好像有千把刀子插在喉头。她心里想:"我要撑过这一分钟,无论如何要撑过这一分钟。"她觉得齐虹冰凉的嘴唇落在她的额上,然后汽车响了起来。周围只剩了一片白,天旋地转的白,淹没了一切的白——

她最后对齐虹说的一句话就是"我不后悔"。

江玫果然没有后悔。那时称她革命家是一种讽刺,这时她已经真的成长为一个好的党的工作者了。解放后又渐渐健康起来的母亲骄傲地对人说:"她父亲有这样一个女儿,死得也不算冤了。"

雪还在下着。江玫手里握着的红豆已经被泪水滴湿了。

"江玫!小鸟儿!"老赵在外面喊着。"有多少人来看你啦!史书记,老马,郑先生,王同志,还有小耗子——"

一阵笑语声打断了老赵不伦不类的通报。江玫刚流过泪的眼睛早已又充满了笑意。她把红豆和盒子放在一旁,从床边站了起来。

1956 年 12 月

《红豆》导读

百 合 花

茹志鹃

　　一九四六年的中秋。

　　这天打海岸的部队决定晚上总攻。我们文工团创作室的几个同志,就由主攻团的团长分派到各个战斗连去帮助工作。大概因为我是个女同志吧!团长对我抓了半天后脑勺,最后才叫一个通讯员送我到前沿包扎所去。包扎所就包扎所吧!反正不叫我进保险箱就行。我背上背包,跟通讯员走了。

　　早上下过一阵小雨,现在虽放了晴,路上还是滑得很,两边地里的秋庄稼,却给雨水冲洗得青翠水绿,珠烁晶莹。空气里也带有一股清鲜湿润的香味。要不是敌人的冷炮,在间歇地盲目地轰响着,我真以为我们是去赶集呢!

　　通讯员撒开大步,一直走在我前面。一开始他就把我摞下几丈远。我的脚烂了,路又滑,怎么努力也赶不上他。我想喊他等等我,却又怕他笑我胆小害怕;不叫他,我又真怕一个人摸不到那个包扎所。我开始对这个通讯员生起气来。

　　嗳!说也怪,他背后好像长了眼睛似的,倒自动在路边站下了。但脸还是朝着前面,没看我一眼。等我紧走慢赶地快要走近他时,他又蹬蹬蹬地自个向前走了,一下又把我甩下几丈远。我实在没力气赶了,索性一个人在后面慢慢晃。不过这一次还好,他没让我摞得太远,但也不让我走近,总和我保持着丈把远的距离。我走快,他在前面大踏步向前;我走慢,他在前面就摇摇摆摆。奇怪的是,我从没见他回头看我一次,我不禁对这通讯员发生了兴趣。

　　刚才在团部我没注意看他,现在从背后看去,只看到他是高挑挑的个子,块头不大,但从他那副厚实实的肩膀看来,是个挺棒的小伙。他穿了一身洗淡了的黄军装,绑腿直打到膝盖上。肩上的步枪筒里,稀疏地插了几根树枝,这要说是伪装,倒不如算作装饰点缀。

　　没有赶上他,但双脚胀痛得像火烧似的。我向他提出了休息一会后,自己便在做田界的石头上坐了下来。他也在远远的一块石头上坐下,把枪横搁在腿上,背向着我,好像没我这个人似的。凭经验,我晓得这一定又因为我是个女同志的缘故。女同志下连队,就有这些困难。我着恼地带着一种反抗情绪走过去,面对着他坐下来。这时,我看见他那张十分年轻稚气的圆脸,顶多有十八岁。他见我挨他坐下,立即张惶起来,好像他身边埋下了一颗定时炸弹,局促不安,掉过脸去不好,不掉过去又不行,想站起来又不好意思。我拼命忍住笑,随便地问他是哪里人。他没回答,脸涨得像个关公,讷讷半晌,才说清自己是天目山人。原来他还是我的同乡呢!

"在家时你干什么?"

"帮人拖毛竹。"

我朝他宽宽的两肩望了一下,立即在我眼前出现了一片绿雾似的竹海,海中间,一条窄窄的石级山道,盘旋而上。一个肩膀宽宽的小伙,肩上垫了一块老蓝布,扛了几枝青竹,竹梢长长的拖在他后面,刮打得石级哗哗作响……这是我多么熟悉的故乡生活啊!我立刻对这位同乡,越加亲热起来。我又问:

"你多大了?"

"十九。"

"参加革命几年了?"

"一年。"

"你怎么参加革命的?"我问到这里自己觉得这不像是谈话,倒有些像审讯。不过我还是禁不住地要问。

"大军北撤时我自己跟来的。"

"家里还有什么人呢?"

"娘,爹,弟弟妹妹,还有一个姑姑也住在我家里。"

"你还没娶媳妇吧?"

"……"他飞红了脸,更加忸怩起来,两只手不停地数摸着腰皮带上的扣眼;半晌他才低下了头,憨憨地笑了一下,摇了摇头。我还想问他有没有对象,但看到他这样子,只得把嘴里的话,又咽了下去。

两人闷坐了一会儿,他开始抬头看看天,又掉过来扫了我一眼,意思是在催我动身。

当我站起来要走的时候,我看见他摘了帽子,偷偷地在用毛巾拭汗。这是我的不是,人家走路都没出一滴汗,为了我跟他说话,却害他出了这一头大汗,这都怪我了。

我们到包扎所,已是下午两点钟了。这里离前沿有三里路,包扎所设在一个小学里,大小六个房子组成品字形,中间一块空地长了许多野草,显然,小学已有多时不开课了。我们到时屋里已有几个卫生员在弄着纱布棉花,满地上都是用砖头垫起来的门板,算作病床。

我们刚到不久,来了一个乡干部,他眼睛熬得通红,用一片硬拍纸插在额前的破毡帽下,低低地遮在眼睛前面挡光。他一肩背枪,一肩挂了一杆秤;左手挎了一篮鸡蛋,右手提了一口大锅,呼哧呼哧地走来。他一边放东西,一边对我们又抱歉又诉苦,一边还喘息地喝着水,同时还从怀里掏出一包饭团来嚼着。我只见他迅速地做着这一切,他说的什么我就没大听清。好像是说什么被子的事,要我们自己去借。我问清了卫生员,原来因为部队上的被子还没发下来,但伤员流了血,非常怕冷,所以就得向老百姓去借。哪怕有一二十条棉絮也好。我这时正愁工作插不上手,便自告奋勇讨了这件差事,怕来不及就顺便也请了我那位同乡,请他帮我动员几家再走。他踌躇了一下,便和我一起去了。

我们先到附近一个村子,进村后他向东,我往西,分头去动员。不一会儿,我已写了三张借条出去,借到两条棉絮,一条被子,手里抱得满满的,心里十分高兴,正准备送回去再来借时,看见通讯员从对面走来,两手还是空空的。

"怎么,没借到?"我觉得这里老百姓觉悟高,又很开通,怎么会没有借到呢,我有点惊奇地问。

"女同志,你去借吧!……老百姓死封建……"

"哪一家?你带我去。"我估计一定是他说话不对,说崩了。借不到被子事小,得罪了老百姓影响可不好。我叫他带我去看看。但他执拗地低着头,像钉在地上似的,不肯挪步。我走近他,低声地把群众影响的话对他说了。他听了,果然就松松爽爽地带我走了。

我们走进老乡的院子里,只见堂屋里静静的,里面一间房门上,垂着一块蓝布红额的门帘,门框两边还贴着鲜红的对联。我们只得站在外面向里"大姐大嫂"地喊,喊了几声,不见有人应,但响动是有了。一会,门帘一挑,露出一个年轻媳妇来。这媳妇长得很好看,高高的鼻梁,弯弯的眉,额前一绺蓬松松的刘海。穿的虽是粗布,倒都是新的。我看她头上已硬翘翘地挽了髻,便大嫂长大嫂短地对她道歉,说刚才这个同志来,说话不好别见怪等等。她听着,脸扭向里面,尽咬着嘴唇笑。我说完了,她也不作声,还是低头咬着嘴唇,好像忍了一肚子的笑料没笑完。这一来,我倒有些尴尬了,下面的话怎么说呢!我看通讯员站在一边,眼睛一眨不眨地看着我,好像在看连长做示范动作似的。我只好硬了头皮,讪讪地向她开口借被子了,接着还对她说了一遍共产党的部队,打仗是为了老百姓的道理。这一次,她不笑了,一边听着,一边不断向房里瞅着。我说完了,她看看我,看看通讯员,好像在掂量我刚才那些话的斤两。半晌,她转身进去抱被子了。

通讯员乘这机会,颇不服气地对我说道:

"我刚才也是说的这几句话,她就是不借,你看怪吧!……"

我赶忙白了他一眼,不叫他再说。可是来不及了,那个媳妇抱了被子,已经在房门口了。被子一拿出来,我方才明白她刚才为什么不肯借的道理了。这原来是一条里外全新的新花被子,被面是假洋缎的,枣红底,上面撒满白色百合花。她好像是在故意气通讯员,把被子朝我面前一送,说:"抱去吧。"

我手里已捧满了被子,就一努嘴,叫通讯员来拿。没想到他竟扬起脸,装作没看见。我只好开口叫他,他这才绷了脸,垂着眼皮,上去接过被子,慌慌张张地转身就走。不想他一步还没走出去,就听见"嘶"的一声,衣服挂住了门钩,在肩膀处,挂下一片布来,口子撕得不小。那媳妇一面笑着,一面赶忙找针拿线,要给他缝上。通讯员却高低不肯,夹了被子就走。

刚走出门不远,就有人告诉我们,刚才那位年轻媳妇,是刚过门三天的新娘子,这条被子就是她惟一的嫁妆。我听了,心里便有些过意不去,通讯员也皱起了眉,默默地看着手里的被子。我想他听了这样的话一定会有同感吧。果然,他一边走,一边跟我嘟哝起来了。

"我们不了解情况,把人家结婚被子也借来了,多不合适呀!……"我忍不住想给他开个玩笑,便故作严肃地说:

"是呀!也许她为了这条被子,在做姑娘时,不知起早熬夜,多干了多少零活积起来的钱,或许她曾为了这条花被,睡不着觉呢。可是还有人骂她死封建……"

他听到这里,突然站住脚,呆了一会,说:

"那!……那我们送回去吧!"

"已经借来了,再送回去,倒叫她多心。"我看他那副认真、为难的样子,又好笑、又觉得可爱。不知怎么的,我已从心底爱上了这个傻乎乎的小同乡。

他听我这么说,也似乎有理,考虑了一下,便下决心似的说:

"好,算了。用了给她好好洗洗。"他决定以后,就把我抱着的被子,通统抓过去,左一条、右一条地披挂在自己肩上,大踏步地走了。

回到包扎所以后,我就让他回团部去。他精神顿时活泼起来了,向我敬了礼就跑了。走不几步,他又想起了什么,在自己挂包里掏了一阵,摸出两个馒头,朝我扬了扬,顺手放在路边石头上,说:

"给你开饭啦!"说完就脚不点地地走了。我走过去拿起那两个干硬的馒头,看见他背的枪筒里不知在什么时候又多了一枝野菊花,跟那些树枝一起,在他耳边抖抖地颤动着。

他已走远了,但还见他肩上挂下来的布片,在风里一飘一飘,我真后悔没给他缝上再走。现在,至少他要裸露一晚上的肩膀了。

包扎所的工作人员很少。乡干部动员了几个妇女,帮我们打水,烧锅,做些零碎活。那位新媳妇也来了,她还是那样,笑眯眯地抿着嘴,偶然从眼角上看我一眼,但她时不时地东张西望,好像在找什么。后来她到底问我说:

"那位同志弟到哪里去了?"我告诉她同志弟不是这里的,他现在到前沿去了。她不好意思地笑了一下说:"刚才借被子,他可受我的气了!"说完又抿了嘴笑着,动手把借来的几十条被子、棉絮,整整齐齐地分铺在门板上、桌子上(两张课桌拼起来,就是一张床)。我看见她把自己那条白百合花的新被,铺在外面屋檐下的一块门板上。

天黑了,天边涌起一轮满月。我们的总攻还没发起。敌人照例是忌怕夜晚的,在地上烧起一堆堆的野火,又盲目地轰炸,照明弹也一个接一个地升起,好像在月亮下面点了无数盏的汽油灯,把地面的一切都赤裸裸地暴露出来了。在这样一个"白夜"里来攻击,有多困难,要付出多大的代价啊!我连那一轮皎洁的月亮,也憎恶起来了。

乡干部又来了,慰劳了我们几个家做的干菜月饼。原来今天是中秋节了。

啊!中秋节,在我的故乡,现在一定又是家家门前放一张竹茶几,上面供一副香烛,几碟瓜果月饼。孩子们急切地盼那炷香快些焚尽,好早些分摊给月亮娘娘享用过的东西。他们在茶几旁边跳着唱着:"月亮堂堂,敲锣买糖……"或是唱着:"月亮嬷嬷,照你照我……"我想到这里,又想起我那个小同乡,那个拖毛竹的小伙,也许,几年以前,他还唱过这些歌吧!……我咬了一口美味的家做月饼,想起那个小同乡大概现在正趴在工事里,也许在团指挥所,或者是在那些弯弯曲曲的交通沟里走着哩!……

一会儿,我们的炮响了,天空划过几颗红色的信号弹,攻击开始了。不久,断断续续的有几个伤下来,包扎所的空气立即紧张起来。

我拿着小本子,去登记他们的姓名、单位,轻伤的问问,重伤的就得拉开他们的符号,或是翻看他们的衣襟。我拉开一个重彩号的符号时,"通讯员"三个字使我突然打了个寒战,心跳起来。我定了下神才看到符号上写着×营的字样。啊!不是,我的同乡他是团部的通讯员。但我又莫名其妙地想问问谁,战地上会不会漏掉伤员。通讯员在战斗时,除了送信,还干什么——我不知道自己为什么要问这些没意思的问题。

战斗开始后的几十分钟里,一切顺利,伤员一次次带下来的消息,都是我们突击第一道鹿砦,第二道铁丝网,占领敌人前沿工事打进街了。但到这里,消息忽然停顿了,下来的伤员,只是简单地回答说"在打",或是"在街上巷战"。但从他们满身泥泞,极度疲乏的神色上,甚至从那些似乎刚从泥里掘出来的担架上,大家明白,前面在进行着一场什么样的战斗。

包扎所的担架不够了,好几个重彩号不能及时送后方医院,耽搁下来。我不能解除他们任何痛苦,只得带着那些妇女,给他们拭脸洗手,能吃得的喂他们吃一点,带着背包的,就给他们换一件干净衣裳,有些还得解开他们的衣服,给他们拭洗身上的污泥血迹。

做这种工作,我当然没什么,可那些妇女又羞又怕,就是放不开手来,大家都要抢着去烧锅,特别是那新媳妇。我跟她说了半天,她才红了脸,同意了。不过只答应做我的下手。

前面的枪声,已响得稀落了。感觉上似乎天快亮了,其实还只是半夜。外边月亮很明,也比平日悬得高。前面又下来一个重伤员。屋里铺位都满了,我就把这位重伤员安排在屋檐下的那块门板上。担架员把伤员抬上门板,但还围在床边不肯走。一个上了年纪的担架员,大概把我当做医生了,一把抓住我的膀子说:"大夫,你可无论如何要想办法治好这位同志呀!你治好他,我……我们全体担架队员给你挂匾!……"他说话的时候,我发现其他的几个担架队员也都睁大了眼盯着我,似乎我点一点头,这伤员就立即会好了似的。我心想给他们解释一下,只见新媳妇端着水站在床前,短促地"啊"了一声。我急拨开他们上前一看,我看见了一张十分年轻稚气的圆脸,原来棕红的脸色,现已变得灰黄。他安详地阖着眼,军装的肩头上,露着那个大洞,一片布还挂在那里。

"这都是为了我们……"那个担架员负罪地说道,"我们十多副担架挤在一个小巷子里,准备往前运动,这位同志走在我们后面,可谁知道狗日的反动派不知从哪个屋顶上扔下颗手榴弹来,手榴弹就在我们人缝里冒着烟乱转,这时这位同志叫我们快趴下,他自己就一下扑在那个东西上了……"

新媳妇又短促地"啊"了一声。我强忍着眼泪,给那些担架员说了些话,打发他们走了。我回转身看见新媳妇已轻轻移过一盏油灯,解开他的衣服;她刚才那种忸怩羞涩已经完全消失,只是庄严而虔诚地给他拭着身子。这位高大而又年轻的小通讯员无声地躺在那里……我猛然醒悟地跳起身,磕磕绊绊地跑去找医生。等我和医生拿了针药赶来,新媳妇正侧着身子坐在他旁边。

她低着头,正一针一针地在缝他衣肩上那个破洞。医生听了听通讯员的心脏,默默地站起身说:"不用打针了。"我过去一摸,果然手都冰冷了。新媳妇却像什么也没看见,什么也没听到,依然拿着针,细细地、密密地缝着那个破洞。我实在看不下去了,低声地说:"不要缝了。"她却对我异样地瞟了一眼,低下头,还是一针针地缝。我想拉开她,我想推开这沉重的氛围,我想看见他坐起来,看见他羞涩的笑。但我无意中碰到了身边一个什么东西,伸手一摸,是他给我开的饭,两个干硬的馒头……

卫生员让人抬了一口棺材来,动手揭掉他身上的被子,要把他放进棺材去。新媳妇这时脸发白,劈手夺过被子,狠狠地瞪了他们一眼。自己动手把半条被子平展展地铺在棺材底,半条盖在他身上。卫生员为难地说:"被子……是借老百姓的。"

"是我的——"她气汹汹地嚷了半句,就扭过脸去。在月光下,我看见她眼里晶莹发亮,我也看见那条枣红底色上洒满白色百合花的被子,这象征纯洁与感情的花,盖上了这位平常的、拖毛竹的青年人的脸。

1958 年 3 月

《百合花》导读

"锻炼锻炼"

赵树理

"争先"农业社,地多劳力少,
动员女劳力,作得不够好;
有些妇女们,光想讨点巧,
只要没便宜,请也请不到——
有说小腿疼,床也下不了;
要留儿媳妇,给她送屎尿;
有说四百二,她还吃不饱,
男人上了地,她却吃面条。
她们一上地,定是工分巧,
做完便宜活,老病就犯了;
割麦请不动,拾麦起得早,
敢偷又敢抢,脸面全不要;
开会常不到,也不上民校,
提起正经事,啥也不知道;
谁给提意见,马上跟谁闹,
没理占三分,吵得天塌了。
这些老毛病,赶紧得改造,
快请识字人,念念大字报!
　　　　——杨小四写

  这是一九五七年秋末"争先农业社"整风时候出的一张大字报。在一个吃午饭的时间,大家正端着碗到社办公室门外的墙上看大字报,杨小四就趁这个热闹时候把自己写的这张快板大字报贴出来,引得大家丢下别的不看,先抢着来看他这一张,看着看着就轰隆轰隆笑起来。倒不因为杨小四是副主任,也不是因为他编得顺溜写得整齐才引得大家这样注意,最引人注意的是他批评的两个主要对象是"争先社"的两个有名人物——一个外号叫"小腿疼",那一个外号叫"吃不饱"。

  小腿疼是五十来岁一个老太婆,家里有一个儿子一个儿媳,还有个小孙孙。本来她瞧着孙孙做做饭媳妇是可以上地的,可是她不,她一定要让媳妇照着她当日伺候婆婆那个样子伺候她——给她打洗脸水、送尿盆、扫地、抹灰尘、做饭、端饭……不过要是地里有点便宜活的话也不放过机会。例如夏天拾麦子,在麦子没有割完的时候她可去,一到割完了她就不去了。按她的说法是"拾东西全凭偷,光凭拾能有多大出息"。后来社里发现了这个秘密,又规定拾的麦子归社,按斤给她记工,她就不干了。又如摘棉花,在棉桃盛开每天摘的能超过定额一倍的时候,她也能出动好几天,不用说刚能做到定额她不去,就是只超过定额三分她也不去。她的小腿上,在年轻时候生过连疮,不过早在二十多年前就治好了。在生疮的时候,她的丈夫伺候她;在治好之后,为了容易使唤丈夫,她说她留下了个腿疼根。"疼"是只有自己才能感觉到的。她说"疼"别人也无法证明真假,不过她这"疼"疼得有点特别:高兴时候不疼,不高兴了就疼;遇会、看戏、游门、串户时候不疼,一做活儿就疼;她的丈夫死后儿子还小的时候有好几年没有疼,一给孩子娶过媳妇就又疼起来;入社以后是活儿能大量超过定额时候不疼,超不过定额或者超过的少了就又要疼。乡里的医务站办得虽说还不错,可是对这种腿疼还是没有办法的。

"吃不饱"原名李宝珠,比"小腿疼"年轻得多——才三十来岁,论人材在"争先社"是数一数二的,可惜她这个优越条件,变成了她自己一个很大的包袱。她的丈夫叫张信,和她也算是自由结婚。张信这个人,生得也聪明伶俐,只是没有志气,在恋爱期间李宝珠跟他提出的条件,明明白白地就说是结婚以后不上地劳动,这条件在解放后的农村是没有人能答应的,可是他答应了。在李宝珠看来,她这位丈夫也不能算最满意的人,只能说是"比上不足比下有余"——因为不是干部——所以只把他作为个"过渡时期"的丈夫,等什么时候找下了最理想的人再和他离婚。在结婚以后,李宝珠有一个时期还在给她写大字报的这位副主任杨小四身上打过主意,后来打听着她自己那个"吃不饱"的外号原来就是杨小四给她起的,这才打消了这个念头。他既然只把张信当成她"过渡时期"的丈夫,自然就不能完全按"自己人"来对待他,因此她安排了一套对待张信的"政策"。她这套政策:第一是要掌握经济全权,在社里张信名下的账要朝她算,家里一切开支要由她安排,张信有什么额外收入全部缴她,到花钱时候再由她批准、支付。第二是除做饭和针线活以外的一切劳动——包括担水、和煤、上碾、上磨、扫地、送灰渣一切杂事在内——都要由张信负担。第三是吃饭穿衣的标准要由她规定——在吃饭方面她自己是想吃什么就做什么,对张信她做什么张信吃什么;同样,在穿衣方面,她自己是想穿什么买什么,对张信自然又是她买什么张信穿什么。她这一套政策是她暗自规定暗自执行的,全面执行之后,张信完全变成了她的长工。自从实行粮食统购以来,她是时常喊叫吃不饱的。她的吃法是张信上了地她先把面条煮得吃了,再把汤里下几颗米熬两碗糊糊粥让张信回来吃,另外还做些火烧干饼锁在箱里,张信不在的时候几时想吃几时吃。队里动员她参加劳动的时候,她却说"粮食不够吃,每顿只能等张信吃完了刮个空锅,实在劳动不了"。时常做假的人,没有不露马脚的,张信常发现床铺上有干饼星星(碎屑),也不断见着糊糊粥里有一两根没有捞尽的面条,只是因为一提就得生气,一生气她就先提"离婚",所以不敢提,就那样睁只眼闭只眼吃点亏忍忍饥算了。有一次张信端着碗在门外和大家一齐吃饭,第三队(他所属的队)的队长张太和发现他碗里有一根面条。这位队长是个比较爱说调皮话的青年。他问张信说:"吃不饱大嫂在哪里学会这单做一根面条的本事哩?"从这以后,每逢张信端着糊糊粥到门外来吃的时候,爱和他开玩笑的人常好夺过他的筷子来在他碗里找面条,碰巧的是时常不落空,总能找到那么一星半点。张太和有一次跟他说:"我看'吃不饱'这个外号给你加上还比较正确,因为你只能吃一根面条。"在参加生产方面,"吃不饱"和"小腿疼"的态度完全一样。她既掌握着经济全权,就想利用这种时机为她的"过渡"以后多弄一点积蓄,因此在生产上一有了取巧的机会她就参加,绝不受她自己所定的政策第二条的约束;当便宜活做完了她就仍然喊她的"吃不饱不能参加劳动"。

杨小四的快板大字报贴出来一小会,吃不饱听见社房门口起了哄,就跑出来打听——她这几天心里一直跳,生怕有人给她贴大字报。张太和见她来了,就想给她当个义务读报员。张太和说:"大家不要起哄,我来给大家从头念一遍!"大家看见吃不饱走过来,已经猜着了张太和的意思,就都静下来听张太和的。张太和说快板是很有工夫的。他用手打起拍子有时候还带着表演,跟流水一样马上把这段快板说了一遍,只说得人人鼓掌、个个叫好。吃不饱就在大家鼓掌鼓得起劲的时候,悄悄溜走了。

不过吃不饱可没有回了家,她马上到小腿疼家里去了。她和小腿疼也不算太相好,只是有时候想借重一下小腿疼的硬牌子。小腿疼比她年纪大,闯荡得早,又是正主任王聚海、支书王镇海、第一队队长王盈海的本家嫂子,有理没理常常敢到社房去闹,所以比吃不饱的牌子硬。吃不饱听张太和念过大字报,气得直哆嗦,本想马上在当场骂起来,可是看见人那么多,又没有一个是会给自己说话的,所以没有敢张口就悄悄溜到小腿疼家里。她一进门就说:"大婶呀!有人贴着黑帖子骂咱们哩!"小腿疼听说有人敢骂她好像还是第一次。她好像不相信地问:"你听谁说的?""谁说的?多少人都在社房门口吵了半天了,还用听谁说?""谁写的?""杨小四那个小死材!""他这小死材都写了些什么?""写的多着哩,说你装腿疼,留下儿媳妇给你送屎尿,说你偷麦子;说你没理占三分,光跟人吵架……"她又加油加醋添了些大字报上没有写上去的话,一顿把个小腿疼说得腿也不疼了,挺挺挺挺就跑到社房里去找杨小四。

这时候,主任王聚海、副主任杨小四、支书王镇海三个人都正端着碗开碰头会,研究整风与当前生产怎样配合的问题,小腿疼一跑进去就把个小会给他们搅乱了。在门外看大字报的人们,见小腿疼的来头有点不平常,也有些人跟进去看。小腿疼一进门一句话也没有说,就伸开两条胳膊去扑杨小四,杨小四从座上跳起来闪过一边,主任王聚海趁势把小腿疼拦住。杨小四料定是大字报引起来的事,就向小腿疼说:"你是不是想打架?政府有规定,不准打架。打架是犯法的。不怕罚款、不怕坐牢你就打吧!只要你敢打一下,我就把你请得到法院!"又向王聚海说:"不要拦她!放开叫她打吧!"小腿疼一听说要出罚款要坐牢,手就软下来,不过嘴还不软。她说:"我不是要打你!我是要问问你政府规定过叫你骂人没有?""我什么时候骂过你?""白纸黑字贴在墙上你还昧得了?"王聚海说:"这老嫂!人家提你的名来没有?"小腿疼马上顶回来说:"只要不提名就该骂是不是?要可以骂我可就天天骂哩!"杨小四说:"问题不在提名不提名,要说清楚的是骂你来没有!我写的有哪一句不实,就算我是骂你!你举出来!我写的是有个缺点,那就是不该没有提你们的名字。我本来提着的,主任建议叫我去了。你要嫌我写的不全,我给你把名字加上好了!""你还嫌骂得不痛快呀?加吧!你又是副主任,你又会写,还有我这不识字的老百姓活的哩?"支书王镇海站起来说:"老嫂你是说理不说理?要说理,等到辩论会上找个人把大字报一句一句念给你听,你认为哪里写得不对许你驳他!不能这样满脑一把抓来派人家的不是!谁不叫你活了?""你们都是官官相卫,我跟你们说什么理?我要骂!谁给找出大字报叫他死绝了根!叫狼吃得他不剩个血盘儿,叫……"支书认真地说:"大字报是毛主席叫贴的!你实在要不说理要这样发疯,这么大个社也不是没有办法治你!"回头向大家说:"来两个人把她送乡政府!"看的人们早有几个人忍不住了,听支书一说,马上跳出五六个人来把她围上,其中有两个人拉住她两条胳膊就要走。这时候,主任王聚海却拦住说:"等一等!这么一点事哪里值得去麻烦乡政府一趟?"大家早就想让小腿疼去受点教训,见王聚海一拦,都觉得泄气,不过他是主任,也只好听他的。小腿疼见真要送她走,已经有点胆怯,后来经主任这么一拦就放了心。她定了定神,看到局势稳定了,就强鼓着气说了几句似乎是光荣退兵的话:"不要拦他们!让他们送吧!看乡政府能不能拔了我的舌头!"王聚海认为已经到了收场的时候,就拉长了调子向小腿疼说:"老嫂!你且回去吧!没有到不了底的事!我们现在要布置明天的生产工作,等过两天再给你们解释解释!""什么解释解释？一定得说个过来过去!""好好好！就说个过来过去!"杨小四说："主任你的话是怎么说着的？人家闹到咱的会场来了,还要给人家陪情是不是？"小腿疼怕杨小四和支书王镇海再把王聚海说倒了弄得自己不得退场,就赶紧抢了个空子和王聚海说："我可走了！事情是你承担着的！可不许平白白地拉倒啊!"说完了抽身就走,跑出门去才想起来没有装腿疼。

  主任王聚海是个老中农出身,早在抗日战争以前就好给人和解个争端,人们常说他是个会和稀泥的人；在抗日战争中八路军来了以后他当过村长,作各种动员工作都还有点办法；在土改时候,地主几次要收买他,都被他拒绝了,村支部见他对斗争地主还坚决,就吸收他入了党；"争先农业社"成立时候,又把他选为社主任,好几年来,因为照顾他这老资格,一直连选连任。他好研究每个人的"性格",主张按性格用人,可惜不懂得有些坏性格一定得改造过来。他给人们平息争端,主张"和事不表理",只求得"了事"就算。他以为凡是懂得他这一套的人就当得了干部,不能照他这一套来办事的人就都还得"锻炼锻炼"。例如在一九五五年党内外都有人提出可以把杨小四选成副主任,他却说"不行不行,还得好好锻炼几年",直到本年(一九五七年)改选时候他还坚持他的意见,可是大多数人都说杨小四要比他还强,结果选举的票数和他得了个平。小四当了副主任之后,他可是什么事也不靠小四做,并且常说："年轻人,随在管委会里'锻炼锻炼'再说吧!"又如社章上规定要有个妇女副主任,在他看来那也是多余的。他说："叫妇女们闹事可以,想叫她们办事呀,连门都找不着!"因为人家别的社里每社都有那么一个人,他也没法坚持他的主张,结果在选举时候还是选了第三队里的高秀兰来当女副主任。他对高秀兰和对杨小四还有区别,以为小四还可以"锻炼锻炼",秀兰连"锻炼"也没法"锻炼",因此除了在全体管委会议的时候按名单通知秀兰来参加以外,在其他主干碰头的会上就根本想不起来还有秀兰那么个人。不过高秀兰可没有忘了他。就在这次整风开始,高秀兰给他贴过这样一张大字报：

  "争先社",难争先,因为主任太主观；
  只信自己有本事,常说别人欠锻炼；
  大小事情都包揽,不肯交给别人干,
  一天起来忙到晚,办的事情很有限。
  遇上社员有争端,他在中间赔笑脸,
  只求说个八面圆,谁是谁非不评断,
  有的没理沾了光,感谢主任多照看,
  有的有理受了屈,只把苦水往下咽。

正气碰了墙,邪气遮了天,
有力没处使,谁还肯争先?
希望王主任,来个大转变;
办事靠集体,说理分长短,
多听群众话,免得耍光秆!
——高秀兰写

他看了这张大字报,冷不防也吃了一惊,不过他的气派大,不像小腿疼那样马上唧唧喳喳乱吵,只是定了定神仍然摆出长辈的口气来说:"没想到秀兰这孩子还是个有出息的,以后好好'锻炼锻炼'也许能给社里办点事。"王聚海就是这样一个人。

杨小四给小腿疼和吃不饱出的那张大字报,在才写成稿子没有誊清以前,征求过王聚海的意见。王聚海坚决主张不要出。他说:"什么病要吃什么药,这两个人吃软不吃硬。你要给她们出上这么一张大字报,保证她们要跟你闹麻烦;实在想出的话,也应该把她们的名字去了。"杨小四又征求支书王镇海的意见,并且把主任的话告诉了支书,支书说:"怕麻烦就不要整风!至于名字写不写都行,一贴出去谁也知道指的是谁!"杨小四为了照顾王聚海的老面子,又改了两句,只把那两个人的名字去了,内容一点也没有变,就贴出去了。

当小腿疼一进社房来扑杨小四,王聚海一边拦着她,一边暗自埋怨杨小四:"看你惹下麻烦了没有?都只怨不听我的话!"等到大家要往乡政府送小腿疼,被他拦住用好话把小腿疼劝回去之后,他又暗自夸奖他自己的本领:"试试谁会办事?要不是我在,事情准闹大了!"可是他没有想到当小腿疼走出去、看热闹的也散了之后,支书批评他说:"聚海哥!人家给你提过那么多意见,你怎么还是这样无原则?要不把这样无法无天的人的气焰打下去,这整风工作还怎么往下做呀?"他听了这几句批评觉得很伤心。他想:"你们闯下了事自己没法了局,我给你们做了开解,倒反落下不是了?"不过他摸得着支书的"性格"是"认理不认人、不怕不了事"的,所以他没有把真心话说出来,只勉强承认说:"算了算了!都算我的错!咱们还是快点布置一下明天的生产工作吧!"

一谈起布置生产来,支书又说:"生产和整风是分不开的。现在快上冻了,妇女大半不上地,棉花摘不下来,花秆拔不了,牲口闲站着,地不能犁,要不整风,怎么能把这种情况变过来呢?"主任王聚海说:"整风是个慢工夫,一两天也不能转变个什么样子;最救急的办法,还是根据去年的经验,把定额减一减——把摘八斤籽棉顶一个工,改成六斤一个工,明天马上就能把大部分人动员起来!"支书说:"事情就坏到去年那个经验上!现在一天摘十斤也摘得够,可是你去年改过那么一下,把那些自私自利的人改得心高了,老在家里等那个便宜。这种落后思想照顾不得！去年改成六斤,今年她们会要求改成五斤,明年会要求改成四斤！"杨小四说:"那样也就对不住人家进步的妇女！明天要减了定额,这几天的工分你怎么给人家算？一个多月以前定额是二十斤,实际能摘到四十斤,落后的抢着摘棉花,叫人家进步的去割谷,就已经亏了人家;如今摘三遍棉花,人家又按八斤定额摘了十来天了,你再把定额改小了让落后的来抢,那像话吗？"王聚海说:"不改定额也行,那就得个别动员。会动员的话,不论哪一个都能动员出来,可惜大家在作动员工作方面都没有'锻炼',我一个人又只有一张嘴,所以工作不好作……"接着他就举出好多例子,说哪个媳妇爱听人夸她的手快,哪个老婆爱听人说她干净……只要摸得着人的"性格",几句话就能说得她愿意听你的话。他正唠唠叨叨举着例子,支书打断他的话说:"够了够了！只要克服了资本主义思想,什么'性格'的人都能动员出来！"

话才说到这里,乡政府来送通知,要主任和支书带两天给养马上到乡政府集合,然后到城关一个社里参观整风大辩论。两个人看了通知,主任说:"怎么办？"支书说:"去！""生产？""交给副主任！"主任看了看杨小四,带着讽刺的口气说:"小四！生产交给你！支书说过,'生产和整风分不开',怎样布置都由你！""还有人家高秀兰哩！""你和她商量去吧！"

主任和支书走后,杨小四去找高秀兰和副支书,三个人商量了一下,晚上召开了个社员大会。

人们快要集合齐了的时候,向来不参加会的小腿疼和吃不饱也来了。当她们走近人群的时候,吃不饱推着小腿疼的脊背说:"快去快去！凑他们都还没有开口！"她把小腿疼推进了场,她自己却只坐在圈外。一队的队长王盈海看见她们两个来得不大正派,又见小腿疼被推进场去以后要直奔主席台,就趁了两步过来拦住她说:"你又要干什么？""干什么？今天晌午的事你又不是不知道！先得把小四骂我的事说清楚,要不今天晚上的会开不好！"前边提过,王盈海也是小腿疼的一个本家小叔子,说话要比王聚海、王镇海都尖刻。王盈海当了队长,小腿疼虽然能借着个叔嫂关系跟他要无赖,不过有时候还怕他三分。王盈海见小腿疼的话头来得十分无理,怕她再把个会场搅乱了,就用话顶住她说:"你的兴就还没有败透？人家什么地方屈说了你？你的腿到底疼不疼？""疼不疼你管不着！""编在我队里我就要管你！说你腿疼哩,闹起事来你比谁跑得也快;说你不疼哩,你却连饭也不能做,把个媳妇拖得上不了地！人家给你写了张大字报,你就跟被蝎子螫了一下一样,唧唧喳喳乱叫喊！叫吧！越叫越多！再要不改造,大字报会把你的大门上也贴满了！"这样一顶,果然有效,把个小腿疼顶得关上嗓门慢慢退出场外和吃不饱坐到一起去。杨小四看见小腿疼息了虎威,悄悄和高秀兰说:"咱们主任对小腿疼的'性格'摸得还是不太透。他说小腿疼是'吃软不吃硬',我看一队长这'硬'的比他那'软'的更有效些。"

宣布开会了,副支书先讲了几句话说:"支书和主任今天走得很急促,没有顾上详细安排整风工作怎样继续进行。今天下午我和两位副主任商议了一下,决定今天晚上暂且不开整风会,先来布置明天的生产。明天晚上继续整风,开分组检讨会,谁来检讨、检讨什么,得等到明天另外决定。我不说什么了,请副主任谈生产吧!"副支书说了这么几句简单的话就坐下了。有个人提议说:"最好是先把检讨人和检讨什么宣布一下,好让大家准备准备!"副支书又站起来说:"我们还没有商量好,还是等明天再说吧!"

接着就是杨小四讲话。他说:"咱们现在的生产问题,大家都看得很清楚:棉花摘不下来,花秆拔不了,牲口闲站着,地不能犁,再过几天地一冻,秋杀地就算误了。摘完了的棉花秆,断不了还要丢下一星半点,拔花秆上熏了肥料,觉着很可惜;要让大家自由拾一拾吧,还有好多三遍花没有摘,说不定有些手不干净的人要偷偷摸摸的。我们下午商量了一下,决定明后两天,由各队妇女副队长带领各队妇女,有组织地自由拾花;各队队长带领男劳力,在拾过自由花的地里拔花秆,把这一部分地腾清以后,先让牲口犁着,然后再摘那没有摘过三遍的花。为了防止偷花的毛病,现在要宣布几条纪律:第一、明天早晨各队正副队长带领全队队员到村外南池边犁过的那块地里集合,听候分配地点。第二、各队妇女只准到指定地点拾花,不许乱跑。第三、谁要不到南池边集合,或者不往指定地点,拾的花就算偷的,还按社里原来的规定,见一斤扣除五个劳动日的工分,不愿叫扣除的送到法院去改造。完了!散会!"

大会没有开够十分钟就散了,会后大家纷纷议论:有的说:"青年人究竟没有经验!就定一百条纪律,该偷的还是要偷!"有的说:"队长有什么用?去年拾自由花,有些妇女队长也偷过!"有的说:"年轻人可有点火气,真要处罚几个人,也就没人敢偷了!"有的说:"他们不过替人家当两天家,不论说得多么认真,王聚海回来还不是平塌塌地又放下了!"准备偷花的妇女们,也互相交换着意见:"他想的倒周全,一分开队咱们就散开,看谁还管得住谁?""分给咱们个好地方咱们就去,要分到没出息的地方,干脆都不要跟上队长走!""他一只手拖一个,两只手拖两个,还能把咱们都拖住?""我们的队长也不那么老实!"……

"新官上任,不摸秉性",议论尽管议论,第二天早晨都还得到村外南池边那块犁过的地里集合。

要来的大都来到犁耙得很平整的这块地里来坐下,村里再没有往这里走的人了,小四、秀兰和副支书一看,平常装病、装忙、装饿的那些妇女们这时候差不多也都到齐,可是小腿疼和吃不饱两个有名人物没有来。他们三个人互相看了看,秀兰说:"大概是一张大字报真把人家两个人惹恼了!"大家又稍微等了一下,小四说:"不等她们了,咱们就按咱们的计划来吧!"他走到面向群众那一边说:"各队先查点一下人数,看一共来了多少人!男女分别计算!"各个队长查点了一遍,把数字报告上来。小四又说:"请各队长到前边来,咱们先商量一下!"各队长都集中到他们三个人跟前来。小四和各队长低声说了几句话,各个队长一听都大笑起来,笑过之后,依小四的盼咐坐在一边。

小四开始讲话了。小四说:"今天大家来得这样齐整,我很高兴。这几天,队长每天去动员人摘花,可是说来说去,来的还是那几个人,不来的又都各有理由:有的说病了,有的说孩子病了,有的说家里忙得离不开……指东划西不出来,今天一听说自由拾花大家就什么事也没有了!这不明明是自私自利思想作怪吗?摘头遍花能超过定额一倍的时候,大家也是这样来得整齐。你们想想:平常活叫别人做,有了便宜你们讨,人家长年在地里劳动的人吃你们多少亏?你们真是想'拾'花吗?一个人一天拾不到一斤籽棉,值上两三毛钱,五天也赚不够一个劳动日,谁有那么傻瓜?老实说:愿意拾花的根本就是想偷花!今年不能像去年,多数人种地让少数人偷!花秆上丢的那一点棉花不拾了,把花秆拔下来堆在地边让每天下午小学生下了课来拾一拾,拾过了再熏肥。今天来了的人一个也不许回去!妇女们各队到各队地里摘三遍花,定额不动,仍是八斤一个劳动日;男人们除了往麦地担粪的还去担粪,其余到各队摘尽了花的地里拔花秆!我的话讲完了!副支书还要讲话!"有一个媳妇站起来说:"副主任!我不说瞎话!我今天不能去!我孩子的病还没有好!不信你去看看!"小四打断她的话说:"我不看!孩子病不好你为什么能来?""本来就不能来,因为……""因为听说要自由拾花!本来不能来你怎么来的?天天叫也叫不到地,今天没有人去叫你,你怎么就来了?副支书马上就要跟你们讲这些事!"这个媳妇再没有说的,还有几个也想找理由请假,见她受了碰,也都没有敢开口。她们也想到悄悄溜走,可是坐在村外一块犁过的地里,各个队长又都坐在通到村里去的路上,谁动一动都看得见,想跑也跑不了。

副支书站起来讲话了。他说:"我要说的话很简单:有人昨天晚上要我把今天的分组检讨会布置一下,把检讨人和检讨什么告大家说,让大家好准备。现在我可以告大家说了:检讨人就是每天不来今天来的人,检讨的事就是'为什么只顾自己不顾社'。现在先请各队的记工员把每天不来今天来的人开个名单。"

一会,名单也开完了,小四说:"谁也不准回村去!谁要是半路偷跑了,或者下午不来了,把大字报给她出到乡政府!"秀兰插话说:"我们三队的地在村北哩,不回村怎么过去?"小四向三队队长张太和说:"太和!你和你的副队长把人带过村去,到村北路上再查点一下,一个也不准回去!各队干各队的事!散会!"

在散会中间又有些小议论:"小四比聚海有办法!""想得出来干得出来!""这伙懒婆娘可叫小四给整住了!""也不止小四一个,他们三个人早就套好!""聚海只学过内科,这些年轻人能动手术!""聚海的内科也不行,根本治不了病!""可惜小腿疼和吃不饱没有来!"……说着就都走开了。

第三队通过了村,到了村北的路上,队长查点过人数,就往村北的杏树底地里来。这地方有两丈来高一个土岗,有一棵老杏树就长在这土岗上,围着这土岗南、东、北三面有二十来亩地在成立农业社以后连成了一块,这一年种的是棉花,东南两面向阳地方的棉花已经摘尽了,只有北面因为背阴一点,第三遍花还没有摘。他们走到这块地里,把男劳力和高秀兰那样强一点的女劳力留在南头拔花秆,让妇女队长带着软一点的女劳力上北头去摘花。

妇女们绕过了南边和东边快要往北边转弯了,看见有四个妇女早在这块地里摘花,其中有小腿疼和吃不饱两个人。大家停住了步,妇女队长正要喊叫,有个妇女向她摆摆手低声说:"队长不要叫她们!你一叫她们不拾了!咱们也装成自由拾花的样子慢慢往那边去!到那里咱们摘咱们的,她们拾她们的!让她们多拾一点处理起来也有个分量!"妇女队长说:"我说她们怎么没有出来!原来早来了!"另一个不常下地的妇女说:"吃不饱昨天夜里散会以后,就去跟我商量过不要到南池边去集合,早一点往地里去,我没有敢听她的话。"大家都想和小腿疼她们开开玩笑,就都装作拾花的样子,一边在摘过的空花秆上拾着零花,一边往北边走。

原来头天晚上开会时候,小腿疼没有闹起事来,不是就退出场外和吃不饱坐在一起了吗?她们一听到第二天叫自由拾花,吃不饱就住小腿疼的耳朵说:"大婶!咱明天可不要管他那什么纪律!咱们叫上几个人天不明就走,赶她们到地,咱们就能弄他好几斤!她们到南池边集合,咱们到村北杏树底去,谁也碰不上谁;赶她们也到杏树底来咱们跟她们一块儿拾。拾东西谁也不能不偷,她们一偷,就不敢去告咱们的状了!"小腿疼说:"我也是这么想!什么纪律?犯纪律的多哩!处理过谁?光咱们俩人去多好!不要叫别人!""要叫几个人,犯了也有个垫背的;不过也不要叫得太多,太多了轮到一个人手里东西就不多了!"她们一共叫过五个人,不过有三个没有敢来,临出发只来了两个,就相跟着到杏树底来了。她们正在五六亩大的没有摘过三遍花的地里偷得起劲,听见有人说话,抬头一看,见三队的妇女都来了,就溜到摘过的这一边来;后来见三队的人也到没有摘过的那边去了,她们就又溜回去。三队的人都哈哈大笑起来。小腿疼说:"笑什么?许你们偷不许我们偷?"有个人说:"你们怎么拾了那么多?""谁不叫你们早点来?"三队的人都是挨着摘,小腿疼她们四个人可是满地跑着捡好的。三队有个人说:"要偷也该挨住片偷呀!"小腿疼说:"自由拾花你管我们怎么拾哩?要说是偷,你们不也是偷吗?"大家也不认真和她辩论,有些人隔一阵还忍不住要笑一次。

妇女队长悄悄和一个队员说:"这样一直开玩笑也不大好。我离开怕她们闹起来,请你跑到南头去和队长、副主任说一声,叫他们看该怎么办!"那个队员就去了。

队长张太和更是个开玩笑大王。他一听说小腿疼和吃不饱那两个有名人物来了,好像有点幸灾乐祸的样子说:"来了才合理!我早就想到这些人物碰上这些机会不会不出马!你先回去摘花,我马上就到!"他又向高秀兰说:"副主任!你先不要出面,等我把她们整住了请你再去!你把你的上级架子扎得硬硬地!"可是高秀兰不愿意那样做。高秀兰说:"咱们都是才学着办事,还是正正经经来吧!咱们一同去!"他们走到北头,队员们看见副主任和队长都来了,又都大笑起来。张太和依照高秀兰的意见,很正经地说:"大家不要笑了!你们那几位也不要满地跑了!"小腿疼又耍她的厉害:"自由拾花!你管不着!""就算自由拾花吧!你们来抢我三队的花,我就要管!都先把篮子缴给我!"吃不饱说:"我可是三队的!三队的花许别人偷就得许我偷!要缴大家都缴出来!"张太和说:"谁也得缴!"说着就先把她们四个人的篮子夺下来,然后就问她们说:"你们为什么不到南池边集合?"吃不饱说:"你且不要问这个!你不是说'谁也得缴'吗?为什么不缴她们的?""她们是给社里摘!""我们也是给社里摘!""谁叫你们摘的?""谁叫她们摘的?""对!现在就先要给你们讲明是谁叫她们摘的!"接着就把在南池边集合的时候那一段事给她们四个讲述了一遍,讲得她们都软下来。小腿疼说:"不叫拾不拾算了!谁叫你们不先告我们说?""不告说为什么还叫到南池边集合?告你说你不去听,别人有什么办法?"小腿疼说:"算我们白拾了一趟!你们把花倒下,给我们篮子我们走!"

这时候,高秀兰说话了。她说:"事情不那么简单:事前宣布纪律,为的是让大家不犯,犯了可就不能随便了事!这棉花分明是偷的。太和同志!把这些棉花送回社里,过一过秤,让保管给她们每一个篮子上贴上个条子,写明她们的姓名和棉花的分量,连篮子一同保存起来,等以后开个社员大会,让大家商量一个处理办法来处理!"张太和把四个篮子拿起来走了,小腿疼说:"秀兰呀!你可不能说我们是偷的!我们真正不知道你们今天早上变了卦!"秀兰说:"我们一点也没有变卦!昨天晚上杨小四同志给大家说得明白:'谁要不到南池边集合,拾的花就都算偷的',何况你们明明白白在没有摘过的地里来抢哩?这是妨害全社利益的事,我们不能自作主张,准备交给群众讨论个处理办法!你们有什么话到社员大会上说去吧!"

小腿疼和吃不饱偷了棉花的事,等到吃早饭的时候,就传遍了全村。上午,各队在做活的时候提起这事,差不多都要求把整风的分组检讨会推迟一天,先在本天晚上开个社员大会处理偷花问题——因为大多数人都想叫在王聚海回来之前处理了,免得他回来再来个"八面圆"把问题平放下来。两个副主任接受了大家的要求,和副支书商量把整风会推迟一天,晚上就召开了处理偷花问题的社员大会。

大会开了。会议的项目是先由高秀兰报告捉住四个偷花贼的经过,再要她们四个人坦白交代,然后讨论处理办法。

在她们四个人坦白交代的时候,因为篮子和偷的棉花都还在社里,爱"了事"的主任又不在家,所以除了小腿疼还想找一点巧辩的理由外,一般都还交代得老实,前头是那两个垫背的交代的。一个说是她头天晚上没有参加会,小腿疼约她去她就去了,去到杏树底见地里没有人,根本没有到已经摘尽了的地里去拾,四个人一去,就跑到北头没摘过的地里去了。另一个说的和第一个大体相同,不过她自己是吃不饱约她的。这两个人交代过之后,群众中另有三个人插话说,小腿疼和吃不饱也约过她们,她们没有敢去。第三个就叫吃不饱交代。吃不饱见大风已经倒了,老老实实把她怎样和小腿疼商量,怎样去拉垫背的、计划几时出发、往哪块地去……详细谈了一遍。有人追问她拉垫背的有什么用处,她说根据主任处理问题的习惯,犯案的人越多了处理得越轻,有时候就不处理;不过人越多了,每个人能偷到的东西就太少了,所以最好是少拉几个,既不孤单又能落下东西。她可以算是摸着主任的"性格"了。

最后轮着小腿疼作交代了。主席杨小四所以把她排在最后,就是因为她好倚老卖老来巧辩,所以让别人先把事实摆一摆来减少她一些巧辩的机会。可是这个小老太婆真有两下子,有理没理总想争个盛气。她装作很受屈的样子说:"说什么?算我偷了花还不行?"有人问她:"怎么'算'你偷了?你究竟偷了没有?""偷了!偷也是副主任叫我偷的!"主席杨小四说:"哪个副主任叫你偷的?""就是你!昨天晚上在大会上说叫大家拾花,过了一夜怎么就不算了?你是说话呀是放屁哩?"她一骂出来,没有等小四答话,群众就有一半以上的人"哗"地一下站起来:"你要造反!""叫你坦白呀叫你骂人?"……三队长张太和说:"我提议:想坦白也不让她坦白了!干脆送法院!"大家一齐喊"赞成"。小腿疼着了慌,头像货郎鼓一样转来转去四下看。她的孩子、媳妇见说要送她也都慌了。孩子劝她说："娘你快交代呀！"小四向大家说："请大家稍静一下！"然后又向小腿疼说："最后问你一次：交代不交代？马上答应，不交代就送走！没有什么客气的！""交交交代什么呀？""随你的便！想骂你就再骂！""不不不那是我一句话说错了！我交代！"小四问大家说："怎么样？就让她交代交代看吧？""好吧！"大家答应着又都坐下了。小腿疼喘了几口气说："我也不会说什么！反正自己做错了！事情和宝珠说的差不多：昨天晚上快散会的时候，宝珠跟我说：'咱明天可不要管他那什么纪律！咱们叫上几个人……'"

这时候忽然出了点小岔子：城关那个整风辩论会提前开了半天，支书和主任摸了几里黑路赶回来了。他们见场里有灯光，预料是开会，没有回家就先到会场上来。主任远远看见小腿疼先朝着小四说话然后又转向群众，以为还是争论那张大字报的问题，就赶了几步赶进场里，根本也没有听小腿疼正说什么，就拦住她说："回去吧老嫂！一点点小事还值得追这么紧？过几天给你们解释解释就完了……"大家初看见他进到会场时候本来已经觉得有点泄气，赶听到他这几句话，才知道他还根本不了解情况，"轰隆"一声都笑了。有个年纪老一点的人说："主任！你且坐下来歇歇吧！'没有调查就没有发言权'！"支书也拉住他说："咱们打听打听再说话吧！离开一天多了，你知道人家的工作是怎样安排的？"主任觉得很没意思，就和支书一同坐下。

小腿疼见主任王聚海一回来，马上长了精神，她不接着往下交代了。她离开自己站的地方走到王聚海面前说："老弟呀！你走了一天，人家就快把你这没出息嫂嫂摆弄死了！"她来了这一下，群众马上又都站起来："你不用装蒜！""你犯了法谁也替不了你！"……主任站起来走到小四旁边面向大家说："大家请坐下！我先给大家谈谈！没有了不了的事……"有人说："你请坐下！我们今天没有选你当主席！""这个事我们会'了'！"……支书急了，又把主任拉住说："你为什么这么肯了事？先打听一下情况好不好？让人家开会，我们到社房休息休息！"又问副支书说："你要抽得出身来的话，抽空子到社房给我们谈谈这两天的事！"副支书说："可以！现在就行！"

他们三个离了会场到社房，副支书把他和杨小四、高秀兰怎样设计把那些光想讨巧不想劳动的妇女调到南池边，怎么批评了她们，怎么分配人力摘花，拔花秆，怎样碰上小腿疼她们偷花……详细谈了一遍，并且说："棉花明天就可以摘完，今天下午犁地的牲口就全都出动了，花秆拔得赶得上犁，剩下的男劳力仍然往准备冬浇的小麦地里运粪。"他报告完了情况，就先赶回会场去。

副支书走了，支书想了一想说："这些年轻人还是有办法！做法虽说有点开玩笑，可是也解决了问题！"主任说："我看那种动员办法不可靠！不捉摸每个人的'性格',勉强动员到地里去,能做多少活哩?""再不要相信你摸得着人的'性格'了!我看人家几个年轻同志非常摸得着人的'性格'。那些不好动员的妇女们有她们的共同'性格',那就是'偷懒''取巧'。正因为摸透了她们这种性格,才把她们都调动出来。人家不止'摸得着'这种性格,还能'改变'这种性格。你想:开了那么一个'思想展览会',把她们的坏思想抖出来了,她们还能原封收回去吗?你说人家动员的人不能做活,可是棉花是靠那些人摘下来的。用人家的办法两天就能摘完,要仍用你那'摸性格'的老办法,恐怕十天也摘不完——越摘人越少。在整风方面,人家一来就找着两个自私自利的头子,你除不帮忙,还要替人家'解释解释'。你就没有想到全社的妇女你连一半人数也没有领导起来,另一半就是咱那个小腿疼嫂嫂和李宝珠领导着的!我的老哥!我看你还是跟那几位年轻同志在一块'锻炼锻炼'吧!"主任无话可说了,支书拉住他说:"咱们去看看人家怎样处理这偷花问题。"

  他们又走到会场时候,小腿疼正向小四求情。小腿疼说:"副主任!你就让我再交代交代吧!"原来自她说了大家"捉弄"了她以后,大家就不让她再交代,只讨论了对另外三个人的处分问题,留下她准备往法院送。有个人看见主任来了,就故意讽刺小腿疼说:"不要要求交代了!那不是?主任又来了!"主任说:"不要说我!我来不来你们该怎么办还怎么办!刚才怨我太主观,不了解情况先说话!"小腿疼也抢着说:"只要大家准我交代,不论谁来了我也交代!"小腿疼看了看群众,群众不说话;看了看副支书和两个副主任,这三个人也不说话;群众看了看主任,主任不说话;看了看支书,支书也不说话。全场冷了一下以后,小腿疼的孩子站起来说:"主席!我替我娘求个情!还是准她交代好不好?"小四看了看这青年,又看了看大家说:"怎么样?大家说!"有个老汉说:"我提议,看在孩子的面上还让她交代吧!"又有人接着说:"要不就让她说吧!"小四又问,"大家看怎么样?"有些人也答应:"就让她说吧!""叫她说说试试!"……小腿疼见大家放了话,因为怕进法院,恨不得把她那些对不起大家的事都说出来,所以坦白得很彻底。她说完了,大家决定也按一斤籽棉五个劳动日处理,不过也跟给吃不饱规定的条件一样,说这工一定得她做,不许用孩子的工分来顶。

  散会以后,支书走在路上和主任说:"你说那两个人'吃软不吃硬',你可算没有摸透她们的'性格'吧?要不是你的认识给她们撑了腰,她们早就不敢那么猖狂了!所以我说你还是得'锻炼锻炼'!"

1958 年 7 月 14 日

《"锻炼锻炼"》导读　　拓展阅读

拓展阅读

1. 李杨："赵树理方向"与《讲话》的历史辩证法
2. 商昌宝：找不到方向的"方向作家"——对赵树理被误读的重新解读

青春之歌(长篇存目)

杨 沫

故事梗概

《青春之歌》,作家出版社1958年初版。

从小饱受虐待的林道静,高中毕业前夕为了逃婚而离家出走,在万念俱灰的风雨之夜欲投海自杀,被在家休假的北大学生余永泽救起,两人相爱了,林道静在杨庄当了小学教员。"九·一八"事变后,林道静回到北平,和余永泽同居,有了一个温暖的家,这让林道静感到非常地幸福。然而,她想要独立的生活,求职处处碰壁,相处一段时间之后,她发现余永泽是一个自私自利的人,美丽的梦想开始破灭。

林道静和逃难的东北学生一起过年的时候,碰到了北大学生卢嘉川,心中开始激荡起从未有过的热情。在卢嘉川的影响下,她开始阅读马克思列宁主义理论著作,并勇敢地投入了纪念"三·一八"的学生游行。卢嘉川被捕牺牲后,林道静毅然离开余永泽,参加了革命活动并且被捕。她经受了种种考验并最终从狱中脱身,遇到了地下工作者江华。在江华的领导下,她逐渐感受到一个真正的共产主义者所具有的那种英勇无畏、敢于献身的人格魅力和精神力量,经历严酷的考验之后,她正式加入了中国共产党。同时,江华也向林道静表达了爱情。在轰轰烈烈的"一二·九"运动中,北大爆发了大规模的学生运动,林道静高呼着"打倒日本帝国主义"的口号走在游行队伍的前列。

《青春之歌》导读

拓展阅读

拓展阅读

1. 贺桂梅:"可见的女性"如何可能:以《青春之歌》为中心
2. 李 杨:"人在历史中成长"——《青春之歌》与"新文学"的现代性问题

创业史（长篇存目）

柳 青

故事梗概

《创业史》（第一部），中国青年出版社1960年初版。

1929年，陕北大旱，颗粒无收，灾民涌向渭河滩。梁三将梁生宝母子二人领进了他的草房院，发出了再创家业的豪壮誓言。梁三苦苦劳动十年，光景依然如旧，得到的只是失败和屈辱。

新中国成立后，梁家分到了十来亩稻地，梁三老汉的个人发家愿望又强烈起来。富裕中农郭世富的新瓦房上梁，让梁三老汉艳羡不已。春荒笼罩着蛤蟆滩。互助组希望通过活跃借贷以解燃眉之急，然而，余粮户响应者寥寥无几。梁生宝成了互助组和贫雇农的主心骨和带头人，他冒雨到郭县为互助组买稻种，组织互助组进终南山割竹子，打击了自发势力，解决了贫苦农民的困难，稳住了互助组的阵脚，让庄稼人看到了社会主义的优越性。徐改霞倾心于梁生宝，他也暗恋着改霞，为了不影响工作和党的荣誉，他抑制自己的感情，故意疏远改霞。失望至极的改霞，离开蛤蟆滩，到北京当工人。

富农姚士杰处心积虑想搞垮互助组，他占有了互助组成员栓栓的妻子素芬，并指使素芬去诬陷梁生宝，达到分裂互助组的目的。秋天，梁生宝的互助组获得了大丰收，蛤蟆滩的统购统销工作提前完成。梁生宝的威望不断提高，互助组更加壮大。经过县里的培训，梁生宝又成立了全区第一个农业社，梁生宝的创业成功了！在铁的事实面前，梁三老汉服气了。他穿上了新棉衣到黄堡镇去打油，受到人们格外的尊重，流下了幸福与自豪的泪。随着社会主义力量占领全国农村阵地，几千年来分散的农业社会在1953年冬天从基层被组织起来。

《创业史》导读

永远的尹雪艳

白先勇

一

尹雪艳总也不老。十几年前那一班在上海百乐门舞厅替她捧场的五陵年少,有些天平开了顶,有些两鬓添了霜;有些来台湾降成了铁厂、水泥厂、人造纤维厂的闲顾问,但也有少数却升成了银行的董事长、机关里的大主管。不管人事怎么变迁,尹雪艳永远是尹雪艳,在台北仍旧穿着她那一身蝉翼纱的素白旗袍,一径那么浅浅地笑着,连眼角儿也不肯皱一下。

尹雪艳着实迷人。但谁也没能道出她真正迷人的地方。尹雪艳从来不爱擦胭抹粉,有时最多在嘴唇上点着些似有似无的蜜丝佛陀;尹雪艳也不爱穿红戴绿,天时炎热,一个夏天,她都浑身银白,净扮的了不得。不错,尹雪艳是有一身雪白的肌肤,细挑的身材,容长的脸蛋儿配着一副俏丽甜净的眉眼子,但是这些都不是尹雪艳出奇的地方。见过尹雪艳的人都这么说,也不知是何道理,无论尹雪艳一举手、一投足,总有一份世人不及的风情。别人伸个腰、蹙一下眉,难看,但是尹雪艳做起来,却又别有一番妩媚了。尹雪艳也不多言、不多语,紧要的场合插上几句苏州腔的上海话,又中听、又熨帖。有些荷包不足的舞客,攀不上叫尹雪艳的台子,但是他们却去百乐门坐坐,观观尹雪艳的风采,听她讲几句吴侬软话,心里也是舒服的。尹雪艳在舞池子里,微仰着头,轻摆着腰,一径是那么不慌不忙地起舞着;即使跳着快狐步,尹雪艳从来也没有失过分寸,仍旧显得那么从容,那么轻盈,像一球随风飘荡的柳絮,脚下没有扎根似的。尹雪艳有她自己的旋律,尹雪艳有她自己的拍子,绝不因外界的迁异,影响到她的均衡。

尹雪艳迷人的地方实在讲不清,数不尽。但是有一点却大大增加了她的神秘。尹雪艳名气大了,难免招忌,她同行的姊妹淘醋心重的就到处吵起说:尹雪艳的八字带着重煞,犯了白虎,沾上的人,轻者家败,重者人亡。谁知道就是为着尹雪艳享了重煞的令誉,上海洋场的男士们都对她增加了十分的兴味。生活悠闲了,家当丰沃了,就不免想冒险,去闯闯这颗红遍了黄浦滩的煞星儿。上海棉纱财阀王家的少老板王贵生就是其中探险者之一。天天开着崭新的凯迪拉克,在百乐门门口候着尹雪艳转完台子,两人一同上国际饭店二十四楼的屋顶花园去共进华美的宵夜。望着天上的月亮及灿烂的星斗,王贵生说,如果用他家的金条儿能够搭成一道天梯,他愿意爬上天空去把那弯月牙儿掐下来,插在尹雪艳的云鬓上。尹雪艳吟吟地笑着,总也不出声,伸出她那兰花般细巧的手,慢条斯理地将一枚枚涂着俄国乌鱼子的小月牙儿饼拈到嘴里去。

王贵生拼命地投资,不择手段地赚钱,想把原来的财富堆成三倍四倍,将尹雪艳身边那批富有的逐鹿者一一击倒,然后用钻石玛瑙串成一根链子,套在尹雪艳的脖子上,把她牵回家去。当王贵生犯上官商勾结的重罪,下狱枪毙的那一天,尹雪艳在百乐门停了一宵,算是对王贵生致了哀。

最后赢得尹雪艳的却是上海金融界一位热可炙手的洪处长。洪处长休掉了前妻,抛弃了三个儿女,答应了尹雪艳十条条件。于是尹雪艳变成了洪夫人,住在上海法租界一幢从日本人接收过来华贵的花园洋房里。两三个月的工夫,尹雪艳便像一株晚开的玉梨花,在上海上流社会的场合中以压倒群芳的姿态绽发起来。

尹雪艳着实有压场的本领。每当盛宴华筵,无论在场的贵人名媛,穿着紫貂,围着火狸,当尹雪艳披着她那件翻领束腰的银狐大氅,像一阵三月的微风,轻盈盈地闪进来时,全场的人都好像给这阵风熏中了一般,总是情不自禁地向她迎过来。尹雪艳在人堆子里,像个冰雪化成的精灵,冷艳逼人,踏着风一般的步子,看得那些绅士以及仕女们的眼睛都一齐冒出火来。这就是尹雪艳:在兆丰夜总会的舞厅里、在兰心剧院的过道上以及在霞飞路上一幢幢侯门官府的客堂中,一身银白,歪靠在沙发椅上,嘴角一径挂着那道吟吟浅笑,把场合中许多银行界的经理、协理、纱厂的老板及小开,以及一些新贵和他们的夫人们都拘到跟前来。

可是洪处长的八字到底软了些,没能抵得住尹雪艳的重煞。一年丢官,两年破产,到了台北来连个闲职也没捞上。尹雪艳离开洪处长时还算有良心,除了自己的家当外,只带走一个从上海跟来的名厨师及两个苏州娘姨。

二

尹雪艳的新公馆落在仁爱路四段的高级住宅区里,是一幢崭新的西式洋房,有个十分宽敞的客厅,容得下两三桌酒席。尹雪艳对她的新公馆倒是刻意经营过一番。客厅的家具是一色桃花心红木桌椅。几张老式大靠背的沙发,塞满了黑丝面子鸳鸯戏水的湘绣靠枕,人一坐下去就陷进了一半,倚在柔软的丝枕上,十分舒适。到过尹公馆的人,都称赞尹雪艳的客厅布置妥帖,叫人坐着不肯动身。打麻将有特别设备的麻将间,麻将桌、麻将灯都设计得十分精巧。有些客人喜欢挖花,尹雪艳还特别腾出一间有隔音设备的房间,挖花的客人可以关在里面恣意唱和。冬天有暖炉,夏天有冷气,坐在尹公馆里,很容易忘记外面台北市的阴寒及溽暑。客厅案头的古玩花瓶,四时都供着鲜花。尹雪艳对于花道十分讲究,中山北路的玫瑰花店常年都送来上选的鲜货,整个夏天,尹雪艳的客厅中都细细地透着一股又甜又腻的晚香玉。

尹雪艳的新公馆很快地便成为她旧遇新知的聚会所。老朋友来到时,谈谈老话,大家都有一腔怀古的幽情,想一会儿当年,在尹雪艳面前发发牢骚,好像尹雪艳便是上海百乐门时代永恒的象征,京沪繁华的佐证一般。

"阿媛,看看干爹的头发都白光喽!侬还像枝万年青一式,愈来愈年轻!"

吴经理在上海当过银行的总经理,是百乐门的座上常客,来到台北赋闲,在一家铁工厂挂个顾问的名义。见到尹雪艳,他总爱拉着她半开玩笑而又不免带点自怜的口吻这样说。吴经理的头发确实全白了,而且患着严重的风湿,走起路来,十分蹒跚,眼睛又害沙眼,眼毛倒插,常年淌着眼泪,眼圈已经开始溃烂,露出粉红的肉来。冬天时候,尹雪艳总把客厅里那架电暖炉移到吴经理的脚跟前,亲自奉上一盅铁观音,笑吟吟地说道:"哪里的话,干爹才是老当益壮呢!"

吴经理心中熨帖了,恢复了不少自信,眨着他那烂掉了睫毛的老花眼,在尹公馆里,当众票了一出"坐宫",以苍凉沙哑的嗓子唱出:"我好比浅水龙,被困在沙滩。"

尹雪艳有迷男人的功夫,也有迷女人的功夫。跟尹雪艳结交的那班太太们,打从上海起,就背地数落她。当尹雪艳平步青云时,这班太太们气不忿,说道:凭你怎么爬,左不过是个货腰娘。当尹雪艳的靠山相好遭到厄运的时候,她们就叹气道:命是逃不过的,煞气重的娘儿们到底沾惹不得。可是十几年来这班太太们一个也舍不得离开尹雪艳,到了台北都一窝蜂似的聚到尹雪艳的公馆里,她们不得不承认尹雪艳实在有她惊动人的地方。尹雪艳在台北的鸿祥绸缎庄打得出七五折,在小花园里挑得出最登样的绣花鞋儿,红楼的绍兴戏码,尹雪艳最在行,吴燕丽唱《孟丽君》的时候,尹雪艳可以拿得到免费的前座戏票,论起西门町的京沪小吃,尹雪艳又是无一不精了。于是这班太太们,由尹雪艳领队,逛西门町、看绍兴戏、坐在三六九里吃桂花汤团,往往把十几年来不如意的事儿一股脑儿抛掉,好像尹雪艳周身都透着上海大千世界荣华的麝香一般,熏得这班往事沧桑的中年妇人都进入半醉的状态,而不由自主都津津乐道起上海五香斋的蟹黄面来。这班太太们常常容易闹情绪。尹雪艳对于她们都一一施以广泛的同情,她总耐心地聆听她们的怨艾及委曲,必要时说几句安抚的话,把她们焦躁的脾气一一熨平。

"输呀,输得精光才好呢!反正家里有老牛马垫背,我不输,也有旁人替我输!"

每逢宋太太搓麻将输了钱时就向尹雪艳带着酸意地抱怨道。宋太太在台湾得了妇女更年期的痴肥症,体重暴增到一百八十多磅,形态十分臃肿,走多了路,会犯气喘。宋太太的心酸话较多,因为她先生宋协理有了外遇,对她颇为冷落,而且对方又是一个身段苗条的小酒女。十几年前宋太太在上海的社交场合出过一阵风头,因此她对以往的日子特别向往。

尹雪艳自然是宋太太倾诉衷肠的适当人选,因为只有她才能体会宋太太那种今昔之感。有时讲到伤心处,宋太太会禁不住掩面而泣。

"宋家阿姐,'人无千日好,花无百日红',谁又能保得住一辈子享荣华受富贵呢?"

于是尹雪艳便递过热毛巾给宋太太揩面,怜悯地劝说道。

宋太太不肯认命,总要抽抽搭搭地怨怼一番:"我就不信我的命又要比别人差些!像侬吧,尹家妹妹,侬一辈子是不必发愁的,自然有人会来帮衬侬。"

三

尹雪艳确实不必发愁,尹公馆门前的车马从来也未曾断过。老朋友固然把尹公馆当做世外桃源,一般新知也在尹公馆找到别处稀有的吸引力。尹雪艳公馆一向维持它的气派。尹雪艳从来不肯把它降低于上海霞飞路的排场。出入的人士,纵然有些是过了时的,但是他们有他们的身份,有他们的派头,因此一进到尹公馆,大家都觉得自己重要,即使十几年前作废了的头衔,经过尹雪艳娇声亲切地称呼起来,也如同受过诰封一般,心理上恢复了不少的优越感。至于一般新知,尹公馆更是建立社交的好所在了。

当然,最吸引人的,还是尹雪艳本身。尹雪艳是一个最称职的主人。每一位客人,不分尊卑老幼,她都招呼得妥妥帖帖。一进到尹公馆,坐在客厅中那些铺满黑丝面椅垫的沙发上,大家都有一种宾至如归、乐不思蜀的亲切之感,因此,做会总在尹公馆开标,请生日酒总在尹公馆开席,即使没有名堂的日子,大家也立一个名目,凑到尹公馆成一个牌局。一年里,倒有大半的日子,尹公馆里总是高朋满座。

尹雪艳本人极少下场,逢到这些日期,她总预先替客人们安排好牌局;有时两桌,有时三桌。她对每位客人的牌品及癖性都摸得清清楚楚,因此牌搭子总配得十分理想,从来没有伤过和气。尹雪艳本人督导着两个头干脸净的苏州娘姨在旁边招呼着。午点是宁波年糕或者湖州粽子。晚饭是尹公馆上海名厨的京沪小菜:金银腿、贵妃鸡、炝虾、醉蟹——

尹雪艳亲自设计了一个转动的菜牌,天天转出一桌桌精致的筵席来。到了下半夜,两个娘姨便捧上雪白喷了明星花露水的冰面巾,让大战方酣的客人们揩面醒脑,然后便是一碗鸡汤银丝面作了宵夜。客人们掷下的桌面十分慷慨,每次总上两三千。赢了钱的客人固然值得兴奋,即使输了钱的客人也是心甘情愿。在尹公馆里吃了玩了,末了还由尹雪艳差人叫好计程车,一一送回家去。

当牌局进展激烈的当儿,尹雪艳便换上轻装,周旋在几个牌桌之间,踏着她那风一般的步子,轻盈盈地来回巡视着,像个通身银白的女祭司,替那些作战的人们祈祷和祭祀。

"阿媛,干爹又快输脱底喽!"

每到败北阶段,吴经理就眨着他那烂掉了睫毛的眼睛,向尹雪艳发出讨救的哀号。

"还早呢,干爹,下四圈就该你摸清一色了。"

尹雪艳把个黑丝椅垫枕到吴经理害了风湿症的背脊上,怜恤地安慰着这个命运乖谬的老人。

"尹小姐,你是看到的。今晚我可没打错一张牌,手气就那么背!"

女客人那边也经常向尹雪艳发出乞怜的呼吁,有时宋太太输急了,也顾不得身份,就抓起两颗骰子啐道:"呸!呸!呸!勿要面孔的东西,看你霉到什么辰光!"

尹雪艳也照例过去,用着充满同情的语调,安抚她们一番。这个时候,尹雪艳的话就如同神谕一般令人敬畏。在麻将桌上,一个人的命运往往不受控制,客人们都讨尹雪艳的口采来恢复信心及加强斗志。尹雪艳站在一旁,叼着金嘴子的三个九,徐徐地喷着烟圈,以悲天悯人的眼光看着她这一群得意的、失意的、老年的、壮年的、曾经叱咤风云的、曾经风华绝代的客人们,狂热地互相厮杀,互相宰割。

四

新来的客人中,有一位叫徐壮图的中年男士,是上海交通大学的毕业生;生得品貌堂堂,高高的个儿,结实的身体,穿着剪裁合度的西装,显得分外英挺。徐壮图是个台北市新兴的实业巨子,随着台北市的工业化,许多大企业应运而生。徐壮图头脑灵活,具有丰富的现代化工商管理的知识,才是四十出头,便出任一家大水泥公司的经理。徐壮图有位贤惠的太太及两个可爱的孩子。家庭美满,事业充满前途,徐壮图成为一个雄心勃勃的企业家。

徐壮图第一次进入尹公馆是在一个庆生酒会上。尹雪艳替吴经理做六十大寿,徐壮图是吴经理的外甥,也就随着吴经理来到尹雪艳的公馆。

那天尹雪艳着实装饰了一番,穿着一袭月白短袖的织锦旗袍,襟上一排香妃色的大盘扣;脚上也是月白缎子的软底绣花鞋,鞋尖却点着两瓣肉色的海棠叶儿。为了讨喜气,尹雪艳破例地在右鬓簪上一朵酒杯大血红的郁金香,而耳朵上却吊着一对寸把长的银坠子。客厅里的寿堂也布置得喜气洋洋。案上全换上才铰下的晚香玉,徐壮图一踏进去,就嗅中一阵沁人脑肺的甜香。

"阿媛,干爹替侬带来顶顶体面的一位人客。"吴经理穿着一身崭新的纺绸长衫,佝着背,笑呵呵地把徐壮图介绍给尹雪艳道,然后指着尹雪艳说:"我这位干小姐呀,实在孝顺不过。我这个老朽三灾五难的还要赶着替我做生。我忖忖:我现在又不在职,又不问世,这把老骨头天天还要给触霉头的风湿症来折磨。管他折福也罢,今朝我且大模大样地生受了干小姐这场寿酒再讲。我这位外甥,年轻有为,难得放纵一回,今朝也来跟我们这群老朽一道开心开心。阿媛是个最妥当的主人家,我把壮图交把侬,侬好好地招待招待他吧。"

"徐先生是稀客,又是干爹的亲戚,自然要跟别人不同一点。"尹雪艳笑吟吟地答道,发上那朵血红的郁金香颤巍巍地抖动着。

徐壮图果然受到尹雪艳特别的款待。在席上,尹雪艳坐在徐壮图旁边一径殷勤地向他劝酒让菜,然后歪向他低声说道:"徐先生,这道是我们大师傅的拿手,你尝尝,比外面馆子做的如何?"

用完席后,尹雪艳亲自盛上一碗冰冻杏仁豆腐捧给徐壮图,上面却放着两颗鲜红的樱桃。用完席成上牌局的时候,尹雪艳经常走到徐壮图背后看他打牌。徐壮图的牌张不熟,时常发错张子。才是八圈,徐壮图已经输掉一半筹码。有一轮,徐壮图正当发出一张梅花五筒的时候,突然尹雪艳从后面欠过身伸出她那细巧的手把徐壮图的手背按住说道:"徐先生,这张牌是打不得的。"

那一盘徐壮图便和了一副"满园花",一下子就把输出去的筹码赢回了大半。客人中有一个开玩笑抗议道:"尹小姐,你怎么不来替我也点点张子,瞧瞧我也输完啦。"

"人家徐先生头一趟到我们家,当然不好意思让他吃了亏回去的喽。"徐壮图回头看到尹雪艳朝着他满面堆着笑容,一对银耳坠子吊在她乌黑的发脚下来回地浪荡着。

客厅中的晚香玉到了半夜,吐出一蓬蓬的浓香来。席间徐壮图喝了不少热花雕,加上牌桌上和了那盘"满园花"的亢奋,临走时他已经有些微醺的感觉了。

"尹小姐,全得你的指教,要不然今晚的麻将一定全盘败北呦。"

尹雪艳送徐壮图出大门时,徐壮图感激地对尹雪艳说道。

尹雪艳站在门框里,一身白色的衣衫,双手合抱在胸前,像一尊观世音,朝着徐壮图笑吟吟地答道:"哪里的话,隔日徐先生来白相,我们再一道研究研究麻将经。"

隔了两日,果然徐壮图又来到了尹公馆,向尹雪艳讨教麻将的诀窍。

五

徐壮图太太坐在家中的藤椅上,呆望着大门,两腮一天天消瘦,眼睛凹成了两个深坑。

当徐太太的干妈吴家阿婆来探望她的时候,她牵着徐太太的手失惊叫道:"哎呀,我的干小姐,才是个把月没见着,怎么你就瘦脱了形?"

吴家阿婆是一个六十来岁的妇人,硕壮的身材,没有半根白发,一双放大的小脚,仍旧行走如飞。吴家阿婆曾经上四川青城山去听过道,拜了上面白云观里一位道行高深的法师做师父。这位老法师因为看上吴家阿婆天资禀异,飞升时便把衣钵传了给她。吴家阿婆在台北家中设了一个法堂,中央供着她老师父的神像。神像下面悬着八尺见方黄绫一幅。据吴家阿婆说,她老师父常在这幅黄绫上显灵,向她授予机宜,因此吴家阿婆可以预卜凶吉,消灾除祸。吴家阿婆的信徒颇众,大多是中年妇女,有些颇有社会地位。经济环境不虞匮乏,这些太太们的心灵难免感到空虚。于是每月初一十五,她们便停止一天麻将,或者标会的聚会,成群结队来到吴家阿婆的法堂上,虔诚地念经叩拜,布施散财,救济贫困,以求自身或家人的安宁。有些有疑难大症,有些有家庭纠纷,吴家阿婆一律慷慨施以许诺,答应在老法师灵前替她们祈求神助。

"我的太太,我看你的气色竟是不好呢!"吴家阿婆仔细端详了徐太太一番,摇头叹息。徐太太低首俯面忍不住伤心哭泣,向吴家阿婆道出了许多衷肠话来。

"亲妈,你老人家是看到的,"徐太太流着泪断断续续地诉说道,"我们徐先生和我结婚这么久,别说破脸,连句重话都向来没有过。我们徐先生是个争强好胜的人。他一向都这么说:'男人的心五分倒有三分应该放在事业上。'来台湾熬了这十来年,好不容易盼着他们水泥公司发达起来,他才出了头,我看他每天为公事在外面忙着应酬,我心里只有暗暗着急。事业不事业倒在其次,求祈他身体康宁,我们母子再苦些也是情愿的。谁知道打上月起,我们徐先生竟好像变了一个人似的。经常两晚三晚不回家。我问一声,他就摔碗砸筷,脾气暴得了不得。前天连两个孩子都挨了一顿狠打。有人传话给我听说是我们徐先生在外面有了人,而且人家还是个有头有脸的人物。亲妈,我这个本本分分的人那里经过这些事情?人还撑得住不走样?"

"干小姐,"吴家阿婆拍了一下巴掌说道,"你不提呢,我也就不说了。你知道我是最怕兜揽是非的人。你叫了我声亲妈,我当然也就向着你些。你知道那个胖婆儿宋太太呀,她先生宋协理搞上个什么'五月花'的小酒女。她跑到我那里一把鼻涕一把眼泪要我替她求求老师父。我拿她先生的八字来一算,果然冲犯了东西。宋太太在老师父灵前许了重愿,我替她念了十二本经。现在她男人不是乖乖地回去了?后来我就劝宋太太:'整天少和那些狐狸精似的女人穷混,念经做善事要紧!'宋太太就一五一十地把你们徐先生的事情原原本本数了给我听。那个尹雪艳呀,你以为她是个什么好东西?她没有两下,就能拢得住这些人?连你们徐先生那么个正人君子她都有本事抓得牢。这种事情历史上是有的,褒姒、妲己、飞燕、太真——这起祸水!你以为都是真人吗?妖孽!凡是到了乱世,这些妖孽都纷纷下凡,扰乱人间。那个尹雪艳还不知道是个什么东西变的呢!我看你呀,总得变个法儿替你们徐先生消了这场灾难才好。"

"亲妈,"徐太太忍不住又哭了起来,"你晓得我们徐先生不是那种没有良心的男人。每次他在外面逗留了回来,他嘴里虽然不说,我晓得他心里是过意不去的。有时他一个人闷坐着猛抽烟,头筋叠暴起来,样子真唬人。我又不敢去劝解他,只有干着急。这几天他更是着了魔一般,回来嚷着说公司里人人都寻他晦气。他和那些工人也使脾气,昨天还把人家开除了几个。我劝他犯不着和那些粗人计较,他连我也呵斥了一顿。他的行径反常得很,看着不像,真不由得不叫人担心哪!"

"就是说呀!"吴家阿婆点头说道,"怕是你们徐先生也犯着了什么吧?你且把他的八字递给我,回去我替他测一测。"

徐太太把徐壮图的八字抄给了吴家阿婆说道:"亲妈,全托你老人家的福了。"

"放心，"吴家阿婆临走时说道，"我们老师父最是法力无边，能够替人排难解厄的。"

然而老师父的法力并没有能够拯救徐壮图。有一天，正当徐壮图向一个工人拍起桌子喝骂的时候，那个工人突然发了狂，把扁钻从徐壮图前胸刺穿到后胸。

六

徐壮图的治丧委员会吴经理当了总干事。因为连日奔忙，风湿又弄犯了，他在极乐殡仪馆穿出穿进的时候，一径挂着拐杖，十分蹒跚。开吊的那一天灵堂就设在殡仪馆里。一时亲戚友好的花圈丧帐白簇簇的一直排到殡仪馆的门口来。水泥公司同仁捧的却是"痛失英才"四个大字。来祭吊的人从早上九点钟起开始络绎不绝。徐太太早已哭成了痴人，一身麻衣丧服带着两个孩子，跪在灵前答谢。吴家阿婆却率领了十二个道士，身着法衣，手执拂尘，在灵堂后面的法坛打解冤洗业醮。此外并有僧尼十数人在念经超度，拜大悲忏。

正午的时候，来祭吊的人早挤满了一堂，正当众人熙攘之际，突然人群里起了一阵骚动，接着全堂静寂下来，一片肃穆。原来尹雪艳不知什么时候却像一阵风一般地闪了进来。

尹雪艳仍旧一身素白打扮，脸上未施脂粉，轻盈盈地走到管事台前，不慌不忙地提起毛笔，在签名簿上一挥而就地签上了名，然后款款地步到灵堂中央，客人们都倏地分开两边，让尹雪艳走到灵台跟前，尹雪艳凝着神，敛着容，朝着徐壮图的遗像深深地鞠了三鞠躬。这时在场的亲友大家都呆如木鸡。

有些显得惊讶，有些却是忿愤，也有些满脸惶惑，可是大家都好似被一股潜力镇住了，未敢轻举妄动。这次徐壮图的惨死，徐太太那一边有些亲戚迁怒于尹雪艳，他们都没有料到尹雪艳居然有这个胆识闯进徐家的灵堂来。场合过分紧张突兀，一时大家都有点手足无措。尹雪艳行完礼后，却走到徐家太太面前，伸出手抚摸了一下两个孩子的头，然后庄重地和徐太太握了一握手。正当众人面面相觑的当儿，尹雪艳却踏着她那风一般的步子走出了极乐殡仪馆。一时灵堂里一阵大乱，徐太太突然跪倒在地，昏厥了过去，吴家阿婆赶紧丢掉拂尘，抢身过去，将徐太太抱到后堂去。

当晚，尹雪艳的公馆里又成上了牌局，有些牌搭子是白天在徐壮图祭悼会后约好的。吴经理又带了两位新客人来。一位是南国纺织厂新上任的余经理；另一位是大华企业公司的周董事长。这晚吴经理的手气却出了奇迹，一连串的在和满贯。吴经理不停地笑着叫着,眼泪从他烂掉了睫毛的血红眼圈一滴滴淌下来。到了第十二圈,有一盘吴经理突然双手乱舞大叫起来:"阿媛,快来!快来!'四喜临门'!这真是百年难见的怪牌。东、南、西、北——全齐了,外带自摸双!人家说和了大四喜,兆头不祥。我倒楣了一辈子,和了这副怪牌,从此否极泰来。阿媛,阿媛,侬看看这副牌可爱不可爱?有趣不有趣?"

吴经理喊着笑着把麻将撒满了一桌子。尹雪艳站到吴经理身边,轻轻地按着吴经理的肩膀,笑吟吟地说道:"干爹,快打起精神多和两盘。回头赢了余经理及周董事长他们的钱,我来吃你的红!"

《永远的尹雪艳》导读

拓展阅读

拓展阅读

1. 欧阳子:《永远的尹雪艳》之语言与语调
2. 刘俊:从"单纯的怀旧"到"动能的怀旧"——论《台北人》和《纽约客》中的怀旧、都市与身份建构
3. 张晓玥:书写心灵无言的痛楚——论白先勇小说

李顺大造屋

高晓声

一

老一辈的种田人总说,吃三年薄粥,买一条黄牛。说来似乎容易,做到就很不简单了。试想,三年中连饭都舍不得吃,别的开支还能不紧缩到极点吗?何况多半还是句空话!如果本来就吃不起饭,那还有什么好节省的呢!

李顺大家从前就是这种样子,所以,在解放前,他并没有做过买牛的梦。可是,土地改革以后,却立了志愿,要用"吃三年薄粥,买一条黄牛"的精神,造三间屋。

造三间屋,究竟要吃几个"三年粥"呢?他不晓得,反正和解放前是不同了,精打细算过日子的确有得积余,因此他就有足够的信心。

那时候,李顺大二十八岁,粗黑的短发,黑红的脸膛,中长身材,背阔胸宽,俨然一座铁塔。一家四口(自己、妻子、妹妹、儿子)倒有三个劳动力,分到六亩八分好田。他觉得浑身的劲道比天还大,一铁耙把地球锄一个对穿洞也容易,何愁造不成三间屋!他那镇定而并不机灵的眼睛,刺虎鱼般压在厚嘴唇上的端正阔大的鼻子,都显示出坚强的决心;这决心是牛也拉不动的了。

别说牛,就是火车也拉不动。李顺大的爹、娘,还有一个周岁的弟弟,都是死在没有房子上的。他们本来是船户,在江南的河浜里打鱼,到处漂泊,自己也不知道祖籍在哪里。到李顺大爹手里,这只木船已经很破旧了;钉头锈出漏洞,芦棚开了天窗,经不起风浪,打不得鱼虾了。一家人改了行,有的拾荒,有的用糖换破烂,有的扒螺蛳,挣一口粥吃。一九四二年,李顺大十九岁,寒冬腊月,破船停在陈家村边河浜里。那一天,云黑风紧,李顺大带了十四岁的妹妹顺珍上岸,一个换破烂,一个拾荒,走出去十多里路。傍晚回来时,风停云灰,漫天大雪,顷刻迷路。幸亏碰着一座破庙,兄妹俩躲过一夜。天亮后赶回陈家村,破船已被大雪压沉在河浜里,爹娘和小弟冻死在一家农户大门口。原来大雪把船压沉前,他们就上岸叩门呼救,先后敲过十几家大门。怎奈兵荒马乱,盗贼如毛,他们在外面喊救命,人们还以为是强盗上了村,谁也不敢开门,结果他们活活冻死在雪地里。天没有眼睛,地没有良心,穷人受的灾,想也想不到,说也说不尽,……没有房子,唉!

李顺大兄妹俩哭昏在爹娘身边,陈家村上的穷苦人无不伤心。他们把那条沉船拖上岸来,拆了一半做棺材,埋葬了死人;剩下的半只,翻身底朝天,在坟边搭成一个小窝棚,让李顺大安家落户。

抗战结束,内战开始,国民党抽壮丁,谁也不肯去。保长收了壮丁捐,看中李顺大是六亲无靠的异乡人,出三石米强迫他卖了自己去当兵。他看看窝棚,窝棚上没有门,怕自己走了,妹妹被人糟蹋,就用卖身钱造了四步草屋,才揩干眼泪去扛那"七斤半"。

他怎么肯替国民党卖命!隔了三个月,一上前线就开小差逃了回来。到了明年,保长又把他买了去。前前后后,他一共把自己卖了三次。第二次的卖身钱,付了草屋的地皮钱;第三次的卖身钱,付了爹娘的坟地钱。咳,如果再把自己卖三次,钱也都会给别人搞去的。

然而还亏得有了四步草屋,总算找着了老婆。他出去当兵时,妹妹找来了一个无依无靠的讨饭姑娘同住做伴,后来就成了他的妻。一年后生了个胖小子,哪一点都不比别人的孩子差。

土改分到了田,却没有分到屋。陈家村上只有一户地主,房子造在城里,没法搬到乡下来分。李顺大只有自己想办法了。他粗粗一码算,兄妹两人两个房(妹妹以后出嫁了就让儿子住)起坐、灶头各半间,养猪、养羊、堆柴也要一间,看来一家人家,至少至少要三间屋。

这就是李顺大翻身以后立下的奋斗目标。

二

一个翻身的穷苦人,把造三间屋当做奋斗目标,也许眼光太短浅,志向太渺小了。但李顺大却认为,他是靠了共产党,靠了人民政府,才有这个雄心壮志,才有可能使雄心壮志变成现实。所以,他是真心诚意要跟着共产党走到底的。一直到现在,他的行动始终证明了这一点。在他看来,搞社会主义就是"楼上楼下,电灯电话",主要也是造房子。不过,他以为,一间楼房不及二间平房合用,他宁可不要楼上要楼下。他自己也只想造平房,但又不知道造平房算不算社会主义。至于电灯,他是赞成要的。电话就用不着,他没有什么亲戚朋友,要电话做什么?给小孩子弄坏了,修起来要花钱,岂不是败家当东西吗?这些想法他都公开说出来,倒也没有人认为有什么不是。

陈家村上的种田汉,不但没有轻视他的奋斗目标,反而认为他的目标过高了。有人用了当地一句老话开头,说:"'十亩三间,天下难拣',在我们这里要造三间屋,谈何容易!"有的说:"真要造得成,你也得吃半辈子苦。"有的说:"解放后的世界,要容易些,怕也少不了十年积聚。"

这些话是很实在的。当时沪宁线两侧,以奔牛为界,民房的格局,截然不同:奔牛以西,八成是土墙草屋;奔牛以东,十九是青砖瓦房。陈家村在奔牛以东百多里,全村除了李顺大,没有一家是草屋。李顺大穷虽穷,在这种环境里,倒也看惯了好房子。唉,这个老实人,还真有点好高骛远,竟想造三间砖房,谈何容易啊!

在众多的议论面前,李顺大总是笑笑说:"总不比愚公移山难。"他说话的时候,厚嘴唇掀动着笨重的大鼻子,显得很吃力,因此,那说出的简单的话,给人的印象,倒是很有分量的。

从此,李顺大一家,开始了一场艰苦卓绝的战斗,他们以最简单的工具进行拼命的劳动去挣得每一颗粮,用最原始的经营方式去积累每一分钱。他们每天的劳动所得是非常微小的,但他们完全懂得任何庞大都是无数微小的积累,表现出惊人的乐天而持续的勤俭精神。有时候,李顺大全家一天的劳动甚至不敷当天正常生活的开支,他们就决心带饿一点,每人每餐少吃半碗粥,把省下来的六碗看成了赢余。甚至还有这样的时候,例如连天大雨或大雪,无法劳动,完全"失业"了,他们就躺在床上不起来,一天三顿合并成两顿吃,把节约下来的一顿纳入当天的收入。烧菜粥放进几颗黄豆,就不再放油了,因为油本来是从黄豆里榨出来的;烧螺蛳放一勺饭汤,就不用酒了,因为酒也无非是米做的……长年养鸡不吃蛋;清明买一斤肉上坟祭了父母,要留到端阳脚下开秧元①才吃。

只要一有空闲,李顺大就操起祖业,挑起糖担在街坊、村头游转,把破布、报纸、旧棉絮、破鞋子等废品换回来,分门别类清理后卖给收购站,有时能得到很好的利润。废品中还往往有可以补了穿的衣裤、雨鞋等物,就拣出来补了穿一阵,到无法再补的时候仍纳入废品中,这样也省了不少生活费用。那换废品的糖,是买了饴糖回来自己加工的,成本很便宜,可是李顺大的独生儿子小康,长到七岁还不知道那就是糖,不知道是甜的还是咸的。八岁的时候,被村上小伙伴怂恿着回去尝了一块,就被娘当贼捉出来,打他的屁股,让他痛得杀猪似的叫,被娘逼着发誓从此洗心革面。娘还口口声声说他长大了要做败家精,说他会把父母想造的三间屋吃光的,说将来讨不着老婆休要怪爹娘!

最可敬佩的事情,是发生在李顺大的妹妹顺珍身上。一九五一年分进

---

① 开秧元——莳秧第一天。

土地时,她已经二十三岁了。当时政府还没有号召晚婚,按照习惯,正到了结婚的妙龄。她不但肯苦能干,温顺老实,而且一副相貌,也长得出奇的漂亮。细细看去,似乎和她哥哥一模一样,只是鼻子小了一点,嘴唇薄了一点;就在这两个"一点"上,造化却又显露出了它无所不能的伟大,把高挑个儿、鹅蛋脸形的李顺珍衬出了一派清秀俏丽之气。当时,附近村上一些小伙子央人登门求婚的,也不是三个两个。可是,不管对方条件怎样,人品如何,顺珍姑娘只是说自己年纪还轻,一概回绝。她是哥哥抚养长大的,她决心要报答哥哥的恩情。她知道离开她的帮助,哥哥的奋斗目标就很难实现;如果她出嫁,哥哥不但少了一个坚强可靠的助手,而且还得把她名下分到的一亩七分田让她带走。这样一来,她哥哥的经济基础和劳动能力都会大大削弱,不知要到何年何月才能造出三间屋。因此,她甘愿把一生中最美好的时代——称得上是青春中的青春,留给她哥哥的事业。

一直到了一九五七年底,李顺大已经买回了三间青砖瓦屋的全部建筑材料,李顺珍才算了却心事,以二十九岁的大姑娘嫁给邻村一个三十岁的老新郎。新郎因为要负担两个老人和一个残废妹妹的生活,穷得家徒四壁,鹑衣百结,才独身至今。所以,迎接李顺珍的,仍然是艰苦的生活。因为她已苦惯了,所以并不在乎。

三

办过妹妹的婚事,就跨进了一九五八年。李顺大这时候还缺少什么呢?还缺些瓦木匠的工钱和买小菜的费用,再有一年,问题就可完全解决了。而且公社化以后,对李顺大很为有利。土地都归公了,他可以随意选择一块最合适的地基造屋。这不是太理想了吗。

可是,李顺大终究不是革命家,他不过是一个跟跟派。听毛主席话,跟共产党走,能坚决做到,而且完全落实,随便哪个党员讲一句,对他都是命令。有一夜李顺大一觉醒来,忽然听说天下已经大同,再不分你的我的了。解放八年来,群众手里确实是有点东西了。例如李顺大不是就有三间屋的建筑材料吗?那么,何妨把大家的东西都归拢来加快我们的建设呢?我们的建设完全是为了大家,大家势必全力支援这个建设。任何个人的打算都没有必要,将来大家的生活都会一样美满。那点少得可怜的私有财产算得了什么,把它投入伟大的事业才是光荣的行为。不要有什么顾虑,统统归公使用,这是大家大事①,谁也不欺。

---

① 大家大事——大家一样。

这种理论,毫无疑问出自公心。李顺大看看想想,顿觉七窍齐开,一身轻快。虽然自己的砖头被拿去造炼铁炉,自己的木料被拿去制推土车,最后,剩下的瓦片也上了集体猪舍的屋顶,他也曾肉痛得簌簌流泪。但想到将来的幸福又感到异常的快慰。近来的经验也改变了他原来的看法,他认为楼房比平房更优越了。因为粮食存放在楼上不会霉烂,人住在楼上不会患湿疹。看来以后还是住分配到的楼房好,何必自讨苦吃,像蜗牛那样老是把房子作为自己的负担呢。所以,他的思想就彻底解放了,不管集体要什么,他都乐意拿出来。如果需要他的破床,他也会毫不吝惜;因为他和他的老婆,都不是困在床上长大的。他的老婆,那个原先的讨饭姑娘,说真的倒比他多了一个心眼。但十二级台风早把大家刮得身不由己了,她一个女人家又有什么用!多一个心眼无非多一层愁。不过究竟也藏下一只铁锅,没有送进炼铁炉里熔化,所以集体食堂散了以后,不曾要去登记排队买锅子。

后来是没有本钱再玩下去了,才回过头来重新搞社会主义。自家人拆烂污,说多了也没意思。不过在战场尚未打扫之前,李顺大确实常常跑去凭吊,看着那倒坍了的炼铁炉和丢弃在荒滩上的推土车,睁着泪眼,迎风唏嘘。他想起了六年的心血和汗水,想起了饿着肚皮省下来的粮食,想起了从儿子手里夺下来的糖块,想起了被耽误了的妹妹的青春……

四

政府的退赔政策,毫无疑问是大得人心的。但是,把李顺大的建筑材料拿去用光的不是国家,而是集体。这个集体,当然也要执行退赔政策。可是集体也弄得穷透了,要赔材料没材料,要赔钞票也困难,当干部的只好尽一切力量去做思想工作,提高李顺大这类人的政治觉悟,要求他们作出自我牺牲,以最低的价格落实退赔政策。

李顺大的损失是很不小的,但政治觉悟是确实提高了。因为在这以前,从不曾有人对他进行过像这样认真细致的思想教育。区委书记刘清同志,一个作风正派、威信很高的领导人,特地跑来探望他,同他促膝谈心,说明他的东西,并不是哪个贪污掉的,也不是谁同他有仇故意搞光的。党和政府的出发点都是很好的,纯粹是为了加快实现社会主义建设,让大家早点过幸福生活。为了这个目的,国家和集体投入的财物比他李顺大投入的大了不知多少倍,因此,受到的损失也无法估计。现在,党和政府不管本身损失多大,还是决定对私人的损失进行退赔。除了共产党,谁会这样做?历史上从来没有过。只有共产党,才对我们农民这样关心。希望他理解党的困难,以国家集体利益为重,分担一些损失;经过这几年,党和政府也有了经验教训,以后发展起来就快了。只要国家和集体的经济一好转,个人的事情也就好办了。你要造那三间屋,现在看起来困难重重,其实将来是容易煞的。不要失望。最后,刘清同志又帮助他和供销社联系,要供销社在任何困难的情况下都要尽量供应饴糖,使他能够换破烂,多挣一点钱。

李顺大的感情是容易激动的,得到刘清同志的教导和具体的帮助,他的眼泪,早就噗落噗落流了出来,二话没说,呜咽着满口答应了。

另有两万片瓦,由生产队拿去盖了七间五步头猪舍,现在还完整地铺在屋面上,应该是可以原物归还的。但是,如果拆下来,一时买不到新瓦换上去,猪就得养在露天;瓦又是易碎物品,拆拆卸卸,损坏也不会少,还是不拆为宜。后经双方协商同意,互相照顾困难,决定不拆,而由生产队腾出两间猪舍来,借给顺大暂住;等将来李顺大造新屋时,队里还瓦,他也让出猪舍。那猪舍也比李顺大住的草屋强,两间共有十步,够宽敞了;屋脊也有一丈一尺高,就是后步比人矮,但房主人也没有必要挺起胸膛在屋里逞威风,无妨大局。况且李顺大是从小钻惯船棚的,他自然不嫌。

退赔问题就这样解决了。尽管李顺大衷心接受干部们的开导,但是,他从这一件事里也吸取了特殊的教训,在这以前,他想到的是旧社会的通货膨胀,钞票存放在手里是靠不住的;所以,一有余钱,就买了东西存放起来。现在有了新的体验,觉得在新社会里,存放货物是靠不住的,还是把钞票藏在枕头底下保险。老实说,从这种主张里,嗅觉特别敏锐的"左"派是闻得出"反党"味道来的。

从一九六二年到六五年,靠了"六十条",靠了刘清同志特别照顾的饴糖,李顺大又积聚了差不多能造三间屋的钞票。但是他什么也没有买,他打定主张:要么不买,要买就一下子把材料买齐,马上造成屋,免得夜长梦多,再吃从前的亏。

这个李顺大,真和许多农民一样,具有这种向后看的小聪明。因此,当他认为有把握不再吃老亏的时候,转眼又跌倒在前边路上了。说真话,扶着这种人前进,手也真酸。

那时候,物资丰富,什么都敞开供应,他偏不买。过了几年,物资样样紧张起来,没有点"三分三"的人什么都买不到了,他倒又想一下子样样都买全,岂不又做了阿木林!其实怪他也冤枉,谁又是诸葛亮呢?

五

在通常情况下,李顺大觉得自己做一个跟跟派,也还胜任,真心实意,感情上毫不勉强。可是文化大革命开始以后,他就跟不上了。要想跟也不知道去跟谁,东南西北都有人在喊:"惟我正确!"究竟谁对谁错,谁好谁坏,谁真谁假,谁红谁黑,他头脑里轰轰响,乱了套,只得蹲下来,赖着不跟了。"是非之心,人皆有之",这话口气挺大,其实是没有经过文化大革命,太天真了。你总不能光看人家在台上唱什么,还得看看在台底下干的什么吧。"好恶之心,人皆有之",这倒也还有理。李顺大就是有一点不高兴。这不高兴和他想造房子有密切关系。他看到那汹汹的气势,和五八年的更不相同,五八年不过是弄坏点东西罢了,这一次倒是要弄坏点人了,动不动就性命交关。这房子目前是造不成的了,谁知道明天会怎样呢!他为此真有点厌恶。转而又庆幸自己住到村中心的猪舍里来了,如果还孤零零地呆在河边的草屋里,他枕头底下的造屋钱只怕还要遭到盗劫呢。

　　李顺大想得太落后了,在文明的时代里,文明的人是无需使用那野蛮手段的。有一个造反派的头头,在光天化日之下,腰里插着手枪,肩上挂着红宝书,由生产队长陪同,到李顺大家作客来了。原来他是公社砖瓦厂的文革主任,很讲义气,知道李顺大要造房子买不到砖,特地跑来帮助解决困难。他大骂了一通走资派刘清不替贫下中农谋利益,现在则轮到他来救世主了,只要李顺大拿出二百一十七元钱来,他负责代买一万砖头,下个月就可以提货。这话说得过分漂亮,原是值得怀疑的。但李顺大却认为,彼此都住同一大队,虽然没有交情,也三天两头见面,从前也不曾听说过这人有什么劣迹,现在出来革命,总也想做点好事,不见得一上马就骗人。况且又是生产队长同来的,还有枪有红宝书,真是讲交情有交情,讲信仰有信仰,讲威势有威势。李顺大虽然当过三次逃兵,还没有经过这种软硬兼施的场面,心一吓,面一软,双手颤颤数出了二百一十七。

　　到了下个月,大概本来是可以提货的,想不到李顺大交了厄运,被公社的专政机关请去了,要他交代几件事:一,你是哪里人?老家是什么成份?二,你当过三次反动兵,快把枪交出来。三,交代反动言行(例如他说过"楼房不及平房适用,电话坏了修不起"的话,就是恶毒攻击社会主义)。

　　后来的事情就不用说了,那是人人皆知的。他自己出来后也没有多言。不过有两点颇有性格,第一是他吃不消喊救命的时候,是砖瓦厂的文革主任解了他的围。作为报答,事后私下商定从此不再提起那二百一十七。第二是关押他的那间房子造得相当牢固,他平生第一次详细地在那里研究了建筑学,对自己将来要造的屋,有了非常清楚的轮廓。

　　等到放出来,他扶着儿子(已经十九岁了)的肩胛拐回家。流着眼泪的老婆、妹妹问他为了什么事,吃了什么苦?他嘶哑着喉咙说了两个莫名其妙的短语:"他们恶啊!我的屋啊!"

之后有一年多时间不能劳动,腰里不好受,碰到阴天和交节气,浑身骨头痛。他有点奇怪,虽然这顿生活从前不曾挨过,但毕竟从小就苦苦拉拉、跌跌掼掼过来的,怎么现在这样娇嫩了?莫非也变"修"了吗?他有点吃惊,觉得自己变牛变马都可以,但是不能变"修"。"修"是什么东西呢?是一只黑锅,是一只不能烧饭、只能驮在背上的装饰品,是一个没有生命因而不会死亡,能够世代相传的"传家宝"。儿子今年十九岁了,如果背上这只锅,到哪里去讨媳妇呢?而房子又没有造,一点条件也没有。

　　李顺大想到这一点,心中恐慌又迷信。他从小听过不少老故事,其中就有说到人会变成多种东西的。讲的人总这样说:"一夜过来,他变成了××。"而且在变化之前,也总有异样的感觉,比如浑身骨头痛,热皮爆燥……等等。所以,李顺大一碰到身子难受,就怕黑夜,怕自己睡着了。他总是睁大眼睛,以防在昏睡中不知不觉变成一只黑锅。他的警惕性一直很高,所以至今还不曾变过去。

　　在那些不敢睡着的夜里,李顺大为了打发掉肉体上的痛苦,也想过一点使人开心的文娱生活。他没有收音机,想读书又不认几个字,而且也浪费火油;因此,惟一的办法是去回忆从小听过的故事、看过的戏文和老一辈教给孩儿们的俚歌。后来身体好一些,他挑起糖担出去换废品,嘴里常常不三不四唱着一个小曲儿,招惹孩子们。据他说这就是他在那些夜晚回忆出来的。从这些就可以看出他当时究竟想的是什么。他唱道:

　　　　稀奇稀奇真稀奇,
　　　　老公公困在摇篮里;
　　　　稀奇稀奇真稀奇,
　　　　八仙台装在袋袋里;
　　　　稀奇稀奇真稀奇,
　　　　老鼠咬破猫肚皮;
　　　　稀奇稀奇真稀奇,
　　　　狮子常受跳蚤气;
　　　　稀奇稀奇真稀奇,
　　　　狗派黄鼠狼去看鸡;
　　　　稀奇稀奇真稀奇,
　　　　天鹅肉进了蛤蟆嘴;
　　　　稀奇稀奇真稀奇,
　　　　大船翻在阴沟里;
　　　　稀奇稀奇真稀奇,
　　　　长人做了短人梯。

  哎呀呀,癞痢头戴西瓜皮,
  蚌壳兜里一泡尿,
  皮球肚里装个屁,
  穿袍的邪神一胎泥。
  稀奇呀,稀奇呀,真稀奇,
  火赤练①过冬钻在菩萨肚皮里,
  闻着香火装神气。

  这确是一只公认的装满一兜肚"稀奇"的儿歌,而且老掉了牙。不过,各人兜肚里的货色是不同的,总要把自认为稀奇的东西装进去。但如果追查起来,李顺大决不承认自己加进了什么。他又不是作家,不会有黑字落在白纸上,是不怕有什么把柄落在别人手里的。他虽然笨,究竟也经过锻炼了,晓得当时那一班人——造反的当权派和当权的造反派,如果要触你的霉头,倒不在乎你做了什么,而在于要达到一个这样那样的目的,例如他的二百一十七。

  有一天,他在邻村换糖唱歌,偶然碰到了在那里劳改的走资派——老区委书记刘清,悲喜交集,久久不忍离开,最后刘清央求他再唱一遍稀奇歌,他毫不犹豫地唱起来,那悲惨、沉重、愤怒的声音使空气也颤抖,两个人都流下了眼泪。

六

  一年病拖下来,李顺大有点心灰意懒了。他常常想自己还能活几年?何必要再操心造屋!愚公立下移山志,也是靠后代去完成的,为啥一定要亲手造成功!再说也算积有一笔钱,也有点汗马功劳,不算坍台了。可是凡胎未脱,尘心难破,儿子已经二十出头了,房子造不出,媳妇就找不着,猪舍做新房,谁肯来住!要像自己那样拾个要饭姑娘做妻子,现在也没有这种好机会了。那可不行,没有媳妇哪有孙子?没有孙子哪有重孙?将来建成共产主义过幸福生活,焉能独缺他李顺大的后代?看来房子还是非造不可,而且要抓紧时间。就算这样,儿子恐怕也得拖到政府规定的晚婚年龄以后才有婚结了。

  经过动摇之后又坚定下来,立即开始行动。他挑起拾破烂的箩筐,悠悠地从这个市镇晃荡到那个市镇,县城里大小街巷也几乎跑遍,却从不见有建

---

 ① 火赤练——赤练蛇。

筑材料出售，询问有关商店，才知道买一块砖也得有本地三级证明，更无空口说白话的余地。他晓得再瞎跑也没有用，只有向当地生产队、大队、公社申请了。幸亏自己是带了箩筐出来的，虽不曾买到造屋材料，拾到的破烂倒也卖得十几元钱，不算白误了工。

接着自然是找生产队、大队干部打证明，人家听了笑笑说："打证明有什么用，民用建筑材料，有时稍微有一点，有时简直就没有。给了证明，你也买不到。"李顺大不肯信，以为是干部筑坝；又不敢反驳，怕弄僵。就耐着性子赖着不走，搞变相静坐示威。谁知人家倒并不放在心上，到吃晚饭时发现他没有走，就说："走吧，锁门了。"他也只得回去，到了明天，又去坐。如此三天，干部不耐烦了，说："好话你不听，瞎缠。你以为有用，就打个证明给你！"果然打了。他高高兴兴上供销社。营业员看了证明，也和大队干部一样笑笑，说："没办法，无货供应。"

"几时有呢？"

"不晓得。"营业员说，"有空你就常来问问。"

从此李顺大就如学生上学校，七天里去问六次；半年下来，还是不曾买到一块砖。那营业员是个好心人，暗地里叹息顺大太笨，却也被他的精神感动了。终于有一天，悄悄告诉他说："你还是省点工夫吧，不要来跑了。这几年革命革得厉害，地皮都快革光了，难得有点东西来，干部都照顾不周全，哪会轮到你。真要有你的份，也都是经过千拣万拣剩的落脚货，价钱倒和拣走的好货一样大，你也不划算。我劝你还是另想办法吧！"

李顺大得了这个忠告，十分失望，又非常感激。因此由不得要请教："另想别的什么法？"

营业员沉吟半晌，说："可有至亲好友当干部的？"

"没有。"李顺大沉重而吃力地说，"只有一个种田的妹婿，没有第二个亲戚。"

"那就没有路了。"营业员惋惜道，"现在是'圆圆头'不及'点点头'①，你没有亲友可靠，除了买黑市，还有什么办法。"

李顺大信以为真，从此想办法买黑市材料。哪晓得营业员倒也并无这方面的经验，不懂得黑市交易的复杂，一万砖头，市价二百一十七元，黑市要卖到四百左右，而且必须先付钱，过上一年半载才能提货，往往还会碰到骗子手。李顺大已经上过一次当了，钞票当然是不肯轻易出手的，所以，跑了千里路，说了万句话，过了三年也不曾买成。倒还是那个营业员肯帮忙，替他买了一吨官价石灰。那石灰原是分配在蚕室里用的，只为近年来一个劲

---

① 圆圆头——印章。点点头——私人交情。

儿早改水,许多桑田改莳水稻了,剩下几棵癞癞毛桑树,还能养几条蚕!也就用不了那么多石灰;倒给营业员钻了空子,李顺大拾着了便宜。为此他想买包好烟请营业员的客,却又买不到。偶然碰见砖瓦厂的原文革主任(已当上厂革委会主任了),想起他从来是吸好烟的,他亏待过自己,现在请他买包烟总肯吧。就老着脸皮上去拉交情。主任倒也爽快,拿了他五角钱,从袋里掏出一包还没有开封的"大前门"。但是,在递给他之前,竟自作主张拆开来拿一支抽了,并且说:"我就这一包,要不是你,我谁也不回。"

李顺大拿了十九支去送给营业员,营业员坚决不收,拗不过面子,才抽了一支。其余十八支,硬是让顺大带回去了。

李顺大回家路上,想到自己今天做了一件从来没有做过的欠妥事情,他竟请了自己的恩人和仇人各一支烟。到吃晚饭的时候他真的发怒了,骂他的儿子没出息,二十五岁了,还吃隐下饭①,害他老子在外面受罪。

七

闹腾了许多年,李顺大房子没造成,造房的名气倒很大了。精诚所至,金石为开,不仅感动了营业员,而且还感动了上帝。这上帝不是别人,就是他未来的媳妇,名叫新来。新来姑娘住在邻村,早就同李顺大吃隐下饭的儿子小康有串联活动。她倒不在乎房子造了没有,反正看中了人,过了门造屋也行,可是她爹筑坝,怎么说也不肯把女儿嫁到猪舍里去。他以自己的模范事例教导女儿,因为他尽管穷,也想法造了两间屋,才讨了第一房媳妇。他骂李顺大是孱头,是阿木林,不会做事情。可是,想不到老天爷爱开玩笑,喜欢打说满话人的嘴巴。事隔一年,公社里一班打倒了走资派的当权派,为了要把山河重安排,看着一条河像老家伙似地弯着背,很不舒服。硬是动用了几千民工,花了几万个劳动日开出一条笔直的样板河,足以使火星上的高等动物看了,称赞地球人的伟大。新来姑娘家那两间新屋,偏偏就在样板河的河床上(当然也不止两间),只好拆了搬走。公社补贴搬屋费每间一百五十元,拆拆造造,又借了三百元添进去,才勉强重新搭起一间半来。新来爹瘦了两个膘,头发白了七八成。而且还要老做小,听新来姑娘的教育。新来建议他应该向李顺大伯伯学习,人家就是精明,不盲动,钞票放在枕头边,一个也不少。要造房子,也该看准了形势动手呀!他说不响嘴,只得服输,任凭女儿婚姻自主。

李顺大不但有了儿媳妇,而且也知道儿媳妇在理论上对他的实践作了

---

① 隐下饭——不出头露面,只做事,不拿主张的意思。

充分肯定,非常地高兴。因此,在儿子结婚那天晚上,喝了几杯酒,灵机一动,对着亲家翁说了两句神来之话,他说:"现在是地牌吃天牌,烂污二封王。你的房子造得太急了,天天闹地震,大家宁愿住牛棚,还要房子做什么。我一万砖头给窑鬼吃在肚里,也比你省心。"……他还想说下去,幸亏老婆警惕性高,为了挽救他,当着新亲的面,开口就训他"灌了点酒就像吃了尿,说话没有关拦,骨头痛的日子忘记了!"这才转话收场,皆大欢喜。

　　从那时开始,李顺大不再白花心计去买东买西。他挑着糖担,东转一天,西转一天,替国家收废品,赚一点生活费。可是,事情也怪,造房子的人家,还真多着呢。他看了不禁眼馋,往往就要打听打听,这幢那幢是谁家造的,哪里买的材料。得到的答复也真千种百样,细细说来,每一幢屋都能写一本书,但也不惹人看,无非是"大官送上门,小官开后门,老百姓求别人"而已。那些吃尽苦头的人,反而羡慕起李顺大来。说还是他乖巧,不曾钻进这苦胆里头去,不愧为识时务的俊杰。有个熟人竟不忌讳,忿然对他说:"我这一块砖、一片瓦,没一样不是黑市货,造两间屋,用了四间的钱。上梁那天,靠造反起家的大队书记来吃了我一顿,还说我这房子,没有文化大革命,哪能造得出。×他娘,我这房子又不是他那官衔,是用拳头打得来的吗!"

　　到此为止,李顺大对于建筑学的知识,本来已经登峰造极,叹为观止了。想不到天地渊博,造化无穷,值得大书特书的事情,如长江浊流,滚滚而来,竟无法忍心不看。那鸡零狗碎的事,恕不细说,但值得大书特书的奇迹,放过未免可惜。例如有一个大队,要把全部民房拆了,合并到一个地方去,造一列式的楼房,名曰"新农村"。民房拆下的材料,折价归公,谁要住新房,重新出钱买。李顺大听了,大为振奋,认为"楼上楼下"果然要实现了。耐不住挑着糖担,飞奔去自费参观。

　　那个地方,李顺大从前也常走过,此番看去,果然大不一样,村村巷巷,都有人家在拆屋,拆了把材料运到公路边头一块大田里,那里正在造第一排楼房。那些拆屋的人家,议论非常热烈,甚至到了激烈的程度,都说盘古开天辟地以来,像这样的事情,从未有过;因此有人流出眼泪来,大概过于兴奋了。有些屋上卸下来的瓦,还沾着窑里的煤灰,分明盖了上去还没有经过雨淋,倒又翻身了。看了这些,李顺大觉得自己二十几年来空喊造屋没有造成,倒是平生做的一件最正确的事情,不过想着拆屋主过去的一番心血,也不禁有点眼酸。他慨叹着一路低头走去,忽听有人喊道:"喂,换糖的。"

　　李顺大抬头一看,见一个老头带着个女孩站在公路旁看造屋。十分面熟,却想不起是谁了。那老头笑道:"怎么,不认识了?"

　　李顺大恍然大悟,忙道:"原来是你,老书记。还在劳改吗?"他忽然伤心起来。想不到,几年不见的老书记,竟老得认不出了。可见老书记的心境不直落。

老书记笑笑,说:"劳还在劳,改却未改。你呢,又来搜集唱稀奇歌材料吗?"

"唉唉,老书记,你取笑我。"李顺大难为情地说,"这可是'楼上楼下',搞'新农村'。我到今天才晓得,原来这农村分新旧,就在这房子上。倒不在集体化不集体化。"

老书记轻轻地嘘了口气,说:"唉,有话你就说清楚点吧。"

李顺大笑笑,说:"自然,说给你听听没关系。不过也不能知法犯法。从前我说过楼房不如平房适用的话,已经当反动言论批过了,现在看了这种样子,倒还真有点想法。满好的屋,有的还是新的,倒又拆了再造,何必呢?有这个力气,不好把田地种种熟吗?这种事情,阳间里人不敢说,阴间里看了也要盯白眼呢。"

听了这"反动"话,老书记不但不驳斥,反而点了点头,严肃地答腔说:"'何必呢?'你问得对。告诉你吧,有人想把这个当上天梯。你倒也明白,晓得集体化是新农村的根本,可是人家搞起复辟来,公社这个组织形式也是可以利用的。你的眼睛还要睁大些。你看看吧,贫下中农吃了二十多年苦造了点房子,一声拆就得拆,还管群众死活吗?可是公社不仍旧是公社!"

李顺大听了,虽有所悟,也不能完全领会,只得张开嘴巴,睁大眼睛,尊敬地看着这个老人,默默无言。

老人愤怒地哼了一声,也不再说,低头看了看小女孩,指着顺大,说:"叫公公。"

小女孩亲热地叫了一声。李顺大大为感动,连忙敲下一块糖塞在她小手里,称她是最乖最乖的小囡。他今年五十四岁,一个拾破烂的外乡人,还是第一次有人叫他公公,这给了他非常有力的鼓舞,竟把别的念头都冲淡了。

从此以后,他同老书记交了朋友。

八

到了一九七七年春节,李顺大带了几块糖去看老书记,才知道老书记重新上了任,又在区里办公了。李顺大喜出望外,把糖给了小囡,吃了小囡妈烧出来的点心,兴冲冲就往区里跑。他觉得如今有了区委书记做朋友,总弄得着造屋材料了。

老朋友一见面,果然十分亲热。可是一提到材料,老书记沉吟不语,打起嗝顿来,弄得顺大心也一颤,觉得不妙。只听老书记慢腾腾说:"老弟,你的困难,我都知道。从前你唱稀奇歌,我十分赞成。现在你我总不能做稀奇事了吧。"

李顺大忙说:"老书记,别人不做,我也不做。现在不是还通行吗,为什么惟独你我不做,岂不太吃亏!"

老书记笑笑,说:"十一年混乱,积习难改。现在应该拨乱反正了,否则的话,建设国家的计划,就成了空话。别人做,我们是不能做的。全区干部来说,第一应从我改起;群众来说,先从唱稀奇歌的人改起,你说合理不合理?"

听了这番话,李顺大心里糖罐醋瓶,一齐打翻,一方面感到书记要同他一起带头整风,不禁自豪;一方面又想到好不容易交了个大官朋友,竟又不能拉私人关系,不禁怅然。他经过文化大革命,也学得很乖了,不愿吃这个亏。想了一下,振振有词道:"老书记,你讲的道理我服帖,不过,话说在前头,叫我不做稀奇事,一定照办。你可也不能动摇,不要以后碰到交情比我深的,面子比我大的,就帮他开后门,让别人笑我同你白交了一场。那我是要造你的反的。"

老书记哈哈大笑,拿过纸笔,迅速把顺大的话写了下来,说:"我念一遍,你听。"他念了,和顺大讲的一字不差,然后说,"你拿去请人写一张大字报来,贴在我的办公室里。"

李顺大愕然道:"我不,这不是要你的好看!"

老书记说:"哪里哪里,这才叫帮了我的大忙,我还真怕有大面子的人来开臭口呢!你贴了这大字报,就不用我作难了。"

李顺大高高兴兴真的照办了。

到了一九七七年冬天,李顺大家忽然忙碌起来。老书记刘清同志,在那位文革主任出身的砖瓦厂厂长身上做了点工作,让他把李顺大的一万砖头退赔了,公社革委会也批准了李顺大的报告,同意供应十八根水泥桁条。那位好心的供销社营业员,通知李顺大,现在椽子已经敞开供应了。这一次,李顺大的房屋会有把握造成了。要运回这么多东西,李顺大一家四口,哪里忙得过来,只得把妹妹、妹婿、儿媳妇的兄弟妯娌都请来帮忙,摇船的摇船,推车的推车,连年老的亲家公也高高兴兴地流了几身汗,大大热闹了一番。

不过,在高兴的时候,也还发生了一点扫兴的事情。运回那一万砖头,曾经过一些波折。大船停在砖瓦厂,人家不发货,皮笑肉不笑地对他说:"你的桁条还没有买,砖头拿回去白堆在那儿没有用,再等等吧。"李顺大同他吵了个脸红耳赤,说桁条已经落实了。那个人却比李顺大更懂李顺大,一口咬定他没有桁条。幸而他的亲家公跑来,凭自己买过砖头的经验,暗地里告诉李顺大什么叫"桁条",李顺大这才恍然大悟,马上到供销社买了两条最好的香烟送过去,这才皆大欢喜,砖头下船。后来到水泥制品厂运桁条,李顺大再不用别人开口,就散发了一条香烟,免得人家说他还没有买到橼子。

做了这些腐蚀别人的事,李顺大内心惭愧,不敢告诉老书记。但是他的灵魂不得安宁,有时候半夜醒过来,想起这件事,总要骂自己说:"唉、呃,我总该变得好些呀!"

《李顺大造屋》导读

爱,是不能忘记的

张　洁

　　我和我们这个共和国同年。三十岁,对于一个共和国来说,那是太年轻了。而对一个姑娘来说,却有嫁不出去的危险。

　　不过,眼下我倒有一个正儿八经的求婚者。看见过希腊伟大的雕塑家米伦所创造的"掷铁饼者"那座雕塑么?乔林的身躯几乎就是那尊雕塑的翻板。即使在冬天,臃肿的棉衣也不能掩盖住他身上那些线条的优美的轮廓。他的面孔黝黑,鼻子、嘴巴的线条都很粗犷。宽阔的前额下,是一双长长的眼睛。光看这张脸和这个身躯,大多数的姑娘都会喜欢他。

　　可是,倒是我自己拿不准主意要不要嫁给他。因为我闹不清楚我究竟爱他的什么,而他又爱我的什么?

　　我知道,已经有人在背地里说长道短:"凭她那些条件,还想找个什么样的?"

　　在他们的想象中,我不过是一头劣种的牲畜,却变着法儿想要混个肯出大价钱的冤大头。这使他们感到气恼,好像我真的干了什么伤天害理的、冒犯了众人的事情。

　　自然,我不能对他们过于苛求。在商品生产还存在的社会里,婚姻,也像其他的许多问题一样,难免不带着商品交换的烙印。

　　我和乔林相处将近两年了,可直到现在我还摸不透他那缄默的习惯到底是因为不爱讲话,还是因为讲不出来什么?逢我起意要对他来点智力测验,一定逼着他说出对某事或某物的看法时,他也只能说出托儿所里常用的那种词藻:"好!"或"不好!"就这么两档,再也不能换换别的花样儿了。

　　当我问起:"乔林,你为什么爱我"的时候,他认真地思索了好一阵子。对他来说,那段时间实在够长了。凭着他那宽阔的额头上难得出现的皱纹,我知道,他那美丽的脑壳里面的组织细胞,一定在进行着紧张的思维活动。我不由地对他生出一种怜悯和一种歉意,好像我用这个问题刁难了他。

　　然后,他抬起那双儿童般的、清澈的眸子对我说:"因为你好!"

　　我的心被一种深刻的寂寞填满了。"谢谢你,乔林!"

　　我不由地想:当他成为我的丈夫,我也成为他的妻子的时候,我们能不能把妻子和丈夫的责任和义务承担到底呢？也许能够。因为法律和道义已经紧紧地把我们拴在一起。而如果我们仅仅是遵从着法律和道义来承担彼此的责任和义务，那又是多么悲哀啊！那么，有没有比法律和道义更牢固、更坚实的东西把我们联系在一起呢？

逢到我这样想着的时候，我总是有一种古怪的感觉，好像我不是一个准备出嫁的姑娘，而是一个研究社会学的老学究。

也许我不必想这么许多，我们可以照大多数的家庭那样生活下去：生儿育女，厮守在一起，绝对地保持着法律所规定的忠诚……虽说人类社会已经进入了二十世纪七十年代，可在这点上，倒也不妨像几千年来人们所做过的那样，把婚姻当成一种传宗接代的工具，一种交换、买卖，而婚姻和爱情也可以是分离着的。既然许多人都是这么过来的，为什么我就偏偏不可以照这样过下去呢？

不，我还是下不了决心。我想起小的时候，我总是没缘没故地整夜啼哭，不仅闹得自己睡不安生，也闹得全家睡不安生。我那没有什么文化却相当有见地的老保姆说我"贼风入耳"了。我想这带有预言性的结论，大概很有一点科学性，因为直到如今我还依然如故，总好拿些不成问题的问题不但搅扰得自己不得安宁，也搅扰得别人不得安宁。所谓"禀性难移"吧！

我呢，还会想到我的母亲，如果她还活着，她会对我的这些想法，对乔林，对我要不要答应他的求婚说些什么？

我之所以习惯地想到她，绝不因为她是一个严酷的母亲，即使已经不在人世也依然用她的阴魂主宰着我的命运。不，她甚至不是母亲，而是一个推心置腹的朋友。我想，这多半就是我那么爱她，一想到她已经离我远去便悲从中来的原因吧！

她从不教训我，她只是用她那没有什么女性温存的低沉的嗓音，柔和地对我谈她一生中的过失或成功，让我从这过失或成功里找到我自己需要的东西。不过，她成功的时候似乎很少，一生里总是伴着许许多多的失败。

在她最后的那些日子里，她总是用那双细细的、灵秀的眼睛长久地跟随着我，仿佛在估量着我有没有独立生活下去的能力，又好像有什么重要的话要叮嘱我，可又拿不准主意该不该对我说。准是我那没心没肺，凡事都不大有所谓的派头让她感到了悬心。她忽然冒出了一句："珊珊，要是你吃不准自己究竟要的是什么，我看你就是独身生活下去，也比糊里糊涂地嫁出去要好得多！"

照别人看来，做为一个母亲，对女儿讲这样的话，似乎不近情理。而在我看来，那句话里包含着以往生活里的极其痛苦的经验。我倒不觉得她这样叮咛我是看轻我或是低估了我对生活的认识。她爱我，希望我生活得没有烦恼,是不是?

"妈妈,我不想嫁人!"我这么说,绝不是因为害臊或是在忸怩作态。说真的,我真不知道一个姑娘什么时候需要做出害臊或忸怩的姿态,一切在一般人看来应该对孩子隐讳的事情,母亲早已从正面让我认识了它。

"要是遇见合适的,还是应该结婚。我说的是合适的!"

"恐怕没有什么合适的!"

"有还是有,不过难一点——因为世界是这么大,我担心的是你会不会遇上就是了!"她并不关心我嫁得出去还是嫁不出去,她关心的倒是婚姻的实质。

"其实,您一个人过得不是挺好吗?"

"谁说我过得挺好?"

"我这么觉得。"

"我是不得不如此……"她停住了说话,沉思起来。一种淡淡的、忧郁的神情来到了她的脸上。她那忧郁的、满是皱纹的脸,让我想起我早年夹在书页里的那些已经枯萎了的花。

"为什么不得不如此呢?"

"你的为什么太多了。"她在回避我。她心里一定藏着什么不愿意让我知道的心事。我知道,她不告诉我,并不是因为她耻于向我披露,而多半是怕我不能准确地估量那事情的深浅而曲扭了它,也多半是因为人人都有一点珍藏起来的、留给自己带到坟墓里去的东西。想到这里,我有点不自在。这不自在的感觉迫使我没有礼貌,没有教养地追问下去:"是不是您还爱着爸爸?"

"不,我从没有爱过他。"

"他爱您吗?"

"不,他也不爱我!"

"那你们当初为什么结婚呢?"

她停了停,准是想找出更准确的字眼来说明这令人费解和反常的现象,然后显出无限悔恨的样子对我说:"人在年轻的时候,并不一定了解自己追求的、需要的是什么,甚至别人的起哄也会促成一桩婚姻。等到你再长大一些、更成熟一些的时候,你才会明白你真正需要的是什么。可那时,你已经干了许多悔恨得让你感到锥心的蠢事。你巴不得付出任何代价,只求重新生活一遍才好,那你就会变得比较聪明了。人说'知足者常乐',我却享受不到这样的快乐。"说着,她自嘲地笑了笑,"我只能是一个痛苦的理想主义者。"

莫非我那"贼风入耳"的毛病是从她那里来的?大约我们的细胞中主

管"贼风入耳"这种遗传性状的是一个特别尽职尽责的基因。

"您为什么不再结婚呢?"

她不大情愿地说:"我怕自己还是吃不准自己到底要什么。"她明明还是不肯对我说真话。

我不记得我的父亲。他和母亲在我很小的时候便分手了。我只记得母亲曾经很害羞地对我说过他是一个相当漂亮的、公子哥儿似的人物。我明白,她准是因为自己也曾追求过那种浅薄而无聊的东西而感到害臊。她对我说过:"晚上睡不着觉的时候,我常常迫使自己硬着头皮去回忆青年时代所做过的那些蠢事、错事!为的是使自己清醒。固然,这是很不愉快的,我常会羞愧地用被单蒙上自己的脸,好像黑暗里也有许多人在盯着我瞧似的。不过这种不愉快的感觉里倒也有一种赎罪似的快乐。"

我真对她不再结婚感到遗憾。她是一个很有趣味的人,如果她和一个她爱着的人结婚,一定会组织起一个十分有趣味的家庭。虽然她生得并不漂亮,可是优雅,淡泊,像一幅淡墨的山水画。文章写得也比较美,和她很熟悉的一位作家喜欢开这样的玩笑:"光看你的作品,人家就会爱上你的!"

母亲便会接着说:"要是他知道他爱的竟是一个满脸皱纹、满头白发的老太婆,他准会吓跑了。"

到了这种年龄,她绝不会是还不知道自己到底要什么。这分明是一句遁词。我之所以这么说,是因为她有一些引起我生出许多疑惑的怪毛病。

比如,不论她上哪儿出差,她必得带上那二十七本一套的,一九五〇年到一九五五年出版的契诃夫小说选集中的一本。并且叮咛着我:"千万别动我这套书。你要看,就看我给你买的那一套。"这话明明是多余的。我有自己的一套,干嘛要去动她的那套呢?况且这话早已三令五申地不知说过多少遍了。可她还是怕有个万一的时候。她爱那套书爱得简直像是得了魔症一般。

我们家有两套契诃夫小说选集。这也许说明对契诃夫的爱好是我们家的家风,但也许更多的是为了招架我和别的喜欢契诃夫的人。逢到有人想要借阅的时候,她便拿了我房间里的那套给人。有一次,她不在家的时候,一位很熟的朋友拿了她那套里的一本。她知道了之后,急得如同火烧了眉毛,立刻拿了我的一本去换了回来。

从我记事的那天起,那套书便放在她的书橱里了。别管我多么钦佩伟大的契诃夫,我也不能明白,那套书就那么百看不厌,二十多年来有什么必要天天非得读它一读不可?

有时,她写东西写累了,便会端着一杯浓茶,坐在书橱对面,瞧着那套契诃夫小说选集出神。要是这个时候我突然走进了她的房间,她便会显得慌乱不安,不是把茶水泼了自己一身,便是像初恋的女孩子,头一次和情人约会便让人撞见似地羞红了脸。

我便想:她是不是爱上了契诃夫？要是契诃夫还活着,没准真会发生这样的事。

当她神志不清,就要离开这个世界的时候,她对我说的最后一句话是:"那套书——"她已经没有力气说出"那套契诃夫小说选集"这样一个长句子。不过我明白她指的就是那一套。"……还有,写着,'爱,是不能忘记的'……笔记本,和我,一同火葬。"

她最后叮咛我的这句话,有些,我为她做了,比如那套书。有些,我没有为她做,比如那些题着"爱,是不能忘记的"笔记本子。我舍不得。我常想,要是能够出版,那一定是她写过的那些作品里最动人的一篇,不过它当然是不能出版的。

起先,我以为那不过是她为了写东西而积累的一些素材。因为它既不像小说,也不像札记;既不像书信,也不像日记。只是当我从头到尾把它们读了一遍的时候,渐渐地,那些只言片语与我那支离破碎的回忆交织成了一个形状模糊的东西。经过久久的思索,我终于明白,我手里捧着的,并不是没有生命、没有血肉的文字,而是一颗灼人的、充满了爱情和痛苦的心,我还看见那颗心怎样在这爱情和痛苦里挣扎、熬煎。二十多年啦,那个人占有着她全部的情感,可是她却得不到他。她只有把这些笔记本当做是他的替身,在这上面和他倾心交谈。每时,每天,每月,每年。

难怪她从没有对任何一个够意思的求婚者动过心,难怪她对那些说不出来是善意的愿望或是恶意的闲话总是淡然地一笑付之。原来她的心已经填得那么满,任什么别的东西都装不进去了。我想起"曾经沧海难为水,除却巫山不是云"的诗句,想到我们当中多半有人不会这样去爱,而且也没有人会照这个样子来爱我的时候,我便感到一种说不出来的怅惘。

我知道了三十年代末,他在上海做地下工作的时候,一位老工人为了掩护他而被捕牺牲,撇下了无依无靠的妻子和女儿。他,出于道义,责任,阶级情谊和对死者的感念,毫不犹豫地娶了那位姑娘。逢到他看见那些由于"爱情"而结合的夫妇又因为"爱情"而生出无限的烦恼的时候,他便会想:"谢天谢地,我虽然不是因为爱情而结婚,可是我们生活得和睦、融洽,就像一个人的左膀右臂。"几十年风里来、雨里去,他们可以说是患难夫妻。

他一定是她那机关里的一位同志。我会不会见过他呢？从到过我家的客人里,我看不出任何迹象,他究竟是谁呢？

大约一九六二年的春天,我和母亲去听音乐会。剧场离我们家不太远,我们没有乘车。

一辆黑色的小轿车悄无声息地停在人行道旁边。从车上走下来一个满头白发、穿着一套黑色毛呢中山装的、上了年纪的男人。那头白发生得堂皇而又气派！他给人一种严谨的、一丝不苟的、脱俗的、明澄得像水晶一样的印象。特别是他的眼睛，十分冷峻地闪着寒光，当他急速地瞥向什么东西的时候，会让人联想起闪电或是舞动着的剑影。要使这样一对冰冷的眼睛充满柔情，那必定得是特别强大的爱情，而且得为了一个确实值得爱的女人才行。

他走过来，对母亲说："您好！钟雨同志，好久不见了。"

"您好！"母亲牵着我的那只手突然变得冰凉，而且轻轻地颤抖着。

他们面对面地站着，脸上带着凄厉的、甚至是严峻的神情，谁也不看着谁。母亲瞧着路旁那些还没有抽出嫩芽的灌木丛。他呢，却看着我："已经长成大姑娘了。真好，太好了，和妈妈长得一样。"

他没有和母亲握手，却和我握了握手。而那手也和母亲的手一样，也是冰冷的，也是轻轻地颤抖着的。我好像变成了一路电流的导体，立刻感到了震动和压抑。我很快地从他的手里抽出我的手，说道："不好，一点也不好！"

他惊讶地问我："为什么不好？"或许我以为他故作惊讶。因为凡是孩子们说了什么直率得可爱的话的时候，大人们都会显出这副神态的。

我看了看妈妈的面孔。是，我真像她。这让我有些失望："因为她不漂亮！"

他笑了起来，幽默地说："真可惜，竟然有个孩子嫌自己的妈妈不漂亮。记得吗？五三年你妈妈刚调到北京，带你来机关报到的那一天？她把你这个小淘气留在了走廊外面，你到处串楼梯，扒门缝，在我房间的门上夹疼了手指头。你哇啦哇啦地哭着，我抱着你去找妈妈？"

"不，我不记得了。"我不大高兴，他竟然提起我穿开裆裤时代的事情。

"啊，还是上了年纪的人不容易忘记。"他突然转身向我的母亲说："您最近写的那部小说我读过了。我要坦率地说，有一点您写得不准确。您不该在作品里非难那位女主人公……要知道，一个人对另一个人产生感情原没有什么可以非议的地方，她并没有伤害另一个人的生活……其实，那男主人公对她也会有感情的。不过为了另一个人的快乐，他们不得不割舍自己的爱情……"

这时，有一个交通民警走到停放小汽车的地方，大声地训斥着司机，说车停的不是地方。司机为难地解释着。他停住了说话，回头朝那边望了望，匆匆地说了声："再见！"便大步走到汽车旁边，向那民警说："对不起，这不怪司机，是我……"

我看着这上了年纪的人,也俯首帖耳地听着民警的训斥,觉得很是有趣。当我把顽皮的笑脸转向母亲的时候,我看见她是怎样地窘迫呀!就像小学校里一个一年级的小女孩,凄凄惶惶地站在那严厉的校长面前一样,好像那民警训斥的是她而不是他。

　　汽车开走了,留下了一道轻烟。很快地,就连这道轻烟也随风消散了,好像什么都没有发生过,而我,不知道为什么却没有很快地忘记。

　　现在分析起来,他准是以他那强大的精神力量引动了母亲的心。那强大的精神力量来自他那成熟而坚定的政治头脑,他在动荡的革命时代里出生入死的经历,他活跃的思维、工作上的魄力,文学艺术上的素养……而且——说起来奇怪,他和母亲一样喜欢双簧管。对了,她准是崇拜他。她说过,要是她不崇拜那个人,那爱情准连一天也维持不了。

　　至于他爱不爱我的母亲,我就猜不透了。要是他不爱她,为什么笔记本里会有这样一段记载呢?

　　"这礼物太厚重了。不过您怎么知道我喜好契诃夫呢?"

　　"您说过的。"

　　"我不记得了。"

　　"我记得。我听到你有一次在和别人闲聊的时候说起过。"

　　原来那套契诃夫小说选集是他送给母亲的。对于她,那几乎就是爱情的信物。

　　没准儿,他这个不相信爱情的人,到了头发都白了的时候才意识到他心里也有那种可以称为爱情的东西存在,到了他已经没有权力去爱的时候,却发生了这足以使他献出全部生命的爱情。这可真够凄惨的。也许不只是凄惨,也许还要深刻得多。

　　关于他,能够回到我的记忆里来的就是这么一小点。

　　她那迷恋他,却又得不到他的心情有多么苦呀!为了看一眼他乘的那辆小车以及从汽车的后窗里看一眼他的后脑勺,她怎样煞费苦心地计算过他上下班可能经过那条马路的时间;每当他在台上做报告,她坐在台下,隔着距离、烟雾、昏暗的灯光、窜动的人头,看着他那模糊不清的面孔,她便觉得心里好像有什么东西凝固了,泪水会不由地充满她的眼眶。为了把自己的泪水瞒住别人,她使劲地咽下它们。逢到他咳嗽得讲不下去,她就会揪心地想到为什么没人阻止他吸烟?担心他又会犯了气管炎。她不明白为什么他离她那么近而又那么遥远?

　　他呢,为了看她一眼,天天,从小车的小窗里,眼巴巴地瞧着自行车道上流水一样的自行车辆,闹得眼花缭乱;担心着她那辆自行车的闸灵不灵,会不会出车祸;逢到万一有个不开会的夜晚,他会不乘小车,自己费了许多周折来到我们家的附近,不过是为了从我们家的大院门口走这么一趟;他在百忙中也不会忘记注意着各种报刊,为的是看一看有没有我母亲发表的作品。

在他的一生中,一切都是那么清楚、明确,哪怕是在最困难的时刻。但在这爱情面前却变得这样软弱,这样无能为力。这在他的年纪来说,实在是滑稽可笑的。他不能明白,生活为什么偏偏是这样安排着的?

可是,临到他们难得地在机关大院里碰了面,他们又竭力地躲避着对方,匆匆地点个头便赶紧地走开去。即使这样,也足以使我母亲失魂落魄,失去听觉、视觉和思维的能力,世界立刻会变成一片空白……如果那时她遇见一个叫老王的同志,她一定会叫人家老郭,对人家说些连她自己也听不懂的话。

她一定死死地挣扎过,因为她写道:

> 我们曾经相约:让我们互相忘记。可是我欺骗了你,我没有忘记。我想,你也同样没有忘记。我们不过是在互相欺骗着,把我们的苦楚深深地隐藏着。不过我并不是有意要欺骗你,我曾经多么努力地去实行它。有多少次我有意地滞留在远离北京的地方,把希望寄托在时间和空间上,我甚至觉得我似乎忘记了。可是等到我出差回来,火车离北京越来越近的时候,我简直承受不了冲击得使我头晕眼花的心跳。我是怎样急切地站在月台上张望,好像有什么人在等着我似地。不,当然不会有。我明白了,什么也没有忘记,一切都还留在原来的地方。年复一年,就跟一棵大树一样,它的根却越来越深地扎下去,想要拔掉这生了根的东西实在太困难了,我无能为力。
>
> 每当一天过去,我总是觉得忘记了什么重要的事情,或是夜里突然从梦中惊醒:发生了什么事情!不,什么也没有发生,我清清楚楚地意识到:没有你!于是什么都显得是有缺陷的,不完满的,而且是没有任何东西可以弥补的。我们已经到了这一生快要完结的时候了,为什么还要像小孩子一样地忘情?为什么生活总是让人经过艰辛的跋涉之后才把你追求了一生的梦想展现在你的眼前?而这梦想因为当初闭着眼睛走路,不但在道上错过了,而且这中间还隔着许多不可逾越的沟壑。

对了,每每母亲从外地出差回来,她从不让我去车站接她,她一定愿意自己孤零零地站在月台上,享受他去接她的那种幻觉。她,头发都白了的、可怜的妈妈,简直就像个痴情的女孩子。

那些文字并没有多少是叙述他们的爱情的,而多半记载的都是她生活里的一些琐事:她的文章为什么失败,她对自己的才能感到了惶惑和猜疑;珊珊(就是我)为什么淘气,该不该罚她;因为心神恍惚她看错了戏票上的时间,错过了一场多么好的话剧;她出去散步,忘了带伞,淋得像个落汤鸡……她的精神明明日日夜夜都和他在一起,就像一对恩爱的夫妻。其实,把他们这一辈子接触过的时间累计起来计算,也不会超过二十四小时。而这二十四小时,大约比有些人一生享受到的东西还深、还多。莎士比亚笔下的朱丽叶说过:"我不能清算我财富的一半。"大约,她也不能清算她的财富的一半。

　　似乎他在文化大革命中死于非命。也许因为当时那种特定的历史条件,这一段的文字记载相当含糊和隐晦。我奇怪我那因为写文章而受着那么厉害的冲击的母亲,是用什么办法把这习惯坚持下来的?从这隐晦的文字里,我还是可以猜得出,他大约是对那位红极一世,权极一时的"理论权威"的理论提出了疑问,并且不知对谁说过:"这简直就是右派言论。"从母亲那沾满泪痕的纸页上可以看出,他被整得相当惨,不过那老头子似乎十分坚强,从没有对这位有大来头的人物低过头,直到死的时候,留下来的最后一句话还是:"就是到了马克思那里,这个官司也非打下去不可!"

　　这件事一定发生在一九六九年的冬天,因为在那个冬天里,还刚近五十岁的母亲一下子头发全白了。而且,她的臂上还缠上了一道黑纱。那时,她的处境也很难。为了这条黑纱,她挨了好一顿批斗,说她坚持四旧,并且让她交代这是为了谁?

　　"妈妈,这是为了谁?"我惊恐地问她。

　　"为一个亲人!"然后怕我受惊似地解释着,"一个你不熟悉的亲人!"

　　"我要不要戴呢?"她做了一个许久都没有对我做过的动作,用手拍了拍我的脸颊,就像我小的时候她常做的那样。她好久都没有显出过这温柔的样子了。我常觉得,随着她的年龄和阅历的增长,特别是那几年她所受过的折磨,那种温柔的东西似乎离她越来越远了,也或许被她越藏越深了,以致常常让我感到她像个男人。

　　她恍惚而悲凉地笑了笑,说:"不,你不用戴。"

　　她那双又干又涩的眼睛显得没有一点水分,好像已经把眼泪哭干了。我很想安慰她,或是做点什么使她高兴的事。她却对我说:"去吧!"

　　我当时不知为什么生出了一种恐怖的感觉,我觉得我那亲爱的母亲似乎有一半已经随着什么离我而去了。我不由地叫了一声:"妈妈!"

　　我的心情一定被我那敏感的妈妈一览无余地看透了。她温和地对我说:"别怕,去吧!让我自己呆一会儿。"

　　我没有错,因为她的确这样地写着:

　　　　你去了。似乎我灵性里的一部分也随你而去了。
　　　　我甚至不能知道你的下落,更谈不上最后看你一眼。我也没有权利去向他们质询,因为我既不是亲眷又不是生前友好……我们便这样地分离了。我恨不能为你承担那非人间的折磨,而应该让你活下去!为了等到昭雪的那一天,为了你将重新为这个社会工作,为了爱你的那些个人们,你都应该活着啊!我从不相信你是什么三反分子,你是被杀害的最优秀者中间的一个。假如不是这样,我怎么会爱你呢?我已经不怕说出这三个字。

纷纷扬扬的大雪不停地降落着。天哪,连上帝也是这样地虚伪,他用一片洁白覆盖了你的鲜血和这谋杀的丑恶。

我独自一人,走在我们惟一一次曾经一同走过的那条柏油小路上,听着我一个人的脚步声在沉寂的夜色里响着、响着……我每每在这小路上徘徊、流连,哪一次也没有像现在这样使我肝肠寸断。那时,你虽然也不在我身边,但我知道,你还在这个世界上,我便觉得你在伴随着我,而今,你的的确确不在了,我真不能相信!

我走到了小路的尽头,又折回去,重新开始,再走一遍。

我弯过那道栅栏,习惯地回头望去,好像你还站在那里,向我挥手告别。我们曾淡淡地、心不在焉地微笑着,像两个没有什么深交的人,为的是尽力地掩饰住我们心里那镂骨铭心的爱情。那是一个没有一点诗意的初春的夜晚,依然在刮着冷峭的风。我们默默地走着,彼此离得很远。你因为长年害着气管炎,微微地喘息着。我心疼你,想要走得慢一点,可不知为什么却不能。我们走得飞快,好像有什么重要的事情在等着我们去做,我们非得赶快走完这段路不可。我们多么珍惜这一生中惟一的一次"散步",可我们分明害怕,怕我们把持不住自己,会说出那可怕的、折磨了我们许多年的那三个字:"我爱你"。除了我们自己,大概这个世界上没有一个活着的人会相信我们连手也没有握过一次!更不要说到其它!

不,妈妈,我相信,再没有人能像我那样眼见过你敞开的灵魂。

啊,那条柏油小路,我真不知道它是那样充满了辛酸的回忆的一条小路。我想,我们切不可忽略世界上任何一个最不起眼的小角落,谁知道呢?那些意想不到的小角落会沉默地缄藏着多少隐秘的痛苦和欢乐呢?

难怪她写东西写得疲倦了的时候,她还会沿着我们窗后的那条柏油小路慢慢地踱来踱去。有时是彻夜不眠后的清晨,有时甚至是月黑风高的夜晚,哪怕是在冬天,哪怕峭厉的风像发狂的野兽似地吼叫,卷着沙石噼哩叭啦地敲打着窗棂……那时,我只以为那不过是她的一种怪僻,却不知她是去和他的灵魂相会。

她还喜欢站在窗前,瞅着窗外的那条柏油小路出神。有一次,她显出那样奇特的神情,以致我以为柏油小路上走来了我们最熟悉的、最欢迎的客人。我连忙凑到窗前,在深秋的傍晚,只有冷风卷着枯黄的落叶,飘过那空荡荡的小路的路面。

好像他还活着一样,用文字和他倾心交谈的习惯并没有因为他的去世而中断。直到她自己拿不起来笔的那一天。在最后一页上,她对他说了最后的话:

> 我是一个信仰唯物主义的人,现在我却希冀着天国。倘若真有所谓天国,我知道,你一定在那里等待着我。我就要到那里去和你相会,我们将永远在一起,再也不会分离。再也不必怕影响另一个人的生活而割舍我们自己。亲爱的,等着我,我就要来了——

我真不知道,妈妈,在她行将就木的这一天,还会爱得那么沉重。像她自己所说的,那是镂骨铭心的。我觉得那简直不是爱,而是一种疾痛,或是比死亡更强大的一种力量。假如世界上真有所谓不朽的爱,这也就是极限了。她分明至死都感到幸福:她真正地爱过。她没有半点遗憾。

如今,他们的皱纹和白发早已从碳水化合物变成了其它的什么元素。可我知道,不管他们变成什么,他们仍然在相爱着。尽管没有什么人间的法律和道义把他们拴在一起,尽管他们连一次手也没有握过,他们却完完全全地占有着对方。那是任什么都不能使他们分离的。哪怕千百年过去,只要有一朵白云追逐着另一朵白云;一棵青草傍依着另一棵青草;一层浪花拍打着另一层浪花;一阵轻风紧跟着另一阵轻风……相信我,那一定就是他们。

每每我看着那些题着"爱,是不能忘记的"笔记本,我就不能抑制住自己的眼泪。我哭,这不止一次地痛哭,仿佛遭了这凄凉而悲惨的爱情的是我自己。这要不是大悲剧就是大笑话。别管它多么美,多么动人,我可不愿意重复它!

英国大作家哈代说过:"呼唤人的和被呼唤的很少能互相答应。"我已经不能从普通意义上的道德观念去谴责他们应该或是不应该相爱。我要谴责的却是:为什么当初他们没有等待着那个呼唤着自己的灵魂?

如果我们都能够互相等待,而不糊里糊涂地结婚,我们会免去多少这样的悲剧哟!

到了共产主义,还会不会发生这种婚姻和爱情分离着的事情呢?既然世界是这么大,互相呼唤的人也就可能有互相不能答应的时候,那么说,这样的事情还会发生?可是,那是多么悲哀啊!可也许到了那时,便有了解脱这悲哀的办法!

我为什么要钻牛角尖呢!

说到底，这悲哀也许该由我们自己负责。谁知道呢？也说不定还得由过去的生活所遗留下来的那种旧意识负责。因为一个人要是老不结婚，就会变成对这种意识的一种挑战。有人就会说你的神经出了毛病，或是你有什么见不得人的隐私，或是你政治上出了什么问题，或是你刁钻古怪，看不起凡人，不尊重千百年来的社会习惯，你准是个离经叛道的邪人……总之，他们会想出种种庸俗无聊的玩意儿来糟蹋你。于是，你只好屈从于这种意识的压力，草草地结婚了事。把那不堪忍受的婚姻和爱情分离着的镣铐套到自己的脖子上去，来日又会为这不能摆脱的镣铐而受苦终生。

我真想大声疾呼地说："别管人家的闲事吧！让我们耐心地等着，等着那呼唤我们的人，即使等不到也不要糊里糊涂地结婚！不要担心这么一来独身生活会成为一种可怕的灾难。要知道，这兴许正是社会生活在文化、教养、趣味……等等方面进化的一种表现！"

《爱，是不能忘记的》导读　　拓展阅读

拓展阅读

李希凡："倘若真有所谓天国……"——《爱，是不能忘记的》阅读琐记

人到中年(存目)

谌 容

故事梗概

《人到中年》发表于《收获》1980年第1期,曾获第一届全国优秀中篇小说奖。

中年眼科大夫陆文婷因超负荷工作而突发心肌梗塞。她躺卧病床,人生的幻象与过往的记忆一幕幕涌入脑海:大学毕业后她进入医院工作,18年来兢兢业业,逐渐成为眼科的骨干医生。她与丈夫傅家杰育有一双儿女,多年来,一家四口挤在一间12平米的小屋,生活拮据。繁忙的家务、狭小的居住空间、紧张的工作和生活节奏对陆文婷来说都是沉重的压力。但是,不管多么疲劳、紧张、困难,只要面对病人的眼睛,陆文婷就忘记了一切。

这天,焦副部长到医院准备做白内障手术。副部长妻子秦波这位"马列主义老太太"对陆文婷百般挑剔与侮辱,她泰然处之,毫无怨言。与此同时,她还在挂念女童王小嫚和农民张老汉的病情,忙得连女儿佳佳发烧也迟迟不能赴陪。

昔日同窗兼同事姜亚芬即将与丈夫赴美定居,陆文婷夫妇在家中为他俩饯行。这是一次含泪的晚宴——从"文革"中熬过来的四名知识分子聚在一起,嚼的是人生的苦果。

终于,为焦副部长做手术的日子到了。有惊无险地为焦副部长做完手术后,陆文婷又坚持着为王小嫚与张老汉做完了手术。然后,她劳累过度,倒在了家中。在时而昏迷、时而清醒的病隙,各种朦胧的记忆纷纷从陆文婷的意识深处闪现:与母亲相依为命的孤苦童年、单调而忙碌的大学生活、甜蜜的爱情、丈夫和孩子、朋友姜亚芬的出国晚宴、焦副部长夫人秦波的令人难堪的不信任的目光。

心急如焚的丈夫拦车将她送至医院抢救,幸而挽回她一条性命。然而,醒来的陆文婷却面无表情、目光呆滞,仿佛对眼前的一切都很淡漠……

一个半月后,陆文婷被允许出院。瑟瑟秋风中,她靠在丈夫臂上,艰难地一步一步朝门外走去。

受　戒

汪曾祺

　　明海出家已经四年了。

　　他是十三岁来的。

　　这个地方的地名有点怪,叫庵赵庄。赵,是因为庄上大都姓赵。叫做庄,可是人家住得很分散,这里两三家,那里两三家。一出门,远远可以看到,走起来得走一会,因为没有大路,都是弯弯曲曲的田埂。庵,是因为有一个庵。庵叫菩提庵,可是大家叫讹了,叫成荸荠庵,连庵里的和尚也这样叫。"宝刹何处?"——"荸荠庵。"庵本来是住尼姑的。"和尚庙""尼姑庵"嘛。可是荸荠庵住的是和尚。也许因为荸荠庵不大,大者为庙,小者为庵。

　　明海在家叫小明子。他是从小就确定要出家的。他的家乡不叫"出家",叫"当和尚"。他的家乡出和尚。就像有的地方出劁猪的,有的地方出织席子的,有的地方出箍桶的,有的地方出弹棉花的,有的地方出画匠,有的地方出婊子,他的家乡出和尚。人家弟兄多,就派一个出去当和尚。当和尚也要通过关系,也有帮。这地方的和尚有的走得很远。有到杭州灵隐寺的、上海静安寺的、镇江金山寺的、扬州天宁寺的。一般的就在本县的寺庙。明海家田少,老大、老二、老三,就足够种的了。他是老四。他七岁那年,他当和尚的舅舅回家,他爹、他娘就和舅舅商议,决定叫他当和尚。他当时在旁边,觉得这实在是在情在理,没有理由反对。当和尚有很多好处。一是可以吃现成饭,哪个庙里都是管饭的。二是可以攒钱。只要学会了放瑜伽焰口,拜梁皇忏,可以按例分到辛苦钱。积攒起来,将来还俗娶亲也可以;不想还俗,买几亩田也可以。当和尚也不容易,一要面如朗月,二要声如钟磬,三要聪明记性好。他舅舅给他相了相面,叫他前走几步,后走几步,又叫他喊了一声赶牛打场的号子:"格当嘚——",说是"明子准能当个好和尚,我包了!"要当和尚,得下点本,——念几年书。哪有不认字的和尚呢!于是明子就开蒙入学,读了《三字经》《百家姓》《四言杂字》《幼学琼林》"上论下论""上孟下孟",每天还写一张仿。村里都夸他字写得好,很黑。

　　舅舅按照约定的日期又回了家,带了一件他自己穿的和尚领的短衫,叫明子娘改小一点,给明子穿上。明子穿了这件和尚短衫,下身还是在家穿的紫花裤子,赤脚穿了一双新布鞋,跟他爹、他娘磕了一个头,就随舅舅走了。

他上学时起了个学名,叫明海。舅舅说,不用改了。于是"明海"就从学名变成了法名。

过了一个湖。好大一个湖!穿过一个县城。县城真热闹:官盐店,税务局,肉铺里挂着成边的猪,一个驴子在磨芝麻,满街都是小磨香油的香味,布店,卖茉莉粉、梳头油的什么斋,卖绒花的,卖丝线的,打把式卖膏药的,吹糖人的,耍蛇的,……他什么都想看看。舅舅一劲地推他:"快走!快走!"

到了一个河边,有一只船在等着他们。船上有一个五十来岁的瘦长瘦长的大伯,船头蹲着一个跟明子差不多大的女孩子,在剥一个莲蓬吃。明子和舅舅坐到舱里。船就开了。

明子听见有人跟他说话,是那个女孩子。

"是你要到荸荠庵当和尚吗?"

明子点点头。

"当和尚要烧戒疤嗷!你不怕?"

明子不知道怎么回答,就含含糊糊地摇了摇头。

"你叫什么?"

"明海。"

"在家的时候?"

"叫明子。"

"明子!我叫小英子!我们是邻居。我家挨着荸荠庵。——给你!"

小英子把吃剩的半个莲蓬扔给明海,小明子就剥开莲蓬壳,一颗一颗吃起来。

大伯一桨一桨地划着,只听见船桨泼水的声音:

"哗——许!哗——许!"

荸荠庵的地势很好,在一片高地上。这一带就数这片地高,当初建庵的人很会选地方。门前是一条河。门外是一片很大的打谷场。三面都是高大的柳树。山门里是一个穿堂。迎门供着弥勒佛。不知是哪一位名士撰写了一副对联:

　　大肚能容容天下难容之事
　　开颜一笑笑世间可笑之人

弥勒佛背后,是韦驮。过穿堂,是一个不小的天井,种着两棵白果树。天井两边各有三间厢房。走过天井,便是大殿,供着三世佛。佛像连龛才四尺来高。大殿东边是方丈,西边是库房。大殿东侧,有一个小小的六角门,白门

绿字,刻着一副对联:

> 一花一世界
> 三藐三菩提

进门有一个狭长的天井,几块假山石,几盆花,有二间小房。

小和尚的日子清闲得很。一早起来,开山门,扫地。庵里的地铺的都是箩底方砖,好扫得很,给弥勒佛、韦驮烧一炷香,正殿的三世佛面前也烧一炷香、磕三个头,念三声"南无阿弥陀佛",敲三声磬。这庵里的和尚不兴做什么早课、晚课,明子这三声磬就全都代替了。然后,挑水,喂猪。然后,等当家和尚,即明子的舅舅起来,教他念经。

教念经也跟教书一样,师父面前一本经,徒弟面前一本经,师父唱一句,徒弟跟着唱一句。是唱哎。舅舅一边唱,一边还用手在桌上拍板。一板一眼,拍得很响,就跟教唱戏一样。是跟教唱戏一样,完全一样哎。连用的名词都一样。舅舅说,念经:一要板眼准,二要合工尺。说:当一个好和尚,得有条好嗓子。说:民国十年闹大水,运河倒了堤,最后在清水潭合龙,因为大水淹死的人很多,放了一台大焰口,十三大师——十三个正座和尚,各大庙的方丈都来了,下面的和尚上百。谁当这个首座?推来推去,还是石桥——善因寺的方丈!他往上一坐,就跟地藏王菩萨一样,这就不用说了;那一声"开香赞",围看的上千人立时鸦雀无声。说:嗓子要练,夏练三伏,冬练三九,要练丹田气!说:要吃得苦中苦,方为人上人!说:和尚里也有状元、榜眼、探花!要用心,不要贪玩!舅舅这一番大法说得明海和尚实在是五体投地,于是就一板一眼地跟着舅舅唱起来。

> "炉香乍爇——"
> "炉香乍爇——"
> "法界蒙薰——"
> "法界蒙薰——"
> "诸佛现金身……"
> "诸佛现金身……"
> ……

等明海学完了早经,——他晚上临睡前还要学一段,叫做晚经,——荸荠庵的师父们就都陆续起床了。

这庵里人口简单,一共六个人。连明海在内,五个和尚。

有一个老和尚,六十几了,是舅舅的师叔,法名普照,但是知道的人很少,因为很少人叫他法名,都称之为老和尚或老师父,明海叫他师爷爷。这是个很枯寂的人,一天关在房里,就是那"一花一世界"里。也看不见他念佛,只是那么一声不响地坐着。他是吃斋的,过年时除外。

下面就是师兄弟三个,仁字排行:仁山、仁海、仁渡。庵里庵外,有的称他们为大师父、二师父;有的称之为山师父、海师父。只有仁渡,没有叫他"渡师父"的,因为听起来不像话,大都直呼之为仁渡。他也只配如此,因为他还年轻,才二十多岁。

仁山,即明子的舅舅,是当家的。不叫"方丈",也不叫"住持",却叫"当家的",是很有道理的,因为他确确实实干的是当家的职务。他屋里摆的是一张账桌,桌子上放的是账簿和算盘。账簿共有三本。一本是经账,一本是租账,一本是债账。和尚要做法事,做法事要收钱,——要不,当和尚干什么?常做的法事是放焰口。正规的焰口是十个人。一个正座,一个敲鼓的,两边一边四个。人少了,八个,一边三个,也凑合了。荸荠庵只有四个和尚,要放整焰口就得和别的庙里合伙。这样的时候也有过。通常只是放半台焰口。一个正座,一个敲鼓,另外一边一个。一来找别的庙里合伙费事;二来这一带放得起整焰口的人家也不多。有的时候,谁家死了人,就只请两个,甚至一个和尚咕噜咕噜念一通经,敲打几声法器就算完事。很多人家的经钱不是当时就给,往往要等秋后才还。这就得记账。另外,和尚放焰口的辛苦钱不是一样的。就像唱戏一样,有份子。正座第一份。因为他要领唱,而且还要独唱。当中有一大段"叹骷髅",别的和尚都放下法器休息。只有首座一个人有板有眼地慢声吟唱。第二份是敲鼓的。你以为这容易呀?哼,单是一开头的"发擂",手上没功夫就敲不出迟疾顿挫!其余的,就一样了。这也得记上:某月某日、谁家焰口半台,谁正座,谁敲鼓……省得到年底结账时赌咒骂娘。……这庵里有几十亩庙产,租给人种,到时候要收租。庵里还放债。租债一向倒很少亏欠,因为租佃借钱的人怕菩萨不高兴。这三本账就够仁山忙的了。另外香烛灯火、油盐"福食",这也得随时记记账呀。除了账簿之外,山师父的方丈的墙上还挂着一块水牌,上漆四个红字:"勤笔免思"。

仁山所说当一个好和尚的三个条件,他自己其实一条也不具备。他的相貌只要用两个字就说清楚了:黄,胖。声音也不像钟磬,倒像母猪。聪明么?难说,打牌老输。他在庵里从不穿袈裟,连海青直裰也免了。经常是披着件短僧衣,袒露着一个黄色的肚子。下面是光脚趿拉着一双僧鞋,——新鞋他也是趿拉着。他一天就是这样不衫不履地这里走走,那里走走,发出母猪一样的声音:"呣——呣——"。

二师父仁海。他是有老婆的。他老婆每年夏秋之间来住几个月,因为庵里凉快。庵里有六个人,其中之一,就是这位和尚的家眷。仁山、仁海叫他嫂子,明海叫她师娘。这两口子都很爱干净,整天的洗涮。傍晚的时候,坐在天井里乘凉。白天,闷在屋里不出来。

三师父是个很聪明精干的人。有时一笔账大师兄扒了半天算盘也算不清,他眼珠子转两转,早算得一清二楚。他打牌赢的时候多,二三十张牌落地,上下家手里有些什么牌,他就差不多都知道了。他打牌时,总有人爱在他后面看歪头胡。谁家约他打牌,就说"想送两个钱给你"。他不但经忏俱通(小庙的和尚能够拜忏的不多),而且身怀绝技,会"飞铙"。七月间有些地方做盂兰会,在旷地上放大焰口,几十个和尚,穿绣花袈裟,飞铙。飞铙就是把十多斤重的大铙钹飞起来。到了一定的时候,全部法器皆停,只几十副大铙紧张急促地敲起来。忽然起手,大铙向半空中飞去,一面飞,一面旋转。然后,又落下来,接住。接住不是平平常常地接住,有各种架势,"犀牛望月""苏秦背剑"……这哪是念经,这是耍杂技。也算是地藏王菩萨爱看这个,但真正因此快乐起来的是人,尤其是妇女和孩子。这是年轻漂亮的和尚出风头的机会。一场大焰口过后,也像一个好戏班子过后一样,会有一个两个大姑娘、小媳妇失踪,——跟和尚跑了。他还会放"花焰口"。有的人家,亲戚中多风流子弟,在不是很哀伤的佛事——如做冥寿时,就会提出放花焰口。所谓"花焰口"就是在正焰口之后,叫和尚唱小调,拉丝弦,吹管笛,敲鼓板,而且可以点唱。仁渡一个人可以唱一夜不重头。仁渡前几年一直在外面,近二年才常住在庵里。据说他有相好的,而且不止一个。他平常可是很规矩,看到姑娘媳妇总是老老实实的,连一句玩笑话都不说,一句小调山歌都不唱。有一回,在打谷场上乘凉的时候,一伙人把他围起来,非叫他唱两个不可。他却情不过,说:"好,唱一个。不唱家乡的。家乡的你们都熟,唱个安徽的。"

    姐和小郎打大麦,
    一转子讲得听不得。
    听不得就听不得,
    打完了大麦打小麦。

唱完了,大家还嫌不够,他就又唱了一个:

    姐儿生得漂漂的,
    两个奶子翘翘的。
    有心上去摸一把,
    心里有点跳跳的。
    ……

这个庵里无所谓清规,连这两个字也没人提起。

仁山吃水烟,连出门做法事也带着他的水烟袋。

他们经常打牌。这是个打牌的好地方。把大殿上吃饭的方桌往门口一搭,斜放着,就是牌桌。桌子一放好,仁山就从他的方丈里把筹码拿出来,哗啦一声倒在桌上。斗纸牌的时候多,搓麻将的时候少。牌客除了师兄弟三人,常来的是一个收鸭毛的,一个打兔子兼偷鸡的,都是正经人。收鸭毛的担一副竹筐,串乡串镇,拉长了沙哑的声音喊叫:

"鸭毛卖钱——!"

偷鸡的有一件家什——铜蜻蜓。看准了一只老母鸡,把铜蜻蜓一丢,鸡婆子上去就是一口。这一啄,铜蜻蜓的硬簧绷开,鸡嘴撑住了,叫不出来了。正在这鸡十分纳闷的时候,上去一把薅住。

明子曾经跟这位正经人要过铜蜻蜓看看。他拿到小英子家门前试了一试,果然!小英的娘知道了,骂明子:

"要死了!儿子!你怎么到我家来玩铜蜻蜓了!"

小英子跑过来:

"给我!给我!"

她也试了试,真灵,一个黑母鸡一下子就把嘴撑住,傻了眼了!

下雨阴天,这二位就光临荸荠庵,消磨一天。

有时没有外客,就把老师叔也拉出来,打牌的结局,大都是当家和尚气得鼓鼓的:"×妈妈的!又输了!下回不来了!"

他们吃肉不瞒人。年下也杀猪。杀猪就在大殿上。一切都和在家人一样,开水、木桶、尖刀。捆猪的时候,猪也是没命地叫。跟在家人不同的,是多一道仪式,要给即将升天的猪念一道"往生咒",并且总是老师叔念,神情很庄重:

"……一切胎生、卵生、息生,来从虚空来,还归虚空去。往生再世,皆当欢喜。南无阿弥陀佛!"

三师父仁渡一刀子下去,鲜红的猪血就带着很多沫子喷出来。

……

明子老往小英子家里跑。

小英子的家像一个小岛,三面都是河,西面有一条小路通到荸荠庵。独门独户,岛上只有这一家。岛上有六棵大桑树,夏天都结大桑椹,三棵结白的,三棵结紫的;一个菜园子,瓜豆蔬菜,四时不缺。院墙下半截是砖砌的,上半截是泥夯的。大门是桐油油过的,贴着一副万年红的春联:

  向阳门第春常在
  积善人家庆有余

门里是一个很宽的院子。院子里一边是牛屋、碓棚；一边是猪圈、鸡窠，还有个关鸭子的栅栏。露天地放着一具石磨。正北面是住房，也是砖基土筑，上面盖的一半是瓦，一半是草。房子翻修了才三年，木料还露着白茬。正中是堂屋，家神菩萨的画像上贴的金还没有发黑。两边是卧房。隔扇窗上各嵌了一块一尺见方的玻璃，明亮亮的，——这在乡下是不多见的。房檐下一边种着一棵石榴树，一边种着一棵栀子花，都齐房檐高了。夏天开了花，一红一白，好看得很。栀子花香得冲鼻子。顺风的时候，在荸荠庵都闻得见。

这家人口不多。他家当然是姓赵，一共四口人：赵大伯、赵大妈，两个女儿，大英子、小英子。老两口没有儿子。因为这些年人不得病，牛不生灾，也没有大旱大水闹蝗虫，日子过得很兴旺。他们家自己有田，本来够吃的了，又租种了庵上的十亩田。自己的田里，一亩种了荸荠，——这一半是小英子的主意，她爱吃荸荠，一亩种了茨菰。家里喂了一大群鸡鸭，单是鸡蛋鸭毛就够一年的油盐了。赵大伯是个能干人。他是一个"全把式"，不但田里场上样样精通，还会罩鱼、洗磨、凿砻、修水库、修船、砌墙、烧砖、箍桶、劈篾、绞麻绳。他不咳嗽，不腰疼，结结实实，像一棵榆树。人很和气，一天不声不响。赵大伯是一棵摇钱树，赵大娘就是个聚宝盆。大娘精神得出奇。五十岁了，两个眼睛还是清亮亮的。不论什么时候，头都是梳得滑溜溜的，身上衣服都是格挣挣的。像老头子一样，她一天不闲着。煮猪食，喂猪，腌咸菜，她腌的咸萝卜干非常好吃，舂粉子，磨小豆腐，编蓑衣，织芦筐。

她还会剪花样子。这里嫁闺女，陪嫁妆，磁坛子、锡罐子，都要用梅红纸剪出吉祥花样，贴在上面，讨个吉利，也才好看："丹凤朝阳"呀、"白头到老"呀、"子孙万代"呀、"福寿绵长"呀。二三十里的人家都来请她："大娘，好日子是十六，你哪天去呀？"——"十五，我一大清早就来！"

"一定呀！"——"一定！一定！"

两个女儿，长得跟她娘像一个模子里托出来的。眼睛长得尤其像，白眼珠鸭蛋青，黑眼珠棋子黑，定神时如清水，闪动时像星星。浑身上下，头是头，脚是脚。头发滑溜溜的，衣服格挣挣的。——这里的风俗，十五六岁的姑娘就都梳上头了。这两个丫头，这一头的好头发！通红的发根，雪白的簪子！娘女三个去赶集，一集的人都朝她们望。

姐妹俩长得很像，性格不同。大姑娘很文静，话很少，像父亲。小英子比她娘还会说，一天咭咭呱呱地不停。大姐说：

"你一天到晚咭咭呱呱——"

"像个喜鹊！"

"你自己说的！——吵得人心乱！"

"心乱?"

"心乱!"

"你心乱怪我呀!"

二姑娘话里有话。大英子已经有了人家。小人她偷偷地看过,人很敦厚,也不难看,家道也殷实,她满意。已经下过小定,日子还没有定下来。她这二年,很少出房门,整天赶她的嫁妆。大裁大剪,她都会。挑花绣花,不如娘。她可又嫌娘出的样子太老了。她到城里看过新娘子,说人家现在绣的都是活花活草。这可把娘难住了。最后是喜鹊忽然一拍屁股:"我给你保举一个人!"

这人是谁?是明子。明子念"上孟下孟"的时候,不知怎么得了半套《芥子园》,他喜欢得很。到了荸荠庵,他还常翻出来看,有时还把旧账簿子翻过来,照着描。小英子说:

"他会画!画得跟活的一样!"

小英子把明海请到家里来,给他磨墨铺纸,小和尚画了几张,大英子喜欢得了不得:

"就是这样!就是这样!这就可以乱孱!"——所谓"乱孱"是绣花的一种针法;绣了第一层,第二层的针脚插进第一层的针缝,这样颜色就可由深到淡,不露痕迹,不像娘那一代绣的花是平针,深浅之间,界限分明,一道一道的。小英子就像个书童,又像个参谋:

"画一朵石榴花!"

"画一朵栀子花!"

她把花掐来,明海就照着画。

到后来,凤仙花、石竹子、水蓼、淡竹叶、天竺果子、腊梅花,他都能画。

大娘看着也喜欢,搂住明海的和尚头:

"你真聪明!你给我当一个干儿子吧!"

小英子捺住他的肩膀,说:

"快叫,快叫!"

小明子跪在地下磕了一个头,从此就叫小英子的娘做干娘。

大英子绣的三双鞋,三十里方圆都传遍了。很多姑娘都走路坐船来看。看完了,就说"啧啧啧,真好看!这哪是绣的,这是一朵鲜花!"她们就拿了纸来央大娘求了小和尚来画。有求画账檐的,有求画门帘飘带的,有求画鞋头花的。每回明子来画花,小英子就给他做点好吃的,煮两个鸡蛋,蒸一碗芋头,煎几个藕团子。

因为照顾姐姐赶嫁妆,田里的零碎生活小英子就全包了。她的帮手,是明子。

这地方的忙活是栽秧、车高田水、薅头遍草,再就是割稻子、打场了。这几茬重活,自己一家是忙不过来的。这地方兴换工。排好了日期,几家顾一家,轮流转。不收工钱,但是吃好的。一天吃六顿,两头见肉,顿顿有酒。干活时,敲着锣鼓,唱着歌,热闹得很。其余的时候,各顾各,不显得紧张。

薅三遍草的时候,秧已经很高了,低下头看不见人。一听见非常脆亮的嗓子在一片浓绿里唱:

  栀子哎开花哎六瓣头哎……
  姐家哎门前哎一道桥哎……

明海就知道小英子在哪里,三步两步就赶到,赶到就低头薅起草来。傍晚牵牛"打汪",是明子的事——水牛怕蚊子。这里的习惯,牛卸了轭,饮了水,就牵到一口和好泥水的"汪"里,由它自己打滚扑腾,弄得全身都是泥浆,这样蚊子就咬不透。低田上水,只要一挂十四轧的水车,两个人车半天就够了。明子和小英子就伏在车杠上,不紧不慢地踩着车轴上的拐子,轻轻地唱着明海向三师父学来的各处山歌。打场的时候,明子能替赵大伯一会,让他回家吃饭。——赵家自己没有场,每年都在荸荠庵外面的场上打谷子。他一扬鞭子,喊起了打场号子:

"格当嘚——"

这打场号子有音无字,可是九转十三弯,比什么山歌号子都好听。赵大娘在家,听见明子的号子,就侧起耳朵:

"这孩子这条嗓子!"

连大英子也停下针线:

"真好听!"

小英子非常骄傲地说:

"一十三省数第一!"

晚上,他们一起看场。——荸荠庵收来的租稻也晒在场上。他们并肩坐在一个石磙子上,听青蛙打鼓,听寒蛇唱歌,——这个地方以为蝼蛄叫是蚯蚓叫,而且叫蚯蚓叫"寒蛇",听纺纱婆子不停地纺纱,"唦——",看萤火虫飞来飞去,看天上的流星。

"呀!我忘了在裤带上打一个结!"小英子说。

这里的人相信,在流星掉下来的时候在裤带上打一个结,心里想什么好事,就能如愿。

……

"捏"荸荠,这是小英子最爱干的生活。秋天过去了,地净场光,荸荠的叶子枯了,——荸荠的笔直的小葱一样的圆叶子里是一格一格的,用手一捋,哗哗地响,小英子最爱捋着玩,——荸荠藏在烂泥里。赤了脚,在凉浸浸滑溜溜的泥里踩着,——哎,一个硬疙瘩!伸手下去,一个红紫红紫的荸荠。她自己爱干这生活,还拉了明子一起去。她老是故意用自己的光脚去踩明子的脚。

她挎着一篮子荸荠回去了,在柔软的田埂上留下一串脚印,明海看着她的脚印,傻了。五个小小的趾头,脚掌平平的,脚跟细细的,脚弓部分缺了一块。明海身上有一种从来没有过的感觉,他觉得心里痒痒的。这一串美丽的脚印把小和尚的心搞乱了。

……

明子常搭赵家的船进城,给庵里买香烛,买油盐。闲时是赵大伯划船;忙时是小英子去,划船的是明子。

从庵赵庄到县城,当中要经过一片很大的芦花荡子。芦苇长得密密的,当中一条水路,四边不见人。划到这里,明子总是无端端地觉得心里很紧张,他就使劲地划桨。

小英子喊起来:

"明子!明子!你怎么啦?你发疯啦?为什么划得这么快?"

……

明海到善因寺去受戒。

"你真的要去烧戒疤呀?"

"真的。"

"好好的头皮上烧八个洞,那不疼死啦?"

"咬咬牙。舅舅说这是当和尚的一大关,总要过的。"

"不受戒不行吗?"

"不受戒的是野和尚。"

"受了戒有啥好处?"

"受了戒就可以到处云游、逢寺挂褡。"

"什么叫'挂褡'?"

"就是在庙里住。有斋就吃。"

"不把钱?"

"不把钱。有法事,还得先尽外来的师父。"

"怪不得都说'远来的和尚会念经'。就凭头上这几个戒疤?"

"还要有一份戒牒。"

"闹半天,受戒就是领一张和尚的合格文凭呀!"

"就是!"

"我划船送你去。"

"好。"

小英子早早就把船划到荸荠庵门前。不知是什么道理,她兴奋得很。她充满了好奇心,想去看看善因寺这座大庙,看看受戒是个啥样子。

善因寺是全县第一大庙,在东门外,面临一条水很深的护城河,三面都是大树,寺在树林子里,远处只能隐隐约约看到一点金碧辉煌的屋顶,不知道有多大。树上到处挂着"谨防恶犬"的牌子。这寺里的狗出名的厉害。平常不大有人进去。放戒期间,任人游看,恶狗都锁起来了。

好大一座庙!庙门的门坎比小英子的肐膝都高。迎门盖着两块大牌,一边一块,一块写着斗大两个大字:"放戒",一块是:"禁止喧哗",这庙里果然是气象庄严,到了这里谁也不敢大声咳嗽。明海自去报名办事,小英子就到处看看。好家伙,这哼哈二将、四大天王,有三丈多高,都是簇新的,才装修了不久。天井有二亩地大,铺着青石,种着苍松翠柏。"大雄宝殿",这才真是个"大殿"!一进去,凉飕飕的。到处都是金光耀眼。释迦牟尼佛坐在一个莲花座上。单是莲座,就比小英子还高。抬起头来也看不全他的脸,只看到一个微微闭着的嘴唇和胖墩墩的下巴。两边的两根大红蜡烛,一搂多粗。佛像前的大供桌上供着鲜花、绒花、绢花,还有珊瑚树、玉如意、整棵的大象牙。香炉里烧着檀香。小英子出了庙,闻着自己的衣服都是香的。挂了好些幡。这些幡不知是什么缎子的,那么厚重,绣的花真细。这么大一口磬,里头能装五担水!这么大一个木鱼,有一头牛大,漆得通红的。她又去转了转罗汉堂,爬到千佛楼上看了看。真有一千个小佛!她还跟着一些人去看了看藏经楼。藏经楼没有什么看头,都是经书!妈呐!逛了这么一圈,腿都酸了。小英子想起还要给家里打油,替姐姐配丝线,给娘买鞋面布,给自己买两个坠围裙飘带的银蝴蝶,给爹买旱烟,就出庙了。

等把事情办齐,晌午了。她又到庙里看了看,和尚正在吃粥。好大一个"膳堂",坐得下八百个和尚。吃粥也有这样多讲究:正面法座上摆着两个锡胆瓶,里面插着红绒花,后面盘膝坐着一个穿了大红满金绣袈裟的和尚,手里拿了戒尺。这戒尺是要打人的。哪个和尚吃粥吃出了声音,他下来就是一戒尺。不过他并不真的打人,只是做个样子。真稀奇,那么多的和尚吃粥,竟然不出一点声音!她看见明子也坐在里面,想跟他打个招呼又不好打。想了想,管他禁止不禁止喧哗,就大声喊了一句:"我走啦!"她看见明子目不斜视的微微点了点头,就不管很多人都朝自己看,大摇大摆地走了。

第四天一大清早小英子就去看明子。她知道明子受戒是第三天半夜,——烧戒疤是不许人看的。她知道要请老剃头师傅剃头,要剃得横摸顺摸都摸不出头发茬子,要不然一烧,就会"走"了戒,烧成了一片。她知道是用枣泥子先点在头皮上,然后用香头子点着。她知道烧了戒疤就喝一碗蘑菇汤,让它"发",还不能躺下,要不停地走动,叫做"散戒"。这些都是明子告诉她的。明子是听舅舅说的。

　　她一看,和尚真在那里"散戒",在城墙根底下的荒地里。一个一个,穿了新海青,光光的头皮上都有八个黑点子。——这黑疤掉了,才会露出白白的、圆圆的"戒疤"。和尚都笑嘻嘻的,好像很高兴。她一眼就看见了明子。隔着一条护城河,就喊他:

"明子!"

"小英子!"

"你受了戒啦?"

"受了。"

"疼吗?"

"疼。"

"现在还疼吗?"

"现在疼过去了。"

"你哪天回去?"

"后天。"

"上午?下午?"

"下午。"

"我来接你!"

"好!"

……

　　小英子把明海接上船。

　　小英子这天穿了一件细白夏布上衣,下边是黑洋纱的裤子,赤脚穿了一双龙须草的细草鞋,头上一边插着一朵栀子花,一边插着一朵石榴花。她看见明子穿了新海青,里面露出短褂子的白领子,就说:"把你那外面的一件脱了,你不热呀!"

　　他们一人一把桨。小英子在中舱,明子扳艄,在船尾。

　　她一路问了明子很多话,好像一年没有看见了。

　　她问,烧戒疤的时候,有人哭吗?喊吗?

　　明子说,没有人哭,只是不住地念佛。有个山东和尚骂人:

"俺日你奶奶!俺不烧了!"

　　她问善因寺的方丈石桥是相貌和声音都很出众吗?

"是的。"

"说他的方丈比小姐的绣房还讲究?"

"讲究。什么东西都是绣花的。"

"他屋里很香?"

"很香。他烧的是伽楠香,贵得很。"

"听说他会做诗,会画画,会写字?"

"会。庙里走廊两头的砖额上,都刻着他写的大字。"

"他是有个小老婆吗?"

"有一个。"

"才十九岁?"

"听说。"

"好看吗?"

"都说好看。"

"你没看见?"

"我怎么会看见?我关在庙里。"

明子告诉她,善因寺一个老和尚告诉他,寺里有意选他当沙弥尾,不过还没有定,要等主事的和尚商议。

"什么叫'沙弥尾'"?

"放一堂戒,要选出一个沙弥头,一个沙弥尾。沙弥头要老成,要会念很多经。沙弥尾要年轻,聪明,相貌好。"

"当了沙弥尾跟别的和尚有什么不同?"

"沙弥头,沙弥尾,将来都能当方丈。现在的方丈退居了,就当。石桥原来就是沙弥尾。"

"你当沙弥尾吗?"

"还不一定哪。"

"你当方丈,管善因寺?管这么大一个庙?!"

"还早呐!"

划了一气,小英子说:"你不要当方丈!"

"好,不当。"

"你也不要当沙弥尾!"

"好,不当。"

又划了一气,看见那一片芦花荡子了。

小英子忽然把桨放下,走到船尾,趴在明子的耳朵旁边,小声地说:

"我给你当老婆,你要不要?"

明子眼睛鼓得大大的。

"你说话呀!"

明子说:"嗯。"

"什么叫'嗯'呀! 要不要,要不要?"

明子大声地说:"要!"

"你喊什么!"

明子小小声说:"要——!"

"快点划!"

英子跳到中舱,两只桨飞快地划起来,划进了芦花荡。

芦花才吐新穗。紫灰色的芦穗,发着银光,软软的,滑溜溜的,像一串丝线。有的地方结了蒲棒,通红的,像一枝一枝小蜡烛。青浮萍,紫浮萍。长脚蚊子,水蜘蛛。野菱角开着四瓣的小白花。惊起一只青桩(一种水鸟),擦着芦穗,扑鲁鲁飞远了。

一九八〇年八月十二日,写四十三年前的一个梦

《受戒》导读

人生（第三、四章）

路 遥

第三章

吃过早饭不久，在大马河川道通往县城的简易公路上，已经开始出现了熙熙攘攘去赶集的庄稼人。由于这两年农村政策的变化，个体经济有了大发展，赶集上会，买卖生意，已经重新成了庄稼人生活的重要内容。

公路上，年轻人骑着用彩色塑料缠绕得花花绿绿的自行车，一群一伙地奔驰而过。他们都穿上了崭新的"见人"衣裳，不是涤步，就是涤良，看起来时兴得很。粗糙的庄稼人的赤脚片上，庄重地穿上尼龙袜和塑料凉鞋。脸洗得干干净净，头梳得光光溜溜，兴高采烈地去县城露面：去逛商店，去看戏，去买时兴货，去交朋友，去和对象见面……

更多的庄稼人大都是肩挑手提：担柴的，挑菜的，吆猪的，牵羊的，提蛋的，抱鸡的，拉驴的，推车的；秤匠、鞋匠、铁匠、木匠、石匠、篾匠、毡匠、箍锅匠、泥瓦匠、游医、巫婆、赌棍、小偷、吹鼓手、牲口贩子……都纷纷向县城涌去了。川北山根下的公路上，趟起了一股又一股的黄尘。

当高加林挽着一篮子蒸馍加入这个洪流的时候，他立刻后悔起来。他感到自己突然变成一个真正的乡巴佬了。他觉得公路上前前后后的人都朝他看。他，一个曾经是潇潇洒洒的教师，现在却像一个农村老太婆一样，上集卖蒸馍去了！他的心难受得像无数虫子在咬着。

但这一切是毫无办法的。严峻的生活把他赶上了这条尘土飞扬的路。他不得不承认，他现在只能这样开始新的生活。家里已经连买油量盐的钱都没了，父母亲那么大的年纪都还整天为生活苦熬苦累，他一个年轻轻的后生，怎好意思一股劲呆下吃闲饭呢？他提着蒸馍篮子，头尽量低着，什么也不看，只瞅着脚下的路，匆匆地向县城走。路上，他想起父亲临走时安咐他，叫他卖馍时要吆喝，他的脸立刻感到火辣辣地发烧。

天啊，他怎能喊出声来！

"可是，"他想，"如果我不叫卖，谁知道我提这蒸馍是干啥哩？"走到一个小沟岔的时候,高加林突然想:干脆让我先跑到这没人的拐沟里试验喊叫一下,到城里好习惯一些嘛!

  他满脸通红朝公路两头望了望,见没什么人,于是就像做一件见不得不的事一样,匆忙地折身走进了公路边的那条拐沟里。他在这荒沟里走了好一段路,直到看不见公路的时候才站住。他站住,口张了一下,但没勇气喊出声来。又张了一下口,还是不行。短短的时间里,汗水已经沁满了他的额头。四野里静悄悄的,几只雪白的蝴蝶在他面前一丛淡蓝色的野花里安详地飞着;两面山坡上茂密的苦艾发出一股新鲜刺鼻的味道。高加林感到整个大地都在敛声屏气地等待他那一声"白蒸馍哎——!"啊呀,这是那么的难人!他感到就像要在大庭广众面前学一声狗叫唤一样受辱。他用手背擦了一下额头的汗水,决心下一声非喊出来不可!他狠狠地咽了一口唾沫,把眼一闭,张开嘴怪叫一声:"白蒸馍哎——"他听见四山里都在回荡着他那一声演戏般的、悲哀的喊叫声。他牙咬住嘴唇,强忍着没让眼里的泪花子溢出来。

  他直愣愣地在这个荒沟野地里站了老半天,才难受地回到公路上,继续向县城走去。从他们村到县城有十来里路,但他感到这段路是多么的漫长和艰难。他知道,更大的困难还在前头——在那万头攒动的集市上!

  当他走到大马河与县河交汇的地方,县城的全貌已经出现在视野之内了。一片平房和楼房交织的建筑物,高低错落,从半山坡一直延伸到河岸上。亲爱的县城还像往日一样,灰蓬蓬地显出了它那诱人的魅力。他没有走过更大的城市,县城在他的眼里就是大城市,就是别一番天地。他对这里的一切都是熟悉的,亲切的;从初中到高中,他都是在这里度过。他对自己和社会的深入认识,对未来生活的无数梦想,都是在这里开始的。学校、街道、电影院、商店、浴池、体育场……生活是多么的丰富多彩!可是,三年前,他就和这一切告别了……现在,他又来了。再不是当年的翩翩少年,衣服整洁而笔挺,满身的香皂味,胸前骄傲地别着本县最高学府的校徽。他现在提着蒸馍篮子,是一个普通的赶集的庄稼人了。

  往事的回忆使他心酸。他靠在大马河桥的石栏杆上,感到头有点眩晕起来。四面八方赶集的人群正源源不绝地通过大桥,进了街道。远处城市中心街道的上空,腾起很大一片灰尘,嘈杂的市声听起来像蜂群发出的嗡嗡声一般。

  他猛然想到一个更糟糕的问题:要是碰上他在县城的同学怎么办?他下意识地抬起头,先慌忙朝前后看了看。这时候他才真正后悔赶这趟集了。一般的赶集倒也没什么,可他是来卖蒸馍的呀!现在折回去吗,可这怎行呢!他已经走到了县城。再说,家里连一点零花钱都没有了,这样回去,父母亲虽然不会说什么,但他们肯定心里会难受的——不仅为这篮没卖掉的蒸馍,更为他的没出息而难受!

"不,"他想,"我既然来了,就是硬是头皮也要到集上去!"

当然,他也在心里祈告,千万不要碰上县城里的同学。

他很快提起篮子,过了桥,向街道上走去。他准备穿过街道,到南关里去。那里是猪市、粮食市和菜市,人很稠,除过买菜的干部,大部分都是庄稼人,不显眼。

当他路过汽车站候车室外面的马路时,脸刷一下白了——白了的脸很快又变得通红。他感到全身的血一下都向脸上涌上来了:他猛然看见他高中时的同班同学黄亚萍和张克南正站在候车室门口。躲是来不及了,他俩显然也看见了他,已经先后向他走过来了。

高加林恨不得把这篮子馍一下扔到一个人所不知的地方。张克南和黄亚萍很快走到他面前了,他只好伸出空着的那只手和克南握了握手。

他俩问他提个篮子干啥去呀?他即兴撒了个谎,说去城南一个亲戚家里走一趟。

黄亚萍很热情地对他说:"加林,你进步真大呀!我看见你在地区报上发表的那几篇散文啦!真不简单!文笔很优美,我都在笔记本上抄了好几段呢!"

"你还在马店教书吗?"克南问他。

他摇摇头,苦笑了一下说:"已经被大队书记的儿子换下来了,现在已经回队当了社员。"

黄亚萍立刻焦虑地说:"那你学习和写文章的时间更少了!"

高加林解嘲地说:"时间更多了!不是有一个诗人写诗说:'我们用镢头在大地上写下了无数的诗行'吗?"

他的幽默把他的两个同学都逗笑了。

"你们出差去吗?"加林问他们俩。他隐约地感到,他两个的关系似乎有点微妙。在中学时,他俩的关系倒也很一般。

"我不出去。克南要到北京给他们单位买彩色电视机。我是闲逛哩……"黄亚萍说,似乎有点不好意思。

"你还在副食公司当保管吗?"加林问克南。

"不。前不久刚调到副食门市上。"克南说。

"高升了!当了门市部主任!不过,前面还有个副字!"亚萍有点嘲弄地看了看克南,不以为然地撇了一下嘴。

"要买什么烟酒一类的东西,你来,我尽量给你想办法。我这人没其它能耐,就能办这么些具体事。唉,现在乡下人买一点东西真难!"克南对他说。

尽管张克南这些话都是真诚的,但高加林由于他自己的地位,对这些话却敏感了。他觉得张克南这些话是在夸耀自己的优越感。他的自尊心太强了,因此精神立刻处于一种藐视一切的状态,稍有点不客气地说:"要买我想其它办法,不敢给老同学添麻烦!"

一句话把张克南刺了个大红脸。

黄亚萍也是个灵人,已经听出他俩话不投机,便对高加林说:"你下午要是有空,上我们广播站来坐坐嘛!你毕业后,进县城从不来找我们拉拉话。你还是那个样子,脾气真犟!"

"你们现在位置高了,咱区区老百姓,实在不敢高攀!"加林的坏毛病又犯了!一旦他感到自己受了辱,话立刻变得非常刻薄,简直叫人下不了台。

张克南已经明显地有点受不了了,正好车站的广播员让旅客排队买票,这一下把大家都解脱了。

克南马上和他握了手,先走了。亚萍犹豫了一下,对他说:"……我真的想和你拉拉话。你知道,我也爱好文学,但这几年当个广播员,光练了嘴皮子了,连一篇小小的东西都写不成,你一定来!"

她的邀请是真诚的,但高加林不知为什么,心里感到很不舒服。他对亚萍说:"有空我会来的。你快去送克南吧,我走了。"

黄亚萍的脸刷一下红了,说:"我不是去送他的!我来车站接一个老家来的亲戚……"她显然也即兴撒了个谎。加林心里想:你根本没必要撒谎!

高加林再不说什么,他向她很礼貌地点点头,便转身向街道上走去。他一边走,一边心里为他和亚萍各自撒的谎感到好笑,忍不住自言自语说:"你去接你的'亲戚'吧,我也得看我的'亲戚'去了……"

但是,刚才和克南、亚萍的见面,很快又勾起了他对往日学校生活的回忆。

在学校时,亚萍是班长,他是学习干事,他们之间的交往是比较多的。他俩也是班上学习最好的,又都爱好文学,互相都很尊重。他和克南平时不是太接近的,因为都在校篮球队,只是打球的时候才在一块交往得多一些。

黄亚萍是江苏人,她父亲是县武装部长和县委常委。亚萍是在他刚上高中的那年随父亲调来县上,插入他那个班的。她带有鲜明的南方姑娘的特点,又经见过世面;那种聪敏、大方和不俗气,立刻在整个学校都很惹眼了。高加林虽然出身农民家庭,也没走过大城门,但平时读书涉猎的范围很广;又由于山区闭塞的环境反而刺激了他爱幻想的天性,因而显得比一般同学飘洒,眼界也宽阔。黄亚萍很快发现了他的这种气质,很自然地在班上更接近他。他同样也喜欢和她在一块。因为在这之前,他还没有接触过这样的女生。本地女同学和黄亚萍相比,都有点不大方,有的又很俗气,动不动就说吃说穿,学习大部分都赶不上男同学,他很少和她们交往。他俩有时在一块讨论共同看过的一本小说,或者说音乐,说绘画,谈论国际问题。班上的同学一度曾议论过他们的长长短短。他当时并不敢想什么出边的事。他和黄亚萍相比,有难以克服的自卑感。这不是说他个人比她差,而是指家庭、经济条件和社会地位这些方面而言。在这些方面,张克南全部有,克南父亲是县商业局长,他母亲也是县药材公司的副经理,在县上都是很像样的人物。当时克南也对亚萍有好感,经常设法和她接近,但看出她并没有和他过多交往的愿望。

很快,高中毕业了。他们班一个也没有考上大学。农村户口的同学都回了农村,城市户口的纷纷寻门路找工作。亚萍凭她一口高水平的普通话到了县广播站,当了播音员。克南在县副食公司当了保管。生活的变化使他们很快就隔开很远了,尽管他们相距只有十来里路,但在实际生活中,他们已经是在两个世界了。

高加林回村后,起初每当听见黄亚萍清脆好听的普通话播音的时候,总有一种很惆怅的感觉,就好像丢了一件贵重的东西,而且没指望找回来了。后来,这一切都渐渐地淡漠了。只是不知什么时候,他隐约听另外村一个同学说,黄亚萍可能正和张克南谈恋爱时,他才又莫名其妙地难受了一下。以后他便很快把这一切都推得更远了,很长时间甚至没有想到过他们……

他刚才碰见他们,感到很晦气。他现在一边提着蒸馍篮子往热闹的集市中间走,一边眼睛灵活地转动着,以防再碰上城里工作的同学。

刚到十字街口,接近人流漩涡的地方,他又碰到了一个熟人!

不过,这回他倒没什么恐慌。当他们城关公社文教专干马占胜有点尴尬地过来和他握手时,他这一刻不觉得胳膊上挽的蒸馍篮子丢人了——哼!让他看看吧,正是他们把他逼到了这个地步!

当专干问他干啥时,他很干脆地告诉他:卖蒸馍!他并且从篮子里取出一个来,硬往马占胜手里塞;他感到他拿的是一颗冒烟的、带有强烈报复性的手榴弹!

马占胜两只手慌忙把这个蒸馍捉住,又重新硬塞到篮子里,手在已经有了胡茬的脸上摸了一把,显得很难受的样子说:"加林!你大概一直在心里恨我哩!我一肚子苦水无处倒哇!有些话,我真想给你说,又不好说!现在你听我给你说。"马占胜把高加林拉在十字街自行车修理部的一个拐角处,又摸了一把脸,放低声音说:

"唉,好加林哩!你不知情,咱公社的赵书记和你们村的高明楼是十几年的老交情了。别看是上下级关系,两人好得不分你我。前几年,明楼家没什么要安排的人,就一直让你教书。今年他二小子高中毕业了,他在公社跑了几回,老赵当然要考虑。你知道,这几年国民经济调整哩,国家在农村又不招工招干,因此农村把民办教师这工作看得很重要。明楼当然想叫他小子干这事嘛!下另外村子的教师,人家谁让哩?因此,就只好把你下了,让三星上。这事虽然是我在会上宣布的,可这不是我决定的嘛!我马占胜哪有这么大的牛皮!因此,好加林哩,你千万不要恨我!"

高加林心不在焉地用手指头理了理头发,对专干说:"老马,你太多心了。你不说,我也都了解这些情况,我们共事几年了,你应该了解我。"

"我当然了解你!全公社教师里面,你是拔尖的!再说,你这娃娃心眼活,性子硬,我就喜欢这号人。不怕!……噢,我忘记告诉你了,我已经调到县政府的劳动局,算是提拔了,当了个副局长。我前几天还给公社赵书记谈过,叫他有机会就考虑再让你当教师。赵书记满口答应了……不怕!你等着!……你快忙你的,我还要开个会哩。新官上任三把火!咱烧不起来火,最起码得按时给人家应酬嘛!……"

马占胜说完,手在脸上摸了一把,和高加林握了一下手,像逃避什么似的很快就钻到了人群里。

高加林因为一直就对这个公社有名的滑头没有好感,所以基本上没认真听他说了些什么。他现在只知道他离开了城关公社,高升到县政府了。但这些和他有什么关系呢?他现在最要紧的是把胳膊上挽的这篮子蒸馍卖掉!

高加林很快从街道里的人群中挤过,向南关的交易市场走去。

第四章

县城南关的交易市场热闹得简直叫人眼花缭乱。一大片空场地,挤满了各式各样买卖东西的人。以菜市、猪市、牲口市和熟食摊为主,形成了四个基本的中心。另一个最大的人群中心是河南一个什么县的驯兽表演团,用破旧的蓝布围了一个大圈当剧场,庄稼人挤破脑袋两毛钱买一张票,去看狗熊打篮球,哈巴狗跳罗圈。市场上弥漫着灰尘,噪音像洪水声一般喧嚣,到处充满了庄稼人的烟味和汗味。

高加林提着那篮子馍,从本县那条主要的大街上满头大汗地挤过来,就投入到这个闹哄哄的人海里了。

他提着篮子在人群里瞎挤了一气,自己也不知道该到哪里去。他是个讲卫生的人,雪白的毛巾一直把馍篮子盖得严严的,生怕落进去灰尘。谁也看不出他是个干什么的,有几次他试图把口张开,喊叫一声,但怎么也喊不出声音来。他听见市场上所有卖东西的人都在吆喝,尤其是一些生意油子,那叫卖的声音简直成了一种表演艺术。他以前听见这样的喊叫,只觉得好笑。可现在他在心里很佩服这种什么也不顾忌的欢畅舒坦的叫喊声；觉得也是一种很大的本事。他自己明显地感到，他在这个世界里，成了一个最无能的人。

正当他在人堆里茫然乱挤的时候，听见背后有个妇女对旁边一个什么人说："今儿个死老头子又要喝酒，请下一堆客人，热得不想做饭，国营食堂的馍又黑又脏，串了半天，这市场上还没个卖好白馍的……"

高加林一听，赶忙转过身，准备把蒸馍上的毛巾揭开。可他身子刚转过去，马上又转了过来，慌忙躲到一个卖木锨的老汉身后——他看见那个寻找着买馍的妇女正好是张克南他妈！以前上学时，他去过克南家一两次，克南他妈认识他！

可怜的小伙子像小偷一样藏在那个卖木锨的老汉背后，直等到看不见克南他妈才又走动起来。也许克南他妈早认不得他了，但他的自尊心使他不能和这样一个过去认识的人做这笔买卖。

这时候，满城的高音喇叭响了起来。喇叭里传来了黄亚萍预报节目的声音。亚萍的声音通过扩音器，变得更庄重而柔和；普通话的水平简直可以和中央台的女播音员乱真。

高加林疲乏地背靠在一根水泥电杆上，两道剑眉在眉骨上一跳一跳的。他眼睛微微地闭住，牙齿咬着嘴唇。他想到克南此刻也许正在长途汽车上悠闲地观赏着原野上的风光；黄亚萍正坐在漂亮的播音室里，高雅地念着广播稿……而他，却在这尘土飞扬的市场上颠簸着为几个钱受屈受辱，心里顿时翻起了一股苦涩的味道。

他已经完全无心卖馍了。他决定离开这个他无能为力的场所，到一个稍微清静的地方呆一会，至于馍卖不了怎么办，现在他也不想考虑了。

到哪里去呢？他突然想起了他已经久违的县文化馆阅览室。

他很快又从大街里挤过来，来到十字街以北的县文化馆。因为他爱好文学，文化馆他有几个熟人，本来想进去喝点水，但他很快又打消了这个念头——他今天怕见任何熟人！

他径直进了阅览室，把馍篮放在长椅的角上，从报架上把《人民日报》《光明日报》《中国青年报》《参考消息》和本省的报纸取了一堆，坐在椅子上看起来。这里没什么人。在城市喧嚣的海洋里，难得有这平静的一隅。

他最近由于生活发生了混乱，很多天没看报纸杂志了。他从初中就养成了每天看报的习惯，一天不看报纸总像缺个什么似的。当他好多天以后重新进入报纸的世界，立刻就把所有的一切都忘了个一干二净。

他首先看《人民日报》的国际版。他很关心国际问题，曾梦想过进国际关系学院读书。在高中时，他曾钉过一个很大的笔记本，里面虚张声势地写上"中东问题""欧洲共同体国家相互政治经济关系研究""东盟五国和印支三国未来关系的演变""中美苏三角关系中美国的因素"等等胡思乱想的"研究"题目。现在他想起来已经有点可笑,但当时的"气派"却把同学们吓了一跳！其实他也并没能"研究"什么,只不过剪贴了一点报刊资料而已。

他先把各种报纸翻着浏览了一遍,然后找了一篇长一点的文章"过瘾"。他身子蜷曲在长椅子里,看起了韩念龙在联合国召开的柬埔寨国际会议上的发言。

他把几种大报好多天的重要内容几乎通通看完以后,浑身感到一种十分熨帖舒服的疲倦。

直到阅览室的工作人员来关门的时候,他才大吃一惊:现在已经到城里人吃下午饭的时光了！

他慌忙提起蒸馍篮子,出了阅览室。

太阳已经远远向西边倾斜过去了。市声基本落下,街道上稀稀落落的没有了多少人。

啊呀,他在阅览室呆的时间太长了！现在怎么办呢？庄稼人大部分都已经像潮水一样退出了城市,这时候他要是再出现在街上,很容易碰见熟悉的同学。

想来想去,没有什么办法了。他站在阅览室的门口踌躇了半天,最后只好决定提篮子回家去。

他垂头丧气出了城,向大马河川道那里走去,一切都还是来时的样子,篮子里的白馍一个也没少。他赶这回集,连一分钱的买卖都没做。

他走到大马河桥上时,突然看见他们村的巧珍立在桥头上,手里拿块红手帕扇着脸,身边撑着他们家新买的那辆"飞鸽"牌自行车。

巧珍看见他,主动走过来了,并且站在了他的面前——实际上等于把他堵在了路上。

"加林,你是不是卖馍去了?"她脸红扑扑的,不知为什么,看来精神有点紧张,身体像发抖似的微微颤动着,两条腿似乎都有点站不稳。

"嗯……"高加林应承了一声,很奇怪地看了她一眼,没话寻话地说:"你也赶集去了?"

"嗯……"巧珍用手帕揩着脸上沁出的汗珠,眼睛斜看着她的自行车,但精神却在注意着他,说:"我来赶集,一点事也没……加林,"她突然转过脸看着他说,"我知道你一个馍也没卖掉！我知道哩！你怕丢人！你干脆把馍给我,你在这里把我的车子看住,让我给你卖去!"

巧珍说着,两只手很快过来拿他的篮子。

高加林闷头闷脑地还没反应过来这是怎么一回事,巧珍已经从他胳膊上把篮子夺走了。她什么话也没说,提着篮子就返身向街道上走去了。

高加林望着她远去的苗条的背影,不知该如何是好。他两只手在桥栏杆上摸来摸去,怎么也弄不清楚为什么突然出现了这样的事情。

对于巧珍来说,她今天的行动是蓄谋已久的。不是一天两天,而是多少年埋藏在她心中的感情,已经忍无可忍——她要爆发了!否则,她觉得自己简直活不下去了!

刘立本这个漂亮得像花朵一样的二女子,并不是那种简单的农村姑娘。她虽然没有上过学,但感受和理解事物的能力很强,因此精神方面的追求很不平常。加上她天生的多情,形成了她极为丰富的内心世界。村前庄后的庄稼人只看见她外表的美,而不能理解她那绚丽的精神光彩。可惜她自己又没文化,无法接近她认为"更有意思"的人。她在有文化的人面前,有一种深刻的自卑感。她常在心里怨她父亲不供她上学。等她明白过来时,一切都已经为时过晚了。为了这个无法弥补的不幸,她不知暗暗哭过多少回鼻子。

但她决心要选择一个有文化、而又在精神方面很丰富的男人做自己的伴侣。就她的漂亮来说,要找个公社的一般干部,或者农村出去的国家正式工人,都是很容易的;而且给她介绍这方面对象的媒人把她家的门槛都快踩断了。但她统统拒绝了。这些人在她看来,有的连农民都不如。退一步说,就是和这样的人结婚,男人经常在门外,一年回不来几次;娃娃、家庭都要她一个人操磨。这样的例子在农村多得很!而最根本的是,这些人里没有她看得上的。如果真正有合她心的男人,她就是做出任何牺牲也心甘情愿。她就是这样的人!

她父亲虽然生了她,养活了她,但根本不理解她。他见她不寻干部、工人,就急着给她找农村的。并且一心看下个马店的马拴。马拴这人前几年公社农田基建会战时,她和他接触不少。他人诚实,心眼也不死,做买卖很利索,劳动也是村前庄后出名的。家里的光景富裕而殷实,拿农村的眼光看,算是上等人家。但她就是产生不了爱马拴的感情。尽管马拴热心地三一回五一回常往她家里跑,她总是躲着不见面,急得她父亲把她骂过好几回了。

其实,她并不是没有自己心上的人。多年来,她内心里一直都在为这个人发狂发痴——这人就是高加林!

巧珍刚懂得人世间还有爱情这一回事的时候,就在心里爱上了加林。她爱他的潇洒的风度,漂亮的体型和那处处都表现出来的大丈夫气质。她认为男人就应该像个男人;她最讨厌男人身上的女人气。她想,她如果跟了加林这样的男人,就是跟上他跳了崖也值得!她同时也非常喜欢他的那一身本事:吹拉弹唱,样样在行;会安电灯,会开拖拉机,还会给报纸上写文章哩!再说,又爱讲卫生,衣服不管新旧,常穿得干干净净,浑身的香皂味!

她曾在心里无数次梦想她和这个人在一起的情景:她把她的手放在他的手里,让他拉着,在春天的田野里,在夏天的花丛中,在秋天的果林里,在冬天的雪地上,走呀,跑呀,并且像人家电影里一样,让他把她抱住,亲她……

可是在现实生活里,她的自卑感使她连走近他的勇气都没有。她时时刻刻在想念他,又处处在躲避他。她怕她的走路、姿势和说话在他面前显出什么不妥当来,惹她心爱的人笑话。但是,她的心思和眼睛却从来也没有离开过他啊!

加林上高中时,她尽管知道人家将来肯定要远走高飞,她永远不会得到他,但她仍然一往情深,在内心里爱着他。每当加林星期天回来的时候,她便找借口不出山,坐在家院子的河畔上,偷偷地望对面加林家的院子。加林要是到村子前面的水潭去游泳,她就赶忙提个猪草篮子到水潭附近的地里去打猪草。星期天下午,她目送着加林出了村子,上县城去了,她便忍不住眼泪汪汪,感到他再也不回高家村了。

加林高中毕业没考上大学,灰溜溜地回到村里以后,巧珍高兴得几乎发了疯。她多少次的梦想露出了希望的光芒。她谋算:加林现在成了农民,大概将来就得找个农村媳妇吧?如果他找农村户口的姑娘,她虽然没文化,但她自己有信心让他爱她。她知道她有一个别的姑娘很难比上的长处:俊。

可是,希望的光芒很快暗淡了。加林当了教师。教师现在是唯一有希望进入商品粮世界的。按加林的能力来说,将来完全有把握转成正式教师。

她又陷入了深深的痛苦之中。她常常一个人躲在她们家河畔上的那棵老槐树后面,向学校那里呆呆地张望。她目送着加林从那条被学生娃踩得白光刺眼的小路上向学校走去;又望着他从那条路上向村里走来……

她是个心眼很活的姑娘,所有这一切做得谁也看不出来。是的,村里谁也不知道这个俊女孩子的梦想和痛苦!只有她在县城正上高中的妹妹巧玲,似乎有一点觉察,有时对她麻木的发呆和莫名其妙的焦躁不安,诡秘地一笑,或真诚地为她叹息一声!现在,在高加林又一次当了农民的时候,她那长期被压抑的感情又一次剧烈地复活了。这次就好像火山冲破了地壳,感情的洪流简直连她自己也控制不住了。她为他当了农民而高兴,又同时为他的痛苦而痛苦——为此,她甚至还在她大姐面前骂高明楼不是个人。

她不知道该怎样心疼他。昨天中午,她看见他去游泳的时候,匆忙提了猪草篮在水潭边的玉米地里穿过,顺便摘了自留地的一个甜瓜,想破开脸皮去安慰一下他;今天她看见他上集去了,又骑了个车子撵来了。她今天上集的确什么事也没;她赶这回集,完全是想找机会对他说出她全部的心里话!她今天实际上一直都不远不近地跟着加林在集上的人群里挤。她看见亲爱的人提着蒸馍篮子，在人群里躲躲闪闪，一个也卖不了，后来痛苦地靠在水泥电杆上闭起眼睛的时候，她脸上的泪水也刷刷地淌着，手帕揩也揩不及。

　　后来，她看见加林进了文化馆，知道他的蒸馍是卖不出去了。她当时很想也进阅览室去，但她想自己不识字，进那里去干什么？再说，那里面人多，她不好和加林说什么话。于是，她就骑车来到大马河桥上，在那里等他过来，从中午一直站到下午……

　　刘巧珍现在提着一篮子蒸馍，兴奋地走在县城的大街上，感到天地一下子变得非常明亮了；好像街道上所有的人都在咧开嘴巴或者抿着嘴向她笑。迎面过来一群幼儿园刚放了学的娃娃，她抱住一个就亲了一口！

　　直到过了十字街，穿过城里那条主要街道，来到南关的自由交易市场时，她才停住了脚步，忍不住害臊地笑自己的荒唐：她原来根本不是打算来卖这篮蒸馍的，而准备送给城里她的一个姨姨家。她姨家住在十字街上面的山坡上，她现在却疯头涨脑地跑到了这里！至于馍钱，她不会向姨姨要的，她早已给加林准备好了。她并且还给加林买了一条好烟，已放在自行车的花布提包里了。

　　她很快又掉转身，向姨姨家走去。巧珍把一篮子蒸馍给姨姨家放下，折转身就起身。她姨和她姨夫硬拉住让她吃饭，她坚决地拒绝了：她怕加林在桥上等她等得不耐烦。

　　她提着空篮子从姨姨家出来，几乎是跑着向大马河桥上赶去。

《人生》导读

爸爸爸(一—五)

韩少功

一

他生下来时,闭着眼睛睡了两天两夜,不吃不喝,一个死人相,把亲人们吓坏了,直到第三天才哇地哭出一声来。

能在地上爬来爬去的时候,就被寨子里的人逗来逗去,学着怎样做人。很快学会了两句话,一是"爸爸",二是"×妈妈"。后一句粗野,但出自儿童,并无实在意义,完全可以把它当作一个符号,比方当作"×吗吗"也是可以的。

三、五年过去了,七、八年也过去了,他还是只能说这两句话,而且眼目无神,行动呆滞,畸形的脑袋倒很大,象个倒竖的青皮葫芦,以脑袋自居,装着些古怪的物质。吃饱了的时候,他嘴角沾着一两颗残饭,胸前油水光光的一片,摇摇晃晃地四处访问,见人不分男女老幼,亲切地喊一声"爸爸"。要是你冲他瞪一眼,他也懂,朝你头顶上的某个位置眼皮一轮,翻上一个慢腾腾的白眼,咕噜一声"×吗吗",调头颠颠地跑开去。

他轮眼皮是很费力的,似乎要靠胸腹和颈脖的充分准备,才能翻上一个白眼。调头也很费力,软软的颈脖上,脑袋象个胡椒碾锤晃来晃去,须沿着一个大大的弧度,才能成功地把头稳稳地旋过去。跑起来更费力,深一脚浅一脚找不到重心,靠头和上身尽量前倾才能划开步子,目光扛着眉毛尽量往上顶,才能看清方向。一步步跨度很大,象在赛跑中慢慢地作最后冲线。

都需要一个名字,上红帖或墓碑。于是他就成了"丙崽"。

丙崽有很多"爸爸",却没见过真实的爸爸。据说父亲不满意婆娘的丑陋,不满意她生下了这个孽障,很早就贩鸦片出山,再也没有回来。有人说他已经被土匪"裁"掉了,有人说他在岳州开了个豆腐坊,有人则说他沾花惹草,把几个钱都嫖光了,曾看见他在辰州街上讨饭。他是否存在,说不清楚,成了个不太重要的谜。

丙崽他娘种菜喂鸡,还是个接生婆。常有些妇女上门来,叽叽咕咕一阵,然后她带上剪刀什么的,跟着来人交头接耳地出门去。那把剪刀剪鞋样,剪酸菜,剪指甲,也剪出山寨一代人,一个未来。她剪下了不少活脱脱的生命,自己身上落下的这团肉却长不成个人样。她遍访草医,求神拜佛,对着木人或泥人磕头,还是没有使儿子学会第三句话。有人悄悄传说,多年前,有一次她在灶房里码柴,弄死了一只蜘蛛。蜘蛛绿眼赤身,有瓦罐大,织的网如一匹布,拿到火塘里一烧,臭满一山,三日不绝。那当然是蜘蛛精了,冒犯神明,现世报应,有什么奇怪的呢?

不知她听说过这些没有,反正她发过一次疯病,被人灌了一嘴大粪。病好了,还胖了些,胖得象个禾场磙子,腰间一轮轮肉往下垂。只是象儿子一样,间或也翻一个白眼。

母子住在寨口边一栋孤零零的木屋里,同别的人家一样,木柱木板都毫无必要地粗大厚重——这里的树很不值钱。门前常晾晒一些红红绿绿的小孩衣裤及被褥,上面有荷叶般的尿痕,当然是丙崽的成果了。丙崽在门前戳蚯蚓,搓鸡粪,玩腻了,就挂着鼻涕打望人影。碰到一些后生倒树归来或上山去"赶肉",被那些红扑扑的脸所感动,就会友好地喊一声"爸爸——"

哄然大笑。被他眼睛盯住了的后生,往往会红着脸,气呼呼地上前来,骂几句粗话,对他晃拳头。要不然,干脆在他的葫芦脑袋上敲一丁公。

有时,后生们也互相逗耍。某个后生上来笑嘻嘻地拉住他,指着另一位,哄着说:"喊爸爸,快喊爸爸。"见他犹疑,或许还会塞一把红薯片子或炒板栗。当他照办之后,照例会有一阵开心的大笑,照例要挨丁公或耳光。如果愤怒地回敬一句"×吗吗",昏天黑地中,头上和脸上就火辣辣地更痛了。

两句话似乎是有不同意义的,可对于他来说,效果都一样。

他会哭,哭起来了。

妈妈赶来,横眉瞪眼地把他拉走,有时还拍着巴掌,拍着大腿,蓬头散发地破口大骂。骂一句,在大腿弯子里抹一下,据说这样就能增强语言的恶毒。"黑天良的,遭瘟病的,要砍脑壳的!渠是一个宝(蠢)崽,你们欺侮一个宝崽,几多毒辣呀!老天爷你长眼呀,你视呀,要不是吾,这些家伙何事会从娘肚子里拱出来?他们吃谷米,还没长成个人样,就烂肝烂肺,欺侮吾娘崽呀!……"

她是山外嫁进来的,口音古怪,有点好笑。只要她不咒"背时鸟"——据说这是绝后的意思,后生们一般不会怎么计较,笑一笑,散开。

骂着,哭着,哭着又骂着,日子还热闹,似乎还值得边发牢骚边过下去。后生们一个个冒胡桩了,背也慢慢弯了,又一批挂鼻涕的奶崽长成后生了。丙崽还是只有背篓高,仍然穿着开裆的红花裤。母亲总说他只有"十三岁",说了好几年,但他的相明显地老了,额上隐隐有了皱纹。

夜晚,好常常关起门来,把他稳在火塘边,坐在自己的膝下,膝抵膝地对他喃喃说话。说的词语,说的腔调,甚至说话时悠悠然摇晃着竹椅的模样,都象其他母亲对待自己的孩子:"你这个奶崽,往后有什么用啊?你不听话罗,你教不变罗,吃饭吃得多,又不学好样罗。养你还不如养条狗,狗还可以守屋。养你还不如养头猪,猪还可以杀肉咧。呵呵呵,你这个奶崽,有什么用啊,眭眭大的用也没有,长了个鸡鸡,往后哪个媳妇愿意上门罗?……"

丙崽望着这个颇象妈妈的妈妈,望着那死鱼般眼睛里的光辉,舔舔嘴唇,觉得这些嗡嗡的声音一点也不新鲜,兴冲冲地顶撞:"×吗吗。"

母亲也习惯了,不计较,还是悠悠然地前后摇着身子,竹椅吱吱呀呀地呻吟。

"你收了亲以后,还记得娘么?"

"×吗吗。"

"你生了娃崽以后,还记得娘么?"

"×吗吗。"

"你当了官以后,会把娘当狗屎嫌吧?"

"×吗吗。"

"一张嘴只晓得骂人,好厉害咧。"

丙崽娘笑了,眼小脖子粗。对于她来说,这种关起门来的模仿,是一种谁也无权夺去的享受。

二

寨子落在大山里,白云上,常常出门就一脚踏进云里。你一走,前面的云就退,后面的云就跟,白茫茫的云海总是不远不近地团团围着你,留给你脚下一块永远也走不完的小小孤岛,托你浮游。

小岛上并不寂寞,有时可见树上一些铁甲子鸟,黑如焦炭,小如拇指,叫得特别干脆宏亮,有金属的共鸣。它们好象从远古一直活到现在,从未变什么样。有时还可能见白云上飘来一片硕大的黑影,象打开的两页书,粗看是鹰,细看是蝶,粗看是黑灰色的,细看才发现黑翅上有绿色、黄色、桔红色的纹络斑点,隐隐约约,似有非有,如同不能理解的文字。

行人对这些看也不看,毫无兴趣,只是认真地赶路。要是觉得迷路了,赶紧撒尿,赶紧骂娘,据说这是对付"岔路鬼"的办法。

点点滴滴一泡热尿,落入白云中去了。云下面发生了一些什么事情,似与寨里的人没有多大关系。秦时设有"黔中郡",汉时设过"武陵郡",后来"改土归流"……这都是听一些进山来的牛皮商和鸦片贩子说的。说就说了,吃饭还是靠自己种粮。官家人连千家坪都不常涉足,从没到山里来过。

种粮是实在的,蛇虫瘴疟也是实在的。山中多蛇,粗如水桶,细如竹筷,常在路边草丛嗖嗖地一闪,对某个牛皮商的满心喜悦抽上黑黑的一鞭。据说蛇好淫,把它装在笼子里,遇见妇女,它就会在笼中上下顿跌,几近气绝。取蛇胆也不易,击蛇头则胆入尾,击蛇尾则胆入头,耽搁久了,蛇胆化水也就没有用了。人们的办法是把草扎成妇人形,涂饰彩粉,引蛇抱缠游戏,再割其胸,取胆,蛇陶陶然竟毫无感觉。还有一种挑生虫,人染虫毒就会眼珠青黄,十指发黑,嚼生豆不腥,含黄连不苦,吃鱼会腹生活鱼,吃鸡会腹生活鸡。解毒的办法是赶快杀一头白牛,喝生牛血,还得对牛血学三声公鸡叫。

至于满山蒙蒙密密的林木,同大家当然更有关系了。大雪封山时,寄命一塘火。大木无须砍劈,从门外直接插入火塘,一截截烧完为止。有一种楠木,很直,直到几丈或十几丈的树巅才散布枝叶。古代常有采官进山,催调徭役倒伐这种树,去给州府做殿廷的槛栋,支撑官僚们生前的威风。山民们则喜欢用它造船板,远远送下辰州、岳州,那些"下边人"拆散船板移作它用,琢磨成花窗或妆匣,叫它香楠。

但出山有些危险。碰上祭谷的,可能取了你的人头;碰上剪径的,钩了你的船,抄了你的腰包。还有些妇人,用公鸡血引各种毒虫,掺和干制成粉,藏于指甲缝中,趁你不留意时往你茶杯中轻轻一弹,可叫你暴死。这叫"放蛊",据说放蛊者由此而益寿延年。故青壮后生不敢轻易外出,外出也不敢随便饮水,视潭中有活鱼游动,才敢去捧上几口。

有一次,两个汉子身上衣单,去一个石洞避风寒,摸索进去,发现洞底有一堆人的白骨,石壁上还有刀砍出来的一些花纹,如鸟兽,如地图,如蝌蚪文,全不可解。谁知道这是怎么回事呢?

加上大岭深坑,长树杆不易运送,于是大部分树木都用不上,雄姿英发地长起来,争夺阳光雨雾,又默默老死山中。枝叶腐烂,年年厚积,软软地踏上去,冒出几注黑汁和几个水泡泡,用阴湿浓烈的腐臭,浸染着一代代山猪的嚎叫。

也浸染着村村寨寨,所以它们变黑了。

这些村寨不知来自何处。有的说来自陕西,有的说来自广东,说不太清楚。他们的语言和山下的千家坪的就很不相同。比如把"看"说成"视",把"说"说成"话",把"站立"说成"倚",把"睡觉"说成"卧",把指代近处的"他"换成作"渠",频有点古风。人际称呼也有些特别的习惯,好象是很讲究大团结,故意混淆远近和亲疏,把父亲称为"叔叔",把叔叔称为"爹爹",把姐姐称为"哥哥",把嫂嫂则称为"姐姐",等等。爸爸一词,是人们从千家坪带进山来的,还并不怎么流行。所以照旧规矩,丙崽家那个跑到山外去杳无音信的人,应该是他的"叔叔"。

这与他没什么关系。

但人们还是有认祖归宗的强烈冲动。对祖先较为详细和权威的解释,是古歌里唱的。山里太阳落得早,夜晚长得无聊,大家就悠悠然坐人家,唱歌,摆古,说农事,说匪患,打瞌睡,毫无目的也行。坐得最多的地方,当然是那些灶台和茶柜都被山猪油抹得清清亮亮的殷实人家。壁上有时点着山猪油灯壳子,发出淡蓝色的光,幽幽可怖。有时则在铁丝的灯篮里烧松膏块,撒下赤铜色的光。碰到噼叭一炸,火光惶惶然一闪,灯篮就睡意浓浓地抽搐几下。火塘里总有烟火,冬天用火取暖,夏天用烟驱蚊。栋梁壁顶都被烟火熏得黑如墨炭,浑然一色中看不清什么线条和界限,散发出清冽戳鼻的烟味。还悬挂着一根根灰线子,火气一冲,就不时落下点点烟屑,上下飞舞,最后飘到人们的头上或肩上、膝头上,不被人们注意。

德龙最会唱歌了。他没有胡子,眉毛也淡,平时极风流,妇女们一提起他就含笑切齿咒骂。天生的娘娘腔,嗓音尖而细,憋住鼻孔一起调,一句句象刀子在你脑门顶里剜着,刮着,使你一身皮肉发紧,大家对他十分佩服:德龙的喉咙就真是个喉咙啊!

他玩着一条敲掉了毒牙的青蛇,进门来,嬉皮笑脸地被大家取笑,不须多劝,就会盯住木梁,捏捏喉头,认真地唱起来:

> 辰州县里好多房?
> 好多柱来好多梁?
> 鸡公岭上好多鸟?
> 好多窝来好多毛?

这类"十八扯"之外,最能博取笑声的是大胆的情歌,他也最愿意唱(这里不便引大胆的):

> 思郎猛哎,
> 行路思来睡也思,
> 行路思郎留半路,
> 睡也思郎留半床哎。

如果寨里有红白喜事,或是逢年过节,那么照规矩,大家就得唱"简",即唱古,唱死去的人。从父亲唱到祖父,从祖父唱到曾祖父,一直唱到姜凉。姜凉是我们的祖先,但姜凉没有府方生得早,府方又没有火牛生得早,火牛又没有优耐生得早。优耐是他爹妈生的,谁生下优耐他爹呢?那就是刑天——也许就是陶潜诗中那个"猛志固常在"的刑天吧。刑天刚生下来时天象白泥,地象黑泥,叠在一起,连老鼠也住不下,他举斧猛一砍,天地才分开。可是他用劲用得太猛了,把自己的头也砍掉了,于是以后以乳头为眼,以肚脐为嘴。他笑得地动山摇,还是舞着大斧,向上敲了三年,天才升上去;向下敲了三年,地才降下来。

刑天的后代是怎么到这里来的呢?——那是很早以前,五支奶和六支祖住在东海边上,子孙渐渐多了,家族渐渐大了,到处都住满了人,没有晒席大一块空地。五家嫂共一个舂房,六家姑共一担水桶,这怎么活下去呢?于是在凤凰的提议下,大家带上犁耙,坐上枫木船和楠木船,向西山迁移。他们以凤凰为前导,找到了黄泱泱的金水河,金子再贵也是淘得尽的;他们找到了白花花的银水河,银子再贵也是挖得完的;最后才找到了青幽幽的稻米江。稻米江,稻米江,有稻米才能养育子孙。于是大家唱着笑着来了。

> 奶奶离东方兮队伍长,
> 公公离东方兮队伍长。
> 走走又走走兮高山头,
> 回头看家乡兮白云后。
> 行行又行行兮天坳口,
> 奶奶和公公兮真难受。
> 抬头望西方兮万重山,
> 越走路越远兮哪是头?
> ……………

据说,曾经有个史官到过千家坪,说他们唱的根本不是事实。那人说,刑天的头是争夺帝位时被黄帝砍掉的。此地彭、李、麻、莫四大姓,原来住在云梦泽一带,也不是什么"东海边"。后因黄帝与炎帝大战,难民才沿着五溪向西南方向逃亡,进了夷蛮山地。奇怪的是,古歌里居然没有一点战争逼迫的影子。

鸡头寨的人不相信史官,更相信德龙——尽管对德龙的淡眉毛是看不上眼的。眉淡如水,是孤贫之相。

德龙唱了十几年,带着那条小青蛇出山去了。

他似乎就是丙崽的父亲。

三

丙崽喜欢看人,尤其对陌生的人感兴趣。碰上匠人进寨来了,他都会迎上去喊"爸爸"。要是对方不计较,丙崽娘就会眉开眼笑,半是害羞,半是得意,还有对儿子又原谅又责怪地喝斥:"你乱喊什么?"

喝斥完了,她也笑。

窑匠来了,丙崽也要跟着上窑去看,但窑匠不让,因为有老规矩在。传说烧窑是三国时的诸葛亮南征时,路过这里,教给山民们的。所以现在窑匠来,先要挂一太极图,顶礼膜拜。点火也极有讲究,有阴火与阳火之分,用鹅毛扇轻轻煽起来——诸葛亮不就是用的鹅毛扇吗?

女人和小孩不能上窑,后生去担泥坯,也得禁恶言秽语。这些规矩,使大家对窑匠颇感神秘。歇工时,后生就围着他,请他抽烟,恭敬地听点山外的事。这其中,最为客气的可能要数石仁,他总会盛情邀请窑匠到他家去吃肉饭,去"卧夜"——当然是由于他在家里并不能作主。

石仁外号仁宝,算是老后生了,还没有婚娶。他常躲到林子里去,偷看女崽们笑笑闹闹地在溪边洗澡,被那些白色的影子弄得快快活活地心痛。但他眼睛不好,看不大清楚,作为补偿,就常常去看小女崽撒尿,看母狗和母牛的某个部位。有一次,他用木棍对一头母牛进行探究,被丙崽娘看见了。这婆娘爱好是非,回头就找这个嘀咕几句,找那个嘀咕几句,眉头跳跳的,见仁宝来了才镇定自若地走开。后来仁宝上山挖个笋子,刮点松膏,或是到牛栏房去加点草料,也总看见那婆娘探头探脑,装着在寻草药什么的,死鱼般的眼睛充满信心地往这边瞥一瞥。仁宝冒着火,却没理由发作,骂了阵无名娘,还是不解恨,只好在丙崽身上出气。见到他,见他娘不在面前,也没什么旁人,就狠狠地在他脸上扇耳光。

小老头被打惯了,经得打,嘴巴歪歪地扯了几下,没有痛苦的表情。

他再来几下,手指有些痛。

"×吗吗,×吗吗……"小老头这才感到形势不妙,稳稳地逃跑。

仁宝追上去,捏紧他的后颈皮,让他给自己磕了几个响头。前额上有几颗陷进皮肉的沙粒。

他哭起来,哭没有用。等那婆娘来了,他半个哑巴,说不清是谁打的。仁宝就这样报复了一次又一次,婆娘欠下的债,让小崽又一笔笔领回去,从无其他后果。

丙崽娘从果园子里回来,见丙崽哭,以为他被什么咬伤或刺伤了,没发现什么伤痕,便咬牙切齿:"哭,哭死!走不稳,要出来野,摔痛了,怪哪个?"

碰到这种情况,丙崽会特别恼怒,眼睛翻成全白,额上青筋一根根暴出来,咬自己的手,揪自己的头发,疯了一样。旁人都说:"唉,真是死了好。"

后来,不知为什么,仁宝同她又亲亲热热起来,开口"婶娘",喊得特别甜,特别轻滑。帮她家舂个米,修个桶,都是挽起袖子,轰轰烈烈地干。对有关丙崽娘的闲言碎语,他也总是力表公允地去给以辩解和澄清。旁人自然有些疑惑。寡妇门前是非多,他们耳根不清静,被妇女们指指点点,也是难免的。

丙崽娘挤着笑眼看他,想为他说门亲。她常常出寨去接生,跑的地方多,同女人们熟,但说过好几家,未见得人家送八字红帖来。也不奇怪,这几年鸡头寨败了,单身后生岂止仁宝一个?仁宝由此悲观了几年,渐渐有了老相。听说有一种"花咒"——后生看中了哪位女子,只要取她一根头发,系在门前一片树叶上,当微风轻拂的时候,口念咒语七十二遍,就能把那女子迷住。仁宝也试过,没有效果。

他眼睛有点眯,没看清人的时候,一脸戳戳的怒气。看清了,就可能迅速地堆出微笑,顺着对方的言语,惊讶、愤慨、惋惜,或者有悲天悯人的庄严。随着他一个劲地点头,后颈上一点黑壳也有张弛。他尤其喜欢接近一些平凡的人物:窑匠、界(锯)匠、商贩、读书人、阴阳先生等等。他同这些人说话。总是用官话。吹捧之后,巧妙地暗示自己也记得瓦岗寨的一条好汉乃至六条好汉。有时还从衣袋摸出一块纸片,出示上面的半边对联,谦虚谨慎地考一考外来人,看对方能否对得出下联,是否懂一点平仄。

自己也就有些地位了。

山下女崽多,他常下山,说是去会朋友,有时一连几天不见他的影子。不知他什么时候走的,什么时候回来的。菜园子都快荒了,草深得可以藏一头猪。从山下回来,他总带回一些新鲜玩意儿,一个玻璃瓶子,一盏破马灯,一条能长能短的松紧带子,一张旧报纸或一张不知是什么人的小照片。他踏着一双很不合脚的大皮鞋壳子,在石板路上嘎嘎咯咯地响,更有新派人物的气象。

仁宝的父亲仲满,是个裁缝,也不会作菜园,不会喂猪,对他那皮鞋壳子最感到戳眼。"畜生!三天两头颠下山,老子剁了你的脚!"

"剁死也好,来世投胎到千家坪去。"

"到千家坪,吃金子屙银子?"

"千家坪的王先生穿皮鞋,鞋底还钉了铁掌子,走起来当当地响,你视见过?"

仲满没见过什么钉铁掌的皮鞋,不敢吭声了。停了片刻才说:"皮鞋子上不得坡,下不得河,不透气,穿起来脚臭,有什么稀奇?"

"铁掌子,我是说铁掌子。"

"只有骡马才钉掌子,你不做人,想做个畜牲?"

仁宝觉得父亲侮辱了自己的同志,十分恼怒,狠狠地报复了一句:"辣椒秧子都干死了!晓得么?"

叭——裁缝一只鞋摔过来,正打仁宝的脑袋。他不允许儿子这样不遵孝道。

"哼!"

仁宝怕,但坚强地不去摸脑袋,冲冲地走进另一间屋,继续戳他的旧马灯罩子。

听说他挨了打,后生们去问他,他总是否认,并且严肃地岔开话题:"这鬼地方,太保守了。"

后生们不明白,保守是什么意思,于是新名词就更有价值,他也更有价值。人们常见他忙忙碌碌,很有把握地窝在自家小楼上,研究着什么。有时研究对联,有时研究松紧带子,有时研究烧石灰窑。有一回,还神秘地告诉后生们:他在千家坪学会了挖煤,现在他要在山里挖出金子来。金子!黄央央的金子哩!他真的提着山锄,在山里转了好几天。有几个想沾光的后生,偷偷地跟着看,看了几天,发现他并没有真正动手。

对付同伴们的疑惑,他宽容地笑一笑,然后拍拍对方的肩,贴心地作些勉励:"就要开始了,听说没有?县里来了人,已经到了千家坪,真的。"或者说:"就要开始啦,真的,明天就会落雪,秧都靠不住。"说完回头望一望什么,似乎总有个无形的人在跟着他。

有时甚至干脆只有一句:"你等着吧,可能就在明天。"

这些话赫赫有威,使同伴们崇敬,但大家弄不懂其中深意。要开始,当然好,要开始什么呢?是要开始烧石灰窑?还是要开始挖金子,还是象他曾经说过的那样——开始下山去做上门女婿?不过众人觉得他穿着皮鞋壳子,总有沉思的表情,想必有些名堂。邀伴去犁田、倒树,干这一类庸俗的事,不敢叫他了。

今天开祠堂门商议祭谷神,他不以为然。他见过千家坪的人做阳春,那才叫真正的做家。哪象这鬼地方,一年一道犁,不开水圳也不铲倒塥,还想田里结谷?再说田里谷多谷少,也与他的雄图没有关系。不过他还是去看了看。他看到父亲也在香火前下拜,就冷笑。这象什么话呢?为什么不行帽檐礼?他在千家坪见过的。

他自信地对身边一个后生说:"会开始的。"

"开始。"后生不解地点点头。

他觉得对方并非知音,没什么意思。于是目光往左边的女人们投过去。有个媳妇,晃着耳环,不停地用衣袖擦着汗珠。跪下去时没注意,侧边的裤缝张开了,露出了里面的白肉。仁宝眯着眼睛,看不太清楚,不过已经足够了,可以发挥想象了,似乎目光已象一条蛇,从那窄窄的缝里钻了进去,曲曲折折转了好几个弯,上下奔蹿,恢恢乎游刃有余。他在脑子里已经开始亲那位女人的肩膀、膝盖,乃至脚上每个趾头,甚至舌尖有了点酸味咸味……

他想,他一定要去同那位媳妇谈一谈帽檐礼。

四

女人们爱坐人家,偷偷地沿着屋檐溜进东家或西家,凑在火塘边叽叽咕咕一阵,茶水喝干了几吊壶,尿桶里涨了好几寸,直说得个个面色发白,汗毛倒竖,才拿起竹篮或捣衣的木锤,罢休而去。她们早就在说,某某家的鸡叫起来象鸭;腊月里居然没下一场雪。丙崽娘去岭那边的鸡尾寨接生,还带回来一个消息,说鸡尾寨的三阿公坐在屋里被一条大蜈蚣咬死了,死了两天还没人知道,结果有只脚被老鼠吃去了一半——好象都是些不祥之兆。

但后来又有人说,三阿公并没有死,前两天还看见他在坡上扳笋子。这样一说,三阿公又变得恍恍惚惚,有无都成为一个问题了。

象要印证这些兆头似的,后来一阵倒春寒,下了一阵冰雹,田里大部分秧苗都冻成了黑水,只剩下稀稀拉拉几根,象没有拔尽的鸡毛。几天后暴热,田里又多虫。

碰上寨子里这几年奶崽生得多,家家都觉得米柜太浅,一舀就见到底。有的开始借谷,一借就有了连锁反应,不管楼上有谷没谷的,都踊跃地借,以示自己也会盘算村邻。丙崽娘也惜得要死要活的,其实心里并不很着急。这两年来她大模大样地积德,义务照看祠堂。怕老鼠啃了族谱,扰乱了祖宗的安宁,就养了一只猫。这只猫不能亏待,每年由公田出两担谷养着它。丙崽娘天天拿瓦罐盛着半罐饭,吃吃喝喝从一些门户前经过,说是去送猫食,其实一进祠堂,就自己吃了。靠这只猫,娘崽不也可以混个半饱么?大家似乎知道这个中机巧,有人在她背后指指点点。她横眉横眼,装着没听见就是。

一直借到寨子里人心惶惶,女人们又开始谈起祭谷神。丙崽娘有点兴高采烈,积极投入了这场对谷神的议论。得闲的时候,就带上针线鞋底,拉上丙崽,矮胖的身子左一顿,右一顿,屁股磨进一家家高大的门槛。对一些没听说过谷神的女崽,好谆谆教导:这可是个老规矩呐。要杀个男的,选头发最密的,分给狗吃。杀到哪一家,就叫哪一家"吃年成"……说得姑娘们睁大眼睛,互相挤靠得越来越紧,她又笑起来,神秘地压低声音:"你屋里不会吃年成的,放心。你男人头发胡子都稀……不过,也不蛮稀。"或者说:"你屋里不会吃年成的,放心。你竹哥太瘦了,没有几斤肉,不过……也不蛮瘦。嗯啦。"

她圆睁双眼,把一户户女人都安慰得心惊肉跳之后,才弯着一个指头,把碗里的茶叶扒起来,嚼得吱吱响,拉着丙崽起了身,严肃认真地告别:"吾去视一下。"

"视一下"有很含混的意思,包括我去打听一下,我去说说情,有我作主,或者是我去看看我的鸡枞什么的,都通。但在女人们的恐慌中,这种含混也很温暖,似乎也值得寄予希望。

实在是看鸡埘去了。

鸡埘那边就是仁宝父子的家。丙崽娘看完鸡埘,总是朝那边望一眼。这一眼的意思也很模糊,似乎是招呼,似乎是警惕,似乎是窥探隐私,也似乎是不示弱地挑战。每天都这样偷偷地望几眼,叫仲裁缝心里发毛。

仲裁缝恨女人,更恨丙崽娘。说起来她还算他的弟媳,又与他打邻,地坪相连,树荫相接,要是拆了墙壁,大家会发现对方也不过是吃饭、睡觉、训儿子,没什么两样。但越按近就越看得清楚,看出些不一样来。丙崽娘常常挑起一竹篙女人的衣裤,显眼地晒在地坪里,正冲着裁缝的大门,使他一出门就觉得很晦气,这不是有辱斯文么?她还经常在地坪里摊晒一些胞衣,作为大补佳药拿去吃,或卖钱。那些婆娘们腹中落下来的肉囊,有血腥气,在晒席上翻来滚去的,晒出一条条皱纹,象一个个鬼魂,令人须发倒竖。不过,这一切都不如她那眼光可恶。似乎是心不在焉地看一眼,有毫无理由的理由,有毫不关心的关心,象投来一条无形的毒蛇。

"妖怪!"有一天,仲裁缝在大门口怒骂起来。

地坪里没有他人,正架起一条腿剥脚皮的丙崽娘知道他是骂谁。哼了一声,又恨恨地剥下两大块茧皮。

就这样交了恶。但仲缝裁从没有拿丙崽复仇。有一回,小老头怯怯地来到他家门口,研究了一下他脸上的麻子,把绿色的一团鼻涕抹在条凳上的一段布料上。裁缝只是瞪了一眼,旋即把布料塞进火塘,烧了。

避女人与小子,乃有君子之风。仲裁缝算不算君子,不好说。但他在寨子里是个有"话份"的人。话份也是一个很含糊的概念,初到这里来的人许久还弄不明白。似乎有钱,有一门技术,有一把胡须,有一个很出息的儿子或女婿,就有了话份,后生们都以毕生精力来争取有话份。

有话份意味着有人来听你说话。仲裁缝粗通文墨,自婆娘早死之后,孤独度日,读了几本六叔留下来的没头没尾的线装页子,知道不少似真似假的旧事。晋公子重耳,吕洞宾,马伏波,还有他最为崇拜的贤相诸葛亮。有时也在火塘边把竹烟管喝得嚯罗罗地响,慢条斯理向后生们讲上两段。三个字一顿,五个字一停,说话时总是开口半响以后,再"哎"一声,再接上正文。目光茫茫然,象不是同听者讲话,是在同死去的先人讲话,后生们望着他脸上几颗冷峻的阴麻子,不敢催促他。

"汽车算个卵。"他说,"卧龙先生,造了木牛流马。只怪后人蠢了,就失传了。"

他还说:"先人一个个身高八尺,力敌千钧。哪象现在,生出那号小杂种。"

大家知道他是说丙崽。

他越这样感慨,越觉得日子不顺心。摇着蒲扇,还是感到闷,鼻尖上直冒汗——呸!妖怪,先前哪有这么热呢?他恨椅子也太不合意,吱吱呀呀叫得很阴险——妖怪,如今的手艺也真是哄鬼啊,先前一张椅子从出嫁坐到外婆,还是紧紧实实的。想来想去,觉得没有了卧龙先生,世道怕是要败了,这鸡头寨怕是要绝了。

是要绝了么?

眼下,听人们都在议论要祭谷神,他坐在家里不知要做点什么才好。好象出了点问题,仔细思量,才知是肚子饿了。近来很少有人接他去做衣,得自己煮饭。即使接他去,人家的饭食也越来越软,这是他最不能忍受的。如果米饭不是粒粒如铁砂,他决不摸筷子。

"仁拐子!"他叫喊。

没有人回答。

他又喊了一声,想了想,上楼去找。发现儿子的铺盖蚊帐,还有他的锈马灯壳子一类,都不翼而飞。只剩下一张空床,还有几个大瓦坛子,很久没有酸菜可装的,倒立在墙角,象几个囚犯在受大刑,永远倒栽在那里。还有一具棺木,不知是仁宝为谁准备的,横霸中央,呼呼大睡。

明白了什么,一句话也没说。

他看见墙边一只老鼠一晃,好象更明白了什么。妖怪!对了,就是这个妖怪!——他梦见过的,梦里的这只老鼠,还拱手而立,同情地冲他笑了笑。这畜生耳红足赤,眼睛也红鲜鲜的。在书上不是说过吗?那是偷吃胭脂所致。妖妇捕之可为媚药。仁拐子一定是被它媚去的,这个寨子也一定是被它败了的!

仲裁缝骂着娘,一铁尺打过去,咣地破了个坛子,老鼠尾巴又缩进壁缝去了。他跑到另一房间,撬破一个木柜,捅烂两只筊篓,还是没有胜利。咚咚咚地跑到楼下,凡可疑之处都给以惊天动地的检查。一瞬间,碗钵烂了,吊壶也倒了,桌椅板凳都苦苦地跪倒或趴下,或歪歪斜斜地艰难站立,他引火烧鼠洞,黑油油的帐子又接上了火,燎起热爆爆的一片金黄色光亮。

老鼠总算被他戳死了,大小六只,全被他斩首断肢,拿到火塘中烧出了一股奇臭。他听见地坪中有沉着的脚步声,回过头,又看见丙崽娘若无其事地朝这边看了一眼,更冒出一股无名火。咬咬牙,把老鼠的尸灰泡在水里,全都喝了下去。

他脸发黑,感到丹田之气已尽,默坐一阵之后,出了门。

公鸡正在叫午,寨里静得象没有人,象死了。对面是鸡公岭,鸡头峰下一片狰狞的石壁,斑斓石纹有的象刀枪,有的象旗鼓,有的象兜鍪铠甲,有的象战马长车,还有些石脉不知含了什么东西,呈棕红色,如淋漓鲜血,劈头劈脑地从山顶泻下来,一片惨烈的兵家气象。仲裁缝觉得,那是先人们在召唤自己。

路边瓜棚里,冒出一张老人的笑脸。

"仲老,吃了?"

"吃了。"也淡淡一笑。

"要祭谷神?"

"要祭的。"

"要谁的脑袋?"

"听说……摇签罢。"

"摇签?"

"你吃了?"

"吃了。"

"哦,吃了的。"

双方不再说话。

山上的树漫天生长。从茶子坡过去,大木就多了。有些树上扎了篾条,那都是寿木。寨里的人很小就要上山给自己看寿木的,看中了,留个记号,以后每年来看一两次。但仲裁缝很少进山,也一直没来选过寿木,而且憎恶这一根根居心不良的鸟树。君子坐有坐相,立有立相,死也要有个死相,死得不能倒威。说死就死,准备什么?他捏着弯刀来的,要选一块好位置,砍出一个尖尖的树桩,坐桩而死,死得慷慨。他见过这样死去的人,前些年马子洞龙拐子就是一个,他咳痰,咳得不耐烦,就去死。死后人们发现树桩前的地皮都被十指抓得坑坑洼洼的,起了一层浮土,可见死得惨烈,死得好,载上了族谱。

他选了一颗小松树,用裁缝的手,不熟练地砍削起来。

五

本来要拿丙崽的头祭谷神,杀个没有用的废物,也算成全了他。活着挨耳光,而且省得折磨他那位娘。不料正要动刀,天上响了一声雷,大家又犹疑起来:莫非神圣对这个瘦瘪瘪的祭品还不满意?

天意难测。于是备了一桌肉饭,请来一位巫师。巫师指点:年成不好,主要是叫鸡精在作怪——你们没看见对面的那鸡公岭么?鸡头峰正冲着寨里的两垅田,把谷子都吃进肚子里去啦。

人们立即商议着要炸鸡头。这事牵涉到鸡尾寨。鸡尾寨也是个大寨,几百号人口,在寨前的麻石大牌坊下进进出出,主要以种鸦片为业,比较富足。出了一些读书人,据说有的成了大文豪,有的在新疆带兵,回乡省亲都是坐八人大轿。过年,寨里家家宰牛,有牛叫,牛皮商也最喜欢往那里钻。寨前一口水井,一棵大樟树,常有些娃崽在树下用小石块玩开山棋,人们一直把树和井当作男女生殖器的象征,常常敬以香火,祈望寨子里发人。有一年寨子里一连几胎都生的女崽,还生了个什么葡萄胎,弄得空气十分紧张。察究了一段,有人说鸡头寨的一个什么后生路过这里时,曾上树摸鸟蛋,弄断了一根枝桠。

从此两寨结下了怨恨。后来又有人说,那是马子洞与鸡尾寨有世仇,暗中著事,移祸于它。这段公案察无实证,不了了之。官府鞭长莫及,也不来过问,只是有次要修官道,来山里催过一次徭役。

听说鸡头寨要炸鸡头,却是确凿的了。鸡尾寨果然更是群情激奋。他们的田土肥沃,就是靠鸡屁股拉屎,对炸鸡头岂能不管?在岭上吵了一架,双方还动起手脚来,鸡头寨的后生撤回去了。

寨里还是很安静。有鸡叫,有牛铃铛的声音,或某个屋顶下冒出一句女人骂男人的声音,只冒一下,就被巨大的沉默淹灭了。丙崽摇摇摆摆地敲着一面小铜锣,口袋里有红薯丝,掏出来一两根,就撒落了三、四根,引来两条狗跟着他转。他对仲裁缝家的老黑狗会意地笑了一笑,又朝两棵芭蕉树哇地叫嚣了一声。近来他对祠堂有些好感了,大概没忘记那天准备砍他的头之前,他在那里吃过一餐肉饭。于是低压着头,朝那边一顿一顿地"冲线"。

几个娃崽在祠堂前玩耍,看见了他。

"视,宝崽来了。"

"他没有叔叔,是个野崽。"

"吾晓得,渠是蜘蛛变的。"

"根本不是,渠的妈妈是蜘蛛变的。"

"要渠磕头,好不好!"

"不!要渠吃牛屎!最臭最臭的,啊呀,臭死人!"

"哈哈!"

丙崽朝他们敲了一下锣,舔舔鼻涕,兴奋地招呼:"爸爸……"

"哪个是你爸爸?呸!矮下来!"

娃崽们围上去,捏他的耳朵,让他跪在一堆牛屎前,鼻尖就要触到牛粪堆了。

幸好来了一群热热闹闹的大人,才使娃崽们的兴趣转移,遗憾地一哄而散。丙崽还在那里跪着,半天发现周围已没有人影,他爬起来朝四下看看,咕咕哝哝,阴险地把一个小娃崽的斗笠狠狠踩了几脚,再若无其事地跟上人群,看热闹。

大人们牵来了一头牛,牛身上的泥片已被洗刷干净了,须毛清晰,屁股头的胯骨显得十分突出。牛嘴总是湿腻腻的,一挪一磨,散出胃里翻出来一种草料臭。但丙崽并不怕,对动物都不怕。

一个汉子提着大刀走过来,把刀插在地上,脱光上衣,大碗喝酒。那刀也令丙崽感到新奇。刀被磨洗过,刀口一道银光,柔顺而清凉,十分诱人。有凹纹的木柄被桐油擦得黄澄澄的,看来很合手,好象就要跳到你手上来,不用你费什么力,就会嚓地朝什么东西砍去。

汉子已经喝完酒了,叭地一声,随手把酒碗摔碎。拔起刀走过来,一跺脚,一声嘿,手起刀落,牛头就在地动山摇之间离开了牛身,象一块泥土慢慢垮下来,牛角戳地,戳出一个小土块。牛颈处象一个西瓜的剖面,皮层裹着鲜鲜的红肉。但没有头的牛身还稳稳地站了片刻。

娃崽们吓了一跳,他们不知道,这是一种战前的预测。当年马伏波将军南征时,每次战斗前都要砍牛头,如牛进,则预测胜利,否则是失败。

"赢!"

"赢了!"

"杀他的鸡巴寨!"

牛往前倒了,汉子们欢呼起来。这突然的声音太响亮了。大有酒气了,丙崽吓得半边嘴唇向上跳了一下,咕咕哝哝。

他看见有一缕红红的东西,从大人们纷杂的腿缝中流出来。象一条赤蛇,弯弯曲曲地窜。蹲下去捏了捏,有些滑手。弄到衣上,倒很好看。不一会,满身满脸就全是牛血。大概牛血弄到嘴里有些腥,小老头翻了个白眼。

娃崽们望着他的脸,拍手笑起来。他不知道人们笑什么,也笑起来。

人影和人声更多了。丙崽娘也提了个篮子来,想看看牛肉怎么分。听人家说,不出阵的没有肉吃,正呀着嘴巴生气。一眼瞥见丙崽这血污污的样子,更把脸盘气大了。"你要死!要死啊!"她上前揪住小老头的嘴巴,揪得眼皮直往下扯,黑眼珠转都转不过来,似乎还望着祠堂那边。

"×吗吗。"

"又要老子洗,又要老子洗,你这个催命鬼,要磨死我啊!"

"×吗吗。"

儿子骂亲娘,似乎是很好笑的事。于是有些后生拍手,喷酒气:"丙崽,咒得好!""丙崽,再咒!""再咒!"……气得丙崽娘绷紧一脸横肉,半天都不正眼望人。

她把丙崽象提小狗一样提回家,当然少不了又是一顿好打。"死到个面去做么事?做么事!要打冤了,你上得阵?"

把丙崽一索子捆在椅子上,自己拿起三根香,掩门到祠堂里去了。

丙崽在椅子上睡了一觉。听见外面远远有锣声,接着是吹牛角号,接着就平静了。不知什么时候,外面又有嘈杂的脚步声,叫喊声,铁器碰撞的声音,然后又有女人的嚎哭……外面发生了什么事。

夜里,松明子闪闪烁烁,男女老幼,全都头缠白布,聚集在祠堂门内外,一眼看去,密密的白点,起起伏伏,飘移游动。女人们互相扶着,靠着,抱着,哭得捶胸顿足,天昏地暗,泪水湿了袖口和肩头。丙崽娘也陪着把眼圈哭红了,显得纯真了,有一张娃娃脸,不时用袖口去擦拭。她坐在二满家的媳妇旁边,缩缩鼻子,捉住对方的手,用外乡口音说:"人生一世,草木一秋,去也就去了。你要往开处想。你还有后,吾呢,那死鬼不知是死是活,一个丙崽也作不得个正人用的,啊?"

她说得确实诚恳,但女人们还是哭。

"打冤总是要死人的,早死也是死,晚死也是死。早死早投胎,说不定投个富贵人家,还强了。"

女人们还是哭出各种怪腔调。

大概想到了什么伤心处,丙崽娘拍着双膝,也大哭起来。白布条在胸前滑上去,又滑下来。"吾那娘老子哎,你做的好事呀!你疼大姐,疼二姐,疼三姐,就是不疼吾呀!你做的好事呀,马桶脚盆都没有哇……"

这就不知道是什么意思了。

火光越烧越亮。人圈子中央,临时砌了个高高的锅台,架着一口大铁锅。锅口太高,看不见,只听见里面沸腾着,有咕咕嘟嘟的声音,腾腾热气,冲得屋梁上的蝙蝠四处乱窜。大人们都知道,那里煮了一头猪,还有冤家的一具尸体,都切成一块块,混成一锅。由一个汉子走上粗重的梯架,抄起长过扁担的大竹钎,往看不见的锅口里去戳,戳到什么就是什么,再分发给男女老幼。人人都无须知道吃的是什么,都得吃。不吃的话,就会有人把你架到铁锅前跪下,用竹钎戳你的嘴。

劈柴和松膏烧得叭叭作响,灶口的火气一浪浪袭来,把前排人的胯裆都烤热了,不由自主往后挪。油浸浸的长竹钎,映着火色,亮亮的。不时带出一点汁水来,也很亮,象零零星星落下一些火珠,落入暗处。一个赤着上身的大汉站起来,发疯般地大叫一声:"怕死的倚开!老子一个人……"又被几双手拉扯下去了,每块白布下面都有一双眼睛,每双眼睛里都有火光在跳动。你最好不要看四壁和屋顶,不然你会发现那些比真人扩大了几倍及至十几倍的人影,一下被拉长了,一下又压瘪了,忽大忽小,轮廓随时扭曲成各种形状。

"德龙家的,过来!"

叫到丙崽娘的名字了。她哭得泪眼糊糊的,还在连连拍膝。

"吾不要哇……"

"碗拿过来。"

"吃命哇……"

"丙崽,你吃。"

丙崽咬着开裆裤的背带,很不耐烦地被推到前面。他抓起一块什么肺,放到口中嚼了嚼,大概觉得味道不好,翻了个白眼,忧心忡忡的朝母亲怀里跑去了。

"你要吃。"有人叫他。

"你要吃!"很多人叫他。

一位老人,对他伸出寸多长的指甲,响亮地咳了一声,激动地教诲:"同仇敌忾,生死相托,既是鸡头寨的儿孙,岂有不吃之理?"

"吃!"掌竹钎的那位,冲着他把碗递过去。于是,屋顶上有了一个无比巨大的手影。

山上的小屋

残 雪

在我家屋后的荒山上，有一座木板搭起来的小屋。

我每天都在家中清理抽屉。当我不清理抽屉的时候，我坐在围椅里，把双手平放在膝头上，听见呼啸声。是北风在凶猛地抽打小屋杉木皮搭成的屋顶，狼的嗥叫在山谷里回荡。

"抽屉永生永世也清理不好，哼。"妈妈说，朝我做出一个虚伪的笑容。

"所有的人的耳朵都出了毛病。"我憋着一口气说下去，"月光下，有那么多的小偷在我们这栋房子周围徘徊。我打开灯，看见窗子上被人用手指捅出数不清的洞眼。隔壁房里，你和父亲的鼾声格外沉重，震得瓶瓶罐罐在碗柜里跳跃起来。我蹬了一脚床板，侧转肿大的头，听见那个被反锁在小屋里的人暴怒地撞着木板门，声音一直持续到天亮。"

"每次你来我房里找东西，总把我吓得直哆嗦。"妈妈小心翼翼地盯着我，向门边退去，我看见她一边脸上的肉在可笑地惊跳。

有一天，我决定到山上去看个究竟。风一停我就上山，我爬了好久，太阳刺得我头昏眼花，每一块石子都闪动着白色的小火苗。我咳嗽着，在山上辗转。我眉毛上冒出的盐汗滴到眼珠里，我什么也看不见，什么也听不见。我回家时在房门外站了一会，看见镜子里那个人鞋上沾满了湿泥巴，眼圈周围浮着两大团紫晕。

"这是一种病。"听见家人们在黑咕隆咚的地方窃笑。

等我的眼睛适应了屋内的黑暗时，他们已经躲起来了——他们一边笑一边躲。我发现他们趁我不在的时候把我的抽屉翻得乱七八糟，几只死蛾子、死蜻蜓全扔到了地上，他们很清楚那是我心爱的东西。

"他们帮你重新清理了抽屉，你不在的时候。"小妹告诉我，目光直勾勾的，左边的那只眼变成了绿色。

"我听见了狼嗥，"我故意吓唬她，"狼群在外面绕着房子奔来奔去，还把头从门缝里挤进来，天一黑就有这些事。你在睡梦中那么害怕，脚心直出冷汗。这屋里的人睡着了脚心都出冷汗。你看看被子有多么潮就知道了。"

我心里很乱，因为抽屉里的一些东西遗失了。母亲假装什么也不知道，垂着眼。但是她正恶狠狠地盯着我的后脑勺，我感觉得出来。每次她盯着我的后脑勺，我头皮上被她盯的那块地方就发麻，而且肿起来。我知道他们把我的一盒围棋埋在后面的水井边上了，他们已经这样做过无数次，每次都被我在半夜里挖了出来。我挖的时候，他们打开灯，从窗口探出头来。他们对于我的反抗不动声色。

吃饭的时候我对他们说："在山上，有一座小屋。"

他们全都埋着头稀哩呼噜地喝汤，大概谁也没听到我的话。

"许多大老鼠在风中狂奔。"我提高了嗓子，放下筷子，"山上的砂石轰隆隆地朝我们屋后的墙倒下来，你们全吓得脚心直出冷汗，你们记不记得？只要看一看被子就知道。天一晴，你们就晒被子，外面的绳子上总被你们晒满了被子。"

父亲用一只眼迅速地盯了我一下，我感觉到那是一只熟悉的狼眼。我恍然大悟。原来父亲每天夜里变为狼群中的一只，绕着这栋房子奔跑，发出凄厉的嗥叫。

"到处都是白色在晃动，"我用一只手抠住母亲的肩头摇晃着，"所有的都那么扎眼，搞得眼泪直流。你什么印象也得不到。但是我一回到屋里，坐在围椅里面，把双手平放在膝头上，就清清楚楚地看见了杉木皮搭成的屋顶。那形象隔得十分近，你一定也看到过，实际上，我们家里的人全看到过。的确有一个人蹲在那里面，他的眼眶下也有两大团紫晕，那是熬夜的结果。"

"每次你在井边挖得那块麻石响，我和你妈就被悬到了半空，我们簌簌发抖，用赤脚蹬来蹬去，踩不到地面。"父亲避开我的目光，把脸向窗口转过去。窗玻璃上沾着密密麻麻的蝇屎。"那井底，有我掉下的一把剪刀。我在梦里暗暗下定决心，要把它打捞上来。一醒来，我总发现自己搞错了，原来并不曾掉下什么剪刀，你母亲断言我是搞错了。我不死心，下一次又记起它。我躺着，会忽然觉得很遗憾，因为剪刀沉在井底生锈，我为什么不去打捞。我为这件事苦恼了几十年，脸上的皱纹如刀刻的一般。终于有一回，我到了井边，试着放下吊桶去，绳子又重又滑，我的手一软，木桶发出轰隆一声巨响，散落在井中。我奔回屋里，朝镜子里一瞥，左边的鬓发全白了。"

"北风真凶，"我缩头缩脑，脸上紫一块蓝一块，"我的胃里面结出了小小的冰块。我坐在围椅里的时候，听见它们叮叮当当响个不停。"

我一直想把抽屉清理好，但妈妈老在暗中与我作对。她在隔壁房里走来走去，弄得踏踏地响，使我胡思乱想。我想忘记那脚步，于是打开一副扑克，口中念着："一二三四五……"脚步却忽然停下了，母亲从门边伸进来墨绿色的小脸,嗡嗡地说话:"我做了一个很下流的梦,到现在背上还流冷汗。"

"还有脚板心,"我补充说,"大家的脚板心都出冷汗。昨天你又晒了被子。这种事,很平常。"

小妹偷偷跑来告诉我,母亲一直在打主意要弄断我的胳膊,因为我开关抽屉的声音使她发狂,她一听到那声音就痛苦得将脑袋浸在冷水里,直泡得患上重伤风。

"这样的事,可不是偶然的。"小妹的目光永远是直勾勾的,刺得我脖子上长出红色的小疹子来。"比如说父亲吧,我听他说那把剪刀,怕说了有二十年了?不管什么事,都是由来已久的。"

我在抽屉侧面打上油,轻轻地开关,做到毫无声响。我这样试验了好多天,隔壁的脚步没响,她被我蒙蔽了。可见许多事都是可以蒙混过去的,只要你稍微小心一点儿。我很兴奋,起劲地干起通宵来,抽屉眼看就要清理干净一点儿,但是灯泡忽然坏了,母亲在隔壁房里冷笑。

"被你房里的光亮刺激着,我的血管里发出怦怦的响声,像是在打鼓。你看看这里,"她指着自己的太阳穴,那里爬着一条圆鼓鼓的蚯蚓。"我倒宁愿是坏血症。整天有东西在体内捣鼓,这里那里弄得响,这滋味,你没尝过。为了这样的毛病,你父亲动过自杀的念头。"她伸出一只胖手搭在我的肩上,那只手像被冰镇过一样冷,不停地滴下水来。

有一个人在井边捣鬼。我听见他反复不停地将吊桶放下去,在井壁上碰出轰隆隆的响声。天明的时候,他咚地一声扔下木桶,跑掉了。我打开隔壁的房门,看见父亲正在昏睡,一只暴出青筋的手难受地抠紧了床沿,在梦中发出惨烈的呻吟。母亲披头散发,手持一把笤帚在地上扑来扑去。她告诉我,在天明的那一瞬间,一大群天牛从窗口飞进来,撞在墙上,落得满地皆是。她起床来收拾,把脚伸进拖鞋,脚趾被藏在拖鞋里的天牛咬了一口,整条腿肿得像根铅柱。

"他,"母亲指了指昏睡的父亲,"梦见被咬的是他自己呢。"

"在山上的小屋里,也有一个人正在呻吟。黑风里夹带着一些山葡萄的叶子。"

"你听到了没有?"母亲在半明半暗里将耳朵聚精会神地贴在地板上,"这些个东西,在地板上摔得痛昏了过去。它们是在天明那一瞬间闯进来的。"

那一天,我的确又上了山,我记得十分清楚。起先我坐在藤椅里,把双手平放在膝头上,然后我打开门,走进白光里面去。我爬上山,满眼都是白石子的火焰,没有山葡萄,也没有小屋。

透明的红萝卜

莫 言

一

　　秋天的一个早晨,潮气很重,杂草上,瓦片上都凝结着一层透明的露水。槐树上已经有了浅黄色的叶片,挂在槐树上的红锈斑斑的铁钟也被露水打得湿漉漉的。队长披着夹袄,一手里拃着一块高粱面饼子,一手里捏着一棵剥皮的大葱,慢吞吞地朝着钟下走。走到钟下时,手里的东西全没了,只有两个腮帮子象秋田里搬运粮草的老田鼠一样饱满地鼓着。他拉动钟绳,钟锤撞击钟壁,"喤喤喤"响成一片。老老少少的人从胡同里涌出来,汇集到钟下,眼巴巴地望着队长,象一群木偶。队长用力把食物吞咽下去,抬起袖子擦擦被络腮胡子包围着的嘴。人们一齐瞅着队长的嘴,只听到那张嘴一张开——那张嘴一张开就骂:"他娘的腿!公社里这些狗娘养的,今日抽两个瓦工,明日调两个木工,几个劳力全被他们给零打碎敲了。小石匠,公社要加宽村后的滞洪闸,每个生产队里抽调一个石匠,一个小工,只好你去了。"队长对着一个高个子宽肩膀的小伙子说。

　　小石匠长得很潇洒,眉毛黑黑的,牙齿是白的,一白一黑,衬托得满面英姿。他把脑袋轻轻摇了一下,一绺滑到额头上的头发轻轻地甩上去。他稍微有点口吃地问队长去当小工的人是谁,队长怕冷似地把膀子抱起来,双眼象风车一样旋转着,嘴里嘟嘟地说:"按说去个妇女好,可妇女要拾棉花。去个男劳力又屈了料。"最后,他的目光停在墙角上。墙角上站着一个十岁左右的男孩子。孩子赤着脚,光着脊梁,穿一条又肥又长的白底带绿条条的大裤头子,裤头上染着一块块的污渍,有的象青草的汁液,有的象干结的鼻血。裤头的下沿齐着膝盖。孩子的小腿上布满了闪亮的小疤点。

　　"黑孩儿,你这个小狗日的还活着?"队长看着孩子那凸起的瘦胸脯,说,"我寻思着你该去见阎王了。打摆子好了吗?"

　　孩子不说话,只是把两只又黑又亮的眼睛直盯着队长看。他的头很大,脖子细长,挑着这样一个大脑袋显得随时都有压折的危险。

"你是不是要干点活儿挣几个工分？你这个熊样子能干什么？放个屁都怕把你震倒。你跟上小石匠到滞洪闸上去当小工吧，怎么样？回家找把小锤子，就坐在那儿砸石头子儿，愿意动弹就多砸几块，不愿动弹就少砸几块，根据历史的经验，公社的差事都是胡弄洋鬼子的干活。"

孩子慢慢地蹭到小石匠身边，扯扯小石匠的衣角。小石匠友好地拍拍他的光葫芦头，说："回家跟你后娘要锤子，我在桥头上等你。"

孩子向前跑了。有跑的动作，没有跑的速度，两只细胳膊使劲甩动着，象谷地里被风吹动着的稻草人。人们的目光都追着他，看着他光着的背，忽然都感到身上发冷。队长把夹袄使劲扯了扯，对着孩子喊："回家跟你后娘要件褂子穿着，嗐，你这个小可怜虫儿。"

他翘腿蹑脚地走进家门。一个挂着两条清鼻涕的小男孩正蹲在院子里和着尿泥，看着他来了，便扬起那张扁乎乎的脸，夯煞着手叫："可……可……抱……"黑孩弯腰从地上拣起一个浅红色的杏树叶儿，给后母生的弟弟把鼻涕擦了，又把粘着鼻涕的树叶象贴传单一样"巴唧"拍到墙上。对着弟弟摆摆手，他向屋里溜去，从墙角上找到一把铁柄羊角锤子，又悄悄地溜出来。小男孩又冲着他叫唤，他找了一根树枝，围着弟弟画了一个大大的圆圈，扔掉树枝，匆匆向村后跑去。他的村子后边是一条不算大也不算小的河，河上有一座九孔石桥。河堤上长满垂柳，由于夏天大水的浸泡，树干上生满了红色的须根。现在水退了，须根也干巴了。柳叶已经老了，桔黄色的落叶随着河水缓缓地向前漂。几只鸭子在河边上游动着，不时把红色的嘴插到水草中，"呱唧呱唧"地搜索着，也不知吃到什么没有。

孩子跑上河堤，已经累得气喘吁吁。凸起的胸脯里象有只小母鸡在打鸣。

"黑孩！"小石匠站在桥头上大声喊他，"快点跑！"

黑孩用跑的姿式走到小石匠跟前，小石匠看了他一眼，问："你不冷？"

黑孩怔怔地盯着小石匠。小石匠穿着一条劳动布的裤子，一件劳动布夹克式上装，上装里套着一件火红色的运动衫，运动衫领子耀眼地翻出来，孩子盯着领口，象盯着一团火。

"看着我干什么？"小石匠轻轻拨拉了一下孩子的头，孩子的头象货郎鼓一样晃了晃。"你呀，"小石匠说，"生被你后娘给打傻了。"

小石匠吹着口哨，手指在黑孩头上轻轻地敲着鼓点，两人一起走上了九孔桥。黑孩很小心地走着，尽量使头处在最适宜小石匠敲打的位置上。小石匠的手指骨节粗大，坚硬得象小棒槌，敲在光头上很痛，黑孩忍着，一声不吭，只是把嘴角微微吊起来。小石匠的嘴非常灵巧，两片红润的嘴唇忽而噘起，忽而张开，从他唇间流出百灵鸟的婉啭啼声，响，脆，直冲到云霄里去。

过了桥上了对面的河堤,向西走半里路,就是滞洪闸,滞洪闸实际上也是一座桥,与桥不同的是它插上闸板能挡水,拔开闸板能放洪。河堤的漫坡上栽着一簇簇蓬松的紫穗槐。河堤里边是几十米宽的河滩地,河滩细软的沙土上,长着一些大水落后匆匆生出来的野草。河堤外边是辽阔的原野,连年放洪,水里挟带的沙土淤积起来,改良了板结的黑土,土地变得特别肥沃。今年洪水不大,没有危及河堤,滞洪闸没开闸滞洪,放洪区里种植了大片的孟加拉国黄麻。黄麻长得象原始森林一样茂密。正是清晨,还有些薄雾缭绕在黄麻梢头,远远看去,雾下的黄麻地象深邃的海洋。

小石匠和黑孩悠悠逛逛地走到滞洪闸上时,闸前的沙地上已集合了两堆人。一堆男,一堆女,象两个对垒的阵营。一个公社干部拿着一个小本子站在男人和女人之间说着什么,他的胳膊忽而扬起来,忽而垂下去。小石匠牵着黑孩,沿着闸头上的水泥台阶,走到公社干部面前。小石匠说:"刘副主任,我们村来了。"小石匠经常给公社出官差,刘副主任经常带领人马完成各类工程,彼此认识。黑孩看着刘副主任那宽阔的嘴巴。那构成嘴巴的两片紫色嘴唇碰撞着,发出一连串音节:"小石匠,又是你这个滑头小子!你们村真他妈的会找人,派你这个笨篱捞不住的滑蛋来,够我淘的啦。小工呢?"

孩子感到小石匠的手指在自己头上敲了敲。

"这也算个人?"刘副主任捏着黑孩的脖子摇晃了几下,黑孩的脚跟几乎离了地皮。"派这么个小瘦猴来,你能拿动锤子吗?"刘副主任虎着脸问黑孩。

"行了,刘副主任,刘太阳。社会主义优越性嘛,人人都要吃饭。黑孩家三代贫农,社会主义不管他谁管他?何况他没有亲娘跟着后娘过日子,亲爹鬼迷心窍下了关东,一去三年没个影,不知是被熊瞎子舔了,还是被狼崽子啖了。你的阶级感情哪儿去了?"小石匠把黑孩从刘太阳副主任手里拽过来,半真半假地说。

黑孩被推搡得有点头晕。刚才靠近刘副主任时,他闻到了那张阔嘴里喷出了一股酒气。一闻到这种味儿他就恶心,后娘嘴里也有这种味。爹走了以后,后娘经常让他拿着地瓜干子到小卖铺里去换酒。后娘一喝就醉,喝醉了他就要挨打,挨拧,挨咬。

"小瘦猴!"刘副主任骂了黑孩一句,再也不管他,继续训起话来。

黑孩提着那把羊角铁锤,焉儿古唧地走上滞洪闸。滞洪闸有一百米长,十几米高,闸的北面是一个和闸身等长的方槽,方槽里还残留着夏天的雨水。孩子站在闸上,把着石栏杆,望着水底下的石头,几条黑色的瘦鱼在石缝里笨拙地游动。滞洪闸两头连结着高高的河堤,河堤也就是通往县城的道路。闸身有五米宽,两边各有一道半米高的石栏杆。前几年,有几个骑自行车的人被马车搡到闸下,有的摔断了腿,有的摔折了腰,有的摔死了。那时候他比现在当然还小,但比现在身上肉多,那时候父亲还没去关东,后娘也不喝酒。他跑到闸上来看热闹,他来得晚了点,摔到闸下的人已被拉走了,只有闸下的水槽里还有几团发红发浑的地方。他的鼻子很灵,嗅到了水里飘上来的血腥味……

他的手扶住冰凉的白石栏杆,羊角锤在栏杆上敲了一下,栏杆和锤子一齐响起来。倾听着羊角铁锤和白石栏杆的声音,往事便从眼前消散了。太阳很亮地照着闸外大片的黄麻,他看到那些薄雾匆匆忙忙地在黄麻里钻来钻去。黄麻太密了,下半部似乎还有间隙,上半部的枝叶挤在一起,湿漉漉,油亮亮。他继续往西看,看到黄麻地西边有一块地瓜地,地瓜叶子紫勾勾地亮。黑孩知道这种地瓜是新品种,蔓儿短,结瓜多,面大味道甜,白皮红瓤儿,煮熟了就爆炸。地瓜地的北边是一片菜园,社员的自留地统统归了公,队里只好种菜园。黑孩知道这块菜园和地瓜都是五里外的一个村庄的,这个村子挺富。菜园里有白菜,似乎还有萝卜。萝卜缨儿绿得发黑,长得很旺。菜园子中间有两间孤独的房屋,住着一个孤独的老头,孩子都知道。菜园的北边是一望无际的黄麻。菜园的西边又是一望无际的黄麻。三面黄麻一面堤,使地瓜地和菜地变成一个方方的大井。孩子想着,想着,那些紫色的叶片,绿色的叶片,在一瞬间变成井中水,紧跟着黄麻也变成了水,几只在黄麻梢头飞蹿的麻雀变成了绿色的翠鸟,在水面上捕食鱼虾……

刘副主任还在训话。他的话的大意是,为了农业学大寨,水利是农业的命脉,八字宪法水是一法,没有水的农业就象没有娘的孩子,有了娘,这个娘也没有奶子,有了奶子,这个奶子也是个瞎奶子,没有奶水,孩子活不了,活了也象那个瘦猴。(刘副主任用手指指着闸上的黑孩。黑孩背对着人群,他脊梁上有两块大疤瘌,被阳光照得忽啦忽啦打闪电)而且这个闸太窄,不安全,年年摔死人,公社革委特别重视,认真研究后决定加宽这个滞洪闸。因此调来了全公社各大队共合二百余名民工。第一阶段的任务是这样的,姑娘媳妇半老婆子加上那个瘦猴(他又指指闸上的孩子,阳光照着大疤瘌,象照着两面小镜子),把那五百方石头砸成柏子养心丸或者是鸡蛋黄那么大的石头子儿。石匠们要把所有的石料按照尺寸剥磨整齐。这两个是我们的铁匠(他指着两个棕色的人,这两个人一个高,一个低,一个老,一个少),负责修理石匠们秃了尖的钢钻子之类。吃饭嘛,离村近的回家吃,离村远的到前边村里吃,我们开了一个伙房。睡觉嘛,离村近的回家睡,离村远的睡桥洞(他指指滞洪闸下那几十个桥洞)。女的从东边向西睡,男的从西边向东睡。桥洞里铺着麦秸草,暄得象钢丝床,舒服死你们这些狗日的。

"刘副主任,你也睡桥洞吗?"

我是领导。我有自行车。我愿意在这儿睡不愿意在这儿睡是我的事,你别操心烂了肺。官长骑马士兵也骑马吗?狗日的,好好干,每天工分不少挣,还补你们一斤水利粮,两毛水利钱,谁不愿干就滚蛋。连小瘦猴也得一份钱粮,修完闸他保证要胖起来……

刘副主任的话,黑孩一句也没听到。他的两根细胳膊拐在石栏杆上,双手夹住羊角锤。他听到黄麻地里响着鸟叫般的音乐和音乐般的秋虫鸣唱。逃逸的雾气碰撞着黄麻叶子和深红或是淡绿的茎秆,发出震耳欲聋的声响。蚂蚱剪动翅羽的声音象火车过铁桥。他在梦中见过一次火车,那是一个独眼的怪物,叭着跑,比马还快,要是站着跑呢?那次梦中,火车刚站起来,他就被后娘的扫炕条帚打醒了。后娘让他去河里挑水。条帚打在他屁股上,不痛,只有热乎乎的感觉。打屁股的声音好象在很远的地方有人用棍子抽一麻袋棉花。他把扁担钩儿挽上去一扣,水桶刚刚离开地皮。担着满满两桶水,他听到自己的骨头"咯崩咯崩"地响。肋条跟胯骨连在了一起。爬陡峭的河堤时,他双手扶着扁担,摇摇晃晃。上堤的小路被一棵棵柳树扭得弯弯曲曲。柳树干上象装了磁铁,把铁皮水桶吸得摇摇摆摆。树撞了桶,桶把水撒在小路上,很滑,他一脚踏上去,象踩着一块西瓜皮。不知道用什么姿式他趴下了,水象瀑布一样把他浇湿了。他的脸碰破了路,鼻子尖成了一个平面,一根草梗在平面上印了一个小沟沟。几滴鼻血流到嘴里,他吐了一口,咽了一口。铁桶一跟欢唱着滚到河里去了。他爬起来,去追赶铁桶。两个桶一个歪在河边的水草里,一个被河水载着向前漂。他沿着水边追上去,脚下长满了四个棱的他和一班孩子们称之为"狗蛋子"的野草。尽管他用脚指头使劲扒着草根,还是滑到河里。河水温暖,没到了他的肚脐。裤头湿了,漂起来,围在他的腰间,象一团海蜇皮。他呼呼隆隆蹚着水追上去,抓住水桶,逆着水往回走。他把两只胳膊岔煞开,一只手拖着桶,另一只手一下一下划着水。水很硬,顶得他趔趔趄趄。他把身体斜起来,弓着脖子往前用力。好象有一群鱼把他包围了,两条大腿之间有若干温柔的鱼嘴在吻他。他停下来,仔细体会着,但一停住,那种感觉顿时就消逝了。水面忽地一暗,好象鱼群惊惶散开。一走起来,愉快的感觉又出现了,好象鱼儿又聚拢过来。于是他再也不停,半闭着眼睛,向前走啊,走……

"黑孩!"

"黑孩!"

他猛然惊醒,眼睛大睁开,那些鱼儿又忽地消失了。羊角铁锤从他手中挣脱了,笔直地钻到闸下的绿水里,溅起了一朵白菊花一样的水花。

"这个小瘦猴,脑子肯定有毛病。"刘太阳上闸去,拧着黑孩的耳朵,大声说:"过去,跟那些娘们砸石子去,看你能不能从里边认个干娘。"

小石匠也走上来,摸摸黑孩凉森森的头皮,说:"去吧,去摸上你的锤子来。砸几块算几块,砸够了就耍耍。"

"你敢偷奸磨滑我就割下你的耳朵下酒。"刘太阳张着大嘴说。

黑孩哆嗦了一下。他从栏杆空里钻出去,双手勾住最下边一根石杆,身子一下子挂在栏杆下边。

"你找死!"小石匠惊叫着,猫腰去扯孩子的手。黑孩往下一缩,身体贴在桥墩菱状突出的石棱上,轻巧地溜了下去。黑孩子贴在白墩上,象粉墙上一只壁虎。他哧溜到水槽里,把羊角锤摸上来,然后爬出水槽,钻进桥洞不见了。

"这小瘦猴!"刘太阳摸着下巴说,"他妈的这个小瘦猴!"

黑孩从桥洞里钻出来,畏畏缩缩地朝着那群女人走去。女人们正在笑骂着。话很脏,有几个姑娘夹杂在里边,想听又怕听,脸儿一个个红扑扑的象鸡冠子花。男孩黑黑地出现在她们面前时,她们的嘴一下子全封住了。愣了一会儿,有几个咬着耳朵低语,看着黑孩没反应,声音就渐渐大了起来。

"瞧瞧,这个可怜样儿!都什么节气了还让孩子光着。"

"不是自己腔里养出来的就是不行。"

"听说他后娘在家里干那行呢……"

黑孩转过身去,眼睛望着河水,不再看这些女人。河水一块红一块绿,河南岸的柳叶象蜻蜓一样飞舞着。

一个蒙着一条紫红色方头巾的姑娘站在黑孩背后,轻轻地问:"哎,小孩,你是哪个村的?"

黑孩歪歪头,用眼角扫了姑娘一下。他看到姑娘的嘴上有一层细细的金黄色的茸毛,她的两眼很大,但由于眼睫毛太多,毛茸茸的,显出一副睡眼惺忪的样子。

"小孩,你叫什么名字?"

黑孩正和沙地上一棵老蒺藜作战,他用脚指头把一个个六个尖或是八个尖的蒺藜撕下来,用脚掌去捻。他的脚象骡马的硬蹄一样,蒺藜尖一根根断了,蒺藜一个个碎了。

姑娘愉快地笑起来:"真有本事,小黑孩,你的脚象挂着铁掌一样。哎,你怎么不说话?"姑娘用两个手指戳着孩子的肩头说:"听到了没有,我问你话呢!"

黑孩感觉到那两个温暖的手指顺着他的肩头滑下去,停到他背上的伤疤上。

"哎,这,是怎么弄的?"

孩子的两个耳朵动了动。姑娘这才注意到他的两耳长得十分夸张。

"耳朵还会动,哟,小兔一样。"

黑孩感觉到那只手又移到他的耳朵上,两个指头在捻着他漂亮的耳垂。

"告诉我,黑孩,这些伤疤,"姑娘轻轻地扯着男孩的耳朵把他的身体调转过来,黑孩齐着姑娘的胸口。他不抬头,眼睛平视着,看见的是一些由红线交叉成的方格,有一条梢儿发黄的辫子躺在方格布上。"是狗咬的?生疮啦?上树拉的?你这个小可怜……"

黑孩感动地仰起脸来,望着姑娘浑圆的下巴。他的鼻子吸了一下。

"菊子,想认个干儿吗?"一个脸盘肥大的女人冲着姑娘喊。

黑孩的眼睛转了几下,眼白象灰蛾儿扑棱。

"对,我就叫菊子,前屯的,离这儿十里,你愿意说话就叫我菊子姐好啦。"姑娘对黑孩说。

"菊子,是不是看上他了?想招个小女婿吗?那可够你熬的,这只小鸭子上架要得几年哩……"

"臭老婆,张嘴就喷粪。"姑娘骂着那个胖女人。她把黑孩牵到象山岭一样的碎石堆前,找了一块平整的石头摆好,说,"就坐在这儿吧,靠着我,慢慢砸。"她自己也找了一块光滑石头,给自己弄了个座位,靠着男孩坐下来。很快,滞洪闸前这一片沙地上,就响起了"噼噼啪啪"的敲打石头声。女人们以黑孩为话题议论着人世的艰难和造就这艰难的种种原因,这些"娘儿们哲学"里,永恒真理羼杂着胡说八道,菊子姑娘一点都没往耳里入,她很留意地观察着孩子。黑孩起初还以那双大眼睛的偶然一瞥来回答姑娘的关注,但很快就象入了定一样,眼睛大睁着,也不知他看着什么,姑娘紧张地看着他。他左手摸着石头块儿,右手举着羊角锤,每举一次都显得筋疲力竭,锤子落下时好象猛抛重物一样失去控制。有时姑娘几乎要惊叫起来,但什么也没发生,羊角铁锤在空中划着曲里拐弯的轨迹,但总能落到石头上。

黑孩的眼睛本来是专注地看着石头的,但是他听到了河上传来了一种奇异的声音,很象鱼群在喋喋,声音细微,忽远忽近,他用力地捕捉着,眼睛与耳朵并用,他看到了河上有发亮的气体起伏上升,声音就藏在气体里。只要他看着那神奇的气体,美妙的声音就逃跑不了。他的脸色渐渐红润起来,嘴角上漾起动人的微笑。他早忘记了自己坐在什么地方干什么,仿佛一上一下举着的手臂是属于另一个人的。后来,他感到右手食指一阵麻木,右胳膊也不由自主地抽搐了一下。他的嘴里突然迸出了一个音节,象哀叫又象叹息。低头看时,发现食指指甲盖已经破成好几半,几股血从指甲破缝里渗出来。

"小黑孩,砸着手了是不?"姑娘耸身站起,两步跨到孩子面前蹲下,"亲娘哟,砸成了什么样子?哪里有象你这样干活的?人在这儿,心早飞到不知哪国去了。"

姑娘数落着黑孩。黑孩用右手抓起一把土按到砸破的手指上。

"黑孩,你昏了?土里什么脏东西都有!"姑娘拖起黑孩向河边走去,孩子的脚板很响地扇着油光光的河滩地。在水边上蹲下,姑娘抓住孩子的手浸到河水里。一股小小的黄浊流在孩子的手指前形成了。黄土冲光手,血丝又渗出来,象红线一样在水里抖动,孩子的指甲象砸碎的玉片。

"痛吗?"

他不吱声。这时候他的眼睛又盯住了水底的河虾,河虾身体透亮,两根长须冉冉飘动,十分优美。

姑娘掏出一条绣着月季花的手绢,把他的手指包起来。牵着他回到石堆旁,姑娘说:"行了,坐着耍吧,没人管你,冒失鬼。"

女人们也都停下了手中的锤子,把湿漉漉的目光投过来,石堆旁一时很静。一群群绵羊般的白云从青蓝蓝的天上飞奔而过,投下一团团稍纵即逝的暗影,时断时续地笼罩着苍白的河滩和无可奈何的河水。女人们脸上都出现一种荒凉的表情,好象寸草不生的盐碱地。待了好长一会儿,她们才如梦初醒,重新砸起石子来,锤声寥落单调,透出了一股无可奈何的情绪。

黑孩默默地坐着,目不转睛地看着手绢上的红花儿。在红花旁边又有一朵花儿出现了,那是指甲里的血渗出来了。女人们很快又忘了他,"嘎嘎咕咕"地说笑起来。黑孩把伤手举起来放在嘴边,用牙齿咬开手绢的结儿,又用右手抓起一把土,按到伤指上。姑娘刚要开口说话,却发现他用牙齿和右手又把手绢扎好了。她长长地叹了一口气,举起锤子,沉重地打在一块酱红色的石片上。石片很坚硬,石棱儿象刀刃一样,石棱与锤棱相接,碰出了几个很大的火星,大白天也看得清。

中午,刘副主任骑着辆乌黑的自行车从黑孩和小石匠的村子里窜出来。他站在滞洪闸上吹响了收工哨。他接着宣布,伙房已经开火,离家五里以外的民工才有资格去吃饭。人们匆匆地收拾着工具。姑娘站起来。孩子站起来。

"黑孩,你离家几里?"

黑孩不理她,脑袋转动着,象在寻找什么。姑娘的头跟着黑孩的头转动,当黑孩的头不动了时,她也把头定住,眼睛向前望,正碰上小石匠活泼的眼睛,两人对视了几十秒钟。小石匠说:"黑孩,走吧,回家吃饭,你不用瞪眼,瞪眼也是白瞪眼,咱俩离家不到二里,没有吃伙房的福份。"

"你们俩是一个村的?"姑娘问小石匠。

小石匠兴奋地口吃起来,他用手指指村子,说他和黑孩就是这村人,过了桥就到了家。姑娘和小石匠说了一些平常但很热乎的话。小石匠知道了姑娘家住前屯,可以吃伙房,可以睡桥洞。姑娘说,吃伙房愿意,睡桥洞不愿意。秋天里刮秋风,桥洞凉。姑娘还悄悄地问小石匠黑孩是不是哑巴。小石匠说绝对不是,这孩子可灵性哩,他四五岁时说起话来就象竹筒里晃豌豆,咯崩咯崩脆。可是后来,话越来越少,动不动就象尊小石像一样发呆,谁也不知道他寻想着什么。你看看他那双眼睛吧,黑洞洞的,一眼看不到底。姑娘说看得出来这孩子灵性,不知为什么我很喜欢他,就象我的小弟弟一样。小石匠说,那是你人好心眼儿善良。

小石匠、姑娘、黑孩儿,不知不觉落到了最后边,他和她谈得很热乎,恨不得走一步退两步。黑孩跟在他俩身后,高抬腿、轻放脚,神情和动作都很象一只沿着墙边巡逻的小公猫。在九孔桥上,刚刚在紫穗槐树丛里耽误了时间的刘太阳骑着车子"嘎嘎啦啦"地赶上来,桥很窄,他不得不跳下车子。

"你们还在这儿磨蹭?黑猴,今天上午干得怎么样?噢,你的爪子怎么啦?"

"他的手让锤子打破了。"

"他妈的。小石匠,你今天中午就去找你们队长,让他趁早换人,出了人命我可担不起。"

"他这是公伤,你忍心撵他走?"姑娘大声说。

"刘主任,咱俩多年的老交情了,你说,这么大个工地,还多这么个孩子?你让他瘸着只手到队里去干什么?"小石匠说。

"瘦猴儿,真你妈的,"刘太阳沉吟着说,"给你调个活儿吧,给铁匠炉拉风匣,怎么样?会不会?"

孩子求援似地看看小石匠,又看看姑娘。

"会拉,是不是黑孩?"小石匠说。

姑娘也冲着他鼓励地点点头。

二

黑孩在铁匠炉上拉风箱拉到第五天,赤裸的身体变得象优质煤块一样乌黑发亮;他全身上下,只剩下牙齿和眼白还是白的。这样一来,他的眼睛就更加动人,当他闭紧嘴角看着谁的时候,谁的心就象被热铁烙着一样难受。他的鼻翼两侧的沟沟里落满煤屑,头发长出有半寸长了,半寸长的头发间也全是煤屑。现在,全工地的男人女人们都叫他"黑孩"儿,他谁也不理,连认真看你一眼也不。只有菊子姑娘和小石匠来跟他说话时,他才用眼睛回答他们。昨天中午,工地上的人们全去吃饭了,铁匠师傅的一把小锤和一个淬火用的新水桶被人偷走了。刘太阳在滞洪闸上大骂了半个小时。他分派给黑孩一个新任务:每天中午放工吃饭后,留在工地看守工具,午饭由铁匠师傅从伙房里带来。刘副主任说,便宜黑孩这个狗小子一顿午饭。

人全走了,喧闹了一上午的工地静得很。黑孩走出桥洞,在闸前的沙地上慢慢地踱步。他倒背着胳膊,双手捂着屁股,蹙着眉毛,额头上出现三道深深的皱纹。他翻来复去地数着桥洞,从两片嘴唇间"叽儿叽儿"地吐出一个个小泡泡儿。在第七个桥墩前,他站住了,然后双腿夹住桥墩的菱状石棱,一耸一耸地往上爬。爬到半截时,他滑了下来,肚皮上擦破了一大块,渗出一层血珠来。他弯腰抓起一把土,按到肚子上。然后倒退几步,抬起手掌打着眼罩,看着桥墩与桥面相接处那道石缝,他放心了。

很快地他又走到了妇女们砸石子的地方,他曾经坐过的那块石头没有了。他很准地找到了菊子姑娘的座位,他认识她那把六棱石匠锤。他坐在姑娘的座位上,不断地扭动着身体,变换着姿式,一直等调整到眼睛跟第七个桥墩上那条石缝成一条直线时,才稳稳地坐住,双眼紧盯着石缝里那个东西……

那天中午,他早早地跑到滞洪闸下,在西边第一个桥洞里蹲下来。他眼睛一遍遍地抚摸红炉、铁钳、大锤、小锤、铁桶、煤铲,甚至每块煤,甚至每块煤渣。快到上工时间了,他右手拿起煤铲,捅开了压住火的红炉,左手用力一拉风箱,煤烟和着煤灰飞起来,迷了眼睛,他使劲揉着,眼眶处充血发了紫。风箱里新勒了鸡毛,很沉,他一只手拉起来有些吃力。右手食指被碰了一下。看手指时才想起那条包着伤指的手绢。手绢已经不白了,月季花还是鲜红的。他转了一个念头,走出桥洞,四下打量着。在第七个桥墩前,他解下手绢用口叼着,费力地爬上去,把手绢塞到石缝里……三捅两戳,火灭了。他的额上沁出一层汗珠。这时桥洞外响起踢踢踏踏的脚步声,他惶恐地倒退着,一直退到脊背贴着凉凉的石壁。黑孩看到一个短腿的青年弯着腰走进桥洞,那姿式好象要证明桥洞很低他人很高。黑孩咧了咧嘴。短腿青年看着被捅灭的火炉和拉出半截的风箱,又看看紧贴石壁站着的他,骂一声:"小狗崽子!你来折腾什么?火也捅灭了,风匣也拉歪了,欠揍的小混蛋"。黑孩听到头上响起一阵风声,感到有一个带棱角的巴掌在自己头皮上扇过去,紧接着听到一个很脆的响,象在地上摔死一只青蛙。

"滚出去砸你的石头子儿,小混蛋!"青年人骂着。

黑孩这才知道这就是小铁匠。小铁匠的脸上布满密集的粉刺疙瘩,鼻子象牛犊的鼻子一样,扁扁的,平平的,上边布满汗珠。黑孩看到小铁匠麻利地清理炉膛。又看着他从桥洞的角上抓过一把金黄的麦秸塞到炉膛里,点燃,轻轻地拉几下风箱,麦秸先冒出又轻又白的烟,紧跟着窜出火苗。小铁匠铲了一铲湿漉漉的煤,薄薄地撒在正在燃烧的麦秸上,拉风箱的手一直不停。又撒了一层煤。又撒了一层煤。炉里窜起焦黄的烟,烟里夹带着呛鼻子的煤味。小铁匠用铁铲尖儿把炉中煤一戳,几缕强劲有力的暗红色的火苗窜了出来,煤着了。

黑孩兴奋地"嗷"了一声。

"你还不滚,小混蛋!"

一个又高又瘦的老头子慢吞吞地走进桥洞,问小铁匠:"不是压住火了吗?怎么又生?"他的语声沉闷,声音象是从胸膈以下发出来的。

"被这个小混蛋给捅灭了。"小铁匠抬起煤铲指指黑孩。

"你让他拉吧。"老头说。他把一块蛋黄色的油布围在腰间,把两块蛋黄色的油布绑在脚脖子上护住了脚面。油布上布满了火星烧成的洞洞眼眼。黑孩知道这就是老铁匠了。

"让他拉风匣,你专管打锤,这样你也轻松一点。"老铁匠说。

"让这么个毛孩子拉风匣?你看他瘦得那个猴样,在火炉边还不给烤成干柴棍儿!"小铁匠不满意的嘟哝着。

刘太阳一步闯进来,翻着眼皮说:"怎么啦?不是你说的要个拉火的吗?"

"要拉火的不要他!刘副,你看看他瘦得那个样子,恐怕连他妈的煤铲都拿不动,你派他来干什么?臭杞摆碟凑样数!"

"我知道你小子的鬼心眼子。你想要个大姑娘来给你拉火是不是?挑个最漂亮的,让那个蒙着紫红色方头巾的来?美得你这个臊包狗蛋!黑孩,拉风匣吧。"刘太阳冲着小铁匠说,"你他妈的好好教教他!"

黑孩畏畏缩缩地走到风箱前站定,目光却期待什么似地望着老铁匠的脸。孩子发现,老铁匠的脸色象炒焦了的小麦,鼻子尖象颗熟透了的山楂。他走上前来,教给黑孩一些烧火的要领。黑孩的耳朵抖动着,把老铁匠的话儿全听进去了。

刚开始拉火时,他手忙脚乱,满身都是汗水,火焰烤得他的皮肤象针尖刺着一样疼痛。老铁匠面部没有表情,僵硬犹如瓦片,连看也不看他一眼。黑孩咬着下嘴唇,不断地抬起黑胳膊擦着流到眼睛上边的汗水。他的鸡胸脯一起一伏,嘴和鼻孔象风箱一样"呼哧呼哧"喷着气。

小石匠送来磨秃的钢钻待修,看着黑孩那副样子,说:"能不能挺住?挺不住就吱一声,还去砸你的石头子儿。"

黑孩连头都没抬。

"这倔种!"小石匠把钢钻扔在地上,走了。但很快他又折了回来,和菊子姑娘一起。菊子把方头巾扎在脖子上,整个脸显得更加完整。

桥洞里的小铁匠忽然感到眼前一亮,使劲咽了一口唾液,又用肥厚的舌头舔了舔干裂的嘴唇。他的两只眼睛不比黑孩的眼睛小,但右眼里有一个鸭蛋皮色的"萝卜花"遮盖了瞳孔。天长日久地用左眼看东西,养成了脑袋往右歪的习惯。他的头枕在右肩上,左眼里射出一道灼热的光,直盯着姑娘红扑扑的脸膛。十八磅的大铁锤头朝下站在他的两腿间,他手扶锤把子,象拄着一根拐棍。

炉中烟火升腾,黑烟挟带着火星直冲到桥面上,又愤怒地反扑下来。孩子的脸笼罩在烟雾里,他咳嗽着,胸脯里"咝咝"地响。老铁匠冷冷地看了黑孩一眼,从磨得油亮的皮口袋里掏出烟袋,慢吞吞地装上烟,就着炉火点燃,把两股白色烟喷进黑色烟里,鼻孔里两撮黑毛抖动着,他从烟雾里漠然地看了一眼桥洞口的小石匠和菊子,这才对黑孩说:"少加煤,撒匀一点。"

孩子急促地拉着风箱,瘦身子前倾后仰,炉火照着他汗湿的胸脯,每一根肋巴条都清清楚楚。左胸脯的肋条缝中,他的心脏象只小耗子一样可怜巴巴地跳动着。老铁匠说:"拉长一点,一下是一下。"

菊子姑娘看到黑孩的下唇流出深红的血,眼睛里顿时充满泪水。她喊道:"黑孩,不给他们干了。走,回去跟我砸石子儿。"她走到风箱前,捏住了黑孩那两条干柴棍一样的细胳膊。黑孩拼命挣扎着,喉咙里呜呜地响着,象一条要咬人的小狗。他身体很轻,姑娘架着他的胳膊把他端出了桥洞,他粗糙的脚趾划着地面,地上的碎石片儿哗哗地响着。

"黑孩,咱不给他们干了,你顶不住烟熏火燎,你这么瘦,流光了汗,就烤成锅巴啦。还是跟姐姐去砸石子儿轻松。"一边说着,一边把他放下,用一只手拖着他往石堆那边走。她的胳膊粗壮有力,手很大很柔软,捏着黑孩的手腕,象捏着一条小山羊腿。黑孩打着坠,脚后跟哗哗啦啦犁着地上的碎石片。"小傻瓜,小拗种,好好跟我走。"姑娘停住脚,回头对他说着,手用力捏捏他的腕子,"看看你这小狗腿,我要一用劲,保准捏碎了,那么重的活你怎么干得了?"黑孩恨恨地盯了她一眼,猛地低下头,在姑娘胖胖的手腕上狠狠地咬了一口。她"哎哟"了一声,松开手,黑孩转身跑回了桥洞。

黑孩的牙齿十分锋利,姑娘的手腕上被咬出了两排深深的牙印。他的犬齿是两个锥牙儿,这两个锥牙在姑娘腕上钻出了两个流血的小洞。小石匠关切地走上前去,掏出一条皱巴巴的手绢要给姑娘包扎。她推开他,眼睛也不看他,弯腰从地上抓起一把土,按在伤口上。

"有病菌!"小石匠吃惊地叫喊。

姑娘走回乱石堆前,寻着自己的座位坐下来,呆呆地瞅着河水上层出不穷的波纹,一块石头儿也不砸。

"看看,又傻了一个。"

"黑孩八成会使魔法。"

女人们咬着耳朵低语。

"黑孩,你给我滚出来,狗崽子,狗咬吕洞宾,不识好人心。"小石匠骂着往铁匠炉所在的桥洞里走。

一股脏乎乎、热烘烘的水泼出来,劈头盖脸蒙住了小石匠。小石匠对得正,桥洞里瞄得准,半桶水几乎没浪费一滴。他柔软的黄头发上,劳动布夹克衫上、大红运动衫翻领上,沾满了铁屑和煤灰,脏水象小溪一样从头往脚流。

"瞎了狗眼了!"小石匠大骂着冲进桥洞,"谁干的?说,谁干的?"

没有人答理他。桥洞里黑烟散尽,炉火正旺,紫红色的老铁匠用一把长长的铁钳子把一根烧得发白透亮的钢钻子从炉里夹出来,钻子尖上"噼噼"地爆着耀眼的钢花。老铁匠把钻子放在铁砧上,用小叫锤敲了一下铁钻的边缘,铁钻清脆地回答着他。他的左手操着长把铁钳,铁钳夹着钻子,钻子按着他的意思翻滚着;右手的小右锤很快地敲着钢钻。他的小锤敲到哪儿,独眼小铁匠的十八磅大铁锤就打到哪儿。老铁匠的小锤象鸡啄米一样迅疾,小铁匠的大锤一步不让,桥洞里习习生出热风。在惊心动魄的锻打声中,钢钻子火星四溅,火星溅到老铁匠和小铁匠围腰护脚的油布上,"滋滋"地冒着白色的烟。火星也飞到了黑孩裸露的皮肤上,他咧着嘴,龇出两排雪白的小狼牙齿。钢火在他肚皮上烫起几个大燎泡,他一点都没有痛的表情,眼睛里跳动着心荡神迷的火苗,两个瘦削的肩头耸起来,脖子使劲缩着,双臂交叠在胸前,手捂着下巴和嘴巴,挤得鼻子上满是皱纹。

秃钻子被打出了尖,颜色暗淡下来——先是殷红,继而是银白。地下落着一层灰白的铁屑,铁屑引燃了一根草梗,草梗悠闲地冒着袅袅的白烟。

"谁他妈的泼了我?"小石匠盯着小铁匠骂。

"老子泼的,怎么着?"小铁匠遍体放光,双手拄着锤把,优雅地歪着头,说。

"你瞎眼了吗?"

"瞎了一个。老爹泼水你走路,碰上了算你运气。"

"你讲理不讲?"

"这年头,拳头大就有理。"小铁匠捏起拳头,胳膊上的肉隆起来。

"来吧,独眼龙!老子今天把你这只狗眼也打瞎。"小石匠怒气冲冲地靠了前,老铁匠好象无意地往前跨了一步,撞了他一下。小石匠猛然觉得老人那双深深地躯着的眼窝里射出了一股物质,好象暗示着什么,他顿时感到浑身肌肉松弛。老铁匠微微扬起脸,极随便地哼唱了一句说不出是什么味道的戏文或是歌词来。

恋着你刀马娴熟通晓诗书少年英武,跟着你闯荡江湖风餐露宿吃尽了世上千般苦。

老铁匠只唱了这一句,声音戛然而止,听得出他把一大截悲怆凄楚的尾音咽进了肚子。老铁匠又看了小石匠一眼,低下头去给刚打出尖的钻子淬火。淬火前,他捋起右手衣袖,把手伸进水桶里试着水温,他的小臂上有一个深紫色的伤疤,圆圆的,中间凸出,尽管这个伤疤不象一只眼睛,但小石匠却觉得这个紫疤象一只古怪的眼睛盯着自己。他撇了一下嘴,恍恍惚惚象中了魔症,飘飘地出了桥洞,红炉这边,一下午没见到他的影子。

……孩子的眼睛酸了,头皮也晒得发烫。他从姑娘的座位上站起来,踱回到铁匠炉边。桥洞里很暗,他摸摸索索地坐在老铁匠的马扎上,什么都不想的时候,双手便火烧火燎地痛起来,他把手放在凉森森的石壁上,赶快去想过去的事情。

三天前,老铁匠请假回家拿棉衣和铺盖,他说人老了腿值钱,不愿天天往家跑,在红炉边絮个铺,冻不着的。(黑孩抬眼看看老铁匠的铺。桥洞的北边已经用闸板堵起来了,几缕亮光从板缝里漏进来,斜照着老铁匠那件油晃晃的棉袄和那条狗毛脱落的皮褥子。)老师傅回了家,小铁匠成了一洞之主。那天上午进桥洞来,他挺着胸,凸着肚,好颜好色地说:"黑孩,生火,老东西回家了,咱们俩干。"

黑孩看着他。

"瞪什么眼,兔崽子!你瞧不起老子是不?老子跟着老东西已经熬了整三年啦,他那点把戏我全知道。"小铁匠说。

黑孩懒洋洋地生起火来。小铁匠得意地哼着什么。他把几支头天没来得及修的钢钻插进炉膛烧着。黑孩把火拉得很旺,照着自己的黑脸透出红来。小铁匠忽然笑起来,说:"黑孩,你小子冒充老红军准行,浑身是疤。"

孩子使劲拉火。

"这几天怎么也不见你那个浪干娘来看你啦?你咬了她一口,把她得罪啦,狗儿子。她的胳膊什么味儿?是酸的还是甜的?你狗日的好口福。要是让我捞到她那条白嫩胳膊,我象吃黄瓜一样啃着吃了。"

黑孩提起长钳,夹起一根烧透了的钢钻扔到砧子上。

"哟,儿子,好快!"小铁匠抄起一把比大锤小比小锤大的中锤,一手掌钳,一手抡锤,狠狠地打起来。黑孩呆呆地看着。小铁匠一身好力气,铁锤耍得出神出鬼,打出的钢钻尖儿棱角分明,象支削好的铅笔。黑孩很悲哀地看着老铁匠那把小叫锤儿。小铁匠用铁钳夹着打好的钢钻到桶边淬火,他淬火的动作跟老铁匠一模一样。黑孩背过脸,又去看那躺在砧子旁边的小叫锤,小叫锤的木把儿象老牛的角尖一样又光又滑。

小铁匠好马快刀,一会儿功夫就修好十几支钢钻。他得意地坐在师傅的马扎上卷烟。卷好烟,插进嘴,吩咐黑孩夹过一块通红的炭给他点着。

"儿子,看到了吧?没有老梆子我们照样干!"

小铁匠正得意着,刚才拿走钻子的石匠们找他来了。

"小铁匠,你淬得什么鸟火?不是崩头就是弯尖,这是剥石头,不是打豆腐。没有弯弯肚子,别吞镰头刀子。等你师傅回来吧,别拿着我们的钢钻练功夫。"

石匠们把那十几支坏钻子扔在地上。走了。小铁匠脸变了色,咋呼着黑孩拉火烧钻子。一会儿功夫他又把钻子打好,淬好,亲自抱着送到工地上。他前脚进了桥洞,石匠们后脚就跟来了。坏钻子扔在地上,脏话扔在小铁匠头上:"去你娘的蛋,别耍我们的大头了,看看你淬的火!全崩了你娘的尖啦!"

黑孩看看小铁匠,嘴角上漾出两道纹来,谁也不知道他是高兴还是难过。小铁匠把工具摔得"噼哩卡啦"响,蹲到地上,呼呼地吐闷气。他抽了一支烟,那只独眼古噜噜地转着,射出迷茫暴躁的光线,两条大蝌蚪一样的眉毛急遽地扭动着。他扔掉烟屁股,站起来,说:

"妈的,就不信羊不吃蒿子!黑孩,拉火再干!"

黑孩无精打采地拉着风箱,动作一下比一下迟缓。小铁匠催他,骂他,他连头都不抬。钻子又烧好了。小铁匠草草打了几锤,就急不可耐地到桶边淬火。这次他改变了方式,不是象老铁匠那样一点点地淬,而是整个钻子一下插到水里。桶里的水吱吱地叫着,一股白气绞着麻花冲起来。小铁匠把钢钻提起来,举到眼前,歪着头察看花纹和颜色。看了一阵,他就把这支钻子放在砧子上,用锤轻轻一敲,钢钻断成两半。他沮丧地把锤子扔到地上,把那半截钻子用力甩到桥洞外边去。坏钻子躺在洞前石片上,怎么看都难受。

"去把那根钻子捡回来!"小铁匠怒冲冲地吩咐黑孩。黑孩的耳朵动了动,脚却没有动。他的屁股上挨了一脚,肩膀上被捅了一钳子,耳边响起打雷一样的吼声:"去把钻子捡回来。"

黑孩垂着头走到钻子前,一点一点弯下腰去,伸手把钻子抓起来。他听到手里"滋滋啦啦"地响,象握着一只知了。鼻子里也嗅到炒猪肉的味道。钻子沉重地掉在地上。

小铁匠一愣,紧接着大笑起来:"兔崽子,老子还忘了钻子是热的,烫熟了猪爪子,啃吧!"

黑孩走回桥洞,一眼也不看小铁匠,把烫熟了皮肉的手淹到水桶里泡了泡,又慢悠悠走出桥洞。他弯下腰去,仔细地端详着那半截钢钻子。钢钻是银灰色的,表面粗糙,有好多小颗粒。地上的湿土在钢钻下冒着白气,那白气很细,若有若无。他更低地俯下身去,屁股高高地翘起来,大裤头全褪到屁股上,露出比小腿颜色略浅的大腿。他的一只手掐在背上,一只手从肩前垂下去,慢慢地接近钢钻,水珠沿着指尖滴下去,钢钻子嗤啦一声响。水珠在钻子上跳动着,叫着,缩小着,变成一圈波纹,先扩大一下,立即收缩,终于消逝了。他的指尖已经感到了钢钻的灼热,这种灼热感一直传导到他心里去。

"你他妈的在那儿干什么,弯腰撅腚,冒充走资派吗?"小铁匠在桥洞里喊他。

他一把攥住钢钻,哆嗦着,左手使劲抓着屁股,不慌不忙走回来。小铁匠看到黑孩手里冒出黄烟,眼象风瘫病人一样咼斜着叫:"扔、扔掉!"他的嗓子变了调,象猫叫一样,"扔掉呀,你这个小混蛋!"

黑孩在小铁匠面前蹲下,松开手,抖了两抖,钻子打了两滚儿躺在小铁匠脚前。然后就那么蹲着,仰望着小铁匠的脸。

小铁匠浑身哆嗦起来:"别看我,狗小子,别看我。"他拧过脸去。黑孩站起来,走出桥洞……他记得他走出桥洞后望了一会儿西天,天上连一丝云彩也没有,只有半个又白又薄的月亮,象一块小小的云……

他想得很累,耳朵里有蜜蜂的叫声。从马扎子上起来,走到老铁匠的铺前躺下来。头枕着棉袄,眼皮不知不觉合上了。他感到有一个人在抚摸自己的脸,抚摸自己的手,痛,他忍着。有两滴沉甸甸的水珠落下来,一滴落在两片唇间,他咽了;一滴打到鼻尖上,鼻子被砸得酸溜溜的。

"黑孩、黑孩,醒醒,吃饭啦。"

他觉得鼻子酸得厉害,匆忙爬起来,看着姑娘。有两股水儿想从眼窝里滚出来,他使劲憋住,终于让水儿流进喉咙。

"给你。"姑娘解开那条紫红色头巾。头巾里包着两个窝窝头。一个窝窝头的眼里塞着一根腌黄瓜,一个窝窝头眼里栽着一棵大葱。一根长长的梢儿发黄的头发沾在窝窝头上。姑娘用两个指头拈起头发,轻轻一弹,头发落地时声音很响,黑孩听到了。

"吃吧,你这条小狗!"姑娘摸着他的脖子说。

黑孩咬葱咬黄瓜咬窝窝头,一边咀嚼一边看姑娘。

"手是怎么烫的?是不是独眼龙使坏?还咬我吗?看看你的狗牙多快。"

孩子的耳朵使劲忽扇着,左手举起窝窝头,右手举起大葱腌黄瓜,遮住了脸。

三

夜里,莫名其妙地下了一场雷阵雨。清晨上工时,人们看到工地上的石头子儿被洗得干干净净,沙地被拍打的平平整整。闸下水槽里的水增了两拃,水面蓝汪汪地映出天上残余的乌云。天气仿佛一下子冷了,秋风从桥洞里穿过来,和着海洋一样的黄麻地里的綷縩之声,使人感到从心里往外冷。老铁匠穿上了他那件亮甲似的棉袄,棉袄的扣子全掉光了,只好把两扇襟儿交错着掩起来,拦腰捆上一根红色胶皮电线。黑孩还是只穿一条大裤头子,光背赤足,但也看不出他有半点瑟缩。他原来扎腰的那根布条儿不知是扔了还是藏了,他腰里现在也扎着一节红胶皮电线。他的头发这几天象发疯一样地长,已经有二寸长,头发根根竖起,象刺猬的硬毛。民工们看着他赤脚踩着石头上积存的雨水走过工地,脸上都表现出怜悯加敬佩的表情来。

"冷不冷?"老铁匠低声问。

黑孩惶惑地望着老铁匠,好象根本不理解他问话的意思。"问你哩!冷吗?"老铁匠提高了声音。惶惑的神色从他眼里消失了,他垂下头,开始生火。他左手轻拉风箱,右手持煤铲,眼睛望着燃烧的麦秸草。老铁匠从草铺上拿起一件油腻腻的褂子给黑孩披上。黑孩扭动着身体,显出非常难受的样子。老铁匠一离开,他就把褂子脱下来,放回到铺上去。老铁匠摇摇头,蹲下去抽烟。

"黑孩,怪不得你死活不离开铁匠炉,原来是图着烤火暖和哩,妈的,人小心眼儿不少。"小铁匠打了一个百无聊赖的呵欠,说。

工地上响起哨子声,刘副主任说,全体集合。民工们集合到闸前向阳的地方,男人抱着膀子,女人纳着鞋底子。黑孩偷觑着第七个桥墩上的石缝,心里忐忑不安。刘副主任说,天就要冷,因此必须加班赶,争取结冰前浇完混凝土底槽。从今天起每晚七点到十点为加班时间,每人发给半斤粮,两毛钱。谁也没提什么意见。二百多张脸上各有表情。黑孩看到小石匠的白脸发红发紫,姑娘的红脸发灰发白。

当天晚上,滞洪闸工地上点亮了三盏气灯。气灯发着白炽刺眼的光,一盏照耀石匠们的工场,一盏照着妇女们砸石子儿的地方。妇女们多数有孩子和家务,半斤粮食两毛钱只好不挣。灯下只围着十几个姑娘。她们都离村较远,大着胆子挤在一个桥洞里睡觉,桥洞两头都堵上了闸板,只在正面留了个洞,钻进钻出。菊子姑娘有时钻桥洞,有时去村里睡(村里有她一个姨表姐,丈夫在县城当临时工,有时晚上不回家睡,表姐就约她去作伴)。第三盏气灯放在铁匠炉的桥洞里,照着老年青年和少年。石匠工场上锤声叮当,钢钻子啃着石头,不时迸出红色的火星。石匠们干得还算卖劲,小石匠脱掉夹克衫,大红运动衣象火炬一样燃烧着。姑娘们围灯坐着,产生许多美妙联想。有时嘎嘎大笑,有时窃窃私语,砸石子的声音零零落落。在她们发出的各种声音的间隙里,充填着河上的流水声。菊子放下锤子,悄悄站起来,向河边走去。灯光把她的影子长长地投在沙地上。"当心被光棍子把你捉去。"一个姑娘在菊子身后说。菊子很快走出灯光的圈子。这时她看到的灯光象几个白亮亮的小刺球,球刺儿伸到她面前停住了,刺尖儿是红的、软的。后来她又迎着灯光走上去。她忽然想去看看黑孩儿在干什么,便躲避着灯光,闪到第一个桥墩的暗影里。

她看到黑孩儿象个小精灵一样活动着,雪亮的灯光照着他赤裸的身体,象涂了一层釉影。仿佛这皮肤是刷着铜色的陶瓷橡皮,既有弹性又有韧性,撕不烂也扎不透。黑孩似乎胖了一点点,肋条和皮肤之间疏远了一些。也难怪么,每天中午她都从伙房里给他捎来好吃的。黑孩很少回家吃饭,只是晚上回家睡觉,有时候可能连家也不回——姑娘有天早晨发现他从桥洞里钻出来,头发上顶着麦秸草。黑孩双手拉着风箱,动作轻柔舒展,好象不是他拉着风箱而是风箱拉着他。他的身体前倾后仰,脑袋象在舒缓的河水中漂动着的西瓜,两只黑眼睛里有两个亮点上下起伏着,如萤火虫优雅地飞动。

小铁匠在铁钻子旁边以他一贯的姿式立着,双手拄着锤柄,头歪着,眼睛瞪着,象一只深思熟虑的小公鸡。

老铁匠从炉子里把一支烧熟的大钢钻夹了出来,黑孩把另一支坏钻子捅到大钢钻腾出的位置上。烧透的钢钻白里透着绿。老铁匠把大钢钻放到铁砧上,用小叫锤敲砧子边,小铁匠懒洋洋地抄起大锤,象抡麻秆一样抡起来,大锤轻飘飘地落在钢钻子上,钢花立刻光彩夺目地向四面八方飞溅。钢花碰到石壁上,破碎成更多的小钢花落地,钢花碰到黑孩微微凸起的肚皮,软绵绵地弹回去,在空中画出一个个漂亮的半圆弧,坠落下去。钢花与黑孩肚皮相撞以及反弹后在空中飞行时,空气摩擦发热发声。打过第一锤,小铁匠如同梦中猛醒一般绷紧肌肉,他的动作越来越快,姑娘看到石壁上一个怪影在跳跃,耳边响彻"咣咣咣咣"的钢铁声。小铁匠塑铁成形的技术已经十分高超,老铁匠右手的小叫锤只剩下干敲砧子边的份儿。至于该打钢钻的什么地方,小铁匠是一目了然。老铁匠翻动钢钻,眼睛和意念刚刚到了钢钻的某个需要锻打的部位,小铁匠的重锤就敲上去了,甚至比他想的还要快。

姑娘目瞪口呆地欣赏着小铁匠的好手段,同时也忘不了看着黑孩和老铁匠。打得最精彩的时候,是黑孩最麻木的时候(他连眼睛都闭上了,呼吸和风箱同步),也是老铁匠最悲哀的时候,仿佛小铁匠不是打钢钻而是打他的尊严。

钢钻锻打成形,老铁匠背过身去淬火,他意味深长地看了小铁匠一眼,两个嘴角轻蔑地往下撇了撇。小铁匠直勾勾地看着师傅的动作。姑娘看到老铁匠伸出手试桶里的水,把钻子举起来看了看,然后身体弯着象对虾,眼瞅着桶里的水,把钻子尖儿轻轻地、试试探探地触及水面,桶里水"呲呲"地响着,一股很细的蒸气窜上来,笼罩住老铁匠的红鼻子。一会儿,老铁匠把钢钻提起来举到眼前,象穿针引线一样瞄着钻子尖,好象那上边有美妙的画图,老头脸上神采飞扬,每条皱纹里都溢出欣悦。他好象得出一个满意答案似地点点头,把钻子全淹到水里,蒸气轰然上升,桥洞里形成一个小小的蘑菇烟云。气灯光变得红殷殷的,一切全都朦胧晃动。雾气散尽,桥洞里恢复平静,依然是黑孩梦幻般拉风箱,依然是小铁匠公鸡般冥思苦想,依然是老铁匠如枣者脸如漆眼如屎克螂者臂上疤痕。

老铁匠又提出一支烧熟的钢钻,下面是重复刚才的一切,一直到老铁匠要淬火时,情况才发生了一些变化。老铁匠伸手试水温。加凉水。满意神色。正当老铁匠要为手中的钻子淬火时,小铁匠耸身一跳到了桶边,非常迅速地把右手伸进了水桶。老铁匠连想都没想,就把钢钻戳到小伙子的右小臂上。一股烧焦皮肉的腥臭味儿从桥洞里飞出来,钻进姑娘的鼻孔。

小铁匠"嗷"地号叫一声,他直起腰,对着老铁匠恶狠狠地笑着,大声喊:"师傅,三年啦!"

老铁匠把钢钻扔在桶里,桶里翻滚着热浪头,蒸气又一次弥漫桥洞。姑娘看不清他们的脸子,只听到老铁匠在雾中说:"记住吧!"

没等烟雾散尽她就跑了,她使劲捂住嘴,有一股苦涩的味儿在她胃里翻腾着。坐在石堆前,旁边一个姑娘调皮地问她:"菊子,这一大会儿才回去,是跟着大青年钻黄麻地了吧?"她没有回腔,听凭着那个姑娘奚落。她用两个手指捏着喉咙,极力不让自己发出声音。

收工的哨声响了。三个钟头里姑娘恍惚在梦幻中。"想汉子了吗?菊子?""走吧,菊子。"她们招呼着她。她坐着不动,看着灯光下幢幢的人影。

"菊子,"小石匠板板整整地站在她身后说,"你表姐让我捎信给你,让你今夜去作伴,咱们一道走吗?"

"走吗?你问谁呢?"

"你怎么啦?是不是冻病啦?"

"你说谁冻病啦?"

"说你哩!"

"别说我。"

"走吗?"

"走。"

石桥下水声响亮,她站住了。小石匠离她只有一步远。她回过头去,看到滞洪闸西边第一个桥洞还是灯火通明,其他两盏气灯已经熄灭。她朝滞洪闸工地走去。

"找黑孩吗?"

"看看他。"

"我们一块去吧,这小混蛋,别迷迷糊糊掉下桥。"

菊子感觉到小石匠离自己很近了,似乎能听到他"砰砰"的心跳声。走着,走着。她的头一倾斜,立刻就碰到小石匠结实的肩膀,她又把身子往后一仰,一只粗壮的胳膊便把她揽住了。小石匠把自己一只大手捂在姑娘窝窝头一样的乳房上,轻轻地按摩着,她的心在乳房下象鸽子一样乱扑楞。脚不停地朝着闸下走,走进亮圈前,她把他的手从自己胸前移开。他通情达理地松开了她。

"黑孩!"她叫。

"黑孩!"他也叫。

小铁匠用只眼看着她和他,腮帮子抽动一下。老铁匠坐在自己的草铺上,双手端着烟袋,象端着一杆盒子炮。他打量了一下深红色的菊子和淡黄色的小石匠,疲惫而宽厚地说:"坐下等吧,他一会儿就来。"

……黑孩提着一只空水桶,沿着河堤往上爬。收工后,小铁匠伸着懒腰说:"饿死啦。黑孩,提上桶,去北边扒点地瓜,拔几个萝卜来,我们开夜餐。"

黑孩睡眼迷蒙地看看老铁匠。老铁匠坐在草铺上,象只羽毛凌乱的败阵公鸡。

"瞅什么?狗小子,老子让你去你尽管去。"小铁匠腰挺得笔直,脖子一抻一抻地说。他用眼扫了一下瘫坐在铺上的师傅。胳膊上的烫伤很痛,但手上愉快的感觉完全压倒了臂上的伤痛,那个温度可是绝对的舒适绝对的妙。

黑孩拎起一只空水桶,踢踢踏踏往外走。走出桥洞,仿佛"忽通"一声掉下了井,四周黑得使他的眼睛里不时迸出闪电一样的虚光,他胆怯地蹲下去,闭了一会眼睛。当他睁开眼睛时,天色变淡了,天空中的星光暖暖地照着地,也照着瓦灰色的大地……

河堤上的紫穗槐枝条交叉伸展着,他用一只手分拨着枝条,仄着肩膀往上走。他的手捋着湿漉漉的枝条和枝条顶端一串串结实饱满的树籽,微带苦涩的槐枝味儿直往他面上扑。他的脚忽然碰到一个软绵绵热乎乎的东西,脚下响起一声"唧喳",没及他想起这是只花脸鹌,这只花脸鹌就懵头转向地飞起来,象一块黑石头一样落到堤外的黄麻地里。他惋惜地用脚去摸花脸鹌适才趴窝的地方,那儿很干燥,有一簇干草,草上还留着鸟儿的体温。站在河堤上,他听到姑娘和小石匠喊他。他拍了一下铁桶,姑娘和小石匠不叫了。这时他听到了前边的河水明亮地向前流动着,村子里不知哪棵树上有只猫头鹰凄厉地叫了一声。后娘一怕天打雷,二怕猫头鹰叫。他希望天天打雷,夜夜有猫头鹰在后娘窗前啼叫。槐枝上的露水把他的胳膊濡湿了,他在裤头上擦擦胳膊。穿过河堤上的路走下堤去。这时他的眼睛适应了黑暗,看东西非常清楚,连咖啡色的泥土和紫色的地瓜叶儿的细微色调差异也能分辨。他在地里蹲下,用手扒开瓜垅儿,把地瓜撕下来,"叮叮当当"地扔到桶里。扒了一会儿,他的手指上有什么东西掉下,打得地瓜叶儿哆嗦着响了一声。他用右手摸摸左手,才知道那个被打碎的指甲盖儿整个儿脱落了。水桶已经很重,他拐着水桶往北走。在萝卜地里,他一个挨一个地拔了六个萝卜,把缨儿拧掉扔在地上,萝卜装进水桶……

"你把黑孩弄到哪儿去了?"小石匠焦急地问小铁匠。

"你急什么?又不是你儿子!"小铁匠说。

"黑孩呢?"姑娘两只眼盯着小铁匠一只眼问。

"等等,他扒地瓜去了。你别走,等着吃烤地瓜。"小铁匠温和地说。

"你让他去偷?"

"什么叫偷?只要不拿回家去就不算偷!"小铁匠理直气壮地说。

"你怎么不去扒?"

"我是他师傅。"

"狗屁!"

"狗屁就狗屁吧!"小铁匠眼睛一亮,对着桥洞外骂道:"黑孩,你他妈的去哪里扒地瓜?是不是到了阿尔巴尼亚?"

黑孩歪着肩膀,双手提着桶鼻子,趔趔趄趄地走进桥洞,他浑身沾满了泥土,象在地里打过滚一样。

"哟,我的儿!真够下狠的了,让你去扒几个,你扒来一桶!"小铁匠高声地埋怨着黑孩,说,"去,把萝卜拿到池子里洗洗泥。"

"算了,你别指使他了。"姑娘说,"你拉火烤地瓜,我去洗萝卜。"

小铁匠把地瓜转着圈子垒在炉火旁,轻松地拉着火。菊子把萝卜提回来,放在一块干净石头上。一个小萝卜滚下来,沾了一身铁屑停在小石匠脚前,他弯腰把它捡起来。

透明的红萝卜

"拿来,我再去洗洗。"

"算了,光那五个大萝卜就尽够吃了。"小石匠说着,顺手把那个小萝卜放在铁砧子上。

黑孩走到风箱前,从小铁匠手里把风箱拉杆接过来。小铁匠看了姑娘一眼,对黑孩说:"让你歇歇哩,狗日的。闲着手痒痒?好吧,给你,这可不怨我,慢着点拉,越慢越好,要不就烤糊了。"

小石匠和菊子并肩坐在桥洞的西边石壁前。小铁匠坐在黑孩后边。老铁匠面南坐在北边铺上,烟锅里的烟早烧透了,但他还是双手捧烟袋,双肘支在膝盖上。

夜已经很深了,黑孩温柔地拉着风箱,风箱吹出的风犹如婴孩的鼾声。河上传来的水声越加明亮起来,似乎它既有形状又有颜色,不但可闻,而且可见。河滩上影影绰绰,如有小兽在追逐,尖细的趾爪踩在细沙上,声音细微如同氄毛纤毫毕现,有一根根又细又长的银丝儿,刺透河的明亮音乐穿过来。闸北边的黄麻地里,"泼剌剌"一声响,麻秆儿碰撞着、摇晃着,好久才平静。全工地上只剩下这盏气灯了,开初在那两盏气灯周围寻找过光明的飞虫们,经过短暂的迷惘之后,一齐麇集到铁匠炉边来,为了追求光明,把气灯的玻璃罩子撞得"哔哔啪啪"响。小石匠走到气灯前,捏着气杆,"噗唧噗唧"打气。气灯玻璃罩破了一个洞,一只蜣螂猛地撞进去,炽亮的石棉纱罩撞掉了,桥洞里一团黑暗。待了一会儿,才能彼此看清嘴脸。黑孩的风箱把炉火吹得如几片柔软的红绸布在抖动,桥洞里充溢着地瓜熟了的香味。小铁匠用铁钳把地瓜挨个翻动一遍。香味愈来愈浓,终于,他们手持地瓜红萝卜吃起来。扒掉皮的地瓜白气袅袅,他们一口凉,一口热,急一口,慢一口,咯咯吱吱,唏唏溜溜,鼻尖上吃出汗珠。小铁匠比别人多吃了一个萝卜两个地瓜。老铁匠一点也没吃,坐在那儿如同石雕。

"黑孩,回家吗?"姑娘问。

黑孩伸出舌头,舔掉唇上残留的地瓜渣儿,他的小肚子鼓鼓的。

"你后娘能给你留门吗?"小石匠说,"钻麦秸窝儿吗?"

黑孩咳嗽了一声。把一块地瓜皮扔到炉火里,拉了几下风箱,地瓜皮卷曲,燃烧,桥洞里一股焦糊味。

"烧什么你?小杂种,"小铁匠说,"别回家,我收你当个干儿吧,又是干儿又是徒弟,跟着我闯荡江湖,保你吃香的喝辣的。"

小铁匠一语未了,桥洞里响起凄凉亢奋的歌唱声。小石匠浑身立时爆起一层幸福的鸡皮疙瘩,这歌词或是戏文他那天听过一个开头。

恋着你刀马娴熟,通晓诗书,少年英武,跟着你闯荡江湖,风餐露宿,受尽了世上千般苦——

老头子把脊梁靠在闸板上,从板缝里吹进来的黄麻地里的风掠过他的头顶,他头顶上几根花白的毛发随着炉里跳动不止的煤火轻轻颤动。他的脸无限感慨。腮上很细的两根咬肌象两条蚯蚓一样蠕动着,双眼恰似两粒燃烧的炭火。

……你全不念三载共枕,如云如雨,一片恩情,当作粪土。奴为你夏夜打扇,冬夜暖足,怀中的香瓜,腹中的火炉……你骏马高官,良田千亩,丢弃奴家招赘相府,我我我我是苦命的奴呀……

姑娘的心高高悬着,嘴巴半张开,睫毛也不眨动一下地瞅着老铁匠微微仰起的表情无限丰富的脸和他细长的脖颈上那个象水银珠一样灵活地上下移动着的喉结。凄婉艾怨的旋律如同秋雨抽打着她心中的田地,她正要哭出来时,那旋律又变得昂扬壮丽浩渺无边,她的心象风中的柳条一样飘荡着,同时,有一种麻酥酥的感觉从脊椎里直冲到头顶,于是她的身体非常自然地歪在小石匠肩上,双手把玩着小石匠那只厚茧重重的大手,眼里泪光点点,身心沉浸在老铁匠的歌里,意里。老铁匠的瘦脸上焕发出夺目的光彩,她仿佛从那儿发现了自己象歌声一样的未来……

小石匠怜爱地用胳膊搂住姑娘,那只大手又轻轻地按在姑娘硬梆梆的乳房上。小铁匠坐在黑孩背后,但很快他就坐不住了,他听到老铁匠象头老驴一样叫着,声音刺耳,难听。一会儿,他连驴叫声也听不到了。他半蹲起来,歪着头,左眼几乎竖了起来,目光象一只爪子,在姑娘的脸上撕着,抓着。小石匠温存地把手按到姑娘胸脯上时,小铁匠的肚子里燃起了火,火苗子直冲到喉咙,又从鼻孔里、嘴巴里喷出来。他感到自己蹲在一根压缩的弹簧上,稍一松神就会被弹射到空中,与滞洪闸半米厚的钢筋混凝土桥面相撞,他忍着,咬着牙。

黑孩双手扶着风箱杆儿,炉中的火已经很弱了,一绺蓝色火苗和一绺黄色火苗在煤结上跳跃着,有时,火苗儿被气流托起来,离开炉面很高,在空中浮动着,人影一晃动,两个火苗又落下去。孩子目中无人,他试图用一只眼睛盯住一个火苗,让一只眼黄一只眼蓝,可总也办不到,他没法把双眼视线分开。于是他懊丧地从火上把目光移开,左右巡睃着,忽然定在了炉前的铁砧上。铁砧踞伏着,象只巨兽。他的嘴第一次大张着,发出一声感叹(感叹声淹没在老铁匠高亢的歌声里)。黑孩的眼睛原本大而亮,这时更变得如同电光源。他看到了一幅奇特美丽的图画:光滑的铁砧子。泛着青幽幽蓝幽幽的光。泛着青蓝幽幽光的铁砧子上,有一个金色的红萝卜。红萝卜的形状和大小都象一个大个阳梨,还拖着一条长尾巴,尾巴上的根根须须象金色的羊毛。红萝卜晶莹透明,玲珑剔透。透明的、金色的外壳里苞孕着活泼的银色液体。红萝卜的线条流畅优美,从美丽的弧线上泛出一圈金色的光芒。光芒有长有短,长的如麦芒,短的如睫毛,全是金色,……老铁匠的歌唱被推出去很远很远,象一个小蝇子的嗡嗡声。他象个影子一样飘过风箱,站在铁砧前,伸出了沾满泥土煤屑、挨过砸伤烫伤的小手,小手抖抖索索……当黑孩的手就要捉住小萝卜时,小铁匠猛地窜起来,他踢翻了一个水桶,水汩汩地流着,渍湿了老铁匠的草铺。他一把将那个萝卜抢过来,那只独眼充着血:"狗日的!公狗!母狗!你也配吃萝卜?老子肚里着火,嗓里冒烟,正要它解渴!"小铁匠张开牙齿焦黑的大嘴就要啃那个萝卜。黑孩以少有的敏捷跳起来,两只细胳膊插进小铁匠的臂弯里,身体悬空一挂,又嘟噜滑下来,萝卜落到了地上。小铁匠对准黑孩的屁股踢了一脚,黑孩一头扎到姑娘怀里,小石匠大手一翻,稳稳地托住了他。

老铁匠停下了嘶哑的歌喉,慢慢地站起来。姑娘和小石匠也站起来。六只眼睛一起瞪着小铁匠。黑孩头很晕,眼前的一切都在转动。使劲晃晃头,他看到小铁匠又拿着萝卜往嘴里塞。他抓起一块煤渣投过去,煤渣擦着小铁匠腮边飞过,碰到闸板上,落在老铁匠铺上。

"日你娘,看我打死你!"小铁匠咆哮着。

小石匠跨前一步,说:"你要欺负孩子?"

"把萝卜还给他!"姑娘说。

"还给他?老子偏不。"小铁匠冲出桥洞,扬起胳膊猛力一甩,萝卜带着飕飕的风声向前飞去,很久,河里传来了水面的破裂声。

黑孩的眼前出现了一道金色的长虹,他的身体软软地倒在小石匠和姑娘中间。

四

那个金色红萝卜砸在河面上,水花飞溅起来。萝卜漂了一会儿,便慢慢沉入水底。在水底下它慢滚动着,一层层黄沙很快就掩埋了它。从萝卜砸破的河面上,升腾起沉甸甸的迷雾,凌晨时分,雾积满了河谷,河水在雾下伤感地呜咽着。几只早起的鸭子站在河边,忧悒地盯着滚动的雾。有一只大胆的鸭子耐不住了,蹒跚着朝河里走。在蓬生的水草前,浓雾象帐子一样挡住了它。它把脖子向左向右向前伸着,雾象海绵一样富于伸缩性,它只好退回来,"呷呷"地发着牢骚。后来,太阳钻出来了,河上的雾被剑一样的阳光劈开了一条条胡同和隧道,从胡同里,鸭子们望见一个高个子老头儿挑着一卷铺盖和几件沉甸甸的铁器,沿着河边往西走去了。老头的背驼得很厉害,担子沉重,把它的肩膀使劲压下去,脖子象天鹅一样伸出来。老头子走了,又来了一个光背赤脚的黑孩子。那只公鸭子跟它身边那只母鸭子交换了一个眼神,意思是说:记得吧? 那次就是他,水桶撞翻柳树滚下河,人在堤上做狗趴,最后也下了河拖着桶残水,那只水桶差点没把麻鸭那个臊包砸死……母鸭子连忙回应:是呀是呀是呀,麻鸭那个讨厌家伙,天天追着我说下流话,砸死它倒利索……

  黑孩在水边慢慢地走着,眼睛极力想穿透迷雾,他听到河对岸的鸭子在"呷呷呷呷,嘎嘎嘎嘎"地乱叫着。他蹲下去,大脑袋放在膝盖上,双手抱住凉森森的小腿。他感觉到太阳出来了,阳光晒着背,象在身后生着一个铁匠炉。夜里他没回家,猫在一个桥洞里睡了。公鸡啼鸣时他听到老铁匠在桥洞里很响地说了几句话,后来一切归于沉寂。他再也睡不着,便踏着冰凉的沙土来河边。他看到老铁匠伛偻的背影,正想追上去,不料脚下一滑,摔了一个屁股墩,等他爬起来时,老铁匠已经消逝在迷雾中了。现在他蹲着,看着阳光把河雾象切豆腐一样分割开,他望见了河对岸的鸭子,鸭子也用高贵的目光看着他。露出来的水面象银子一样耀眼,看不到河底,他非常失望。他听到工地上吵嚷起来,刘太阳副主任响亮地骂着:"娘的,铁匠炉里出了鬼了,老混蛋连招呼都不打就卷了铺盖,小混蛋也没了影子,还有没有组织纪律性?"

  "黑孩!"

  "黑孩!"

  "那不是黑孩吗? 瞧,在水边蹲着。"

  姑娘和小石匠跑过来,一人架着一支胳膊把他拉起来。

  "小可怜,蹲在这儿干什么?"姑娘伸手摘掉他头顶上的麦秸草,说,"别蹲在这儿,怪冷的。"

  "昨夜里还剩下些地瓜,让独眼龙给你烤烤。"

  "老师傅走了。"姑娘沉重地说。

  "走了。"

  "怎么办? 让他跟着独眼? 要是独眼折磨他呢?"

  "没事,这孩子没有吃不了的苦。再说,还有我们呢,谅他不敢太过火的。"

  两个架着黑孩往工地上走,黑孩一步一回头。

  "傻蛋,走吧,走吧,河里有什么好看的?"小石匠捏捏黑孩的胳膊。

  "我以为你狗日的让老猫叼了去了呢!"刘太阳冲着黑孩说。他又问小铁匠:"怎么样你? 把老头挤兑走了,活儿可不准给我误了。淬不出钻子来我剜了你的独眼。"

  小铁匠傲慢地笑笑,说:"请着好吧,刘头。不过,老头儿那份钱粮可得给我补贴上,要不我不干。"

"我要先看看你的活。中就中,不中你也滚他妈的蛋!"

"生火,干儿。"小铁匠命令黑孩。

　　整整一个上午,黑孩就象丢了魂一样,动作杂乱,活儿毛草,有时,他把一大铲煤塞到炉里,使桥洞里黑烟滚滚;有时,他又把钢钻倒头儿插进炉膛,该烧的地方不烧,不该烧的地方反而烧化了。"狗日的,你的心到哪儿去啦?"小铁匠恼怒地骂着。他忙得满身是汗,绝技在身的兴奋劲儿从汗珠缝里不停地流溢出来。黑孩看到他在淬火前先把手插到桶里试试水温,手臂上被钢钻烫伤的地方缠着一道破布,似乎有一股臭鱼烂虾的味道从伤口里散出来。黑孩的眼里蒙着一层淡淡的云翳,情绪非常低落。九点钟以后,阳光异常美丽,阴暗的桥洞里,一道光线照着西壁,折射得满洞辉煌。小铁匠把钢钻淬好,亲自拿着送给石匠师傅去鉴定。黑孩扔下手中工具,蹑手蹑脚溜出桥洞,突然的光明也象突然的黑暗一样使他头晕眼花。略为迟疑了一下,他便飞跑起来,只用了十几秒钟,他就站在河水边缘上了。那些四个棱的狗蛋子草好奇地望着他,开着紫色花朵的水芡和擎着咖啡色头颅的香附草贪婪地嗅着他满身的煤烟味儿。河上飘逸着水草的清香和链鱼的微腥,他的鼻翅扇动着,肺叶象活泼的斑鸠在展翅飞翔。河面上一片白,白里掺着黑和紫。他的眼睛生涩刺痛,但还是目不转睛,好象要看穿水面上漂着的这层水银般的亮色。后来,他双手提起裤头的下沿,试试探探下了水,跳舞般向前走。河水起初只淹到他的膝盖,很快淹到大腿,他把裤头使劲捌起来,两半葡萄色的小屁股露了出来。这时候他已经立在河的中央了,四周的光一齐往他身上扑,往他身上涂,往他眼里钻,把他的黑眼睛染成了坝上青香蕉一样的颜色。河水湍急,一股股水流撞着他的腿。他站在河的硬硬的沙底上,但一会儿,脚下的沙便被流水掏走了,他站在沙坑里,裤头全湿了,一半贴着大腿,一半在屁股后飘起来,裤头上的煤灰把一部分河水染黑了。沙土从脚下卷起来,抚摸着他的小腿,两颗琥珀色的水珠挂在他的腮上,他的嘴角使劲抽动着。他在河中走动起来,用脚试探着,摸索着,寻找着。

"黑孩!黑孩!"

他听到小铁匠在桥洞前喊叫着。

"黑孩,想死吗?"

他听到小铁匠到了水边,连头也不回,小铁匠只能看到他青色的背。

"上来呀!"小铁匠挖起一块泥巴,对准黑孩投过去,泥巴擦着他的头发梢子落到河水里,河面上荡开椭圆形的波纹。又一坨泥巴扔过来,正打着他的背,他往前扑了一下,嘴唇沾到了河水。他转回身,"唿唿隆隆"地蹚着水往河边上走。黑孩遍身水珠儿,站在小铁匠面前。水珠儿从皮肤上往下滚动,一串一串的,"嘟噜噜"地响。大裤头子贴在身上,小鸡子象蚕蛹一样硬梆梆地翘着。小铁匠举起那只熊掌一样的大巴掌刚要扇下去,忽然觉得心脏让猫爪子给剐了一下子,黑孩的眼睛直盯着他的脸。

"快去拉火。师傅我淬出的钢钻,不比老家伙差。"他得意地拍拍黑孩的脖颈。

铁匠炉上暂时没有活儿,小铁匠把昨夜剩下的生地瓜放在炉边烤着。黄麻地里的风又轻轻地吹进来了。阳光很正地射进桥洞。小铁匠用铁钳翻动着烤出焦油的地瓜,嘴里得意地哼着:"从北京到南京,没见过裤裆里拉电灯。黑孩,你见过裤裆里拉电灯吗?你干娘裤裆里拉电灯哩……"小铁匠忽然记起似地对黑孩说:"快点,拔两个萝卜去,拔回来赏你两个地瓜。"黑孩的眼睛猛然一亮,小铁匠从他肋条缝里看到他那颗小心儿使劲地跳了两下,正想说什么没及开口,孩子就象家兔一样跑走了。

黑孩爬上河堤时,听到菊子姑娘远远地叫了他一声。他回过头,阳光捂住了他的眼。他下了河堤,一头钻进黄麻地。黄麻是散种的,不成垄也不成行,种子多的地方黄麻秆儿细如手指,铅笔;种子少的地方,麻秆如镰柄,手臂。但全都是一样高矮。他站在大堤上望麻田时,如同望着微波荡漾的湖水。他用双手分拨着粗粗细细的麻秆往前走,麻秆上的硬刺儿扎着他的皮肤,成熟的麻叶纷纷落地。他很快就钻到了和萝卜地平行着的地方,拐了一个直角往西走。接近萝卜时,他趴在地上,慢慢往外爬。很快他就看到了满地墨绿色的萝卜缨子。萝卜缨子的间隙里,阳光照着一片通红的萝卜头儿。他刚要钻出黄麻地,又悄悄地缩回来。一个老头正在萝卜垄里爬行着,一边爬一边从口袋里往外掏着麦粒,一穴一穴地点种在萝卜垄沟中间。骄傲的秋阳晒着他的背,他穿着一件白布褂儿,脊沟溻湿了,微风扬起灰尘,使汗溻的地方发了黄。黑孩又膝行着退了几米远,趴在地上,双手支起下巴,透过麻秆的间隙,望着那些萝卜。萝卜田里有无数的红眼睛望着他,那些萝卜缨子也在一瞬间变成了乌黑的头发,象飞鸟的尾羽一样耸动不止……

一个红脸膛汉子从地瓜地里大步走过来,站在老头背后,猛不丁地说:"哎,老生,你说昨天夜里遭了贼?"

老头手忙脚乱地爬起来,垂着手回答:"遭了,偷了六个萝卜,缨子留下了,地瓜八墩,蔓子留下了。"

"怕是让修闸的那些狗日的偷去了,加点小心,中饭晚点回去吃。"

"我听着啦,队长。"老头儿说。

黑孩和老头一起,目送着红脸汉子走上大堤。老头坐在萝卜地里,面对着孩子。黑孩又惶乱地往后退出一节,这时,密密麻麻的黄麻把他的视线遮住了。

"黑孩!"

"黑孩!"

姑娘和小石匠站在大堤上,对着黄麻地喊着。他们背对着正晌的太阳,阳光照着散工的人群。

"我看到他钻到黄麻地里,我还以为他去撒尿拉屎了呢!"姑娘说。

"独眼龙难道又欺负他了?"小石匠说。

"黑孩!"

"黑孩!"

姑娘和小石匠的男女声二重喊贴着黄麻梢头象燕子一样滑翔,正在黄麻梢头捕食灰色小蛾的家燕被惊吓得高飞,好一会儿才落下来。小铁匠站在桥洞前边,独眼望着这并膀站着的男女,感到肚子越胀越大。方才姑娘和小石匠来找黑孩,那语气那神态就象找他们的孩子。"等着吧,丫头养的你们!"他恨恨地低语着。

"黑孩!黑孩!"姑娘说,"他怕是钻到黄麻地里睡着了。"

"去看看吗?"小石匠乞求地看着姑娘。

"去吗?去吧。"

两个人拉着手下了堤,钻到黄麻地里。小铁匠尾追着冲上河堤,他看到黄麻叶子象波浪一样翻滚着,黄麻杆子"唰拉拉"地响着,一男一女的声音在喊叫黑孩,声音象从水里传上来的一样……

黑孩趴累了,舒了一口气,翻了一个身,仰面朝天躺起来。他的身下是干燥的沙土,沙上铺着一层薄薄的黄麻落叶。他后脑勺枕着双手,肚子很瘦的凹陷着,一个带着红点的黄叶飘飘地落下来,盖住了他满是煤灰的肚脐。他望着上方,看到一缕粗一缕细的蓝色光线从黄麻叶缝中透下来,黄麻叶片好象成群的金麻雀在飞舞。成群的金麻雀有时又象一簇簇的葫芦蛾,蛾翅上的斑点象小铁匠眼中那个棕色的萝卜花一样愉快地跳动。

"黑孩!"

"黑孩!"

熟悉的声音把他从梦幻中唤醒,他坐起来,用手臂摇了一下身边那棵粗大的黄麻。

"这孩子,睡着了吗?"

"不会的,我们这么大声喊。他肯定是溜回家去了。"

"这小东西……"

"这里真好……"

"是好……"

声音越来越低,象两只鱼儿在水面上吐水泡。黑孩身上象有细小的电流通过,他有点紧张,双膝跪着,扭动着耳朵,调整着视线,目光终于通过了无数障碍,看到了他的朋友被麻秆分割得影影绰绰的身躯。一时间极静了的黄麻地里掠过一阵小风,风吹动了部分麻叶,麻秆儿全没动。又有几个叶片落下来,黑孩听到了它们振动空气的声音。他很惊异很新鲜地看到一根紫红色头巾轻飘飘地落到黄麻秆上,麻秆上的刺儿挂住了围巾,象挑着一面沉默的旗帜,那件红格儿上衣也落到地上。成片的黄麻象浪潮一样对着他涌过来。他慢慢地站起来,背过身,一直向前走,一种异样的感觉猛烈冲击着他。

五

　　一连十几天,姑娘和小石匠好象把黑孩忘记了,再也不结伴到桥洞里来看望他。每当中午和晚上,黑孩就听到黄麻地里响起百灵鸟婉转的歌唱声,他的脸上浮起冰冷的微笑,好象他知道这只鸟在叫着什么。小铁匠是比黑孩晚好几天才注意到百灵鸟的叫声的。他躲在桥洞里仔细观察着,终于发现了奥秘:只要百灵鸟叫起来,工地上就看不见小石匠的影子,菊子姑娘就坐立不安,眼睛四下打量,很快就会扔下锤子溜走。姑娘溜走后一会儿,百灵鸟就歇了歌喉。这时,小铁匠的脸色就变得更加难看,脾气变得更加暴躁。他开始喝起酒来。黑孩每天都要走过石桥到村里小卖部给他装一瓶地瓜烧酒。

　　这天晚上,月光皎皎如水,百灵鸟又叫起来了。黄麻地里的熏风象温柔的爱情扑向工地。小铁匠攥着酒瓶子,把半瓶烧酒一气灌下去,那只眼睛被烧得泪汪汪的。刘太阳副主任这些天回家娶儿媳妇去了,工地上人心涣散,加夜班的石匠们多半躺在桥洞里吸烟,没有钻子要修理,炉火半死不活地跳动着。

　　"黑孩⋯⋯去,给老子拔几个萝卜来⋯⋯"酒精烧着小铁匠的胃,他感到口中要喷火。

　　黑孩象木棍一样立在风箱边上,看着小铁匠。

　　"你,等着老子揍你吗?去⋯⋯"

　　黑孩走进月光地,绕着月光下无限神秘的黄麻地,穿过花花绿绿的地瓜地,到了晃动着沙漠蜃影的萝卜地。等他提着一个萝卜走回桥洞时,小铁匠已经歪在草铺上呼呼地睡了。黑孩把萝卜放在铁砧子上,手颤抖着拨亮炉火,可再也弄不出那一蓝一黄升腾到空中的火苗,他变换着角度,瞅那个放在铁砧子上的萝卜,萝卜象蒙着一层暗红色的破布,难看极了,孩子沮丧地垂下头。

这天夜里,黑孩没有睡好。他躺在一个桥洞里,翻来复去地打着滚。刘副主任不在,民工们全都跑回家去睡觉。桥洞里只剩下一层薄薄的麦秸草。月光斜斜地照进桥洞,桥洞里一片清冷光辉,河水声、黄麻声、小铁匠在最西边桥洞里发出的鼾声。以及其它一些莫名其妙的声音,一齐钻进了他的耳朵。石头上的麦草闪闪烁烁,直扎着他的眼睛。他把所有的麦秸草都收拢起来,堆成一个小草岭,然后钻进去,风还是能从草缝里钻进来,他使劲蜷缩着,不敢动了。他想让自己睡觉,可总是睡不着。他总是想着那个萝卜,那是个什么样的萝卜呀。金色的,透明。他一会儿好象站在河水中,一会儿又站在萝卜地里,他到处找呀,到处找……

第二天早晨,太阳还没出来,月亮还没完全失去光彩,成群的黑老鸹惊惶失措地叫着从工地上空掠过,滞洪闸上留下了它们脱落的肮脏羽毛。东边的地平线上,立着十几条大树一样的灰云,枝杈上挂满了破烂的布条。黑孩从桥洞里一钻出来就感到浑身发冷,象他前些日子打摆子时寒颤上来一样滋味。刘副主任昨天回来了,检查了工地上的情况,他非常生气,大骂了所有的民工。所以今天人们来得都很早,干活也卖力,工地上的锤声象池塘里的蛙鸣连成一片。今天要修的钢钻很多,小铁匠的工作态度也非常认真,活儿干得又麻利又漂亮。来换钢钻的石匠们不断地夸奖他,说他的淬火功夫甚至超过了老铁匠,淬出的钢钻又快又韧,下下都咬石头。

太阳两竿子高的时候,小石匠送来两支钢钻待修。这是两支新钻,每支要值四五块钱。小铁匠瞥瞥神采焕发的小石匠,独眼里射出一道冷光。小石匠没觉察到小铁匠的表情,幸福的眼睛里看到的全是幸福。黑孩儿感到心里害怕,他看出小铁匠要作弄小石匠了。小铁匠把那两支钢钻烧得象银子一样白,草草地在砧子上打出尖儿,然后一下子浸到水里去……

小石匠提着钢钻走了,小铁匠嘴上滑过一个得意的笑容,他对着黑孩睒睒眼,说:"孙子,他他妈的也配使老子淬出的钻子?儿子,你说他配吗?"黑孩缩在角落里,使劲打着哆嗦。一会儿,小石匠回到铁匠炉边,他把两支钻子扔到小铁匠跟前,骂道:"独眼龙,你这是淬得什么火?"

"孙子,叫唤什么?"小铁匠说。

"睁开你那只独眼看看!"

"这是你的钻子不好。"

"放屁,你这是成心作弄老子。"

"作弄你又怎么着?爷们看着你就长气!""你、你,"小石匠气得脸色煞白,说,"有种你出来!"

"老子怕你不成!"小铁匠撕下腰间扎着的油布,光着背,象只棕熊一样踱过去。

小石匠站在闸前的沙地上,把夹克衫和红运动衣脱下来,只穿一件小背心。他身材高大,面孔象个书生,身体壮得象棵树。小铁匠脚上还扎着那两块防烫的油布,脚掌踩得地上尖利的石片欻欻地响,他的臂长腿短,上身的肌肉非常发达。

"文打还是武打?"小铁匠不屑一顾地说。

"随你的便。"小石匠也不屑一顾地说。

"你最好回家让你爹立个字据,打死了别让我赔儿子。"

"你最好回家先钉口棺材。"

骂着阵,两个人靠在了一起。黑孩远远地蹲着,一直没停地打着哆嗦。他看到,小铁匠和小石匠最初的交锋很象开玩笑。小石匠卷着舌头啐了小铁匠一脸唾沫,小铁匠扬起长臂,把拳头捅过去,小石匠一退,这一拳打空了。又啐。又一拳。又退。闪空。但小石匠的第三口唾沫没迸出唇,肩头上就被小铁匠猛捅了一拳,他的身体不由自主地转了一圈。

人们惊叫着围拢上来,高喊着:"别打了,别打了。"但没有人上前拉架。后来,连喊声也没有了,大家都睁大眼,屏住气,看着这两个身段截然不同的小伙子比试力气。菊子姑娘脸色灰白,使劲地抓住她身边一个姑娘的肩头。当她的情人吃了小铁匠的铁拳时,她就低声呻唤着,眼睛象一朵盛开的墨菊。

决斗还难分高低,你打我一拳,我也打你一拳,小石匠个头高,拳头打得漂亮潇洒,但显然有点飘,有点花哨,力量不很足,小铁匠动作稍慢一点,但出拳凶狠扎实,被他懵上一拳,小石匠就要转一个圈。后来,小铁匠头上挨了一拳,有点晕头转向,小石匠趁机上前,雨点般的拳头打得小铁匠的身体澎澎地响。小铁匠一猫腰,钻进了小石匠腑下,两只长臂象两条鳗鱼一样缠住了小石匠的腰,小石匠急忙夹住小铁匠的头,两个人前进,后退,又前进,小石匠支持不住,仰面朝天摔在沙地上。

人群里爆发了一阵欢呼。

小铁匠站起来,吐吐口中的血沫子,歪着头,象只斗胜的公鸡。

小石匠爬起来,向着小铁匠扑过去。一白一黑两个身体又扭在一起。这次小石匠把身体伏得很低,保护着自己的下三路不让小铁匠得手,四只胳膊紧紧地纠缠着,有时候,小石匠把小铁匠撩起来,转着圈抡动,但并不能把小铁匠摔出去。小石匠气喘吁吁,满身都是汗水,小铁匠却连一个汗珠都没掉。小石匠体力不支,步伐错乱,眼前出现重影,稍一懈怠,手臂便被拨开,小铁匠抱住他的腰,箍得他出气不匀,他再次仰天倒地。

第三个回合小石匠败得更惨,小铁匠一个癞狗钻裆把他扛起来,摔出去足有两米远。

菊子姑娘哭着扑上去,扶起了小石匠。在菊子姑娘的哭声中,小铁匠脸上的喜色顿时消逝,换上了满面凄凉。他呆呆地站着。小石匠爬起来,拨开菊子的手,抓起一把沙土,对准小铁匠的脸打上去。沙土迷住了小铁匠的独眼,他象野兽一样嗥叫着,使劲搓着眼睛。小石匠趁机扑上去,卡着小铁匠的脖子把他按倒,拳头象擂鼓一样对着小铁匠的脑袋乱打……

这时候,从人们的腿缝里,钻出了一个黑色的影子。这是黑孩。他象只大鸟一样飞到小石匠背后,用他那两只鸡爪一样的黑手抓住小石匠的腮帮子使劲往后扳,小石匠龇着牙,咧着嘴,"嗷嗷"地叫着,又一次沉重地倒在沙地上。

小铁匠挣扎着坐起来,两只大手摸起地上的碎石片儿,向着四周抛撒。"畜牲!狗!"骂声和着石头片儿,象冰雹一样横扫着周围的人群,人们慌乱地躲闪着。菊子姑娘突然惨叫了一声。小铁匠的手象死了一样停住了。他的独眼里的沙土已被泪水冲积到眼角上,露出了瞳孔。他朦胧地看到菊子姑娘的右眼里插着一块白色的石片,好象眼里长出一朵银耳。他怪叫一声,捂着眼睛,躺在地上痛苦地扭动着。

黑孩听到姑娘的惨叫,便松开了自己的手。他的手指把小石匠的腮帮子抓出两排染着煤灰的血印。趁着人们慌乱的时候,他悄悄地跑回桥洞,蹲在最黑暗的角落上,牙齿"的的"地打着战,偷眼望着工地上乱纷纷的人群。

六

第二天,滞洪闸工地上消失了小石匠和菊子姑娘的影子,整个工地笼罩着沉闷压抑的气氛。太阳象抽风般颤抖着,一股股萧杀的秋风把黄麻吹得象大海一样波浪起伏,一群群麻雀惊恐不安地在黄麻梢头躁叫着。风穿过桥洞,扬起尘土,把半边天都染黄了。一直到九点多钟,风才停住,太阳也慢慢恢复正常。

刚娶完儿媳妇回来的刘太阳副主任碰上了这些事,心里窝着一腔火,他站在铁匠炉前,把小铁匠骂得狗血淋头,并扬言要抠出他那只独眼给菊子姑娘补眼。小铁匠一气不吭,黑脸上的刺疙瘩一粒粒憋得通红,他大口喘着气,大口喝着酒。

石匠们不知被什么力量催动着,玩儿命地干活,钢钻子磨秃了一大批,堆在红炉旁等着修理。小铁匠象大虾一样蜷曲在草铺上,咕咕地灌着酒,桥洞里酒气扑鼻。

刘副主任发火了,用脚踹着小铁匠骂:"你害怕了?装孙子了?躺着装死就没事了？滚起来修钻子,这样也许能将功补过。"

小铁匠把手中的酒瓶向上抛起来,酒瓶在桥面上砰然撞碎,碎玻璃掺着烧酒落了刘副主任一头。小铁匠跳起来,一路歪斜跑出去,喊着:"老子怕什么,老子天都不怕,死都不怕,还怕什么?"他爬上滞洪闸,继续高叫着:"我谁都不怕!"他的腿碰到了石栏杆,身子歪歪扭扭,桥下有人喊:"小铁匠,当心掉下桥。""掉下桥?"他哈哈大笑起来,笑着攀上石栏杆,一松手,抖抖擞擞地站在石栏杆上。桥下的人都中了魔,入了定,呼吸也不敢用力。

小铁匠双臂乄煞开,一上一下起伏着,象两只羽毛丰满的翅膀。他在窄窄的石栏杆上走起来,身体晃来晃去。他慢走变成快走,快走变成小跑,桥下的人捂住眼睛,又松手露出眼睛。

小铁匠一起一伏晃晃悠悠地在石栏杆上跑着,栏杆下乌蓝的水里映出他变了形的身影。他从西头跑到东头,又从东头跑回来,一边跑一边唱起来:"南京到北京,没见过裤裆里拉电灯,格里咙格里格咙,里格咙,里格咙,南京到北京,没见过裤裆里打弹弓……"

几个大胆的石匠跑上闸去,把小铁匠拖了下来。他拼命挣扎着,骂着:"别他妈的管我,老子是杂技英豪,那些大妞在电影上走绳子,老子在闸上走栏杆,你们说,谁他妈的厉害……"几个人累得气喘吁吁,总算把他弄回桥洞里。他象块泥巴一样瘫在铺上,嘴里吐着白沫,手撕着喉咙,哭叫着:"亲娘哟,难受死了,黑孩,好徒弟,救救师傅吧,去拔个萝卜来……"

人们突然发现,黑孩穿上了一件包住屁股的大褂子,褂子是用崭新的、又厚又重的小帆布缝的。这种布非常结实,五年也穿不破。那条大裤头子在褂子下边露出很短的一截,好象褂子的一个花边。黑孩的脚上穿着一双崭新的回力球鞋,由于鞋子太大,只好紧紧地系住鞋带,球鞋变得象两条丑陋的胖头鲇鱼。

"黑孩,听到了吗?你师傅让你去干什么?"一个老石匠用烟袋杆子戳着黑孩的背说。

黑孩走出桥洞,爬上河堤,钻进黄麻地。黄麻地里已经有了一条依稀可辨的小径,麻秆儿都向两边分开。走着走着,他停住脚。这儿一片黄麻倒地,象有人打过滚。他用手背揉揉眼睛,抽泣了一声,继续向前走。走了一会,他趴下,爬进萝卜地。那个瘦老头不在,他直起腰,走到萝卜地中央,蹲下去,看到萝卜垅里点种的麦子已经钻出紫红的锥芽,他双膝跪地,拔出了一个萝卜,萝卜的细根与土壤分别时发出水泡破裂一样的声响。黑孩认真地听着这声响,一直追着它飞到天上去。天上纤云也无,明媚秀丽的秋阳一无遮拦地把光线投下来。黑孩把手中那个萝卜举起来,对着阳光察看。他希望还能看到那天晚上从铁砧上看到的奇异景象,他希望这个萝卜在阳光照耀下能象那个隐藏在河水中的萝卜一样晶莹剔透,泛出一圈金色的光芒。但是这个萝卜使他失望了。它不剔透也不玲珑,既没有金色光圈,更看不到金色光圈里苞孕着的活泼的银色液体。他又拔出一个萝卜,又举到阳光下端详,他又失望了。以后的事情就变得很简单了。他膝行一步。拔两个萝卜。举起来看看。扔掉。又膝行一步,拔,举,看,扔……

看菜园的老头子眼睛象两滴混浊的水,他蹲在白菜地里捉拿钻心虫儿。捉一个用手指捏死,再捉一个还捏死。天近中午了,他站起来,想去叫醒正在看院子里睡觉的队长。队长夜里误了觉,白天村里不安宁,难以补觉,看院屋子里只能听到秋虫浅吟,正好睡觉。老头儿一直起腰,就听到脊椎骨"叭哽叭哽"响。他恍然看到阳光下的萝卜地一片通红,好象遍地是火苗子。老头打起眼罩,急步向前走,一直走到萝卜地里,他才看得那遍地通红的竟是拔出来的还没有完全长成的萝卜。

"作孽啊!"老头子大叫一声。他看到一个孩子正跪在那儿,举着一个大萝卜望太阳。孩子的眼睛是那么大,那么亮,看着就让人难受。但老头子还是不客气地抓住他,扯起来,拖到看园屋子里,叫醒了队长。

"队长,坏了,萝卜,让这个小熊给拔了一半。"

队长睡眼惺忪地跑到萝卜地里看了看,走回来时他满脸杀气。对着黑孩的屁股他狠踢了一脚,黑孩半天才爬起来。队长没等他清醒过来,又给了他一耳巴子。

"小兔崽子,你是哪个村的?"

黑孩迷惘的眼睛里满是泪水。

"谁让你来搞破坏?"

黑孩的眼睛清澈如水。

"你叫什么名字?"

黑孩的眼睛里水光潋滟。

"你爹叫什么名字?"

两行泪水从黑孩眼里流下来。

"他娘的,是个小哑巴。"

黑孩的嘴唇轻轻嚅动着。

"队长,行行好,放了他吧。"瘦老头说。

"放了他?"队长笑着说,"是要放了他。"

队长把黑孩的新褂子、新鞋子、大裤头子全剥下来,团成一堆,扔到墙角上,说:"回家告诉你爹,让他来给你拿衣裳。滚吧!"

黑孩转身走了,起初他还好象害羞似地用手捂住小鸡儿,走了几步就松开了手。老头子看着这个一丝不挂的黑孩,抽抽答答地哭起来。

黑孩钻进了黄麻地,象一条鱼儿游进了大海。扑簌簌黄麻叶儿抖,明晃晃秋天阳光照。

黑孩——黑孩——

《透明的红萝卜》导读　　**拓展阅读**

拓展阅读

1. 季红真:忧郁的土地,不屈的精魂——莫言散论
2. 张志忠:论莫言小说

生死疲劳（第二、三章）

莫 言

第二章 西门闹行善救蓝脸 白迎春多情抚驴孤

站在母驴后边那个满脸喜气的男人，是我的长工蓝脸。记忆中他还是个瘦弱的青年，想不到在我死后这短暂的两年里，竟出落成一个身材魁梧的壮汉。

他是我从关帝庙前雪地里捡回来的孩子。那时他身披破麻袋，脚上没有鞋，身体僵硬，满脸青紫，头发纠结成团。那时候我的爹刚去世，我的娘还健在。我刚刚从爹的手里接过了那口樟木箱上的黄铜钥匙。樟木箱里收藏着我们家那八十亩良田的地契和我们家全部的金银细软。那时我刚刚二十四岁，新娶了白马镇首富白连元家的二小姐为妻。二小姐乳名杏儿，大名没有，嫁到我家，就是西门白氏。白氏是大户人家的女儿，知书达理，身体娇弱，双乳犹如两个甜梨，下体也颇有韵致，炕上的活儿也可我心意，美中不足的是嫁过来数年尚未生育。

那时候我可谓少年得志。连年丰收，佃户交租踊跃，粮仓里大囤满小囤流。六畜兴旺，家养的黑骡马竟然下了双驹。这可是奇迹，传说中有，现实中少见。来我家看双驹的乡民络绎不绝，恭维的话不绝于耳。家里准备了茉莉花茶和绿炮台烟卷招待乡亲。村里的半大小子黄瞳偷了一包烟卷，被人拧着耳朵拖到我面前。这小子黄头发黄面皮，黄眼珠子滴溜溜转，似乎满肚子坏心眼儿。我挥手放了他，还送他一包茶叶，让他带回家给他爹喝。他爹黄天发是忠厚老实人，做一手好豆腐，是我的佃户，种着我五亩靠河的肥田，想不到他竟生养出这么一个混混儿子。后来黄天发送来一挑子能用秤钩子挂起来的老豆腐，赔情的话说了两箩筐，我又让太太送他二尺青直贡呢，让他回家做双新鞋过年。黄瞳啊黄瞳，就冲着我跟你爹多少年的交情，你也不该用土枪崩了我啊。我自然知道你是听人之命，但你完全可以对准我的胸膛开枪，给我留下个囫囵尸身啊！你这忘恩负义的杂种啊！

我西门闹堂堂正正、豁达大度、人人敬仰。接手家业时虽逢乱世，既要应付游击队,又要应付黄皮子,但我的家业还是在几年内翻番增值,良田新置一百亩,大牲口由四匹变成八匹,新拴了一辆胶皮轱辘大车,长工由两人变成四人,丫环由一个变成两个,还新添了两个置办饭食的老妈子。就是在这样的情景之下,我从关帝庙前,把冻得只有一口游气的蓝脸抱了回来。那天我是早起捡粪,说来你不会相信,我虽是高密东北乡第一的大富户,但一直保持着劳动的习惯。三月扶犁,四月播种,五月割麦,六月栽瓜,七月锄豆,八月杀麻,九月掐谷,十月翻地,寒冬腊月里我也不恋热炕头,天麻麻亮就撅着个粪筐子去捡狗屎。乡间流传着我因起得太早错把石头当狗屎捡回来的笑话,那是他们胡说,我鼻子灵敏,大老远就能嗅到狗屎的气味。一个地主,如果对狗屎没有感情,算不上个好地主。

那天下了很大的雪,房屋、树木、街道都被遮盖,白茫茫一片。狗都躲起来了,没有狗屎可捡。但我还是踏雪出户。空气清凉,小风遒劲,黎明时分,有诸多神秘奇异现象,不早起何能看到?我从前街转到后街,登上土围子绕屯一周,看到东边天际由白变红,看到朝霞如火,看到一轮红日升起,广大的天下,雪映红光,宛如传说中的琉璃世界。我在关帝庙前发现了这个小子,雪掩盖了他半截身体。起初我以为他已经死了,考虑着捐几个善钱买一副薄皮棺材将他掩埋,免得被野狗吃掉。在此之前一年,曾有一个赤裸的男人冻死在土地庙前,那人遍体赤红,鸡巴像枪一样挺立着,围观者嬉笑不止。这件事被你那个怪诞朋友莫言写到他的小说《人死吊不死》里了。这个人死吊不死的"路倒",是我出钱掩埋,掩埋在村西老墓田里。这样的善事,影响巨大,胜过树碑立传。我放下粪筐,把他挪动了一下,用手摸摸胸口,还有一丝热气,知道还没死,就脱下棉袍,将他包裹起来。沿着大街,迎着太阳,手托着这冻僵的孩子往家里走。此时天地间霞光万道,大街两侧的人家都开门扫雪,诸多的乡亲,看到了我西门闹的善举。就冲着这一点,你们也不该用土枪崩了我啊!就冲着这一点,阎王爷啊,你也不该让我转世为一头毛驴啊!常说救人一命,胜造七级浮屠,我西门闹千真万确地是救了一条命。我西门闹何止救过一条命?大灾荒那年春天我平价粜出二十石高粱,免除了所有佃户的租子,使多少人得以活命。可我却落了个何等凄惨的下场,天和地,人和神,还有公道吗?还有良心吗?我不服,我想不明白啊!

我把那小子抱回家,放在长工屋的热炕头上。我本想点火烤他,但富有生活经验的长工头老张说,东家,万万烤不得。那冻透了的白菜萝卜,只能缓缓解冻,放到火边,立刻就会化成一摊烂泥。老张说得有理。就让这小子在炕上慢慢缓着,让家人熬了一碗姜糖水,用筷子撬开他的牙齿灌进去。姜汤一进肚,他就哼哼起来。我把这小子救活,让老张用剃头刀子刮去了他那一头乱毛,连同那些虱子。给他洗了澡,换上干净衣裳,领着这小子去见我娘。这小子乖巧,跪在地上就叫奶奶,把我娘喜得不行,念一声"阿弥陀佛",说这是哪座庙里的小和尚啊!问他年龄,摇头不知;问他家乡,他说记不清楚;问他家里还有什么人,更是把头摇得如货郎鼓似的。就这样,收留了这小子,算是认了个干儿子。这小子聪明猴儿,顺着竿儿往上爬;见了我就叫干爹,见到白氏就喊干娘。但不管你是不是干儿子,都得给我下力气干活。连我这个当东家的也得下力气干活。不劳动者不得食,这是后来的说法,但意思古来就有。这小子无名无姓,左脸上有巴掌大的一块蓝痣,我随口说,你小子就叫蓝脸吧,姓蓝名脸。这小子说,干爹,我要跟着你姓,姓西门,名蓝脸,西门蓝脸。我说这可不行,西门,不是随便可以姓的,好好干吧,干上二十年再说。这小子先是跟着长工干点零活,放马,放驴——阎王爷啊,你怎么黑心把我变成一头驴啊——后来就渐渐地顶大做了。别看他瘦弱,但手脚麻利,有眼力,会使巧劲儿,倒也弥补了体力的不足。现在,我注视着他宽阔的肩膀和粗壮的胳膊,知道他已经是个顶天立地的男人。

"哈哈,生下来了!"他大声喊叫着,俯下身来,伸出两只大手,将我扶持起来。我感到无比的羞耻和愤怒,努力吼叫着:

"我不是驴!我是人!我是西门闹!"

但我的喉咙像依然被那两个蓝脸鬼卒抪住似的,虽竭尽全力,可发不出声音。我绝望,我恐惧,我恼怒,我口吐白沫,我眼睛泌出黏稠的泪珠。他的手一滑,我就跌倒在地上,跌倒在那些黏稠的羊水和蚕皮样的胎衣里。

"快点,拿条毛巾出来!"随着蓝脸的喊叫,挺着大肚子的女人,从屋子里走出来。我猛然间看到了她的那张生了蝴蝶斑的、略有些浮肿的脸,和那张脸上两只忧伤的大眼睛。呜噢……呜噢……这是我西门闹的女人啊,我的二姨太迎春,她原是我太太白氏陪嫁过来的丫头,原姓不详,随主姓白。民国三十五年春天被我收了房。这丫头大眼直鼻,额头宽广,长嘴方颌,一脸福相,更兼那两只奶头上翘的乳房和那宽阔的骨盆,一看就知道是个生孩子的健将。我太太久不生养,内心惭愧,就将这迎春驱赶到我的被窝里。她那几句话通俗易懂又语重心长,她说:当家的,你把她收了吧!肥水不流外人田!

果然是块肥田。我与她合房的当夜,就使她怀了孕,不但是怀了孕,而且是双胞胎。第二年初春她就为我生了龙凤胎,男名西门金龙,女名西门宝凤,据接生姥姥说,还从来没有经历过这样善于生养的女人,她宽阔的骨盆,富有弹性的产道,就像从麻袋里往外倒西瓜一样,轻松地就把那两个肥大的婴儿产了下来。几乎所有的女人在初产时都要呼天抢地,悲惨嚎叫,但我的迎春生养时,产房里竟然无声无息。据接生姥姥说,在生产的过程中,迎春的脸上始终挂着神秘的微笑,宛如做着有趣的游戏,弄得接生婆心里十分紧张,生怕从她的产道里钻出妖精。

金龙和宝凤的出生,是西门家的天大之喜,怕惊扰婴儿和产妇,我让长工头老张和小长工蓝脸,买了十挂八百头的鞭炮,挑到村南的围子墙上燃放。鞭炮声声,一阵阵传来,使我大喜若狂。我这人有个怪僻,每逢喜事手就发痒,非努力劳动不能解除。在鞭炮声中,我揎拳捋袖,跳到牲口圈里,将积攒了一个冬天的几十车子粪撒了出来。村里一个惯于装神弄鬼的风水先生马智伯跑到牲口圈边,神秘地对我说:门市——这是我的字——门市贤弟,家里有产妇,不能打墙动土,更不能出粪淘井,冲撞了太岁,主着婴儿不利。

马智伯的话让我心头一懔,但开弓没有回头箭,任何事,只要开了头就要干到底,不能半途而废,出了一半的圈,不能再回填。我说,古人曰:人有十年旺,神鬼不敢傍。我西门闹心正不怕邪,行端不怕鬼,即便是碰上太岁又有何妨。也是被马智伯的臭嘴言中,我从粪中铲出一个葫芦状的怪物。这物似凝胶,如肉冻,似透明又混沌,既脆弱又柔韧,我把它铲到圈边上打量着,难道这就是传说中的太岁吗?我看到马智伯脸色灰白,山羊胡须哆哆嗦嗦,双手抱在胸前,对着怪物连连作揖,一边作揖,一边倒退,退到墙边,转身逃跑。我冷笑一声,说:如果太岁就是这副模样,那也就不值得敬畏了。太岁,太岁,如果我连喊三声你还不能逍遁,那就不要怪我不客气了。太岁,太岁,太岁!我闭着眼连吼三声,睁开眼看到那物还是原样,局促在圈边,与马粪相伴,完全是个死物,于是我挥起铁锨,一下子将它劈成两半。我看到那物的里边,也是那样似胶似冻的物质,宛如桃树疤痕里流淌出来的树脂。我将它铲起来,用力撇到了墙外,与马粪驴屎混合在一起,但愿这东西有肥力,能使七月的玉米,长出象牙般的大棒子,能使八月的谷子,抽出狗尾般的大穗子。

莫言那小子在他的小说《太岁》中写道:

……在一个透明的广口大瓶子里,倒上水,放上红茶和红糖,放在温暖的锅灶后边,十天之后,瓶子里长出一个葫芦状的怪物。村子里的人听说后,都跑来观看。马智伯的儿子马聪明紧张地说:"不得了了,这是太岁!当年地主西门闹挖出的太岁就是这样子。"我是现代青年,相信科学,不相信鬼神。我把马聪明轰走,将这玩艺儿从瓶子里倒出来,切开,剁碎,放在锅里炒,异香散发,令人馋涎欲滴。吃到嘴里,犹如肉冻粉皮,味道好极了,营养好极了……吃了一个太岁后,我的身体,在三个月内增高了十厘米……

这小子,真是能忽悠啊。

鞭炮声驱散了西门闹不能生育的谣言,许多人都置办礼物,准备在九日之后前来贺喜。但旧谣言刚破,新流言产生,西门闹出圈肥冲撞了太岁的事,一夜间传遍了高密东北乡十八个村镇。不但流传,而且添油加醋,说那太岁,是个七窍灵通的大肉蛋,在圈边滚来滚去,被我一锹劈开,一道白光冲天而去。冲撞了太岁,百日内必有血光之灾。我知道树大招风,财多遭嫉,许多人在暗中期待着西门闹倒霉。我心略有忐忑,但定力不失,如果上帝要惩罚我,何必还送我金龙宝凤两个宁馨儿。

迎春见到我,脸上也显出喜气。她困难地弯下腰,在那一瞬间我看清了她腹中的婴儿,是个男婴,左脸上也有一块蓝痣,毫无疑问是蓝脸的种子,巨大的耻辱,毒蛇信子一样的怒火,在我心中燃起。我要杀人,我要骂人,我要将蓝脸剁成肉泥。蓝脸,你这个忘恩负义的畜生,你这个丧尽天良的混账王八羔子!你口口声声叫我干爹,后来你干脆就叫我爹,如果我是你爹,那迎春就是你的姨娘,你将姨娘收做老婆,让她怀上你的孩子。你败坏人伦,该遭五雷轰顶!到了地狱,该当剥皮揎草,到畜生道里去轮回!可上天无道,地狱无理,到畜生道里轮回的偏偏是我一辈子没做坏事的西门闹。还有你,小迎春,小贱人,在我怀里你说过多少甜言蜜语?发过多少山盟海誓?可我的尸骨未寒,你就与长工睡在了一起。你这样的淫妇,还有脸活在世间吗?你应该立即去死,我赐你一丈白绫,呸,你不配用白绫,只配用捆过猪的血绳子,到老鼠拉过屎、蝙蝠撒过尿的梁头上去吊死!你只配吞下四两砒霜把自己毒死!你只配跳到村外那眼淹死过野狗的井里去淹死!在人间应该让你骑木驴游街示众!在阴曹地府应该把你扔到专门惩罚婬妇的毒蛇坑里让毒蛇把你咬死!然后将你打入畜生道里去轮回,虽万世也不得超脱!啊噢~~啊噢~~但被打到畜生道里的却是我正人君子西门闹,而不是我的二姨太太。

她艰难地蹲在我的身边,用一条蓝格子的羊肚子毛巾,仔细地擦拭着我身上的黏液。干燥的毛巾拭到湿漉漉的皮毛上,使我感到十分舒适。她的动作轻柔,仿佛擦拭着她亲生的婴儿。可爱的小驹子,亲亲的小东西,你长得可真是好看,瞧这大眼睛,蓝汪汪的,瞧这小耳朵,毛茸茸的……她的嘴说到哪里,手中的毛巾就擦拭到哪里。我看到了她那颗依然善良的心,感受到了她发自内心的爱。我被感动了,心中邪恶的毒火渐渐熄灭,在世为人时的记忆变得遥远而模糊起来。我身上干爽了。我不哆嗦了。我的骨头硬了,腿上有了力气。一股力量,一个愿望,催促着我用力。哎哟,还是个驴儿子呢,她用毛巾擦拭了一下我的生殖器。我感到一阵羞耻,往昔为人时与她的性戏蓦然间又变得清晰无比。我是谁的儿子?我是母驴的儿子,我看到站在那里浑身颤抖的母驴,我的母亲?一头母驴?恼怒和烦躁催促着我,我站了起来。我撑着四条腿站了起来,仿佛一条短促的高腿板凳。

"站起来了,站起来了!"蓝脸抚着掌,兴奋地说。他伸手将蹲在地上的迎春拉了起来。他的眼睛里有很多温柔,看样子他对迎春还很有情意。我猛然想起当年的一些往事,似乎有人对我暗示过,说要我提防着家养的小长工乱了内室。也许他们早就有了暧昧之事?

我站在元旦上午的阳光里,为了不跌倒,不断地倒着蹄子。我迈开了为驴的第一步,开始了一个陌生的、充满了苦难和耻辱的旅途。我又走了一步,身体摇摇晃晃,肚皮绷得很紧。我看到了很大的太阳,很蓝的天,很白的鸽子在天上飞翔。我看到蓝脸扶着迎春走回屋子。我看到一男一女两个小孩,身上穿着簇新的棉袄,脚上穿着虎头鞋子,头上戴着兔皮帽,从大门外跑进来。他们的小短腿跨越高高的门槛时很是吃力。他们只有三四岁的光景。他们管蓝脸叫爹,管迎春叫娘,啊噢~~啊噢~~我知道他们原本是我的儿女,男孩叫西门金龙,女孩叫西门宝凤。我的孩子啊,爹好生思念你们啊!爹还指望着你们成龙成凤光宗耀祖呢,可你们竟然成了别人的儿女,而你们的爹,成了一头驴子。我心悲怆,头昏眼花,四肢抖颤,跌翻在地。我不要当驴,我要讨还我的人身,做我的西门闹,与他们算账。在我跌倒的同时,生我的那头母驴也轰然倒地,犹如一堵腐朽的墙壁。

生我的母驴死了,它四肢僵硬,如同木棍,大睁着双眼,死不瞑目,好像有满腹的冤屈。我对它的死丝毫不感到悲痛,我只是借它的身躯而诞生,全是阎王爷的诡计,亦或是阴差阳错。我没吃它一口奶,见到它两腿之间那肿胀的乳房我就感到恶心。我是喝着高粱面稀粥长大成驴,稀粥是迎春亲手熬,她对我有养育之恩。她用一柄木勺子舀着稀粥喂我,当我长大成驴时那木勺已经被我咬得不成模样。喂我稀粥时我看到她乳房鼓胀,那里边蓄积着浅蓝的乳汁。我知道她的乳汁的味道,我吃过她的乳汁。她的乳汁很好,她的奶好,她的奶发孩子,两个孩子都吃不完,有的女人的奶有毒,好孩子也会被她毒死。她一边喂着我一边说:可怜的小驹驹,刚生下来就死了娘。我看到她说这些话时眼睛水汪汪的,盈着泪水,她是真心疼我。她的孩子,金龙和宝凤,好奇地问她:娘,小驴的娘怎么会死呢?她说,寿限到了,被阎王爷叫走了。她的孩子说:娘,你可不要被阎王爷叫走,你要是被阎王爷叫走,我们就跟小驴驹一样没有娘了,解放也就没娘了。她说:娘永远不走,阎王爷欠着咱家的债呢,他不敢来咱家。

屋子里传出了蓝解放的啼哭声。

你知道谁是蓝解放吗?故事的讲述者——年龄虽小但目光老辣,体不满三尺但语言犹如滔滔江河的大头儿蓝千岁突然问我。

我自然知道,我就是蓝解放,蓝脸是我的爹,迎春是我的娘。这么说,你曾经是我们家的一头驴?

是的,我曾经是你们家的一头驴。我生于1950年1月1日上午,而你蓝解放,生于 1950 年 1 月 1 日傍晚,我们都是新时代的产儿。

第三章　洪泰岳动怒斥倔户　西门驴闯祸啃树皮

　　尽管我不甘为驴,但无法摆脱驴的躯体。西门闹冤屈的灵魂,像炽热的岩浆,在驴的躯壳内奔突;驴的习性和爱好,也难以压抑地蓬勃生长;我在驴和人之间摇摆,驴的意识和人的记忆混杂在一起,时时想分裂,但分裂的意图导致的总是更亲密地融合。刚为了人的记忆而痛苦,又为了驴的生活而欢乐。啊噢～～啊噢～～蓝脸的儿子蓝解放,你明白我的意思吗? 我的意思是说,譬如我看到你的爹蓝脸和你的娘迎春在炕上颠鸾倒凤时,我,西门闹,眼见着自己的长工和自己的二姨太搞在一起,痛苦地用脑袋碰撞驴棚的栅门,痛苦地用牙齿啃咬草料笸箩的边缘,但笸箩里新炒的黑豆搅拌着铡碎的谷草进入我的口腔,使我不由自主地咀嚼和吞咽,在咀嚼中,在吞咽中又使我体验到了一种纯驴的欢乐。

　　似乎只是一眨眼的工夫,我就长成了一匹半大驴,结束了在西门家大宅院里自由奔跑的岁月。缰绳拴在我头上,我被拴在槽头上。与此同时,已经改姓为蓝的金龙和宝凤各长高两寸,与我同年同月同日生的蓝解放,你,也学会了走路。你在院里像一只小鸭子似的摇来摆去。住在东厢房里的另一户人家,在这段时间里的一个狂风暴雨日,生了一对双胞胎女婴。可见西门闹家这块宅基地力未衰,依然盛产双胎。这两个女孩,长名互助,幼名合作。她们姓黄,是黄瞳的种子。她们是黄瞳与西门闹的三姨太秋香合伙生养的女儿。我的主人、你的爹,土改后分到了西门闹家的西厢房,这里原本就是二姨太迎春的住房。黄瞳分到了东厢房,东厢房的主人三姨太秋香,仿佛是房子的附赠,成了黄瞳的妻子。西门家堂皇的五间正房,现在是西门屯的村公所,每天都有人来此开会、办公。

　　那天我在院子里啃那棵大杏树,粗糙的树皮磨得我娇嫩的嘴唇火烧火燎,但我不愿放弃,我想知道树皮遮盖着什么东西。村长兼村支部书记洪泰岳,大声咋呼着,用一块尖利的石片将我投掷。石片正中我腿,铿然有声,十分刺激,这就是痛吗? 一种热辣辣的感觉,血流如注,啊噢～～啊噢～～痛死我了,我是个可怜的驴孤儿。我看到腿上的血,不由得浑身哆嗦。我的腿瘸了,一瘸一拐地逃离院子东侧的杏树,逃到院子西侧。我家的门前,迎着朝阳,靠着南墙,有一个用木棍和苇席搭起来的棚子。那是我的窝,为我挡风遮雨,是我受到惊吓后就躲藏进去的地方。但这时我进不去窝棚,我的主人,正在里边,清理我夜里排泄的粪便。他看到了我腿上流着血一瘸一拐跑过来的情景。我猜想他也看到了洪泰岳飞石击中我腿的情形。石片在空中飞行,锋利的边缘切割着无色的空气,如同划破上等的绸缎,发出令驴心悸的声音。我看到主人站在棚口,庞大的身体像一座铁塔,阳光如同瀑布,在他身上流淌,蓝色的半边脸,另半边脸是红色,红与蓝以鼻为界,好像敌占区与解放区。今天这比喻已经十分陈旧,但那时却十分新鲜。我的主人痛苦地喊叫着:"我的驴子啊——!"我的主人恼怒地吼叫着:"老洪,你凭什么打伤我的驴?!"我的主人越过我的身体,用豹子般的敏捷动作,拦住了洪泰岳。

洪泰岳是西门屯的最高领导人,由于他过去的光荣历史,在一般干部将武器上缴的时候,他还随身佩戴着一支匣子枪。那赭红的牛皮枪套,牛皮哄哄地挂在他的屁股上,反射着阳光,散发着革命的气味,警告着所有的坏人:不要轻举妄动,不要贼心不死,不要试图反抗!他戴着一顶瓦灰色的长檐军帽,上身穿一件白布对襟小褂,腰里扎着一条四指宽的牛皮腰带,外边披着一件灰布夹袄,下穿肥大的灰裤,脚蹬千层底青华达呢面布鞋,没有扎绑腿,使他有几分像一个战时的武工队员。而战争年代,我不是驴而是西门闹的年代,我是西门屯首富的年代,我开明绅士西门闹的年代,我一妻两妾、良田二百亩、骡马成群的年代,你洪泰岳,洪泰岳你,是个什么东西!你那时是标准的下三滥,社会的渣滓,敲着牛胯骨讨饭的乞丐。你那件讨饭的道具,是公牛的胯骨制成,颜色微黄,打磨得异常光滑,边缘上串着九个铜环,轻轻一抖,便发出哗哗啷啷的声响。你攥着牛胯骨的把柄,在我们西门屯逢五排十的集市上,粉墨了脸,赤裸着背,脖子上悬挂着一个布兜,挺着圆滚滚的肚子,赤足,光头,瞪着乌溜溜精光四射的大眼,站在迎宾楼饭店前边那一片用白石铺了地面的空场上,卖唱,炫技。能把一柄牛胯骨打出那么多套花样的全世界没有第二人。哗啷啷、哗啷啷、哗哗啷啷、哗啷、哗哗、啷啷、哗啷哗啷哗哗啷……牛胯骨在你手里上下翻飞,一片白光闪烁,成为整个集市的焦点。引人注目,闲人围拢,很快形成一个场子,打牛胯骨的叫化子洪泰岳顿喉高唱,虽是公鸭嗓,但抑扬顿挫,有板有眼,韵味十足:

太阳一出照西墙,东墙西边有阴凉。

锅灶里烧火炕头上热,仰着睡觉烫脊梁。

稀粥烫嘴吹吹喝,行善总比为恶强。

俺说这话您若不信,回家去问你的娘……

就是这样一个宝货,身份一公开,竟然是高密东北乡资格最老的地下党员,他曾经为八路军送过情报,铁杆汉奸吴三桂也死在他的手上。就是他在我坦白交出财宝后,一抹脸,目光如刺,面色似铁,庄严宣布:"西门闹,第一次土改时,你的小恩小惠、假仁假义蒙蔽了群众,使你得以蒙混过关,这次,你是煮熟的螃蟹难横行了,你是瓮中之鳖难逃脱了,你搜刮民财,剥削有方,抢男霸女,鱼肉乡里,罪大恶极,不杀不足以平民愤,不搬掉你这块挡道的黑石头,不砍倒你这棵大树,高密东北乡的土改就无法继续,西门屯穷苦的老少爷们儿就不可能彻底翻身。现经区政府批准并报县政府备案,着即将恶霸地主西门闹押赴村外小石桥正法!"轰隆一声巨响,电光闪烁,西门闹的脑浆涂抹在桥底冬瓜般的乱石上,散发着腥气,污染了一大片空气。想到此处,我心酸楚,我百口莫辩,因为他们不允许我争辩,斗地主,砸狗头,砍高草,拔大毛,欲加之罪何患无辞。我们会让你死得心服口服的,洪泰岳这样说过,但他们没给我申辩的机会,洪泰岳你出口无信,食言而肥。

  他叉腰站在大门内,与蓝脸面对面,浑身上下透着威严。尽管我刚刚回忆了他敲牛胯骨时在我面前点头哈腰的形象,但人走时运马走膘,兔子落运遭老鹰,作为一头受伤的驴,我对这个人心存畏惧。我的主人,与洪泰岳对视着,中间距离约有八尺。我的主人出身贫苦,根红苗正,但他与我西门闹干爹干儿地称呼过,关系暧昧,尽管他后来提高了觉悟,在斗争我的过程中充当急先锋,挽回了贫雇农的好名声,并分得了房屋、土地和老婆,但他和西门家的特殊关系,总让当权者心存疑虑。

  两个男人目光相持良久,最先说话的是我的主人:

  "你凭什么打伤我的驴子?"

  "如果你再敢让它啃树皮,我就把它枪毙!"洪泰岳拍拍屁股上的牛皮枪套,斩钉截铁地说。

  "它是头畜生,用不着你下这样的黑手!"

  "我看,那些饮水不思源、翻身就忘本的人,还不如一头畜生!"洪泰岳盯着蓝脸说。

  "此话怎么讲?"

  "蓝脸你给我好生听着,一字一句都听仔细,"洪泰岳往前跨出一步,伸出一根手指,如同枪筒,对着我主人的胸脯,说,"土改胜利后,我就劝你不要和迎春结婚,虽然迎春也是苦出身,委身西门闹也是被逼无奈,虽然寡妇改嫁是人民政府大力提倡的好事,但你作为赤贫阶级,应该娶像村西头苏寡妇那样的女人,她家房无一间,地无一垄,丈夫病死后,便以乞讨为生,她虽然满脸麻子,但她是无产阶级,是我们自己人,她能让你保持气节,革命到底,但你不听我的劝告,非要和迎春结婚,考虑到婚姻自由,我不能违背政府法令,便依了你。不出我之所料,仅仅三年,你的革命意志已经彻底消退,你自私,落后,发家致富,想过上你的东家西门闹那种糜烂生活,你是一个蜕化变质的典型,如不觉悟,迟早会堕落成人民的敌人!"

  我的主人怔怔地望着洪泰岳,半晌不动,犹如僵死,终于缓过气来,有气无力地问:

"老洪,既然苏寡妇身上有那么多好处,你为什么不与她结婚?"

洪泰岳被这句听上去软弱无力的话噎得张口结舌,半晌没回上话,状甚狼狈,终于回话,显然文不对题,但是义正词严:

"你不要跟我调皮,蓝脸,我代表党,代表政府,代表西门屯的穷爷们儿,给你最后一个机会,再挽救你一次,希望你悬崖勒马,希望你迷途知返,回到我们的阵营里,我们会原谅你的软弱,原谅你心甘情愿地给西门闹当奴才那段不光彩的历史,也不会因为你跟迎春结了婚而改变你雇农的阶级成分,雇农啊,一块镶着金边的牌子,你不要让这块牌子生锈,不要让它沾染上灰尘,我正式地告诉你,希望你立即加入合作社,牵着你这头调皮捣蛋的驴驹子,推着土改时分给你的独轮车,载着分你的那盘耧,扛着你的锨镢锇钩,领着你的老婆孩子,自然也包括西门金龙和西门宝凤那两个地主崽子,加入合作社,不要再单干,不要闹独立,常言道:'螃蟹过河随大溜','识时务者为俊杰',不要顽固不化,不要充当挡路的石头,不要充硬汉子,比你本事大的人成千上万,都被我们修理得服服帖帖。我洪泰岳,可以允许一只猫在我的裤裆里睡觉,但绝不允许你在我眼皮子底下单干!我的话,你听明白了没有?"

洪泰岳一条好嗓子,是当年打牛胯骨卖膏药时锻炼出来的,这样的好嗓子,这样的好口才,不当官才是咄咄怪事。我有几分入迷地听着他的话,看着他训斥蓝脸时那居高临下的姿态,尽管他的身材比蓝脸矮了半头,但我觉得他比蓝脸要高许多。我听到他提到了西门金龙和西门宝凤,心中惊恐无比,隐藏在驴体内的西门闹对自己遗留在这动荡不安的人世的两块亲骨肉放心不下,为他们的命运担忧,蓝脸既可以充当他们的保护伞,也可以成为给他们带来苦命的大灾星。这时,我的女主人迎春——我尽量地忘记她曾与我同床共枕为我生儿育女的往事吧——从西厢房出来,她出来前一定对着那半块镶嵌在墙壁上的破镜片整理过容貌。她上穿阴丹士林蓝偏襟褂子,下穿黑时布扫腿裤子,腰系一块蓝布白花围裙,头上罩着一方蓝布白花帕子,与围裙同样布料,很是利索很是和谐。阳光照着她憔悴的脸,那额,那眼,那嘴,那鼻,勾起我绵绵不绝的记忆,真是一个好女人啊,恨不得含在嘴里亲热着的好宝贝啊,蓝脸你这王八蛋真是有眼力啊,你如果娶了屯西那个满脸麻子的苏寡妇,即便是当了玉皇大帝,又有什么意思!她走过来,对着洪泰岳深深地鞠了一躬,说:

"洪大哥,你大人不见小人的怪,不要和这个直杠子人一般见识。"

我看到洪泰岳满脸僵硬的线条顿时和缓起来,他借坡下驴地说:

"迎春,你们家的历史情况,你心中有数,你们俩可以破罐子破摔,但你们的孩子,还要奔远大的前程,你们要替他们着想,过上十年八年回头看,蓝脸,你就会明白,我老洪今天所讲,都是为你好,为你的老婆孩子好,我的话都是金玉良言!"

"洪大哥,我明白您的好意,"她拉着蓝脸的胳膊,拽拽,说,"快给洪大哥赔个不是吧,入合作社的事,我们回家商量。"

"没有什么好商量的,"蓝脸说,"亲兄弟都要分家,一群杂姓人,混在一起,一个锅里摸勺子,哪里去找好?"

"你可真是石头蛋子腌咸菜,油盐不进啊,"洪泰岳恼怒地说,"好你蓝脸,你能,你就一个人在外边,等着看吧,看看是我们集体的力量大,还是你蓝脸的力量大。现在是我动员你入社,我苦口婆心地求你;总会有一天,你蓝脸要跪在地上求我,而且,那一天并不遥远!"

"我不入社!我也永远不会跪在地上求你,"蓝脸耷拉着眼皮说,"政府章程是'入社自愿,退社自由',你不能强迫我!"

"你是一块臭狗屎!"洪泰岳怒吼一声。

"洪大哥,您千万……"

"不要大哥长大哥短的,"洪泰岳轻蔑地、仿佛带着几分厌恶地对迎春说,"我是书记,我是村长,我还兼任着乡里的公安员!"

"书记,村长,公安员,"迎春怯声道,"我们回家就商量……"然后她揉着蓝脸,哭咧咧地,"你这个死顽固,你这个石头脑子,你给我回家……"

"我不回家,我话还没说完呢,"蓝脸执拗地说,"村长,你打伤了我的驴驹,要赔我药费!"

"我赔你一颗子弹!"洪泰岳一拍枪套,大笑不止,"蓝脸啊蓝脸,你可真行啊!"然后猛提嗓门,"这棵杏树,分到了谁的名下?"

"分到了我的名下!"一直站在东厢房门口看热闹的民兵队长黄瞳,应着,跑到洪泰岳面前,说,"支书,村长,公安员,土地改革时,这棵树分到我的名下,但这棵树,自分到我的名下后,就没结过一颗杏子,我准备立刻杀了它!这棵树,与西门闹一样,与我们贫雇农是有仇的。"

"你这是放屁!"洪泰岳冷冷地说,"你这是信口胡说,想讨我的好就要实事求是,杏树不结果实,是你不善管理,与西门闹无关。这棵树,虽然分在你的名下,但迟早也是集体的财产,走集体化的道路,消灭私有制度,根绝剥削现象,是天下大势,因此,你要看好这棵树,如果再让驴啃了它的皮,我就剥了你的皮!"

黄瞳在洪泰岳面前点头连连,脸上全是虚笑,两只细眯的眼睛射出金光,咧着嘴,龇着黄牙,露出紫色的牙龈。这时,他的老婆秋香,西门闹曾经的三姨太太,用扁担挑着两个箩筐,箩筐里放着两个婴儿,黄互助,黄合作。秋香,梳着飞机头,头发上抹着闷香的桂花油,脸上涂了一层粉,穿着滚花边的衣衫,绿缎子鞋上绣着紫红的花。她真是胆大包天,竟然穿戴着给我当姨太太时的衣衫,涂脂抹粉,眼波流动,一身媚骨,一身浪肉,哪里像个劳动妇女?我对这个女人,有清醒的认识,她心地不善,嘴怪心坏,只可当做炕上的玩物,不可与她贴心。我知道她心气很高,如果不是我镇压着她,白氏和迎春都要死在她的手里。在砸我狗头之前,这个娘们,看清了形势,反戈一击,说我强奸了她,霸占了她,说她每天都要遭受白氏的虐待,她甚至当着众多男人的面,在清算大会上,掀开衣襟,让人们看她胸膛上的疤痕。这都是被地主婆白氏用烧红的烟袋锅子烫的啊,这都是让西门闹这个恶霸用锥子扎的,她声情并茂地哭喊着,果然是学过戏的女人,知道用什么方子征服人心。收留了这个女人,是我西门闹一片好心,那时她只是个脑后梳着两条小辫的十几岁女孩,跟着她瞎眼的爹,沿街卖唱,不幸爹死街头,她卖身葬父,成了我家的丫鬟。你这个忘恩负义的女人,如果不是我西门闹出手相救,你要么冻死街头,要么落入妓院当了婊子。这婊子,哭着诉着,把假的说得比真的还真,土台子下那些老娘们一片抽泣,抬起袄袖子擦泪,袄袖子明晃晃的。口号喊起来,怒火煽起来了,我的死期到了。我知道死在这个婊子手里了。她哭着喊着,不时用那两只细长的眼睛偷偷地看我。如果不是有两个身强力壮的民兵反剪着我的胳膊,我会不管三七二十一,冲上去,给她一个耳光,给她两个耳光,给她三个耳光。我坦白,因为她在家庭里搬弄是非,我确曾抽过她三个耳光,她跪在我的脚前,抱着我的腿,泪眼婆娑地望着我,那眼神之媚,之可怜,之多情,让我的心陡地软了,让我的吊猛地硬了,这样的女人,即便是搬弄口舌,即便是好吃懒做,又有何妨,于是三巴掌之后就是如醉如痴的缠绵,这个风情万种的女人啊,是治我的一帖灵药。老爷,老爷,我的亲哥,你打死我吧,你弄死我吧,你把我斩成八段,我的魂也缠着你……她猛地从怀里摸出了一把剪刀,对着我的头刺过来,几个民兵把她拦住,把她拖下台去。直到那时,我还认为,她是为了保全自己而演戏,我不能相信一个与我如胶似漆地睡过觉的女人,会真对我恨之入骨……

她挑着互助、合作,看样子想去赶集。她对着洪泰岳撒娇,小脸儿黑黑的,仿佛一朵黑牡丹。洪泰岳道:

"黄瞳,你要管住她,你要改造她,让她改掉那些地主少奶奶的习性,你要让她下地劳动,不要让她四乡赶集!"

"听到了没有?!"黄瞳拦挡在秋香面前,说,"书记说你呢。"

"说我,我怎么啦?赶集都不让,那为什么不把集市取消?嫌老娘迷人,那你就去弄瓶镪水,给老娘点上一脸麻子!"秋香的小嘴,吧吧地说着,弄得洪泰岳好不尴尬。

"臭娘们,我看你是皮肉发痒了,欠揍!"黄瞳怒冲冲地说。

"你敢打我？你敢动我一指头,我就拼你个血胸膛!"

黄瞳以极麻利的动作抽了秋香一个耳光。片刻之间,众人呆若木鸡。我等待着秋香撒泼撒痴,满地打滚,寻死觅活,这都是她的惯用伎俩。但我的期待落了空,秋香没反,只是扔下扁担,捂着脸哭起来。互助和合作,受了惊吓,一齐在箩筐里哭。那两颗小头,金灿灿,毛茸茸,远看活像两个猴头。

挑起了战争的洪泰岳转脸又成了和事佬,劝和了黄瞳夫妇,他目不斜视地走进原西门家的正房,门旁的砖墙上,挂着木牌,牌上写着"西门屯村委会"的潦草字样。

我的主人抱着我的头,用他粗糙的大手,摩挲着我的耳朵,主人的老婆迎春,用盐水清洗了我前腿上的伤口,然后用一块白布包扎起来。在这样的既感伤又温馨的时刻,我不是什么西门闹,我就是一头驴,一头很快就要长大、与主人同甘共苦的驴。就像莫言那厮在他的新编吕剧《黑驴记》中的一段唱词:

  身为黑驴魂是人
  往事渐远如浮云
  六道中众生轮回无量苦
  皆因为欲念难断痴妄心
  何不忘却身前事
  做一头快乐的驴子度晨昏

嘴唇里的阳光

陈 染

另一种规则

我是一个年轻女子,做着一份很刻板的工作,刻板得如同钟表的时针,永远以相同的半径朝着一个方向运行圆周,如同一辆疲倦的货车,永远沿着既定的轨道行驶。平时,我在阅读单位发的学习材料时,特别是那些与斗争新动向有关的文章,即使我把同一条消息读上十遍,也无法记住伊拉克与科威特到底是谁吞灭谁,飞毛腿与爱国者到底是谁阻截谁。但是,我会把那上边所有的印刷错误,比如一句话后边右下角的","错印成"'"等等,牢记于心。这就是我干校对这一职业的后果。

我庆幸这一单纯的工作使我那混乱的头脑免于许多错误。因为在许多领域我是一个惯于想入非非而无法遵守规则的人。比如,一个凶猛残暴的杀手,他的性格孱弱的儿子在一次失误中弄死了一个人,当死刑无法逃脱地落到他的恐惧惊慌的儿子身上时,这个幽灵一般神出鬼没永远能脱身法律之网的父亲,主动承担了儿子的死罪。这举动应该说是对法律的一种嘲弄和欺骗,但我会对着这样一个杀人不见血的残暴父亲的舐犊之情感动得泪流满面,甚而起了一种敬仰。当我看到一个技术高超的外科医生,面对一个受了重伤、苦痛难耐、祈求帮助的阶级敌人的妻子而不予抢救医治的时候,我便会对这个医生产生恶感。这一立场问题以及不合规则的思路,使我无法成为一名合格的法官或医生。

据说,要成为一个作家必须要操守更多的规则。我自知奇异的思维与混乱的脉路同样使我无法合乎规则。好在我懂得自己的症结,也从不期待或奢望成为什么。

但也许有另外一种可能,比如你正好与我拥有同样的思维方式,你会把我误入歧途的思维理解成另外一种规则,也说不准。

对针头的恐惧

牙科医生总使黛二小姐充满奇异的想像。这种奇异之想从她刚刚走近牙科诊室听到那种钻洗牙齿的嗞嗞声便开始了。走进诊室后,那声音便在她全身每一个细小的神经周围弥漫,与此同时,在她目光所及的空间里,无数颗牙齿便像雪片一样在她身前身后舞荡翻飞,纷纷扬扬,散发一股梨树花飘落的清香。

这会儿,黛二小姐坐在第 103 医院牙科诊室第 103 号孔森医生的诊椅上想入非非。黛二二十二岁,且带有一股病态的柔媚与忧郁。智齿阻生的痛苦把她带到这里,她仔细查看了她的四周:左侧扶手部位有一个冲盂和水杯。左上方是一套可以推拉旋转的器械和一只小电风扇。头部正上方是一个很大的聚光灯,它像一枚金色的向日葵,围绕着牙齿患者的口腔转动。右侧扶手旁边放着另外一只带轱辘的转椅,年轻的牙医就坐在上边。

这是一个沉默寡言的年轻医生。他个子很高,但敦实稳重。眼神专注而清澈(他的眼神使黛二小姐终生难忘,在未来的岁月中,她凭藉着这样一双眼睛把他从茫茫人海里找寻出来)。他的鼻子和嘴全部遮在雪白的大口罩里边,这遮挡起来的部分赋予他一种想像的空间,一种神秘莫测之感。假若你仰身靠在诊椅上,聚光灯雪亮地射在你的唇部周围,你神情紧张地攥紧拳头,本能地把它们放在腹部。年轻的牙医在你的右侧俯身贴近你的脸孔,你张大嘴,任他用钩子、钳子、刀子在你的牙齿上搬弄。他粗大有力的手指在你的不大的口腔空间不停地转动,由于口腔的狭小,他用力拔掉你的某个牙齿的时候,充满了内聚力。他使劲你也使劲。如果你像黛二小姐一样是个年轻女子,并且善于浮想联翩,那么你便很容易联想起另外一种事情。

孔森医生在黛二邻座的一个牙疾患者面前俯下身,他往那个头发花白的老妪的上腭上注射了麻药后,就转向黛二小姐这边。

他问:"有什么不舒服吗?"声音是低沉的,像闷在地下隧道的声音。

"没有。"她说。

"心脏有问题吗?"

"没有。"

"血压高吗?"

"不高。"

"那好,我们开始。"他的语词简约而准确。这种非此即彼式的谈话使她感到一种辩证法的魅力。

他转身去取麻药。黛二觉得他提出的疾病离她还遥远。她还年轻,那些老年性疾病还远远够不上她。黛二理解这种提问是拔牙程序之一,便冲他笑笑,表示对他的感谢。

他取来了装满麻药的注射器,针头冲上,用右手拇指推了推针管,细细碎碎的雾状液体便从针头孔零零星星喷射出来些许。这雾状的液体顷刻间纷纷扬扬,夸张地弥散开来。那白色的云雾袅袅腾腾飘出牙科病室,移到楼道,然后沿着楼梯向下慢行,它滑动了二十八级台阶,穿越了十几年的岁月,走向西医内科病房。在那儿,黛二小姐刚刚七岁半。

豁着门牙,动张着两只惊恐的大眼睛望着这个白色世界的黛二,是个体弱多病的小萝卜头。她刚刚从一场脑膜炎的高烧昏迷中苏醒过来。

"认识妈妈吗?"一个和黛二小姐现在的年龄相仿的女子坐在她七岁半的小女儿身边,等待命运判决一样期待她的孩子的回答。

"认识妈妈吗?妈妈在哪儿?"那年轻女子又问。

黛二尽可能地张大由于疾病的折磨显得越发枯大的眼睛在房间里搜寻。墙壁是白色的,一个游荡的声音是白色的,一束在这声音后边从那个很高的嘴角射出的微笑是白色的。那儿,站着一个大个子男人,右手正推动针管,针头冲上,那针头像一个荒凉冷落的旷场正等待着人们经过。它长长地空空地等待着戳入她的屁股。他也许是朝他的小病人微笑,但一切表情全被白色的大口罩涂染成冷漠的无动于衷。

"认识妈妈吗?你看妈妈冲你笑呢!"

黛二一动不动,眼光游移着来来回回打量那针头。她把小身体里的全部力量都凝聚在她的目光中,阻挡着那针头向她靠近。

"妈妈在你身边呢,你不认识了吗?"那年轻女子几乎要崩溃了。

针头已经朝她慢慢过来,带着尖厉的寒光和嘶鸣。

"妈妈,不打针。"黛二一下子跃身抱住妈妈的脖子,"妈妈,不打针。"黛二大声哭叫。

那年轻女子泱泱哭泣起来,边笑边哭:"我的孩子又活了,没有变傻,又活了……"

白大褂和针头已经走到小黛二身边。

"把她放下,请出去,她要打针了。"白大褂上边的嘴说。那只硕大的针管就举在他手里,如同一只冷冷硬硬的手枪。

年轻女子令黛二失望地放下了她,高高兴兴地流着泪,退出去了。

她知道她的妈妈也怕这个男人,她的离开已经说明了这一点。她不想保护黛二,黛二最后的依赖没有了。她不再哭,她知道只有独自面对这个冰冷的针头了。

"趴下,脱下裤子。"

抵抗是没有用的,连妈妈都服从他。

她顺从地趴下,脱下裤子。

整整两个多月时间,七岁半的小黛二在"趴下,脱掉裤子"这句千篇一律的命令中感受着世界,她知道了没有谁会替代她承受那响亮的一针,所有的人都只能独自面对自己的针头。

那长长的针头从小黛二的屁股刺到她的心里,那针头同她的年龄一起长大。

牙科诊室响起一阵刺激的钻洗牙齿的声音,那嗞嗞声钻在黛二小姐的神经上,她打了个冷战。

年轻敦实的牙医举着盛满药液的针管向着她靠近。

"不!"黛二小姐一声惊叫扰乱了牙科诊室一成不变的操作程序。

一次奇遇

我与他的那次相遇完全是天意。那是五年前的事情。有一天薄暮向晚时候,黄昏衰落的容颜已经散尽,夜幕不容分说地匆匆降临。那一阵,我的永远涌动着的怀旧情绪总是把我从这一个由历史的碎片衔接的舞台拉向另一个展示岁月滑落的影院。那天,我独自走进一家宏大的剧场。这剧场弥散着一种华丽奢侈与宗教衰旧的矛盾气息。我是在门口撞见他的,确切地说,我首先是被一个英姿勃发丰采夺目的年轻男子的目光抓住,然后通过这个男子的声音认出了他。

"是你吗?"他说。

我定神看了看他,那双专注而清澈的眼睛我是认识的。但眼睛以下的部位只在我的想像中出现过。只不过想像中的下巴是宽阔的,棱角分明,眼前的这一个下巴却是陡削滑润。挺拔的直鼻子吻合了我的想像,正好属于他。

"是的,是我。我认识你……的一部分。"这种方式与一位英俊男子相识,使我不禁微微发笑。

他也微微发笑。他用右手在自己的下巴上摸了一下,那很大的手掌连同他的一声轻快的口哨声一起滑落。我们谁都没有提起在这之前我们曾经经历的那件事。

"你……一个人吗?"他说。

"对。"

"如果你不介意,我这儿正好有两张票。"

"我有票。"我举起自己手中的票。

"可是,我的是前排。"

"嗯……那么你不想继续等她了吗?"

"谁?"

"嗯……"我转身极目四望。

我还没有转回身,就被他轻轻拉了一下,"我就是在这儿等一位和你一模一样的姑娘。"

我笑着摇摇头,却跟着他走了。

巨大的帷幕拉开了,灯光昏黯,四周沉寂。我从来都以为,办公室与剧场影院最大的区别就在于,办公室是舞台,即使你不喜欢表演,你也必须担任一个哪怕是最无足轻重的配角,你无法逃脱。即使你的办公室里宁静如水,即使你身边只有一两个人——演员,你仍然无法沉湎于内心,你脸上的表情会出卖你。那里只是舞台,是外部生活,是敞开的空间。而影院、剧场却不同,当灯光熄灭,黑暗散落在你的四周,你就会被巨大无边的空洞所吞没,即使你周围的黑暗中埋伏着无数个脑袋,即使无数多窃窃私语弥漫空中如同疲倦的夜风在浩瀚的林叶中轻悄悄憩落,但你的心灵却在这里获得了自由漫步的静寂的广场,你看着舞台上浓缩的世界和岁月,你珠泪涟涟你吃吃发笑你无可奈何,你充分释放你自己。

那一天,演出一个与爱情有关的剧目,演员们如醉如痴,一个男人对着一个女人动听得像说假话一样倾诉真心话,一个女人对着另一个女人动听得像倾诉真心话一样说着假话。我完全沉浸在舞台上虚构的人生故事与感叹之中。当帷幕低垂,灯光骤然亮起,四周纷乱的嘈杂声与涌动的人流把我从内心空间拉回剧场里时,我再一次看到我身边的他那双专注而清澈的眼睛。

我说谢谢。

他也说谢谢。

然后我们一起往外走。随着缓慢而拥挤的人流我们挪着脚步。他的手臂放在我的身后以阻挡后边的人群对我的碰撞,那手臂不时地被人流碰到我的背部和腰上,我感受到轻柔而安全的触摸。走到门口,他接过我的外衣,从后边帮我穿上。这细微而自然的举动使我觉得那件外衣变得分外温馨。

从剧场到汽车站要经过一条极窄的楼群夹道。我来剧场的时候就发现了这狭小的通道潜藏着什么危险,当时天色还没有完全黑透,这种想像只是一掠而过。而从剧场出来时,夜色已经极为浓稠,月亮像一块破损的大石头只露出一角。于是,关于那个狭长的黑道的想像便把我完全地占领了。我提议,请他站在夹道口的这边,等我跑过去站在夹道口的另一边向他说再见,然后我们再分手。"

他吃吃发笑。

"这么复杂干嘛？我送你过去。"

"不。"

"没关系没关系。"

"不用,我……真的不用。"

"怎么了,你？"

"我只是有点害怕……突然什么人……"

"噢,也包括我？"

"嗯……"

"你真是个小姑娘。你需要我又害怕我。好吧,你先过去,然后喊一声我再过去。我送你回去。"

我愉快地接受了。

我一口气飞跑过去,像百米冲刺。身后是他伫立在原地的身影和目光。我刚跑到夹道的另一端就大声叫:"我过来了。"

那一边咚咚的脚步声才响起。

我们重新聚合后,他郑重地向我保证了我的安全。我觉得我信赖他。这种信赖来源于以前我们共同经历的那一次我在这里暂时不便透露的记忆。

我们一边走一边很勉强地回忆了一下那段往事。我告诉他我对于他那双眼睛存有深刻的记忆,还有他的声音——大提琴从关闭的门窗里漫出的低柔之声。出乎我意料的是,他对于我那一次的细枝末节,包括神态举止都记忆犹新。

"当时我就知道你不会再来。"他说。

我们在夜晚的人影凋零的街上慢走,远远近近地说这说那。

我们的话题落到刚才剧场里的爱情剧上,我说我对男主角的一句台词有不同的看法。我说"肋骨说"是荒诞的,当初的亚当和夏娃以及未来的亚当和夏娃们无论怎样亲密,他们毕竟都分别长着自己的脑袋,有自己的思想和精神。女人是独立的。

他表示同意。

我又说:"这也许是我没有信仰的缘故。"

五年前的时候,我对于爱情这一话题的想往像对死亡这一话题的想往一样深挚。

在距我家的楼几十米的地方,我们分手了。

他的手轻轻抚了一下我的头发,说:"你说起话来像个大人。"他的重音落在"像"上边,那意思是说我其实不过是个小姑娘。

"这并不矛盾。"我越过了他的潜台词。

"矛盾是美丽的。你是个矛盾的姑娘。"

他的银灰色风衣飘起来轻打在我身上,我感到一种湿漉漉的温情。他向下俯了俯身,但只是俯了俯身。

大大的月亮全部呈现出来,街旁的路灯昏黄地在我们身影的一端摇动。他的气息抚在我的脸颊上,我垂下头无所适从。

我从他飘逸的风衣的拥围里脱出身来。我说:"别。"

"别紧张。我只想听听你的故事。"

望着他的脸孔,我感到安全而放松。

重现的阴影

黛二小姐仰坐在孔森医生的诊椅上,她的头颅微微后仰,左腿平平伸开,右腿膝盖处向内侧弯曲着,别在左侧小腿下边。双手僵硬地放在平坦的腹部。微微颤动的身体使她那一双美丽的乳房像两个吃惊的小脑瓜,探头探脑。年轻的牙医神情专注地凝视这年轻女子紧张的躯体,她在聚光灯强烈光芒的照射下呈现出孤独无援之态。

黛二小姐望着孔森医生举着注满药液的针管向她靠近,惊恐万状。她张大嘴,那只就要戳向她上腭的狰狞的针头使她面色苍白,失去控制力。

"不!不!"她惊叫。

年轻的牙医放下针管,语调平平,似乎没有任何怜悯色彩,"如果你不舒服,那么就先不做。"

黛二脸孔发凉,嘴角和右侧鼻翼无法抑制地抽搐起来,以至她无法睁开眼睛,脑袋里一片空荡,许多铅色的云托着她的身体向上旋转,旋转。

……那是一片又一片浓得发沉的云,天空仿佛被一群黑灰色的病鸟的翅膀所覆盖,空中水气弥漫,骏马一般遨游在宇宙的硕鸟们慢慢晕倒,雷雨声把它们的羽翼一片片击落,那黑灰色掉下来徐徐地贴在房间的窗子上。就在那个阴雨绵绵的日子,在那个阴黯潮湿的房间里,七岁半的小黛二所目睹的一切像长发一样纷乱,模模糊糊中,小黛二触目惊心地看到一根长在男人身上的巨大的针头朝向她的脸孔,那景象在她记忆里的某个隐秘的地方长久地驻扎下来,在所有阴雨连绵的天气,群鸟们总是黑压压一片片晕倒……

牙科诊室一片嘈杂。她听到窗外仿佛响起了雨声,溅起一股霉味的暗绿色腾向天空。她感到仰坐的椅子被人缓慢地平放下来,她的头颅被一股力量引着向后倾仰下去。

"没什么,没什么,紧张的缘故。"她听到是年轻的孔森医生在说。

喧哗了一阵儿,她感到周围模模糊糊的白色人影散开了,诊室里恢复了原有的秩序。

黛二小姐感到年轻的牙医正在用手指触按她脸颊上的一些穴位,有力而酸胀的指压渐渐使她紧张抽搐的脸部肌肉放松下来。窗外下起了雨,细润的雨丝从玻璃窗轻柔地滑下,仿佛抚在她的脸颊。年轻的牙医正用白色的毛巾擦去她脸上沁出的虚汗。她模糊地看到一团白色,像一只帆船从遥远的天边驶进她的视线,那帆船正悬挂在窗口向着室内混浊的光线四处张望和探询。她紧迫地呼吸起来,感到自己的肺腑正一点一点被室内混浊的气息涂染得昏黄。她望着那白色的帆船,千思百绪,浮想联翩,她的目光和手臂一起用力,想伸出窗外抓住那一掠而过稍纵即逝的白色。

黛二小姐睁开眼,深深呼了一口气,渐渐恢复常态。

"感觉好些了吗?"牙医问。

黛二吃力地坐起来,"我……没有什么。"

年轻的牙医笑了笑(只是黛二猜测他在笑,他的一切表情都挡在口罩里边了)。"你晕针吗?"他说。

"不,不完全是。那针头……让我想起另外的事情。"

"今天你的状态不好。过几天在你感觉身体状态好的时候再来,你看好不好?"

黛二小姐双腿软软地走下诊椅,她感到愧疚交加。她知道她再也不会来这里。她望望这个触摸过她的脸颊的年轻牙医,他的清澈的眼睛已经印在她心里了。一种彻底失败的情绪统占了她的全身,她甚至没有和这位使她产生某种想像并且由于这种想像使她想延长与他的接触的年轻牙医告别,就怅然若失地离开了。

冬天的恋情

冬天是这样一个安详的老人,它心平气和地从热烈的夏天走过去,从偏执的浪漫的危险的热带气息走过去,一切渐渐宁息下来。我热爱夏天,然而,我的恋情却偏偏以冬天为背景展开,这当然也可看做我赋予这恋情的一种性质。

我在与他偶然地再次相遇以前,我的冬天漫长且荒凉。冰冷的北风总是呼啸着从窗外飞过,像个没有身影的隐身人气喘吁吁地狂奔。光秃秃的天空枯旷地迎向我的窗子。我在暖暖的房间里手捧一本什么书面窗而坐,阳光比我设想出来的所有的情人都更使我感到信赖,它懒洋洋爬满我的周身,只有它在我感到冰冷的岁月里尾随于我,覆盖于我,溶解我心灵里所有郁滞的东西——哀愁的、绝望的情结,使之超然平和起来,一切泰然而处之。

在这个冬季,我对他的信赖渐渐变得仅次于对阳光的信赖。

自从他闯入我的生活,我感到自己每一天都活得像做梦一样不真实。躯体只是一个表面静止的发射站,把神思发射出去,我的大部分时间无法留住涌动的思绪,只能一任它四方出游,如云如烟。我常常用力摸摸自己的脸颊,让真实的触觉使自己真实起来。

我们开始频繁地约会。我感到我喜欢并信赖这个男人。他总是回避那一次由于我的失态使我们在最初一次接触时彼此留下深刻记忆的那个事件。

我们每天晚上约会。这许多年来我惟一长久热爱的就是走路。我们沿着建国门大街一走就是几个小时,一路清风拂面,彩灯闪烁,景致迷人。这个属公马的男子有着雄马一样高大的身材(他在自己的属相前总要加上公性),我挎着他的左臂,悠然行走。实际上只消他一个人走,我们俩便可以共同向前移动。他就像土地一样承受我的一切。

终于有一天,他问我,"你为什么那一次走了之后就不再来了呢?"我知道他指的是我们最初的那次。"要不是在剧场偶然地碰到你,恐怕你永远消失了,不敢想像,我失去的可是一个世界。"

我忽然一阵感动。

我们就站在华灯照耀、光亮如昼的大街上亲吻起来。我的心一下子空了,四肢瘫软。这举动对于一个浅试初尝男女之事的小姑娘的确有着非同小可的震撼。我发现我是那么渴望他的身体,潜藏在我身体里的某种莫名的恐惧正在渐渐消散。

他把我拉进路旁的树林阴影里,我们在被树叶摇碎的月光里长时间地亲吻和爱抚。他强按着激动,生平第一次解开了一个年轻女子的钮扣,那种慌乱的解法使人感到一个刚刚学会系钮扣的儿童正在被幼儿园老师催着脱掉衣服。他也是第一次用目光旅游了一个女人真切的身体。我们紧紧拥抱,那种荡人心弦的触摸使两个初经云雨的年轻男女神飞魄散。我感到身体忽然被抽空了,成为一个空洞的容器,头顶冰凉发麻,我的身体变成一块杳无人烟的旷地,一种我从未体验过的空虚在漫延,没有边界,仿佛那旷地四周长满石笋、岩峰和游动的鱼……

我无意在此叙述我们的"爱情",我根本不知道这是否叫做爱情。五年后的今天,我仍然无法对我当时的情感做出准确的判断,因为我从来不知道爱情的准确含义。

记得当时正当我迫不及待地想投入他的怀抱感受他的身体的时候,我却忽然停住了,我只是抱住他的腰一动不动,泪眼星星,低声啜泣。我说:"我不想看见它,不想……"他说"怎么了你?"我说"我就是不想看见它"。"怎么了为什么?"我珠泪涟涟,用低声的哭泣回答他。

他停下来,久久抚摸我的脸颊。多少年潜藏在我身体里的压抑骨髓在喉。我终于鼓足勇气把压在我心底的东西胆怯地拿出来交给这个男人,我低声恳求他帮我分担,帮我分担。只有他可以分担我的恐惧。

我依偎在他臂弯上的温暖里,也依偎在他的职业带给我的安全中。我从未这样放松过,因为我从未在任何怀抱里失去过抑制力,我的一声声吟泣渐渐滑向我从未体验过的极乐世界;我也从未如此沉重过,我必须重新面对童年岁月里已经模糊了的往事,使我能够与他分担。

一次临床访谈

黛二小姐终于在一个绵雨过后的午日用电话约出了那位年轻牙医,她说她必须见他。

他们在绿树叠翠的被细雨润湿的疗养区域里慢步。太阳已经出来了,天空呈现出鲜嫩欲滴的粉红色,阳光把草坪上绿绿的雨露蒸腾起来。懒洋洋的长椅上半睡半醒的老人们默默自语。年轻的孔森医生身上散发出的来苏气味不断地使黛二小姐感到自己也是个病人。

"你终于来了。"他说。

"……"

"你的牙齿又发炎了吗?"

"……"

黛二小姐先是沉默不语,然后她讲起了另外的事情。她滔滔不绝,被倾吐往事之后的某种快慰之感牵引着诉说下去。

黛二小姐讲起她童年时代曾有过一位当建筑师的朋友,这位瘦削疲弱而面孔阴郁的中年男人是童年的黛二惟一的伙伴。他就住在黛二家的隔壁。那时候,孩子们的玩具只有沙土、石子和水,积木、橡皮泥以及那些非电动简易玩具还是奢侈品。小黛二一天一天沉浸在玩沙土的乐趣中,她在自己周围挖出无数个坑坑,在坑坑里放下一只只用嘴吹鼓的圆纸球(她称之为地雷),然后在那些坑坑上交叉地放上两三根树枝,再用纸放在树枝上边,最后轻轻地用沙土将它们遮埋住。一切完毕之后,黛二像个运筹帷幄的将军站在原地四顾环视,身边布满了她已看不见了的成果。她闭上眼睛,在原地转上几圈,然后怀着一种刺激的心理走出地雷区。这是小黛二从电影

《地道战》中学来并演绎了的游戏,她长时间沉浸在这种游戏中。

长大后的黛二小姐,无论在办公室还是在人群中,总是不能自已地回忆起儿时这种游戏,她才恍然感悟到小时候的游戏正是她今天的人生。

小黛二总是和她的建筑师朋友一起玩。这个沉默寡言的男人只有和黛二一起玩着具有象征性的游戏时才表现出兴奋的神情("象征性"这个词是成年后的黛二赋予"游戏"的修饰词)。他教会小黛二一些她意想不到的玩法。比如,他教会她建筑"高塔",他把碎石块用泥土砌起来,尽可能地高,那个高度对于童年的黛二完全可以比作耸立,这种耸立有一种轰然坍塌的潜在危险,一阵风便可以把它推翻刮倒。当它摇摇欲坠危险地耸立着的时候,建筑师便带领黛二发出一阵欢呼。

他们还玩水龙头。院子的西南角有一个长水池,水池上边是三只水龙头。建筑师常常把三只水管同时打开,尽可能地开大,让三注喷射的水流勃发而出。这种痛快淋漓的喷射带给他无穷的激动。每当这时,他便兴奋得嚎叫,那叫声回荡在无人的院落里格外瘆人,令小黛二兴奋又恐惧。

他是一个优秀的建筑师,家里的奖状贴满一面墙壁。但是,他的妻子却从不为此自豪。在黛二的记忆里,这一家惟一的邻居总是吵吵闹闹,小黛二问起父母他们吵闹的缘由,父母似乎总是躲躲闪闪避重就轻,或者模棱两可地说叔叔总是忙于建筑工作,没有时间照顾家庭,阿姨不高兴。小孩子不懂,不要多问。这种答复总使黛二不能满足。她总想找个机会问问她的建筑师朋友,直到在一个阴雨连绵的天气里,发生了那起令小黛二终生难忘的事件。当她哭着告诉了妈妈她所看到的建筑师裸露的那些以后,他们便再也不是朋友了。

长大后,黛二小姐才渐渐懂得了建筑师那种疯狂工作和游戏与他作为一个失败的男人之间的某种关联——一种丧失的补偿。

终于有一天,一辆白色的救护车鸣叫着把建筑师从小黛二玩游戏的院落拉走了。据说他被拉到城北的疯人院去了。人们说他在一个幽僻的林荫小道上徘徊许久之后,冲着一位途经这里的年轻女子再一次重复了那个阴雨天里对着小黛二的事情。

黛二在上小学的时候,亲身经历了一场火灾。人们先是被一股浓烈的焦糊味和呛鼻酸眼的烟雾从自家引出屋,继而人们看到建筑师家的窗子被无数只鲜红的狗舌头舔破,那些长长的狗舌唏嘘着渐渐合拢成一片灼热的火红。建筑师在停职之后的一天下午,把自己反锁在房间中,一把大火伴随着令人窒息的汽油味结束了他的苦恼、悔恨和无能为力的欲望。那滚滚的浓烟嘶鸣的火焰弥漫了静静的院落,弥漫了蜿蜿蜒蜒的小巷以及流失在小巷深处的黛二小姐蜿蜿蜒蜒的童年……

年轻的牙医把一只手重重压在黛二小姐的肩上,那种压法仿佛她会忽然被记忆里的滚滚浓烟带走飘去。那是一只黛二小姐想往已久的医生的手臂,她深切期待这样一只手把她从某种记忆里拯救出来。有生以来她第一次把自己当做病人软软地靠在那只根除过无数只坏牙的手臂之中。这手臂本身就是一个最温情最安全的临床访谈者,一个最准确的 DSM-Ⅲ 系统①。

诞生或死亡的开端

在我和他同居数月之后的一个风和日丽的上午,我们穿越繁闹的街区,走过一片荒地,和一个堆满许多作废的铁板、木桩和砖瓦的旷场。我对废弃物和古残骸从来都怀有一种莫名的情感和忧伤,那份荒凉落破与阴森瘆人的景观总使我觉得很久以前我曾经从这里经过,那也许是久已逝去的童年和少年时光。我们默默地伫立了一会儿,就走向旷场尽头一个狭小的房间——这个房间多少年来被人们视为爱情的摇篮与坟墓的发源地,据说它是通往喜剧与悲剧的舞台。我无法给这个地方准确地命名,正像我至今无法给自己当时的情感命名为爱情一样。

一个热情的并且习惯用"操"字充当语言的逗号(这个字在他嘴里并不含有喜或怒的情感色彩)为他滔滔不绝的句子断句的青年人接待了我们。我们从这个狭小的房间领取了一份红色的类似于奖状的证书。那上面写着:

××字第 18 号

黛二(女)23 岁

孔森(男)26 岁

自愿结婚,经审查合于本国婚姻法关于结婚的规定,发给此证。

我和他各持一份。我们都知道那张纸厚如铁板又薄若蝉翼。

飞翔的仪式

黛二小姐终于再次出现在第 103 医院牙科诊室的第 103 号诊椅上,是在她结婚之后的一天下午。她的气色格外佼好,脸颊散发一股柔媚的光彩,那双惊恐的大眼睛已不复存在,她的目光像一个闪闪烁烁的星座散发着耀人的神韵。

---

① DSM-Ⅲ 是精神医学里一个多轴分类系统,接受评价的行为是在不同的轴上或方面加以评估,从而全面准确地诊断出患者的障碍所在。

她坐上那把诊椅宁和而自信,像主人命令侍从般地对身旁那个年轻牙医说:

"我们开始吧。"

年轻的牙医右手举着注满药液的针管,针头空空地冲上,像举着一只填满火药的随时可以发出响亮一击的手枪,他把它在黛二小姐眼前晃了晃,说:"真的没问题了吗?"

黛二笑起来:"当然。"

她张大嘴巴,坦然地承受那只具有象征意义的针头戳入她的上腭。一阵些微的胀痛之后,温馨而甜蜜的麻醉便充满她的整个口腔。阳光进入她的嘴里,穿透她的上腭,渗入她的舌头,那光在她的嘴里翩翩起舞,曼声而歌。一抹粉红色的微笑从她的嘴里溢到唇边。

年轻的孔森医生俯下身贴近她的脸孔,尽管白色的大口罩遮挡了他的嘴唇,但黛二仍然感到一股热热的气息向她扑来。牙医用右手举着刀子和钳子,左臂做为支撑点压在她的胸部,这种重量带给她一种美妙绝伦的想像。年轻的牙医很顺利地拔掉了黛二小姐左边和右边的两颗已经坏死的智齿。他们一起用力的时候,黛二小姐没有感到疼痛,她是一个驯服而温存的合作者。他们好像只是在一起飞翔,一次行程遥远的飞翔,轻若羽毛,天空划满一道道彩虹般的弧线。那种紧密的交融配合仿佛使她重温了与丈夫的初夜同床。

当年轻的孔森医生把那两颗血淋淋的智齿当啷一声丢到乳白色的托盘里时,深匿在黛二小姐久远岁月之中的隐痛便彻底地根除了。

《嘴唇里的阳光》导读

拓展阅读

拓展阅读
戴锦华:重写女性——八九十年代的性别写作与文化空间

黄金时代（长篇存目）

王小波

故事梗概

《黄金时代》，台湾联经出版公司 1992 年初版。

《黄金时代》是王小波创作的"时代三部曲"之一。它以"文化大革命"为背景，讲述了一对男女青年在极端压抑、落后、无聊的状况下产生的"爱情"。没有偷汉的陈清扬被人称为"破鞋"，在遇到唯一没有装病的男病人王二后，她希望王二能帮忙证明自己不是"破鞋"。但王二倾向于证明陈清扬不无辜，并引诱陈清扬。他抛出了"伟大友谊"论，性交便是"伟大友谊"的代价。二人最终上了床。之后王二意外受伤，陈清扬公开了这段关系，成为真正的"破鞋"，二人挨批斗，写交代材料。陈清扬在最后一份交代材料中承认自己爱上了王二。二十年后，中年王二遇到了中年陈清扬，再谈起当年，有无穷兴致，二人从"伟大友谊"中走出，接受人世的摧残。

《黄金时代》导读

拓展阅读

拓展阅读

许纪霖：他思故他在——王小波的思想世界

白鹿原（第十章）

陈忠实

第十章

  孝文和孝武一人背一捆铺盖卷儿回到白鹿村。因为学生严重流失，纷纷投入城里新兴的学校去念书，朱先生创立的白鹿书院正式宣告关闭，滋水县也筹建起第一所新式学校——初级师范学校，朱先生勉强受聘出任教务长。看着两个接受过良好教育的儿子归来，白嘉轩好生喜欢，有这样两个槐树苗儿一样壮健的后人顶门立柱，白家几辈受尽了单传凄苦的祖先可以告慰于九泉之下了。当晚，白嘉轩手执蜡烛，把两个儿子领到门楼下，秉烛照亮了镌刻在门楼上的四个大字"耕读传家"，又引着他们回到院庭，再次重温刻在两根明柱上的对联：耕织传家久，经书济世长。白嘉轩问儿子："记下了？"两个儿子一齐回答："记下了。"白嘉轩又问："明白不明白？"两个儿子答："明白。"白嘉轩坐在厅房的桌子旁说："明白了就好。明日早起把旧衣裳换上，跟着你三伯到地里务庄稼去。"两个孩子都顺从地答应了。白嘉轩告诫说："从今日起，再不要说人家到哪儿念书干什么事的话了。各家有各家的活法儿。咱家有咱家的活法儿。咱只管按咱的活法儿做咱要做的事，不要看也不要说这家怎个样那家咋个样的话。"

  白嘉轩随后进山去了一趟，和岳父商谈了让二儿子孝武来共同经营中药材收购铺店的事。白家的后人已经成人，由岳父代管的局面应该尽快结束，孝武随后受命进山去了。大儿子孝文留在家里。白嘉轩经过长期观察和无数次对比认定，由孝文将来统领家事和继任族长是合法而且合适的。两个孩子都是神态端庄，对一切人都彬彬有礼，不苟言笑，绝无放荡不羁的举止言语，明显地有别于一般乡村青年自由随便的样子。但孝文比孝武更机敏，外表上更持重，处事更显练达。

  白嘉轩把二儿子孝武打发进山以后，就带着礼物走进了媒人的院子。他郑重提出过年时给孝文完婚的意图，让媒人去和女方的父母交涉。女方比孝文大三岁，已经交上十九，父母早已着急，只是羞于面子不便催白家快娶。因为是头一桩婚事,白嘉轩办得很认真,也很体面,特意杀了一头猪做席面。婚后半个多月,饱尝口福的乡党还在回味无穷地谈说宴席的丰盛。白嘉轩以族长的名义主持了儿子和儿媳进祠堂叩拜祖宗的仪式。这种仪式要求白鹿两姓凡是已婚男女都来参加,新婚夫妇一方面叩拜已逝的列位先辈,另一方面还要叩拜活着的叔伯爷兄和婆婶嫂子们,并请他们接纳新的家族成员。

鹿三参加过无数次这种庄严隆重的仪式,万万料想不到他的黑娃引回来一个小婊子,入不得祠堂拜不得祖宗,也见不得父老乡亲的面。他曾经讥笑过鹿子霖。鹿子霖给大儿子兆鹏也是过年时完的婚。早先三媒六证订下冷先生的大女儿,兆鹏突然不愿意了,赖在城里不回家。鹿子霖赶到城里,一记耳光抽得兆鹏鼻口流血,苦丧着脸算是屈从了。新婚头一夜,兆鹏拒食合欢馄饨,更不进新房睡觉,鹿子霖又一记耳光沾了一手血,把兆鹏打到新房里去了。第三天进祠堂拜祖宗,兆鹏又不愿去,还是鹿子霖的耳光把他扇到祠堂里去了。完成了婚娶的一系列礼仪之后,鹿子霖说:"你现在愿滚到哪儿就滚到哪儿去!你想死到哪儿就死到哪儿去!你娃子记住:你屋里有个媳妇!"鹿兆鹏一句话没说就进城去了。鹿三对照了白鹿两家给儿子办婚事的过场,深深感叹白嘉轩教子治家不愧为楷模,而鹿子霖的后人成了什么式子!归根到底一句话:"勺勺客毕竟祖德太浅太薄嘛!"现在黑娃根本没有资格引着媳妇进入祠堂,鹿三再也不好意思讥笑人家鹿子霖了,这件事仿佛一块无法化释的积食堆积在他的心口上。

白嘉轩对鹿三的心病表示了最真诚的关切。他走进马号对鹿三说:"三哥,你一天到晚光哀叹不行。得想法儿解决。"鹿三气馁地说:"我说他不听。我一镢头把那货砸死还得偿命。"白嘉轩信心十足:"你去把他叫来,我跟他说。我不信他辨不来饭香屁臭。"鹿三对白嘉轩亲自出面的举动很感动,立即跑到村子东头那孔破窑洞前的坪场上,大声吼喊黑娃。黑娃跟着父亲来到白嘉轩家的马号里。白嘉轩开门见山地问:"黑娃,没让你跟那个女人进祠堂拜祖,你恨我不恨?"黑娃诚实地回答:"我知道族规。这不怪你。"白嘉轩朗然说:"好!黑娃不糊涂。叔再问你一句,你丢开丢不开那个女人?"黑娃没有料到白嘉轩会把话说得这样不留空隙,盯一眼就低了头。白嘉轩不急于要他回答,继续冷静地说:"这个女人你不能要。这女人不是居家过日子的女人。你拾掇下这号女人你要招祸。我看了一眼就看出她不是你黑娃能养得住的人。趁早丢开,免得后悔。人说前悔容易后悔难。"鹿三已经按捺不住:"你嘉轩叔说的全是实话好话!搭眼一瞅那货就不是家屋里养的东西。"黑娃为难地说:"我一丢开她,她肯定没活路了。"鹿三大声顺着嘴:"啧啧啧!这号烂货女人死了倒干净!不看看你死命催在尻子上,还管那货。"白嘉轩依然不急不躁,保持着长者的威仪:"你不要操心丢开她寻不下媳妇。你只管丢开她。你的媳妇我包了,连订带娶全由叔给你包了。"黑娃吃惊地盯着白嘉轩,已经没有不丢开她的任何托词和借口了。他突然蹲下去,屹蹴在马号的脚地上。

二十年前,白嘉轩的父亲白秉德出面掏钱为鹿三连订带娶一手承办了婚事,这件义举善行至今还被人们传诵着。黑娃的母亲也不隐讳这件事,自打黑娃能听懂话就不厌其烦地重复着:"黑娃你得记住,白家是善心人!"

想起了这些,鹿三就臊红了脸:"嘉轩你甭给他说那么多好话。哪怕拉光身汉也不能要那货!立马把那货撵出门,下边的事下来再说。"白嘉轩动情地说:"看在咱们两三辈人交好的情义上,叔真是不忍眼睁睁看着你把一个灾星招进门。我不逼你,你再想想。"黑娃站起来点点头,表示他要认真地想了,赶忙拔腿走出马号。

黑娃离去后,白嘉轩以哲人的口气说:"毕了毕了。我断定黑娃丢不开那个女人。要是能丢开,他当下就说丢开。没有法子。圣人能看一丈远的世事;咱们凡人只能看一步远,看一步走一步吧,像黑娃这号混沌弟子,一步远也看不透,眼皮底下的沟坎也看不见。你急也不顶用。让他瞎碰瞎撞几回,也许能碰撞得灵醒过来,急是没用的。"

白嘉轩真是不幸而言中。鹿三还侥幸着黑娃"想想"之后丢开那货哩,第二天晌午回家去,让女人再劝劝黑娃,不料从女人口里得知,黑娃扛着青石夯挂着木模,天不明就起身到外村给人打土坯去了。唉!

鉴于黑娃的严峻教训,白嘉轩愈加严厉地注视儿子孝文的行为规范。孝文是好样的,穿着旧衣服每天三晌跟鹿三到地里去学务庄稼,一身土一脸汗从不见叫苦叫累。只是这孩子脸色有点憔悴,断定不是农活太重的原因。白嘉轩晚上郑重地对仙草说:"看来这悫娃子贪色。你得给那媳妇亮亮耳。"仙草撇撇嘴角,斜瞅丈夫一眼。娶了儿媳,仙草初享做阿婆的人生滋味,在家庭里的地位自然就发生了变化,可以稍为轻松地与丈夫对话了:"管人家小两口那些事做啥?年轻时候都一样,你那会儿还不急得猴子摘桃一样。"白嘉轩仍很当真地说:"我那会多大!孝文这会才多大?刚交十六,正长身体哩!甭贪色贪得嫩撅了!"仙草笑着依顺了,而且想得更加周密:"这话我也不好开口。我给咱妈说一下,让她给她的孙子媳妇亮亮耳,话轻话重都不要紧。"白嘉轩一下猜中了仙草的用心:"你怕儿媳恼恨你是不是,让咱妈去说这号讨人嫌惹人恼的话?不过也没啥,会想事的人是知道为她好的。"

孝文结婚之前几乎没有接触过妈妈和奶奶以外的任何女人,结婚之后自然对女人一无所知,新婚之夜依然保持着晚读的良好习惯,气匀心静地端坐在桌前看书。一对烫金的大红蜡烛欢跃跳弹着火焰,新媳妇在炕上铺褥暖被,他感到局促不适。新媳妇暖好被褥,把一对绣着鸳鸯荷花的陪嫁枕头并排摆好,盘腿坐在炕上说:"你歇下吧,今日个劳了一天了。"孝文说:"你先睡。我看看书。"新媳妇忙溜下炕:"你喝茶不?我给你烧水。"孝文说:"不喝不喝。你睡去。"新媳妇就悄然睡下了。孝文读书累了也随之躺下了,他的光腿在被窝里撞着了她的光腿,就往一边躲了躲,很快睡着了。连着两夜都是这样。

　　第四天夜里,孝文夜半醒来尿尿,听到耳畔啜泣声,他忙问她:"你咋了?"她背着身子啜泣得更紧了。"你哪儿不滋润?有病了?"她的啜泣变成压抑着的呜咽。孝文有点不耐烦了:"你不吭声,半夜三更哭啥哩?丧模鬼气的!"她转过身来忍住了抽泣:"你是不是要休我?"孝文大为惊讶:"你因啥说这种没根没底儿的话,我刚刚娶你回来才三四天,干吗要休你?既然要休你,又何必娶你?"她沉静一阵之后说:"你娶我做啥呀?"孝文说:"这你都不懂?纺线织布缝衣做饭要娃嘛!"她问:"你想叫我给你要娃不?"孝文说:"咋不想?咱妈都急着抱孙子哩!"她的疑虑完全散释,语句开始缠绵羞涩起来:"你不给我娃娃……我拿啥给你往出要……"孝文愣愣地说:"娃娃咋能是我给你的?我能给你还不如我自己要。"她噗哧一声笑了:"你见过哪个没男人的女人要下娃了?"孝文哑了。她羞羞怯怯地说:"女人要下的娃都是男人给的。"孝文有所醒悟,随口轻松地说:"那你怎么不早说?你快说我怎么给你?你说了我立马就给你。"她咯咯笑着搂住了他的脖子,把肥实的奶子紧紧贴住他的身,她抓住他的一只手导向她的胸脯,随之示意他抚摩起来。孝文不由地"哎呀"一声呻唤,自觉血涌到脸上烧臊起来,浑身迅猛地鼓胀起来,巨大的羞耻感和洪水般涌起的骚动在胸腔里猛烈冲撞,对骚动的渴望和对羞耻的恐惧使他颤抖不止。他喘着气说:"甭这样……这不好!"她也微微喘息着说:"就这样就这样好着哩!"他慌乱地挺着,被她按到她奶子上的手僵硬地停在那儿,不忍心抽回也鼓不起勇气搓摸。她的那只手从他的胸脯轻轻地滑向他的腹部,手心似乎更加温热更加细柔;那只手在肚脐上稍作留顿,然后就继续下滑,直到把他的那个永远羞于见人的东西攥到掌心。孝文觉得支撑躯体和灵魂的大柱轰然倒掉,墙摧瓦倾,天旋地转,他已陷入灭顶之灾,就死死抱住了那个救命的躯体。他已经不满足于她的搂抱而相信自己的双臂更加有力,他把那个温热的肉体拥入自己尚不宽厚的胸脯,扭动着身子用薄薄的胸肌蹭磨对方温柔而富弹性的奶子,他的双手痉挛着抚摩她的胳膊她的脊背她的肩头她的大腿她的脖颈她的肥实丰腴的尻蛋儿,十指和掌心所到之处皆是不尽的欢乐。他的手最后伸向她的腹下,就留驻在那儿不由地惊叹起来:"妈呀!你的这儿是这个样子!"他感到她在他的抚摩下不安地扭动着,一阵紧过一阵喘着气。当他的手伸到那个地方的一瞬,她猛乍颤抖一下就把他箍住了,把她的嘴贴到他的嘴上,她的舌头递进他的嘴唇。他一经察觉到它的美好就变得极度贪婪。孝文觉得又探入一个更加美妙的境地而几乎迷醉。她的双手有力地拖拽他的腰,他立即意领神会她的意图,忙翻起身又躺下去。他急切地要寻找什么却找不到朦胧而又明晰的归宿,她的美妙无比的手指如期如愿,毅然把他导向她迫不及待要进入的理想的地域。他的腹下突然旋起一股风暴,席卷了四肢席卷了胸脯席卷了天灵盖顶,发出一阵白灼的强光,几乎焚毁了。

孝文在盲目的慌乱和撕扯不完的羞怯中初尝了那种神奇的滋味,大为震惊,男人和女人之间原来是这么一回事哇!这种秘密一经戳破,孝文觉得正是在焚毁的那一刻长成大人了。他静静地躺着,没有多大工夫,那种初尝的诱惑又骚动起来,他再不需她的导引暗示而自行出击了,他不一而足,反复享受,一次比一次更从容,一次比一次的结果更美好。他终于安静下来对她说:"这样好这么好的事,你前三天为啥不早说哩?"她已缠绵得难以开口,只是呢喃着贴紧他的身子……第二天晚上吃罢夜饭,孝文向婆(奶奶)问了安就回到自己的厢房,脱鞋上炕。新媳妇说:"你今黑不念书了?"他听出她揶揄的话味也不管了,抱住她的脖子贴着她的耳朵说:"我想日你。快!"

    白赵氏接受了儿媳仙草传达的儿子嘉轩要指教孙子媳妇的话竟然有点按捺不住。三个孙子一个孙女都从她的牵引下挣脱了手,从她的火炕上像出窝的鸟儿一样飞走了,只有三娃子牛犊还在靠墙的被筒里睡觉。家里的事情由嘉轩撑持她很放心,因为耳朵半聋听不清晰,因此就不去过问。每天晚上嘉轩仍然坚持睡前陪她坐一阵尽其孝道。她从早到晚坐在纺车前纺棉花,再把那一个个线穗儿拐到工字形的线拐上去,交给仙草去浆线织布。她很明白地限制自己不再过问家事,只是单纯地摇车纺线。她自己不觉察而仙草却早已感觉出来,她不说话是不说话,一说话就又直又硬,完全不像过去那么慈和婉约了。她听了仙草的话,就觉得接到了最重要的使命,当下从纺车下站起来走到孙子媳妇的窗外:"马驹家的到后头来,婆给你说话。"孝文媳妇也在摇纺车,随之就跟着婆的脚后跟走进上房里屋。婆坐在太师椅上,孝文媳妇怯怯地站在当面。白赵氏说:"你比马驹大。你十九他才十六。你身子披挂雄实,马驹还是个树秧。你要处处抬协他。你听下了没?"孝文媳妇满口答:"婆,我知道。我过门前俺妈也教导我,说要抬协他。他比我小我知道。"白赵氏说:"那你给婆说,你到屋几个月了,你咋样抬协他来?"孝文媳妇说:"我天天早起叮咛他,做活要可自家的力气,做不动的活甭硬做,小心伤了筋骨。"白赵氏问:"你还咋样抬协他?"孝文媳妇说:"我天天黑间劝他少念会儿书少熬点儿眼,白天上地黑间熬眼身子就亏下咧!"白赵氏仍不动声色地问:"还有啥呢?"孝文媳妇说:"我常问他想吃啥饭,再给婆说了,就做他可口的饭。"白赵氏再问:"还怎么抬协他来?"孝文媳妇再说不出也想不到更多的抬协的事例,一低头又有了心计:"婆呀,你说该咋样抬协你的孙子?俺小辈人不懂啥,你老多指教才好哩!"白赵氏反问:"我说了你能做到?"孝文媳妇笑脸相迎:"婆说的话我不敢不做。"白赵氏再问:"我说了你不恼?"孝文媳妇说:"我咋敢恼婆说的话?我再不懂规矩也不敢不听婆的话。"白赵氏点点头:"那我就说——"孝文媳妇诚恳地说:"婆你有啥尽管说。"白赵氏压低声一字一板说:"你黑间甭跟马驹稀得那么欢!"孝文媳妇听到时猛乍愣了一下,随之就解开了被婆强调了重音的稀,是被婆脱掉牙齿漏风泄气的嘴把那个最不堪入耳的字说转音了,她惊愕地瞪大了眼睛,刷地一下红赤了脸,羞得抬不起头来了。"话丑理端。"白赵氏不急不躁地说,"马驹十六还嫩着哩!你要是夜夜没遍没数儿地引逗他跟你稀——把他身子亏空了,嫩撅了,你就得守一辈子活寡!"孝文媳妇的头低垂得更下了:"婆……没有的事……""看看马驹的脸色成了啥样子?还说没有!"白赵氏紧逼不放,"婆跟你实话直说,那个事跟吃饭喝汤一样,吃饱了喝够了不想吃也不想喝了,过不了一晌克化了又饿了也渴了,又急着吃急着喝了。总也没个完。"孝文媳妇咬着嘴唇硬着头皮站着恭听。白赵氏说:"我给你说,十天稀一回。记下记不下?"孝文媳妇咯咯讷讷:"记下了。"

  当天夜里睡下,她一次又一次推开孝文的手。孝文先不悦意,接着就恼了,问她咋回事,她就学说了白赵氏白天的训示。孝文说:"婆怎么连这事也管?"她说:"她是婆嘛!"接着又给孝文劝说:"婆的话说得粗鲁可是心好着哩,怕伤你的身子骨儿,你小。"孝文气躁躁地说:"既然我小,忙着给我娶你做啥?给我娶媳妇就是叫我日嘛!不叫日就不要娶!我想怎么日就怎么日,想啥时候日就啥时候日!"孝文一边气呼呼说着一边就做了起来,像是和婆赌气似的。

  第二天,婆又把她唤进上房里屋。她这回有了充分准备。婆一见她就说她骗了自己。她就向婆艰难地述说孝文不听劝阻,自己也没办法:"婆呀……被窝里……又不能打墙呀……"白赵氏嚯嚯脱光了牙齿的嘴:"我来试着打这堵墙,看看打成打不成!"她不知婆将怎样给她的被窝里筑起一道隔墙。

  当晚,孝文和她又进入那种欢愉销魂的时刻,窗外响起婆的僵硬的声音:"孝文,甭忘了你是个念书人唉!"随之就听见婆的小脚噔噔噔响到上房里去了。孝文突然从她身上跌滚下来，浑身憋出粘糊糊的汗液，背过身睡去了。她心里很难受，对婆憎恨在心里了。

白赵氏仍然不放心，连续十天里改变了天黑睡觉的习惯，吹了灯坐在被筒里打盹，一当发觉孙子孝文窗户纸上的灯光熄灭以后，她就溜下炕来走到庭院里，坐在孝文窗外的木马架上说："马驹俺娃好好睡，婆给你挡狼。"这是孝文小时跟婆睡觉时的催眠曲。直到窗里传出孝文匀称的鼾声，白赵氏才回到自己的火炕上脱衣睡下。有一天早饭时，白赵氏接过孙媳侍候来的饭菜，把刚转身准备出门的孙媳叫住，很得意地问："你说，婆给你被窝里把墙打成了没？"孙媳妇满脸绯红，低下头求饶似的喃喃说："啊呀婆哩早都不……咧！"

尽管如此，孝文的脸色仍然发暗发灰，眼睛周围有一个晕圈儿，明显不过地呈现着纵欲过度的样子。白赵氏终于明白给被窝里打墙的作法完全失败，就变得恼羞成怒了。她再次把孙子媳妇传唤到上房里屋："小冤家，你把婆给哄了！"孙子媳妇忙说："没有没有！"白赵氏说："马驹的脸色在那儿明摆着哩。"孙子媳妇低下头无言以辩。实际上孝文并没有因为婆的干涉而有半点收敛，几乎一夜也没空过，更谈不上遵守婆规定的"十天稀一回"的法令了。她本人也很吃惊，新婚三天连碰她也不碰的书呆子，一旦尝着了男女交媾的滋味就一下子上了瘾似的永无满足了。她现在也为孝文的身体担忧，真的这样下去，孝文嫩撅了，她就要守活寡了。她在被窝里规劝孝文："细水长流好。你今黑忍一忍。等你长大了要怎样就怎样……"孝文却当作耳边风又做起自己想做的事。她对婆诚恳地说："婆呀！打死我我也不敢哄你……我劝不下你孙子……"白赵氏说："你跟他不要睡一头，两头睡下。"孙子媳妇说："试过了……不行。他在那头还能……"白赵氏说："你该给他另暖一条被筒，分开睡。"孙子媳妇说："那办法我也试了……他把被子扔到脚地，又钻进我的被筒……"白赵氏眼一瞪，喝斥道："嗨呀，说一千道一万全成我孙子的不是咧？你个碎尿就没一点错咧？你看你那俩奶！胀的像个猪尿脬！你看你那尻蛋子，肥的像酵面发喽！看你这样子就知道是爱挨尿的身胚子！"孙子媳妇连羞辱带委屈，低头哭了。白赵氏冷着脸狠着声说："马驹的事我回头说。你先把你管住。你要是再管不住，我就拿针把你的碎尿给缝了！"

白赵氏训斥孝文媳妇的时间选择在后晌，屋里的男人都下地去了，只有仙草抱着蒲篮在院子里做针线活儿，不用回避。仙草看见儿媳妇低着头从她面前贼溜似的走回厢房，倒可怜起儿媳妇来了，阿婆白赵氏明显袒护孝文而一味怪罪媳妇，不说不公平吧总是解决不了症结。她把听到的阿婆的话全部说给嘉轩。白嘉轩听着那些不堪入耳的粗秽的话脸红了又白了，说：

"妈越老说话越不会拐弯了。"

白嘉轩当晚把孝文唤进自己的住屋,当着仙草的面训示儿子:"孝文,你说我花那么多钱财供你念书,图啥?"孝文说:"叫我明白事理懂得规矩学为好人。"白嘉轩说:"你倒是记着。做到做不到?"孝文坦诚地说:"我哪儿举止失措,礼义不规,爸你随时指教。"白嘉轩微微上火动气:"还用我指教!你婆苦心巴力为你身体着想,你听下听不下?"孝文倏然红了脸,低下头去了。白嘉轩干脆地说:"你要是连炕上那一点豪狠都使不出来,我就敢断定你一辈子成不了一件大事。你得明白,你在这院子里是——长子!"

孝文回到厢房,自甘就范钻进媳妇为他设置的那条被筒,悄然睡下。一月后,孝文脸上的气色果然好了,脸颊红润了,天庭也洁亮了,灰暗的气色完全褪尽。白赵氏不知道儿子训孙子的事,还以为是自己威胁孙子媳妇的结果,借着孙子媳妇送饭的时候,口气宽松地说:"俺娃你放心,婆不用针缝了……"

当白嘉轩闻知鹿子霖家有一本更难念的经的时光,孝文贪色的事就算不上一档子事了。

鹿子霖在一年多的时间里都打不起精神,儿子兆鹏婚后勉强在家住了三四天就进城去了,整整一年都没有回白鹿原上来,暑假和寒假也没有回来。鹿子霖不给他送钱送物,也阻挡女人给儿子捎东西,企图迫使兆鹏在没吃没穿的绝望中回到家里来。然而,当又一个新年佳节到来之际,兆鹏仍然躲在城里。鹿子霖的闷气无以诉说无处发泄,脾气也变得暴躁起来,严重地影响了他到保障所里办理公务的心思,除非一些非亲自经手亲自出面交办不可的事,其余一切大小事务都一概推给桑书手去办了。这桩家庭隐患被全家成员自觉地包裹着不向外人泄漏,唯恐冷先生知道了真情。鹿子霖曾不止一回退一步想,如果兆鹏娶的不是冷先生的头生女而是别的任何人的女子,兆鹏实在不愿意了就休了算了,但对冷先生的女儿无论如何也不能这么做。冷先生是穷人和富人的共同的救星,高尚的医德赢得了极高的威望。结亲为好反成仇,其结果,遭受众人耻笑唾骂的必定是鹿子霖自己。一年来鹿子霖害着沉重的心病,外表上却显得愈加和气愈加宽容,显着十分谦和十分客气的样子与人说话,有时还自如轻松地同辈人打浑调笑,却把心里隐伏着的危机掩饰起来了。他隔三错五地到冷先生的中医堂去,说一些他在各个村里执行公务时听到的传闻或笑话,逗得亲家那张冷峻的脸绷不住就畅笑起来。他说给冷先生神禾村一个脏婆娘的真实故事:"狗娃妈,娃屙下,找不着尿布拿勺刮。刮不净,手巾擦。尿布撂哪达咧?咋着寻也寻不见。揭开锅盖舀饭时,一舀就捞起一串子烂裤子。你说脏不脏?脏!可那一家全都长得黑瓷圪塔样。人说不干不净,吃了没病……"冷先生先是听着笑,接着发潮呕吐,吐了又忍不住笑。鹿子霖也陪着笑,笑毕就欣喜地说:"亲家兄,你猜你的宝贝女婿现时弄啥哩,嘿!一边上学一边给一家报馆干事,人家挣的钱还用不完。我前日为所里的事进城顺便去看了一下,给人家钱人家还不要,还给我盘缠哩!就是忙得受不了。"这样,关于兆鹏不回乡的种种可能的猜测全部合理地掩饰起来了。女儿偶尔来到中医堂,冷先生就冷着脸训诫说,"男儿志在四方。你在屋好好侍奉公婆,早起早眠。"女儿一脸忧郁,却什么也不说,问候了父亲又接受了父亲的训示就回到鹿家院子。

兆鹏媳妇对兆鹏以及公婆的隐痛毫无察觉。她被严严实实地包裹着。她不知道鹿兆鹏和她完婚是阿公三记耳光抽扇的结果,头一耳光是在城里抽的,她那时还没过门自然不知道;第二个耳光是阿公在刘谋儿的牛圈里抽的,兆鹏新婚之夜躲到那里要和长工刘谋儿伙一条被子睡觉,鹿子霖一声不吭就给了一巴掌,那时候她正处于新婚之夜的羞怯和慌乱中,对后来走进洞房的兆鹏的脸色无所猜疑;只有第三巴掌她看见了,阿公在祖宗牌位前抽的,兆鹏再拜了自家祖宗拒绝到祠堂里去接受族长白嘉轩主持的庄严仪式,阿公毫不客气地就抡开了胳膊。那是因为兆鹏说拜祭祠堂的仪式纯属"封建礼仪",并没有丝毫的迹象显示出他与她有什么不和。婚后一年,她再也没有见过他的面,她起初不觉得有什么,可现在却十分渴望他回到厢房里来。他和她新婚之夜仅有的一回那种事,并没有留下欢乐,也没有留下痛苦,他刚进入她的身体就发疟疾似的颤抖起来,吓了她一跳,以为他有羊癫风,甚至觉得很好笑。现在她已从无知到有知,从朦胧到明晰地思想着他的颤抖,渴望自己也一起和他颤抖。那是一个梦。梦里她和他一起厮搂着羊癫风似的颤抖,奇妙的颤抖的滋味从梦中消失以后就再也难以入眠,直到天不亮起来先给爷爷后给阿公阿婆去倒尿盆。她平时走进里屋看见阿公阿婆伙一条被子打对儿睡在两头无所反应,端了他们夜里排泄的黄蜡蜡的一盆尿就转身走了。这天早晨,当她照例去端尿盆时,看见闭着眼的阿公和阿婆,突然想到了那种颤抖,阿公和阿婆昨夜大概刚刚颤抖过了。她开始失眠,整夜睡不着,对于那种颤抖再不觉得好笑而变成一种焦灼的渴望。

她到场院的麦秸垛下去扯柴禾,看见黑娃的野女人小娥提着竹条笼儿上集口来,竹条笼里装着一捆葱和一捆韭菜,小娥一双秀溜的小脚轻快地点着地,细腰扭着手臂甩着圆嘟嘟的尻蛋子摆着。她原先看见觉得恶心,现在竟然忌妒起那个婊子来了,她大概和黑娃在那孔破窑里夜夜都在发羊癫风似的颤抖。当她拤着装满麦草的大笼回到自家洁净清爽的院庭,就为刚才的邪念懊悔不迭,自己是什么人的媳妇而小娥又是什么样的烂女人,怎能眼红她!她相信丈夫是干大事的人,更相信他是忙得抽不出时间回乡,将来衣锦还乡才更荣耀。可是过年兆鹏未归,就引起了她的失望也引起了疑心,再忙也不会连过年都不回家呀。她在极度的失望和令人恐惧的猜测中度过新年佳节,强装笑颜接待亲戚。

鹿子霖看出了儿媳的笑颜是装出来的,他走了一趟西安,回到屋里就向所有人自豪地宣布:"嘿呀!兆鹏到上海去了!"整个家庭里立即腾起欢乐的气氛。鹿子霖故意大声问回家来的二儿子兆海:"上海的路怎么走?听说还要坐火车?"兆海很详细地告诉父亲,先骑马出潼关,再坐船过黄河,再……

她的失望和猜疑一扫而空,情绪顿然焕发起来,当晚又梦见和兆鹏发羊癫风似的颤抖起来。颤抖过后,她惊奇地发现那个从她身上扬起的脸不是兆鹏而是兆海。第二天看见兆海从她手里接饭碗时就不由脸红心跳。随后她又梦见和黑娃在一搭颤抖,那是她清扫院庭到门外倒脏土时,看见黑娃于微明中扛着木模和青石夯走过村巷……更糟的是昨夜竟然梦见和阿公鹿子霖在一搭颤抖,阿公在她身上扬起脸时一下子羞了,仓皇跑了。种种怪梦整得她心虚气弱,不敢扬起脸看任何成年男人的眼睛,而那些乱七八糟的梦境却越来越频繁地出现。

春天,白鹿镇头一所新制学校落成,是由白鹿仓总乡约田福贤出面主持筹建的。县府出资,田福贤在本仓所辖的几十个村庄摊派民工,节约了开支,把原计划只能修建十间校舍的钱充分利用,增加到十三间,又无偿派工用黄土打起高高的围墙。田福贤把建校中用款用工的大小账项用黄纸公布于白鹿镇第一保障所门外的墙壁上,得到了地方乡绅和普通乡民的极大信任,尊为重要善举。为了不受市声和附近村民的骚扰,校址选择在白鹿镇南边几个村子之间的空间地带。

青稞和大麦黄熟时节,全部校舍完全竣工,一个校长领着三四个先生迫不及待地住进潮湿的房子,开始着手招收学生和开学的准备工作。校长是鹿子霖的儿子鹿兆鹏。一切有脸面的头面人物和普普通通的百姓都向鹿子霖表示最虔诚的祝贺和恭维。"鹿家出下一位校长了!"鹿子霖起初听到这个确凿消息时兴奋难抑,痛痛快快和亲家冷先生喝了一顿。除了可以预料的令人瞩目的新学校校长的巨大荣耀之外,他的心病也终于到了解除的时候,兆鹏既然愿意回到白鹿原上来当校长,那就再无任何借口不回家了,学校离家最远也不过三里路嘛!但是,兆鹏刚一回来就把父亲潮起的欣慰之情粉碎了。

他是头天回来的,到家就向爷爷爸爸妈妈媳妇以及长工刘谋儿请安问候,显得十分客气和亲热。他穿一身新式制服,头上留着新式头发,眉高眼大,眼睛深邃,睫毛又黑又长,把鹿家血统的特征发挥到尽好的极致。一家人都激动得失掉了控制,有点紧张地注视着兆鹏的举动。他像和家人一样彬彬有礼地与媳妇打了招呼,进了厢房。媳妇完全手足无措地坐在炕边上,怯怯地瞅着做梦都在颤抖的丈夫,却说不出话也抬不起头来。兆鹏坐了一会儿就出去到马号里问候刘谋儿去了,在那儿倒待得很长。全家人都紧张地等待着天黑。日落时,兆鹏对爷爷对爸爸对妈妈说着同一句话:"我得回学校去,晚上开会。"爷爷爸爸妈妈也都重复着同一句话:"你开毕会回来。"结果是没有回来。连续一月,兆鹏住在潮湿的房子里,一直没有回来住过一夜。

这个家庭隐患再也包裹不住了,村里也由悄悄传说变成公开议论。鹿子霖觉得没脸再从中医堂门口走过。他到学校上找过儿子不下十回,强按着想撕碎那张校长模样的怒火劝导,劝导不下乞求,乞求不下就哭,反复着一句话:"你哪怕做做样子也该回去住两天,掩一掩众人的口声……"面对校长,鹿子霖再也无力举起手来抽出第四个耳光。

这一天,中医堂的伙计把绕道儿走着的鹿子霖叫住:"叔!俺伯叫你去一下有话说。"鹿子霖顿时头皮就麻了。冷先生仍然是那副冷面孔,声音却很平实,开口就不拐弯:"兄弟,你甭费心了。你给兆鹏说一句,让他写一张休书,算咧。那没啥!"鹿子霖按捺不住:"哥呀,你说哪儿的冷话!事情到这一步我也不瞒不盖。休书的事你再不要说第二回,说一回就够兄弟受一辈子了。你放心,他兆鹏甭说当校长,就是当了县长省长,想休了屋里人连门儿都没得!要是我今日说的话不顶事,我拿他的休书当蒙脸纸盖。"冷先生却仍然不动声色:"兄弟,不必。旁人觉得被休了就羞得活不成人了,我觉得没啥。咱们过去咋样往后还咋样。"鹿子霖情绪已无法控制:"不说了好冷大哥,你甭说了。我有办法,不是没办法。你先甭急。"

鹿子霖回家后就走进父亲鹿泰恒的单独住屋:"爸,现在这事包不住了也拖不下去了。我到学校再寻一回兆鹏,他再不给咱们饰脸,我就准备……"他没有说出他准备干什么。鹿泰恒能猜出他准备怎么办,很可能是揣一把剃头刀,按到脖颈上威胁,大概再没有比这更绝更厉害的办法了。鹿泰恒说:"你准备的办法搁到下一步再说,今晚我去叫一回,看看鹿校长赏脸不赏脸。"鹿子霖再三劝说,咋也不能让老父亲出面。鹿泰恒说:"该出面就得出面,咱们祖荫出了校——长——了!"

鹿泰恒拄着一根拐杖,平时只有出远门才动这根磨得紫黑光亮的拐杖。老汉走进学校院子大声吆喝:"鹿校长哎——鹿校长!"兆鹏闻声走到院子,笑着说:"爷呀,你胡喊乱喊啥哩!你怎么也叫校长?"鹿泰恒故意放大音量说:"哈呀我的天爷爷你是校长嘛！爷是平头百姓庄稼汉嘛！是官都得尊嘛！"鹿兆鹏窘红着脸扶住爷爷往自己房子走。鹿泰恒继续说:"你那衙门公馆,我这号平头百姓敢进吗？"几个教师站在台阶上直笑。兆鹏红着脸拽着爷爷走进了房子:"爷呀你有话就说呀！甭……"鹿泰恒说:"能想到的话,你爸早都给你说了,不顶放个屁嘛！既是不顶屁用,我就免了不放屁了。我说不下你……我就求你——"说着,鹿泰恒从直背椅上就溜下去,扑通一声跪倒在砖地上了。兆鹏大惊失色赶忙拽爷爷:"爷呀快起来,有话你尽管说,我不敢不听爷的话。"鹿泰恒说:"我求你跟我回去,再没二话。"兆鹏说:"你起来坐下慢慢说。"鹿泰恒老汉跪着不动:"你愿意跟我回去我就起来。你不答应不吐核儿的话,我就跪到院子中间去。"鹿兆鹏悲哀地叹一口气:"爷呀你起来。我跟你回去。"

  鹿泰恒拄着拐杖走出了学校。鹿兆鹏跟着走。进入白鹿镇,鹿泰恒突然吆喝起来:"行人回避！肃静！鹿校长鹿大人鹿兆鹏驾到——"鹿兆鹏不知所措地奔前两步抓住爷爷的手杖:"爷呀你让我明日怎么见人？"鹿泰恒说:"你当了官了,爷爷给你鸣锣开道呀！鹿校长过来了！鹿校长过来了！"鹿兆鹏不知怎么糊里糊涂跟着爷爷走过白鹿镇又走进白鹿村的村巷。走进自家门楼,鹿泰恒仍然大声吆喝:"咱们的校长回来咧！子霖哇！我把你当官的儿子求拜回来了,欢迎啊！"鹿子霖和女人走到院子里,新媳妇也走出厢房来。兆鹏尴尬不堪地站在众人面前。鹿泰恒站在院庭中间,猛然转回身抡起拐杖,只一下就把鹿兆鹏打得跌翻在地上,半天爬不起来。鹿泰恒这才用他素有的冷峻口气说:"真个还由了你了？"

《白鹿原》导读

拓展阅读

拓展阅读
周燕芬:《白鹿原》:文学经典及其"未完成性"

废都(长篇存目)

贾平凹

故事梗概

《废都》最初发表于《十月》杂志1993年第3期。1993年6月由北京出版社出版单行本。

1980年代的古都西京,出现了以前少有的社会现象和奇闻异事,人们在忙乱沉闷的氛围中也颇感烦躁不安。

西京城,生活着四大文化名人:画家汪希眠、书法家龚靖元、音乐家阮知非和作家庄之蝶,其中庄之蝶名声最高,成就最大。

来自潼关的周敏,在舞厅结识了风流貌美的女子唐宛儿,二人私奔到西京后,经人介绍认识了庄之蝶的好朋友、文史馆官员孟云房。经由孟云房引荐,庄之蝶结识了周敏和唐宛儿。不久以后,唐宛儿成为庄之蝶的情人。在孟云房的帮助下,周敏成为《西京》杂志社的一名杂工。因一篇涉及庄之蝶前相好景雪荫的报告文学,周敏被告上法庭,庄之蝶和《西京》杂志也被一同起诉。《西京》杂志主编钟唯贤在庭审过程中突然晕倒,后查出癌症。钟唯贤的病逝,让庄之蝶备受打击,伤恸之余,一度想闭门遁世,但是他的文化名人身份让他只能不断地被人利用、操纵,无从摆脱。

现实的困境令庄之蝶沉溺于与唐宛儿的偷情,借此获得精神的慰藉。接下来,他周旋于与数位女性的关系,无法自拔。在唐宛儿怀孕去医院流产期间,庄之蝶和家里的小保姆柳月发生了私情。他还结识了居住在低洼区的阿灿,两人相谈甚契,很快也发展为情人关系。

因柳月答应嫁给市长的瘸腿儿子,庄之蝶得到市长支持,暂且赢得了官司。然而,由于妻子牛月清的威逼,庄之蝶失去了唐宛儿。在唐宛儿被丈夫绑回潼关之后,庄之蝶也收到了牛月清的离婚长信。情场失意、婚姻变故、官司最终还是输掉了等一系列事件,让庄之蝶日渐沉沦,终日借酒消愁。

庄之蝶希望不再为名所累,决定退出文坛,不在写作,但走在街上还总是被人认出。最终,他决意离开西京。在前往南方途中,庄之蝶突发中风,昏死在火车站候车大厅。

《废都》导读　　　　拓展阅读

拓展阅读

1. 雷达:《废都》:心灵的挣扎
2. 陈骏涛等:说不尽的《废都》

尘埃落定（长篇存目）

阿 来

故事梗概

《尘埃落定》，人民文学出版社 1998 年初版。

四川阿坝藏族的麦其土司有两个儿子，其中，二儿子是土司抢来的汉族太太所生，天生愚傻，很早就被排除在权力继承之外，成天混迹于奴隶群中，耳闻目睹奴隶们的悲欢。麦其土司在国民政府黄特派员指点下种植罂粟，贩卖鸦片，由此暴富，迅速组建起强大的武装力量，成为土司中的霸主。其他土司用尽心计，各施手段，盗得罂粟种子。这一片地区因此遍种罂粟。

这一年，麦其土司的傻儿子二少爷建议改种麦子。是年大旱，粮食颗粒无收，大批饥民投奔麦其土司，麦其家族的领地和人口因此达到空前的规模。二少爷由此得到了女土司茸贡的漂亮女儿塔娜。各路土司、商贾云集在二少爷的官寨，这里出现了酒肆客栈、商店铺门、歌榭勾栏甚至妓馆春楼。在黄师爷的建议下，二少爷逐步建立了税收制度，开办钱庄，有现代特征的商业集镇初具规模。

但麦其家族内部关于继承权的斗争已经悄然开始。不久，在解放军进剿国民党军残部的隆隆炮声中，麦其家的官寨坍塌了。纷争、仇杀因此消弥，一个旧的世界终于尘埃落定。

《尘埃落定》导读

一个人的战争(长篇存目)

林 白

故事梗概

《一个人的战争》,原载《花城》1994年第3期。

幼年丧父的多米聪明、高傲又充满了幻想,很小就开始了自慰,也开始了写作。女演员姚琼一直是多米爱慕的对象,她对姚琼美丽的躯体充满了好奇。姚琼后来成了卖咸鱼的售货员,多米美好的梦想破灭了。多米下乡做知青,由于文学才华出色,被叫到省城文艺刊物改稿,并得到编辑们的赏识,却被告发抄袭别人的诗歌。第二年,多米考上了一所著名学府的图书馆专业,继续写作,并逐渐在文坛小有名气。大学毕业后,被分在一家图书馆,认识了清纯美丽的南丹。南丹疯狂地崇拜着多米,并试图说服多米接受她的爱。迫于内心道德压力,多米最终拒绝了南丹。多米到处漫游,在轮渡上被已婚船员引诱,献出了处女之身。船员的老婆找到多米的单位,多米和船员被迫分手。多米从图书馆调到电影厂,疯狂地爱上了一名导演,并为了他怀孕。然而,导演无情地抛弃了多米,致使多米流产。身心憔悴的多米离开了电影厂,和一名叫梅琚的独身女人住在了一起,在孤独中写作,回忆着自己逝去的青春。

《一个人的战争》导读

拓展阅读

拓展阅读

陈晓明:不说,写作和飞翔——论林白的写作经验及意味

长恨歌(第一部第四章)

王安忆

第四章

爱丽丝公寓

爱丽丝公寓是在闹中取静的一角,没有多少人知道它。它在马路的顶端上,似乎就要结束了,走进去却洞开一个天地。那里的窗帘总是低垂着,鸦雀无声。里头的人从来不出来,连老妈子都不和人啰嗦的。一到夜晚,铁门拉上,只留一扇小门,还有一盏电灯,更不知何时何处,何人的世界。"爱丽丝"这名字不知是什么人起的,怀着什么样的用心。"爱丽丝"这三个字听起来,是一个美人,再加一段情。它在我们凡俗的世界,真是一个奇境,与我们虽然比邻,却是相隔天涯,谁也看不见谁的。我们不知道在那些低垂的窗幔后面,是一些什么样的故事。这些故事在这城市的上空,就像是美丽的谣言,不怕不知道,只怕吓一跳。那都是女人的历险故事,爱情作舟筏的,她游到多远,"爱丽丝"就在多远。爱丽丝公寓是这闹市中的一个最静,这静不是处子的无风无波的静,而是望夫石一般的,凝冻的静。那是用闲置的青春和独守的更岁作代价的人间仙境,但这仙境却是一日等于百年,决非凡人可望。不甘于平凡,好作奇思异想的女人,谁不想做"爱丽丝"?这城市的马路上,到处走着磕磕碰碰的"爱丽丝"。这城市自由真不少,机会却不多,最终能走进这公寓的,可说是爱丽丝的精英。

假如能揭开"爱丽丝"的屋顶,旖旎的景色便出现在了眼前。这是个绫罗和流苏织成的世界,天鹅绒也是材料一种,即便是木器,也流淌着绸缎柔亮的光芒。这世界里堆纱叠绉,什么都是曳地遮天,是分外的柔软亮滑,澡盆前是绣花的脚垫,沙发上是绣花的蒲团,床上是绣花的帐幔,桌边是绣花的桌围。这世界是绣花针缝起,千针万线;线是五色缤纷,一个红里也要分出上百种不同。这又是花的世界,灯罩上是花,衣柜边雕着花,落地窗是槟榔玻璃的花,墙纸上是漫洒的花,瓶里插着花,手帕里夹一朵白兰花,茉莉花是飘在茶盅里,香水是紫罗兰香型,胭脂是玫瑰色,指甲油是凤仙花的红,衣裳是雏菊的苦清气。这等的娇艳只有爱丽丝公寓才有,这等的风情也只有爱丽丝公寓才有,这是把娇艳风情做到了头,女人也做到了头。这是女人国的景象,女人的天下。在这钢筋水泥的城市里,哪里能有这等的温馨和柔软,"爱丽丝"就有。"爱丽丝"的灯光也是蒙纱的,将什么都照得绰绰约约,富于梦幻,又是柔上加柔。什么都是无骨,手可在里头穿行,握起来,是一捧水,指缝间可渗漏的。"爱丽丝"还有一个特点,就是镜子多,迎门是镜子,关上门还是镜子。床前有一面,橱里边有一面,浴间里是梳头的镜子,梳妆台上是化妆的镜子,粉盒里的小镜子是补妆用的,枕头边还有一面,是照墙上的影子玩的。所以,"爱丽丝"的人都是成双的,影也是成双的影,欢喜是成对,寂寞也是成对。什么都是有两个,一个实,一个虚;一个真,一个假。留声机的歌声都是带双音的,唱针磨平了头,走着双道。梦是醒的影子,暗是亮的影子,都是一半对一半的。

"爱丽丝"是女人的心,丝丝缕缕,又细又多,墙上壁上,窗上幔上,都挂着的。地上床上,桌上椅上,都铺着的。针线里藏着,梳妆盒里收着,不穿的衣服里掖着,积攒的金银片里搁着。"爱丽丝"原来是这样的巢,栖一颗女人的心,这心是鸟儿一样,尽往高处飞,飞也飞不倦,又不怕危险的。"爱丽丝"是那高枝上的巢,专栖高飞的自由的心,飞到这里,就像找到了本来的家。"爱丽丝"的女人都不是父母生父母养,是自由的精灵,天地间的钟灵毓秀。她们是上天直接播撒到这城市来的种子,随风飘扬,飘到哪算哪,自生自灭。"爱丽丝"是枝蔓丛生的女儿心,见风就长,见土就扎根。这是有些野的,任性任情,没有规矩,不成方圆,好赖都能活,死了也无悔的。这颗心啊,因为是太洒脱了,便有些不知往哪里去,茫茫然的,是彷徨的心。鸟从天上落到地下,其实全是因为彷徨。彷徨消耗了它们的体力和信心,还有希望。飞到越高就越危险。

"爱丽丝"的静其实是在表面,骚动是压在心里的。那厚窗幔后面传出的电话铃便是透露。铃声在宽阔的客厅回荡,在绫罗绸缎里穿行,被揉搓得格外柔软,都有些暗哑了,是殷切之声。只有听见电话铃声,才可领会到"爱丽丝"的悸动不安,像那静河里的暗流似的。电话是爱丽丝公寓少不了的。它是动脉一样的组成部分,注入以生命的活力。我们不必去追究是谁打来的电话,谁打来的都一样,都是召唤和呼应,是使"爱丽丝"活起来的声音。那铃声是在深夜里也会响起的,从寂寞中穿心而过的样子,是最悸动的声音,过后还会有很长一段的不平静。门铃也是一种动静。这是果决的,不像电话铃那样缠绵,萦绕不绝。它是独断专行,我行我素,是静河里最强劲的暗流,主宰河的走向,甚至带有源头的性质。我们也不必去追究是谁按的门铃,总是那有权力有承诺的人。这两种铃声在爱丽丝公寓漫行,就好像主人在漫行,是哪个角落都去得了。如花如锦如梦如幻的"爱丽丝",就好像托在这铃声之上,悬浮在这铃声之上,是由它串起的珠子。

"爱丽丝"也有热闹的时间,是由那铃声做先行官的。"爱丽丝"的热闹也是厚窗幔捂着,实在捂不住迸出来的那一点,就已叫人目眩,忘也忘不了。这是"爱丽丝"的节日,这节日不是跟着日历排,而是自有定规。这节日有时是长达数月,有时只一夜良宵,平时都把笑和闹积攒着,到这一天来用。眼泪也是积攒到这一日来抛洒。老妈子平时是闲养着,专到这一日来用,一个不够,还要到燕云楼定菜请厨子。这可真是喜上眉梢的日子,大红灯笼都要挂起的,红蜡烛也要点起的。过年的新衣穿上身,鸳鸯被一针一线缝起来。"爱丽丝"的热闹还总是你一日,我一日,她一日,攒起来一年也有三百六十天;"爱丽丝"的热闹还总是你一轮,我一轮,她一轮,总也不断头,岁岁年年的形势,许多人合成的好年景。斜对面的百乐门也是热闹,是铺陈开来;"爱丽丝"的热闹是包心的。百乐门的热闹是脸上的,背地里不知是什么样的暗街陋巷;"爱丽丝"的热闹虽不多,却是心口一致,表里如一。百乐门的热闹是流水,一去不回头的;"爱丽丝"的热闹却是河岸,等着人来的。百乐门的歌舞夜夜达旦,其实是虚张的声势,朝不保夕;"爱丽丝"是个定心丸,昼夜循序,按部就班。

这城市不知有多少"爱丽丝"这样的公寓,它们是这城市的世外桃源,公寓里的生涯总有着隐秘感,有多少不为人知。我们再也猜不出在那灰白的水泥墙后面,有一个美轮美奂的世界。这世界嵌在这城市的一些个零星角落,从总体看,是蚁穴似的,贝壳一般薄脆的壁;那美也是萤火虫似的,一昼一夜的寿命,一星一点的光芒,可就是这些,已是那些自由的精灵,拼尽全力的照耀。这城市还有着许多看不见的自由精灵的残骸,它们做了爬墙虎的肥料,所有的爬墙虎,都是哀悼她们的挽联。这样的公寓里,寄存了她们人生里最大的快乐,是由寂寞作养料的。她们的做女人的心意,全是在"爱丽丝"这样的公寓里实现的。这心意看上去是不起眼的,零零碎碎,都是那主宰命运的大理想的边角料,连边角料也称不上的琐屑,可却是饱含着心血,是终身的希冀。"爱丽丝"这样的公寓,其实还是这心意的墓穴一类的地方,它是将它们锁起独享。它们是因自由而来,这里却是自由的尽头。这是心也甘情也愿的囚禁,自己禁自己的。爬墙虎还是她们残存了的一点渴望,是缘壁的自由,墙缝里透出去的。所以,爱丽丝公寓还是牺牲,献给自由女神的祭礼,也是献给自己的,那就是"爱丽丝"。

这样的公寓还有一个别称,就叫做"交际花公寓"。"交际花"是唯有这城市才有的生涯,它在良娼之间,也在妻妾之间,它其实是最不拘形式,不重名只重实。它也是最大的自由,是城市里逐水草而生的游牧生涯,公寓是像营帐一样的避风雨,求饱暖。她们将它绣成了织锦帐。她们个个都是美,还是高贵,那美和高贵也是别具一格,另有标准。她们是彻底的女人,不为妻不为母,她们是美了还要美,说她们是花一点不为过。她们的花容月貌是这城市财富一样的东西,是我们的骄傲。感谢栽培她们的人,他们真是为人类的美色着想。她们的漫长一生都只为了一个短促的花季,百年一次的盛开。这盛开真美啊!她们是美的使者,这美真是光荣,这光荣再是浮云,也是五彩的云霞,笼罩了天地。那天地不是她们的,她们宁愿做浮云,虽然一转眼,也是腾起在高处,有过一时的俯瞰。虚浮就虚浮,短暂就短暂,哪怕过后做它百年的爬墙虎。

爱丽丝的告别

王琦瑶住进爱丽丝公寓是一九四八年的春天。这是局势分外紧张的一年,内战烽起,前途未决。但"爱丽丝"的世界总是温柔富贵乡,绵绵无尽的情势。这也是十九岁的王琦瑶安身立命的春天,终于有了自己的家。她搬进这里住的事,除了家里,谁也不知道。程先生找她,家里人推说去苏州外婆家了,问什么时候回来,回答说不定。程先生甚至去了一次苏州。白兰花开的季节,满城的花香,每一扇白兰花树下的门里,似乎都有着王琦瑶的身影,结果又都不是。那木头刻的指甲大小的茶壶茶盅也有的卖,用那茶壶茶盅玩过家家的女孩都是小时候的王琦瑶,长大就不见了的。蛋硌路上都印着王琦瑶的脚印儿,却怎么也追不上,飘忽而去的样子。程先生去的时候是茫然,回来更加茫然。乘在回上海的夜车上,窗外漆黑的一片,心里也漆黑一片。程先生禁不住落下泪来,他自己也不知道自己为什么这样伤感,像是没有道理,可伤感却是不可抗拒。从苏州回来后,他再也不去找王琦瑶,心像死了似的。照相机也是不碰,彻底地忘了。他一早一晚地进出家门,总是视而不见地从那照相间穿过,径直进了卧室,或者出了家门。那一切都是不堪入目的。这一年,他已是二十九岁了,孤身一人。他不想成家的事,也没什么事业心,照相这点嗜好,也算是过去了。他真是一无所有的样子,还是万念俱灰的样子。他戴着礼帽,手里还拿了一根斯迪克,走在上海的马路上,好像是一幅欧洲古典风景。那绝望一半是真,另一半是表演,表演给自己看,也给人家看。这表演欲里还蕴含着一些做人的兴趣和希望的。

当程先生找王琦瑶的时候,也有一个人在找程先生,那就是蒋丽莉。蒋丽莉找程先生也是遭受挫折的,可她却不服输。她先到程先生供职的洋行去,那里的人说程先生早就不来上班。据说去了另一家洋行。她就到另一家洋行去问,另一家洋行则从来没听见过程先生的名字,她只能再回到原先那家洋行去打听程先生的住处。被问的人两次见这小姐问程先生,又是急不可耐的样子,便有意隐了不说,怕给程先生招麻烦,自己也要担责任。蒋丽莉这时就想去找王琦瑶了。她明知道是不合情理,可她是不管这些的。然而,此时此刻,竟连王琦瑶也不见了。蒋丽莉也想过这两人会不会在了一处,但细想过便觉不会,程先生那方面没有结婚的消息,王琦瑶这边也没有。最后,她是通过吴佩珍,从那导演的途径,得到了程先生的地址。去找吴佩珍的时候,两人都避开王琦瑶不提,但心里却全是王琦瑶。她们虽然同学多年,可很少有接触,现在,彼此是由王琦瑶曲曲折折地联系起来。这王琦瑶是她们各人心里的一个伤痕似的纪念。蒋丽莉去找程先生的那股劲头,什么也阻挡不了,终于得了他地址的那一天,她便去了他家。

  电梯将她送上了顶楼,程先生的门关着,按了几声铃也没回应。程先生还没回家,她便在门口等着。楼梯口的窗户是临黄浦江的,已是薄暮时分。江水是暗红色的,有轮船的汽笛传来。蒋丽莉倚在楼梯栏杆站着,心里也是渺茫。程先生什么时候回来呢?她已经有多久没有见他了呀!最后一次见是什么样的情景?那第一次见他又是什么样的情景?思绪涌上心来,百感交集。晚霞在天边结起了红云,一朵一朵,迅速地变深变黑,有鸽子在飞,一点一点的,不知飞往了哪里。楼里的顶灯亮了,程先生还没有回来。蒋丽莉的腿也站酸了,还觉着了寒意,却不觉一点饿。电梯总是在下边升降,再不上来的。那升降的声音虽是静静的,却格外地清晰入耳。有一阵子特别频繁,是下班回家的时分,可还是不上顶楼。蒋丽莉干脆在楼梯上铺块手绢坐下来等。她不相信程先生会不回来,她也不相信她会找不到程先生。窗外是有光的夜空,也有雾。这楼里满是肃穆的空气,门都是威严紧闭,没有人间冷暖的。偶尔有谁家的门启开一回,传出点人声和饭菜的香气,才找回一些生活的信心似的。蒋丽莉感觉到身下大理石沁出的凉气,她双手抱着胳膊,有点蜷缩的,干脆把时间都忘了。然后她就听见电梯一直升上了顶楼。程先生走出电梯,她几乎没有认出来,也是不相信自己的眼睛。他本来就瘦削,这时几乎形销骨立,剩个衣服架子,挂了礼帽和西装,再挂着斯迪克。她也不去追究程先生这般憔悴是因何人,只觉得一阵鼻酸。她叫一声"程先生",就落泪了。程先生却是有点懵了,半天回不过神来,等渐渐明白,看清了眼前的人,不由的往事回到眼前。

  程先生和蒋丽莉别后重逢,各人都怀着一段遭际,伤心落意的,见面便分外亲切。虽然不是相知相爱的人,却是茫茫人海中的两个相熟,有一些共同的往事和共同的旧人。他们两人的见面,是把中断的故事再续了起来,却各是各的一段,支离破碎。因此也是感慨丛生,悲喜交加。程先生开了门,打开灯,引蒋丽莉进了房间。蒋丽莉是头一回来到这里,无比的惊奇。照相间虽然荒芜了,却也是另一个世界。她走过去,摸摸这个,摸摸那个,摸了满手的灰。程先生在一边看着,忽也有些唤回,走去揭开灯具上罩的布,灰尘像一场小雨似的。他说:蒋丽莉,你坐好,我给你照张相吧!蒋丽莉便坐下,沾了一旗袍的灰。灯亮的一刹那,程先生竟一阵恍惚,以为眼前这人是王琦瑶,再一定睛,才见是蒋丽莉。她端坐着,双手搁在膝上,脸上是紧张和幸福的表情。她的全身心都是在程先生目光的笼罩里,不敢动不敢笑的。她真希望这一刹那是永远。可是程先生手里的快门响了,灯灭了。她还怔着,却听程先生在同她说话,问她有没有见到王琦瑶。蒋丽莉热腾腾的心凉了一凉,她生硬着口气说:程先生,我还没吃饭呢!程先生愣着,不明白她吃不吃饭于自己有什么责任。蒋丽莉又说:我下午就来这里,等到你至今。程先生便有些羞愧地低下了头,那样子是像大男孩的。蒋丽莉不由柔和了语气,说:程先生,陪我吃晚饭怎么样?程先生就说好,两人一前一后出了房门。

出了楼,见那灯和星光在江面相映成辉,车和人都是活跃的,心里便也有些沸腾。程先生兴致盎然地说:蒋丽莉,我要带你去一个有趣的地方吃饭。蒋丽莉说:无论你带我去哪里,我总是服从。程先生便在前边带路,脚步飞快,蒋丽莉几乎小跑着才能跟上。程先生走着走着,脚步又沉缓起来,好像想起了什么。蒋丽莉问他话,他也没在意。就这样,来到一个小小的饭馆。走上窄窄的木楼梯,是普通人家的沿街的二楼,好像不专为饭馆陈设的。临窗的餐桌刚撤下,他们便坐上了。楼下是嘈杂的小马路,水果摊前的灯光和馄饨铺的油烟汽混淆着,扑面而来。程先生也不问蒋丽莉爱吃什么,兀自点了糟鸭蹼,干丝等几个菜,然后就对了窗外出神。停了一会儿,说,有回同王琦瑶在这里吃饭,忽然想吃桔子,就用一根绳子系了手绢和钱吊下去,让摊主包了几个桔子,再又吊上来。程先生很久不提王琦瑶的名字,是躲避,也是自戕,要痛上加痛似的。今天见了蒋丽莉,是不由地要提起,一提起就放不下了。他也不为蒋丽莉的感情着想,甚至有些借着这感情任性胡来,本能里是知道无论自己说什么,蒋丽莉都只有听的份。

蒋丽莉虽说知道程先生和王琦瑶的往来,可这样听程先生正面描绘还是头一遭,她有些气,有些急,还有些委屈,便伏在桌子上哭了起来,程先生这才收住了话,不知所措地望了蒋丽莉,一个字的劝慰也没有的。蒋丽莉哭了一阵,不哭了,摘下眼镜擦了眼泪,强笑道:程先生,我等你这大半天,难道是为了来听你说王琦瑶的吗?程先生就低了头,望着桌面的缝出神。蒋丽莉又说:难道不说王琦瑶别的话一句也没有吗?程先生就惭愧地笑笑。蒋丽莉扭头对了窗外。水果摊上不是桔子,而是黄金瓜,很灿烂的颜色,赌气也想像王琦瑶那样买个瓜,又觉得重蹈旧辙没什么意思。桌上的菜也是王琦瑶爱吃的,那人是叫王琦瑶收了心去的。可无论怎么样,王琦瑶是无影无踪,千呼万唤没回应的,是人还怕个影子吗?蒋丽莉振作了一些,她讽刺地一笑,说:你程先生再牵记王琦瑶,王琦瑶却并不牵记你,你的心可不是白费了?这话说到了程先生的痛处,可他毕竟是个男人,没叫眼泪流下来,只是把头垂到了桌面上。蒋丽莉又有点心疼,就换了口气说:其实,我也在找王琦瑶,可是没消息,她家的人,全是封口瓶子的嘴,半点真情也探不出来。程先生抬起头,很可怜地说:你再去问一次呢?兴许多问问就能问出,你是她的好朋友。蒋丽莉听见"好朋友"这话便心头火起,她大了声说:朋友值几个钱?我现在可再不信朋友的话了,全是骗人,越是朋友越栽得厉害。这话也是说到要害处的,程先生不敢出声,只听着。蒋丽莉出了气,渐渐平静下来,停了会儿,又说:其实我倒是不怕去问的,心里也是很好奇,看她家的人神秘兮兮的样子,说出来只怕吓人一跳。听她这么一说,程先生倒不敢求她去问了。

其实,王琦瑶住进李主任为她租的爱丽丝公寓,可算是上海滩的一件大事,又是在这样的局势之下,也是乱世里的一件平安事吧!只不过程先生是另一个社会的人,又由于灰心,竟是有些隔世起来。蒋丽莉呢,则因为寻找程先生,凡事都搁置一旁,不闻不问。待到静下心来,稍留些神,不用问,消息自己就来了。消息的来源,不是别人,正是蒋丽莉的母亲。她说:你那同学,在我们家住过一阵的,在做女寓公了呢!据说还是李主任的人。蒋丽莉就问哪个李主任,她母亲其实也搞不清李主任是谁,不过鹦鹉学舌而已,只说是个大人物,无人不晓的。蒋丽莉心里暗暗一惊,心想王琦瑶怎么走了这一条路,这才想起她家人吞吞吐吐的神情,正是合了这事实。母亲又说:这样出身的女孩子,不见世面还好,见过世面的就只有走这条路了。这话虽是有成见的,也有些小气量,但还是有几分道理。可蒋丽莉不要听,一甩手走了。

王琦瑶是伤了她的心,她也正期望王琦瑶早日有归宿,好把程先生让给她,但这消息依然叫她难过,心里还存了一丝不信。她想:王琦瑶是受过教育的,平时言谈里也很有主见,怎么会走这样的路,是自我的毁灭啊!然后她就着手去作进一步的调查,想证明消息的不确实。而事情则越来越确凿无疑,连王琦瑶住的哪一幢公寓都肯定的。蒋丽莉还是不信,她想:耳听为虚,眼见为实,我何不自己走一趟,找到那王琦瑶,倘若真是这样,程先生也好死心了。这时她才想起程先生。这事本是程先生所托,如今却成她自己的事一样了。程先生将会如何的伤心!这念头刺痛了她。她痴痴地想了半天,觉得了自己的可怜。从小到大,都是别人为她做的多,唯有两个人是反过来,是她为他们做的多,这就是王琦瑶和程先生,偏偏是这两个人,是最不顾忌她,当她可有可无。

爱丽丝公寓这地方,蒋丽莉听说过,没到过,心里觉得是个奇异的世界,去那里有点像探险,不知会有什么样的遭际。再加是个阴霾很重的下午,乌云压顶的,心情沉郁得厉害。她乘了一辆三轮车,觉着那三轮车夫的眼光都是特别的。车从百乐门前走过时,已有了异常的气氛。车停在路口,她付钱下车,然后走进了弄堂的铁门,背后也是有眼睛的。那弄内悄无声息,窗户都是紧闭,窗内拉着帘子,有一幅帘子上是漫洒的春花,有些天真的乡气。蒋丽莉似乎嗅见了王琦瑶的气息,她想:王琦瑶真是在这里的啊!她有些胆怯地按了电铃,不知是盼还是怕那开门的人就是王琦瑶。天就像要挤出水来的样子,阴得不能再阴。门开了一道缝,露出一张脸,看不清眉目的,问她找谁,说的是浙江口音。她说找王琦瑶,是她的同学,姓蒋。门重又关上,只一小会儿便开了,让她进去。客厅里很暗,打蜡地板反着棕色的光,客厅那头的房门开着,有一块亮光,光里站着王琦瑶,穿了曳地的晨衣,头发留长,电烫成波浪,人就像高大了一圈。她们俩都背着光,彼此看不清脸,只看见身形,是熟又是生。王琦瑶说:你好,蒋丽莉。蒋丽莉说:你好,王琦瑶。她们说过这话便走拢来,到了客厅中间的沙发前,这时,那浙江娘姨端来了茶,两人便坐下。王琦瑶又说:蒋丽莉,你母亲好不好?还有你兄弟好不好?蒋丽莉一一回答了好。窗帘上透进些微天光,映在王琦瑶的脸上。她比以前丰腴了,气色也鲜润了些,晨衣是粉红的,底边绣了大朵的花,沙发布和灯罩也是大花。蒋丽莉眼前出现王琦瑶昔日旗袍上的小碎花,想那花也随了主人堂皇起来的。

她们面对面坐着,有些没话说。由于物人皆非,连往事也难再提,甚至都好像想不起的。停了一会儿,蒋丽莉说:是程先生托我来看你的。王琦瑶淡淡一笑,说:程先生在忙些什么呢?还是成天地照相,洗印?那照相间里有没有添新设备?记得有几盏灯是烧坏了,准备再买的。蒋丽莉说:他早已不碰那些东西了,别说是照相的灯,只怕连一般的电灯都快拉不亮了。王琦瑶又笑了,说:这个程先生啊!好像程先生是个顽皮的小孩。然后她对蒋丽莉说:你呢,什么时候戴博士帽呢?这时,连蒋丽莉都成了小孩。王琦瑶活跃起来。接着说:写了什么新诗没有?蒋丽莉沉下了脸,想她有点欺人,却不知是仗着什么,便反诘道:王琦瑶,你呢?是不是很好?王琦瑶微微一昂下巴,说:不错。这表情是过去不曾有过的,带着慷慨凛然之气,做了烈士似的。王琦瑶说:我知道你心里在想什么,我还知道你母亲心里在想什么,你母亲一定会想你父亲在重庆的那个家,是拿我去作比的;蒋丽莉,你不要怪我说这样的话,我要不把这话全说出来,我们大约就没别的话可讲,在你的位置当然是不好说,是要照顾我的面子,那么就让我来说。蒋丽莉的脸红一阵白一阵,无地自容的样子,心里却不得不承认王琦瑶的聪敏过人,可谓一针见血。王琦瑶接着说:对不起我要作这样的比喻,怎么比喻呢？你母亲是在面子上做人,做给人家看的,所谓"体面",大概就是这个意思；而重庆的那位却是在芯子里做人,见不得人的,却是实惠。你母亲和重庆那人各得一半天下,谁也不多,谁也不少；至于谁是哪一半,倒是不由自己说了算,也是有个命的。蒋丽莉此时此刻脸不红心也不跳,虽是拿她父母做例子,却是像上课似的,全是处世为人的道理。这道理还不是那些言情小说上的粉饰过的做梦般的道理,是要直率得多,也真实得多。王琦瑶也像是在说别人的事似的,不动心不动气。她又说:要说自然是面子和芯子两全为好,也就是圆满的意思了,可人的条件都是有定数,倘若定数只能面也凑合,里也凑合,还不如丢下一边,要个满满的半边,也是不圆满里的圆满；再说,还有句老话叫作月满则亏,水满则溢呢！缺一半,另一半反可更牢靠更安全还说不定呢！蒋丽莉听了王琦瑶这一席话,心想方才被她看成小孩并不吃亏,这些道理是可与做她母亲的人去平齐的。

　　正像王琦瑶说的,把这话说出来,别的话便也好说了。这是最大的忌讳,摆出来也不过如此的,更何况枝枝节节的难堪。两人都轻松下来,蒋丽莉问了些李主任的情况,王琦瑶也都不瞒她,还告诉了些事情的经过,再就带她参观房间。进卧室时,王琦瑶抢行一步,将床上的什么塞进了床头柜里,脸上掠过一片红晕,使蒋丽莉想起她不再是姑娘了,两人间好像有了一条分界线,有些隔河相望了。看毕,王琦瑶又吩咐那浙江娘姨去买蟹粉小笼作点心,一边吃一边告诉蒋丽莉左邻右舍的闲事,许多上海滩上盛传的流言竟在此得到证实,也作了细节上的更正。这时,天倒有些亮起来,晴了一半。两人又好像回到了过去的时光,却是将嫌隙搁下不谈,只说些好的。因此那程先生便再不提了,没这人似的,倒是李主任说得多些。王琦瑶拿来李主任的板烟斗给蒋丽莉看,大小各异的,装在一个金属盒里。王琦瑶拿起一个在嘴上,做那抽烟的姿态,很孩子气的。蒋丽莉起身告辞,王琦瑶却怎么也不让走,非留她吃晚饭,嘱那娘姨做这做那。主仆都有些兴奋,想来蒋丽莉是这里的头一个客人。吃晚饭时,王琦瑶对蒋丽莉说了一句动感情的话,她说:总是我在你家吃饭,今天终于可以请你在我家吃饭了。这话使蒋丽莉也有些触动,她头一回体谅到王琦瑶住在她家的心情,这本是她从来没想过的。窗外全黑了,客厅里开了灯,亮堂堂的,留声机上放了一张梅兰芳的唱片,咿咿呀呀不知在唱什么,似歌似泣。灯下的杯盘都是安宁的样子,饭菜可口,还有一些温过的花雕酒,冒着轻烟。

　　蒋丽莉不知该如何去对程先生说,她不免也为程先生着想,生怕他经受不住这打击。她还是为自己着想,倘若他真的垮到底,心都死绝,她又希望何在呢?这时候,她是可怜程先生也可怜自己,可怜他们两个都是被动,由不得自己做主。这天她决定去和程先生谈,约他在公园里见面。她老远就看见程先生的身影,茕茕孑立的样子。想到自己带给他的竟是那样的消息,不由地感到了抱歉。她还没下车,程先生便迎了过来,然后两人一起进了公园。走在甬道上,一时都无语,程先生想问不敢问,蒋丽莉想说又不好说。两人沿着甬道走了一圈,到了湖边,租了船,一头一尾坐着,荡到了湖心。虽是面对面,中间却隔了个王琦瑶,夺去了注意力。划了一会儿桨,蒋丽莉说:程先生还记得吗?前一回来这里划船,是我们三个人。说这话是为了渐入正题,让程先生有个准备。程先生好像预感到前边有什么祸事等着他,不由红了脸,避开话题,要蒋丽莉去看岸边的一株垂柳,说是可以入画的。若在平时,这正是对蒋丽莉心思的话题,可今天却是有另外的任务。她没有搭程先生的腔,重起头道:我妈昨天还说,王琦瑶不来,程先生也不来了。程先生强笑了一声,想打岔却找不出话来,便垂下眼去看水面。蒋丽莉虽是不忍,但想长痛不如短熬,就一鼓作气说道:我妈还告诉我有关王琦瑶的一些流言。程先生险些儿丢了手中的桨,苍白着脸说:流言是不可信的,上海这地方,什么样的流言没有啊!蒋丽莉被他抢白了一通,又好气又好笑,禁不住嘲讽说:我还没说是哪一种流言呢,你就不相信。程先生的眼睛在镜片后闪了一闪,早忘了划桨,船兀自打着转。蒋丽莉倒难以启口了,可话已说到这个地步,要不说怕是再没机会了,便平淡了口气,一五一十将她听到看到的都告诉了程先生。程先生手里划动了桨,一下一下,不说也不哭,变成个牵线人似的。他把船划到岸边,用桨够住岸边一块石头,把缆绳绕住,然后上了岸,也不管船上还有一个蒋丽莉。等蒋丽莉手慌脚忙地爬上岸去,还替他拿着斯迪克,他已进了一片小树林子,面对了一棵树站着。她走近去,本想埋怨他,却见他在流泪。

程先生!蒋丽莉轻轻地唤他,他不是不答应而是听不见。蒋丽莉又轻轻地扯他衣袖,他也不是不理睬,而是不觉得。蒋丽莉不由地叹了一声道:你这么难过,叫我怎么办呢?程先生这才回头望了她一眼,无限惨淡地说了声:还不如死了好呢!蒋丽莉潸然泪下,心想她这人原来还抵不上一死的,心里正过不去,不料程先生却将她搂住,头抵着她的头。她便不由自主地抱住了程先生,嗅到了他衣领上的生发水气味,很清淡的。她心里升起了希望,虽然是从程先生的绝望里硬挤出来的一线,那也是希望。

以后的日子里,程先生再不提王琦瑶了,蒋丽莉也不提。他们俩每星期都有约会,或是吃饭,或是看电影。那吃饭和看电影的地方都是另选的,不是过去三个人常去的,也不是程先生单独与王琦瑶同去的。就好像在躲王琦瑶,越想躲越躲不了,每一回见面,两人都会无端地生出紧张,生怕做错了什么似的。那王琦瑶在彼此的心里都占了大地方,留给他们自己相知相交的只有些缝隙了,打擦边球似的。不过,虽然只是缝隙里的情义,却是真情义,没有欺骗和作假的,有就有,没有就没有。蒋丽莉对程先生自然是没话说,程先生对蒋丽莉至少是没有反感,还有些感激。感激她对自己,也感激她对王琦瑶,是兄妹朋友的感情,也是起作用的感情。有一段,他们的往来还相当密切,几乎天天见面,甚至两人还共同出席一些亲朋好友的宴席和聚会,俨然一对情侣,婚娶之事就在眼前的形势。这段日子,是心底平静,不说大的憧憬,却有些小计划的。程先生是蒋家的座上客,连那木头样的少爷,见面也有几句客套的。蒋丽莉过二十岁生日的时候,父亲从内地回来,郑重地见了面,彼此都留下了好印象。程先生虽然没有正式提出求婚,可言语间已不把自己当外人的。蒋丽莉的母亲开始着手为蒋丽莉设计结婚的仪式,还有喜宴上穿的旗袍,同时也想起自己出阁的情景,又是喜又是悲。

  在这热腾腾的气氛中,蒋丽莉的心却有点凉。程先生分明在与她接近,她倒觉得是远了。她得到程先生的感情越是多就越是不满足。蒋丽莉不免是得寸进尺。她天性里就是有占有欲和权利心的,先前的宽忍不过是形势所迫,不得已为之。这也是此一时彼一时的人之常情,但在蒋丽莉身上则表现得尤为极端,退也是到底,进也是到底,没有中间道路的。这时候,她对程先生的态度几近苛求,稍一个走神都是不可以,且又将王琦瑶看得过重,凡事都往这上面联想。开始,是心里想,嘴上还是不提,设个禁区,也是留有余地,可后来情形就有些变了。这日,两人走在马路上,是去先施公司为友人买礼券。正说着话,程先生却有点对不上茬,分明是心不在焉。顺了他的目光看去,前边有一架三轮车,车上大包小包中间坐了个披斗篷的年轻女人。蒋丽莉先还有些不明白,再仔细看去,才恍然若悟,也停了说话。她不说话,程先生倒像醒了,问她说到一半怎么不说了,蒋丽莉冷笑:我以为前边那人就是王琦瑶,就忘了话是说到哪里了。程先生冷不防被她点穿了心思,笑也不是,恼也不是,只好不做声。这是自那日划船以来头一回提王琦瑶的名字,把彼此的隐衷都抖落出来的意思,有些撕破脸的。蒋丽莉见程先生不说话,便当他是承认,还是不服气,一下子火了起来,买东西的心思全没了,当下叫住一辆三轮车,上去就走,把程先生丢在了马路上。程先生虽是难堪可也无奈,谁让自己不留心呢?他自个儿去先施公司买了礼券,又去采芝斋为蒋丽莉买了点松仁糖,便乘电车去了蒋丽莉家。蒋丽莉本来在客厅,见他来了,转身上楼进了房间,还把门反锁了。程先生又不便大声,只得压低了声音,里边就是不开门,待他认了输准备走开,却听那门锁嗒地一声开了。推开门,见蒋丽莉站在门前,眼睛哭成个桃了。于是百般地劝慰,直到天近黄昏,才将她劝慰过来。

　　事情有过第一次,就有第二次,渐渐地,蒋丽莉是有些把王琦瑶挂在嘴边,动辄便来。有时说的准,有时却是出错的,而不论对错,程先生总是一概吃下去,赔不是。次数多了,程先生自己也有些糊涂,真以为自己是非王琦瑶莫属的了。王琦瑶本是要靠时间去抹平,哪经得住这么反来复去地提醒,真成了刻骨铭心。程先生经历了割心割肺的疼痛,渐渐也习惯了没有王琦瑶的日子,虽然也是没有奈何。如今,蒋丽莉却告诉他,他原来可以用心存放王琦瑶的。王琦瑶又好像回来了,朝夕相伴的,还免去了早先的牵肠挂肚,是更自由的念想。他开始喜欢独处,一个人的时候,就是和王琦瑶在一起的时候。他重新又摆弄起照相机,却热衷于拍些风景啊,静物啊,建筑什么的,没有人物,是给王琦瑶留着空的。于是,就将蒋丽莉忽略了,见面的次数稀疏下来。开始,蒋丽莉赌气也不约他,好容易来了电话或者来了人,还爱理不理的。甚至干脆拒绝。有点欲擒故纵,也有点动真气。可后来,程先生干脆没消息了,蒋丽莉不由着了慌,开始给程先生打电话。听筒里传来程先生的声音,一颗心是放定了,气却又上来了。虽是见了面,终是不欢而散,彼此都是扫兴。几次下来,程先生竟也婉拒她的约请了。这样,事情就退到最初的状态,两个人的认真和努力都付之东流似的,有徒劳的感觉。蒋丽莉是不甘心的,也是不相信。程先生的婉拒反倒激励了她,使她一而再,再而三地打电话过去。她又一次退到底,变得谦卑起来,怎么都可以,只要与他见面。程先生却是有点怕了,躲着她的。这"怕"倒不是专对蒋丽莉的,而对了男女之情来的。程先生的两次恋爱都是折磨人的,付出去的全是真心,真心和真心是有不同,有的是爱,有的是情义,可用心都是良苦,然而收回的是什么呢?因此,他开始从根本上怀疑有没有什么两情相悦。他想男女之情真是种瓜不得瓜,种豆不得豆。不得是磨人,得也是磨人。

　　蒋丽莉打电话过去就没人接了,去程先生新供职的公司打听,却说他请长假回了老家,什么时候返沪尚不可知。蒋丽莉又去他那外滩的顶楼的居所,想找找有没有留下字条一类的线索。她已有那寓所的一把钥匙,倒是不常用的,因总是程先生上她家的多。电梯无声地上了顶楼,穹顶下有一股荒凉的气息扑面而来,像是没有人烟的气息,很多灰尘在空气中飞舞着。她将钥匙插入锁孔,开门进去。屋里是黑的,拉着窗帘,从缝隙间漏进光线,灰尘便在那里飞舞。她站了一会儿,适应了眼前的暗,才渐渐走动起来。地板是蒙灰的,照相机上是蒙灰的,桌上椅上都是蒙灰的,灯上罩了布,左一架,右一架,也是蒙灰的。她在中间的空地上走了几步,想象着灯光亮起的情景。她心里有说不出的空,无着无落的,一颗心便无底地往下掉。那些作布景用的台阶几凳照原样放着,有一副冷清的表情。蒋丽莉看着它们,只觉着心里的空。蒋丽莉走进化妆间,开了梳妆桌上的灯,桌上是收拾过的,干干净净,只是有灰。她看见了镜里的自己,是这顶楼公寓里的唯一的活物,却也是抽了心去,只剩下躯壳。她关上灯再去暗房,暗房倒是有亮的,不知哪来的光。铅丝上,夹了一条旧底片,迎光一看,是无人的景物,左一张右一张,也是放空的心似的。蒋丽莉丢下不看,走了出来。然后就来到程先生的卧房,卧房里只一张床,一具衣柜,还有一个衣帽架,上面挂了件夹上衣,没穿走的,一碰也是扬灰。房间也是收拾过的,一丝不乱,面无表情的样子,好像无话可说。蒋丽莉几乎能听见灰尘从天花板降落的声气。她晓得程先生这一走是千呼万唤不回头了,她这一回是真的失去他了。

　　蒋丽莉同程先生一波三折,从始到终的时候,王琦瑶只有一件事可做,那就是等李主任来。李主任将她安置在爱丽丝公寓之后,曾与她共同生活过半个月。像李主任这样的忙人,时间都是一日当两日过的,所以也可算是一个蜜月了。然后,李主任便是来也匆匆,去也匆匆,有时是过一夜,有时只是半天。王琦瑶从不追问李主任从哪来,又到哪去,政局和公务是她不懂也没兴趣的。李主任的私事,她又不便过问,过问也是没趣。李主任就是喜欢她这浑然不觉不闻不问,里面是有女人的自知之明,也有着女人的可怜,便又增添了爱惜,只是苦于无术分身,无法多陪她。这段日子,李主任是像箭在弦上,又像千钧一发,他夜里熟睡着也会挺身而起,要去发命或者受命。梦魇屡屡发作,便挣扎着叫喊。逢到这时,王琦瑶就拥住他,不停地抚慰,直到他大汗淋漓地醒来,翻身将王琦瑶抱在怀里,身心的紧张都得到些缓解。还有的夜晚他睡不着,一个人悄悄地起来,坐在客厅里,轻轻放一张梅兰芳的唱片。在王琦瑶面前,李主任还须撑持着,藏住心里的疲累,而对了梅兰芳的声音,他却是彻底地解除武装,软弱下来。李主任的内心,只有留声机里的梅兰芳知道,他知道了也不会去说。王琦瑶有时候一觉睡到天亮,身边没了人,赶紧出房门,却见李主任一个人在沙发上熟睡,烟斗里的烟丝全成了灰,唱针在唱盘上空转,一圈又一圈。

　　李主任每一次走,都不说回来的日期,王琦瑶便也无心一天天地数日子,日历都不翻的。光阴连成一条线地过去,无所谓是昼还是夜。她吃饭睡觉都只为一个目的,等李主任回来。王琦瑶认识了李主任,才知道这世界是有多大,距离有多远,可以走上十几日也不回来的;王琦瑶跟了李主任,也才知道这世界有多隔绝,那电车的当当声都像是遥远地方传来,漠不相关的;王琦瑶等着李主任,知道了什么是聚,什么是散,以及聚散的无常。她有时候想,天下雨李主任会来;雨天里则想,天出太阳李主任就来。她还扔铜板占卦,这一面是李主任来,那一面则是不来,她又看瓶里的花苞,花开了李主任就来。她不数日子,却数墙上的光影,多少次从这面墙移到那面墙。她想:"光阴"这个词其实该是"光影"啊！她又想:谁说时间是看不见的呢？分明历历在目。她等李主任是寂寞，又是填寂寞，寂寞套寂寞的，真是里里外外的寂寞。她不想去娘家，怕家里人问这问那，更不想让他们来，也是怕问这问那，连电话都懒得打，几乎断了来往。蒋丽莉来过那一次以后，还来过两次，一同出去看电影，后来也不来了。没有人来，她也不出去。她不出去，也不让娘姨出去，去买菜是给她掐着时间，要让她也尝尝寂寞的滋味，这其实是寂寞加寂寞的。还是灶火冷清，王琦瑶就像是不吃饭的，一天至多吃一顿，吃什么也是不知道的。她有时也听梅兰芳的唱片，努力想听出李主任听的意思，好和李主任作约会似的，更是无从抓挠，越听离得越远。她想，她和李主任的缘，大约就是等人的缘，从开始起，就是等，接下来，还是等，等的日子比不等的多，以等为主的。她不知道，爱丽丝公寓，那一套套的房间里，盛的全是各色各样的等。

李主任回来的时候，王琦瑶难免是要流泪，虽然什么也不说，李主任也知道她委屈。知道她委屈，要走的时候还得走。李主任不觉有身不由己之感，这心情一旦生出，就不是此时此地，一人一物，而是多少年多少事的浓缩。不知从什么时候开始，李主任当头的一个"敢"字，变成了一个"难"。他是因为"敢"，才涉足世事的核心，越往深处越无回旋之地，如今是举步维艰。世人以为他有权，其实他是连对自己的权利都没有的。李主任可怜王琦瑶，也可怜自己，因可怜自己，更可怜王琦瑶，不知道该怎么待她好。越这样，王琦瑶越恋他。事到如今，两人是真有些夫妻的恩爱了。这恩爱也是从等里面生出来的，是苦多乐少的恩爱，还是得过且过的恩爱，有一日是一日。王琦瑶不知道时局的动荡不安，她只知道李主任来去无定，把她的心搞得动荡不安。她还知道，李主任每一次来都要比上一次更憔悴，苍老几岁的样子。她就有洞中一日，世上千年的心情。她只能担心，却帮不上一点忙。李主任的世界是云水激荡的世界，而她，云是行云，水是流水，除了等，又还能做什么？她除了送一个"等"给李主任，又还能送什么？李主任的世界啊，她是望也望不着，别说去够了。她听着他的汽车在弄口发动，片刻间无声无息。

有一回李主任来，缱绻之后，正色道，对谁也别承认她与李主任的关系，反正这房子是以王琦瑶名义顶下的，他每一回来去都无人知无人晓，虽说上海传言很盛，但传言只是传言，毕竟不作数的。王琦瑶躺在枕上听他这一席话，觉得他是要摆脱干系的，便冷笑一声道，她自知攀不上李家，也从未有过做李家什么人的奢望，因此也从未对别人承认过什么，像他今天这一番叮嘱，其实是大可不必。李主任知道她是有误解，又不便说明，只苦笑一声说:本以为王琦瑶不会闹小心眼儿，结果却也会的。王琦瑶听出了他话里的苦衷,再看他焦愁的面容,头发几乎白了一半的,不由一阵后悔的辛酸,她强笑道:和你开玩笑的。李主任抱住她,不觉有些动情,说道,他这一生,是如履薄冰,如临深渊的一生,怕是自身难保,能不牵连她们这些人就算是最好,她们这些人是最最无辜的了。他说着这话,眼睛都有些要湿的样子。这是他的肺腑之言,轻易不吐,这会儿是吐给王琦瑶,也是吐给自己。王琦瑶听在耳里却惊在心里,想这话越说越不善,要去打断他,却哽住喉头,眼泪流了下来。

  这一个夜晚事后想来是不同寻常,天格外的黑,格外的静,桂花糖的梆子,一记没敲,百乐门的歌舞声也偃息着。屋里静的呀,连那娘姨在自己房间的梦哭声,都一清二楚。他们两人几乎通宵未眠。先是说话,后是躺着想心事,各想各的,但都是伤感。李主任听见王琦瑶的隐泣,装着听不见,不是不想劝,而是没法劝,他说什么都是无法兑现的,不如不说。王琦瑶听见李主任起床,在客厅里走动,也装着不知道,李主任是通天的人,倘若他都是过不去,又有谁能帮得上他。所以,这一夜是极其孤独的夜晚,两个人在一处,却谁也安慰不了谁,由着各自难过。两人都是有预感的,李主任的预感有凭有据,王琦瑶却是一笔糊涂账。她朦胧觉着,有什么事情即将来临,却又不敢多想,对自己说:天亮就会好了。她心里盼着天亮,不知不觉地睡着,梦见自己要去苏州外婆家,还没去就被推醒了。屋里一片漆黑,李主任的脸却是清晰的,俯视着她,将一个西班牙雕花的桃花心木盒放在她枕边,又抽出她的手,把一枚钥匙按在她手心,说要走了,汽车已在门外。王琦瑶不由搂住他脖子大哭起来,从未有过的失态。她像个孩子一般要赖着不让他走,心想他这一走又不知什么时候才能来了,她又要日等夜等,寝食不安,数着墙上的光影度日,墙上的光影是要它快时它慢,要它慢时它快,毫不解人意,梧桐树也不解人意,秋风未起就已落叶满地。王琦瑶不知哭了有多少时间,李主任解开她的胳膊,走出了公寓,她还在哭。这一个夜晚,是从眼泪里浸泡过去的。最后,晨曦照进了房间,有一点亮了,王琦瑶也哭累了。

  王琦瑶这一回等李主任回来,不是坐在公寓里等的。她坐不下来,非要出去走动着才行。她穿戴整齐了,叫一辆三轮车,说一个地方,让那车夫去。她坐在三轮车上,望着街景,那街景是与她隔着心的,她兀自从中间穿过,回头的兴致也没有。橱窗里的鞋帽告诉她,时代又前进了一步,这前进也与她无关,时代是人家的时代。电影院在上演新片,新的男欢女爱,在她则是上一代的故事了。咖啡馆里面对面坐的年轻男女也是上一代的故事,她已是过来人了。阳光从树叶间洒下,是如碎银一般的,除了照她的眼,叫她目眩,也是没有意义。她看着马路上的人,心中不平地想,这么多的人里面,为什么偏偏没有李主任!她让车夫拉她到一处地方,然后便下车去。她对自己说,是要来买东西,却不知该买什么。她有时候是空手而回,有时候则买了乱七八糟不明所以的一大堆。乘在三轮车上,心里的茫然总好一些,因是在向前走,走一点近一点,虽然不知是要去哪里。两边的街景向后退去,时间也在退去,毕竟有点声色。

王琦瑶出去逛街的日子,爱丽丝公寓里有几户相继离去,留下几套空房。王琦瑶并不知晓,只觉得这里越发的静,静得发空。她放着梅兰芳的唱片,声音很响,要把房间填满,不料却是起回声的,一个梅兰芳呼,一个梅兰芳应,更显得大和空。有一回她推开窗户,想看看天,却看见楼上的阳台栏杆停满了麻雀,心里别的一跳,知那主人已经离去。再看左右,又有几户窗门紧闭,不露声色,窗台上铺着落叶,也是人去楼空的意思。"爱丽丝"已是一片凋零了,她心里也是凋零。她安慰自己,只要李主任回来,就一切都好,可是李主任什么时候回来呢?她出去得更勤了,有时一日里会出去三回,早一回,午一回,晚一回。她还总嫌车夫踏得太慢,要他骑得风样的快,和汽车赛跑似的。她匆匆地去,匆匆地回,要事在身的样子。车走在马路,她的眼睛则四下搜索,好像要把李主任从人群中挖出来。她心里焦灼,嘴上都起了干皮。李主任这回走,她是算了日子的,已有整整半个月过去了。这半个月是比半辈子还长,她的耐心已到了头,一分钟也挨不下去了。这一日,她刚出门,李主任就来了,也是满脸的焦灼,问娘姨王琦瑶去哪里了。娘姨说去买东西。又问去多长时间回来。娘姨说不定规,或许短,或许长,又问李主任中午饭怎么吃。李主任说他中午前就得走,是抽空回来看看的。他走进卧房,卧房里拉着窗帘,有王琦瑶的气息,他又去洗澡间刮脸,也是王琦瑶的气息,处处是她触及过的痕迹,洗脸池上的水迹,发刷上的几根断发。他刮了脸,在客厅里坐着等,王琦瑶却是不来。他也坐不住了,来回地踱步,抬头看墙上的钟。他这一趟来,本是个随意,可一旦来到,王琦瑶又不在,就变得非见不可了。他从来没有这般地想见王琦瑶,难忍的渴望。到了最后一分钟,王琦瑶还是不回来,他心里竟是绝望的了。他一边穿外衣,一边还期待王琦瑶在最后一秒钟里出现,可是没有。他走出爱丽丝公寓,怀着悲凉的心情,想,什么时候才能看见她呢?

仅只十分钟之后,他就看见了王琦瑶。在他的汽车里,从车窗的纱帘背后,看见一辆三轮车飞快地驶着,几乎与他的汽车平行,车上坐着王琦瑶。她穿一件秋大衣,头发有些叫风吹乱。她手里紧捏着羊皮手袋,眼睛直视前方,紧张地追寻着什么。三轮车与汽车并齐走了一段,还是落后了。王琦瑶退出了眼睑。这不期而遇非但没有安慰李主任,反使他伤感加倍。这真是乱世中的一景,也是苍茫人生的一景。他想,他们两个其实是天涯同命人,虽是一个明白,一个不明白。可明白与不明白都是无可奈何,都是随风而去。他们两人都是无依无托,自己靠自己的,两个孤魂。这时刻,他们就像深秋天气里的两片落叶,被风卷着,偶尔碰着一下,又各分东西。汽车在车水马龙中穿行,焦躁地按着喇叭,时间已有点迟,都为了等王琦瑶的。这是一九四八年的深秋,这城市将发生大的变故,可它什么都不知道,兀自灯红酒绿,电影院放着好莱坞的新片,歌舞厅里也唱着新歌,新红起的舞女挂上了头牌。王琦瑶也什么都不知道,她一心一意地等李主任,等来的却是失之交臂。

这天晚上,爱丽丝公寓又来了一个人,是吴佩珍。她穿一件黑大衣,烫了发,唇上涂了口红,是少妇的样子,比过去好看了,也成熟了。她进来时,王琦瑶竟有些不敢认,等认出了,便有些吃惊,心想吴佩珍其实是有几分姿色的,过去却藏而不露,也是过谦了吧!吴佩珍似乎为自己的形象不好意思,很不自在的,红了脸说:我结婚了。王琦瑶的心被敲击了一下,嘴里说:恭喜。眼睛却是怔怔的,自己坐了下来,也没给吴佩珍让座。这时,娘姨送茶来,说声:小姐请用茶。王琦瑶厉声道:分明是太太,却叫人家小姐,耳朵听不见,眼睛也看不见吗?那娘姨被她劈脸一顿训斥,丈二不摸头脑,但晓得她心情不好,便也不作计较,转身走了。吴佩珍却尴尬了,她本就不笨,新近做了人妻,又心领许多原委,人情世故都深了一层。她听出王琦瑶这番脾气的来由,怪自己不该进门便说此事,就像是专为炫耀而来。其实,这又有什么可炫耀的呢?她收起些忸怩,身子坐正,抬起脸,对着王琦瑶说,她这次冒昧地上门,是来向她告别的,她本来不准备打搅她,可临到要走,总觉得不见她一面就走不了,这一走,不知什么时候才能见面,王琦瑶是她最好的朋友,也是唯一的,她对于王琦瑶也许情形不同,可王琦瑶对于她确实如此,上海这地方叫她留恋的,除了父母家人,就是王琦瑶了,和王琦瑶做朋友的那一段,是她最快乐,最无忧虑的时光。这话原是有些夸张,但此时此地,却是吴佩珍的最真实。在这一个忧患的年头,忧患就像是空气,无处不在,无论是知道和不知道,都感到忧心忡忡,前途茫然,而过去的每一分钟都是好时光。

王琦瑶听着吴佩珍的话,心里恍恍惚惚,抓不住要领。这一天发生的事情真是太多了,太杂了,乱成一团麻了。等李主任,李主任不来;不等他,他却来了;回到家,他倒走了,闹得她头都痛。这时候,吴佩珍竟在面前,先说结婚,后又说要走。她的思路渐渐理出一个头绪,问道:你去哪里?吴佩珍被她打断了话,停一下才回答是去香港,跟她的婆家一起走。她婆家也是个中等产业的企业主,决定把家业全都搬到香港,船票已买好,正是明天。王琦瑶笑了一笑,说:吴佩珍,看不出来,我们三个人中间,倒是你最有福啊!吴佩珍有些糊涂地,问:哪三个人?王琦瑶就说:你,我,还有蒋丽莉。听到她提蒋丽莉的名字,吴佩珍就有些别扭,转过脸去。在她心底里,总觉得是蒋丽莉夺去了王琦瑶的友谊。她虽然已经长大,做了人家的太太,却还有着一些女学生的意气,寄存着女学生的恩怨,到老都不会忘的。王琦瑶没注意吴佩珍的心思,继续说:我和蒋丽莉都不如你啊!蒋丽莉大约要做老小姐了,我是妻不妻,妾不妾,只有你,嫁得如意郎君,有享不尽的荣华富贵。吴佩珍被她说得低下了头,一声不吭的。王琦瑶说着说着便兴奋起来,眼睛放着光,手指甲在沙发布上划过来划过去,眼看就要折断的样子。吴佩珍握住她的手,说:你跟我一起去香港吧。王琦瑶愣住了,把正说着的话也忘了,等明白过来,便笑了,说:我去算什么?做仆,还是做妾?倘若一样做妾,还是在上海好,一动不如一静。吴佩珍说:你再不要妾不妾的,你知道我对你的心,我从来把你看作比我好。王琦瑶身上一颤,软了下来。她扭过脸去对了墙壁望了一会儿,再回过来时,眼睛里全是泪了,她说:谢谢你,吴佩珍,我不能走,我要留在这里等他,我要走了,他倒回来了,那怎么办?他要回来,见我不在,一定会怪我。

第二日,吴佩珍走的时间里,王琦瑶就好像能听见轮船离岸的汽笛声。和吴佩珍在一起的情景出现在眼前,一幕接一幕。那时候的她们就像是白绢似的,后来就渐渐写上了字,字又连成了句,成了历史。没有字的日子是轻盈自由的日子,想怎么就怎么,没有一点要负的责任,忧愁也是不负责任的忧愁。她和吴佩珍的关系是彼此没有责任的关系,全凭的是友情。与蒋丽莉便不同了,是有些利益的,当然,利益也不是不好的利益。她和吴佩珍的关系是有些类似萍水的关系,至清而无鱼,和蒋丽莉却是莲藕和泥塘。吴佩珍的走,是将王琦瑶这段无字的历史剪下带走的,剩下的全是有字,有些混乱不成章节,是过于认真写,笔墨太重,反不那么流畅自然了。

王琦瑶还是等李主任,自从那次与李主任失之交臂之后,她再不敢出去了。自从看见邻居空关的门窗后,她也再不敢开窗,终日拉着窗帘,倒可避免去看墙上的光影。那公寓里,白天也须开着灯,昼和夜连成一串,钟是停摆的,有没有时间无所谓。唯一有点声气的是留声机,放着梅兰芳的唱段,咿咿哦哦,百折千回。王琦瑶终日只穿一件曳地的晨衣,松松地系着腰带,她像是着戏装的梅兰芳,演的是楚霸王的虞姬。她想,时间这东西,你当它没有就没有。她现在反倒安下心来,有时听那梅兰芳唱段也能听进深处,听见一点心声一样的东西,这正是李主任要听的东西。那就是一个女人的极其温婉的争取,绵里藏针的,这争取是向着男人来的,也是向着这世界来的,只有男人才看得懂,女人自己是不自觉的,做了再说,而这却是男女之间称得上知音的一点东西。公寓里毕静,梅兰芳的曲声是衬托这静的。这静是一九四八年的上海的奇观。在这城市许多水泥筑成的蚁穴一样的格子里,盛着和撑持着这静。这静其实都是那大动里的止,就好像光投下的影,是相辅相成,休戚相关的。王琦瑶几乎忘记了外面的世界,连报纸也不看,广播也不听。这些日子,报纸上的新闻格外的多而纷乱:淮海战役拉开帷幕;黄金价格暴涨;股市大落;枪毙王孝和;沪甬线的江亚轮爆炸起火,二千六百八十五人沉冤海底;一架北平至上海的飞机坠毁,罹难者名单上有位名叫张秉良的成年男性,其实就是化名的李主任。

《长恨歌》导读

许三观卖血记(第28章)

余 华

第28章

　　许三观让二乐躺在家里的床上,让三乐守在二乐的身旁,然后他背上一个蓝底白花的包裹,胸前的口袋里放着两元三角钱,出门去了轮船码头。

　　他要去的地方是上海,路上要经过林浦、北荡、西塘、百里、通元、松林、大桥、安昌门、靖安、黄店、虎头桥、三环洞、七里堡、黄湾、柳村、长宁、新镇。其中林浦、百里、松林、黄店、七里堡、长宁是县城,他要在这六个地方上岸卖血,他要一路卖着血去上海。

　　这一天中午的时候,许三观来到了林浦,他沿着那条穿过城镇的小河走过去,他看到林浦的房屋从河两岸伸出来,一直伸到河水里。这时的许三观解开棉袄的纽扣,让冬天温暖的阳光照在胸前,于是他被岁月晒黑的胸口,又被寒风吹得通红。他看到一处石阶以后,就走了下去,在河水边坐下。河的两边泊满了船只,只有他坐着的石阶这里没有停泊。不久前林浦也下了一场大雪,许三观看到身旁的石缝里镶着没有融化的积雪,在阳光里闪闪发亮。从河边的窗户看进去,他看到林浦的居民都在吃着午饭,蒸腾的热气使窗户上的玻璃白茫茫的一片。

　　他从包裹里拿出了一只碗,将河面上的水刮到一旁,舀起一碗下面的河水,他看到林浦的河水在碗里有些发绿,他喝了一口,冰冷刺骨的河水进入胃里时,使他浑身哆嗦。他用手抹了抹嘴巴后,仰起脖子一口将碗里的水全部喝了下去,然后他双手抱住自己猛烈地抖动了几下。过了一会,觉得胃里的温暖慢慢地回来了,他再舀起一碗河水,再次一口喝了下去,接着他再次抱住自己抖动起来。

　　坐在河边窗前吃着热气腾腾午饭的林浦居民,注意到了许三观。他们打开窗户,把身体探出来,看着这个年近五十的男人,一个人坐在石阶最下面的那一层上,一碗一碗地喝着冬天寒冷的河水,然后一次一次地在那里哆嗦,他们就说:

"你是谁?你是从哪里来的?没见过像你这么口渴的人,你为什么要喝河里的冷水,现在是冬天,你会把自己的身体喝坏的。你上来吧,到我们家里来喝,我们有烧开的热水,我们还有茶叶,我们给你沏上一壶茶水……"

许三观抬起头对他们笑道:

"不麻烦你们了,你们都是好心人,我不麻烦你们,我要喝的水太多,我就喝这河里的水……"

他们说:"我们家里有的是水,不怕你喝,你要是喝一壶不够,我们就让你喝两壶、三壶……"

许三观拿着碗站了起来,他看到近旁的几户人家都在窗口邀请他,就对他们说:

"我就不喝你们的茶水了,你们给我一点盐,我已经喝了四碗水了,这水太冷,我有点喝不下去了,你们给我一点盐,我吃了盐就会又想喝水了。"

他们听了这话觉得很奇怪,他们问:

"你为什么要吃盐?你要是喝不下去了,你就不会口渴。"许三观说:"我没有口渴,我喝水不是口渴……"

他们中间一些人笑了起来,有人说:

"你不口渴,为什么还要喝这么多的水?你喝的还是河里的冷水,你喝这么多河水,到了晚上会肚子疼……"

许三观站在那里,抬着头对他们说:

"你们都是好心人,我就告诉你们,我喝水是为了卖血……"

"卖血?"他们说,"卖血为什么要喝水?"

"多喝水,身上的血就会多起来,身上的血多了,就可以卖掉它两碗。"

许三观说着举起手里的碗拍了拍,然后他笑了起来,脸上的皱纹堆到了一起。他们又问:

"你为什么要卖血?"

许三观回答:"一乐病了,病得很重,是肝炎,已经送到上海的大医院去了……"

有人打断他:"一乐是谁?"

"我儿子,"许三观说,"他病得很重,只有上海的大医院能治。家里没有钱,我就出来卖血。我一路卖过去,卖到上海时,一乐治病的钱就会有了。"

许三观说到这里,流出了眼泪,他流着眼泪对他们微笑。他们听了这话都怔住了,看着许三观不再说话。许三观向他们伸出了手,对他们说:

"你们都是好心人,你们能不能给我一点盐?"

他们都点起了头,过了一会,有几个人给他送来了盐,都是用纸包着的,还有人给他送来了三壶热茶。许三观看着盐和热茶，对他们说：

"这么多盐，我吃不了，其实有了茶水，没有盐我也能喝下去。"

他们说："盐吃不了你就带上，你下次卖血时还用得上。茶水你现在就喝了，你趁热喝下去。"

许三观对他们点点头，把盐放到口袋里，坐回到刚才的石阶上，他这次舀了半碗河水，接着拿起一只茶壶，把里面的热茶水倒在碗里，倒满就一口喝了下去，他抹了抹嘴巴说：

"这茶水真是香。"

许三观接下去又喝了三碗，他们说：

"你真能喝啊。"

许三观不好意思地笑了笑，他站起来说：

"其实我是逼着自己喝下去的。"

然后他看看放在石阶上的三只茶壶，对他们说：

"我要走了，可是我不知道这三只茶壶是谁家的，我不知道应该还给谁？"

他们说："你就走吧，茶壶我们自己会拿的。"

许三观点点头，他向两边房屋窗口的人，还有站在石阶上的人鞠了躬，他说：

"你们对我这么好，我也没什么能报答你们的，我只有给你们鞠躬了。"

然后，许三观来到了林浦的医院，医院的供血室是在门诊部走廊的尽头，一个和李血头差不多年纪的男人坐在一张桌子旁，他的一条胳膊放在桌子上，眼睛看着对面没有门的厕所。许三观看到他穿着的白大褂和李血头的一样脏，许三观就对他说：

"我知道你是这里的血头，你白大褂的胸前和袖管上黑乎乎的，你胸前黑是因为你经常靠在桌子上，袖管黑是你的两条胳膊经常放在桌子上，你和我们那里的李血头一样，我还知道你白大褂的屁股上也是黑乎乎的，你的屁股天天坐在凳子上……"

许三观在林浦的医院卖了血，又在林浦的饭店里吃了一盘炒猪肝，喝了二两黄酒。接下去他走在了林浦的街道上，冬天的寒风吹在他脸上，又灌到了脖子里，他开始知道寒冷了，他觉得棉袄里的身体一下子变冷了，他知道这是卖了血的缘故，他把身上的热气卖掉了。他感到风正从胸口滑下去，一直到腹部，使他肚子里一阵阵抽搐。他就捏紧了胸口的衣领，两只手都捏在那里，那样子就像是拉着自己在往前走。

阳光照耀着林浦的街道，许三观身体哆嗦着走在阳光里。他走过了一条街道，来到了另一条街道上，他看到有几个年轻人靠在一堵洒满阳光的墙壁上,眯着眼睛站在那里晒太阳,他们的手都插在袖管里,他们声音响亮地说着,喊着,笑着。许三观在他们面前站了一会,就走到了他们中间,也靠在墙上;阳光照着他,也使他眯起了眼睛。他看到他们都扭过头来看他,他就对他们说:

"这里暖和,这里的风小多了。"

他们点了点头,他们看到许三观缩成一团靠在墙上,两只手还紧紧抓住衣领,他们互相之间轻声说:

"看到他的手了吗?把自己的衣领抓得这么紧,像是有人要用绳子勒死他,他拼命抓住绳子似的,是不是?"

许三观听到了他们的话,就笑着对他们说:

"我是怕冷风从这里进去。"

许三观说着腾出一只手指了指自己的衣领,继续说:

"这里就像是你们家的窗户,你们家的窗户到了冬天都关上了吧?冬天要是开着窗户,在家里的人会冻坏的。"

他们听了这话哈哈笑起来,笑过之后他们说:

"没见过像你这么怕冷的人,我们都听到你的牙齿在嘴巴里打架了。你还穿着这么厚的棉袄,你看看我们,我们谁都没穿棉袄,我们的衣领都敞开着……"

许三观说:"我刚才也敞开着衣领,我刚才还坐在河边喝了八碗河里的冷水……"

他们说:"你是不是发烧了?"

许三观说:"我没有发烧。"

他们说:"你没有发烧?那你为什么说胡话?"

许三观说:"我没有说胡话。"

他们说:"你肯定发烧了,你是不是觉得很冷?"

许三观点点头说:"是的。"

"那你就是发烧了。"他们说,"人发烧了就会觉得冷,你摸摸自己的额头,你的额头肯定很烫。"

许三观看着他们笑,他说:"我没有发烧,我就是觉得冷,我觉得冷是因为我卖……"

他们打断他的话:"觉得冷就是发烧,你摸摸额头。"

许三观还是看着他们笑,没有伸手去摸额头,他们催他:

"你快摸一下额头,摸一下你就知道了,摸一下额头又不费什么力气,你为什么不把手抬起来?"

许三观抬起手来,去摸自己的额头,他们看着他,问他:

"是不是很烫?"

许三观摇摇头:"我不知道,我摸不出来,我的额头和我的手一样冷。"

"我来摸一摸。"

有一个人说着走过来,把手放在了许三观的额头上,他对他们说:

"他的额头是很冷。"

另一个人说:"你的手刚从袖管里拿出来,你的手热乎乎的,你用你自己的额头去试试。"

那个人就把自己的额头贴到许三观的额头上,贴了一会后,他转过身来摸着自己的额头,对他们说:

"是不是我发烧了?我比他烫多了。"

接着那个人对他们说:"你们来试试。"

他们就一个一个走过来,一个挨着一个贴了贴许三观的额头,最后他们同意许三观的话,他们对他说:

"你说得对,你没有发烧,是我们发烧了。"

他们围着他哈哈大笑起来,他们笑了一阵后,有一个人吹起了口哨,另外几个人也吹起了口哨,他们吹着口哨走开了。许三观看着他们走去,直到他们走远了,看不见了,他们的口哨也听不到了。许三观这时候一个人笑了起来,他在墙根的一块石头上坐下来,他的周围都是阳光,他觉得自己身体比刚才暖和一些了,而抓住衣领的两只手已经冻麻了,他就把手放下来,插到了袖管里。

许三观从林浦坐船到了北荡,又从北荡到了西塘,然后他来到了百里。许三观这时离家已经有三天了,三天前他在林浦卖了血,现在他又要去百里的医院卖血了。在百里,他走在河边的街道上,他看到百里没有融化的积雪在街道两旁和泥浆一样肮脏了,百里的寒风吹在他的脸上,使他觉得自己的脸被吹得又干又硬,像是挂在屋檐下的鱼干。他棉袄的口袋里插着一只喝水的碗,手里拿着一包盐,他吃着盐往前走,嘴里吃咸了,就下到河边的石阶上,舀两碗冰冷的河水喝下去,然后回到街道上,继续吃着盐走去。

这一天下午,许三观在百里的医院卖了血以后,刚刚走到街上,还没有走到医院对面那家饭店,还没有吃下去一盘炒猪肝,喝下去二两黄酒,他就走不动了。他双手抱住自己,在街道中间抖成一团,他的两条腿就像是狂风中的枯枝一样,剧烈地抖着,然后枯枝折断似的,他的两条腿一弯,他的身体倒在了地上。

在街上的人不知道他患了什么病,他们问他,他的嘴巴哆嗦着说不清楚,他们就说把他往医院里送,他们说:好在医院就在对面,走几步路就到了。有人把他背到了肩上，要到医院去，这时候他口齿清楚了，他连着说：

"不、不、不，不去……"

他们说："你病了，你病得很重，我们这辈子都没见过像你这么乱抖的人，我们要把你送到医院去……"

他还是说："不、不、不……"

他们就问他："你告诉我们，你患了什么病？你是急性的病，还是慢性的病？要是急性的病，我们一定要把你送到医院去……"

他们看到他的嘴巴胡乱地动了起来，他说了些什么，他们谁也听不懂，他们问他们：

"他在说些什么？"

他们回答："不知道他在说些什么，别管他说什么了，快把他往医院里送吧。"

这时候他又把话说清楚了，他说：

"我没病。"

他们都听到了这三个字，他们说：

"他说他没有病，没有病怎么还这样乱抖？"

他说："我冷。"

这一次他们也听清楚了，他们说：

"他说他冷，他是不是有冷热病？要是冷热病，送医院也没有用，就把他送到旅馆去，听他的口音是外地人……"

许三观听说他们要把他送到旅馆，他就不再说什么了，让他们把他背到了最近的一家旅馆。他们把他放在了一张床上，那间房里有四张床位，他们就把四条棉被全盖在他的身上。

许三观躺在四条棉被下面，仍然哆嗦不止。躺了一会，他们问：

"身体暖和过来了吧？"

许三观摇了摇头，他上面盖了四条棉被，他们觉得他的头像是隔得很远似的，他们看到他摇头，就说：

"你盖了四条被子还冷，就肯定是冷热病了，这种病一发作，别说是四条被子，就是十条都没用，这不是外面冷了，是你身体里面在冷，这时候你要是吃点东西，就会觉得暖和一些。"

他们说完这话，看到许三观身上的被子一动一动的，过了一会，许三观的一只手从被子里伸了出来，手上捏着一张一角钱的钞票。许三观对他们说：

"我想吃面条。"

他们就去给他买了一碗面条回来，又帮着他把面条吃了下去。许三观

吃了一碗面条,觉得身上有些暖和了,再过了一会,他说话也有了力气。许三观就说他用不着四条被子了,他说:

"求你们拿掉两条,我被压得喘不过气来了。"

这天晚上,许三观和一个年过六十的男人住在一起,那人来的时候天已经黑了,他穿着破烂的棉袄,黝黑的脸上有几道被冬天的寒风吹裂的口子,他怀里抱着两头猪崽子走进来,许三观看着他把两头小猪放到床上,小猪吱吱地叫,声音听上去又尖又细,小猪的脚被绳子绑着,身体就在床上抖动,他对它们说:

"睡了,睡了,睡觉了。"

说着他把被子盖在了两头小猪的身上,自己在床的另一头钻到了被窝里。他躺下后看到许三观正看着自己,就对许三观说:

"现在半夜里太冷,会把小猪冻坏的,它们就和我睡一个被窝。"

看到许三观点了点头,他嘿嘿地笑了,他告诉许三观,他家在北荡的乡下,他有两个女儿,三个儿子,两个女儿都嫁了男人,三个儿子还没有娶女人,他还有两个外孙子。他到百里来,是来把这两头小猪卖掉,他说:

"百里的价格好,能多卖钱。"

最后他说:"我今年六十四岁了。"

"看不出来。"许三观说,"六十四岁了,身体还这么硬朗。"

听了这话,他又是嘿嘿笑了一会,他说:

"我眼睛很好,耳朵也听得清楚,身体没有毛病,就是力气比年轻时少了一些,我天天下到田里干活,我干的活和我三个儿子一样多,就是力气不如他们,累了腰会疼……"

他看到许三观盖了两条被子,就对许三观说:

"你是不是病了?你盖了两条被子,我看到你还在哆嗦……"

许三观说:"我没病,我就是觉得冷。"

他说:"那张床上还有一条被子,要不要我替你盖上?"

许三观摇摇头:"不要了,我现在好多了,我下午刚卖了血的时候,我才真是冷,现在好多了。"

"你卖血了?"他说,"我以前也卖过血,我家老三,就是我的小儿子,十岁的时候动手术,动手术时要给他输血,我就把自己的血卖给了医院,医院又把我的血给了我家老三。卖了血以后就是觉得力气少了很多……"

许三观点点头,他说:

"卖一次、两次的,也就是觉得力气少了一些,要是连着卖血,身上的热气也会跟着少起来,人就觉得冷……"

许三观说着把手从被窝里伸出去,向他伸出三根指头说:

"我三个月卖了三次,每次都卖掉两碗,用他们医院里的话说是四百毫升,我就把身上的力气卖光了,只剩下热气了,前天我在林浦卖了两碗,今天我又卖了两碗,就把剩下的热气也卖掉了……"

许三观说到这里,停了下来,呼呼地喘起了气。来自北荡乡下的那个老头对他说:

"你这么连着去卖血,会不会把命卖掉了?"

许三观说:"隔上几天,我到了松林还要去卖血。"

那个老头说:"你先是把力气卖掉,又把热气也卖掉,剩下的只有命了,你要是再卖血,你就是卖命了。"

"就是把命卖掉了,我也要去卖血。"

许三观对那个老头说:"我儿子得了肝炎,在上海的医院里,我得赶紧把钱筹够了送去,我要是歇上几个月再卖血,我儿子就没钱治病了……"

许三观说到这里休息了一会,然后又说:

"我快活到五十岁了,做人是什么滋味,我也全知道了,我就是死了也可以说是赚了。我儿子才只有二十一岁,他还没有好好做人呢,他连个女人都没有娶,他还没有做过人,他要是死了,那就太吃亏了……"

那个老头听了许三观这番话,连连点头,他说:

"你说得也对,到了我们这把年纪,做人已经做全了……"

这时候那两头小猪吱吱地叫上了,那个老头对许三观说:

"我的脚刚才碰着它们了……"

他看到许三观还在被窝里哆嗦,就说:

"我看你的样子是城里人,你们城里人都爱干净,我们乡下人就没有那么讲究,我是说……"

他停顿了一下后继续说:"我是说,如果你不嫌弃,我就把这两头小猪放到你被窝里来,给你暖暖被窝。"

许三观点点头说:"我怎么会嫌弃呢?你心肠真是好,你就放一头小猪过来,一头就够了。"

老头就起身抱过去了一头小猪,放在许三观的脚旁。那头小猪已经睡着了,一点声音都没有,许三观把自己冰冷的脚往小猪身上放了放,刚放上去,那头小猪就吱吱地乱叫起来,在许三观的被窝里抖成一团。老头听到了,有些过意不去,他问:

"你这样能睡好吗?"

许三观说:"我的脚太冷了,都把它冻醒了。"

老头说:"怎么说猪也是畜生,不是人,要是人就好了。"

许三观说:"我觉得被窝里有热气了,被窝里暖和多了。"

四天以后,许三观来到了松林,这时候的许三观面黄肌瘦,四肢无力,头晕脑涨,眼睛发昏,耳朵里始终有着嗡嗡的声响,身上的骨头又酸又疼,两条腿迈出去时似乎是在飘动。

松林医院的血头看到站在面前的许三观,没等他把话说完,就挥挥手要他出去,这个血头说:

"你撒泡尿照照自己,你脸上黄得都发灰了,你说话时都要喘气,你还要来卖血,我说你赶紧去输血吧。"

许三观就来到医院外面,他在一个没有风、阳光充足的角落里坐了有两个小时,让阳光在他脸上,在他身上照耀着。当他觉得自己的脸被阳光晒烫了,他起身又来到了医院的供血室,刚才的血头看到他进来,没有把他认出来,对他说:

"你瘦得皮包骨头,刮大风时你要是走在街上,你会被风吹倒的,可是你脸色不错,黑红黑红的,你想卖多少血?"

许三观说:"两碗。"

许三观拿出插在口袋里的碗给那个血头看,血头说:

"这两碗放足了能有一斤米饭,能放多少血我就不知道了。"

许三观说:"四百毫升。"

血头说:"你走到走廊那一头去,到注射室去,让注射室的护士给你抽血……"

一个戴着口罩的护士,在许三观的胳膊上抽出了四百毫升的血以后,看到许三观摇晃着站起来,他刚刚站直了就倒在了地上。护士惊叫了一阵以后,他们把他送到了急诊室,急诊室的医生让他们把他放在床上,医生先是摸摸许三观的额头,又捏住许三观手腕上的脉搏,再翻开许三观的眼皮看了看,最后医生给许三观量血压了,医生看到许三观的血压只有六十和四十,就说:

"给他输血。"

于是许三观刚刚卖掉的四百毫升血,又回到了他的血管里。他们又给他输了三百毫升别人的血以后,他的血压才回升到了一百和六十。

许三观醒来后,发现自己躺在医院里,他吓了一跳,下了床就要往医院外跑,他们拦住他,对他说虽然血压正常了,可他还要在医院里观察一天,因为医生还没有查出来他的病因。许三观对他们说:

"我没有病,我就是卖血卖多了。"

他告诉医生,一个星期前他在林浦卖了血,四天前又在百里卖了血。医生听得目瞪口呆,把他看了一会后,嘴里说了一句成语:

"亡命之徒。"

许三观说:"我不是亡命之徒,我是为了儿子……"

医生挥挥手说:"你出院吧。"

松林的医院收了许三观七百毫升血的钱,再加上急诊室的费用,许三观两次卖血挣来的钱,一次就付了出去。许三观就去找到说他是亡命之徒的那个医生,对他说:

"我卖给你们四百毫升血,你们又卖给我七百毫升血,我自己的血收回来,我也就算了,别人那三百毫升的血我不要,我还给你们,你们收回去。"

医生说:"你在说什么?"

许三观说:"我要你们收回去三百毫升的血……"

医生说:"你有病……"

许三观说:"我没有病,我就是卖血卖多了觉得冷,现在你们卖给了我七百毫升,差不多有四碗血,我现在一点都不觉得冷了,我倒是觉得热,热得难受,我要还给你们三百毫升血……"

医生指指自己的脑袋说:"我是说你有神经病。"

许三观说:"我没有神经病,我只是要你们把不是我的血收回去……"

许三观看到有人围了上来,就对他们说:

"买卖要讲个公道,我把血卖给他们,他们知道,他们把血卖给我,我一点都不知道……"

那个医生说:"我们是救你命,你都休克了,要是等着让你知道,你就没命了。"

许三观听了这话,点了点头说:

"我知道你们是为了救我,我现在也不是要把七百毫升的血都还给你们,我只要你们把别人的三百毫升血收回去,我许三观都快五十岁了,这辈子没拿过别人的东西……"

许三观说到这里,发现那个医生已经走了,他看到旁边的人听了他的话都哈哈笑,许三观知道他们都是在笑话他,他就不说话了,他在那里站了一会,然后他转身走出了松林的医院。

那时候已是傍晚,许三观在松林的街上走了很长时间,一直走到河边,栏杆挡住了他的去路后,他才站住脚。他看到河水被晚霞映得通红,有一行拖船长长地驶了过来,柴油机突突地响着,从他眼前驶了过去,拖船掀起的浪花一层一层地冲向了河岸,在石头砌出来的河岸上响亮地拍打过去。

他这么站了一会,觉得寒冷起来了,就蹲下去靠着一棵树坐了下来。坐了一会,他从胸口把所有的钱都拿出来,他数了数,只有三十七元四角钱,他卖了三次血,到头来只有一次的钱,然后他将钱叠好了,放回到胸前的口袋里。这时他觉得委屈了,泪水就流出了眼眶,寒风吹过来,把他的眼泪吹落在地,所以当他伸手去擦眼睛时,没有擦到泪水。他坐了一会以后,站起来继续往前走。他想到去上海还有很多路,还要经过大桥、安昌门、黄店、虎头桥、三环洞、七里堡、黄湾、柳村、长宁和新镇。

在以后的旅程里,许三观没有去坐客轮,他计算了一下,从松林到上海还要花掉三元六角的船钱,他两次的血白卖了,所以他不能再乱花钱了,他就搭上了一条装满蚕茧的水泥船,摇船的是兄弟两人,一个叫来喜,另一个叫来顺。

许三观是站在河边的石阶上看到他们的,当时来喜拿着竹篙站在船头,来顺在船尾摇着橹,许三观在岸上向他们招手,问他们去什么地方,他们说去七里堡,七里堡有一家丝厂,他们要把蚕茧卖到那里去。

许三观就对他们说:"你们和我同路,我要去上海,你们能不能把我捎到七里堡……"

许三观说到这里时,他们的船已经摇过去了,于是许三观在岸上一边追着一边说:

"你们的船再加一个人不会觉得沉的,我上了船能替你们摇橹,三个人换着摇橹,总比两个人换着轻松。我上了船还会交给你们伙食的钱,我和你们一起吃饭,三个人吃饭比两个人吃省钱,也就是多吃两碗米饭,菜还是两个人吃的菜……"

摇船的兄弟两人觉得许三观说得有道理,就将船靠到了岸上,让他上了船。

许三观不会摇橹,他接过来顺手中的橹,才摇了几下,就将橹掉进了河里,在船头的来喜急忙用竹篙将船撑住,来顺扑在船尾,等橹漂过来,伸手抓住它,把橹拿上来以后,来顺指着许三观就骂:

"你说你会摇橹,你他妈的一摇就把橹摇到河里去了,你刚才还说会什么?你说你会这个,又会那个,我们才让你上了船,你刚才说你会摇橹,还会什么来着?"

许三观说:"我还说和你们一起吃饭,我说三个人吃比两个人省钱……"

"他妈的。"来顺骂了一声,他说,"吃饭你倒真是会吃。"

在船头的来喜哈哈地笑起来,他对许三观说:

"你就替我们做饭吧。"

许三观就来到船头,船头有一个砖砌的小炉灶,上面放着一只锅,旁边是一捆木柴,许三观就在船头做起了饭。

到了晚上,他们的船靠到岸边,揭开船头一个铁盖,来顺和来喜从盖口钻进了船舱,兄弟两人抱着被子躺了下来,他们躺了一会,看到许三观还在外面,就对他说:

"你快下来睡觉。"

许三观看看下面的船舱,比一张床还小,就说:

"我不挤你们了,我就在外面睡。"

来喜说:"眼下是冬天,你在外面睡会冻死的。"

来顺说:"你冻死了,我们也倒霉。"

"你下来吧。"来喜又说,"都在一条船上了,就要有福同享。"

许三观觉得外面确实是冷,想到自己到了黄店还要卖血,不能冻病了,他就钻进了船舱,在他们两人中间躺了下来,来喜将被子的一个角拉过去给他,来顺也将被子往他那里扯了扯,许三观就盖着他们两个人的被子,睡在了船舱里。许三观对他们说:

"你们兄弟两人,来喜说出来的话,每一句都比来顺的好听。"

兄弟俩听了许三观的话,都嘿嘿笑了几声,然后两个人的鼾声同时响了起来。许三观被他们挤在中间,他们两个人的肩膀都压着他的肩膀,过了一会他们的腿也架到了他的腿上,再过一会他们的胳膊放到他胸口了。许三观就这样躺着,被两个人压着,他听到河水在船外流动。声音极其清晰,连水珠溅起的声音都能听到,许三观觉得自己就像是睡在河水中间。河水在他的耳旁刷刷地流过去,使他很长时间睡不着,于是他就去想一乐,一乐在上海的医院里不知道怎么样了?他还去想了许玉兰,想了躺在家里的二乐,和守护着二乐的三乐。

许三观在窄小的船舱里睡了几个晚上,就觉得浑身的骨头又酸又疼,白天他就坐在船头,捶着自己的腰,捏着自己的肩膀,还把两条胳膊甩来甩去的。来喜看到他的样子,就对他说:

"船舱里地方小,你晚上睡不好。"

来顺说:"他老了,他身上的骨头都硬了。"

许三观觉得自己是老了,不能和年轻的时候比了,他说:

"来顺说得对,不是船舱地方小,是我老了,我年轻的时候,别说是船舱了,墙缝里我都能睡。"

他们的船一路下去,经过了大桥,经过了安昌门,经过了靖安,下一站就是黄店了。这几天阳光一直照耀着他们,冬天的积雪在两岸的农田里,在两岸农舍的屋顶上时隐时现,农田显得很清闲,很少看到有人在农田里劳作,倒是河边的道路上走着不少人,他们都挑着担子或者挎着篮子,大声说着话走去。

几天下来,许三观和来喜兄弟相处得十分融洽,来喜兄弟告诉许三观,他们运送这一船蚕茧,也就是十来天工夫,能赚六元钱,兄弟俩每人有三元。许三观就对他们说:

"还不如卖血,卖一次血能挣三十五元……"

他说:"这身上的血就是井里的水,不会有用完的时候……"

许三观把当初阿方和根龙对他说的话,全说给他们听了,来喜兄弟听完了他的话,问他:

"卖了血以后,身体会不会败掉?"

"不会。"许三观说,"就是两条腿有点发软,就像是刚从女人身上下来似的。"

来喜兄弟嘿嘿地笑,看到他们笑,许三观说:

"你们明白了吧。"

来喜摇摇头,来顺说:

"我们都还没上过女人身体,我们就不知道下来是怎么回事。"

许三观听说他们还没有上过女人身体,也嘿嘿地笑了,笑了一会,他说:

"你们卖一次血就知道了。"

来顺对来喜说:"我们去卖一次血吧,把钱挣了,还知道从女人身上下来是怎么回事,这一举两得的好事为什么不做?"

他们到了黄店,来喜兄弟把船绑在岸边的木桩上,就跟着许三观上医院去卖血了。走在路上,许三观告诉他们:

"人的血有四种,第一种是O,第二种是AB,第三种是A,第四种是B……"

来喜问他:"这几个字怎么写?"

许三观说:"这都是外国字,我不会写,我只会写第一种O,就是画一个圆圈,我的血就是一个圆圈。"

许三观带着来喜兄弟走在黄店的街上,他们先去找到医院,然后来到河边的石阶上,许三观拿出插在口袋里的碗,把碗给了来喜,对他说:

"卖血以前要多喝水,水喝多了身上的血就淡了,血淡了,你们想想,血是不是就多了?"

来喜点着头接过许三观手里的碗,问许三观:

"要喝多少?"

许三观说:"八碗。"

"八碗?"来喜吓了一跳,他说,"八碗喝下去,还不把肚子撑破了。"

许三观说:"我都能喝八碗,我都快五十了,你们两个人的年龄加起来还不到我的年龄,你们还喝不了八碗?"

来顺对来喜说:"他都能喝八碗,我们还不喝他个九碗十碗的?"

"不行,"许三观说,"最多只能喝八碗,再一多,你们的尿肚子就会破掉,就会和阿方一样……"

他们问:"阿方是谁?"

许三观说:"你们不认识,你们快喝吧,每人喝一碗,轮流着喝……"

来喜蹲下去舀了一碗河水上来,他刚喝下去一口,就用手捂着胸口叫了起来:

"太冷了,冷得我肚子里都在打抖了。"

来顺说:"冬天里的河水肯定很冷,把碗给我,我先喝。"

来顺也是喝了一口后叫了起来:

"不行,不行,太冷了,冷得我受不了。"

许三观这才想起来,还没有给他们吃盐,他从口袋里掏出了盐,递给他们:

"你们先吃盐,先把嘴吃咸了,嘴里一咸,就什么水都能喝了。"来喜兄弟接过去盐吃了起来,吃了一会,来喜说他能喝水了,就舀起一碗河水,他咕咚咕咚连喝了三口,接着冷得在那里哆嗦了,他说:

"嘴里一咸是能多喝水。"

他接着又喝了几口,将碗里的水喝干净后,把碗交给了来顺,自己抱着肩膀坐在一旁打抖。来顺一下子喝了四口,张着嘴叫唤了一阵子冷什么的,才把碗里剩下的水喝了下去。许三观拿过他手里的碗,对他们说:

"还是我先喝吧,你们看着点,看我是怎么喝的。"

来喜兄弟坐在石阶上,看着许三观先把盐倒在手掌上,然后手掌往张开的嘴里一拍,把盐全拍进了嘴里,他的嘴巴一动一动的,嘴里吃咸了,他就舀起一碗水,一口喝了下去,紧接着又舀起一碗水,也是一口喝干净。他连喝了两碗河水以后,放下碗,又把盐倒在手掌上,然后拍进嘴里。就这样,许三观吃一次盐,喝两碗水,中间都没有哆嗦一下,也不去抹掉挂在嘴边的水珠。当他将第八碗水喝下去后,他才伸手去抹了抹嘴,然后双手抱住自己的肩膀,身体猛烈地抖了几下,接着他连着打了几个嗝,打完嗝,他又连着打了三个喷嚏,打完喷嚏,他转过身来对来喜兄弟说:

"我喝足了,你们喝。"

来喜兄弟都只喝了五碗水,他们说:

"不能喝了,再喝肚子里就要结冰了。"

许三观心想一口吃不成个大胖子,他们第一次就能喝下去五碗冰冷的河水已经不错了,他就站起来,带着他们去医院。到了医院,来喜和来顺先是验血,他们兄弟俩也是O型血,和许三观一样,这使许三观很高兴,他说:

"我们三个人都是圆圈血。"

在黄店的医院卖了血以后,许三观把他们带到了一家在河边的饭店,许三观在靠窗的座位坐下,来喜兄弟坐在他的两边,许三观对他们说:

"别的时候可以省钱,这时候就不能省钱了,你们刚刚卖了血,两条腿是不是发软了?"

许三观看到他们在点头:"从女人身上下来时就是这样,两条腿软了,这时候要吃一盘炒猪肝,喝二两黄酒,猪肝是补血,黄酒是活血……"

许三观说话时身体有些哆嗦,来顺对他说:

"你在哆嗦,你从女人身上下来时除了腿软,是不是还要哆嗦?"

许三观嘿嘿笑了几下,他看着来喜说:

"来顺说得也有道理,我哆嗦是连着卖血……"

许三观说着将两个食指叠到一起,做出一个十字,继续说:

"十天来我卖血卖了四次,就像一天里从女人身上下来四次,这时候就不只是腿软了,这时候人会觉得一阵阵发冷……"

许三观看到饭店的伙计正在走过来,就压低声音说:

"你们都把手放到桌子上面来,不要放在桌子下面,像是从来没有进过饭店似的,要装出经常进饭店喝酒的样子,都把头抬起来,胸膛也挺起来,要做出一副神气活现的样子,点菜时手还要敲着桌子,声音要响亮,这样他们就不敢欺负我们,菜的分量就不会少,酒里面也不会掺水,伙计来了,你们就学着我说话。"

伙计来到他们面前,问他们要什么,许三观这时候不哆嗦了,他两只手的手指敲着桌子说:

"一盘炒猪肝,二两黄酒……"

说到这里他的右手拿起来摇了两下,说:

"黄酒给我温一温。"

伙计说一声知道了,又去问来顺要什么,来顺用拳头敲着桌子,把桌子敲得都摇晃起来,来顺响亮地说:

"一盘炒猪肝,二两黄酒……"

下面该说什么,来顺一下子想不起来了,他去看许三观,许三观扭过头去,看着来喜,这时伙计去问来喜了,来喜倒是用手指在敲着桌子,可是他回答时的声音和来顺一样响亮:

"一盘炒猪肝,二两黄酒……"

下面是什么话,他也忘了,伙计就问他们:

"黄酒要不要温一温?"

来喜兄弟都去看许三观,许三观就再次把右手举起来摇了摇,他神气十足地替这兄弟俩回答:

"当然。"

伙计走开后,许三观低声对他们说:

"我没让你们喊叫,我只是要你们声音响亮一些,你们喊什么?这又不是吵架。来顺，你以后要用手指敲桌子，你用拳头敲，桌子都快被你敲坏了。还有，最后那句话千万不能忘，黄酒一定要温一温，说了这句话，别人一听就知道你们是经常进出饭店的，这句话是最重要的。"

他们吃了炒猪肝，喝了黄酒以后，回到了船上，来喜解开缆绳，又用竹篙将船撑离河岸，来顺在船尾摇着橹，将船摇到河的中间，来顺说了声：

"我们要去虎头桥了。"

然后他身体前仰后合地摇起了橹，橹桨发出吱哩吱哩的声响，劈进河水里，又从河水里跃起。许三观坐在船头，坐在来喜的屁股后面，看着来喜手里横着竹篙站着，船来到桥下时，来喜用竹篙撑住桥墩，让船在桥洞里顺利地通过。

这时候已经是下午了，阳光照在身上不再发烫，他们的船摇离黄店时，开始刮风了，风将岸边的芦苇吹得哗啦哗啦响。许三观坐在船头，觉得身上一阵阵地发冷，他双手裹住棉袄，在船头缩成一团。摇橹的来顺就对他说：

"你下到船舱里去吧，你在上面也帮不了我们，你还不如下到船舱里去睡觉。"

来喜也说："你下去吧。"

许三观看到来顺在船尾呼哧呼哧地摇着橹，还不时伸手擦一下脸上的汗水，那样子十分起劲，许三观就对他说：

"你卖了两碗血，力气还这么多，一点都看不出你卖过血了。"

来顺说："刚开始有些腿软，现在我腿一点都不软了，你问问来喜，他腿软不软？"

"早软过啦。"来喜说。

来顺就对来喜说："到了七里堡，我还要去卖掉它两碗血，你卖不卖？"

来喜说："卖，有三十五元钱呢。"

许三观对他们说："你们到底是年轻，我不行了，我老了，我坐在这里浑身发冷，我要下到船舱里去了。"

许三观说着揭开船头的舱盖，钻进了船舱，盖上被子躺在了那里，没有多久，他就睡着了。等他一觉醒来时，天已经黑了，船停靠在了岸边。他从船舱里出来，看到来喜兄弟站在一棵树旁，通过月光，他看到他们两个人正嗨哟嗨哟地叫唤着，他们将一根手臂那么粗的树枝从树上折断下来，折断后他们觉得树枝过长，就把它踩到脚下，再折断它一半，然后拿起粗的那一截，走到船边，来喜将树枝插在地上，握住了，来顺搬来了一块大石头，举起来打下去，打了有五下，将树枝打进了地里，只露出手掌那么长的一截，来喜从船上拉过去缆绳，绑在了树枝上。

他们看到许三观已经站在了船头，就对他说：

"你睡醒了?"

许三观举目四望,四周一片黑暗,只有远处有一些零星的灯火,他问他们:

"这是什么地方?"

来喜说:"不知道是什么地方,还没到虎头桥。"

他们在船头生火做饭,做完饭,他们就借着月光,在冬天的寒风里将热气腾腾的饭吃了下去。许三观吃完饭,觉得身上热起来了,他说:

"我现在暖和了,我的手也热了。"

他们三个人躺到了船舱里,许三观还是睡在中间,盖着他们两个人的被子,他们的身体紧贴着他的身体,三个人挤在一起。来喜兄弟很高兴,白天卖血让他们挣了三十五元钱,他们突然觉得挣钱其实很容易,他们告诉许三观,他们以后不摇船了,以后把田地里的活干完后,不再去摇船挣钱了,摇船太苦太累,要挣钱他们就去卖血。来喜说:

"这卖血真是一件好事,挣了钱不说,还能吃上一盘炒猪肝,喝上黄酒,平日里可不敢上饭店去吃这么好吃的炒猪肝。到了七里堡,我们再去卖血。"

"不能卖了,到了七里堡不能再卖了。"许三观摆摆手。

他说:"我年轻的时候也这样想,我觉得这身上的血就是一棵摇钱树,没钱了,缺钱了,摇一摇,钱就来了。其实不是这样,当初带着我去卖血的有两个人,一个叫阿方,一个叫根龙,如今阿方身体败掉了,根龙卖血卖死了。你们往后不要常去卖血,卖一次要歇上三个月,除非急着要用钱,才能多卖几次,连着去卖血,身体就会败掉。你们要记住我的话,我是过来人……"

许三观两只手伸开去拍拍他们两个人,继续说:

"我这次出来,在林浦卖了一次;隔了三天,我到百里又去卖了一次;隔了四天,我在松林再去卖血时,我就晕倒了,医生说我是休克了,就是我什么都不知道了,医生给我输了七百毫升的血,再加上抢救我的钱,我两次的血都白卖了,到头来我是买血了。在松林,我差一点死掉……"

许三观说到这里叹了一口气,他说:

"我连着卖血是没有办法,我儿子在上海的医院里,病得很重,我要筹足了钱给他送去,要是没钱,医生就会不给我儿子打针吃药。我这么连着卖血,身上的血是越来越淡,不像你们,你们现在身上的血,一碗就能顶我两碗的用途。本来我还想在七里堡,在长宁再卖它两次血,现在我不敢卖了,我要是再卖血,我的命真会卖掉了……

"我卖血挣了有七十元了,七十元给我儿子治病肯定不够,我只有到上海再想别的办法,可是在上海人生地不熟的……"

这时来喜说:"你说我们身上的血比你的浓?我们的血一碗能顶你两碗?我们三个人都是圆圈血,到了七里堡,你就买我们的血,我们卖给你一碗,你不就能卖给医院两碗了吗?"

许三观心想他说得很对,就是……他说:

"我怎么能收你们的血。"

来喜说:"我们的血不卖给你,也要卖给别人……"

来顺接过去说:"卖别人,还不如卖给你,怎么说我们也是朋友了。"

许三观说:"你们还要摇船,你们要给自己留着点力气。"

来顺说:"我卖了血以后,力气一点都没少。"

"这样吧,"来喜说,"我们少卖掉一些力气,我们每人卖给你一碗血。你买了我们两碗血,到了长宁你就能卖出去四碗了。"

听了来喜的话,许三观笑了起来,他说:

"最多只能一次卖两碗。"

然后他说:"为了我儿子,我就买你们一碗血吧,两碗血我也买不起。我买了你们一碗血,到了长宁我就能卖出去两碗,这样我也挣了一碗血的钱。"

许三观话音未落,他们两个鼾声就响了起来,他们的腿又架到了他的身上,他们使他腰酸背疼,使他被压着喘气都费劲,可是他觉得非常暖和,两个年轻人身上热气腾腾。他就这么躺着,风在船舱外呼啸着,将船头的尘土从盖口吹落进来,散在他的脸上和身上。他的目光从盖口望出去,看到天空里有几颗很淡的星星,他看不到月亮,但是他看到了月光,月光使天空显得十分寒冷,他那么看了一会,闭上了眼睛,他听到河水敲打着船舷,就像是在敲打着他的耳朵。过了一会,他也睡着了。

五天以后,他们到了七里堡,七里堡的丝厂不在城里,是在离城三里路的地方,所以他们先去了七里堡的医院。来到了医院门口,来喜兄弟就要进去,许三观说:

"我们先不进去,我们知道医院在这里了,我们先去河边……"

他对来喜说:"来喜,你还没有喝水呢。"

来喜说:"我不能喝水,我把血卖给你,我就不能喝水。"

许三观伸手拍了一下自己的脑袋,他说:

"看到医院,我就想到要喝水,我都没去想你这次是卖给我……"

许三观说到这里停住了,他对来喜说:

"你还是去喝几碗水吧,俗话说亲兄弟明算账,我不能占你的便宜。"

来顺说:"这怎么叫占便宜?"

来喜说:"我不能喝水,换成你,你也不会喝水。"

许三观心想也是,要是换成他,他确实也不会去喝水,他对来喜说:

"我说不过你,我就依你了。"

他们三个人来到医院的供血室,七里堡医院的血头听他们说完话,伸出手指着来喜说:

"你把血卖给我……"

他再去指许三观:"我再把你的血卖给他?"

看到许三观他们都在点头,他嘿嘿笑了,他指着自己的椅子说:

"我在这把椅子上坐了十三年了,到我这里来卖血的人有成千上万,可是卖血的和买血的一起来,我还是第一次遇上……"

来喜说:"说不定你今年要走运了,这样难得的事让你遇上了。"

"是啊,"许三观接着说,"这种事别的医院也没有过,我和来喜不是一个地方的人,我们碰巧遇上了,碰巧他要卖血,我要买血,这么碰巧的事又让你碰巧遇上了,你今年肯定要走运了……"

七里堡的血头听了他们的话,不由点了点头,他说:

"这事确实很难遇上,我遇上了说不定还真是要走运了……"

接着他又摇了摇头:"不过也难说,说不定今年是灾年了,他们都说遇上怪事就是灾年要来了。你们听说过没有?青蛙排着队从大街上走过去,下雨时掉下来虫子,还有母鸡报晓什么的,这些事里面只要遇上一件,这一年肯定是灾年了……"

许三观和来喜兄弟与七里堡的血头说了有一个多小时,那个血头才让来喜去卖血,又让许三观去买了来喜的血。然后,他们三个人从医院里出来,许三观对来喜说:

"来喜,我们陪你去饭店吃一盘炒猪肝,喝二两黄酒。"

来喜摇摇头说:"不去了,才卖了一碗血,舍不得吃炒猪肝,也舍不得喝黄酒。"

许三观说:"来喜,这钱不能省,你卖掉的是血,不是汗珠子,要是汗珠子,喝两碗水下去就补回来了,这血一定要靠炒猪肝才能补回来,你要去吃,听我的话,我是过来人……"

来喜说:"没事的,不就是从女人身上下来吗?要是每次从女人身上下来都要去吃炒猪肝,谁吃得起?"

许三观连连摇头:"这卖血和从女人身上下来还是不一样……"

来顺说:"一样。"

许三观对来顺说:"你知道什么?"

来顺说:"这话是你说的。"

许三观说:"是我说的,我是瞎说……"

来喜说:"我现在身体好着呢,就是腿有点软,像是走了很多路,歇一会,腿就不软了。"

许三观说:"听我的话,你要吃炒猪肝……"

他们说着话,来到了停在河边的船旁,来顺先跳上船,来喜解开了绑在木桩上的缆绳后也跳了上去,来喜站在船头对许三观说:

"我们要把这一船蚕茧送到丝厂去,我们不能再送你了,我们家在通元乡下的八队,你以后要是有事到通元,别忘了来我们家做客,我们算是朋友了。"

许三观站在岸上,看着他们两兄弟将船撑了出去,他对来顺说:

"来顺,你要照顾好来喜,你别看他一点事都没有,其实他身体里虚着呢,你别让他太累,你就自己累一点吧,你别让他摇船,你要是摇不动了,你就把船靠到岸边歇一会,别让来喜和你换手……"

来顺说:"知道啦。"

他们已经将船撑到了河的中间,许三观又对来喜说:

"来喜,你要是不肯吃炒猪肝,你就要好好睡上一觉,俗话说吃不饱饭睡觉来补,睡觉也能补身体……"

来喜兄弟摇着船离去了,很远了他们还在向许三观招手,许三观也向他们招手,直到看不见他们了,他才转过身来,沿着石阶走上去,走到了街上。

这天下午,许三观也离开了七里堡,他坐船去了长宁,在长宁他卖了四百毫升的血以后,他不再坐船了,长宁到上海有汽车,虽然汽车比轮船贵了很多钱,他还是上了汽车,他想快些见到一乐,还有许玉兰,他数着手指算了算,许玉兰送一乐去上海已经有十五天了,不知道一乐的病是不是好多了。他坐上了汽车,汽车一启动,他心里就咚咚地乱跳起来。

许三观早晨离开长宁,到了下午,他来到了上海,他找到给一乐治病的医院时,天快黑了,他来到一乐住的病房,看到里面有六张病床,其中五张床上都有人躺着,只有一张床空着,许三观就问他们:

"许一乐住在哪里?"

他们指着空着的床说:"就在这里。"

许三观当时脑袋里就嗡嗡乱叫起来,他马上想到根龙,根龙死的那天早晨,他跑到医院去,根龙的床空了,他们说根龙死了。许三观心想一乐是不是也已经死了,这么一想,他站在那里就哇哇地哭了起来,他的哭声就像喊叫那样响亮,他的两只手轮流着去抹眼泪,把眼泪往两边甩去,都甩到了别人的病床上。这时候他听到后面有人喊他:

"许三观,许三观你总算来啦……"

听到这个声音,他马上不哭了,他转过身去,看到了许玉兰,许玉兰正扶

着一乐走进来。许三观看到他们后,就破涕为笑了,他说:

"一乐没有死掉,我以为一乐死掉了。"

许玉兰说:"你胡说什么,一乐好多了。"

一乐看上去确实好多了,他都能下地走路了,一乐躺到床上后,对许三观笑了笑,叫了一声:

"爹。"

许三观伸手去摸了摸一乐的肩膀,对一乐说:

"一乐,你好多了,你的脸色也不发灰了,你说话声音也响了,你看上去有精神了,你的肩膀还是这么瘦。一乐,我刚才进来看到你的床空了,我就以为你死了……"

说着许三观的眼泪又流了下来,许玉兰推推他:

"许三观,你怎么又哭了?"

许三观擦了擦眼泪对她说:

"我刚才哭是以为一乐死了,现在哭是看到一乐还活着……"

《许三观卖血记》导读

拓展阅读

拓展阅读

1. 洪治纲:悲悯的力量——论余华的三部长篇小说及其精神走向
2. 吴义勤:告别"虚伪的形式"

青 衣

毕飞宇

一

  乔炳璋参加这次宴会完全是一笔糊涂账。宴会都进行到一半了,他才知道对面坐着的是烟厂的老板。乔炳璋是一个傲慢的人,而烟厂的老板更傲慢,所以他们的眼睛几乎没有好好对视过。后来有人问"乔团长",这些年还上不上台了?炳璋摇了摇头,大伙儿才知道"乔团长"原来就是剧团里著名的老生乔炳璋,80年代初期红过好一阵子的,半导体里头一天到晚都是他的唱腔。大伙儿就向他敬酒,开玩笑说,现在的演员脸蛋比名字出名,名字比嗓子出名,乔团长没赶上。乔团长很好听地笑了笑。这时候对面的胖大个子冲着乔炳璋说话了,说:"你们剧团有个叫筱燕秋的吧?"又高又胖的烟厂老板担心乔炳璋不知道筱燕秋,补充说:"1979年在《奔月》中演过嫦娥的。"乔炳璋放下酒杯,闭上眼睛,缓慢地抬起眼皮,说:"有的。"老板不傲慢了,他把乔炳璋身边的客人哄到自己的座位上去,坐到乔炳璋的身边,右手搭到乔炳璋的肩膀上,说:"都快二十年了,怎么没她的动静?"乔炳璋一脸的矜持,解释说:"这些年戏剧不景气,筱燕秋女士主要从事教学工作。"烟厂老板一听这话直着腰杆子反问说:"什么景气?你说说什么景气?关键是钱。"老板向乔炳璋送出他的大下巴,莫名其妙地颁布了他的命令,说:"让她唱。"乔炳璋的脸上带上了狐疑的颜色,试探性地说:"听老板的意思,老板想为我们搭台啰?"老板的脸上重又傲慢了,他一傲慢脸上就挂上了伟人的神情。老板说:"让她唱。"乔炳璋对小姐招招手,让她给自己换上白酒。炳璋捏着酒杯站起身,说:"老板可是开玩笑?"老板不仅傲慢,还严肃,一严肃就像作报告。老板说:"我们厂没别的,钱还有几个——你可不要以为我们光会赚钱,光会危害人民的身体健康,我们也要建设精神文明。干了。"老板没有起立,乔炳璋却弓着腰站起来了。他用酒杯的沿口往老板酒杯的腰部撞了一下,仰起了脖子。酒到杯干。乔炳璋激动了。人一激动就顾不上自己的低三下四。乔炳璋连声说:"今天撞上菩萨了,撞上菩萨了。"

《奔月》是剧团身上的一块疤。其实《奔月》的剧本早在 1958 年就写成了,是上级领导作为一项政治任务交代给剧团的。他们打算在一年之后把《奔月》送到北京,献给共和国十周岁的生日。可是,公演之前一位将军看了内部演出,显得很不高兴。他说:"江山如此多娇,我们的女青年为什么要往月球上跑?"这句话把剧团领导的眼睛都说绿了,浑身起了鸡皮疙瘩。《奔月》当即下马。

严格地说,后来的《奔月》是被筱燕秋唱红的,当然,《奔月》反过来又照亮了筱燕秋。戏运带动人运,人运带动戏运,戏台本来就是这么回事。不过这已经是 1979 年的事了。1979 年的筱燕秋年方十九,正是剧团上下一致看好的新秀。十九岁的燕秋天生就是一个古典的怨妇,她的运眼、行腔、吐字、归音和甩动的水袖弥漫着一股先天的悲剧性,对着上下五千年怨天尤人,除了青山隐隐,就是此恨悠悠。说起来十五岁那年筱燕秋还在《红灯记》中客串过一次李铁梅的,她高举着红灯站立在李奶奶的身边,没有一点铮铮铁骨,没有一点"打不尽豺狼决不下战场"的霹雳杀气,反倒秋风秋雨愁煞人了。气得团长冲着导演大骂,谁把这个狐狸精弄来了!?

但到了 1979 年,《奔月》第二次上马了。试妆的时候筱燕秋的第一声倒板就赢来了全场肃静。重新回到剧团的老团长远远地打量着筱燕秋,嘟哝说:"这孩子,黄连投进了苦胆胎,命中就有两根青衣的水袖。"

老团长是坐过科班的旧艺人,他的话一言九鼎。十九岁的筱燕秋立马变成 A 档嫦娥。B 档不是别人,正是当红青衣李雪芬。李雪芬在几年前的《杜鹃山》中成功地扮演过女英雄柯湘,称得上红极一时。但是,在 A 档和 B 档这个问题上,李雪芬表现出了一位成功演员的得体与大度。李雪芬在大会上说:"为了剧团的明天,我愿意做好传帮带;我愿意把我的舞台经验无私地传授给筱燕秋同志,做一根合格的接力棒。"筱燕秋眼泪汪汪地和同志们一起鼓了掌。《奔月》被筱燕秋唱红了。剧组在各地巡回演出,《奔月》成了全省戏剧舞台上最轰动的话题。所到之处,老戏迷抚今追昔,青年人则大谈古代的服装。全省的文艺舞台"和其他各条战线一样",迎来了他们的"第二个春天"。《奔月》唱红了,和《奔月》一样蹿红的当然是当代嫦娥筱燕秋。军区著名的将军书法家一看完《奔月》就豪情迸发,他用苍松翠柏般的遒劲魏体改换了叶剑英元帅的伟大诗篇:"攻城不怕坚,攻戏莫畏难,梨园有险阻,苦战能过关。"下面是一行行书落款:"与燕秋小同志共勉"。将军书法家把筱燕秋叫到了家中,他在抚今追昔之后亲自将一条横幅送到了筱燕秋的手上。

谁能料得到"燕秋小同志"会自毁前程呢。事后有老艺人说,《奔月》这出戏其实不该上。一个人有一个人的命,一出戏有一出戏的命。《奔月》阴气过重,即使上,也得配一个铜锤花脸压一压,这样才守得住。后羿怎么说也应当是花脸戏,须生怎么行? 就是到兄弟剧团去借也得借一个。否则剧组怎么会出那么大的乱子,否则筱燕秋怎么会做那样的事?

《奔月》剧组到坦克师慰问演出是一个冰天雪地的日子。这一天李雪芬要求登台。事实上,李雪芬的要求不过分。她毕竟是嫦娥的 B 档。相反,过分的倒是筱燕秋。《奔月》公演以来,筱燕秋就一直霸着毡毯,一场都没有让过。嫦娥的唱腔那么多,戏那么重,筱燕秋总是说自己"年轻","没问题","青衣又不是刀马旦","吃得消的"。其实大伙儿早就看出来了,闷不吭声的筱燕秋心气实在是太旺了,有吃独食的意思。这孩子的名利心开始膨胀了,想着法子横在李雪芬的面前。可是谁也没法说,领导一找她,她漂亮的小脸就成了猪肝。筱燕秋没心没肺,就有猪肝,她是做得出来的。领导们只能反过来给李雪芬做工作,让她"多指点指点年轻人","多扶持扶持年轻人"。可是李雪芬这一次的理由很充分,李雪芬说,她演《杜鹃山》的时候就经常下部队,今天上午还有很多战士冲着她喊"柯湘"呢,她在部队有观众基础,她不上台,"战士们不答应"。

李雪芬在这个晚上征服了坦克师的所有官兵,他们从嫦娥的身上看到了当年柯湘的影子,当年的柯湘头戴八角帽,一双草鞋,一把手枪,威风凛凛的。而今夜的柯湘却穿起了古装。李雪芬嗓音高亢,音质脆亮,激情奔放,这种高亢与奔放经过十多年的巩固与发展,业已构成了李雪芬独特的表演风格,即李派唱腔。基于此,李雪芬在舞台上曾经成功地塑造过一连串的巾帼豪杰,透过李雪芬的一招一式,观众们可以看到女战士慷慨赴死,女民兵英姿飒爽,女知青豪情冲天,女支书须眉不让。李雪芬在这个晚上重点展示了她的高亢嗓音,战士们有组织地给她鼓掌,掌声整齐而又有力,使人想起接受检阅的正步方阵。没有人注意到筱燕秋。其实戏演到一半,筱燕秋已经披着军大衣来到舞台了,一个人站在大幕的内侧,冷冷地注视着舞台上的李雪芬。谁都没有注意到筱燕秋,谁都没有发现筱燕秋的脸色有多难看。厄运在这个时候其实已经降临了,它笼罩着筱燕秋,同时也笼罩着李雪芬。《奔月》演完了。五次谢幕之后,李雪芬来到了后台,脸上洋溢着一股难以掩抑的飞扬神采。李雪芬就是在这个时候和筱燕秋在后台相遇了,面对面。一个热气腾腾,一个寒风飕飕。李雪芬一看见筱燕秋的脸色便主动迎了上去,左手拉着筱燕秋的右手,右手拉着筱燕秋的左手,说:"燕秋,都看了?"筱燕秋说:"看了。"李雪芬说:"还行吧?"筱燕秋却不开口。说话的工夫许多人已经走上来了,围在了她们的四周。李雪芬掀掉肩膀上的军大衣,说:"燕秋,我正想和你商量呢,你看看这样,这样,这句唱腔我们这样处理是不是更深刻一些,哎,这样。"李雪芬这么说着,手指已经跷成了兰花状,一挑眉毛,兀自唱了起来。艺人们都是知道的,同行是冤家,即使是师傅传艺,"宁教一声腔,不教一个字,宁教一个字,不教一口气"。可是李雪芬不。她把李派唱腔的一字一气毫无保留地演示给了筱燕秋。筱燕秋不声不响,只是望着李雪芬。人们站立在李雪芬和筱燕秋的四周,默默地看着剧团里的两代青衣,一个德艺双馨,一个谦虚好学,许多人都看到了这令人感慨的一幕,这令人心宽的一幕。但是筱燕秋的眼神很快就出了问题了,是那种极为不屑的样子。所有的人都看得出,燕秋这孩子的心气实在是太旺了,心里头不谦虚就算了,连目光都不谦虚了。李雪芬却浑然不觉,演示完了,李雪芬对着筱燕秋探讨性地说:"你看,这样,这才是旧社会的劳动妇女,我们这样处理,是不是好多了?"筱燕秋一直瞅着李雪芬,脸上的表情有些说不上来。"挺好,"筱燕秋打断了李雪芬,笑着说,"只不过你今天忘了两样行头。"李雪芬一听这话就把双手捂在了身上,又捂到头上去,慌忙说:"我忘了什么了?"筱燕秋停了好大一会儿,说:"一双草鞋,一把手枪。"大伙儿愣了一下,但随即就和李雪芬一起明白过来了。燕秋这孩子真是过分了,眼里不谦虚就不谦虚吧,怎么说嘴上也不该不谦虚的!筱燕秋微笑着望着李雪芬,看着热气腾腾的李雪芬一点一点地凉下去。李雪芬突然大声说:"你呢?你演的嫦娥算什么?丧门星,狐狸精,整个一花痴!关在月亮里头卖不出去的货!"李雪芬的脚尖一跺一跺的,再一次热气腾腾了。这一回一点一点凉下去的却是筱燕秋。筱燕秋似乎被什么东西击中了,鼻孔里吹的是北风,眼睛里飘的却是雪花。这时候一位剧务端过来一杯开水,打算给李雪芬焐焐手。筱燕秋顺手接过剧务手上的搪瓷杯,"呼"地一下浇在了李雪芬的脸上。

　　后台立即变成了捅开的马蜂窝。筱燕秋愣在原处,看着无序的身影在自己的面前急速穿梭,耳朵里充斥着慌乱的脚步声。脚步声轰隆轰隆的,从后台移向了过道,从过道移向了远处,最后变成了远处汽车的马达声。眨眼的工夫后台就空荡荡的了,而过道更空荡,像通往月亮的路。筱燕秋站立在原处,愣了好大一会儿,沿着寂静的过道拐进了化装间。筱燕秋站在镜子面前,吃惊地盯着镜子里的自己。直到这个时候筱燕秋才弄明白自己到底干了什么。她失神地望着自己的双手,一屁股坐在了化装间的凳子上。

　　保温杯里的水到底有多烫,这个问题已经没有任何意义了。事情的"性质"永远决定着事态的严峻程度。一心扶持筱燕秋的老团长气得晃起了脑袋,他把中指与食指并在一处,对着筱燕秋的鼻尖晃了十来下。老团长说:"你,你,你,你你你你你呀——啊!"老团长急得都不会说话了,就会背戏文,"丧尽天良本不该,名利熏心你毁就毁在妒良才!"

　　"不是这样的。"筱燕秋说。

"又是哪样?"

"不是这样的。"筱燕秋泪汪汪地说。

老团长一拍桌子,说:"又是哪样?"

筱燕秋说:"真的不是这样的。"

筱燕秋离开了舞台。嫦娥的 A 角调到戏校任教去了,而 B 角则躺在医院不出来。《奔月》第二次熄火。"初放蕊即遭霜雪摧,二度梅却被冰雹擂。"《奔月》没那个命。

二

谁能想到《奔月》会遇上菩萨呢。

启动资金终于到账了。这些日子炳璋一直心事重重。他在等。没有烟厂的启动资金,《奔月》只能是水中月。其实炳璋只等了十一天,可是炳璋就好像熬过了一个漫长的岁月。等钱的日子里炳璋发现,钱不只是数量,还是时光的长度。这年头钱这东西越来越古怪了。

但是,炳璋没有料到反对筱燕秋重新登台的力量如此巨大,预备会在筱燕秋能不能登台这个问题上僵持住了。炳璋把玩着手上的圆珠笔,一直在听。后来他把手上的圆珠笔丢到会议桌的桌面上,上身靠在椅背了。炳璋笑了笑,说:"你们还是让步吧,人家可是点了筱燕秋的名的。这年头给钱让步,不丢脸。"会议室里一片沉默。人们不说话。不说话虽说还是反对,但通融的余地肯定就大了。幸亏李雪芬离开剧团开饭店去了,要不然,李派唱腔的高亢嗓音炳璋现在可是招架不住的。大伙儿继续沉默,不说是,也不说否。但无声有时就是默许。炳璋因势利导,很含糊地说:"我看就这样了吧。"

然而,谁担纲 B 档,问题又来了。对一个演员来说,给当红演员做 B 档,本来就是一个寒碜人的角色,更何况又是筱燕秋的 B 档呢。还是老高出了一个好主意,B 档让筱燕秋自己在学生里头挑。筱燕秋忌妒心再重,再名欲熏心、利欲熏心,总不能和自己的弟子争风。大家都说好。可是老高接下来的一句话让炳璋心里不踏实了。老高说:"我看你们都白说,二十年过去了,筱燕秋也四十岁的人了,她的嗓子还能不能扛得住?我看悬。"这句话让炳璋觉得自己真的疏忽了,怎么就没有想到这个?毕竟是二十年哪。二十年,什么样的好钢不给你锈成渣?炳璋偷偷地叹了一口气。会议开来开去,在筱燕秋一个人的身上就纠缠了将近两个小时。这哪里是筹备?简直是回顾历史。没钱的时候想钱,钱来了却不知道怎么花。钱这东西不只是时光的长度,还有历史的脸色。钱这东西现在实在是太古怪了。

炳璋想听筱燕秋溜溜嗓子,这是必须的。要不然,烟厂的钱再多,还不如拿来卷鞭炮去放响呢。筱燕秋依照约定的时间来到会议室,刚一落座,炳璋发现自己又冒失了。很空的会议室里头只有他们两个,炳璋坐在这头,筱燕秋坐在那头,中间隔了一张长长的椭圆桌,有些公事公办的意味。筱燕秋胖了,人却冷得很,像一台空调,凉飕飕地只会放冷气。炳璋打算先和筱燕秋谈一谈《奔月》的,可《奔月》是筱燕秋永远的痛,炳璋越发不知道从哪儿开口了。

炳璋有几分惧怕筱燕秋。要是细说起来,炳璋比筱燕秋还大出一个辈分,不过筱燕秋的脾气戏校里头可是有名的。这个女人平时软绵绵的,一举一动都有些逆来顺受的意思,有点像水。但是,你要是一不小心冒犯了她,眨眼的工夫她就有可能结成了冰,寒光闪闪的,用一种愚蠢而又突发性的行为冲着你玉碎。所以戏校食堂里的师傅们都说,"吃油要吃色拉油,说话别找筱燕秋"。炳璋不知道怎么和筱燕秋挑开话题,就开始和筱燕秋绕。一会儿聊她的生活,一会儿聊她的教学、学生,还扯到了天气。有些前言不搭后语。东扯西拽了几分钟,筱燕秋闷头闷脑地说:"你到底想和我说什么?"炳璋被堵住了,心里头一急,脱口说:"你亮个相吧。"筱燕秋望着炳璋,把两只胳膊放到桌面上来,抱成了一个半圆,却又看不出任何风吹草动。筱燕秋毫无表情地望着炳璋,突然说:"想听什么?是西皮《飞天》还是二黄《广寒宫》?"《飞天》和《广寒宫》是《奔月》里著名的唱腔选段,筱燕秋因为《奔月》倒了二十年的霉,这刻儿主动把话题扯到《奔月》上去,无疑就有了一种挑衅的意思,有了一种子弹上膛的意思。炳璋本能地直了直上身,等着筱燕秋的唇枪舌剑。不过炳璋手里有牌,倒也没有过分担心。炳璋说:"那就来一段二黄。"筱燕秋站起身,离开座椅,拽了拽上衣的前下摆,又拽了拽上衣的后下摆,把目光放到窗户的外面去,凝神片刻,开始运手,运眼,咿咿呀呀地居然进了戏。她的嗓音还是那样地根深叶茂。炳璋还没有来得及诧异,一阵惊喜已经袭上了心头。一个贪婪而又充满悔恨的嫦娥已经站立在他的面前了。炳璋闭上眼睛,把右手插进裤子的口袋,跷起了四只手指头,慢慢地敲了起来,一个板,三个眼,再一个板,再三个眼。

筱燕秋一口气唱了十五分钟。炳璋睁开眼,眯起来,仔细详尽地打量起面前的这个女人。这段二黄慢板转原板转流水转高腔有极为复杂的表现难度,音域又那么宽,一个离开戏台二十年的演员能把它一口气完成下来,答案只有一个,她一直没有丢。炳璋歪在椅子里头,没有动。但是,他在暗中欷歔感叹了一回。二十年,二十年哪。炳璋有些百感交集,对筱燕秋说:"你怎么一直坚持下来了?"

"坚持什么?"筱燕秋说,"我还能坚持什么。"

炳璋说:"二十年,不容易。"

"我没有坚持,"筱燕秋听懂炳璋的话了,仰起脸说,"我就是嫦娥。"

筱燕秋从炳璋的办公室里出来,人却恍惚了。这是十月里的一个日子,一个有风有阳光的日子,像春天。阳光有些明媚,有些荡漾,但是恍惚,像梦寐,萦绕在筱燕秋的周遭。筱燕秋踩着自己的身影,就这么在马路上游走。后来筱燕秋停下了脚步,迷迷糊糊朝四下打量。筱燕秋低下头,失神地看着自己的身影。现在正是午后,筱燕秋的影子很短,胖胖的,像一个侏儒。筱燕秋注视着自己的身影,夸张变形的身影臃肿得不成样子。仿佛泼在地上的一摊水。筱燕秋往前走了几大步,地上的身影像一只巨大的蛤蟆那样也往前爬了几大步。筱燕秋突然凝神了,确信了这样一个事实:地上的身影才是自己,而自己的身体只是影子的附属物。人就是这样,都是在某一个孤独的刹那突然发现并认清了自己的。筱燕秋的眼神再一次茫然了,伤心与绝望成了十月的风,从一个不确切的地方吹来,又飘到一个不确切的地方去了。

筱燕秋突然决定减肥,立即就减。

在命运出现转机的时候,女人们习惯于以减肥开启她们的崭新人生。筱燕秋叫了一辆红夏利,直奔人民医院而去。人民医院是筱燕秋的伤心之地。这么多年了,即使在肾脏闹得最厉害的日子,筱燕秋也没到这家医院就诊过一次。她的命运其实就是在人民医院彻底改变的,或者说,她的内心就是在人民医院彻底被击垮的。李雪芬住院的第二天,筱燕秋就被老团长逼到人民医院来了。李雪芬躺在医院里发过话了,只有筱燕秋自我批评的"态度"让她满意,她才可以考虑"是不是放她一马"。老团长一心想保筱燕秋,这一点全团上下都是知道的。老团长亲手给筱燕秋写了一份检查,让她到医院里念。事态是明摆着的,筱燕秋必须在李雪芬的面前走好这个场,剩下来的话才能往下说。筱燕秋看完检查书,合起来,急了。她一急就更加愚蠢。筱燕秋拼命地辩解说:

"我没有嫉妒她,我不是故意想毁了她。"老团长盯着筱燕秋,到了这样的光景这孩子的心气还这么旺,老团长的眼睛都气红了,就想抽她一耳光,怔了好半天又下不了手。老团长甩开了胳膊,大声说:"大牢我待过七年,我可不想到那地方去看你!"筱燕秋望着老团长的身影,她从老团长的背影里头看清了自己潜在的厄运。

筱燕秋还是到人民医院去了。李雪芬躺在床上,脸上蒙着一块很大的白纱布。团里的领导都在,《奔月》的主创也在,高高矮矮站了一屋子。筱燕秋把两手叉在小肚子前面,走到李雪芬的床前,耷拉着两只眼皮。她看着自己敛脚尖,开始骂。她把自己的祖宗八代里里外外都骂了一遍,骂成了一摊屎。骂完了,病房里静悄悄的,没有一个人说话,只有李雪芬在纱布的后面干咳了一声。气氛顿时压抑了。没有人好说什么。李雪芬到现在都没有把筱燕秋告到公安局去,已经算对得起她了。筱燕秋承受不了这样的压抑,泪汪汪地四处找人。老团长站在门框的旁边,对她瞪起了眼睛。筱燕秋没有退路了,她慢腾腾地从口袋里掏出检查书,一层一层地打开来,开始念。筱燕秋像油印打字机那样,一个字一个字地往外蹦。念完了,所有的人都松了一口气。检查书的内容最终肯定了检查者的"态度"。李雪芬把脸上的纱布掀开来,她的脸上紫红了一大块,涂着一层油亮亮的膏。李雪芬接过检查书,拉起筱燕秋的手,笑着说:"燕秋,你还年轻,心胸要宽,可不能再这样了。"筱燕秋看到了李雪芬的笑。还没看清,李雪芬却又把脸盖上了。筱燕秋感到李雪芬的笑容才是一杯水,并不烫,浇在了筱燕秋的心坎上。"嗞"地一下,筱燕秋如焰的心气就彻底熄灭了。

筱燕秋走出病房的时候满天都是大太阳。她走到楼梯口,站在扶手的旁边停下了脚步,转过头来。她看到了老团长如释重负的叹息。老团长对她点了点头。筱燕秋就那么望着老团长,突然也笑了一下,可是没能收住。她笑出了声来,一阵一阵的,两个肩头一耸一耸的,像戏台上须生或者花脸才有的狂笑。许多人都听到了筱燕秋出格的动静,他们从病房里探出脑袋,一起望着筱燕秋。筱燕秋就知道傻笑,膝盖一软,顺着楼梯的沿口一头栽了下去,从四楼一直滚到了三楼半。大伙儿跟下来,筱燕秋趴在水磨石地板上,听见老团长不停地对众人说:

"态度还是好的,态度还是深刻的。"

都二十年了。筱燕秋挂的是内分泌科,开过药,筱燕秋特地绕到了后院。二十年了,筱燕秋远远地看见了那座病房楼。一些人在那里进进出出。楼已经不是老样子了,墙面贴上了马赛克,但是屋顶、窗户和过廊一如过去,这一来又似乎还是老样子。筱燕秋立在那里,发现生活并不像常人所说的那样,在伸向未来,而是直指过去。至少,在框架结构上是这样的。

筱燕秋比平时到家晚了近一个小时,女儿已经趴在餐桌上做作业了。筱燕秋打开门,丈夫正歪在沙发里头看电视,电视只有画面,没有声音。筱燕秋提着人民医院的药袋,懒懒地倚在了门框上,疲惫地看着自己的丈夫。丈夫从筱燕秋的神情里头感到了某些异样,连忙走上来。筱燕秋把药袋递到丈夫的手上,一径往卧室去,进了卧室就把卧室的门反锁上了。丈夫把目光从筱燕秋的身上移到药袋里面,疑疑惑惑地掏出药盒子,反过来复过去地看。药盒子上全是外文,一副看不到底又望不到边的样子,这一来事态就进一步严峻了。丈夫从药盒子上预感到了大难,匆忙跟进卧室。刚一进门筱燕秋便扑在了他的身上,胳膊箍住他的脖子,用力往里收。她的腹部贴在他的腹部,一吸一吸的。他感到了她的努力。她用力忍着,一种强烈而又迅猛的伤恸。丈夫手里的药袋掉在了地上,大祸真的临头了。丈夫的身体向后退了一步,"咚"的一声,卧室的门重又关死了。丈夫就那么拥着自己的妻子,毁灭性的念头在脑袋里窜来窜去。筱燕秋终于开口了,她哭着说:"面瓜,我又上台了。"面瓜似乎没听清,拨过筱燕秋的脑袋,用那种侥幸的和将信将疑的目光再一次打量妻子。筱燕秋说:"我又能上台了。"面瓜一把把筱燕秋推开了,惊魂未定,脱口说:"至于吗,你!弄成这样!"筱燕秋有些不好意思,瞥了一眼面瓜,笑了笑,却不停地掉泪,自语说:"我就是难过。"面瓜打开门,准备给妻子热晚饭,女儿却怯生生地堵在房门口。面瓜逃出了假想中的劫难,骨头都轻了,故意拉下脸来,粗声恶气地说:"做作业去!"

筱燕秋把面瓜拉住了,对女儿招了招手,示意女儿过来。她让女儿坐到自己的身边,端详起自己的女儿。女儿一点都不像自己,骨骼大得要命,方方正正的,全像她老子。但是筱燕秋今天晚上觉得自己的女儿特别地耐看,细细地推敲起来还是像自己,只是放大了一号。面瓜又要上厨房,筱燕秋说:"你不要做,我要减肥。"面瓜站在卧室的门口,不解地说:"你肥什么?我什么时候说你肥了。"筱燕秋把巴掌放到女儿的头顶上去,说:"你不嫌我肥,观众可不承认嫦娥是个胖婆娘。"

幸运的夫妻最急着要做的事情就是命令孩子上床。等孩子入睡了,他们好回到自己的床上,开始他们的庆典。幸福的夜晚都是宁静似水的,但又是轰轰烈烈的。这个夜晚实在让面瓜喜出望外,他上上下下地忙,里里外外地忙,进进出出地忙。都不知道怎么好了。

面瓜是一个交通警察,从部队上下来的,五大三粗,就是不活络。说起婚姻,面瓜最大的愿望也就是娶上一位国有企业的正式女工。面瓜做梦也没有想到著名的美人嫦娥会成为自己的老婆。真的像一个梦。

面瓜的婚姻算得上一桩老式婚姻,没有一丝一毫的新鲜花样。先是由介绍人在公园的一棵柳树下面介绍他们认识了。接下来便是"谈"。"谈"了一些日子,便匆匆步入了洞房。

这时的筱燕秋绝对是一个冰美人。她在公园鹅卵石的路面上不像一个行人,而更像一个梦游者,一具失魂的走尸。不过女人的落魄不仅没有妨碍女人的美丽,反而让她们炫目起来了。对于年轻而又漂亮的女人来说,落魄会赋予她们额外的魅力,在体貌的姣好之外,附带上一种气息的美——那种让人怦然心动的、招人怜爱的异质。面瓜一见到筱燕秋两只手就凉了,心口也凉了。筱燕秋一身寒气,凛凛的,像一块冰,要不像一块玻璃。面瓜顿时就自惭形秽了。面瓜甚至在暗中抱怨起介绍人来了,再怎么说他面瓜也配不上这样亮晶晶的美人的。面瓜小心翼翼地陪着筱燕秋沿着鹅卵石的路面往前走,筱燕秋不说话,面瓜就更不敢说了。最初的那些日子面瓜不是"谈"恋爱,简直是受罪。然而,这份罪受起来又有一份说不出来头的甜蜜。

筱燕秋还是那么凛凛的,魂不守舍的,瞳孔里虚散着目光的。面瓜起初以为筱燕秋看不上他,可是又不像。只要面瓜约她,筱燕秋总是会病歪歪地准时到达的。面瓜一点都不知道筱燕秋现在的心思,筱燕秋中了邪了,她铁定了心思一心要把自己嫁出去,越快越好。但是筱燕秋却又不好好"谈"。她不说话,就知道和面瓜一起走。面瓜在筱燕秋的面前自卑得要了命,一点想象力都没有了。他反反复复地把筱燕秋约到公园的那条鹅卵石路上去——既然他们是在那儿认识的,他们的"恋爱"就只能和必须在那儿"谈"了。筱燕秋从来不问心思以外的事,她只是面瓜的影子。面瓜怎么走她怎么走,面瓜往哪儿走她往哪儿走。其实面瓜也不知道往哪儿走,但是第一次既然那么走了,第二次当然也那样走。以此类推。他们每一次都走相同的路,以同样的方向向同样的地方走去,在同一个地方拐弯,在同一个地方休息,走完了,在同一个地方分手。然后,面瓜说同样的话,约好下一次见面的时间。局面的改变起源于一次意外。那一天筱燕秋的脚意外地在鹅卵石的路面上崴了一下,忽悠一下倒在了地上。在此以前筱燕秋一直斜着头,看着天上的月亮。她的鞋跟一定踩到了鹅卵石路上的罅隙,脚踝迅速地朝外一撇,说倒就倒下去了。面瓜的脸色吓得比月光还要白。面瓜天生的慢性子,是那种火上了头顶也能够不紧不慢地迈动四方步的男人。面瓜乱了。面瓜在手忙脚乱的时候越发不知所措。他慌慌张张地把筱燕秋送进医院,慌慌张张地把筱燕秋送到了家中。筱燕秋的脚踝肿起来了,青紫了一大块,肘部也蹭掉了一块皮。

筱燕秋对自己的受伤一点都没有在意。受伤的似乎是别人,她只不过是一个旁观者,偶然看见的罢了。她那种事不关己的样子使你相信,即使有人把她的脑袋砍下来,放在了桌面上,她也能镇定自若的,不慌不忙地眨巴她的眼睛。

疼的是面瓜。面瓜在疼。面瓜望着筱燕秋的脚脖子,不敢看筱燕秋的眼睛。后来他到底偷看了一眼筱燕秋,目光立即又避开了。面瓜说:"还疼么?"面瓜的声音很小,但是筱燕秋听见了。筱燕秋不是一块玻璃,而是一块冰。只是一冰块。此时此刻,她可以在冰天雪地之中纹丝不动,然而,最承受不得的恰恰是温暖。即使是巴掌里的那么一丁点余温也足以使她全线崩溃、彻底消融。面瓜木头木脑的,痛心地说:"我们还是别谈了吧,我把你摔成这种样子。"筱燕秋冷冷地望着面瓜,面瓜木头木脑的,扯不上边地胡乱自责。可胡乱的自责不是怜香惜玉又是什么?筱燕秋的心潮突然就是一阵起伏,汹涌起来了,所有的伤心一起汪了开来。坚硬的冰块一点一点地、却又是迅猛无比地崩溃了、融化了。收都来不及收。不能自已。不可挽回。她一把拉住面瓜的手,她想叫面瓜的名字,但是没有能够,筱燕秋已经失声痛哭了。她拼了命地哭,声音那么大,那么响,全然不顾了脸面。面瓜吓得想逃,没能逃掉。筱燕秋死死地拽住了面瓜,面瓜没有能够逃掉。

筱燕秋和面瓜都没有意识到这一次大哭对他们来说意味着什么。在某种时候,女人为谁而哭,她就为谁而生。

戏校的筱燕秋老师匆匆忙忙把自己嫁了出去。筱燕秋置身于大海,面瓜是她唯一的独木舟。在筱燕秋看来,这桩婚姻过了此村就再无此店了。面瓜是令人满意的,是那种典型的过日子的男人,顾家、安稳、体贴、耐劳,还有那么一点自私。筱燕秋还图什么?不就是一个过日子的男人么?面瓜唯一的缺点就是床上贪了些,有点像贪食的孩子,不吃到弯不下腰是不肯离开餐桌的。不过这又算什么缺点呢?筱燕秋只是有点弄不明白,床上就那么一点事,每次也就是那么几个动作,又有什么意思?面瓜哪里来的那么大兴致,每一次都像吃苦,把自己累成那样。但是面瓜是疼老婆的,他在一次房事过后这样肉麻地对老婆说:"只要没有女儿,你就是我的女儿。"面瓜的这句呆话让筱燕秋足足想了一个多星期。床上的事筱燕秋不太喜欢做,想起来有时候反而倒是蛮好的。

这个晚上是筱燕秋命令女儿上床的。面瓜从妻子垂挂着的睫毛上猜到了这个晚上精彩的压轴戏。结婚这么多年了,每一次做爱都是面瓜巴结着筱燕秋,都是面瓜死皮赖脸的,今天的光景还是头一次。筱燕秋在女儿的床边轻声喊了一声女儿,女儿那边没有了动静。面瓜站在客厅里头就高兴,又是转圈,又是搓手。后来筱燕秋回到了自己的卧室,默默地脱光了,钻进了被窝。再后来筱燕秋从被窝里伸出了一只胳膊,五根手指挂在那儿。筱燕秋对面瓜说:"面瓜,来。"

这个晚上的筱燕秋近乎浪荡。她积极而又努力,甚至还有点奉承。她像盛夏狂风中的芭蕉,舒张开来了,铺展开来了,恣意地翻卷、颠簸。筱燕秋不停地说话,好些话说得都过分了,又不敢大声,一字一句都通了电。她急促地换气,紧贴着面瓜的耳边,痛苦地请求:"要喊,面瓜。我想喊,面瓜。"筱燕秋像换了一个人,陌生了。这是好日子真正开始的征候。面瓜心花怒放,心旌摇荡,忘乎所以。面瓜疯了,而筱燕秋更疯。

三

炳璋算过一笔账,决定从启动资金里拿出一部分来请烟厂老板一次客。要想把这顿饭吃得像个样,费用虽说不会低,这笔费用也许还能从烟厂那边补回来的。现在,关键中的关键是必须让老板开心。他开心了,剧团才能开心。过去的工作重点是把领导哄高兴了,如今呢,光有这一条就不够了。作为一个剧团的当家人,一手挠领导的痒,一手挠老板的痒,这才称得上两手都要抓。把老板请来,再把头头脑脑的请来,顺便叫几个记者,事情就有个开头的样子了。人多了也好,热闹。只要有一盆好底料,七荤八素全可以往火锅里倒。革命不是请客吃饭,对的。炳璋不想革命,就想办事。办事还真的是请客吃饭。

烟厂的老板成了这次宴请的中心。这样的人天生就是中心。炳璋整个晚上都赔着笑,有几次实在是笑累了,炳璋特意到卫生间里头歇了一会儿。他用巴掌把自己的颧骨那一块揉了又揉,免得太僵硬,弄得跟假笑似的。卖东西要打假,笑容和表情同样要打假。这可不是闹着玩的。

炳璋原以为启动资金到账之后他能够轻松一点的,相反,炳璋更紧张、更焦虑了。这么多年了,剧团没法上戏,一直干耗着,说过来居然也过来了。剧团不是美术家协会,不是作家协会,那些协会里的人老了,一个人待在家里,写几块招牌,画几枝蜡梅、几串葡萄,再不就到晚报上骂骂人,跷胳膊抬腿都有银子跟着来。一句话,那些人都是越老越值钱的。剧团不一样,再好的演员一个人待在家里也唱不来一台戏。当然了,为住房和职称找领导除外,在住房和职称面前,出色的演员一个人就能将生旦净末丑全部反串一遍。演戏这个行当说到底又与别的不同,不论是说唱念打还是吹拉弹奏,扛的是"艺术家"这块招牌,做的终究是体力活儿,吃的还是身体这碗饭,一到岁数身子骨就破了。他们的破身子骨全是沙漠,一盆水浇下去,不要说看不见水漂,就连"嗞"的一声都没有。他们挣不来一分钱,耗起银子来却是老将出马,一个顶俩。炳璋就愁钱。炳璋感到自己不只是一个剧团的团长,都快成商人了,就等着资本全部到位。炳璋想起了当年在学习班上听来的一句话,是一位领袖的著名格言:资本来到世上,从头到脚都滴着血和肮脏的东西。这话对。资本就是流淌的血,肮脏不肮脏事后再说。剧团等着这滴血,靠着这滴血,生产、生产、再生产、扩大再生产。急命呢。炳璋就等着《奔月》上马,越快越好。夜长了难免梦多。钱哪,钱哪。

宴会在老板和筱燕秋认识的那一刻达到高潮,这就是说,晚宴从头到尾都是高潮。宴会尚未开始,炳璋便把筱燕秋十分隆重地领了出来,十分隆重地叫到了老板的面前。这次见面对老板来说只是一次交际,也可以说,是一次娱乐活动。然而,它是筱燕秋一生中的一件大事。筱燕秋的后半生如何,完全取决于这次见面。筱燕秋得到宴会通知的时候不仅没有开心,相反,她的心中涌上了无边的惶恐,立即想起了前辈青衣、李雪芬的老师柳若冰。柳若冰是 50 年代戏剧舞台中最著名的美人,"文革"开始之后第一个倒霉的名角。她去世之前的一段往事曾经在剧团里头广为流传,那是 1971 年的事了,一位已经做到副军长的戏迷终于打听到当年偶像的下落了,副军长的警卫战士钻到了戏台的木地板下面,拖出了柳若冰。柳若冰丑得像一个妖怪,裤管上沾满了干结的大便和月经的紫斑。副军长远远地看着柳若冰,只看了一眼,副军长就爬上他的军用吉普车了。副军长上车之前留下了一句千古名言:"不能为了睡名气而弄脏了自己。"筱燕秋捏着炳璋的请柬,毫无道理地想起了柳若冰。她坐在美容院的大镜子面前,用她半个月的工资精心地装潢她自己。美容师的手指非常柔和,但她感到了疼。筱燕秋觉得自己不是在美容,而是在对着自己用刑。男人喜欢和男人斗,女人呢,一生要做的事情就是和自己作斗争。

老板在筱燕秋的面前没有傲慢,相反,还有些谦恭。他喊筱燕秋"老师",用巴掌再三再四地请筱燕秋老师坐上座。老板并不把文化局的头头们放在眼里,但是,他尊重艺术,尊重艺术家。筱燕秋几乎是被劫持到上座上来的。她的左首是局长,右首是老板,对面又坐着自己的团长,都是决定自己命运的大人物,不可避免地有点局促。筱燕秋正减着肥,吃得少,看上去就有点像怯场了,一点都没有二十年前头牌青衣的举止与做派。好在老板并没有要她说什么。老板一个人说。他打着手势,沉着而又热烈地回顾过去。他说自己一直是筱燕秋老师的崇拜者,二十年前就是筱燕秋老师的追星族了。筱燕秋很礼貌地微笑着,不停地用小拇指捋耳后的头发,以示谦虚和不敢当。但是老板回忆起《奔月》巡回演出的许多场次来了。老板说,那时候他还在乡下,年轻,无聊,没事干,一天到晚跟在《奔月》的剧组后面,在全省各地四处转悠。他还回忆起了一则花絮,筱燕秋那一回感冒了,演到第三场的时候居然在舞台上连着咳嗽了两声——台下没有喝倒彩,而是响起了雷鸣般的掌声。老板说到这儿的时候酒席上安静了。老板侧过头,看着筱燕秋,总结说:"那里头就有我的掌声。"酒席上笑了,同时响起了掌声。老板拍了几下巴掌。这掌声是愉快的,鼓舞人心的,还是继往开来的,相见恨晚和同喜同乐的。大伙儿一起干了杯。

老板还在聊。语气是推心置腹的,谈家常的。他聊起了国际态势,WTO、科索沃、车臣、香港、澳门、改革与开放,前途还有坎坷;聊起了戏曲的市场化与产业化;聊起了戏曲与老百姓的喜闻乐见。他聊得很好。在座的人都在严肃地咀嚼,点头。就好像这些问题一直缠绕在他们的心坎上,是他们的衣食住行,油盐酱醋;就好像他们为这些问题曾经伤神再三,就是百思不得其解。现在好了,水落石出、大路通天了。答案终于有了,豁然开朗了,找到出路了。大伙儿又干了杯,为人类、国家以及戏剧的未来一起松了一口气。

炳璋一直望着老板。自从认识老板以来,他对老板一直都心存感激,但在骨子里头,炳璋瞧不起这个人。现在不同。炳璋对老板刮目相看了。老板不仅仅是一个成功的企业家,他还是一个成熟的思想家兼政治家。如果爆发战争,他也许就是一个出色的战略家和军事指挥家。一句话,他是伟人。炳璋有些激动,没头没脑地说:"下次人代会改选市长,我投厂长一票!"老板没有接他的话茬儿,点烟,做了一个意义不明的手势,把话题重新转移到筱燕秋的身上来了。

话题到了筱燕秋的身上,老板更机敏了,更睿智也更有趣了。老板的年纪其实和筱燕秋差不多,然而,他更像一个长者。他的关心、崇敬、亲切都充满了长者的意味,然而又是充满活力的、男人式的、世俗化的、把自己放在民间与平民立场上的,因而也就更亲切、更平等了。这种平等使筱燕秋如沐春风,人也自信、舒展了。筱燕秋对自己开始有了几分把握,开始和老板说一些闲话。几句话下来老板的额头都亮了,眼睛也有了光芒。他看着筱燕秋,说话的语速明显有些快,一边说话一边接受别人的敬酒。从酒席开始到现在,他一杯又一杯的,来者不拒,酒到杯干,差不多已经是一斤五粮液下了肚。老板现在只和筱燕秋一个人说,旁若无人。酒到了这个份儿上炳璋不可能没有一点担忧,许多成功的宴席就是坏在最后的两三杯上,就是坏在漂亮女人的一两句话上。炳璋开始担心,害怕老板过了量。成功体面的男人在女演员的面前被酒弄得不可收拾,这样的场面炳璋见得实在是太多了。炳璋就害怕老板冒出什么唐突的话来,更害怕老板做出什么唐突的举动。他非常担心,许多伟人都是在事态的后期犯了错误,而这样的错误损害的恰恰正是伟人自己。炳璋害怕老板不能善终,开始看表。老板视而不见,却掏出香烟,递到了筱燕秋的面前。这个举动轻薄了。炳璋看在眼里,咽了一口,知道老板喝多了,有些把持不住。炳璋看着面前的酒杯,紧张地思忖着如何收好今晚这个场,如何让老板尽兴而归,同时又能让筱燕秋脱开这个身。许多人都看出了炳璋的心思,连筱燕秋都看出来了。筱燕秋对老板笑笑,说:"我不能吸烟的。"老板点点头,自己燃上了,说:"可惜了。你不肯给我到月亮上做广告。"大伙儿愣了一下,接下来就是一阵哄笑。这话其实并不好笑,但是,伟人的废话有时候就等于幽默。

哄笑之中老板却起身了,说:"今天我很高兴。"这句话是带有总结性的。老板朝远处招招手,叫过司机,说:"不早了,你送筱燕秋老师回家。"炳璋吃惊地看了一眼老板,炳璋担心他会在筱燕秋面前纠缠的,但是没有,老板举止恰当,言谈自如,一副与酒无关的样子,就好像一斤五粮液不是被他喝到肚子里去了,而是放在裤子的口袋里面。老板实在是酒席上的大师,酒量过人,见好就收。整个晚宴凤头、猪肚、豹尾,称得上一台好戏。倒是筱燕秋有些始料不及,没想到这么快就结束了。筱燕秋一时不知道说什么,慌忙说:"我有自行车。"老板说:"哪有大艺术家骑自行车的。"老板一边坚持着"请"的手势,一边关照司机回头来接他。筱燕秋瞥了老板一眼,只好跟着司机往门口去。她在走向门口的时候知道许多眼睛都在看她,便把所有的注意力全部集中在走路的姿势上,感觉有些别扭,甚至都不会走路了。好在没有人看出这一点。人们望着筱燕秋的背影,她的背影给人以身价百倍的印象。这个女人的人气说旺就旺了。

老板转过身来,和局长闲聊,请局长得空的时候到他们厂去转转。炳璋插进来,抢过话茬儿,说:"老板好酒量,好酒量!"他一口气把这句话重复了四五遍。炳璋自己也弄不懂为什么逮着老板的酒量不要命地死奉承,听上去好像心里有什么疙瘩,受了什么惊吓似的。老板莞尔而笑,笑而不答,掐烟的工夫又一次把话题岔开了。

四

老话是对的,好运气想找你,就算你关上大门它也会侧着身子从门缝里钻进来。这年头好运气并不玄乎,说白了,就是钱。只有钱才能够侧着身子从门缝里钻来钻去的。烟厂的老板算什么?这年头大街上的老板比春天的燕子多,比秋天的蚂蚱多,比夏天的蚊子多,比冬天的雪花多。然而,烟厂的老板有钱,又不是他自己的,这就齐了。可是,剧团和戏校里的人们真正羡慕的倒不是筱燕秋,而是春来。春来这个小丫头这一回真的是撞上大运了。

春来十一岁走进戏校,从二年级到七年级一直跟在筱燕秋的身后,知道筱燕秋的人都知道,春来不仅仅只是筱燕秋的学生,简直就是筱燕秋的宝贝女儿。春来最初学的并不是青衣,而是花旦,是筱燕秋厚着脸皮硬把她拽到自己的身边的。青衣与花旦其实是两个完全不同的行当,只不过现在喜欢看戏的人少了,许多人都习惯于把戏台上的年轻女性统统称为"花旦"。这种混淆局面的形成固然是后来的戏迷们功夫不到,但是,要是真的细究起来,这笔账还要记到著名大师梅兰芳的头上。梅老板博大精深,他在长期的舞台实践中把青衣与花旦的唱腔与表演程式杂糅在了一起,创建了一种有别于青衣同时又有别于花旦的新行当,也就是"花衫"。"花衫"行当的出现体现了梅老板的求新与创造的精神,也给后来的人们带来了不必要的麻烦,人们对青衣与花旦的区分也就再也不那么顶真,不那么严格了。比如说,当初所谓的"四大名旦",这个统称其实就十分马虎,贴切的说法应当是"两大名旦,两大青衣"。好在所有的剧种都一起没落了,分不清青衣花旦也不算什么芝麻大的事。可是,话还得反过来说,对于学戏和演戏的人来说,这可是一点含混不得的,青衣就是青衣,花旦就是花旦。它们的唱腔、道白、行头、台步、表演程式隔着九九艳阳天,真的是花开两朵,各表一枝的,永远弄不到一起去。

春来想学花旦有她的理由。就说道白,花旦的道白用的是清亮的京腔,而青衣的韵白则拖声拖气的,在没有翻译、不打字幕的情况下,比看盗版碟片还要吃力,一句话,青衣的韵腔道白说的整个就不是人话。唱腔就更不一样了,花旦唱起来利索、爽朗,接近于捏着嗓子的流行歌曲,还歪着脑袋一蹦三跳,又活泼,又可爱,像一只叽叽喳喳的小麻雀。青衣则不同,就那么一个字,她也要咿咿呀呀的,一步三晃的,一手捂着小肚子,一手比画着,在那儿晃悠着,跷着个小指头,慢慢地哼,等你上完了厕所,把该尿的尿了,该拉的拉了,前前后后擦完了,一回头,那个字还没唱完呢。戏剧如此不景气,喜欢青衣的也就剩下那么几个离休老干部了。许多当红青衣都走下舞台了,不是穿上漆黑的皮夹克站在麦克风前面乱了头发狮吼,就是在电视连续剧里头演一回二奶,演一回小蜜。好歹也能到晚报的文化版上"文化"那么一下子。青衣说到底不能和花旦比,现在的晚会那么多,笑星歌星们再闹腾,民族文化总是要弘扬的,国粹总是要保留的,"爱江山更爱美人"之后,最次也得来个"打不尽豺狼决不下战场"。花旦的出路比青衣多少要好一些,要不然,人们也不会把剧团戏称为"蛋窝"的。

春来是在三年级的下学期改学的青衣。春来这孩子说话的嗓音和筱燕秋并不像,可是,一开腔,春来的唱腔简直就是另一个筱燕秋。戏校的老师们开玩笑说,春来的嗓子天生就是和筱燕秋唱对台戏的料。筱燕秋和春来商量,让她放弃花旦,改学青衣。春来不肯。商量来商量去,春来就是不肯。筱燕秋急了,筱燕秋的那句名言至今还是戏校里的一个笑话,一个笑柄。筱燕秋一急,拉下了脸来,对春来说:"你要是不肯拜我为师,我就拜你,我拜你做我的老师,你答应不答应?"做老师的把话说到了这个份儿上,春来还敢说什么?

戏校的人们还记得春来刚到戏校时的模样,一口浓重的乡下口音,衣袖和裤腿都短得要命,袜子的上方还留了一截小腿肚。那时的春来一到冬天两只腮帮总是皱着的,裂了好几道红颜色的口子。没有人会相信春来能出落成今天的这副模样,什么叫女大十八变?春来就是一个最生动的例子,一个最具感召力的例子。谁能想到筱燕秋能有今天?谁能想到春来能赶上这趟车?

筱燕秋在戏校待了二十年了,教了那么多学生,细细排下来,却没有一个能唱出来的。大红大紫就不说了,显一下山露一下水的都没有过。这样的局面给筱燕秋带来了十分强烈的失败感。筱燕秋对自己是彻底死了心了,然而,毕竟又没有死透。一个人可以有多种痛,最大的痛叫做不甘。筱燕秋不甘。三十岁生日那一天筱燕秋就知道自己死了,十年里头筱燕秋每天都站在镜子面前,亲眼目睹着自己一天一天老下去,亲眼目睹着著名的

"嫦娥"一天一天地死去。她无能为力。焦虑的过程加速了这种死亡。用手拽都拽不住,用指甲抠都抠不住。说到底时光对女人太残酷,对女人心太硬,手太狠。三十岁,我的亲爹,我的亲娘。三十岁生日那一天筱燕秋头一回喝了酒,不到二两。筱燕秋醉得不成样子。酒后的筱燕秋握着剪刀把厨房里的围裙剪成了两块。她把两块白布捏在手上,权当了水袖。筱燕秋挥舞着油渍斑斑的围裙,跌跌撞撞,油盐酱醋的罐子倒了一厨房,哐叮哐当的,碎了一厨房。她的手不知道被什么碎片剐破了,鲜红的血液流淌在水袖上,红白相间的围裙在半空中抛上去,又落下来,再抛上去,再落下来。面瓜冲进了厨房,抱住了筱燕秋,筱燕秋愣愣地盯着面瓜,喊面瓜"亲娘"。筱燕秋用纯正的韵腔对着面瓜念起了道白:"亲——娘——啊——啊!"面瓜知道筱燕秋醉了。面瓜担心妻子的叫喊传播出去,他把带血的围裙堵在了筱燕秋的嘴边。筱燕秋的嘴巴给堵紧了,腹部却激荡了起来,一挺一挺的,嗓子里发出母兽的呼噜声。面瓜心疼万分,不住地喊燕秋的名字。筱燕秋侧过头,回望着面瓜,叫不出声。然而,她的腹部还在叫,面瓜看得见。她用她的腹部一遍又一遍地呼喊:"亲、娘、啊、啊、啊、啊!"

"千生万旦,难求一净",这是旧时的艺人留下来的古话了。其实这话不对。筱燕秋从一开始就不能同意这句话。生、旦、净、末、丑,唱花脸的固然难求一个,然而,没有一个行当的演员可以成千上万地一抓一把。自古到今,唱青衣的成百上千,真正把青衣唱出意思来的,真正领悟了青衣的意蕴的,也就那么几个。唱青衣固然要有上好的嗓音,上好的身段——可是好嗓音算得了什么?好身段又算得了什么?出色的青衣最大的本钱是你是一个什么样的女人。哪怕你是一个七尺须眉,只要你投了青衣的胎,你的骨头就再也不能是泥捏的,只能是水做的,飘到任何一个码头你都是一朵雨做的云。戏台上的青衣不是一个又一个女性角色,甚至不是性别,而是一种抽象的意味,一种有意味的形式,一种立意,一种方法,一种生命里的上上根器。女人说到底不是长成的,不是岁月的结果,不是婚姻、生育、哺乳的生理阶段。女人就是女人。她学不来也赶不走。青衣是接近于虚无的女人,或者说,青衣是女人中的女人,是女人的极致境界。青衣还是女人的试金石,是女人,即使你站在戏台上,在唱,在运眼,在运手,所谓的"表演""做戏"也不过是日常生活里的基本动态,让你觉得生活就是如此这般的——话就是那样说的,路就是那样走的;不是女人,哪怕你坐在自家的沙发上,床头上,你都是一个拙巴的戏子,你都在"演",演也演不像,越演越不像人。与此相应的是,花脸则是一个绝对的男人,或者说,是绝对男人的绝对侧面。男人就应当是简单的,所有的身心只是一张脸谱,简单到夸张的程度,简单到恒久与一成不变的程度。所以,戏的衰退首先是男人与女人的携手衰退。是种性的一天不如一天。

老天爷创造出一个花脸不容易,老天爷创造出一个青衣同样不容易。筱燕秋是其中的一个,其中的另一个则是春来。

春来的出现让筱燕秋看到了希望。春来是"嫦娥"能够活在这个世上最充分的理由。筱燕秋宛如一个绝望的寡妇,拉扯着唯一的孩子。只要有春来,筱燕秋的香火终究可以续上了,这是老天爷对筱燕秋的最后一点补贴,最后一点安慰。春来刚过了十七岁,严格地说,还是一个女孩子。但是春来从来就不是女孩子,她天生就是一个女人,一个风姿绰约的女人,一个风情万种的女人,一个风月无边的女人,一个她看你一眼就让你愁肠百结的女人。这不是早熟,只能说,它与生俱来。春来在十七岁的这个夏天就此步入了青衣的黄金年段,身段该有的都有,该没的都没。腰肢里头流宕着一股天成的婀娜态、风流态。春来的一双眼睛里头有一种独特而美妙的神采,她看所有的东西都不是看,而是顾盼,左盼盼,右顾顾,有股美目盼兮的意思,有股依依不舍的意思,还有股此怨不知所从何来的意思。春来运动的眼珠就像戏台上的运眼,她有一种将最戏剧化的程式还原到生活中来的禀赋,她同时还有一种将最日常化的动态提升到戏台上的异质。而春来的变声期也是格外地顺利,居然没怎么在意说过去就过去了,许多演员过不了变声期这么一个鬼门关,昨晚上洗澡的时候还好好的,一觉醒来,好嗓子已经被鬼偷走了。

春来这孩子命好。所有的一切好像都是给她预备好了的。虽说只是嫦娥的 B 档,但是谁也不能否认,二郎神的灵光已经照亮春来了。

五

一部戏总是从唱腔戏开始。说唱腔俗称说戏,你先得把预设中一部戏打烂了,变成无数的局部、细节,把一部戏中戏剧人物的一恨、一怒、一喜、一悲、一伤、一哀、一枯、一荣,变成一字、一音、一腔、一调、一颦、一笑、一个回眸、一个亮相、一个水袖、一句话,变成一个又一个说、唱、念、打,然后,再把它组装起来,磨合起来,还原成一段念白,一段唱腔。说戏过后,排练阶段才算真正开始。首先是连排。一个人成不了一台戏,"戏"首先是人与人的关系。那么多的演员挤在一个戏台上,演员与演员之间就必须沟通、配合、交流、照应,这样的完善过程也就是连排。连排完了还不行。演员的唱腔、造型还得与乐队、锣鼓家伙形成默契,没有吹、拉、弹、奏、打,那还叫什么戏?把吹、拉、弹、奏、打一同糅合进去,这就是所谓的响排了。响排过了还得排,也就是彩排。彩排接近于实弹演习,是面对着虚拟中的观众进行的一次公演,该包头的得包头,该勾脸的得勾脸,一切都得按实地演出的模样细细地走场。彩排过去了,一出大戏的大幕才能拉得开。

几乎所有的人都注意到了,从说唱腔的第一天开始,筱燕秋就流露出了过于刻苦、过于卖命的迹象。筱燕秋的戏虽说没有丢,但毕竟是四十岁的人了,毕竟是二十年不登台了,她的那种卖命就和年轻人的莽撞有所不同,仿佛东流的一江春水,在入海口的前沿拼命地迂回、盘旋,巨大的漩涡显示出无力回天的笨拙、凝重。那是一种吃力的挣扎、虚假的反溯,说到底那只是一种身不由己的下滑、流淌。时光的流逝真的像水往低处流,无论你怎样努力,它都会把覆水难收的残败局面呈现给你。让你竭尽全力地拽住牛的尾巴,再缓缓地被牛拖下水去。

截至说戏阶段,筱燕秋已经从自己的身上成功地减去了4.5公斤的体重。筱燕秋不是在"减"肥,说得准确一些,是抠。筱燕秋热切而又痛楚地用自己的指甲一点一点地把体重往外抠,往外挖。这是一场战争,一场隐蔽的、没有硝烟的、只有杀伤的战争。筱燕秋的身体现在就是筱燕秋的敌人,她以一种复仇的疯狂针对着自己的身体进行地毯式轰炸,一边轰炸一边监控。减肥的日子里头筱燕秋不仅仅是一架轰炸机,还是一个出色的狙击手。筱燕秋端着她的狙击步枪,全神贯注,密切注视着自己的身体。身体现在成了她的终极标靶,一有风吹草动筱燕秋就会毫不犹豫地扣动她的扳机。筱燕秋每天晚上都要站到磅秤上去,她对每一天的要求都是具体而又严格的:好好减肥,天天向下。筱燕秋一定要从自己的身上抠去十公斤——那是她二十年前的体重。筱燕秋坚信,只要减去十公斤,生活就会回到二十年前,她就会站在二十年前,二十年前的曙光一定会把她的身影重新投射在大地上,颀长、婀娜、娉婷世无双。

这是一场残酷的持久战。汤、糖、躺、烫是体重的四大忌,也就是说,吃和睡是减肥的两大法门。筱燕秋首先控制的就是自己的睡。她把自己的睡眠时间固定在五个小时,五个小时之外,她不仅不允许自己躺,甚至不允许自己坐。接下来控制的就是自己的嘴了。筱燕秋不允许自己吃饭,不允许自己喝水,更不用说热水了。她每天只进一些瓜果、蔬菜。在瓜果与蔬菜之外,筱燕秋像贪婪的嫦娥那样,就知道大口大口地吞药。

减肥的前期是立竿见影的,她的体重如同股票的熊市一样,一路狂跌。身上的肉少了,然而,皮肤却意外地多了出来。多皮的皮肤挂在筱燕秋的身上,宛如捡来的钱包,浑身上下找不到一个存放的地方。多出来的皮肤使筱燕秋对自己产生了这样一种错觉:整个人都是形式大于内容的。这是一个古怪的印象,一个恶劣的印象,这还是一个滑稽和歹毒的印象。最要命的还在脸上,多出来的皮肤使筱燕秋的脸庞活脱脱地变成了一张寡妇脸。筱燕秋望着镜子里的自己,寡妇一样沮丧,寡妇一样绝望。

真正的绝望还在后头。减肥见了成效之后筱燕秋整日便有些恍惚,这是营养不良的具体反应。精力越来越不济了。头晕、乏力、心慌、恶心,总是犯困,贪睡,而说话的气息也越来越细。说戏阶段过去了,《奔月》就此进入了艰苦的排练阶段,体力消耗逐渐加大,筱燕秋的声音就不那么有根,不那么稳,有点飘。气息跟不上,筱燕秋只好在嗓子里头发力,声带收紧了,唱腔就越来越不像筱燕秋的了。

筱燕秋再也没有料到自己会出那么大的丑,当着那么多人的面,她在给春来示范一段唱腔的时候居然"刺花儿"了。"刺花儿"俗称"唱破"了,是任何一个靠嗓子吃饭的人最丢脸的事。那声音不像是人的嗓子发出来的,像玻璃剐在了玻璃上,像发情期的公猪趴在了母猪的背脊上。其实"刺花儿"也不是什么大不了的事,每一个演员都会碰上的,然而,筱燕秋到底又不是别人,她不能忍受一起集中过来的目光。那些目光不是刀子,而是毒药,它不需要你流一滴血,不让你有半点疼痛,活生生地就要了你的命。筱燕秋决定挽回她的体面。她必须在众人的面前捞回这个脸面。筱燕秋强作镇定,示意再来。连续两次,嗓子就是不肯给筱燕秋下这个台。筱燕秋的嗓子痒得要命,宛如爬上一万只小虫子。想咳。筱燕秋用力忍住,咬着牙,把满嘴的咳嗽堵在嗓眼里头。坐在一边的炳璋端来了一杯水,递到筱燕秋的面前,故意轻松地对大伙儿说:"歇会儿,歇会儿了哈。"筱燕秋没有接炳璋的杯子,接杯子这个动作筱燕秋无论如何是不肯做的。筱燕秋看着演后羿的男演员,说:"我们再来一遍。"筱燕秋这一回没有"刺花儿",她的高音部只爬到了一半,筱燕秋自己就停下来了。筱燕秋重重地吁出一口气,僵在那儿。没有一个人敢上来和筱燕秋搭腔,没有一个人敢看筱燕秋。筱燕秋强忍着,越忍越难忍。人在丢脸的时候不能急着挽回,有时候,你想挽回多少,反过来会再丢出去多少。她开始用目光去扫别人,他们像是约好了的,都是一副过路人的样子,似乎什么都没发生过。众人的心照不宣有时候更像一次密谋,其残忍的程度不亚于千夫所指。筱燕秋想再来一遍,到底没有勇气了。炳璋端着茶杯,大声对众人宣布:"筱燕秋老师感冒了,就到这儿,今天就到这儿了,哈。"筱燕秋泪汪汪地盯着炳璋,知道他的好意。可是筱燕秋就想扑上去,揪着炳璋的领口给他两大耳光。

排练厅立即走空了,只留下了筱燕秋与春来。春来同样不敢看她的老师,弓着腰,假装收拾东西。筱燕秋长久地望着春来,她年轻的侧影是多么的美,颧骨和下巴那儿发出瓷器才有的光。筱燕秋失神了,反反复复在心里问:自己怎么就没她那个命?春来直起身来,发现老师的目光一直罩在自己的身上,唬了一大跳。筱燕秋突然说:"春来,你过来。"春来停住了,愣在那儿没有动。筱燕秋说:"春来,你把刚才我唱的那一段重来一遍。"春来咽了一口,她在这样的时候怎么敢做那样的事。春来说:"老师。"筱燕秋没开口,却挪了一把椅子,坐了下来。春来的心里头慌乱了一会儿,不过看老师的架势,躲是躲不过去了,反倒镇定下来了,站好了,进了戏。筱燕秋坐在椅子上,用心地看着春来,听着春来。几分钟过后筱燕秋却走神了。她瞥了一眼墙上的大镜子,大镜子像戏台,十分残酷地把春来和自己一同端出来了。筱燕秋有意无意地拿自己和春来做起了比较。镜子里的筱燕秋在春来的映照之下显得那样地老,几乎有些丑了。当初的自己就是春来现在的这副样子,它现在到哪儿去了呢?人不能比人,这话真是残忍。人不能比别人,人同样不能和自己的过去攀比。什么叫青山遮不住,毕竟东流去?镜子会慢慢地告诉你。筱燕秋的自信心在往下滑,像水往低处流,挡都挡不住。她想起了当初复出时的那种喜悦,那样的喜悦说到底也不过是过眼的烟云,刹那之间就荡然无存了。筱燕秋动摇了,甚至产生了打退堂鼓的意思,却又舍弃不下。虽说春来的表演还有许多地方需要打磨,然而,从整体上说,这孩子超过自己也就是眼前的事了。春来如此年轻,未来的岁月实在是不可限量。筱燕秋突然就是一顿难受,内中一阵一阵地酸,一阵一阵地疼。筱燕秋知道自己嫉妒了。细细说起来,筱燕秋就因为嫉妒吃了二十年的苦头,可是,她实在没有嫉妒过李雪芬,从来没有,一天都没有。但是,面对自己的学生,筱燕秋遏制不住。筱燕秋知道自己在嫉妒,她第一次尝到了嫉妒的厉害。她看到了血在流。筱燕秋痛恨自己,她不能允许自己嫉妒。她决定惩罚。她用指甲拼命地掐自己的大腿。越用力越忍,越忍越用力。大腿上尖锐的疼痛让筱燕秋产生了一种古怪的轻松感。她站起身来,决定利用这个空隙帮春来排练,不允许自己有半点保留。筱燕秋站到春来的面前,面对面,手把手,从腰身到眼神,一点一点地解释,一点一点地纠正,她一定要把春来锻造成自己的二十年前。太阳落下去了,梧桐树的巨大阴影落在窗户的玻璃上,抚摸着玻璃,絮絮叨叨的,苦口婆心的。排练大厅里的光线越来越暗,越来越安静。她们忘记了开灯,师徒两个在昏暗的光线下面反反复复地比画,一遍又一遍,每一个动作都细微到手指的最后一个关节。筱燕秋的脸离春来只有几寸那么远,春来的眼睛忽闪忽闪的,在昏暗的排练大厅里反而显得异样地亮,那样地迷人,那样地美。筱燕秋突然觉得对面站着的就是二十年前的自己,二十年前的筱燕秋就在自己的面前,亭亭玉立。筱燕秋迷惑了,像做梦,像水中观月。眼前的一切都像梦幻那样飘忽起来,充满了不确定性。筱燕秋停下来,侧着头,用那种不聚焦的、近乎烟雾的目光笼罩了春来。春来不知道自己的老师怎么了,也侧过了脑袋,端详着自己的老师。筱燕秋绕到了春来的身后,一手托住春来的肘部,另一只手捏住了春来跷着的小拇指的指尖。筱燕秋望着春来的左耳,下巴几乎贴住春来的腮帮。春来感到了老师的温湿的鼻息。筱燕秋松开手,十分突兀地把春来揽进了怀抱。她的胳膊是神经质的,搂得那样地紧,乳房顶着春来的后背,脸贴在了春来的后颈上。春来猛一惊,却不敢动,僵在了那里,连呼吸都止住了。但只是一会儿,春来的呼吸便澎湃了,大口大口地换气,她喘息一次两只乳房就要在筱燕秋的胳膊里软绵绵地撞击一回。筱燕秋的手指在春来的身上缓缓地抚摸,像一杯水泼在了玻璃台板上,开了岔,困厄地流淌。她的手指流淌到春来腰部的时候春来终于醒悟过来了,春来没敢叫喊,春来小声央求说:"老师,别这样。"

筱燕秋突然醒来了。那真是一种大梦初醒的感觉。梦醒之后的筱燕秋无限地羞愧与凄惶,她弄不清自己刚才到底做了些什么。春来捡起包,冲出了排练大厅。筱燕秋被丢在排练大厅的正中央,耳朵里头充满了春来下楼的脚步声,急促得要命。筱燕秋想叫住春来,可她实在不知道还能对春来说什么。筱燕秋就觉得羞愧难当。天已经黑了,却又没有黑透,是梦的颜色。筱燕秋垂着手,呆呆地站着,不知身在何处。

下班的路上筱燕秋就觉得这一天太古怪了,大街是古怪的,路灯的颜色是古怪的,行人走路的样子也是古怪的。筱燕秋一直想哭,但是,实在又不知道要哭什么。不知道要哭什么就不那么容易哭得出来。这一来筱燕秋的胸口反而堵住了。胸口堵住了,肚子却出奇地饿,这阵饿是丧心病狂的,仿佛肚子里长了五只手,七上八下地拽。筱燕秋走到路边的一家小饭店,决定停下脚步。她怀着一股难言的仇恨走进饭店,要过菜单,专门挑大油大腻的点。一上来筱燕秋就恶狠狠地吞下了三只大肉丸。筱燕秋又是嚼,又是咽,一直吃到喘息都困难的程度。

六

春来并没有在筱燕秋的面前流露什么,戏还是和过去一样地排。只是春来再也不肯看筱燕秋的眼睛了。筱燕秋说什么,她听什么,筱燕秋叫她怎么做,她就怎么做,就是不肯再看筱燕秋的眼睛。一次都不肯。筱燕秋与春来都是心照不宣的,不过,这不是母亲与女儿之间才有的心照不宣,是女人与女人之间的那种,致命的那种,难以启齿的那种。

筱燕秋再也没有料到会和春来这样别扭。一个大疙瘩就这样横在了她们的面前。这个疙瘩看不见,也就越发无从下手了。筱燕秋恢复了饮食,可还是累。筱燕秋说不出这种累掩藏在身体的哪个部位,它具有散发性,在身体的内部四处延展,都无所不在了。好几次她都想从剧组退出,就是下不了那个死决心。这样的心态二十年以前曾经有过一次的,她想到过死,后来竟一次又一次犹豫了。筱燕秋责怪自己当初的软弱。二十年前她说什么也应当死去的。一个人的黄金岁月被掐断了,其实比杀死了更让你寒心。力不从心地活着,处处欲罢不能,处处又无能为力,真的是欲哭无泪。

春来那里一点动静都没有。她永远都是那样气定神闲的,没有一点风吹,没有一点草动,远远的,和筱燕秋隔着一两丈的距离。筱燕秋现在怕这孩子,只是说不出。如果春来就这么和自己不冷不热地下去,筱燕秋的这辈子就算彻底了结了,一点讨价还价的余地都没有了。"嫦娥"要是不能在春来的身上复生,筱燕秋站二十年的讲台究竟是为了什么?

筱燕秋终于和老板睡过了。这一步跨出去了,筱燕秋的心思好歹也算了了。这是迟早的事,早一天晚一天罢了。筱燕秋并没有什么特别的感觉,这件事说不上好,也说不上不好,从古到今反正都是这样的。老板是谁?人家可是先有了权后有了钱的人,就算老板是一个令人恶心的男人,就算老板强迫了她,筱燕秋也不会怪老板什么的。更何况还不是。筱燕秋在这个问题上没有半点羞答答的,半推半就还不如一上来就爽快。戏要不就别演,演都演了,就应该让看戏的觉得值。

可是筱燕秋难受。这种难受筱燕秋实在是铭心刻骨。从吃晚饭的那一刻起,到筱燕秋重新穿上衣服,老板从头到尾都扮演着一个伟人,一个救世主。筱燕秋一脱衣服就感觉出来了,老板对她的身体没有一点兴趣。老板是什么人?这年头漂亮新鲜的小姑娘就是货架上的日用百货,只要老板喜欢,下巴一指,售货员就会把什么样的现货拿到他们的面前。筱燕秋是自己脱光衣服的,刚一扒光,老板的眼神就不对劲了,它让筱燕秋明白了减肥后的身体是多么的不堪入目。老板一点儿都没有掩饰。在那个刹那里头筱燕秋反而希望老板是一个贪婪的淫棍,一个好色的恶魔,她就是卖给老板一回她也卖了。然而,老板不那样。老板上了床就更是一个伟人了。他十分从容地躺在了席梦思上,用下巴示意筱燕秋骑上去。老板平躺在席梦思上,一动不动。筱燕秋骑上去之后就只剩下筱燕秋一个人忙活了。有一个阶段老板对筱燕秋的工作似乎比较满意,嘴里哼唧了几声,说,"哦,叶儿。哦,叶儿。"筱燕秋不知道老板到底在哼唧什么。几天之后,筱燕秋伺候老板之前老板先让她看了几部外国毛片,看完了毛片筱燕秋才算明白过来,大老板在学洋人叫床呢。老板在床上可真是冲出了亚洲走向了世界,一下子就与世界接轨了。这固然不是做爱,可是,这甚至不是性交,筱燕秋只是莫名其妙地巴结着一个男人、伺候着一个男人。筱燕秋就觉着自己贱。她好几次都想停止下来了,然而,性是一个歹毒的东西,不是你想停就停得下来的。这样的感觉筱燕秋在和面瓜做爱的时候反而没有过。筱燕秋一边动作一边骂着自己,她这个女人实在是下贱得到了家了。

筱燕秋从老板那回来的时候外面下了一点小雨,马路上水亮水亮的,满眼都是汽车尾灯的倒影与反光,猩红猩红的,热烈得有些过分,有些无中生有,因而也就平添了许多颓丧的意思。筱燕秋望着路面上的斑驳反光,认定了自己今晚是被人嫖了。被嫖的却又不是身体。到底是什么被嫖了,筱燕秋实在又说不上来。她弓在巷子的拐角处,想呕吐出一些什么,终于又没有能够如愿,只是呕出了一些声音。那些声音既难听,又难闻。

女儿已经睡了。面瓜正看着电视,陷在沙发里头等着筱燕秋。筱燕秋进了门就没有看面瓜。她不肯和面瓜打照面,低着头径直往卫生间去了。筱燕秋打算先洗个澡的,又有些过于多疑,担心这样匆忙地洗澡面瓜会怀疑什么,只好坐到便池上去了。坐下一会儿,没有拉出什么,也没有尿出什么。只是拽着内衣,正过来看了看,反过来又看了看。筱燕秋把自己的上上下下全都检查了一遍,没有发现任何点点斑斑,放下心来走出了卫生间。筱燕秋困乏得厉害,为了不让面瓜看出来,便故意弄出一副精神饱满的样子。面瓜还坐在那儿,弄不懂筱燕秋为什么这样开心,傻笑起来,说:"喝酒啦?脸红红的。"筱燕秋的心口咯噔了一下,轻描淡写地说:"哪里红了。"面瓜认真起来,说:"是红了。"筱燕秋不敢纠缠,立即把话岔开了,说:"孩子呢?"面瓜说:"早就睡了。"筱燕秋不情愿面瓜老是站在自己的面前,她实在不能承受面瓜的目光。筱燕秋说:"你先上床去吧,我冲个澡。"她回避了"睡觉"这两个字,但"上床"的意思其实还是一样的。筱燕秋说这句话的时候迅速地瞥了一眼面瓜,面瓜却开心起来了,不住地搓手。筱燕秋的胸口平白无故地便是一阵痛。

筱燕秋把洗澡水的温度调得很烫,几乎达到了疼痛的程度。筱燕秋就希望自己疼。疼的感觉具体而又实在,甚至还有一点快慰,有一种自虐和自戕的味道。筱燕秋把自己冲了又冲,搓了又搓。她用指头抠向身体的深处,企图抠出一点儿什么,拽出一点儿什么。洗完了,筱燕秋坐在了客厅里的沙发上,皮肤上泛起了一层红,有些火烧火燎的。大约在深夜十一点,面瓜裹着毛巾被出来了。面瓜显然没睡,挂着一脸巴结的笑,面瓜说:"魂不守舍的,捡到钱包了吧?"筱燕秋没有搭腔。面瓜文不对题地"嗨"了一声,说:"今天是周末了。"筱燕秋凛了一下,紧张起来了,不动。面瓜挨着筱燕秋坐下来,嘴唇正对着筱燕秋的右耳垂。面瓜张开嘴巴,顺势把筱燕秋的耳垂衔在了嘴里,手却向常去的地方去了。筱燕秋的反应是她自己都始料不及的,她一把就把面瓜推开了,她的力气用得那样猛,居然把面瓜从沙发上推下去了。筱燕秋尖声叫道:"别碰我!"这一声尖叫划破了宁静的夜,突兀而又歇斯底里。面瓜怔在地上,起先只是尴尬,后来竟有些恼羞成怒了,夜深人静的,又不敢发作。筱燕秋的胸脯一鼓一鼓的,像涨满了风的帆。筱燕秋抬起头来,眼眶里突然沁出了两汪泪,她望着自己的丈夫,说:"面瓜。"

今夜不能入眠。筱燕秋在漆黑的夜里瞪大了眼睛,黑夜里的眼睛最能看清的就是自己的今生今世。筱燕秋的一只眼睛看着自己的过去,一只眼睛看着自己的未来。可筱燕秋的两眼都一样地黑。筱燕秋好几次想伸出手去抚摸面瓜的后背,终于忍住了。她在等天亮。天亮了,昨天就过去了。

除了学戏,春来总是闷不吭声的,静得像一杯水。空闲的时刻春来习惯于一个人坐在一边,又长又弯的眉毛挑在那儿,大而亮的眼睛这儿睃睃,那儿瞅瞅,一副妩媚而又自得的模样。春来的身上有一种寂静的美,恬然的美,一举一动都透出弱柳扶风的意味。但是,这样的女孩子说来动静就来了动静。春来无风就是三尺浪。她带来了消息,一个让筱燕秋五雷轰顶的消息。

临近响排的那一天炳璋突然把筱燕秋叫住了。炳璋的脸上很不好看,他闷着头,不声不响地只是把筱燕秋往自己的办公室里带,春来坐在炳璋的办公室里,安安静静地翻着当天的晚报。筱燕秋一看见春来就预感到有什么事发生了。

"她要走。"炳璋一进办公室就这样没头没脑地说。

"谁要走?"筱燕秋蒙在那儿。她看了一眼春来,不解地说,"要到哪里去?"

春来站起身来,依旧不肯看自己的老师。她站在筱燕秋的面前,一言不发,只是望着自己的脚尖。春来的模样再一次使筱燕秋想起了自己的当初,她当初站在李雪芬的病床前面就是这副样子的。但是,自己的心气和春来的现在显然是不可同日而语的。春来磨蹭了半天,开口说话了。春来说:"我想走。"春来说:"我要到电视台去。"

筱燕秋听清楚了,就是不明白。春来的那两句话前言不搭后语的,筱燕秋弄不清里面的山高水深。筱燕秋说:"你要到哪里去?"

春来直接把底牌亮出来了。春来说:"我不想演戏了。"

筱燕秋听明白了,每一个字都听清楚了。筱燕秋静静地打量着她的学生,慢慢歪过了脑袋。筱燕秋轻声说:"你不想做什么?"

春来又沉默了,接下来的话是炳璋帮她说的。炳璋说:"电视台要一个主持人,她报名去了,一个月之前她就报名去了。都已经面试过了,人家要她。"筱燕秋想起来了,说戏的那些日子里头电视台的确是在晚报上面做过广告的,都一个月了,这孩子不声不响居然把什么都准备好了。筱燕秋傻在了沙发旁边,身体晃了一下,就好像被谁拽了一把。筱燕秋顿时就乱了方寸。她伸出双手,打算搭到春来的肩膀上去的,刚一伸手,又收回了原处。筱燕秋喘息了,突然喊道:"你知道你在说什么?"

春来看了看窗外,不说话。

"你休想!"筱燕秋大声说。

"我知道你在我的身上花费了心血,可我走到今天也不容易。你不要拦我。"

"你休想!"

"那我退学。"

筱燕秋抬起了双手,就是不知道要抓什么。她看了看炳璋,又看了看春来,双手抖动起来。她一把拽住了春来的衣襟,心碎了。筱燕秋低声说:"你不能,你知道你是谁?"

春来耷拉着眼皮,说:"知道。"

"你不知道!"筱燕秋心痛万分地说,"你不知道你是多好的青衣——你知道你是谁?"

春来歪了歪嘴角,好像是笑。但没出声。春来说:"嫦娥的 B 档演员。"

筱燕秋脱口说:"我去和他们商量,你演 A 档,我演 B 档,你留下来,好不好?"

春来掉过头去,说:"我不抢老师的戏。"

春来还是那样生硬,然而,口气上毕竟有所松动了。筱燕秋抓住了春来的手,慌忙说:"没有,你没有抢我的戏!你不知道你多出色,可我知道。出一个青衣多不容易,老天爷要报应的——你演 A 档,你答应我!"她把春来的手捂在自己的掌心里,急切地说,"你答应我。"

春来抬起了头来,望着她的老师。这么些日子来春来还是第一次这样正眼看她的老师。筱燕秋仔细地研究着春来的目光,这是一种疑虑的目光,一种打算改弦更张的目光。筱燕秋全神贯注地看着春来,就好像春来的目光一移开立即就会飞走了似的。炳璋一直注视着春来,他从春来细微的变化当中看到了玄机。那绝对是七不离八的。炳璋有底了,知道和春来的谈话从哪儿入手了。炳璋对筱燕秋摆了摆手,示意她先出去。筱燕秋不动,都有些神经质了,直到炳璋把手搭在了她的肩上她才还过了神来。筱燕秋一步一回头。炳璋悄声说:"先回去,你先回去。"

筱燕秋回到了排练大厅,远远地打量着炳璋的那扇窗。那扇窗现在是她的命。排练结束了,人去楼空,空荡荡的排练大厅孤零零地吊着筱燕秋的身影。筱燕秋在焦急地等。夕阳残照,大厅里的粉尘悬浮在半空,橙黄橙黄的,弥漫着一股毫无由头的温馨,植物的叶片被残阳放大了,已经看不出植物叶片的轮廓。筱燕秋抱着胳膊,在大厅里来来回回。炳璋的窗户突然打开了,探出了炳璋的脑袋和一条手臂。筱燕秋看不见炳璋的表情,然而,她看到了炳璋挥舞胳膊。炳璋挥得很有力,最后还把指头握成了拳头。筱燕秋明白了。她扶着墙边的练功架,泪水涌了上来。她的身体沿着墙面慢慢滑落了下去。在她坐在地板上的时候,筱燕秋终于哭出了声来。她的一切差一点就付诸东流了,这真的是一场劫后余生。这是多么幸福的泪水?多么令人欣慰的泪水?筱燕秋扶着一把椅子,扶着椅子的靠背坐了上去。她在椅子上慢慢地哭,慢慢地体会这份幸福与欣慰。筱燕秋在抹眼泪的时候认认真真地责备了自己一回,剧组一成立她其实就应该和春来说明白的,春来要是有戏演,她断不至于去找别的出路的。自己都这个年纪了,一个青衣到了这个岁数,还争什么戏?还演什么 A 档。这样多好!反正春来都已经顶上来了,再怎么说,春来终究是另一个自己,是自己的另一种形式。只要春来唱红了,自己的命脉一样可以在春来的身上流传下去的。这么一想筱燕秋突然放松了,心中的压力与阴影荡然无存。放弃,彻底放弃。筱燕秋深深地出了一口气,心情为之一振。

减肥真的像一场病。病去如抽丝,病来如山倒。开禁没几天,磅秤的红色指针呼啦一下就把筱燕秋的体重反弹上去了,还捞回了 0.5 公斤,都有点像有奖销售。筱燕秋的心情爽朗了一些日子,但是,等体重真的回复到过去,筱燕秋便又后悔了。刚刚到手的机会说失去就这么失去了,这样的伤心实在是毁灭性的。筱燕秋望着磅秤上的红色指针,指针翘上去一点儿筱燕秋的心就沉下去一点儿。但是筱燕秋不允许自己伤心,不是不允许自己流露出伤心,而是不允许自己产生一点点难受的念头,产生多少就掐死多少。做出放弃的承诺之后,筱燕秋原以为自己从此就能够心静如水的。但是没有。相反,登台的念头甚至比以往更强烈了。可是放弃 A 档毕竟是筱燕秋在炳璋的面前亲口承诺的,这个承诺是一把剑,筱燕秋亲眼看着自己被这把剑劈成两个,一个站在岸上,另一个则被摁在了水底。当水下的筱燕秋企图浮出水面的时候,岸上的筱燕秋毫不犹豫地就会用鞋底把她踩向水的深处。岸上的筱燕秋感到了水下的窒息,而水下的筱燕秋则亲眼目睹了谋杀的冷酷。岸上和水下的两个女人一起红眼了,怒目相向。筱燕秋在水底与岸上两头挣扎,疲惫万分。她选择了拼命进食,宛如溺水的人拼命喝水。她的体重就此一路飙升。捞回来的体重不仅是对春来的一种交代,同样也是对自己最有效的阻拦。筱燕秋第一次发现自己这么能吃,实在是好胃口。

剧组的人们从筱燕秋的身上看出了反常种种。这个沉默的女人在减肥初见成效的时刻说放弃就放弃了。没有人听到筱燕秋说起过什么,然而,人们看着筱燕秋的脸色重新红润起来了,而唱腔的气息也再一次落了地,生了根。有了猜测,那次"刺花儿"对筱燕秋的刺激一定太大了,要不然,像筱燕秋这样好强的女人不可能说放弃就放弃的。真正反常的也许还不是筱燕秋放弃了减肥,几乎所有人都注意到了,《奔月》刚进入响排,筱燕秋其实已经把自己撤下来了。实地排练的差不多全是春来,筱燕秋只是提着一把椅子,坐在春来的对面,这儿点拨一下,那儿纠正一下。筱燕秋显出一副愉快万分的模样,只是愉快得有些过了头,就好像太阳都已经放到他们家冰箱里了。这一来就免不了夸张和表演的意思。筱燕秋把所有的精力全都耗在了春来的身上,看上去再也不像一个演员在排练,更像一个导演,严格地说,像春来一个人的导演。人们不知道筱燕秋到底怎么了,没有人知道这个女人的脑子里栽的是什么果,开的是什么花。

　　一到家筱燕秋的疲惫就全上来了。那种疲惫像秋雨之后马路两侧被点燃的落叶,弥散出呛人的浓烟,缭绕着,纠缠着,盘旋在筱燕秋的体内。筱燕秋甚至连眼睛都有些累了,只要一看住什么东西,一看就是好半天,眼珠子就再也懒得挪动一下子。好几次筱燕秋都直起了腰,大口大口地做深呼吸,想把虚拟的烟雾从自己的胸口呼出去,可是深呼吸总也是吸不到位,努力了几次,筱燕秋只好作罢了。

　　筱燕秋的失神自然没有逃出面瓜的眼睛,她那种半死不活的模样不能不引起面瓜的高度关注。她在床上已经连续两次拒绝面瓜了,一次冷漠,另一次则神经质。她那种模样就好像面瓜不是想和她做爱,而是提了一把匕首,存心想刺刀见红。面瓜已经暗示了几次了,有些话说得都已经相当露骨了,她竟然什么都没有听得进去。这个女人的心一定开叉了,这个女人看来是不为所动了。

七

　　炳璋在筱燕秋给春来示范亮相的时候找到了筱燕秋。春来在亮相这个问题上老是处理得不那么到位。亮相不仅是戏剧心理的一种总结,它还是另一种戏剧心理无言的起始。亮相有它的逻辑性,有它的美。亮相最大的难点就是它的分寸,艺术说到底都是一种恰如其分的分寸。筱燕秋连续示范了好几遍。筱燕秋强打着精神,把说话的声音提到了近乎喧哗的程度。她要让所有的人都看出来,她热情洋溢,她还心平气和,她没有丝毫不甘,没有丝毫委屈,她的心情就像用熨斗熨过了一样平整。她不仅是最成功的演员,她还是这个世上最幸福的女人,最甜蜜的妻子。

　　炳璋这时候过来了。他没有进门,只在窗户的外面对着筱燕秋招了招手。炳璋这一次没有把筱燕秋叫到办公室里去,而是喊到了会议室。他们的第一次谈话就是在办公室里进行的。那一次谈得很好,炳璋希望这一次同样谈得很好。炳璋先是询问了排练的一些具体情况,和颜悦色的,慢条斯理的。炳璋要说的当然不是排练,可他还是习惯于先绕一个圈子。他这个团长不知道为什么,就是有点害怕面前的这个女人。

筱燕秋坐在炳璋的对面,专心致志。她那种出格的专心致志带上了某种神经质的意味,好像等待什么宣判似的。炳璋瞥了一眼筱燕秋,说话便越发小心翼翼了。

炳璋后来把话题终于扯到春来的身上来了。炳璋倒也是打开窗子说起了亮话。炳璋说,年轻人想走,主要还是担心上不了戏,看不到前途,其实也不是真的想走。筱燕秋突然堆上笑,十分突兀地大声说:"我没有意见,真的,我绝对没有意见。"炳璋没有接筱燕秋的话茬儿,顺着自己的思路往下走。炳璋说:"照理说我早就该找你交流交流的,市里头开了两个会,耽搁了。"炳璋自我解嘲似的笑了笑,说,"你是知道的,没办法。"筱燕秋咽了一口,又抢话了,说:"我没意见。"炳璋小心地看了一眼筱燕秋,说:"我们还是很慎重的,专门开了两次行政会议,我想再和你商量商量,你看这样好不好——"筱燕秋突然站起来了,她站得如此之快,把她自己都吓了一跳。筱燕秋又笑,说:"我没意见。"炳璋紧张地跟着站起了身,疑疑惑惑地说:"他们已经和你商量了?"筱燕秋茫然地望着炳璋,不知道"他们"和她"商量了"什么了。炳璋把下嘴唇含在嘴里,不住地眨眼,有些欲言又止。炳璋最后还是鼓起了勇气,磕磕绊绊地说:"我们专门开了两次行政会议,我们想呢——他们还是觉得我来和你商量妥当一些,能够从你的戏量里头拿出一半,当然了,你不同意也是合情合理的,你演一半,春来演一半,你看看是不是——"

下面的话筱燕秋没有听清楚,但是前面的话她可是全听清楚了。筱燕秋突然醒悟过来了,这些日子她完全是自说自话了,完全是自作主张了!领导还没有找她谈话呢!一出戏是多大的事?演什么,谁来演,怎么可能由她说了算呢?最后一定要由组织来拍板的。她筱燕秋实在是拿自己太当人了。一人一半,这才是组织上的决定呢,组织上的决定历来就是各占百分之五十。筱燕秋喜出望外,喜出了一身冷汗,脱口说:"我没意见,真的,我绝对没有意见。"

筱燕秋的爽快实在出乎炳璋的意料。他小心地研究着筱燕秋,不像是装出来的。炳璋悄悄地松了一口气。炳璋有些激动,想夸筱燕秋,一时居然没有找到合适的词句。炳璋后来自己也奇怪,怎么说出那样一句话来了,几十年都没人说了。炳璋说:"你的觉悟真是提高了。"筱燕秋在返回排练大厅的路上几乎喜极而泣,她想起了春来闹着要走的那个下午,想起了自己为了挽留春来所说的话。筱燕秋突然停下了脚步,回头看会议室的大门。筱燕秋当着炳璋的面说过的,春来演 A 档,可炳璋并没有拿她的话当回事。显然,炳璋一定只当是筱燕秋放了个屁。筱燕秋对自己说,炳璋是对的,她这个女人所作的誓言顶多只是一个屁。不会有人相信她这个女人的,她自己都不相信。

过道里旋起了一阵冬天的风,冬天的风卷起了一张小纸片。孤寂的小纸片是风的形式,当然也就是风的内容。没有什么东西像风这样形式与内容绝对统一的了。这才是风的风格。冬天的风从筱燕秋的眼角膜上一扫而过,给筱燕秋留下了一阵战栗。纸片像风中的青衣,飘忽,却又痴迷,它被风丢在了墙的拐角。又是一阵风飘来了,纸片一颠一颠的,既像躲避,又像渴求。小纸片是风的一声叹息。

天气说冷就冷了,而公演的日子说近也就近了。老板在这样的时刻表现了老板的威力,老板实在是一个操纵媒体的大师,最初的日子媒体上只是零零星星地做了一些报道,随着公演一天一天地逼近,媒体逐渐升温了,大大小小的媒体一起喧闹了起来。热闹的舆论营造出这样一种态势,就好像一部《奔月》业已构成了公众的日常生活,成了整个社会倾心关注的重点。媒体设置了这样一个怪圈:它告诉所有的人,"所有的人都在翘首以待"。舆论以倒计时这种最为撩拨人的方式提醒人们,万事俱备,只欠东风。

响排已经接近了尾声。这个上午筱燕秋已经是第五次上卫生间了,一大早起床的时候筱燕秋就发现身上有些不大对路,恶心得要了命。筱燕秋并没有太往心里去。前些日子服用了太多的减肥药,感觉好像也是这样的。第五次走进卫生间之后,筱燕秋的脑子里头一直挂牵着一件事,到底是什么事,一时又有点想不起来,反正有一件要紧的事情一直没有做。筱燕秋就觉着自己胀得厉害,不住地要小解。其实也尿不出什么。利用小解的机会筱燕秋又想了想,还是觉得有一件要紧的事情没有做。就是想不起来。

洗手的时候一阵恶心重又反上来了,顺带着还涌上来一些酸水。筱燕秋呕了几口,突然愣住了。她想起来了。筱燕秋终于想起来了。她知道这些日子到底是什么事还没做了。她惊出了一身汗,站在水池的前面,一五一十地往前推算。从炳璋第一次找她谈话算起,今天正好是第四十二天。四十二天里头她一直忙着排戏,居然把女人每个月最要紧的事情弄忘了。其实也不是忘了,破东西它根本就没有来!筱燕秋想起了四十二天之前她和面瓜的那个疯狂之夜。那个疯狂的夜晚她实在是太得意忘形了,居然疏忽了任何措施。她这三亩地怎么就那么经不起惹的呢?怎么随便插进一点什么它都能长出果子来的呢?她这样的女人的确不能太得意,只要一忘乎所以,该来的肯定不来,不该来的则一定会叫你现眼。筱燕秋下意识地捂住了自己的小肚子,先是一阵不好意思,接下来便是不能遏制的恼怒。公演就在眼前,她那天晚上怎么就不能把自己的大腿根夹紧呢?筱燕秋望着水池上方的小镜子,盯着镜子中的自己。她像一个最粗鲁的女人用一句最下作的话给自己做了最后总结："操你妈的,夹不住大腿根的贱货!"

肚子成了筱燕秋的当务之急。筱燕秋算了一下日子,这一算一口凉气一直逼到了她的小腿肚子。公演的日子就在眼前,要是在戏台上犯了恶心,呕吐起来,救火都来不及的。首选当然是手术。手术干净、彻底,一了百了。可手术到底是手术,皮肉之苦还在其次,恢复起来可实在是太慢了。上了台,你就等着"刺花儿"吧。筱燕秋五年之前坐过一次小月子,刮完了身子骨便软了,趿拉了二十多天。筱燕秋不能手术,只有吃药。药物流产不声不响的,歇几天或许就过去了。筱燕秋站在水池的前面,愣在那儿,突然走出了卫生间,直接往大门口的方向去。筱燕秋要抢时间,不是和别人抢,而是和自己抢,抢过来一天就是一天。

筱燕秋的手上捏了六粒白色的小药片。医生交代了,早晚各一粒,后天上午两粒,吃完了再去找他。小药片的名字起得实在是抒情,"含珠停"。就好像筱燕秋的肚子里头这刻儿含着的是一粒锃亮的珍珠,正在缓缓地生长,筱燕秋要做的事情是把它停下来。难怪现在写诗的少了,写戏的少了,他们都忙着给大大小小的药丸子起名字去了。筱燕秋望着手里的小药片,心中涌上了一阵酸楚。女人的一生总是由药物相陪伴,嫦娥开了这个头,她筱燕秋也只能步嫦娥的后。药物实在是一个古怪的东西,它们像生活当中特别诡异的阴谋。

筱燕秋的家离医院有一段路,筱燕秋还是决定步行回去。一路上她生着自己的气,更多的是生面瓜的气。到家的时候她已经不是在生面瓜的气了,而是对面瓜充满了仇恨。一进家门她就没有给面瓜好脸。筱燕秋没有吃,没有洗,倒下头便睡。

筱燕秋没有请假,说到底流产这样的事情也不是什么了不得的光荣,没必要弄得路人皆知。只不过筱燕秋有点扛不住"含珠停"的药物反应。她恶心得厉害了,身子骨全轻了,像是从月亮上刚飞回来的。筱燕秋用力支撑着,总算把这一天的排练挺过来了。但是,她的仇恨却与日俱增。筱燕秋这一次总算把面瓜恨到骨子里头了。第二天的夜晚是昨天晚上的翻版,气氛却比昨天更为凌厉。筱燕秋走进家门的时候更加严峻地阴着一张脸,不吃,不喝,不洗,不说,一声不响地上床。家里异样了。冬天的风一起堵在了面瓜的门口,顺着门缝扁扁地劈了进来。面瓜静静地听了一会儿,不知所以,不知所措。

但是筱燕秋并没有睡。面瓜在夜深人静的时候听到了她的沉重叹息。她把气吸得那么深,而呼的时候却故意收住了,静悄悄的,好像故意不让人听见似的;这又瞒得住谁呢?面瓜也轻轻地叹了一口气。生活出了问题了,生活绝对出了问题了。面瓜看到了生活的尽头。

面瓜开始缅怀起过去。一个人学会了缅怀,必然意味着某一种东西走到了尽头。面瓜是在筱燕秋最落魄的时候鸠占了雀巢,两个人原本就不般配的。人家现在又能演戏了,又要做大明星了,做了嫦娥的人除了想往天上飞还往哪儿飞?她迟早总是要飞回到天上去的。这个家离鸡飞狗散的日子绝对不远了。面瓜记起了筱燕秋这些日子里的诸种反常,面对着夜的颜色,兀自冷笑了一回。

一大早筱燕秋吃掉最后两粒药片,坐在家里静静地等。上午九点,筱燕秋带上擦换的纸巾往医院去。医生没有做别的,还是命令她吃药。这一回医生给她的是三颗六角形的白色片剂,筱燕秋一口吞进了肚子,转了一会儿,在一边的椅子上静静地坐等。腹部的阵痛在她坐下之后慢慢开始了,一阵紧似一阵。筱燕秋弓在那儿,不声不响地喘息。后来医生过来了,厉声说:"坐在这儿做什么?要等四个小时呢。出去跑,跳,坐在这儿做什么?"筱燕秋来到了楼下,肚子却疼得咬人了,有些支撑不住,就想找个地方好好躺下来。筱燕秋不敢回到楼上,实在又不愿意待在医院的门口,万一碰上熟人免不了丢人现眼。筱燕秋实在熬不过去,一赌气就回到了家中。家中没有人,整座楼上都没有人。筱燕秋站在客厅里头,突然想起了医生的话。她决定跳,决定在这个无人的时刻弄出一点动静来。筱燕秋脱了鞋,光着脚,"呼"地一下一蹦多高。光着的脚后跟落在了楼板上,楼板"咚"地一下,吓了筱燕秋一跳,听上去却鼓舞人心。筱燕秋倾听了片刻,再跳,楼板"咚"的又一下。楼板的轰隆声激励了筱燕秋,筱燕秋越跳越疼,越疼越跳,颠跳伴随着疼痛,疼痛伴随着颠跳。筱燕秋越跳越高,越跳越来劲了。一阵空前的畅快与轻松突然间布满了筱燕秋,这真是一次意外的收获,意外的惊喜。筱燕秋扒掉了大衣,在自己的大衣上拼命地跳跃、拼命地扭动。她的头发散开来了,像一万只手,在半空中乱舞乱抓。筱燕秋就想叫,只想叫,不过不叫也没有关系,这样就足够了。筱燕秋都忘记了为什么而跳的了,她现在只是为跳而跳,为"咚咚"作响而跳,为地动山摇而跳。筱燕秋痛快淋漓了,升腾起来了,飞起来了。她竭尽了全力,直至耗尽了最后一丝体力。筱燕秋躺在地板上,眼窝里沁出了幸福的泪。

楼下小卖部的女人听到了楼上的反常动静。她伸出了脖子,自语说:"楼上这是怎么啦?"她的丈夫正在数钱,没有抬头,"嗨"了一声,说:"装修呢。"

中午时分那粒"珍珠"从筱燕秋的体内滑落了出来。血在流,疼痛却终止了。无痛一身轻,从疼痛中解脱出来的时刻多么令人陶醉!筱燕秋疲惫万分。她躺在床上,仔细详尽地体会着这份陶醉、这份轻松、这份疲惫。陶醉是一种境界。轻松是一种领悟。疲惫是一种美。

筱燕秋睡着了。

筱燕秋不知道这一觉睡了有多久,昏睡之中筱燕秋做了许多细碎的梦,连不成片断,像水面上的月光,波光粼粼的,密密匝匝的,闪闪烁烁的,一个都捡不起来。筱燕秋甚至知道自己在做梦,但是醒不来。

"咣当"一声,面瓜下班了。今天下午面瓜下班到家之后显得有点异样,手上没有了轻重,似乎什么都碍他的事。面瓜摔摔打打的,这儿"咚"地一下,那儿"轰"地一下。筱燕秋想支起身子和他说些什么,但是整个人都绵软了,只好罢了。筱燕秋翻了个身,接着睡。

筱燕秋看出了事态的严重性。事实上,当一个人看出了事态的严重性的时候,事态往往已经超出了当事人的认知程度。说起来还是女儿提醒了筱燕秋,那天晚上女儿故意绕到了卫生间里头,问筱燕秋说:"爸爸最近怎么啦?"女儿的脸上是一无所知的样子,孩子的一无所知往往意味着知根知底。这句话把筱燕秋问醒了,她从女儿的目光当中看到了自己的恍惚,看到了家中潜在的危险性。第二天排练一结束筱燕秋就撑着身子拐到了菜场,买了一只老母鸡,顺便还捎了一些洋参片。天这么冷了,面瓜一天到晚站在风口,该给他补一补了。再说自己也该补一补了。等吃完了这顿饭,筱燕秋一定要和面瓜好好聊一聊的。

面瓜回家的时候脸上紫紫的,全是冬天的风。筱燕秋迎了上去。筱燕秋一点都不知道自己热情得有多过分,一点都不像居家过日子的模样。面瓜疑疑惑惑地看了筱燕秋一眼,挪开之后的目光愈发疑云密布了。女儿远远地看了看父母这边,趴在阳台上做作业去了。客厅里头只有筱燕秋和面瓜两个。筱燕秋回头瞄了一下阳台,舀了一碗鸡汤端到了餐桌上。筱燕秋像一个下等酒馆的女老板,热情地劝了,说:"喝点吧,天冷了,补补,鸡汤,还加了洋参片。"

面瓜陷在沙发里头,没动,却点起了一根香烟。面瓜的胸脯笑了一下,脸上的笑容就不那么像笑,看上去有些古怪。面瓜把打火机丢在茶几上,自语说:"补补。鸡汤。还加了洋参片。"面瓜抬起头,说:"补什么补?这么冷的天,让我夜里到大街上去转圆圈?"

这话伤人了。这话一出口面瓜也知道伤人了,听上去还特别地别扭。就好像夫妻两个在一起生活就为了床上那些事似的,这一来又戳到了筱燕秋的痛处。面瓜其实并没有细想,只是心情不好,脱口就出来了。面瓜想缓和一下,又笑,这一回笑得就更不像笑了,看上去一脸的毒。筱燕秋当头遭到了一盆凉水,生活中最恶俗、最卑下的一面裸露出来了。筱燕秋重新把脸拉了下来,说:"不喝拉倒。"

说完这话筱燕秋瞄了一眼阳台,目光正好和女儿撞上了。女儿立即把目光移开了,仰起头,做出一副认真思考的样子。

八

彩排极其成功。春来演了大半场,临近尾声的时候筱燕秋演了一小段,算是压轴。师生同台,真的成了一件盛事了。炳璋坐在台下的第二排,控制着自己,尽量平静地注视着戏台上的两代青衣。炳璋太兴奋了,差不多溢于言表了。炳璋跷着二郎腿,五根手指像五个下了山的猴子,开心得一点板眼都没有。几个月之前剧团是一副什么样子,现在说上戏就上戏了。炳璋为剧团高兴,为春来高兴,为筱燕秋高兴,然而,他还是为自己高兴。炳璋有理由相信自己成了最大赢家。

筱燕秋没有看春来的彩排,她一个人坐在化装间里休息了。她的感觉实在不怎么好。后来筱燕秋上台了,筱燕秋一登台就演唱了《广寒宫》,这是嫦娥奔月之后幽闭于广寒宫中的一段唱腔,即整部《奔月》最大段、最华彩的一段唱,二黄慢板转原板转流水转高腔,历时十五分钟之久。嫦娥置身于仙境,长河即落,晓星将沉,嫦娥遥望着人间,寂寞在嫦娥的胸中无声地翻涌,碧海青天放大了她的寂寞,天风浩荡,被放大的寂寞滚动起无从追悔的怨恨。悔恨与寂寞相互撕咬,相互激荡,像夜的宇宙,星光闪闪的,浩渺无边的,岁岁年年的。人是自己的敌人,人一心不想做人,人一心就想成仙。人是人的原因,人却不是人的结果。人啊,人啊,你在哪里?你在远方,你在地上,你在低头沉思之间,你在回头一瞥之间,你在悔恨交加之间。人总是吃错了药,吃错了药的一生经不起回头一看,低头一看。吃错药是嫦娥的命运,女人的命运,人的命运。人只能如此,命中八尺,你难求一丈。

这段二黄的后面有一段笛子舞,嫦娥手里拿着从人间带过去的一支竹笛,众仙女飘飘然,徐徐而上。嫦娥在众仙女的环抱之中做无助状,做苦痛状,做悔恨状,做无奈状,做顾盼状。嫦娥与众仙女亮相。整部《奔月》就是在这个亮相之中降下大幕的。

照炳璋原来的意思,彩排的戏量筱燕秋与春来一人一半的。筱燕秋没有同意。她对自己的身体没有把握。嫦娥在服药之后有一段快板唱腔,快板下面又是一段水袖舞,水袖舞张狂至极,幅度相当大。不论是快板还是水袖舞,都是力气活儿。放在过去筱燕秋自然是没有问题的,今天却不行。筱燕秋流产毕竟才第五天。虽说是药物流产,可到底失了那么多的血,身子还软,气息还虚,筱燕秋担心自己扛不下来,到底也不是正式演出。筱燕秋的决定的确是明智的,袖子舞过后,大幕刚刚落下,筱燕秋一下子就坍塌在地毯上了,把身边的"仙女们"吓了一大跳。好在筱燕秋并不慌张,她坐在毡毯上,笑着说:"绊了一下,没事的。"筱燕秋没有谢幕,直接到卫生间去了。

她感到了不好,下身热热的,热热的东西在往下淌。

筱燕秋从卫生间里出来,一拐弯就被众人围住了。炳璋站在最前面,冲着她无声地微笑,跷着他的大拇指。炳璋在赞美筱燕秋。炳璋的赞美是由衷的,他的眼里噙着泪花。筱燕秋的嫦娥实在是太出色了。炳璋把左手搭在筱燕秋的肩膀上,说:"你真的是嫦娥。"

筱燕秋无力地笑着。她突然看见春来了,还有老板。春来依偎在老板身边,仰着脸,满面春风,一路走一路和老板说着什么。老板步履矫健,神采奕奕,像微服私访的伟人。老板亲切地微笑着,边微笑边点头。筱燕秋从他们的神态上面敏锐地捕捉到了异样的征候,心口"咯噔"了一下。筱燕秋笑了笑,迎了上去。

《奔月》公演的这天下起了大雪,一大早就是雪霁之后晴朗的冬日。晴朗的太阳把城市照得亮亮的,白白的,都有些刺眼了。大雪覆盖了城市,城市像一块巨大的蛋糕,铺满了厚厚的奶油,又柔和,又温馨,笼罩着一种特殊的调子,既像童话,又像生日。筱燕秋躺在床上,目光穿过了阳台,静静地看着玻璃外面的巨大蛋糕。筱燕秋没有起床,她就是弄不明白,下身的血怎么还滴滴答答的,一直都不干净。筱燕秋没有力气,她在静养。她要把所有的力气都省下来,留给戏台,留给戏台上的一举一动,一字一句。

临近傍晚的时分厚厚的蛋糕已经被糟蹋得不成样子了,有一种客人散尽、杯盘狼藉的意味。雪化了一部分,积余了一部分,化雪的地方裸露出了大地的乌黑、肮脏、丑陋、甚至狰狞。筱燕秋叫了一辆出租车,早早来到了剧院。化妆师和工作人员早到齐了。今天是一个不一般的日子,是筱燕秋这一生当中最为重要的日子。一下车筱燕秋就在台前与台后都走了一遍,看了一遍,和工作人员招呼了几回,然后,回到化装间,查看过道具,静静地坐在了化妆台的前面。

筱燕秋望着镜子里的自己,慢慢地调息。她细细地端详着自己,突然觉得自己今天是一个古典的新娘。她要精心地梳妆,精心地打扮,好把自己闪闪亮亮地嫁出去。她不知道新郎是谁,尚未拉开的红色大幕是她头上的红头盖,把她盖住了。一阵慌张十分突兀地涌向了筱燕秋的心房,筱燕秋慌张得厉害。红头盖是一个双重的谜,别人既是你的谜,你同样又构成了别人的谜。你掩藏在红头盖的下面,你与这个世界彻底变成了互猜的关系,由不得你不紧张,不心跳,不神飞意乱。

筱燕秋深吸了一口气,定下心来。她披上了水衣,扎好,然后,筱燕秋伸出了手去。她取过了底彩。她把肉色的底彩挤在了左手的掌心上,均匀地抹在脸上、脖子上、手背上。抹匀了,筱燕秋开始搽凡士林。化妆师递上了面红,筱燕秋用中指一点一点地把自己的眼眶、鼻梁画红了,左右研究了一回,满意了,拍定妆粉。筱燕秋开始上胭脂了。胭脂搽在了面红抹过的部位,面红立即出彩了,鲜亮了起来,镜子里青衣的模样顿时就出来了一个大概。现在轮到眼睛了。筱燕秋用指尖顶住了眼角,把眼角吊向太阳穴的斜上方,画眼,画眉。画好了,筱燕秋松开手,眼角的皮肤一起松垮垮地掉了下来,而眼眶却画在了高处,这一来眼角那一把就有些古怪,妖里妖气的。

化完妆,筱燕秋便把自己交给了化妆师。化妆师湿好了勒头带,开始为筱燕秋吊眉。化妆师把筱燕秋的眼角重新顶上去,筱燕秋感到有点疼。化妆师用潮湿的勒头带把筱燕秋的脑袋裹了一圈又一圈,勒住了眼角的皮,紧绷绷的,吊上去的眼角这一回算是固定住了,筱燕秋的双眼呈倒"八"字状,看上去有点像传说中的狐狸,妩媚起来了,灵动起来了。吊好眉,化妆师为筱燕秋贴上大片,左腮一个,右腮一个,筱燕秋的脸型一下子变了,居然变成了一只剥了壳的鸡蛋。上好齐眉穗,盖好水纱,戴上头套、假发,一个活灵活现的青衣立时就出现在镜框里了。筱燕秋盯着自己,看,她漂亮得自己都认不出自己来。那绝对是另一个世界里的另一个女人。但是,筱燕秋坚信,那个女人才是筱燕秋,才是她自己。筱燕秋挺起了胸,侧过头,意外地发现化装间里挤了好些人。他们一起愣在那儿,专心地看着她,用一种疑惑的眼光研究着她。筱燕秋看到了春来,春来就在身边。春来一直就站在筱燕秋的身边。春来呆在那儿,她不敢相信面前的女人就是与她朝夕相处的老师筱燕秋。筱燕秋简直就是变魔术,突然变出一个人来了。筱燕秋睃了春来一眼。她知道这个小女人此时此刻的心情。她看得出,这个小女人妒忌了。筱燕秋没有开口,她现在谁也不是。她现在只是自己,是另一个世界里的另一个女人。是嫦娥。

大幕拉开了。红头盖掀起来了。筱燕秋撂开了两片水袖。新娘把自己嫁出去了。没有新郎,这个世界就是新郎,所有的人都是新郎。所有的新郎一起盯住了唯一的新娘。筱燕秋站在入相处,锣鼓响了起来。

筱燕秋没有料到一出戏如此之短,筱燕秋只觉得刚开了一个头,刚刚离开了这个世界,说回来就又回来了。筱燕秋起初还担心自己的身体吃不消的,刚刚登台的时候是有那么一点紧张,很快她就完全放松下来了。她开始了抒发,开始了倾诉,她彻底忘记了自己,甚至,彻底忘记了嫦娥,她把满腔的块垒抽成了一根绵延的细长的丝,一点一点地吐了出来,缠绕了起来,挥洒了起来。她在世界的面前坦露出了她自己,满世界都在为她喝彩。她越来越投入,越来越痴迷,筱燕秋越陷越深。这是喜悦的两个小时,哭泣的两个小时,五味俱全的两个小时,缤纷飞扬的两个小时,酣畅的两个小时,凄艳的两个小时,恣意的两个小时,迷乱的两个小时,这还是类似于床笫之欢的两个小时。筱燕秋的身体连同她的心窍,一起全都打开了,舒张了,延展了,润滑了,柔软了,自在了,饱满了,接近于透明,接近于自缢,处在了亢奋的临界点。筱燕秋就感到自己成了一颗熟透了的葡萄,就差轻轻地、尖锐地一击,然后,所有黏稠的液汁就会了却心愿般地流淌出来。可是,戏完了,没戏了,结束了,"那个女人"说走就走了,毫不留情地把筱燕秋留给了筱燕秋。筱燕秋置身于巨大的惯性之中,她停不下来,她的身体不肯停下来。筱燕秋欲罢不能,她还要唱,还要演。筱燕秋不知道自己是怎么谢幕的,可大幕黑了一张脸,拉下了。那感觉就如同高潮临近的时候男人突然收走了他的器具。筱燕秋伤心欲绝。筱燕秋就想对着台下喊:"不要走,我求求你们,你们都回来,你们快回来!"

散场了,一切都结束了。筱燕秋不是不累,而是有劲无处使。她在焦虑之中蠢蠢欲动。她在百般失落之中走向了后台,炳璋站在那儿,似乎在等着她。炳璋张开了双臂,正在出口那边高兴地迎候着她。筱燕秋走到炳璋的面前,委屈得像个孩子。她扑在了炳璋的怀里。她把脸埋进炳璋的胸前,失声痛哭。炳璋拍着她,不停地拍着她。炳璋懂。炳璋一个劲地眨巴他的眼睛。没有人知道筱燕秋的心思,没有人知道筱燕秋此时此刻最想做的是什么。筱燕秋自己也说不上来。嫦娥飞走了,只把筱燕秋一个人留在了这个世界上。筱燕秋就觉得自己想找一个男人,不要命地做一次爱。筱燕秋突然抬起了头来,脸上的油彩糊成了一片,三分像人,七分像鬼,炳璋吓了一跳。炳璋再也没有料到筱燕秋会说出这样的话来,炳璋听了筱燕秋的话才知道自己并不懂得这个女人。筱燕秋冷冷地望着炳璋,说:"明天还是我。你答应我。明天我还是要上!"

筱燕秋一口气演了四场。她不让。不要说是自己的学生,就是她亲娘老子来了她也不会让。这不是 A 档 B 档的事。她是嫦娥,她才是嫦娥。筱燕秋完全没有在意剧团这几天气氛的变化,完全没有在意别人看她的目光,她管不了这些。只要化妆的时间一到,她就平平静静地坐在了化妆台的前面,把自己弄成别人。

天气晴好了四天,午后的天空又阴沉下来了。昨晚的天气预报说了,今天午后有大风雪的。下午风倒是起了,雪花却没有。午后的筱燕秋又乏了,浑身上下像是被捆住了,两条腿费劲得要了命。下午刚过了三点,筱燕秋突然发起了高烧,而下身又见红了,量比以往似乎还多了些,都没完没了了。高烧来得快,上得更快。筱燕秋的后背上一阵一阵地发寒,大腿的前侧似乎也多出了一根筋,拽在那儿,吊在那儿,无缘无故地扯着疼。筱燕秋到底不踏实了,到医院挂了妇科门诊。筱燕秋计划好了的,开上药,吃了,好歹也不会耽搁晚上的演出。可这一回医生倒是没有忙着让她吃药,而是问了又问,开出一大串的检查单子,叫她查了又查。医生一脸的肃穆,既没有吓人的话,也没有宽慰人的话,一副死不了也不怎么好的样子。医生最后开口了,医生说:"怎么拖到现在?内膜都感染成这样了,你看看血象。"医生后来说,"手术还是要做。最好呢,住下来"。筱燕秋没有讨价还价,生硬地说:"我不住。"筱燕秋又追了一句,说,"手术能不能等些时候?"医生的目光从眼镜镜框的上方看过来,说:"身体不等人哪。"筱燕秋说:"我不住。"医生拿起了处方,龙飞凤舞,说:"先消炎,再忙你也得先消炎。先吊两瓶水再说。"

利用取药的工夫筱燕秋拐到大厅,她看了一眼时钟,时间不算宽裕。毕竟也没到火烧眉毛的程度。吊到五点钟,完了吃点东西,五点半赶到剧场,也耽搁不了什么。这样也好,一边输液,一边养养神,好歹也是住在医院里头。

筱燕秋完全没有料到会在输液室里头睡得这样死,简直都睡昏了。筱燕秋起初只是闭上眼睛养养神的,空调的温度打得那么高,养着养着居然就睡着了。筱燕秋那么疲惫,发着那么高的烧,输液室的窗户上又挂着窗帘,人在灯光下面哪能知道时光飞得有多快?筱燕秋一觉醒来,身上像松了绑,舒服多了。醒来之后筱燕秋问了问时间,问完了眼睛便直了。她拔下针管,包都没有来得及提,拔完了针管就往门外跑。

天已经黑了。雪花却纷扬起来。雪花那么大,那么密,远处的霓虹灯在纷飞的雪花中明灭,把雪花都打扮得像无处不入的小婊子了,而大楼却成了器宇轩昂的嫖客,挺在那儿,在错觉之中一晃一晃的。筱燕秋拼命地对着出租车招手,出租车有生意,多得做不过来,傲慢得只会响喇叭。筱燕秋急得没病了,一个劲地对着出租车挥舞胳膊,都精神抖擞了。她一路跑,一路叫,一路挥舞她的胳膊。

筱燕秋冲进化装间的时候春来已经上好妆了。她们对视了一眼,春来没有开口。筱燕秋上课的时候关照过她的,化上妆这个世界其实就没有了,你不再是你,他也不再是他——你谁都不认识,谁的话你也不要听。筱燕秋一把抓住了化妆师,她想大声告诉化妆师,她想告诉每一个人,"我才是嫦娥,只有我才是嫦娥!"但是筱燕秋没有说。筱燕秋现在只会抖动她的嘴唇,不会说话。此时此刻,筱燕秋就盼望着王母娘娘能从天而降,能给她一粒不死之药,她只要吞下去,她甚至连化妆都不需要,立即就可以变成嫦娥了。王母娘娘没有出现,没有人给筱燕秋不死之药。筱燕秋回望着春来,上了妆的春来比天仙还要美。她才是嫦娥。这个世上没有嫦娥,化妆师给谁上妆谁才是嫦娥。

锣鼓响起来了。筱燕秋目送着春来走向了上场门。大幕拉开了,筱燕秋看见老板坐在了第三排的正中央。他像伟人一样亲切地微笑,伟人一样缓慢地鼓掌。筱燕秋望着老板,反而平静下来了。筱燕秋知道她的嫦娥这一回真的死了。嫦娥在筱燕秋四十岁的那个雪夜停止了悔恨。死因不详,终年四万八千岁。

筱燕秋回到了化装间,无声地坐在化妆台前。剧场里响起了喝彩声,化装间里就越发寂静了。她望着自己,目光像秋夜的月光,汪汪地散了一地。筱燕秋一点都不知道她做了些什么,她像一个走尸,拿起水衣给自己披上了,然后取过肉色底彩,挤在左手的掌心,均匀地、一点一点地往脸上抹,往脖子上抹,往手上抹。化完妆,她请化妆师给她吊眉,包头,上齐眉穗,戴头套,最后她拿起了她的笛子。筱燕秋做这一切的时候是镇定自若的,出奇地安静。但是,她的安静让化妆师不寒而栗,后背上一阵一阵地竖毛孔。化妆师怕极了,惊恐地盯着她。筱燕秋并没有做什么,也没有说什么,只是拉开了门,往门外走。

筱燕秋穿着一身薄薄的戏装走进了风雪。她来到剧场的大门口,站在了路灯的下面。筱燕秋看了大雪中的马路一眼,自己给自己数起了板眼,同时舞动起手中的竹笛。她开始了唱,她唱的依旧是二黄慢板转原板转流水转高腔。雪花在飞舞,剧场的门口突然围上来许多人,突然堵住了许多车。人越来越多,车越来越挤,但没有一点声音。围上来的人和车就像是被风吹过来的,就像是雪花那样无声地降落下来的。筱燕秋旁若无人。剧场内爆发出又一阵喝彩声。筱燕秋边舞边唱,这时候有人发现了一些异样,他们从筱燕秋的裤管上看到了液滴在往下淌。液滴在灯光下面是黑色的,它们落在了雪地上,变成一个又一个黑色窟窿。

《青衣》导读

拓展阅读

拓展阅读

吴义勤:感性的形而上主义者——毕飞宇论

流浪地球

刘慈欣

刹车时代

我没见过黑夜,我没见过星星,我没见过春天、秋天和冬天。

我出生在刹车时代结束的时候,那时地球刚刚停止转动。

地球自转刹车用了四十二年,比联合政府的计划长了三年。妈妈给我讲过我们全家看最后一次日落的情景——太阳落得很慢,仿佛在地平线上停住了,用了三天三夜才落下去。当然,以后没有"天"也没有"夜"了。东半球在相当长的一段时间里(有十几年吧)将处于永远的黄昏中,因为太阳在地平线下并没落深,还在半边天上映出它的光芒。

就在那次漫长的日落中,我出生了。

黄昏并不意味着昏暗,地球发动机把整个北半球照得通明。地球发动机安装在亚洲和美洲大陆上,因为只有这两个大陆完整坚实的板块结构才能承受发动机对地球巨大的推力。地球发动机共有一万二千台,分布在亚洲和美洲大陆的各个平原上。从我住的地方,可以看到几百台发动机喷出的等离子体光柱。你想象一座巨大的宫殿,有雅典卫城上的神殿那么大,殿中有无数根顶天立地的巨柱,每根柱子都像巨大的日光灯管那样发出蓝白色的强光,而你则是那巨大宫殿地板上的一个细菌,这样,你就可以想象到我所在的世界是什么样子了。其实这样描述还不是太准确,地球发动机的喷射必须有一定的角度,这样切线推力分量才能刹住地球的自转,所以天空中的那些巨型光柱是倾斜的,我们是处在一个将要倾倒的巨殿中!如果有人突然从南半球到北半球,多半会精神失常的。比这景象更可怕的是发动机带来的酷热,户外气温高达七八十摄氏度,必须穿冷却服才能外出。在这样的气温下,常常会有暴雨,而发动机光柱穿过乌云时的景象简直是一场噩梦!光柱蓝白色的强光在云中散射,变成无数种色彩组成的疯狂涌动的光晕,整个天空仿佛被白热的火山岩浆所覆盖。爷爷老糊涂了,有一次被酷热折磨得实在受不了,看到下大雨喜出望外,赤膊冲出门去,我们没来得及拦住他,外面雨点已被地球发动机超高温的等离子光柱烤沸,把他身上烫脱了一层皮。

但对于在北半球出生的我们这一代人来说,这一切都很自然,就如同刹车时代以前的人们,看见太阳、星星和月亮很自然一样。我们把那以前人类的历史都叫作"前太阳时代",那真是个让人神往的黄金时代啊!

在我小学入学时,作为一门课程,老师带我们班的三十个孩子进行了一次环球旅行。这时地球已经完全停转,地球发动机除了维持这颗行星的静止状态外,只进行一些姿态调整,所以从我三岁到六岁的三年中,光柱的光度大为减弱,这使得我们可以在这次旅行中更好地认识我们的世界。

我们首先近距离见到了地球发动机,是在石家庄附近的太行山出口处看到的。那是一座金属的高山,在我们面前赫然耸立,占据了半个天空。同它相比,西边的太行山脉如同一串小土丘。有的孩子惊叹它如珠峰一样高。我们的班主任小星老师是一位漂亮姑娘,她笑着告诉我们,这台发动机的高度是一万一千米,比珠峰还要高两千多米,人们管它叫"上帝的喷灯"。我们站在它巨大的阴影中,感受着它通过大地传来的震动。

地球发动机分为两大类,大一些的叫"山",小一些的叫"峰"。我们登上了"华北794号山"。登"山"比登"峰"花的时间长,因为"峰"是靠巨型电梯上下的,上"山"则要坐汽车沿盘"山"公路走。我们的汽车混在不见首尾的长长车队中,沿着光滑的钢铁公路向上爬行。我们的左边是青色的金属峭壁,右边是万丈深渊。车队由五十吨重巨型自卸卡车组成,车上满载着从太行山上挖下的岩石。汽车很快升到了五千米以上,下面的大地已看不清细节,只能看到地球发动机反射的一片青光。小星老师让我们戴上氧气面罩。随着我们距喷口越来越近,光度和温度都在剧增,面罩的颜色渐渐变深,冷却服中的微型压缩机也大功率地忙碌起来。在六千米处,我们见到了进料口,一车车的大石块倒进那闪着幽幽红光的大洞中,一点声音都没传出来。我问小星老师,地球发动机是如何把岩石做成燃料的?

"重元素聚变是一门很深的学问,现在给你们还讲不明白。你们只需要知道,地球发动机是人类建造的力量最大的机器,比如我们所在的华北794号,全功率运行时能对大地产生一百五十亿吨的推力。"

我们的汽车终于登上了山顶,喷口就在我们头顶上。由于光柱的直径太大,我们现在抬头看到的是一堵发着蓝光的等离子体巨墙,向上伸延到无限高处。这时,我突然想起不久前的一堂哲学课,那个憔悴的老师给我们出了一个谜语:"你在平原上走着走着,突然迎面遇到一堵墙,这墙向上无限高,向下无限深,向左无限远,向右无限远,这墙是什么?"

我打了一个寒战,随后把这个谜语告诉了身边的小星老师。她想了好长一会儿,困惑地摇摇头。我把嘴凑到她耳边,把那个可怕的谜底告诉她:"死亡。"

她默默地看了我几秒钟,突然把我紧紧地抱在怀里。我从她的肩上极目望去,迷蒙的大地上,耸立着一座座金属巨峰,从我们周围一直延伸到地平线。巨峰吐出的光柱,如一片倾斜的宇宙森林,刺破我们摇摇欲坠的天空。

我们很快到达了海边,看到城市摩天大楼的尖顶伸出海面,退潮时,白花花的海水从大楼无数的窗子中流出,形成一道道瀑布……刹车时代刚刚结束,其对地球的影响已触目惊心:地球发动机加速造成的潮汐吞没了北半球三分之二的大城市;发动机带来的全球高温融化了极地冰川,更给这大洪水推波助澜,波及南半球。爷爷在三十年前亲眼目睹了百米高的巨浪吞没上海的情景,他现在讲这事的时候眼还直勾勾的。事实上,我们的星球还没起程就已面目全非了,谁知道在以后漫长的外太空流浪中,还有多少苦难在等着我们呢?

我们乘上一种叫"船"的古老交通工具,在海面上航行。地球发动机的光柱在后面越来越远,一天以后就完全看不见了。这时,大海处在两片霞光之间——一片是西面地球发动机的光柱产生的青蓝色霞光,一片是东方海平面下的太阳产生的粉红色霞光——它们在海面上的反射使大海也分成了闪耀着两色光芒的两部分,我们的船就行驶在这两部分的分界处;这景色真是奇妙。但随着青蓝色霞光的渐渐减弱和粉红色霞光的渐渐增强,一种不安的气氛在船上弥漫开来。甲板上见不到孩子们了,他们都躲在船舱里不出来,舷窗的帘子也被紧紧拉上。一天后,我们最害怕的时刻终于到来了。我们集合在那间用来做教室的大舱中,小星老师庄严地宣布:"孩子们,我们要去看日出了。"

没有人动。我们目光呆滞,像突然冻住一样僵在那儿。小星老师又催了几次,还是没人动。她的一位男同事说:"我早就提过,环球体验课应该放在近代史课后面,学生在心理上就比较容易适应了。"

"那没什么用的。在近代史课前,他们早就从社会上知道一切了。"小星老师说,她接着对几位班干部说,"你们先走,孩子们,不要怕,我小时候第一次看日出也很紧张的,但看过一次就好了"。

孩子们终于一个个站了起来,朝着舱门挪动脚步。这时,我感到一只湿湿的小手抓住了我的手,回头一看,是灵儿。

"我怕……"她嘤嘤地说。

"我们在电视上也看到过太阳,反正都一样的。"我安慰她说。

"怎么会一样呢,你在电视上看蛇和看真蛇一样吗?"

"……反正我们得上去,要不这门课会扣分的!"

我和灵儿紧紧拉着手,和其他孩子一起战战兢兢地朝甲板走去,去面对我们人生中的第一次日出。

"其实,人类把太阳同恐惧连在一起也只是这三四个世纪的事。这之前,人类是不怕太阳的;相反,太阳在他们眼中是庄严和壮美的。那时地球还在转动,人们每天都能看到日出和日落。他们对着初升的太阳欢呼,赞颂落日的美丽。"小星老师站在船头对我们说。海风吹动着她的长发,在她身后,海天连接处射出几道光芒,好像海面下的一头大得无法想象的怪兽喷出的鼻息。

终于,我们看到了那令人胆寒的火焰。开始只是天水连线上的一个亮点,但很快增大,渐渐显示出了圆弧的形状。这时,我感到自己的喉咙被什么东西掐住了,恐惧使我窒息,脚下的甲板仿佛突然消失,我在向海的深渊坠下去,坠下去……和我一起下坠的还有灵儿,她那蛛丝般柔弱的小身躯紧贴着我颤抖不已。还有其他孩子,其他所有人,整个世界,都在下坠。这时我又想起了那个谜语,我曾问过哲学老师,那堵墙是什么颜色的,他说应该是黑色的。我觉得不对,我想象中的死亡之墙应该是雪亮的,这就是为什么那道等离子体墙让我想起了死亡。这个时代,死亡不再是黑色的,而是闪电的颜色。当那最后的闪电到来时,世界将在瞬间变成蒸汽。

三个多世纪前,天体物理学家就发现太阳内部氢转化为氦的速度突然加快,于是,他们发射了上万枚探测器穿过太阳,最终建立了这颗恒星完整精确的数学模型。巨型计算机对这个模型计算的结果表明,太阳的演化已向主星序外偏移,氦元素的聚变将在很短的时间内传遍整个太阳内部,由此产生一次叫"氦闪"的剧烈爆炸。之后,太阳将变为一颗巨大但暗淡的红巨星,它膨胀到如此之大,地球将在太阳内部运行!事实上,在这之前的氦闪爆发中,我们的星球已被气化了。

这一切将在四百年内发生,现在已过了三百八十年。

太阳的灾变将炸毁和吞没太阳系所有适合居住的类地行星,并使所有类木行星完全改变形态和轨道。自第一次氦闪后,随着重元素在太阳中心的反复聚集,太阳氦闪将在一段时间内反复发生,这"一段时间"是相对于恒星演化来说的,其长度实际上可能是人类历史的上千倍。所以,人类在以后的太阳系中已无法生存下去,唯一的生路是向外太空恒星际移民。而照人类目前的技术力量,全人类移民唯一可行的目标是半人马座比邻星,这是距我们最近的恒星,有四点三光年的路程。在这个问题上,人们已达成共识,争论的焦点在移民方式上。

为了加强教学效果,我们的船在太平洋上折返了两次,又给我们制造了

流浪地球

两次日出。现在我们已完全适应了,也相信了南半球那些每天面对太阳的孩子确实能活下去。

以后我们就在太阳下航行了。太阳在空中越升越高,凉爽下来的天气又热了起来。我正在自己的舱里昏昏欲睡,忽然听到外面有喧乱的人声。灵儿推开门,探进头来。

"嗨,飞船派和地球派又打起来了!"

我对这事儿不感兴趣,他们已经打了四个世纪了。但我还是到外面看了看,在那打成一团的几个男孩儿中,一眼就看出了挑起事儿的是阿东。他爸爸是个顽固的飞船派,因参加一次反联合政府的暴动,现在还被关在监狱里。有其父,必有其子。

小星老师和几名粗壮的船员好不容易才拉开架,阿东鼻子血糊糊的,振臂高呼:"把地球派扔到海里去!"

"我也是地球派,也要扔到海里去?"小星老师问。

"地球派都扔到海里去!"阿东毫不示弱。现在,全世界飞船派情绪又呈上升趋势,所以他们也狂起来了。

"为什么这么恨我们?"小星老师问。其他几个飞船派小子接着喊了起来:

"我们不和地球派傻瓜在地球上等死!"

"我们要坐飞船走!飞船万岁!"

……

小星老师按了一下手腕上的全息显示器,我们面前的空中立刻显示出一幅全息图像,孩子们的注意力被它吸引过去,暂时安静下来。那是一个晶莹透明的密封玻璃球,直径大约十厘米,球里有三分之二充满了水,水中有一只小虾、一小枝珊瑚和一些绿色的藻类植物,小虾在水中悠然地游动着。小星老师说:"这是阿东的一件自然课设计作品,小球中除了这几样东西外,还有一些看不见的细菌,它们在密封的玻璃球中相互依赖,相互作用。小虾以海藻为食,从水中摄取氧气,排出含有机物质的粪便和二氧化碳废气。细菌将这些东西分解成无机物质和二氧化碳。然后,海藻利用这些无机物质和二氧化碳在人造阳光的照射下进行光合作用,制造营养物质,进行生长和繁殖,同时放出氧气,供小虾呼吸。这样的生态循环应该能使玻璃球中的生物在只有阳光供应的情况下生生不息。这是我见过的最好的课程设计。我知道,这里面凝聚了阿东和所有飞船派孩子的梦想。这就是你们梦中飞船的缩影啊!阿东告诉我,他按照计算机中严格的数学模型,对球中每一样生物进行了基因设计,使它们的新陈代谢正好达到平衡。他坚信,球中的生命世界会长期存在下去,直到小虾寿命的终点。老师们都很钟爱这件作品。我们把它放到所要求强度的人造阳光下,默默地祝福他创造的这个小小的世界,能像阿东预想的那样长存。但现在,时间只过去了十几天……"

小星老师从随身带来的一个小箱子中小心翼翼地拿出了那个玻璃球。死去的小虾漂浮在水面上,水混浊不堪,腐烂的藻类植物已失去了绿色,变成一团没有生命的毛状物覆盖在珊瑚上。

"这个小世界死了。孩子们,谁能说出为什么?"小星老师把那个死亡的世界举到孩子们面前。

"它太小了!"

"说得对,太小了。小的生态系统,不管多么精确,也是经不起时间的风浪的。飞船派想象中的飞船也一样。"

"我们的飞船可以造得像上海或纽约那么大。"阿东说,声音比刚才低了许多。

"是的,按人类目前的技术最多也只能造这么大。但同地球相比,这样的生态系统还是太小了,太小了。"

"我们会找到新的行星。"

"这连你们自己也不相信。半人马座没有行星,最近的有行星的恒星在八百五十光年以外,目前人类能建造的最快的飞船也只能达到光速的百分之零点五,这样就需十七万年才能到那儿,飞船规模的生态系统连这十分之一的时间都维持不了。孩子们,只有像地球这样规模的生态系统、这样气势磅礴的生态循环,才能使生命万代不息!人类在宇宙间离开了地球,就像婴儿在沙漠里离开了母亲!"

"可……老师,我们来不及了,地球来不及了——它还来不及加速到足够快,航行到足够远,太阳就爆炸了!"

"时间是够的,要相信联合政府!这我说了很多遍。如果你们还不相信,我们就退一万步说:人类将自豪地去死,因为我们尽了最大的努力!"

人类的逃亡分为五步:第一步,用地球发动机使地球停止自转,使发动机喷口对准地球运行的反方向;第二步,全功率开动地球发动机,使地球加速到逃逸速度,飞出太阳系;第三步,在外太空继续加速,飞向比邻星;第四步,在中途使地球重新自转,掉转发动机方向,开始减速;第五步,地球泊入比邻星轨道,成为这颗恒星的行星。人们把这五步分别称为刹车时代、逃逸时代、流浪时代Ⅰ(加速)、流浪时代Ⅱ(减速)、新太阳时代。

整个移民过程将延续两千五百年时间,一百代人。

我们的船继续航行,到了地球黑夜的部分。在这里,阳光和地球发动机的光柱都照不到,在大西洋清凉的海风中,我们这些孩子第一次看到了星空。天啊,那是怎样的景象啊,美得让我们心醉。小星老师一手搂着我们,一手指着星空。看,孩子们,那就是半人马座,那就是比邻星,那就是我们的新家!说完她哭了起来,我们也都跟着哭了,周围的水手和船长,这些铁打的汉子也流下了眼泪。所有的人都用泪眼望着老师指的方向,星空在泪水中扭曲抖动,唯有那颗星星是不动的。它是黑夜大海狂浪中远方陆地的灯塔,是冰雪荒原中快要冻死的孤独旅人前方隐现的火光,是我们心中的太阳,是人类在未来一百代的苦海中唯一的希望和支撑……

在回家的航程中,我们看到了起航的第一个信号:夜空中出现了一颗巨大的彗星,那是月球。人类带不走月球,就在月球上也安装了行星发动机,把它推离地球轨道,以免在地球加速时相撞。月球上行星发动机产生的巨大彗尾使大海笼罩在一片蓝光之中,群星看不见了。月球移动产生的引力潮汐使大海巨浪滔天,我们改乘飞机向南半球的家飞去。

起航的日子终于到了!

我们一下飞机,就被地球发动机的光柱照得睁不开眼,这些光柱比以前亮了几倍,而且所有光柱都由倾斜变成笔直。地球发动机开到了最大功率,加速产生的百米巨浪轰鸣着扑上每个大陆,灼热的飓风夹着滚烫的水沫,在林立的顶天立地的等离子光柱间疯狂呼啸,拔起了陆地上所有的大树……这时从宇宙空间看,我们的星球也成了一颗巨大的彗星,蓝色的彗尾刺破了黑暗的太空。

地球上路了,人类上路了。

就在起航时,爷爷去世了,他身上的烫伤已经感染。弥留之际,他反复念叨着一句话:"啊,地球,我的流浪地球啊……"

逃逸时代

学校要搬入地下城了,我们是第一批入城的居民。校车钻进了一个高大的隧洞,隧洞呈不大的坡度向地下延伸。走了有半个钟头,我们被告知已入城了,可车窗外哪有城市的样子? 只看到不断掠过的错综复杂的支洞和洞壁上无数的密封门,在高高洞顶的一排泛光灯下,一切都呈单调的金属蓝色。想到后半生的大部分时光都要在这个世界中度过,我们不禁黯然神伤。

"原始人就住洞里,我们又住洞里了。"灵儿低声说,这话还是让小星老师听见了。

"没有办法的,孩子们,地面的环境很快就要变得很可怕很可怕。那时,冷的时候,吐一口唾沫,还没掉到地上呢,就冻成小冰块儿了;热的时候,再吐一口唾沫,还没掉到地上,就变成蒸汽了!"

"冷我知道,因为地球离太阳越来越远了。可为什么还会热呢?"同车的一个低年级的小娃娃问。

"笨,没学过变轨加速吗?"我没好气地说。

"没有。"

灵儿耐心地解释起来,好像是为了缓解刚才的悲伤,"是这样,跟你想的不同,地球发动机没那么大劲儿,它只能给地球很小的加速度,不能把地球一下子推出绕日轨道。在地球离开太阳前,还要绕着它转十五个圈儿呢!在这期间,地球会慢慢加速。现在,地球绕太阳转着一个挺圆的圈儿,可它的速度越快呢,这圈儿就越扁,越快越扁,越快越扁……所以后来,地球有时会离太阳很远很远,当然冷了……"

"可……还是不对!地球到最远的地方是很冷,可在扁圈的另一头儿,它离太阳——嗯,我想想,按轨道动力学,它离太阳还是现在这么近啊,怎么会更热呢?"

真是个小天才,记忆遗传技术使这样的小娃娃具备了成人的智力水平,这是人类的幸运,否则,像地球发动机这样连神都不敢想的奇迹,是不会在四个世纪内变成现实的。

我说:"还有地球发动机呢,小傻瓜。现在,一万多台那样的大喷灯全功率开动,地球就成了火箭喷口的护圈了……你们安静点吧,我心里烦!"

我们就这样开始了地下的生活,像这样在地下五百米处人口超过百万的城市遍布各个大陆。在这样的地下城中,我读完小学并升入中学。学校教育都集中在理工科,艺术和哲学之类的教育被压缩到最少——人类没有这份闲心了。这是人类最忙的时代,每个人都有做不完的工作。很有意思的是,地球上所有的宗教在一夜之间消失得无影无踪。人们现在终于明白,就算真有上帝,他也是个王八蛋。历史课还是有的,只是课本中前太阳时代的人类历史在我们听来就像伊甸园中的神话一样。

父亲是空军的一名近地轨道宇航员,在家的时间很少。记得在变轨加速的第五年,在地球处于远日点时,我们全家到海边去过一次。运行到远日点顶端那一天,是一个如同新年或圣诞节一样的节日,因为这时地球距太阳最远,人们都有一种虚幻的安全感。像以前到地面上去一样,我们必须穿上带有核电池的全密封加热服。外面,地球发动机林立的刺目光柱是主要能看见的东西,地面世界的其他部分都淹没于光柱的强光中,看不出变化。我们乘飞行汽车飞了很长时间,到了光柱照不到的地方,到了能看见太阳的海边。这时的太阳只有棒球大小,一动不动地悬在天边,它的光芒只在自己的周围映出了一圈晨曦似的亮影。天空呈暗暗的深蓝色,星星仍清晰可见。举目望去,哪有海啊,眼前是一片白茫茫的冰原。在这封冻的大海上,有大群狂欢的人。焰火在暗蓝色的空中绽放,冰冻海面上的人们以一种反常的情绪狂欢着,到处都是喝醉了在冰上打滚儿的人,更多的人在声嘶力竭地唱着不同的歌,都想用自己的声音压住别人。

"每个人都在不顾一切地过自己想过的生活,这也没有什么不好。"爸爸突然想起了一件事,"呵,忘了告诉你们,我爱上了黎星,我要离开你们和她在一起。"

"她是谁?"妈妈平静地问。

"我的小学老师。"我替爸爸回答。我升入中学已两年,不知道爸爸和小星老师是怎么认识的,也许是在两年前那个毕业仪式上?

"那你去吧。"妈妈说。

"过一阵子我肯定会厌倦,那时我就回来,你看呢?"

"你要愿意当然行。"妈妈的声音像冰冻的海面一样平,但很快激动起来,"啊,这一颗真漂亮,里面一定有全息散射体!"她指着刚在空中绽放的一朵焰火,真诚地赞美着。

在这个时代,人们看四个世纪以前的电影和小说时都莫名其妙。他们不明白,前太阳时代的人怎么会在不关生死的事情上倾注那么多的感情。当看到男女主人公为爱情而痛苦或哭泣时,他们的惊奇是难以言表的。在这个时代,死亡的威胁和逃生的欲望压倒了一切。除了当前太阳的状态和地球的位置,没有什么能真正引起他们的注意并打动他们了。这种注意力高度集中的关注,渐渐从本质上改变了人类的心理状态和精神生活。对于爱情这类东西,他们只是用余光瞥一下而已,就像赌徒在盯着轮盘的间隙抓住几秒钟喝口水一样。

过了两个月,爸爸真从小星老师那儿回来了,妈妈没有高兴,也没有不高兴。

爸爸对我说:"黎星对你印象很好,她说你是一个有创造力的学生。"

妈妈一脸茫然,"她是谁?"

"小星老师嘛,我的小学老师,爸爸这两个月就是同她在一起的!"

"哦,想起来了!"妈妈摇头笑了,"我还不到四十,记忆力就成了这个样子。"她抬头看看天花板上的全息星空,又看看四壁的全息森林,"你回来挺好,把这些图像换换吧,我和孩子都看腻了,但我们都不会调整这玩意儿。"

地球再次向太阳跌去的时候,我们全家已经把爸爸和小星老师的事忘了。

有一天,新闻报道海在融化,于是我们全家又到海边去。地球正在通过火星轨道,按照这时太阳的光照量,地球的气温应该仍然是很低的,但由于地球发动机的影响,地面的气温正适宜。能不穿加热服或冷却服去地面,那感觉真令人愉快。地球发动机所在的半球天空还是老样子,但到达另一个半球时,真正感到了太阳的临近:天空是明朗的纯蓝色,太阳在空中已同起航前一样明亮了。可我们从空中看到海并没融化,还是一片白色的冰原。当我们失望地走出飞行汽车时,听到惊天动地的隆隆声,那声音仿佛来自这颗星球的最深处,真像地球要爆炸一样。

"这是大海的声音!"爸爸说,"因为气温骤升,厚厚的冰层受热不均匀,这很像陆地上的地震。"

突然,一声雷霆般尖厉的巨响插进这低沉的隆隆声中,我们后面看海的人群欢呼起来。我看到海面上裂开一道长缝,其开裂速度之快如同广阔的冰原上突然出现的一道黑色闪电。接着在不断的巨响中,这样的裂缝一条接一条地在海冰上出现,海水从所有的裂缝中喷出,在冰原上形成一条条迅速扩散的急流……

回家的路上,我们看到荒芜已久的大地上,野草在大片大片地钻出地面,各种花朵竞相怒放,嫩叶给枯死的森林披上绿装……所有的生命都在抓紧时间焕发活力。

随着地球和太阳的距离越来越近,人们的心也一天天揪紧了。到地面上来欣赏春色的人越来越少,大部分人都深深地躲进了地下城中。他们这不是为了躲避即将到来的酷热、暴雨和飓风,而是躲避那对越来越近的太阳的恐惧。有一天,在我睡下后,听到妈妈低声对爸爸说:"可能真的来不及了。"

爸爸说:"前四个近日点时也有这种谣言。"

"可这次是真的,我是从钱德勒博士夫人口中听说的,她丈夫是航行委员会的那个天文学家,你们都知道他的。他亲口告诉她,已观测到氦的聚集在加速。"

"你听着,亲爱的,我们必须抱有希望,这并不是因为希望真的存在,而是因为我们要做高贵的人。在前太阳时代,做一个高贵的人必须拥有金钱、权力或才能,而在今天,你只需要拥有希望。希望是这个时代的黄金和宝石,不管活多长,我们都要拥有它!明天把这话告诉孩子。"

和所有的人一样,我也随着近日点的到来而心神不定。有一天放学后,我不知不觉走到了城市中心广场,在广场中央有喷泉的圆形水池边呆立着,时而低头看着蓝莹莹的池水,时而抬头望着广场圆形穹顶上梦幻般的光波纹,那是池水反射上去的。这时我看到了灵儿,她拿着一个小瓶子和一根小管儿,在吹肥皂泡。每吹出一串,她都呆呆地盯着空中飘浮的泡泡,看着它们一个个消失,然后再吹出一串……

"都这么大了还干这个,好玩吗?"我走过去问她。

灵儿见了我喜出望外,"我俩去旅行吧!"

"旅行？去哪儿？"

"当然是地面啦！"她挥手在空中划了一下，用手腕上的计算机甩出一幅全息景象，显示出一片落日下的海滩。微风吹拂着棕榈树，白浪拍打着金黄的沙滩，一对对情侣在铺满碎金的海面前相依相偎。"这是梦娜和大刚发回来的，他俩现在还满世界转呢，他们说外面现在还不太热，外面可好呢，我们去吧！"

"他们因为旷课刚被学校开除了。"

"哼，你根本不是怕这个，你是怕太阳！"

"你不怕吗？别忘了你因为怕太阳还看过精神病医生呢。"

"可我现在不一样了，我受到了启示！你看，"灵儿用小管儿吹出了一串肥皂泡，"盯着它看！"她用手指着一个肥皂泡说。

我盯着那个泡泡，看到它表面上光和色的狂澜，那狂澜以人的感觉无法把握的复杂和精细在涌动，好像那个泡泡知道自己生命短暂，所以要疯狂地把浩如烟海的记忆中的无数梦幻和传奇向世界演绎。很快，光和色的狂澜在一次无声的爆炸中消失了。我看到了一小片似有似无的水汽，这水汽也只存在了半秒钟，然后什么都没有了，好像什么都没有存在过。

"看到了吗？地球就是宇宙中的一个小水泡，啪一下，什么都没了，有什么好怕的呢？"

"不是这样的，据计算，在氦闪发生时，地球被完全蒸发掉至少需要一百个小时。"

"这就是最可怕之处了！"灵儿大叫起来，"我们在这地下五百米，就像馅饼里的肉馅一样，先给慢慢烤熟了，再蒸发掉！"

一阵冷战传遍我的全身。

"但在地面就不一样了，那里的一切瞬间被蒸发，地面上的人就像那泡泡一样，啪一下……所以，氦闪时还是在地面上为好。"

不知为什么，我没同她去，她就同阿东去了，我以后再也没见到他们。

氦闪并没有发生，地球高速掠过了近日点，第六次向远日点升去，人们绷紧的神经松弛下来。由于地球自转已停止，在绕日轨道的这一侧，亚洲大陆上的地球发动机面朝地球的运行方向，所以在通过近日点前都停了下来，只是偶尔做一些调整姿态的运行，我们这儿处于宁静而漫长的黑夜之中。美洲大陆上的发动机则全功率运行，那里成了火箭喷口的护圈。由于太阳这时正悬挂在西半球，那儿的高温更是可怕，草木生烟。

地球的变轨加速就这样年复一年地进行着。每当地球向远日点升去时，人们的心也随着地球与太阳距离的日益拉长而放松；而当它在新的一年向太阳跌去时，人们的心就一天天紧缩起来。每次到达近日点，社会上就谣言四起,说太阳氦闪就要在这时发生。直到地球再次升向远日点,人们的恐惧才随着天空中渐渐变小的太阳平息下来,但下一次恐惧又在酝酿……人类的精神像在荡着一个宇宙秋千,更恰当地说,在经历着一场宇宙俄罗斯轮盘赌——升上远日点和跌向太阳的过程是在转动弹仓,掠过近日点时则是扣动扳机!每扣一次时的神经比上一次更紧张。我就是在这种交替的恐惧中度过了自己的少年时代。其实仔细想想,即使在远日点,地球也未脱离太阳氦闪的威力圈,如果那时太阳氦闪爆发,地球不是被气化而是被慢慢液化,那种结果还真不如在近日点。

在逃逸时代,大灾难接踵而至。

由于地球发动机产生的加速度及运行轨道的改变,地核中铁镍核心的平衡被扰动,其影响穿过古腾堡不连续面,波及地幔。各个大陆地热逸出,火山爆发,这对于人类的地下城市是致命的威胁。从第六次变轨周期后,在各大陆的地下城中,岩浆渗入灾难频繁发生。

那天警报响起来的时候,我正走在放学回家的路上,听到市政厅的广播:"F112市全体市民注意,城市北部屏障已被地应力破坏,岩浆渗入!岩浆渗入!现在岩浆流已到达第四街区!公路出口被封死,全体市民到中心广场集合,通过升降梯向地面撤离。注意,撤离时按《危急法》第五条行事。强调一遍,撤离时按《危急法》第五条行事!"

我环视了一下四周迷宫般的通道,地下城现在看上去并没有什么异常。但我知道现在的危险:只有两条通向外部的地下公路,其中一条去年因加固屏障的需要已被堵死,如果剩下的这条也堵死了,就只有通过经竖井直通地面的升降梯逃命了。升降梯的载运量很小,要把这座城市的三十六万人运出去需要很长时间,但也没有必要去争夺生存的机会,联合政府的《危急法》把一切都安排好了。

古代曾有过一个伦理学问题:当洪水到来时,如果一次只能救走一个人,是去救父亲呢,还是去救儿子?在这个时代的人看来,这个问题很不可理解。

当我到达中心广场时,看到人们已按年龄排起了长队。最靠近电梯口的是由机器人保育员抱着的婴儿,然后是幼儿园的孩子,再往后是小学生……我排在队伍靠前的部分。爸爸现在在近地轨道值班,城里只有我和妈妈。我现在看不到妈妈,就顺着长长的队伍跑,没跑多远就被士兵拦住了。我知道她在最后一段,因为这座城市是学校集中地,家庭很少,她已经算年纪大的那批人了。

长队以让人心里着火的慢速度向前移动。三个小时后,轮到我跨进升降梯时,心里一点都不轻松,因为这时在妈妈和生存之间,还隔着两万多名大学生呢！而我已闻到了浓烈的硫黄味……

我到地面两个半小时后，岩浆就在五百米深的地下吞没了整座城市。我心如刀绞地想象着妈妈最后的时刻：她同没能撤出的一万八千人一起，看着岩浆涌进市中心广场。那时已经停电，整个地下城只有岩浆那可怖的暗红色光芒。广场那高大的白色穹顶在高温中渐渐变黑，所有的遇难者可能还没接触到岩浆，就被这上千度的高温夺去了生命。

但生活还在继续。在这残酷可怕的现实中，爱情仍不时闪现出迷人的火花。为了缓解人们的紧张情绪，在第十二次到达远日点时，联合政府居然恢复了中断达两个世纪的奥运会。我作为一名机动雪橇拉力赛选手参加了奥运会，驾驶机动雪橇，从上海出发，沿冰面横穿封冻的太平洋，再横穿美洲大陆，到达终点纽约。

发令枪响过之后，上百只雪橇在冰冻的海洋上以每小时二百公里左右的速度出发了。开始还有几只雪橇相伴，但两天后，它们或前或后，都消失在地平线之外。这时，背后地球发动机的光芒已经看不到了，我正处于地球最黑暗的部分。在我眼中，世界就是由广阔的星空和向四面无限延伸的冰原组成的，这冰原似乎一直延伸到宇宙的尽头，或者它本身就是宇宙的尽头。而在无限的星空和无限的冰原组成的宇宙中，只有我一个人！雪崩般的孤独感压倒了我，我想哭。我拼命地赶路，名次已无关紧要，只是为了在这可怕的孤独感杀死我之前尽早地摆脱它，而那想象中的彼岸似乎根本就不存在。

就在这时，我看到天边出现了一个人影。近了些后，我发现那是一个姑娘，正站在她的雪橇旁，长发在冰原上的寒风中飘动。你知道这时遇见一个姑娘意味着什么——我们的后半生由此决定了。她是日本人，叫山彬加代子。女子组比我们先出发十二个小时，她的雪橇卡在冰缝中，把一根滑杆卡断了。我一边帮她修雪橇，一边把自己刚才的感觉告诉她。

"您说得太对了，我也是那样的感觉！是的，好像整个宇宙中就只有你一个人！知道吗？我看到您从远方出现时，就像看到太阳升起一样呢！"

"那你为什么不叫救援飞机？"

"这是一场体现人类精神的比赛。要知道，流浪地球在宇宙中是叫不到救援的！"她挥动着小拳头，以日本人特有的执着说。

"不过现在总得叫了，我们都没有备用滑杆，你的雪橇修不好了。"

"那我坐您的雪橇一起走好吗？如果您不在意名次的话。"

我当然不在意，于是，我和加代子一起在冰冻的太平洋上走完了剩下的漫长路程。经过夏威夷后，我们看到了天边的曙光。在被那个小小的太阳照亮的无际冰原上，我们向联合政府的民政部发去了结婚申请。

当我们到达纽约时,这个项目的裁判们早等得不耐烦,收摊走了。但有一个民政局的官员在等我们,他向我们致以新婚的祝贺,然后开始履行职责:他挥手在空中画出一个全息图像,上面整齐地排列着几万个圆点,代表这几天全世界有几万对男女向联合政府申请结婚。由于环境的严酷,法律规定每三对新婚配偶中只有一对有生育权,抽签决定。加代子对着半空中那几万个点犹豫了半天,点了中间的一个。当那个点变为绿色时,她高兴得跳了起来。但我的心中却不知是什么滋味。我的孩子出生在这个苦难的时代,是幸运还是不幸呢?那个官员倒是兴高采烈,他说每当一对儿"点绿"的时候,他都十分高兴。他拿出了一瓶伏特加,我们三个轮着一人一口地喝,为人类的延续干杯。我们身后,遥远的太阳用它微弱的光芒给自由女神像镀上了一层金辉。对面,是已无人居住的曼哈顿的摩天大楼群,微弱的阳光把它们的影子长长地投在纽约港寂静的冰面上。醉意蒙眬的我,眼泪涌了出来。

地球,我的流浪地球啊!

分手前,官员递给我们一串钥匙,醉醺醺地说:"这是你们在亚洲分到的房子,回家吧。哦,家多好啊!"

"有什么好的?"我漠然地说,"亚洲的地下城充满危险,这你们在西半球当然体会不到。"

"我们马上也有你们体会不到的危险了,地球又要穿过小行星带,这次是西半球对着运行方向。"

"上几个变轨周期也经过小行星带,不是没什么大事吗?"

"那只是擦着小行星带的边缘走,太空舰队当然能应付,他们可以用激光和核弹把地球航线上的那些小石块都清除掉。但这次……你们没看新闻?这次地球要从小行星带正中穿过去!舰队要对付的是那些大石块,唉……"

在回亚洲的飞机上,加代子问我:"那些石块很大吗?"

我父亲现在就在太空舰队干那种工作,所以尽管政府为了避免惊慌照例封锁消息,我还是知道一些情况。我告诉加代子,那些石块大得像一座大山,五千万吨级的热核炸弹只能在上面打出一个小坑。"他们就要使用人类手中威力最大的武器了!"我神秘地告诉加代子。

"你是说反物质炸弹?"

"还能是什么?"

"太空舰队的巡航距离是多远?"

"现在他们力量有限,我爸说只有一百五十万公里左右。"

"啊,那我们能看到了!"

"最好别看。"

加代子还是看了,而且是没戴护目镜看的。反物质炸弹的第一次闪光是在我们起飞不久后从太空传来的,那时加代子正在欣赏飞机舷窗外空中的星星,这使她的双眼失明了一个多小时,以后的一个多月眼睛都红肿流泪。那真是让人心惊肉跳的时刻,反物质炮弹不断击中小行星,强光在漆黑的太空中此起彼伏地闪现,仿佛宇宙中有一群巨人围着地球用闪光灯疯狂拍照似的。

半小时后,我们看到了火流星,它们拖着长长的火尾划破长空,给人一种恐怖的美感。火流星越来越多,在空中划过的距离越来越长。突然,机身在一声巨响中震颤了一下,紧接着又是连续的巨响和震颤。加代子惊叫着扑到我怀中,她显然以为飞机被流星击中了,这时舱里响起了机长的声音:

"请各位乘客不要惊慌,这是流星冲破音障产生的超音速爆音。请大家戴上耳机,否则您的听力会受到永久性损害。由于飞行安全已无法保证,我们将在夏威夷紧急降落。"

这时我盯住了一颗火流星,那个火球比别的大出许多,我不相信它能在大气中烧完。果然,那火球疾驰过大半个天空,越来越小,但还是坠入了冰海。我从万米高空看到,海面被击中的位置出现了一个小白点,那白点立刻扩散成一个白色的圆圈,圆圈迅速在海面扩大。

"那是浪吗?"加代子颤着声儿问我。

"是浪,上百米的浪。不过海封冻了,冰面会很快使它衰减的。"我自我安慰地说,不再看下面。

我们很快在檀香山降落,由当地政府安排去地下城。我们的汽车沿着海岸走,天空中布满了火流星,那些红发恶魔好像是从太空中的某一个点同时迸发出来的。一颗流星在距海岸不远处击中了海面,没有看到水柱,但水蒸气形成的白色蘑菇云高高地升起。涌浪从冰层下传到岸边,厚厚的冰层轰隆隆地破碎了,冰面显出了浪的形状,好像有一群柔软的巨兽在冰下排着队游过。

"这颗流星有多大?"我问那位来接应我们的官员。

"不超过五公斤,不会比你的脑袋大吧。不过刚接到通知,在北方八百公里外的海面上,刚落下一颗二十吨左右的。"

这时他手腕上的通信机响了,他看了一眼后对司机说:"来不及到204号门了,就近找个入口吧!"

汽车拐了个弯,在一个地下城入口前停了下来。我们下车后,看到入口处有几个士兵,他们都一动不动地盯着远方,眼里充满了恐惧。我们顺着他们的目光看去,在天海连线处,我们看到一道黑色的屏障,乍一看好像是天边低低的云层,但那"云层"的高度太整齐了,像一堵横在天边的长墙,再仔细看,墙头还镶着一线白边。

"那是什么呀?"加代子怯生生地问一个军官,得到的回答让我们毛发直竖。

"浪。"

地下城高大的铁门隆隆地关上。约莫过了十分钟,我们听到从地面传来低沉的声音,咕噜噜的,像一个巨人在地面打滚。我们面面相觑,大家都知道,百米高的巨浪正在滚过夏威夷,也将滚过各个大陆。但另一种震动更吓人,仿佛有一只巨拳从太空中不断地击打地球。在地下,这震动并不大,只能隐约感到,但每一次震动都直达我们灵魂深处。这是流星在不断地击中地面。

我们的星球所遭到的残酷轰炸断断续续持续了一个星期。

当我们走出地下城时,加代子惊叫:"天啊,天怎么是这样的?!"

天空是灰色的,这是因为高层大气弥漫着小行星撞击陆地时产生的灰尘,星星和太阳都消失在这无际的灰色中,仿佛整个宇宙在下着一场大雾。地面上,滔天巨浪留下的海水还没来得及退去就封冻了,城市幸存的高楼形单影只地立在冰面上,挂着长长的冰凌柱。冰面上落了一层撞击尘,于是这个世界只剩下一种颜色——灰色。

我和加代子继续回亚洲的旅行。在飞机越过早已无意义的国际日期变更线时,我们见到了人类所见过的最黑的黑夜。飞机仿佛潜行在墨汁的海洋中。我们看着机舱外那没有一丝光线的世界,心情也黯淡到了极点。

"什么时候到头呢?"加代子喃喃地说。我不知道她指的是这段旅程,还是这充满苦难和灾难的生活,我现在觉得两者都没有尽头。是啊,即使地球航出了氦闪的威力圈,我们得以逃生,又怎么样呢?我们只是那漫长阶梯的最下一级,当我们的一百代子孙爬上阶梯的顶端,见到新生活的光明时,我们的骨头都变成灰了。我不敢想象未来的苦难和艰辛,更不敢想象要带着爱人和孩子走过这条看不到头的泥泞路。我累了,实在走不动了……就在我被悲伤和绝望窒息的时候,机舱里响起了一声女人的惊叫:"啊!不!不能,亲爱的!"

我循声看去,见那个女人正从旁边的一个男人手中夺下一把手枪,他刚才显然想把枪口凑到自己的太阳穴上。这人很瘦弱,目光呆滞地看着前方无限远处。女人把头埋在他膝上,嘤嘤地哭了起来。

"安静。"男人冷冷地说。

哭声消失了,只有飞机发动机的嗡嗡声在轻响,像不变的哀乐。在我的感觉中,飞机已粘在这巨大的黑暗中,一动不动;而整个宇宙,除了黑暗和飞机,什么都没有了。加代子紧紧钻在我怀里,浑身冰凉。

突然,机舱前部一阵骚动,有人在兴奋地低语。我向窗外看去,发现飞机前方出现了一片朦胧的光亮,那光亮是蓝色的,没有形状,十分均匀地出现在前方弥漫着撞击尘埃的夜空中。

那是地球发动机的光芒。

西半球的地球发动机已被陨石击毁了三分之一,但损失比起航前预测的要少。东半球的地球发动机由于背向撞击面,完好无损。从功率上来说,它们是能使地球完成逃逸航行的。

在我眼中,前方朦胧的蓝光,如同从深海漫长上浮后看到的海面的亮光。我的呼吸又顺畅起来。

我又听到那个女人的声音:"亲爱的,痛苦呀恐惧呀这些东西,也只有在活着时才能感觉到。死了,死了什么也没有了,那边只有黑暗,还是活着好。你说呢?"

那瘦弱的男人没有回答,他盯着前方的蓝光,眼泪流了下来。我知道他能活下去了。只要那代表希望的蓝光还亮着,我们就都能活下去,我又想起了父亲关于希望的那些话。

下了飞机,我和加代子没有去我们在地下城中的新家,而是到设在地面的太空舰队基地去找父亲。但在基地,我只见到了追授给他的一枚冰冷的勋章。这勋章是一名空军少将给我的,他告诉我,在清除地球航线上的小行星的行动中,一块被反物质炸弹炸出的小行星碎片击中了父亲的单座微型飞船。

"当时那个石块和飞船的相对速度有每秒一百公里,撞击使飞船座舱瞬间气化了,他没有一点痛苦,我向您保证,没有一点痛苦。"将军说。

当地球又向太阳跌回去的时候,我和加代子又到地面上来看春天,但没有看到。世界仍是一片灰色。阴暗的天空下,大地上分布着由残留海水形成的一个个冰冻湖泊,见不到一点绿色。大气中的撞击尘埃挡住了阳光,使气温难以回升。甚至到了近日点,海洋和大地也没有解冻,太阳只是一片朦胧的光晕,仿佛是撞击尘埃后面的幽灵。

三年以后,空中的撞击尘埃才有所消散,人类终于最后一次通过近日点,向远日点升去。在这个近日点,东半球的人有幸目睹了地球历史上最快的一次日出和日落。太阳从海平面上一跃而起,迅速划过长空,大地上万物的影子快速地变换着角度,仿佛是无数根钟表的秒针。这也是地球上最短的一个白天,只有不到一个小时。当太阳没入地平线,黑暗再度降临大地时,我感到一阵伤感。这转瞬即逝的一天,仿佛是对地球在太阳系四十五亿年进化史的一个短暂总结。直到宇宙末日,地球也不会再回来了。

"天黑了。"加代子忧伤地说。

"最长的一夜。"我说。东半球的这一夜将延续两千五百年,一百代人后,半人马座的曙光才能再次照亮这片大陆。西半球也将面临最长的白天,但比这里的黑夜要短得多。在那里,太阳将很快升到天顶,然后一直静止在那个位置上,渐渐变小。在半个世纪内,它就会融入星群难以分辨了。

按照预定的航线,地球升向与木星的会合点。航行委员会的计划是:地球第十五圈的公转轨道是如此之扁,以至于它的远日点会到达木星轨道,地球将与木星在几乎相撞的距离上擦身而过。在木星巨大引力的拉动下,地球将最终达到逃逸速度。

离开近日点后两个月,就能用肉眼看到木星了。它开始只是一个模糊的光点,但很快显出圆盘的形状。又过了一个月,木星在地球上空已有满月大小,呈暗红色,能隐约看到上面的条纹。这时,十五年来一直垂直的地球发动机光柱中有一些开始摆动,地球在作会合前最后的姿态调整。木星渐渐沉到了地平线下。以后的三个多月,木星一直处在地球的另一面,我们看不到它,但知道两颗行星正在交会之中。

有一天我们突然被告知东半球也能看到木星了,于是人们纷纷从地下城中来到地面。我走出城市的密封门来到地面,发现开了十五年的地球发动机已经全部关闭了。我再次看到了星空,这表明同木星最后的交会正在进行。人们都在紧张地盯着西方的地平线。地平线上出现了一片暗红色的光,那光区渐渐扩大,伸延到整个地平线的宽度。我现在发现,那暗红色的区域上方同漆黑的星空有一道整齐的边界,那边界呈弧形,从地平线的一端跨到了另一端,在缓缓升起,巨弧下的天空都变成了暗红色,仿佛一块同星空一样大小的暗红色幕布逐渐把地球同整个宇宙隔开。当我回过神来时,不由倒吸一口冷气,那暗红色的幕布就是木星!我早就知道木星的体积是地球的一千三百倍,现在才真正感觉到它的巨大。这宇宙巨怪在整个地平线上升起时引发的恐惧和压抑是难以用语言描述的。一名记者后来写道:"不知是我身处噩梦中,还是这整个宇宙都是造物主巨大而变态的头脑中的噩梦!"木星恐怖地上升着,渐渐占据了半个天空。这时,我们可以清楚地看到它云层中的风暴,那风暴把云层搅动成让人迷茫的混乱线条。我知道,那厚厚的云层下是沸腾的液氢和液氦的大洋。著名的大红斑出现了,这个在木星表面维持了几十万年的大旋涡大得可以吞下整整三个地球。这时木星已占满了整个天空,地球仿佛是浮在木星沸腾的暗红色云海上的一只气球!而木星的大红斑就处在天空正中,如一只红色的巨眼盯着我们的世界,大地笼罩在它那阴森的红光中……谁都无法相信小小的地球能逃出这巨大怪物的引力场。从地面上看,地球甚至连成为木星的卫星都不可能。

我们似乎就要掉进那无边云海覆盖着的地狱中去了！但领航工程师的计算是精确的。暗红色的迷乱的天空继续缓缓移动，不知过了多长时间，西方的天边露出了黑色的一角，那黑色迅速扩大，其中有星星在闪烁——地球正在冲出木星的引力魔掌。这时警报尖叫起来，木星产生的引力潮汐正在向内陆推进。后来得知，百多米高的巨浪再次横扫了整个大陆。在跑进地下城的密封门时，我最后看了一眼仍占据半个天空的木星，发现木星的云海中有一道明显的划痕。后来知道，那是地球引力作用在木星表面留下的痕迹——我们的星球也在木星表面拉起了如山的液氢和液氦的巨浪。这时，木星巨大的引力正在把地球加速甩向外太空。

离开木星时，地球已达到了逃逸速度，它不再需要返回潜藏着死亡的太阳系，而是向广漠的外太空飞去。漫长的流浪时代开始了。

就在木星暗红色的阴影下，我的儿子在地层深处出生了。

叛　乱

离开木星后，亚洲大陆上一万多台地球发动机再次全功率开动。这一次，它们要不停地运行五百年，不停地加速地球。这五百年中，发动机将把亚洲大陆上一半的山脉当作燃料消耗掉。

从四个多世纪死亡的恐惧中解脱出来，人们长出了一口气。但预料中的狂欢并没有出现，接下来发生的事情出乎所有人的想象。

在地下城的庆祝集会后，我一个人穿上密封服来到地面。童年时熟悉的群山已被超级挖掘机夷为平地，大地上只有裸露的岩石和坚硬的冻土，冻土上到处是白色的斑块，那是大海潮留下的盐渍。面前那座爷爷和爸爸度过了一生的曾有千万人口的大城市现在已是一片废墟，钢筋外露的高楼残骸在地球发动机光柱的蓝光中拖着长长的影子，好像是史前巨兽的化石……一次次的洪水和小行星的撞击已摧毁了地面上的一切，各大陆上的城市和植被都荡然无存，地球表面已变成火星一样的荒漠。

这一段时间，加代子心神不定。她常常扔下孩子不管，一个人开着飞行汽车出去旅行，回来后，只是说她去了西半球。最后，她拉我一起去了。

我们的飞行汽车以四倍音速飞行了两个小时，终于能够看到太阳了。它刚刚升出太平洋，看上去只有棒球大小，给冰封的洋面投下一片微弱的、冷冷的光芒。加代子把飞行汽车悬停在五千米的空中，然后从后面拿出了一个长长的东西。去掉封套后，我看到那是一架天文望远镜，业余爱好者用的那种。加代子打开车窗，把望远镜对准太阳，让我看。

从有色镜片中，我看到了放大几百倍的太阳，我甚至清楚地看到太阳表面缓缓移动的明暗斑点,还有日球边缘隐隐约约的日珥。

加代子把望远镜同车内的计算机联起来,记录下一幅太阳影像。然后,她又调出了另一幅太阳图像,说:"这是四个世纪前的太阳图像。"接着,计算机对两幅图像进行比较。

"看到了吗?"加代子指着屏幕说,"它们的光度、像素排列、像素概率、层次统计等参数都完全一样!"

我摇摇头说:"这能说明什么?一架玩具望远镜,一个低级图像处理程序,加上你这个无知的外行……别自寻烦恼了,别信那些谣言!"

"你是个白痴。"她说着,收回望远镜,把飞行汽车向回开去。这时,在我们的上方和下方,我又远远地看到了几辆飞行汽车,同我们刚才一样悬在空中,从每辆车的车窗中都伸出一架望远镜对着太阳。

以后的几个月中,一个可怕的说法像野火一样在全世界蔓延。越来越多的人自发地用更大型、更精密的仪器观测太阳。后来,一个民间组织向太阳发射了一组探测器,它们在三个月后穿过日球。探测器发回的数据最后证实了那个传言。

同四个世纪前相比,太阳没有任何变化。

现在,各大陆的地下城已成了一座座骚动的火山,随时可能喷发。一天,按照联合政府的法令,我和加代子把儿子送进了养育中心。回家的路上,我俩都感到维系我们关系的唯一纽带已不复存在了。走到市中心广场,我们看到有人在演讲,另一些人在演讲者周围向市民分发武器。

"公民们!地球被出卖了!人类被出卖了!文明被出卖了!我们都是一个超级骗局的牺牲品!这个骗局之巨之可怕,上帝都会为之休克!太阳还是原来的太阳,它不会爆发,过去现在将来都不会,它是永恒的象征!爆发的是联合政府中那些人阴险的野心!他们编造了这一切,只是为了建立他们的独裁帝国!他们毁了地球!他们毁了人类文明!公民们,有良知的公民们!拿起武器,拯救我们的星球!拯救人类文明!我们要推翻联合政府,控制地球发动机,把我们的星球从这寒冷的外太空开回原来的轨道!开回到我们的太阳温暖的怀抱!"

加代子默默地走上前去,从分发武器的人手中接过一支冲锋枪,加入拿到武器的市民的队列中。她没有回头,同那支庞大的队列一起消失在地下城的迷雾里。我呆呆地站在那儿,手在衣袋中紧紧攥着父亲用生命和忠诚换来的那枚勋章,它的边角把我的手扎出了血……

三天后,叛乱在各个大陆同时爆发了。

叛军所到之处,人民群起响应。到现在,很少有人不怀疑自己受骗了。但我加入了联合政府的军队,这并非出于对政府的信任,而是因为我三代前辈都有过军旅生涯,他们在我心中种下了忠诚的种子,不论在什么情况下,背叛联合政府对我来说都是一件不可想象的事。

美洲、非洲、大洋洲和南极洲相继沦陷,联合政府收缩防线,死守地球发动机所在的东亚和中亚。叛军很快包围了这里。他们对政府军占有压倒性优势,之所以在相当长一段时间里没有取得进展,完全是由于地球发动机。叛军不想毁掉地球发动机,所以在这一广阔的战区没有使用重武器,联合政府得以苟延残喘。双方这样相持了三个月后,联合政府的十二个集团军相继倒戈,中亚和东亚防线全线崩溃。两个月后,大势已去的联合政府连同不到十万军队在靠近海岸的地球发动机控制中心陷入重围。

我就是这残存军队中的一名少校。控制中心有一座中等城市大小,它的中心是地球驾驶室。我拖着一条被激光束烧焦的手臂,躺在控制中心的伤兵收容站里。就是在这儿,我得知加代子已在澳洲战役中阵亡。我和收容站里所有的人一样,整天喝得烂醉,对外面的战事全然不知,也不感兴趣。不知过了多久,我听到有人在高声说话。

"知道你们为什么这样吗?你们在自责。在这场战争中,你们站到了反人类的一边,我也一样。"

我转头一看,发现讲话的人肩上有一颗将星,他接着说:"没关系,我们还有最后的机会拯救自己的灵魂。地球驾驶室距我们这儿只有三个街区,我们去占领它,把它交给外面理智的人类!我们为联合政府已尽到了责任,现在该为人类尽责任了!"

我用那只没受伤的手抽出手枪,随着这群突然狂热起来的受伤和没受伤的人,沿着钢铁通道,向地球驾驶室冲去。出乎意料,一路上我们几乎没遇到抵抗,倒是有越来越多的人从错综复杂的钢铁通道的各个分支中加入我们。最后,我们来到了一扇巨大的门前,那钢铁大门高得望不到顶,它轰隆隆地打开了,我们冲进了地球驾驶室。

尽管以前无数次在电视中看到过,所有的人还是被驾驶室的宏伟震惊了。很难判断这里的实际大小,因为驾驶室淹没在一幅巨型太阳系全息图中。整幅图实际就是一个向所有方向无限伸延的黑色空间,我们一进来,就悬浮在这空间之中。由于尽量反映真实的比例,太阳和其他行星都很小很小,小得像远方的萤火虫,但能分辨出来。以那遥远的代表太阳的光点为中心,一条醒目的红色螺旋线扩展开来,像广阔的黑色洋面上迅速扩散的红色波纹。这是地球的航线。在螺旋线最外层的一点上,航线变成明亮的绿色,那是地球还没有完成的路程。那条绿线从我们的头顶掠过,顺着看去,我们看到了灿烂的星海。绿线消失在星海的深处,我们看不到它的尽头。在这广漠的黑色空间中,还飘浮着许多闪亮的灰尘,其中几颗尘粒飘近,我发现那是一块块虚拟屏幕，上面翻滚着复杂的数字和曲线。

我看到了全人类瞩目的地球驾驶台，它好像是漂浮在黑色空间中的一颗银白色的小行星。看到它，我更难以想象这里的巨大——驾驶台本身就是一个广场，现在上面密密麻麻地站着五千多人，包括联合政府的主要成员、负责实施地球航行计划的星际移民委员会的大部分成员，以及那些最后忠于政府的人。这时，我听到最高执政官的声音在整个黑色空间响了起来：

"我们本来可以战斗到底的，但这可能导致地球发动机失控，这种情况一旦发生，过量聚变的物质将烧穿地球，或蒸发全部海洋，所以我们决定投降。我们理解所有的人，因为在还要延续一百代人的艰难奋斗中，永远保持理智确实是一个奢求。但也请所有的人记住我们。站在这里的这五千多人里，有联合政府的最高执政官，也有普通的列兵，是我们把信念坚持到了最后。我们都知道自己看不到真理被证实的那一天，但如果人类得以延续万代，以后所有的人都将在我们的墓前洒下眼泪。这颗叫地球的行星，就是我们永恒的纪念碑！"

控制中心巨大的密封门隆隆开启，五千多名最后的地球派成员一群群走了出来，在叛军的押送下向海岸走去。一路上两边挤满了人，所有人都冲他们吐唾沫，用冰块和石块砸他们。他们中有人密封服的面罩被砸裂了，外面零下一百多度的严寒使那些人的脸麻木了，但他们仍努力地走下去。我看到一个小女孩，举起一大块冰用尽全身力气狠命地向一个老者砸去，她那双眼睛透过面罩射出疯狂的怒火。

当我听到这五千人全部被判处死刑时，觉得太宽容了。难道让他们仅仅一死吗？这一死就能偿清他们的罪恶吗？能偿清他们用一个离奇变态的想象和骗局毁掉地球、毁掉人类文明的罪恶吗？他们应该死一万次！这时，我想起了那些作出太阳爆发预测的天体物理学家、那些设计和建造地球发动机的工程师，他们在一个世纪前就已作古，我现在真想把他们从坟墓中挖出来，让他们也死一万次。

真感谢死刑的执行者，他们为这些罪犯找了一种"最佳"的死法：他们收走了被判死刑的每个人密封服上加热用的核能电池，然后把他们丢在大海的冰面上，让零下百度的严寒慢慢夺去他们的生命。

这些人类文明史上最险恶、最可耻的罪犯在冰海上站了黑压压的一片，岸上有十几万人在看着他们，十几万副牙齿咬得咔咔响，十几万双眼睛喷出和那个小女孩一样的怒火。

这时，所有的地球发动机都已关闭，壮丽的群星出现在冰原之上。

我能想象出严寒像无数把尖刀刺进他们的身体，他们的血液在凝固，生命从他们的体内一点点流走。这想象中的感觉变成一种快感，传遍我的全身。看到那些人在严寒的折磨中慢慢死去,岸上的人快活起来,他们一起唱起了《我的太阳》。我唱着,眼睛看着星空的一个方向。在那个方向上,有一颗刚刚显出圆盘形状的星星发出黄色的光芒,那就是太阳。

啊,我的太阳,生命之母,万物之父,我的大神,我的上帝!还有什么比您更稳定,还有什么比您更永恒?我们这些渺小的、连灰尘都不如的碳基细菌,拥挤在围着您转的一粒小石头上,竟敢预言您的末日,我们怎么能蠢到这个程度!

一个小时过去了,海面上那些反人类的罪犯虽然还全都站着,但已没有一个活人,他们的血液已被冻结了。

我的眼睛突然什么都看不见了。几秒钟后,视力渐渐恢复,冰原、海岸和岸上的人群又在眼前慢慢显影,最后完全清晰了,而且比刚才更清晰,因为这个世界现在笼罩在一片强烈的白光中,刚才我眼睛的失明正是由于这突然出现的强光的刺激。但星空没有重现,所有的星光都被这强光所淹没,仿佛整个宇宙都被强光融化了。这强光从太空中的一点迸发出来,那一点现在成了宇宙中心,那一点就在我刚才盯着的方向。

太阳氦闪爆发了。

《我的太阳》的合唱戛然而止,岸上的十几万人呆住了,似乎同海面上那些人一样,冻成了一片僵硬的岩石。

太阳最后一次把光和热洒向地球。地面上冰结的二氧化碳干冰首先融化,腾起了一阵白色的蒸汽;然后海冰表面也开始融化,受热不均的大海冰层发出惊天动地的巨响;渐渐地,照在地面上的光柔和起来,天空露出了微微的蓝色;后来,强烈的太阳风产生的极光在空中出现,苍穹中飘动着巨大的彩色光幕……

在这突然出现的灿烂阳光下,海面上最后的地球派们仍稳稳地站着,仿佛五千多尊雕像。

太阳氦闪爆发只持续了很短的时间,两个小时后,强光开始急剧减弱,很快熄灭了。在太阳的位置上,出现了一颗暗红色球体,它的体积慢慢膨胀,最后达到了从原来地球轨道上看到的太阳大小。这意味着它的实际体积已大到越出火星轨道,而水星、金星和火星这三颗地球的伙伴行星,已在上亿度的辐射中化为一缕轻烟。但那个红球已不是太阳,它不再发出光和热,看去如同贴在太空中的一张冰冷的红纸,它那暗红色的光芒似乎是周围星光的散射。这就是小质量恒星演化的归宿——红巨星。

五十亿年的壮丽生涯已成为飘逝的梦幻。太阳死了。

幸运的是,还有人活着。

流浪时代

当我回忆这一切时,半个世纪已过去了。二十年前,地球航出了冥王星轨道,航出了太阳系,在寒冷广漠的外太空继续着孤独的航程。

最近一次去地面是十几年前的事了,那是儿子和儿媳陪我去的。儿媳是一个金发碧眼的姑娘,就要做母亲了。

到地面后,我首先注意到,虽然所有地球发动机仍在全功率运行,巨大的光柱却看不到了,这是因为地球大气已消失,等离子体的光芒没有散射的缘故。我看到地面上布满了奇怪的黄绿相间的半透明晶体块,这是固体氧氮,是已冻结的空气。有趣的是,空气并没有均匀地冻结在地球表面,而是形成了小山丘似的不规则的隆起。在原来平滑的大海冰原上,这些半透明的小山形成了奇特的景观。银河纹丝不动地横过天穹,也像被冻结了,但星光很亮,看久了还刺眼呢。

地球发动机将不间断地开动五百年,到时地球将加速至光速的千分之五,然后地球将以这个速度滑行一千三百年,走完三分之二的航程,然后掉转发动机的方向,开始长达五百年的减速。地球将在航行两千四百年后到达比邻星,再用一百年时间泊入这颗恒星的轨道,成为它的一颗行星。

> 我知道已被忘却
> 流浪的航程太长太长
> 但那一时刻要叫我一声啊
> 当东方再次出现霞光
>
> 我知道已被忘却
> 起航的时代太远太远
> 但那一时刻要叫我一声啊
> 当人类又看到了蓝天
>
> 我知道已被忘却
> 太阳系的往事太久太久
> 但那一时刻要叫我一声啊
> 当鲜花重新挂上枝头
> ……

每当听到这首歌,一股暖流就涌进我这年迈僵硬的身躯,我干涸的老眼又湿润了。我好像看到半人马座三颗金色的太阳在地平线上依次升起,万物沐浴在温暖的光芒中。固态的空气融化了,天变蓝了。两千多年前的种子从解冻的土层中复苏,大地绿了。我看到我的第一百代孙子孙女们在绿色的草原上欢笑,草原上有清澈的小溪,溪中有银色的小鱼……我看到了加代子,她从绿色的大地上向我跑来,年轻美丽,像个天使……

啊,地球,我的流浪地球……

戒 指 花

格 非

突然间黄昏变得明亮,因为此刻正有细雨落下。透过有栅栏的窗户,丁小曼可以看见那处空荡荡的停车场。遮雨篷下坐着一个小男孩。他看上去只有四五岁,身上背着一个洗得发黄的小书包,双腿不时地踢着不锈钢的垃圾筒。他很瘦。哪怕是让目光轻轻一碰,也能触摸到他突出的肩胛骨。他已经在那儿坐了好一会儿了。街道对面的山坡上,是一片开阔的玉米地。茂密的玉米几乎将那条通往水泥厂的小路遮盖住了。不久前,在这条小路上发生了一起离奇的凶杀案。说它离奇,倒不是因为案件本身有多么复杂,也不是因为歹徒在杀死被害者之后的奸尸行径令人发指;这个普通的刑事案件之所以吸引了众多媒体的注意,疑犯的年龄是一个关键的因素。蜘蛛新闻网是这样报道这个案件的:

96岁的耄耋老者奸杀18岁花季少女

世界之大,无奇不有。体态丰盈、长相俏丽的平谷镇水泥厂女工白莉莉(18岁)做梦也没有想到她竟然会被一个足以做她祖父的老人奸杀。8月18日夜间,白莉莉在下夜班返回宿舍的途中,在经过一片玉米地时,身后突然蹿出一道黑影,犯罪嫌疑人高德顺(96岁)用木棒猛击她的后脑勺,将其击晕,然后强奸了她。白莉莉的尸体于第二天凌晨被发现。尽管她的嘴巴和下体被塞满了泥土,但技艺精湛的侦缉队员们还是从她的阴道中提取了毛发和精液的残留物,从而在事发48小时内将罪犯一举擒获。据高德顺事后交代,他在发泄兽欲的过程中,白莉莉曾经醒过来一次,她不断地叫他爷爷,恳求他不要杀死自己。高德顺自称当时也曾的确动了"恻隐之心",但他最终还是残忍地掐死了她,随后又进行了两次奸尸。(记者李鼎新)

诺亚网的报道与蜘蛛网几乎一字不差,但却使用了另外一个标题:96岁?不可思议!!!这也是丁小曼听到这件事的第一反应。当《新闻周刊》主编邱怀德打电话让她赶往案发现场采写一篇两万字的新闻稿时,丁小曼脱口而出的一句话也是:怎么可能?

"这个世界上没有什么事是不可能的。"邱怀德说,"当初我第一次请你吃饭时,你说不可能,可后来呢?"

丁小曼是今天凌晨到达这里的。她没有费什么周折,就找到了那家水泥厂以及报道中提到的那一片玉米地。整整一个上午,她一共采访了十六个人。每一个人的回答都是一致的:不知道。他们的表情和语调也都完全一样。不知道,然后扭身就走。最后一个人的回答稍有不同,他的答复是:知不道。

丁小曼独自一人在玉米地里转悠了两个小时。四周寂然无声,她能听到地沟里流淌的水声,甚至玉米叶在阳光下卷曲的声音。这些声音让她想起了自己没有实现的抱负:上大学时母亲让她报考植物学,父亲让她报考垃圾处理,为了讨好他们两个人,她就两个专业一起报。最后却录取在西班牙语专业。

她来到镇派出所时,已经是中午时分了。在传达室里,几个民警正在边吃饭边聊天。丁小曼刚刚掏出记者证来,说明了自己的意图,屋里的人就全笑了。一个高个子民警用筷子敲了敲饭盆:"嗬,又来一个!"他一下子就把窗户给关了。总之,采访进行得很不顺利,她打算找一个旅馆先住下来再说。后来,天空中就有细雨落下。或曾经落下。下雨,无疑是在过去发生的一件事。它牵动了她的全部记忆,什么时候、什么地方全都想不起来了。

那个小男孩朝窗口这边走过来了。他抬头看雨,又看看手里捏着的一枚硬币,仿佛对天空的阴霾迷惑不解。丁小曼朝他钩了钩手指,像招呼一条小狗。"宝贝儿,过来。"她喊道。于是,小男孩来到了窗下。他装出对她没有兴趣的样子,用硬币刮着窗户栏上的铁锈。

"怎么不回家?雨下大了。"丁小曼说。小男孩不理睬她,只是用力吸了吸鼻涕。手机的铃声响了。那是一条短信,是邱怀德发来的:你还没有告诉我肚脐眼下面那道疤是怎么回事。

"我有很多钱……"小男孩突然说了一句,带着天真的炫耀。丁小曼抬头看了他一眼,笑了笑,给她的上司回了一个短信:虽然你是我的领导,但我不得不说你这个人真是有点无聊。

"你刚才说你有很多钱?"丁小曼问他。小男孩点点头,他有点害羞。

"拿出来给我看看。"丁小曼朝他挤了挤眼睛。

小男孩犹豫了一下,把背上的小书包转过来,从里面拿出了一个塑胶袋。里面花花绿绿果然装满了钞票。

"有多少?"丁小曼笑道。

"多极了。"小男孩也笑了,"比一千还要多,根本数不过来。"

"阿姨帮你数,怎么样?"丁小曼本来是随口这么一说,没想到小男孩还真的把钱从窗户中递了进来。丁小曼将塑胶袋里的钱一股脑地倒在桌子上,然后坐了下来,按照币值的大小帮他理了起来。"妈妈呢?"丁小曼问道。"在抽屉里。"他想了想答道。她听见他在小声地唱歌。那是她从来没有听过的一首歌。不过,他的声音太小了,丁小曼几乎什么也听不清。很快,丁小曼就帮他把那些钱数好了,一共是四十七块二角。她从头上取下一根橡皮筋,将那些钱用橡皮筋勒好,仍然放回到塑胶袋里递给他。

"一共是四十七块两毛,加上你手里的那枚硬币,就是四十八块两毛,你记住了吗?"

"记住了。"他说。

"好吧,那你现在可以回家了,把钱交给妈妈。走吧,雨下大了。"

"我不能回去。"

"为什么?"

"你说,什么东西可以悬在空中?"小男孩忽然向她提出了这么一个古怪的问题。

丁小曼又笑了。她有点喜欢这个小男孩了。他长长的眼睫毛上缀满了亮晶晶的雨珠。"你是在给我猜谜语吧,让我猜猜看——鸟,对不对?"他摇摇头。

"风筝,对不对?"

他仍然在摇头:"我是说人,人可以悬在空中不落下来吗?"

丁小曼想了想,说:"跳伞运动员大概可以。"

"什么是跳伞运动员呀?"

"从飞机上跳下来,有降落伞。"丁小曼答道。随着一声清脆的铃声,邱怀德又发来了短信:案件有新进展,请立刻上网浏览。丁小曼随后就打开了电脑。在等待桌面出现的这段时间里,那个小男孩又在唱歌了。这一次,她听清楚了他唱的内容:

> 你说要听听我唱歌
> 你说要看看我的脸
> 我不能唱歌给你听,我一唱歌就要流眼泪
> 我不能让你看我的脸,你一看我我就要流眼泪

丁小曼的心就像是被针突然刺了一下。毕竟,她已有很长时间没有听过这么稚拙的歌了。她又抬头重新打量起这个孩子来。天色已暗。街道对面的一幅巨大的广告牌,已经亮起了霓虹灯。小男孩也注意到丁小曼正在看他,他突然不唱了。

"下面呢?你接着唱,阿姨很想听。"

"可我忘了,你说这是怎么回事呀?"小男孩向她摊开手。

"谁教你唱这首歌?"

"妈妈。"

"妈妈呢?"

"在抽屉里。"还是那句话。

互联网接通了,丁小曼打开了蜘蛛网的网页。初一看,并没有关于凶杀案的最新报道,倒是网民参加这个案件讨论的人数已经猛增到 106873 人。丁小曼随即进入讨论区,马上就看到了网民所发的新帖子:

> 来自 61.53.185.＊的网友于 17:03:23 发表评论
> 我 KAO,这是真的吗?96 岁?他能硬得起来吗?而且是三次!!!
> 来自 128.72.64.＊的网友于 17:02:34 发表评论
> 真羡慕这条老狗。我今年才 37 岁,就已经完全丧失了 TMD 性欲,害得我老婆像一条发情的母狗,成天嗷嗷乱叫。
> 来自 78.52.38.＊的网友于 17:10:12 发表评论
> 没准那老头一发愤,果然就写出一部《史记》来。拜托各位,今晚阿森纳对曼联榜首大战中央五台转不转播?
> 网友 Catch Wind 261 于 16:52:02 发表评论
> 宰了他。最好把他阉了,让他成为另一个司马迁。
> 网友 6158KV3100 于 16:47:01 发表评论
> 强力建议政府不要枪毙他。应全面跟踪他的饮食习惯,做认真细致的调查研究,为什么人家 96 岁了,还能有如此旺盛的性功能?争取早日生产出咱们中国人自己的伟哥。
> 来自 117.28.413.的网友于 16:33:56 发表评论
> 为什么要把我的帖子删去?我抗议!我只不过就说了几句真话而已。

在诺亚网上,全国著名性心理学家耿玉秀教授正和网友在线交谈:这事按常识来说,不太可能,但也不是完全不可能。我看到报道,既然警方从被害人性器官中检测出了精液,说明性交是完成了的。医学,尤其是解剖学研究的成果表明,海绵体充血和脑丘体和中枢神经类型……

丁小曼从网上下来,发现那个小男孩已经不在了。窗外的雨下得更大了。车灯不时地照亮了停车场,雨点把路面弄得像一锅烧开的粥。

服务员按铃进来送开水,丁小曼就和她聊了起来。丁小曼一提起不久前发生的那件事,服务员就笑了,她说,今天也有一个电视台的记者向她打听这件事。

"那是不可能的。"她说,"你们所说的那个案子就发生在我们宾馆对面的那个山坡上,出这么大的事,我们不可能不知道,何况……"服务员说到这里,忽然停住了,只是抿嘴而笑。

"何况什么?"

"那种事情,我说的强奸这回事,在我们镇上,已经五六年没有听说了,根本用不着。到处都是妓女,你只要花很少的一点钱,就哪儿都能找到,什么服务都有,你都想象不出他们搞的那些鬼名堂。用不着冒那么大的风险,除非他疯了。"丁小曼又问她,餐厅在哪儿,服务员说了声"二楼",就倒退着走出去了。

服务员的话多少证实了她此前的判断:这是一则假新闻。蜘蛛网和诺亚网的新闻来源都注明是《淮阳晚报》。她从电话簿上很快就查到了这家报社的电话号码。可对方说,他们的新闻是《星星都市报》的一位兼职记者提供的。在丁小曼的再三恳求下,对方才提供了这位记者的电话。丁小曼拨通了这位记者的电话,接电话的是一台电脑:你好,这里是省农机公司……

丁小曼看着窗外的雨有点心烦意乱。她给邱怀德的手机发了一个短信:我怀疑这是一条假新闻,没有任何进展。邱怀德不喜欢接电话,他迷上了短信,因为他觉得这样更时尚。窗外的一个报贩正在高声叫卖当天的报纸:

卖报,卖报,最新消息。巩俐自杀。
卖报,卖报,巩俐自杀。最新消息。

不一会儿她的手机就响了,邱怀德给她回了电:那你就编一个。在新闻行业中,适当的杜撰是允许的。宝贝,我想你。这么潮,这么长。

这个短信显然增加了她的忧虑。丁小曼一生气干脆就把手机给关了。

丁小曼上楼去用餐的时候,心里还在想着那个小男孩。她总觉得有什么事不对劲。她上了电梯,可就在她转过来的那一刻,她看见了他。原来他并没有离开,他蜷缩着身子趴在大堂的沙发上睡着了。他的屁股撅得很高。一个头发花白的门卫正打算把他推醒。电梯的门很快就关上了。

餐厅里到处都是人,服务生将她带到一个靠窗的位子坐下。点完菜以后,服务生向她躬了躬身子:"对不起,今天晚上客人比较多,菜上得比较慢,您得多等一会儿。"

她的对面坐着的一位穿西装的男士已经用完了餐,一边剔着牙,一边看报纸。桌上有一只白瓷花瓶,瓶子里插着一朵玫瑰。喧闹的说话声,杯盘的碰撞声,甚至把窗外的雨声都盖住了。可她知道雨下得很大,窗户玻璃上泻水如注。她坐在那儿一阵胡思乱想。任意几个事物之间都能找到联系,都能给她提供丰富的联想。比如说小男孩和那个子虚乌有的水泥厂女工;比如说跳伞运动员和张开翅膀的鸟;比如说玫瑰和雨,还有她熟悉的博尔赫斯。谁听见雨落下来,谁就回想起那个时候,幸福的命运向她呈现了一朵叫做玫瑰的花,和它那奇妙、鲜红的色彩。可她的玫瑰凋萎了,正在腐烂。她甚至觉得自己的脑子也正在一点点地烂掉。她等了足足有四十五分钟,可是菜还是没有送来。坐在她对面的那个男士已经离开了,却将看完的报纸随手放在了餐桌上。丁小曼拂去了两根丢在报纸上的牙签,拿起报纸翻了翻,头版上的醒目标题一下子就吸引住了她:巩俐自杀身亡(详情请见第八版)。

丁小曼将报纸翻到第八版,找了半天,才在右下角很小的一块地方读到了这则报道:

  本报通讯员王小强 诸葛镇八里乡丁卯村七组农妇巩俐为两只鸭子与邻居争吵怄气,回到家中一时想不开,用一根麻绳将自己吊死在屋梁下……

丁小曼的嘴角撇过一丝冷笑,随后就将报纸丢在了桌上。饭菜上来了,丁小曼吃了几口,眼睛又朝那份报纸看了一眼。她忽然想起一件什么事来,放下碗筷又拿起那张报纸看了起来,她的目光紧紧盯在"用一根麻绳将自己吊死在屋梁下"这一行小字上。她心头一紧,忽然想起了刚才那个小男孩给她猜的谜语:人可以悬在空中不落下来吗?

她意识到了某种危险,又有点责怪自己的粗心。她向服务生招了招手,结完账就朝楼下跑去。

她一口气跑到大堂里。沙发上空空荡荡,小男孩已经离开了。她朝门卫走过去,向他打听小男孩的去向。老人指了指门外,没有理她。

"你认识他吗?"丁小曼问道。

"怎么不认识?"老头一说话,嘴里就冒出一股刺鼻的蒜味,"说起来,他爹还是我的学生呢。"

"这么说,你还是个老师?"

"我退休前在高中教地理,那是好多年前的事了。他爹就在我班上,他肝不好,读到高三就退学了,现在在镇子上扫马路。我差不多每天都看见他们爷儿俩。那个小男孩可懂事了,他爹扫马路,他就跟着他爹捡废纸。"

"你这两天看到过他爹吗?"丁小曼问。

老头认真地想了想说道:"你这一说,我倒想起来了,这两天都没见他来扫马路。你找那孩子有事吗?"

"他家住哪儿?"丁小曼急切地问道,"你能不能带我去一趟?"

"他家我倒认识,不过我的腰不太好,走不动路,再说外面还下着雨呢。"

丁小曼取出钱包,抽出一张一百元的人民币递给老人:"麻烦你带我去一趟,我有急事要找他。"

老头看了看丁小曼递过来的钱,嘿嘿地笑了两声,似乎没有料到她给了这么多。老人转过身去向服务台的小姐借伞,小姐打趣道:"您老的腰不疼了吗?"中学教师还挺幽默,他答道:"不疼,不疼,她要是给我两百块,我可以一口气跑到美国。"

他们俩在雨中走了差不多一小时,终于来到了一幢五层的灰砖楼前。一辆白色的面包车亮着灯迎面驶来,将泥水溅了她一脸。地理教师把她带到楼房最西侧的一个楼洞前就站住了。

"我不上去了,把伞给我。他家住在四楼,401。我就不上去了。"说完,他从丁小曼手里接过雨伞,自己收拢了它,转身走了。

门洞里积了一层雨水。底楼的两家住户都开着门,两家的女主人在高声地谈论着什么。他的舌头吐出了那么长,怪吓人的。在三楼她碰到三个警察正从楼上下来,他们穿着雨衣,脚上是高高的雨靴,手里拿着长长的电筒,楼道里聚集了不少人。孩子也不懂事,人死了这么长时间,怎么也不知道叫人。她闻到了一股刺鼻的消毒药水的味道,怪怪的。

401的门开着。丁小曼一眼就看见了那个小东西。他正趴在床上吃着梨或苹果,他已经吃得只剩下核了。一个四十多岁的中年妇女站在床边,一副心神不定的样子。房间里还有一个小女孩,七八岁。她正踮着脚要从五斗橱上拿什么东西,中年妇女大叫一声:"别碰,会传染的!"转过身就给了她一巴掌。与此同时,妇人也发现了门口站着的丁小曼。小男孩显然也看见了她,他咧开嘴笑了。

"你是他家什么人?"中年妇女上上下下地打量着她。

丁小曼想了想,说:"亲戚。"

妇人长长地松了一口气,笑道:"那就太好了。"

她说她就住在对门。刚才民警吩咐她,暂时由她来照管这个小男孩。明天早上居委会会有人来处理这件事的。

"他家出什么事了?"

"刚才你没看见殡仪馆来的车吗?他爹吊死了。"妇人说,"这孩子今天一大早,也就四五点钟吧,就来敲我的门,我从水泥厂下夜班回家,刚睡了两个小时就被这小东西吵醒了。我开了门,问他有什么事,小东西说:'你快去看看我爸爸。'我心想:'你爸爸我又不是没见过,有什么好看的。'说实话,我那时是太困了,就把门关上了,谁知他爹上了吊。"

那女人摊开双手凑在灯光下仔仔细细地看:"我刚才帮他们搬尸体来着,你说会不会传染?他是老肝炎。不过我已经用肥皂洗过手了。"

"洗过手就没事了。"丁小曼对她说。

那妇人牵过女孩的手转身就往外走。

"他妈呢?"丁小曼对着她们的背影问了一句。妇人回过头来,朝她挥了挥手:"也死了。两个月前刚死的,肺癌。"随后,她听见对面的门砰的一声关上了。

现在屋子里就只剩下了他们两个人,丁小曼和小男孩。朝西的窗户玻璃碎了一块,风呼呼地灌进来,将墙边的一摞旧报纸打得透湿。五斗橱上有一张医院的病历单,字迹潦草但还能辨认:肝,CA,晚期。旁边还搁着一卷麻绳,是新的。这自然使丁小曼联想到:孩子的父亲在从医院回来的路上,说不定产生了自杀的念头,就去杂货店买了麻绳。

丁小曼挨着孩子坐在床上,摸了摸他的头,问他饿不饿。小男孩眼睛有点迷糊了,他说他刚才吃了苹果,不太饿,就是有点想睡觉。随后,他忽然从床上溜到地上,搬过一张凳子来,爬上去,打开了五斗橱最上面一层的那个抽屉,取出一个相框来,朝丁小曼晃了晃。

"这就是我妈妈。我说过,她住在抽屉里。"

在看这幅照片的时候,丁小曼才意识到嘴里咸咸的泪水。那是一张苍白而脆弱的脸,目光中带着疑问、哀矜和惊恐。仿佛在拍下它的那一刹那,她正巧看到了一件什么可怕的事。丁小曼把相框放回抽屉里。她想去打盆水来给孩子洗洗脸,但却找不到脸盆。她只得将孩子带到厨房里,凑近水龙头,用手蘸了水替他抹脸。她看到他鼻子下面有一块血斑,就问他鼻子是不是破了。男孩说,他早上去敲对面阿姨的门,阿姨一关门,就把他的鼻子撞流血了。

"可流了一会儿,就不流了,你说这是怎么回事呀?"男孩道。

丁小曼一直在流泪。她抱起他,替他脱了鞋,洗了脚,然后就把他抱到床上去。他那小身体软绵绵的,一接触到床铺,几乎立刻就睡着了。

丁小曼坐在床边看着他,独自流了一会儿泪。她取出手机来,拨通了邱怀德的电话。

"邱主编……我想换一个题目,另写一篇报道。"

"你的声音怎么不对劲,出什么事了……喂喂……"

"我这里发生了一件事,我想把它写出来……"丁小曼随后就在电话里说了这件事。

"傻瓜,这事哪儿都有,每天都在发生,算不得什么新闻。"在电话的另一端,邱怀德耐着性子听她说完了那件事,笑了起来,"你不要感情用事。

我这里要接另一个电话,待会儿我给你打过来。"

她靠在床上,等了两个小时。脑子里乱七八糟。邱怀德的电话还没有打来,窗外的雨飒飒地下着。这蒙住了窗玻璃的细雨,必将在被遗弃的郊外,在某个不复存在的庭院里洗亮架上的黑葡萄。潮湿的暮色带给我一个声音,我渴望的声音,我的父亲回来了,他没有死去。丁小曼迷迷糊糊地睡了一会儿,脑子里一直在想,第二天早上如何与这个小男孩告别。一想到这里,她的眼泪不知不觉又流下来了。

半夜里,小东西忽然醒了过来,眼睛又黑又亮。他正在拨弄着丁小曼的左手,实际上他是在看丁小曼无名指上戴着的那枚戒指。丁小曼把戒指退下来,递给他看。

"它是什么?"小东西问她。

"它是一枚戒指。"

小家伙把戒指放在眼前看了半天,忽然说:"我想起妈妈教我唱的那首歌了。"正在这时,手机的铃声响了,是邱怀德打来的,依然是一条短信:计划改变,明天一早赶往合肥,随后转机飞往北京。刘晓庆出事了。

小男孩呆呆地看着她:"我要唱歌了,你听不听?"

"听,阿姨很想听,你唱吧!"她摸了摸他的头。他的眼睛又黑又亮。

> 你说要听听我唱歌
> 你说要看看我的脸
> 我不能唱歌给你听,我一唱歌就要流眼泪
> 我不能让你看我的脸,你一看我我就要流眼泪
> 还是给你摘一朵野花吧
> 你问我,妈妈,那是什么名字的花
> 你问我,妈妈,那是什么颜色的花
> 那是戒指花呀
> 那是洁白漂亮的戒指花
> 它是妈妈的泪,它是妈妈的心
> 它是戒指花

《戒指花》导读

回　答

何其芳

一

从什么地方吹来的奇异的风，
吹得我的船帆不停地颤动：
我的心就是这样被鼓动着，
它感到甜蜜，又有一些惊恐。

轻一点吹呵，让我在我的河流里
勇敢的航行，借着你的帮助，
不要猛烈得把我的桅杆吹断，
吹得我在波涛中迷失了道路。

二

有一个字火一样灼热，
我让它在我的唇边变为沉默。
有一种感情海水一样深，
但它又那样狭窄，那样苛刻。

如果我的杯子里不是满满地
盛着纯粹的酒，我怎么能够
用它的名字来献给你呵，
我怎么能够把一滴说为一斗？

三

不，不要期待着酒一样的沉醉！
我的感情只能是另一种类。
它像天空一样广阔，柔和，
没有忌妒，也没有痛苦的眼泪。

唯有共同的美梦，共同的劳动
才能够把人们亲密地联合在一起，
创造出的幸福不只是属于个人，
而是属于巨大的劳动者全体。

四

一个人劳动的时间并没有多少，
鬓间的白发警告着我四十岁的来到。
我身边落下了树叶一样多的日子，

为什么我结出的果实这样稀少？
难道我是一棵不结果实的树？
难道生长在祖国的肥沃的土地上，

我不也是除了风霜的吹打, 还接受过许多雨露,许多阳光?

五

你愿我永远留在人间,不要让
灰暗的老年和死神降临到我的身上。
你说你痴心地倾听着我的歌声,
彻夜失眠,又从它得到力量。

人怎样能够超出自然的限制?
我又用什么来回答你的爱好,
你的鼓励? 呵,人是平凡的,
但人又可以升得很高很高!

六

我伟大的祖国,伟大的时代,
多少英雄花一样在春天盛开;
应该有不朽的诗篇来讴歌他们,
让他们的名字流传到千年万载。

我们现在的歌声却那么微茫!
哪里有古代传说中的歌者,
唱完以后,她的歌声的余音
还在梁间缭绕,三日不绝?

七

呵,在我祖国的北方原野上,
我爱那些藏在树林里的小村庄,
收获季节的手车的轮子的转动声,
农民家里的风箱的低声歌唱!

我也爱和树林一样密的工厂,
红色的钢铁像水一样疾奔,
从那震耳欲聋的马达的轰鸣里
我听见了我的祖国的前进!

八

我祖国的疆域是多么广大:
北京飞着雪,广州还开着红花。
我愿意走遍全国,不管我的头
将要枕着哪一块土地睡下。

"那么你为什么这样沉默?
难道为了我们年轻的共和国,
你不应该像鸟一样飞翔,歌唱,
一直到完全唱出你胸脯里的血?"

九

我的翅膀是这样沉重,
像是尘土,又像有什么悲恸,
压得我只能在地上行走,

我也要努力飞腾上天空。
你闪着柔和的光辉的眼睛
望着我,说着无尽的话,

又像殷切地从我期待着什么——　　请接受吧,这就是我的回答。

1952 年 1 月写成前五节
1954 年劳动节前夕续完

苹果树下

闻 捷

苹果树下那个小伙子,
你不要、不要再唱歌;
姑娘沿着水渠走来了,
年轻的心在胸中跳着。
她的心为什么跳呵?
为什么跳得失去节拍?……

春天,姑娘在果园劳作,
歌声轻轻从她耳边飘过,
枝头的花苞还没有开放,
小伙子就盼望它早结果。
奇怪的念头姑娘不懂得,
她说:别用歌声打扰我。

小伙子夏天在果园度过,
一边劳动一边把姑娘盯着,
果子才结得葡萄那么大,
小伙子就唱着赶快去采摘。
满腔的心思姑娘猜不着,
她说:别像影子一样缠着我。

淡红的果子压弯绿枝。
秋天是一个成熟季节,
姑娘整夜整夜地睡不着,
是不是挂念那树好苹果?
这些事小伙子应该明白,
她说:有句话你怎么不说?

……苹果树下那个小伙子,
你不要、不要再唱歌;
姑娘踏着草坪过来了,
她的笑容里藏着什么?……
说出那句真心的话吧!
种下的爱情已该收获。

1952—1954 年,乌鲁木齐—北京

《苹果树下》导读

望 星 空

郭小川

一

今夜呀,
我站在北京的街头上,
向星空瞭望。
明天哟,
一个紧要任务,
又要放在我的双肩上。
我能退缩吗?
只有迈开阔步,
踏万里重洋;
我能叫嚷困难吗?
只有挺直腰身,
承担千斤重量。
心房呵,
不许你这般激荡!……
此刻呵,
最该是我沉着镇定的时光。

而星空,
却是异样地安详。
夜深了,
风息了,
雷雨逃往他乡。
云飞了,
雾散了,
月亮躲在远方。
天海平平,
不起浪,
四围静静,
无声响。

但星空是壮丽的,
雄厚而明朗。
穹窿呵,
深又广,
在那神秘的世界里,
好像竖立着层层神秘的殿堂。
大气呵,
浓又香,
在那奇妙的海洋中,
仿佛流荡着奇妙的酒浆。
星星呀,
亮又亮,
在浩大无比的太空里,
点起万古不灭的盏盏灯光。
银河呀,
长又长,
在没有涯际的宇宙中,
架起没有尽头的桥梁。

呵,星空,
只有你,
称得起万寿无疆!
你看过多少次:
冰河解冻,
火山喷浆!
你赏过多少回:
白杨吐绿,
柳絮飞霜!

在那遥远的高处,
在那不可思议的地方
你观尽人间美景,
饱看世界沧桑。
时间对于你,
跟空间一样——
无穷无尽,
浩浩荡荡。

二

呵,
望星空,
我不免感到惆怅。
说什么:
身宽气盛,
年富力强!
怎比得:
你那根深蒂固,
源远流长!
说什么:
情豪志大,
心高胆壮!
怎比得:
你那阔大胸襟,
无限容量!

我爱人间,
我在人间生长,
但比起你来,
人间还远不辉煌。
走千山,
涉万水,
登不上你的殿堂。

过大海,
越重洋,
饮不到你的酒浆。
千堆火,
万盏灯,
不如一颗小小星光亮。
千条路,
万座桥,
不如银河一节长。

我游历过半个地球,
从东方到西方。
地球的阔大幅员,
引起我的惊奇和赞赏。
可谁能知道:
宇宙里有多少星星,
是地球的姊妹行!
谁曾晓得:
天空中有多少陆地,
能够充作人类的家乡!
远方的星星呵,
你看得见地球吗?
——一片迷茫!

远方的陆地呵,
你感觉到我们的存在吗?
——怎能想像!

生命是珍贵的
为了赞颂战斗的人生,
我写下成册的诗章;
可是在人生的路途上,
又有多少机缘,
向星空瞭望!
在人生的行程中,

又有多少个夜晚,
见星空如此安详!
在伟大的宇宙的空间,
人生不过是流星般的闪光。
在无限的时间的河流里,
人生仅仅是微小又微小的波浪。
呵,星空,
我不免感到惆怅!
于是我带着惆怅的心情,
走向北京的心脏……

三

忽然之间,
壮丽的星空,
一下子变了模样。
天黑了,
星小了,
高空显得暗淡无光;
云没有来,
风没有刮,
却像有一股阴霾罩天上。
天窄了,
星低了,
星空不再辉煌。
夜没有尽,
月没有升,
太阳也不曾起床。
呵,这突然的变化,
使我感到迷惘,
我不能不带着格外的惊奇,
向四围寻望:
就在我的近边,
在天安门广场,

升起了一座美妙的人民会堂;
就在那会堂的里面,
在宴会厅的杯盏中,
斟满了芬芳的友谊的酒浆;
就在我的两侧,
在长安街上,
挂出了长串的灯光;
就在那灯光之下,
在北京的中心,
架起了一座银河般的桥梁。

这是天上人间吗?
不,人间天上!
这是天堂中的大地吗?
不,大地上的天堂。
真实的世界呵,
一点也不虚妄,
你朴质地描述吧,
不需要作半点夸张!
是谁说的呀——
星空比人间还要辉煌?

是什么人呀——
在星空下感到忧伤？
今夜哟，
最该是我沉着镇定的时光！

是的，
我错了，
我曾是如此地神情激荡！
此刻我才明白：
刚才是我望星空，
而不是星空向我瞭望。
我们生活着，
而没有生命的宇宙，
既不生活也不死亡。
我们思索着，
而不会思索的穹窿，
总是露出呆相。
星空哟，
面对着你，
我有资格挺起胸膛。

四

当我怀着自豪的感情，
再向星空瞭望，
我的身子，
充溢着非凡的力量。
因为我知道：
在一切最好的传统之上，
我们的队伍已经组成，
犹如浩荡的万里长江。
而我自己呢，
早就全副武装，
在我们的行列里，
充当了一名小小的兵将。

可是呵，
我和我的同志一样，
决不会在红灯绿酒之前，
神魂飘荡。
我们要在地球与星空之间，
修建一条走廊，
把大地上的楼台殿阁，
移往辽阔的天堂。
我们要在无限的高空，

架起一座桥梁，
把人间的山珍海味，
送往迢遥的上苍。

真的，我和我的同志一样，
决不只是"自扫门前雪"，
而是定管"他人瓦上霜"。
我们要把长安街上的灯火，
延伸到远方；
让万里无云的夜空，
出现千千万万个太阳。
我们要把广漠的穹窿，
变成繁华的天安门广场；
让满天星斗，
全成为人类的家乡。

而星空呵，
不要笑我荒唐！
我是诚实的，
从不痴心妄想。
人生虽是暂短的，
但只有人类的双手，

能够为宇宙穿上盛装；
世界呀，
由于人的生存
而有了无穷的希望。
还有什么艰难，

使你力不可当？
请再仔细抬头瞭望吧！
出发于盟邦的新的火箭，
正遨游于辽远的星空之上。

1959 年 4 月初稿
1959 年 8 月第二次修改
1959 年 10 月改成

《望星空》导读

拓展阅读

拓展阅读

孟繁华:"突围"欲望与重返起点——郭小川创作道路再评价

草 木 篇

流沙河

寄言立身者
勿学柔弱苗
——（唐）白居易

白　杨

她，一柄绿光闪闪的长剑，孤零零地立在平原，高指蓝天。也许，一场暴风会把她连根拔去。但，纵然死了吧，她的腰也不肯向谁弯一弯！

藤

他纠缠着丁香，往上爬，爬，爬……终于把花挂上树梢。丁香被缠死了，砍作柴烧了。他倒在地上，喘着气，窥视着另一株树……

仙 人 掌

她不想用鲜花向主人献媚，遍身披上刺刀。主人把她逐出花园，也不给水喝。在野地里，在沙漠中，她活着，繁殖着儿女……

梅

在姐姐妹妹里，她的爱情来得最迟。春天，百花用媚笑引诱蝴蝶的时候，她却把自己悄悄地许给了冬天的白雪。轻佻的蝴蝶是不配吻她的，正如别的花不配被白雪抚爱一样。在姐姐妹妹里，她笑得最晚，笑得最美丽。

霉　菌

　　在阳光照不到的河岸,他出现了。白天,用美丽的彩衣,黑夜,用暗绿的磷火,诱惑人类。然而,连三岁孩子也不去采他。因为,妈妈说过,那是毒蛇吐的唾液……

1956 年 10 月 30 日成都

《草木篇》导读

赋　别

郑愁子

这次我离开你,是风,是雨,是夜晚,
你笑了笑,我摆一摆手
一条寂寞的路便展向两头了。
念此际你已回到滨河的家居,
想你在梳理头发或整理湿了的外衣,
而我风雨的归程还正长;
山退得很远,平芜拓得更大,
哎,这世界,怕黑暗已真的成形了……

你说,你真傻,多像那放风筝的孩子
本不该缚它又放它
风筝去了,留一线断了的错误;
书太厚了,本不该掀开扉页的;
沙滩太长,本不该走出足印的;
云出自岫谷,泉水滴自石隙,
一切都开始了,而海洋在何处?

"独木桥"的初遇已成往事了,
如今又已是广阔的草原了
我已失去扶持你专宠的权利;
红与白揉蓝于晚天,错得多美丽,
而我不错入金果的园林,
却误入维特的墓地……

这次我离开你,便不再想见你了,
念此际你已静静入睡。
留我们未完的一切,留给这世界,

这世界,我仍体切地踏着,
而已是你底梦境了……

《赋别》导读 拓展阅读

拓展阅读

朱栋霖:从一曲轻歌发出的爱情试探——郑愁予诗鉴赏

错　误

郑愁予

我打江南走过
那等在季节里的容颜如莲花的开落

东风不来,三月的柳絮不飞
你的心如小小的寂寞的城
恰如青石的街道向晚
跫音不响,三月的春帷不揭
你的心是小小的窗扉紧掩

我达达的马蹄是美丽的错误
我不是归人,是个过客……

乡　愁

余光中

小时候
乡愁是一枚小小的邮票
我在这头
母亲在那头

长大后
乡愁是一张窄窄的船票
我在这头
新娘在那头

后来啊
乡愁是一方矮矮的坟墓
我在外头
母亲在里头

而现在
乡愁是一湾浅浅的海峡
我在这头
大陆在那头

1961 年 1 月 21 日

等你,在雨中

余光中

等你,在雨中,在造虹的雨中
　　蝉声沉落,蛙声升起
一池的红莲如红焰,在雨中

你来不来都一样,竟感觉
　　每朵莲都像你
尤其隔着黄昏,隔着这样的细雨

永恒,刹那,刹那,永恒
　　等你,在时间之外,
在时间之内,等你,在刹那,在永恒

如果你的手在我的手里,此刻
　　如果你的清芬
在我的鼻孔,我会说,小情人

诺,这只手应该采莲,在吴宫
　　这只手应该
摇一柄桂桨,在木兰舟中

一颗星悬在科学馆的飞檐
　　耳坠子一般地悬着
瑞士表说都七点了。忽然你走来

步雨后的红莲,翩翩,你走来
　　像一首小令

从一则爱情的典故里你走来

从姜白石的词里,有韵地,你走来

1962.5.27

《等你,在雨中》导读　　拓展阅读

拓展阅读
李元洛:隔海的缪斯——论台湾诗人余光中的诗艺

川江号子

蔡其矫

你碎裂人心的呼号,
来自万丈断崖下,
来自飞箭般的船上。
你悲歌的回声在震荡,
从悬崖到悬崖,
从漩涡到漩涡。
你一阵吆喝,一声长啸,
有如生命最凶猛的浪潮
向我流来,流来。
我看见巨大的木船上有四支桨,
一支桨四个人;
我看见眼中的闪电,额上的雨点,
我看见川江舟子千年的血泪,
我看见终身搏斗在急流上的英雄,
宁做沥血歌唱的鸟,
不做沉默无声的鱼;
但是几千年来
有谁来倾听你的呼声
除了那悬挂在绝壁上的
一片云,一棵树,一座野庙?
……歌声远去了,
我从沉痛中苏醒,
那新时代诞生的巨鸟
我心爱的钻探机,正在山上和江上
用深沉的歌声
回答你的呼吁。

1958 年

雷锋之歌(节选)

贺敬之

五

就是这样,
雷锋,
你出发了……
　　——在黎明前的
　　一阵黑暗中……
你带着
满身
燃烧的血泪,
　　好像在梦中一样
　　扑向
党呵——
　　温暖的
　　温暖的
　　母亲怀中……
……就是这样,
雷锋,
你站起来!
　　接受
　　"共产主义新战士"
　　——党给你的
　　命名。
……就是这样,
雷锋,
你走来了……

你不是
只为洗雪
一家的仇恨;
　　不是为了
　　"治好伤疤
　　忘了疼"……
你来了呵,
不是为
学少爷们那样——
　　从此
　　醉卧高楼,
　　做花天酒地的
　　荒唐梦;
你来了呵,
更不是为
向仇人们鞠躬致敬——
　　说是为大家的"安宁",
　　必须
　　践踏爹妈的尸骨,
　　把难友们的鲜血
　　倒进
　　老爷的杯中……

雷锋!

你满腔的愤怒呵,
你刻骨的疼痛……
　　你对党感激的
　　含泪带笑的目光……
　　你对新生活
　　如饥如渴的憧憬……
全部投入
我们阶级的
步伐——
　　化成了
　　战斗的
　　轰天雷鸣!

呵,雷锋!
你第一次学会的
这三个字,
　　你一生中
　　永远念着的
　　这个姓名——
呵,亲爱的
再生雷锋的
母亲——
　　我们的
　　党呵,
　　我们的领袖
　　毛泽东!
母亲懂得你
懂得你呵
——雷锋,
　　你也懂得他
　　懂得他呵
　　——伟大的
　　毛泽东!
你青春的生命
在毛泽东思想的

冲天红光中,
升华……
升华……
　　你前进的脚步
　　在《毛泽东选集》的
　　光辉篇章
　　那真理的
　　阶梯上,
　　攀登……
　　攀登……

雷锋,
我看见
在你的驾驶室里,
那一尘不染的
车镜……
　　我看见
　　在你车窗前
　　那直上云天的
　　高峰……
　　呵,你阶级战士的
姿态,
是何等的
勇敢,坚定!
　　你共产党员的
　　红心呵,
　　是何等的
　　纯净、透明!……
雷锋,
你是多么欢乐呵!
在我们灿烂的阳光里,
怎么能不
到处飞起
你朗朗的笑声?
　　你稚气的脸上,

哪能找到
一星半点
忧愁的阴影？……
但是，雷锋，
在心灵的深处，
你有多么强烈的
爱呵，
又有多么深刻的
憎！
爱和恨，
不可分割，
像阴电、阳电一样
相反相成——
在你生命的线路上，
闪出
永不熄灭的火花，
发出
亿万千卡热能！……

……从家乡望城
彭乡长
那慈爱的面孔，
到团山湖农场
庄稼梢头
那飘动的微风……
……从鞍钢工地
推土机的
卷动的履带，
到烈属张大娘
搂抱着你的
热泪打湿的
袖筒……
呵，祖国亲人的
每一下脉搏，
阶级体肤的

每一个毛孔——
都寄托了
你火一样的热爱，
都倾注了
你海一样的深情……

呵，从黄继光
胸口对面
那射向我们的
罪恶炮筒，
到地主谭四滚子
从地下发出的
切齿之声……
……从营房门口
那假装
磨剪子的
坏蛋，
到躲在角落里
缝补旧梦的
某些先生……
呵，祖国道路上的
每一个暗影，
你哨位上的
每一面的响动——
都使你燃起
阶级仇恨的
不灭的火种；
都紧盯着
你阶级战士
警觉的眼睛！……

雷锋呵，
你虽然不是
在炮火连天的战场上
战斗冲锋，

在平凡的
工作岗位上,
你却是真正的
勇士呵——
　　你永远在
　　高举红旗,
　　向前进攻!
在我们革命的
万能机床上,
雷锋——
　　你是一个
　　平凡的,但却
　　伟大的——
　　永不生锈的
　　螺丝钉!

哪里需要?
看雷锋的
飞快的
脚步!
　　哪里缺少?
　　看雷锋的
　　忙碌的
　　身影!……
……呵,马上去
给大娘浇地——
　　现在
　　麦苗正要返青……
……呵,立刻把
自己省下的存款
寄给公社——
　　支援
　　受灾的农民弟兄
……唔,快准备
给孩子们

讲革命故事——
　　明天是
　　队日活动……
　　……唔,必须把
赶路的大嫂
护送到家——
　　现在是
　　夜深,雨大,
　　路远,泥泞……

呵,雷锋!
你白天的
每一个思念,
你夜晚的
每一个梦境,
　　都是:
　　人民……
　　人民……
　　人民……
你的每一声脚步,
你的每一次呼吸,
　　都是:
　　革命……
　　革命……
　　革命……

雷锋,你是
真正的
真正的
幸福呵!
　　你是何等的
　　何等的
　　聪明!
你用我们旗帜一样
鲜红的颜色,

写下了
你短暂的
却是不朽的
历史,
　　你在阶级的伟大事业里,
　　在为人民服务的无限之中,
　　找到了呵——
　　最壮丽的
　　人生!
你的生命
是多么
富有呵!
　　在我们党的怀抱里,
　　你已成长得
　　力大无穷!
……可老战友们
总还习惯叫你
"小雷"呵——
　　你只有
　　一百五十四厘米的
　　身高,
　　二十二岁的
　　年龄……
但是,在你军衣的
五个钮扣后面
却有:
　　七大洲的风雨、
　　亿万人的斗争
　　　　——在胸中包容!……
你全身的血液,
你每一根神经,
　　都沸腾着
　　对祖国的热爱,
而你同时

在每一天,
每一分钟,
念念不忘:
　　世界上还有
　　千千万万
　　受难的弟兄!……
"上刀山!
下火海!……"
——雷锋呵,
在准备着!
　　风吹来!
　　雨打来!
　　——雷锋呵,
　　道路分明!……

呵,这就是
这就是
一个叫做
"雷锋"的
中国革命战士的
英雄姿态!
　　这就是
　　我们的大地
　　我们的母亲
　　以雷锋的名义
　　给历史的
　　回应——
人呵,
应该
这样生!
　　路呵,
　　应该
　　这样行!……

《雷锋之歌》导读

华 南 虎

牛 汉

在桂林
小小的动物园里
我见到一只老虎。

我挤在叽叽喳喳的人群之中,
隔着两道铁栅栏
向笼里的老虎
张望了许久许久,
但一直没有瞧见
老虎斑斓的面孔
和火焰似的眼睛。

笼里的老虎
背对胆怯而绝望的观众,
安详地卧在一个角落,
有人用石块砸它
有人向它厉声呵斥
有人还苦苦劝诱
它都一概不理!
又长又粗的尾巴
悠悠地在拂动,
哦,老虎,笼中的老虎,
你是梦见了苍苍莽莽的山林吗?
是屈辱的心灵在抽搐吗?
还是想用尾巴鞭击那些可怜而又可笑的观众?

你的健壮的腿

直挺挺地向四方伸开，
我看见你的每个趾爪
全都是破碎的，
凝结着浓浓的鲜血！

你的趾爪
是被人捆绑着
活活地铰掉的吗？
还是由于悲愤
你用同样破碎的牙齿
（听说你的牙齿是被钢锯锯掉的）
把它们和着热血咬碎……
我看见铁笼里
灰灰的水泥墙壁上
有一道一道的血淋淋的沟壑
像闪电那般耀眼刺目！
我终于明白……

我羞愧地离开了动物园，
恍惚之中听见一声
石破天惊的咆哮，
有一个不羁的灵魂
掠过我的头顶
腾空而去，
我看见了火焰似的斑纹
火焰似的眼睛，
还有巨大而破碎的滴血的趾爪！

1973年6月，咸宁

相信未来

郭路生

当蜘蛛网无情地查封了我的炉台,
当灰烬的余烟叹息着贫困的悲哀,
我依然固执地铺平失望的灰烬,
用美丽的雪花写下:相信未来。

当我的葡萄化为深秋的露水,
当我的鲜花依偎在别人的情怀,
我依然固执地用凝露的枯藤
在凄凉的大地上写下:相信未来。

我要用手指那涌向天边的排浪,
我要用手撑那托住太阳的大海,
摇曳着曙光那枝温暖漂亮的笔杆,
用孩子的笔体写下:相信未来。

我之所以坚定地相信未来,
是我相信未来人们的眼睛——
她有拨开历史风尘的睫毛,
她有看透岁月篇章的瞳孔。

不管人们对于我们腐烂的皮肉,
那些迷途的惆怅,失败的痛苦,
是寄予感动的热泪,深切的同情,
还是给以轻蔑的微笑,辛辣的嘲讽。

我坚信人们对于我们的脊骨,
那无数次的探索、迷途、失败和成功,

一定会给予热情、客观、公正的评定。
是的,我焦急地等待着他们的评定。

朋友,坚定地相信未来吧,
相信不屈不挠的努力,
相信战胜死亡的年轻,
相信未来,相信生命。

              1968 年

这是四点零八分的北京

郭路生

这是四点零八分的北京,
一片手的海洋翻动;
这是四点零八分的北京,
一声尖厉的汽笛长鸣。

北京车站高大的建筑,
突然一阵剧烈的抖动。
我双眼吃惊地望着窗外,
不知发生了什么事情。

我的心骤然一阵疼痛,一定是
妈妈缀扣子的针线穿透了心胸。
这时,我的心变成了一只风筝,
风筝的线绳就在妈妈手中。

线绳绷得太紧了,就要扯断了,
我不得不把头探出车厢的窗棂。

直到这时,直到这时候,
我才明白发生了什么事情。

——一阵阵告别的声浪。
就要卷走车站;
北京在我的脚下,
已经缓缓地移动。

我再次向北京挥动手臂,
想一把抓住她的衣领,
然后对她大声地叫喊:
永远记着我,妈妈啊,北京!

终于抓住了什么东西,
管他是谁的手,不能松,
因为这是我的北京,
这是我的最后的北京。

1968 年 12 月 20 日

《这是四点零八分的北京》导读

致 太 阳

多 多

给我们家庭,给我们格言
你让所有的孩子骑上父亲肩膀
给我们光明,给我们羞愧
你让狗跟在诗人后面流浪

给我们时间,让我们劳动
你在黑夜中长睡,枕着我们的希望
给我们洗礼,让我们信仰
我们在你的祝福下,出生然后死亡

查看和平的梦境、笑脸
你是上帝的大臣
没收人间的贪婪、嫉妒
你是灵魂的君王

热爱名誉,你鼓励我们勇敢
抚摸每个人的头,你尊重平凡
你创造,从东方升起
你不自由,像一枚四海通用的钱!

1973 年

冻 土 地

芒 克

像白云一样飘过去送葬的人群,
河流缓慢地拖着太阳,
长长的水面被染得金黄。
多么寂静,
多么辽阔,
多么可怜的
那大片凋残的花朵。

1973 年

冬

穆 旦

一

我爱在淡淡的太阳短命的日子,
临窗把喜爱的工作静静做完;
才到下午四点,便又冷又昏黄,
我将用一杯酒灌溉我的心田。
多么快,人生已到严酷的冬天。

我爱在枯草的山坡,死寂的原野,
独自凭吊已埋葬的火热一年,
看着冰冻的小河还在冰下面流,
不知低语着什么,只是听不见。
呵,生命也跳动在严酷的冬天。

我爱在冬晚围着温暖的炉火,
和两三昔日的好友会心闲谈,
听着北风吹得门窗沙沙地响,
而我们回忆着快乐无忧的往年。
人生的乐趣也在严酷的冬天。

我爱在雪花飘飞的不眠之夜,
把已死去或尚存的亲人珍念,
当茫茫白雪铺下遗忘的世界,
我愿意感情的热流溢于心间,
来温暖人生的这严酷的冬天。

二

寒冷,寒冷,尽量束缚了手脚,
潺潺的小河用冰封住口舌,
盛夏的蝉鸣和蛙声都沉寂,
大地一笔勾销它笑闹的蓬勃。

谨慎,谨慎,使生命受到挫折,
花呢? 绿色呢? 血液闭塞住欲望,

经过多日的阴霾和犹疑不决,
才从枯树枝漏下淡淡的阳光。

奇怪! 春天是这样深深隐藏,
哪儿都无消息,都怕峥露头角,
年轻的灵魂裹进老年的硬壳,
仿佛我们穿着厚厚的棉袄。

三

你大概已停止了分赠爱情,
把书信写了一半就住手,
望望窗外,天气是如此肃杀,
因为冬天是感情的刽子手。

你把夏季的礼品拿出来,
无论是蜂蜜,是果品,是酒,
然后坐在炉前慢慢品尝,
因为冬天已经使心灵枯瘦。

你拿一本小说躺在床上,
在另一个幻象世界周游,
它使你感叹,或使你向往,
因为冬天封住了你的门口。

你疲劳了一天才得休息,
听着树木和草石都在嘶吼,
你虽然睡下,却不能成梦,
因为冬天是好梦的刽子手。

四

在马房隔壁的小土屋里,
风吹着窗纸沙沙响动,
几只泥脚带着雪走进来,
让马吃料,车子歇在风中。

高高低低围着火坐下,
有的添木柴,有的在烘干,
有的用他粗而短的指头
把烟丝倒在纸里卷成烟。

一壶水滚沸,白色的水雾
弥漫在烟气缭绕的小屋,
吃着,哼着小曲,还谈着
枯燥的原野上枯燥的事物。

北风在电线上朝他们呼唤,
原野的道路还一望无际,
几条暖和的身子走出屋,
又迎面扑进寒冷的空气。

1976 年 12 月

《冬》导读

回　答

北　岛

卑鄙是卑鄙者的通行证，
高尚是高尚者的墓志铭。
看吧，在镀金的天空中，
飘满了死者弯曲的倒影。

冰川纪已过去了，
为什么到处都是冰凌？
好望角发现了，
为什么死海里千帆相竞？

我来到这个世界上，
只带着纸、绳索和身影，
为了在审判之前，
宣读那些被判决的声音：

告诉你吧，世界，
我——不——相——信！

如果你脚下有一千名挑战者，
那就把我算作第一千零一名。

我不相信天是蓝的；
我不相信雷的回声；
我不相信梦是假的；
我不相信死无报应。

如果海洋注定要决堤，
就让所有苦水都注入我心中；
如果陆地注定要上升，
就让人类重新选择生存的峰顶。

新的转机和闪闪的星斗，
正在缀满没有遮拦的天空。
那是五千年的象形文字，
那是未来人们凝视的眼睛。

1976 年 4 月

《回答》导读

神 女 峰

舒 婷

在向你挥舞的各色花帕中
是谁的手突然收回
紧紧捂住了自己的眼睛
当人们四散离去,谁
还站在船尾
衣裙漫飞,如翻涌不息的云
江涛
高一声
低一声

美丽的梦留下美丽的忧伤

人间天上,代代相传
但是,心
真能变成石头吗
为盼望远天的杳鹤
而错过无数次春江月明
沿着江岸
金光菊和女贞子的洪流
正煽动新的背叛
与其在悬崖上展览千年
不如在爱人肩头痛哭一晚

中国,我的钥匙丢了

梁小斌

中国,我的钥匙丢了

那是十多年前,
我沿着红色大街疯狂地奔跑,
我跑到了郊外的荒野上欢叫,
后来,
我的钥匙丢了。

心灵,苦难的心灵
不愿再流浪了,
我想回家,打开抽屉、翻一翻我儿童时代的画片,
还看一看那夹在书页里的
翠绿的三叶草。

而且,
我还想打开书橱,
取出一本《海涅歌谣》,
我要去约会,
我向她举起这本书,
作为我向蓝天发出的
爱情的信号。

这一切,
这美好的一切都无法办到,
中国,我的钥匙丢了。

天,又开始下雨,

我的钥匙啊,
你躺在哪里?
我想风雨腐蚀了你,
你已经锈迹斑斑了;
不,我不那样认为,
我要顽强地寻找,
希望能把你重新找到。

太阳啊,
你看见了我的钥匙了吗?
愿你的光芒
为它热烈地照耀。

我在这广大的田野上行走,
我沿着心灵的足迹寻找,
那一切丢失了的,
我都在认真思考。

1979 年 12 月—1980 年 8 月

《中国,我的钥匙丢了》导读

拓展阅读

拓展阅读

1. 徐敬亚:崛起的诗群
2. 孙绍振:新的美学原则在崛起

母 亲

翟永明

无力到达的地方太多了,脚在疼痛,母亲,你没有
教会我在贪婪的朝霞中染上古老的哀愁。我的心只像你

你是我的母亲,我甚至是你的血液在黎明流出的
血泊中使你惊讶地看到你自己,你使我醒来

听到这世界的声音,你让我生下来,你让我与不幸构成
这世界可怕的双胞胎。多年来,我已记不得今夜的哭声

那使你受孕的光芒,来得多么遥远,多么可疑,站在生与死
之间,你的眼睛拥有黑暗而进入脚底的阴影何等沉重

在你怀抱之中,我曾露出迹底似的笑容,有谁知道
你让我以童贞方式领悟一切,但我却无动于衷

我把这世界当做处女,难道我对着你发出的
爽朗的笑声没有燃烧起足够的夏季吗?没有?

我被遗弃在世上,只身一人,太阳的光线悲哀地
笼罩着我,当你俯身世界时是否知道你遗落了什么?

岁月把我放在磨子里,让我亲眼看着自己被碾碎
呵,母亲,当我终于变得沉默,你是否为之欣喜

没有人知道我是怎样不着痕迹地爱你,这秘密
来自你的一部分,我的眼睛像两个伤口苦望着你

活着为了活着,我自取灭亡。以对抗亘古已久的爱
一块石头被抛弃,直到像骨髓一样风干,这世界

有了孤儿,使一切祝福暴露无遗,然而谁最清楚
凡在母亲手上站过的人,终会因诞生而死去

1984 年

感　觉

顾　城

天是灰色的　　　　　在一片死灰之中
路是灰色的　　　　　走过两个孩子
楼是灰色的　　　　　一个鲜红
雨是灰色的　　　　　一个淡绿

《感觉》导读

祖国(或以梦为马)

海 子

我要做远方的忠诚的儿子
和物质的短暂情人
和所有以梦为马的诗人一样
我不得不和烈士和小丑走在同一道路上

万人都要将火熄灭　我一人独将此火高高举起
此火为大　开花落英于神圣的祖国
和所有以梦为马的诗人一样
我借此火得度一生的茫茫黑夜

此火为大　祖国的语言和乱石投筑的梁山城寨
以梦为上的敦煌——那七月也会寒冷的骨骼
如雪白的柴和坚硬的条条白雪　横放在众神之山
和所有以梦为马的诗人一样
我投入此火　这三者是囚禁我的灯盏吐出光辉

万人都要从我刀口走过　去建筑祖国的语言
我甘愿一切从头开始
和所有以梦为马的诗人一样
我也愿将牢底坐穿

众神创造物中只有我最易朽　带着不可抗拒的死亡的速度
只有粮食是我珍爱　我将她紧紧抱住抱住她　在故乡生儿育女
和所有以梦为马的诗人一样
我也愿将自己埋葬在四周高高的山上
守望平静的家园

面对大河我无限惭愧
我年华虚度　空有一身疲倦
和所有以梦为马的诗人一样
岁月易逝　一滴不剩　水滴中有一匹马儿一命归天

千年后如若我再生于祖国的河岸
千年后我再次拥有中国的稻田　和周天子的雪山　天马踢踏
和所有以梦为马的诗人一样
我选择永恒的事业

我的事业　就是要成为太阳的一生
他从古至今——"日"——他无比辉煌无比光明
和所有以梦为马的诗人一样
最后我被黄昏的众神抬入不朽的太阳

太阳是我的名字
太阳是我的一生
太阳的山顶埋葬　诗歌的尸体——千年王国和我
骑着五千年凤凰和名字叫"马"的龙——
　　我必将失败
但诗歌本身以太阳必将胜利

1987 年

一个人老了

西 川

一个人老了,在目光和谈吐之间,
在黄瓜和茶叶之间,
像烟上升,像水下降。黑暗迫近。
在黑暗之间,白了头发,脱了牙齿,
像旧时代的一段逸闻,
像戏曲中的一个配角。一个人老了。

秋天的大幕沉重的落下。
露水是凉的。音乐一意孤行。
他看到落伍的大雁、熄灭的火,
庸才、静止的机器、未完成的画像。
当青年恋人们走远,一个人老了,
飞鸟转移了视线。

他有了足够的经验评判善恶,
但是机会在减少,像沙子
滑下宽大的指缝,而门在闭合。
一个青年活在他身体之中;
他说话是灵魂附体,
他抓住的行人是稻草。

有人造屋,有人绣花,有人下赌。
生命的大风吹出世界的精神,
唯有老年人能看出这其中的摧毁。
一个人老了,徘徊于
昔日的大街,偶尔停步,
便有落叶飘来,要将他遮盖。

更多的声音挤进耳朵,
像他整个身躯将挤进一只小木盒;
那是一系列游戏的结束:
藏起失败,藏起成功。
在房梁上,在树洞里,他已藏好
张张纸条,写满爱情和痛苦。

要他收获已不可能。
要他脱身已不可能。
一个人老了,重返童年时光,
然后像动物一样死亡。他的骨头
已足够坚硬,撑得起历史,
让后人把不属于他的箴言刻上。

《一个人老了》导读 　　拓展阅读

拓展阅读

王家新：从一场濛濛细雨开始

在哈尔盖仰望星空

西 川

有一种神秘你无法驾驭
你只能充当旁观者的角色
听凭那神秘的力量
从遥远的地方发出信号
射出光束,穿透你的心
像今夜,在哈尔盖
在这个远离城市的荒凉的
地方,在这青藏高原上的
一个蚕豆般大小的火车站旁
我抬起头来眺望星空
这时河汉无声,鸟翼稀薄
青草向群星疯狂地生长
马群忘记了飞翔
风吹着空旷的夜也吹着我
风吹着未来也吹着过去
我成为某个人,某间
点着油灯的陋室
而这陋室冰凉的屋顶
被群星的亿万只脚踩成祭坛
我像一个领取圣餐的孩子
放大了胆子,但屏住呼吸

感谢父亲

于 坚

一年十二月
您的烟斗开着罂粟花
温暖如春的家庭　不闹离婚
不管闲事　不借钱　不高声大笑
安静如鼠　比病室干净
祖先的美德　光滑如石
永远不会流血　在世纪的洪水中
花纹日益古朴
作为父亲　您带回面包和盐
黑色长桌　您居中而坐
那是属于皇帝、教授和社论的位置
儿子们拴在两旁　不是谈判者
而是金纽扣　使您闪闪发光
您从那儿抚摸我们　目光充满慈爱
像一只胃　温柔而持久
使我一天天学会做人
早年您常常胃痛
当您发作时　儿子们变成甲虫
朝夕相处　我从未见过您的背影
成年我才看到您的档案
积极肯干　热情诚恳　平易近人
尊重领导　毫无怨言　从不早退
有一回您告诉我　年轻时喜欢足球
尤其是跳舞　两步
使我大吃一惊　以为您在谈论一头海豹
我从小就知道您是好人　非常的年代
大街上坏蛋比好人多

当这些异教徒被抓走、流放、一去不返
您从公园出来　当了新郎
一九五七年您成为父亲
作为好人　爸爸　您活得多么艰难
交待　揭发　检举　告密
您干完这一切　夹着皮包下班
夜里您睡不着　老是侧耳谛听
您悄悄起床　检查儿子的日记和梦话
像盖世太保一样认真
亲生的老虎　使您忧心忡忡
小子出言不逊　就会株连九族
您深夜排队买煤　把定量油换成奶粉
您远征上海　风尘仆仆　采购衣服和鞋
您认识医生校长司机以及守门的人
老谋深算　能伸能屈　光滑如石
就这样　在黑暗的年代　在动乱中
您把我养大了　领到了身份证
长大了　真不容易　爸爸
我成人了　和您一模一样
勤勤恳恳　朴朴素素　一尘不染
这小子出生时相貌可疑　八字不好
说不定会精神失常死于脑炎
说不定会乱闯红灯　被车轧死
说不定胆大妄为　跌断腿成为残废
说不定被坏人勾引　最后判刑劳改
说不定酗酒打架赌博吸毒患上艾滋病
爸爸　这些事我可从未干过　没有自杀
父母在　不远游　好好学习　天天向上
九点半上床睡觉　星期天洗洗衣服
童男子　二十八岁通过婚前检查
三室一厅　双亲在堂　子女绕膝
一家人围着圆桌　温暖如春
这真不容易　我白发苍苍的父亲

1987 年 12 月 31 日

月 亮

陈东东

我的月亮荒凉而渺小
我的星期天堆满了书籍
我深陷在诸多不可能之中
并且我想到,时间和欲望的大海虚空
热烈的火焰难以持久

闪耀的夜晚
我怎样把信札传递给黎明
寂寞的字句倒映于镜面
仿佛那蝙蝠
在归于大梦的黑暗里犹豫
仿佛旧唱片滑过了灯下朦胧的听力

运水卡车轻快地驰行。钢琴割开
春天的禁令

我的日子落下尘土
我为你打开的乐谱第一面
燃烧的马匹流星多眩目

我的花园还没有选定
疯狂的槙物混同于乐音
我幻想的景色和无辜的落日
我的月亮荒凉而渺小

闪耀的夜晚,我怎样把信札
传递给黎明
我深陷在失去了光泽的上海
在稀薄的爱情里
看见你一天天衰老的容颜

茶馆（第一幕）

老 舍

时　间　一八九八年（戊戌）初秋，康梁等的维新运动失败了。早半天。
地　点　北京，裕泰大茶馆。
人　物　王利发　刘麻子　庞太监　唐铁嘴　康　六　小牛儿　松二爷
　　　　黄胖子　宋恩子　常四爷　秦仲义　吴祥子　李　三　老　人
　　　　康顺子　二德子　乡　妇　茶客甲、乙、丙、丁　马五爷　小　妞
　　　　茶房一二人

〔幕启：这种大茶馆现在已经不见了。在几十年前，每城都起码有一处。这里卖茶，也卖简单的点心与菜饭。玩鸟的人们，每天在蹓够了画眉、黄鸟等之后，要到这里歇歇腿，喝喝茶，并使鸟儿表演歌唱。商议事情的，说媒拉纤的，也到这里来。那年月，时常有打群架的，但是总会有朋友出头给双方调解；三五十口子打手，经调人东说西说，便都喝碗茶，吃碗烂肉面（大茶馆特殊的食品，价钱便宜，作起来快当），就可以化干戈为玉帛了。总之，这是当日非常重要的地方，有事无事都可以来坐半天。

〔在这里，可以听到最荒唐的新闻，如某处的大蜘蛛怎么成了精，受到雷击。奇怪的意见也在这里可以听到，像把海边上都修上大墙，就足以挡住洋兵上岸。这里还可以听到某京戏演员新近创造了什么腔儿，和煎熬鸦片烟的最好的方法。这里也可以看到某人新得到的奇珍——一个出土的玉扇坠儿，或三彩的鼻烟壶。这真是个重要的地方，简直可以算作文化交流的所在。

〔我们现在就要看见这样的一座茶馆。

〔一进门是柜台与炉灶——为省点事，我们的舞台上可以不要炉灶；后面有些锅勺的响声也就够了。屋子非常高大，摆着长桌与方桌，长凳与小凳，都是茶座儿。隔窗可见后院。高搭着凉棚，棚下也有茶座儿。屋里和凉棚下都有挂鸟笼的地方。各处都贴着"莫谈国事"的纸条。

〔有两位茶客，不知姓名，正眯着眼，摇着头，拍板低唱。有两三位

茶客,也不知姓名,正入神地欣赏瓦罐里的蟋蟀。两位穿灰色大衫的——宋恩子与吴祥子,正低声地谈话,看样子他们是北衙门的办案的(侦缉)。

〔今天又有一起打群架的,据说是为了争一只家鸽,惹起非用武力解决不可的纠纷。假若真打起来,非出人命不可,因为被约的打手中包括着善扑营的哥儿们和库兵,身手都十分厉害。好在,不能真打起来,因为在双方还没把打手约齐,已有人出面调停了——现在双方在这里会面。三三两两的打手,都横眉立目,短打扮,随时进来,往后院去。

〔马五爷在不惹人注意的角落,独自坐着喝茶。

〔王利发高高地坐在柜台里。

〔唐铁嘴踏拉着鞋,身穿一件极长极脏的大布衫,耳上夹着几张小纸片,进来。

王利发　唐先生,你外边蹓蹓吧!

唐铁嘴　(惨笑)王掌柜,捧捧唐铁嘴吧!送给我碗茶喝,我就先给您相相面吧!手相奉送,不取分文!(不容分说,拉过王利发的手来)今年是光绪二十四年,戊戌。您贵庚是……

王利发　(夺回手去)算了吧,我送给你一碗茶喝,你就甭卖那套生意口啦!用不着相面,咱们既在江湖内,都是苦命人!(由柜台内走出,让唐铁嘴坐下)坐下!我告诉你,你要是不戒了大烟,就永远交不了好运!这是我的相法,比你的更灵验!

〔松二爷和常四爷都提着鸟笼进来,王利发向他们打招呼。他们先把鸟笼子挂好,找地方坐下。松二爷文绉绉的,提着小黄鸟笼;常四爷雄赳赳的,提着大而高的画眉笼。茶房李三赶紧过来,沏上盖碗茶。他们自带茶叶。茶沏好,松二爷、常四爷向邻近的茶座让了让。

松二爷

常四爷　您喝这个!(然后,往后院看了看)

松二爷　好像又有事儿?

常四爷　反正打不起来!要真打的话,早到城外头去啦;到茶馆来干吗?

〔二德子,一位打手,恰好进来,听见了常四爷的话。

二德子　(凑过去)你这是对谁甩闲话呢?

常四爷　(不肯示弱)你问我哪?花钱喝茶,难道还教谁管着吗?

松二爷　(打量了二德子一番)我说这位爷,您是营里当差的吧?来,坐下喝一碗,我们也都是外场人。

二德子　你管我当差不当差呢?

常四爷　要抖威风,跟洋人干去,洋人厉害!英法联军烧了圆明园,尊家吃着官饷,可没见您去冲锋打仗!
二德子　甭说打洋人不打,我先管教管教你!(要动手)
　　　　〔别的茶客依旧进行他们自己的事。王利发急忙跑过来。
王利发　哥儿们,都是街面上的朋友,有话好说。德爷,您后边坐!
　　　　〔二德子不听王利发的话,一下子把一个盖碗搂下桌去,摔碎。翻手要抓常四爷的脖领。
常四爷　(闪过)你要怎么着?
二德子　怎么着?我碰不了洋人,还碰不了你吗?
马五爷　(并未立起)二德子,你威风啊!
二德子　(四下扫视,看到马五爷)喝,马五爷,您在这儿哪?我可眼拙,没看见您!(过去请安)
马五爷　有什么事好好地说,干吗动不动地就讲打?
二德子　嗻!您说的对!我到后头坐坐去。李三,这儿的茶钱我候啦!(往后面走去)
常四爷　(凑过来,要对马五爷发牢骚)这位爷,您圣明,您给评评理!
马五爷　(立起来)我还有事,再见!(走出去)
常四爷　(对王利发)邪!这倒是个怪人!
王利发　您不知道这是马五爷呀?怪不得您也得罪了他!
常四爷　我也得罪了他?我今天出门没挑好日子!
王利发　(低声地)刚才您说洋人怎样,他就是吃洋饭的。信洋教,说洋话,有事情可以一直地找宛平县的县太爷去,要不怎么连官面上都不惹他呢!
常四爷　(往原处走)哼,我就不佩服吃洋饭的!
王利发　(向宋恩子、吴祥子那边稍一歪头,低声地)说话请留点神!(大声地)李三,再给这儿沏一碗来!(拾起地上的碎磁片)
松二爷　盖碗多少钱?我赔!外场人不作老娘们事!
王利发　不忙,待会儿再算吧!(走开)
　　　　〔纤手刘麻子领着康六进来。刘麻子先向松二爷、常四爷打招呼。
刘麻子　您二位真早班儿?(掏出鼻烟壶,倒烟)您试试这个!刚装来的,地道英国造,又细又纯!
常四爷　唉!连鼻烟也得从外洋来!这得往外流多少银子啊!
刘麻子　咱们大清国有的是金山银山,永远花不完!您坐着,我办点小事!(领康六找了个座儿)
　　　　〔李三拿过一碗茶来。

刘麻子	说说吧,十两银子行不行?你说干脆的!我忙,没工夫专伺候你!
康　六	刘爷!十五岁的大姑娘,就值十两银子吗?
刘麻子	卖到窑子去,也许多拿一两八钱的,可是你又不肯!
康　六	那是我的亲女儿!我能够……
刘麻子	有女儿,你可养活不起,这怪谁呢?
康　六	那不是因为乡下种地的都没法子混了吗?一家大小要是一天能吃上一顿粥,我要还想卖女儿,我就不是人!
刘麻子	那是你们乡下的事,我管不着。我受你之托,教你不吃亏,又教你女儿有个吃饱饭的地方,这还不好吗?
康　六	到底给谁呢?
刘麻子	我一说,你必定从心眼里乐意!一位在宫里当差的!
康　六	宫里当差的谁要个乡下丫头呢?
刘麻子	那不是你女儿的命好吗?
康　六	谁呢?
刘麻子	庞总管!你也听说过庞总管吧?侍候着太后,红的不得了,连家里打醋的瓶子都是玛瑙作的!
康　六	刘大爷,把女儿给太监作老婆,我怎么对得起人呢?
刘麻子	卖女儿,无论怎么卖,也对不起女儿!你胡涂!你看,姑娘一过门,吃的是珍馐美味,穿的是绫罗绸缎,这不是造化吗?怎样,摇头不算点头算,来个干脆的!
康　六	自古以来,哪有……他就给十两银子?
刘麻子	找遍了你们全村儿,找得出十两银子找不出?在乡下,五斤白面就换个孩子,你不是不知道!
康　六	我,唉!我得跟姑娘商量一下!
刘麻子	告诉你,过了这个村可没有这个店,耽误了事别怨我!快去快来!
康　六	唉!我一会儿就回来!
刘麻子	我在这儿等着你!
康　六	(慢慢地走出去)
刘麻子	(凑到松二爷、常四爷这边来)乡下人真难办事,永远没有个痛痛快快!
松二爷	这号生意又不小吧?
刘麻子	也甜不到哪儿去,弄好了,赚个元宝!
常四爷	乡下是怎么了?会弄得这么卖儿卖女的!
刘麻子	谁知道!要不怎么说,就是一条狗也得托生在北京城里嘛!
常四爷	刘爷,您可真有个狠劲儿,给拉拢这路事!

刘麻子	我要不分心,他们还许找不到买主呢!(忙岔话)松二爷,(掏出个小时表来)你看这个!
松二爷	(接表)好体面的小表!
刘麻子	您听听,嘎登嘎登地响!
松二爷	(听)这得多少钱?
刘麻子	您爱吗?就让给您!一句话,五两银子,您玩够了,不爱再要了,我还照数退钱!东西真地道,传家的玩艺!
常四爷	我这儿正哑摸这个味儿:咱们一个人身上有多少洋玩艺儿啊!老刘,就看你身上吧:洋鼻烟,洋表,洋缎大衫,洋布裤褂……
刘麻子	洋东西可是真漂亮呢!我要是穿一身土布,像个乡下脑壳,谁还理我呀!
常四爷	我老觉乎着咱们的大缎子,川绸,更体面!
刘麻子	松二爷,留下这个表吧,这年月,戴着这么好的洋表,会教人另眼看待!是不是这么说,您哪?
松二爷	(真爱表,但又嫌贵)我……
刘麻子	您先戴两天,改日再给钱!
	〔黄胖子进来。
黄胖子	(严重的沙眼,看不清楚,进门就请安)哥儿们,都瞧我啦!我请安了!都是自己弟兄,别伤了和气呀!
王利发	这不是他们,他们在后院哪!
黄胖子	我看不大清楚啊!掌柜的,预备烂肉面。有我黄胖子,谁也打不起来!(往里走)
二德子	(出来迎接)两边已经见了面,您快来吧!
	〔二德子同黄胖子入内。
	〔茶房们一趟又一趟地往后面送茶水。老人进来,拿着些牙签、胡梳、耳挖勺之类的小东西,低着头慢慢地挨着茶座儿走;没人买他的东西。他要往后院去,被李三截住。
李 三	老大爷,您外边蹓蹓吧!后院里,人家正说和事呢,没人买您的东西!
	(顺手儿把剩茶递给老人一碗)
松二爷	(低声地)李三!(指后院)他们到底为了什么事,要这么拿刀动杖的?
李 三	(低声地)听说是为一只鸽子。张宅的鸽子飞到了李宅去,李宅不肯交还……唉,咱们还是少说话好,(问老人)老大爷您高寿啦?
老 人	(喝了茶)多谢!八十二了,没人管!这年月呀,人还不如一只鸽

子呢！唉！（慢慢走出去）

〔秦仲义，穿得很讲究，满面春风，走进来。

王利发　哎哟！秦二爷，您怎么这样闲在，会想起下茶馆来了？也没带个底下人？

秦仲义　来看看，看看你这年轻小伙子会作生意不会！

王利发　唉，一边作一边学吧，指着这个吃饭嘛。谁叫我爸爸死的早，我不干不行啊！好在照顾主儿都是我父亲的老朋友，我有不周到的地方，都肯包涵，闭闭眼就过去了。在街面上混饭吃，人缘儿顶要紧。我按着我父亲遗留下的老办法，多说好话，多请安，讨人人的喜欢，就不会出大岔子！您坐下，我给您沏碗小叶茶去！

秦仲义　我不喝！也不坐着！

王利发　坐一坐！有您在我这儿坐坐，我脸上有光！

秦仲义　也好吧！（坐）可是，用不着奉承我！

王利发　李三，沏一碗高的来！二爷，府上都好？您的事情都顺心吧？

秦仲义　不怎么太好！

王利发　您怕什么呢？那么多的买卖，您的小手指头都比我的腰还粗！

唐铁嘴　（凑过来）这位爷好相貌，真是天庭饱满，地阁方圆，虽无宰相之权，而有陶朱之富！

秦仲义　躲开我！去！

王利发　先生，你喝够了茶，该外边活动活动去！（把唐铁嘴轻轻推开）

唐铁嘴　唉！（垂头走出去）

秦仲义　小王，这儿的房租是不是得往上提那么一提呢？当年你爸爸给我的那点租钱，还不够我喝茶用的呢！

王利发　二爷，您说的对，太对了！可是，这点小事用不着您分心，您派管事的来一趟，我跟他商量，该长多少租钱，我一定照办！是！嗻！

秦仲义　你这小子，比你爸爸还滑！哼，等着吧，早晚我把房子收回去！

王利发　您甭吓唬着我玩，我知道您多么照应我，心疼我，决不会叫我挑着大茶壶，到街上卖热茶去！

秦仲义　你等着瞧吧！

〔乡妇拉着个十来岁的小妞进来。小妞的头上插着一根草标。李三本想不许她们往前走，可是心中一难过，没管。她们俩慢慢地往里走。茶客们忽然都停止说笑，看着她们。

小　妞　（走到屋子中间，立住）妈，我饿！我饿！

〔乡妇呆视着小妞，忽然腿一软，坐在地上，掩面低泣。

秦仲义　（对王利发）轰出去！

王利发　是！出去吧，这里坐不住！

乡　妇　哪位行行好？要这个孩子，二两银子！

常四爷　李三，要两个烂肉面，带她们到门外吃去！

李　三　是啦！（过去对乡妇）起来，门口等着去，我给你们端面来！

乡　妇　（立起，抹泪往外走，好像忘了孩子；走了两步，又转回身来，搂住小妞吻她）宝贝！宝贝！

王利发　快着点吧！

〔乡妇、小妞走出去。李三随后端出两碗面去。

王利发　（过来）常四爷，您是积德行好，赏给她们面吃！可是，我告诉您：这路事儿太多了，太多了！谁也管不了！（对秦仲义）二爷，您看我说的对不对？

常四爷　（对松二爷）二爷，我看哪，大清国要完！

秦仲义　（老气横秋地）完不完，并不在乎有人给穷人们一碗面吃没有。小王，说真的，我真想收回这里的房子！

王利发　您别那么办哪，二爷！

秦仲义　我不但收回房子，而且把乡下的地，城里的买卖也都卖了！

王利发　那为什么呢？

秦仲义　把本钱拢在一块儿，开工厂！

王利发　开工厂？

秦仲义　嗯，顶大顶大的工厂！那才救得了穷人，那才能抵制外货，那才能救国！（对王利发说而眼看着常四爷）唉，我跟你说这些干什么，你不懂！

王利发　您就专为别人，把财产都出手，不顾自己了吗？

秦仲义　你不懂！只有那么办，国家才能富强！好啦，我该走啦。我亲眼看见了，你的生意不错，你甭再耍无赖，不涨房钱！

王利发　您等等，我给您叫车去！

秦仲义　用不着，我愿意蹓跶蹓跶！

〔秦仲义往外走，王利发送。

小牛儿搀着庞太监走进来。小牛儿提着水烟袋。

庞太监　哟！秦二爷！

秦仲义　庞老爷！这两天您心里安顿了吧？

庞太监　那还用说吗？天下太平了，圣旨下来，谭嗣同问斩！告诉您，谁敢改祖宗的章程，谁就掉脑袋！

秦仲义　我早就知道！

〔茶客们忽然全静寂起来，几乎是闭住呼吸地听着。

庞太监　　您聪明,二爷,要不然您怎么发财呢!
秦仲义　　我那点财产,不值一提!
庞太监　　太客气了吧?您看,全北京城谁不知道秦二爷!您比作官的还厉害呢!听说呀,好些财主都讲维新!
秦仲义　　不能这么说,我那点威风在您的面前可就施展不出来了!哈哈哈!
庞太监　　说得好,咱们就八仙过海,各显其能吧!哈哈哈!
秦仲义　　改天过去给您请安,再见!(下)
庞太监　　(自言自语)哼,凭这么个小财主也敢跟我逗嘴皮子,年头真是改了!(问王利发)刘麻子在这儿哪?
王利发　　总管,您里边歇着吧!
　　　　　〔刘麻子早已看见庞太监,但不敢靠近,怕打搅了庞太监、秦仲义的谈话。
刘麻子　　喝,我的老爷子!您吉祥!我等了您好大半天了!(搀庞太监往里面走)
　　　　　〔宋恩子、吴祥子过来请安,庞太监对他们耳语。
　　　　　〔众茶客静默了一阵之后,开始议论纷纷。
茶客甲　　谭嗣同是谁?
茶客乙　　好像听说过!反正犯了大罪,要不,怎么会问斩呀!
茶客丙　　这两三个月了,有些作官的,念书的,乱折腾乱闹,咱们怎能知道他们捣的什么鬼呀!
茶客丁　　得!不管怎么说,我的铁杆庄稼又保住了!姓谭的,还有那个康有为,不是说叫旗兵不关钱粮,去自谋生计吗?心眼多毒!
茶客丙　　一份钱粮倒叫上头克扣去一大半,咱们也不好过!
茶客丁　　那总比没有强啊!好死不如赖活着,叫我去自己谋生,非死不可!
王利发　　诸位主顾,咱们还是莫谈国事吧!
　　　　　〔大家安静下来,都又各谈各的事。
庞太监　　(已坐下)怎么说?一个乡下丫头,要二百银子?
刘麻子　　(侍立)乡下人,可长得俊呀!带进城来,好好地一打扮、调教,准保是又好看,又有规矩!我给您办事,比给我亲爸爸作事都更尽心,一丝一毫不能马虎!
　　　　　〔唐铁嘴又回来了。
王利发　　铁嘴,你怎么又回来了?
唐铁嘴　　街上兵荒马乱的,不知道是怎么回事!
庞太监　　还能不搜查搜查谭嗣同的余党吗?唐铁嘴,你放心,没人抓你!
唐铁嘴　　嘛,总管,您要能赏给我几个烟泡儿,我可就更有出息了!

〔有几个茶客好像预感到什么灾祸,一个个往外溜。

松二爷　咱们也该走啦吧!天不早啦!

常四爷　嗻!走吧!

〔二灰衣人——宋恩子和吴祥子走过来。

宋恩子　等等!

常四爷　怎么啦?

宋恩子　刚才你说"大清国要完"?

常四爷　我,我爱大清国,怕它完了!

吴祥子　(对松二爷)你听见了?他是这么说的吗?

松二爷　哥儿们,我们天天在这儿喝茶。王掌柜知道:我们都是地道老好人!

吴祥子　问你听见了没有?

松二爷　那,有话好说,二位请坐!

宋恩子　你不说,连你也锁了走!他说"大清国要完",就是跟谭嗣同一党!

松二爷　我,我听见了,他是说……

宋恩子　(对常四爷)走!

常四爷　上哪儿?事情要交代明白了啊!

宋恩子　你还想拒捕吗?我这儿可带着"王法"呢!(掏出腰中带着的铁链子)

常四爷　告诉你们,我可是旗人!

吴祥子　旗人当汉奸,罪加一等!锁上他!

常四爷　甭锁,我跑不了!

宋恩子　量你也跑不了!(对松二爷)你也走一趟,到堂上实话实说,没你的事!

〔黄胖子同三五个人由后院过来。

黄胖子　得啦,一天云雾散,算我没白跑腿!

松二爷　黄爷!黄爷!

黄胖子　(揉揉眼)谁呀?

松二爷　我!松二!您过来,给说句好话!

黄胖子　(看清)哟,宋爷,吴爷,二位爷办案哪?请吧!

松二爷　黄爷,帮帮忙,给美言两句!

黄胖子　官厅儿管不了的事,我管!官厅儿能管的事呀,我不便多嘴!(问大家)是不是?

众　　　嗻!对!

〔宋恩子、吴祥子带着常四爷、松二爷往外走。

松二爷　(对王利发)看着点我们的鸟笼子!

王利发　您放心,我给送到家里去!

〔常四爷、松二爷、宋恩子、吴祥子同下。

黄胖子　(唐铁嘴告以庞太监在此)哟,老爷在这儿哪?听说要安份儿家,我先给您道喜!

庞太监　等吃喜酒吧!

黄胖子　您赏脸!您赏脸!(下)

〔乡妇端着空碗进来,往柜上放。小妞跟进来。

小　妞　妈!我还饿!

王利发　唉!出去吧!

乡　妇　走吧,乖!

小　妞　不卖妞妞啦?妈!不卖啦?妈!

乡　妇　乖!(哭着,携小妞下)

〔康六带着康顺子进来,立在柜台前。

康　六　姑娘!顺子!爸爸不是人,是畜生!可你叫我怎办呢?你不找个吃饭的地方,你饿死,我不弄到手几两银子,就得叫东家活活地打死!你呀,顺子,认命吧,积德吧!

康顺子　我,我……(说不出话来)

刘麻子　(跑过来)你们回来啦?点头啦?好!来见见总管!给总管磕头!

康顺子　我……(要晕倒)

康　六　(扶住女儿)顺子!顺子!

刘麻子　怎么啦?

康　六　又饿又气,昏过去了!顺子!顺子!

庞太监　我要活的,可不要死的!

〔静场。

茶客甲　(正与乙下象棋)将!你完啦!

《茶馆》导读

拓展阅读

拓展阅读

张晓玥:情感与形式:"配合不上"的《茶馆》

霓虹灯下的哨兵（存目）

沈西蒙等

故事梗概

这部话剧共九场。沈西蒙、漠雁、吕兴臣集体创作，1961年作于苏州裕社，1962年在南京经历了四次修改，1963年第五次修改。

第一场

上海，南京路。

解放前夕，上海暗流涌动。一方面，是欢迎解放军接管上海、支持进步力量的人民群众，另一方面，是对共产党充满疑虑的城市中小资产阶级，另外，国民党反动派势力依然潜伏着，准备随时发动反攻。这是中国共产党在以前未曾经历过的战斗。

青年学生童阿男和林嫒嫒在城市工事中等待着解放军的到来。他们无意中听到了旧国民党军官老开等特务的潜伏阴谋，正要向解放军报信，却遇到了林嫒嫒的表哥罗克文和林嫒嫒的母亲林乃娴。老开、匪徒们装扮成解放军打劫林、罗二人，童阿男因揭穿了老开等人的身份而被打晕带走。林嫒嫒向解放军寻求帮助，解放军三排长陈喜、班长赵大大等人到处搜寻。林乃娴对解放军依然心存畏惧。最终，大家在阴沟里发现了受伤的童阿男。

第二场

上海，南京路。

华灯初上，霓虹灯下的上海。童阿男伤愈后参加了解放军，在游园会门口站岗。潜伏的特务非非向童阿男示好，没有得逞。赵大大因为不清楚情况，放走了阿飞，又被外国记者拍了照。童阿男追回记者，索要照片，并与记者展开争论。在围观群众的压力下，记者和赵大大一起去军管会解决矛盾。

曲曼丽和罗克文来参加游园会。童阿男阻止了罗克文带走林嫒嫒，并向陈喜排长请假,陪林媛媛吃饭然后送她去演出。陈喜的行为让曲曼丽觉得有机可乘,她向陈喜发起"进攻"。陈喜中了她的"糖衣炮弹"。这时,陈喜的妻子春妮来找陈喜,陈喜以带班为由,拒绝陪同春妮,却答应和曲曼丽约会。

游园会上形形色色,上海滩的"香风",吹得陈喜晕晕乎乎。

第三场

因被陈喜嘲笑脸黑,赵大大生气失眠。陈喜回来后,赵大大对他表达不满,陈喜依然故我,赵大大赌气准备离开。

阿香来找童阿男,赵大大见她有难处,和她出去谈。

陈喜打扮自己,准备和曲曼丽约会。春妮来找他,他怕约会迟到,扯断了春妮为他缝补衣服的线,还嫌弃春妮。指导员宽慰春妮,并召开支委会,再次强调军民鱼水情,坚定了打退资产阶级香风的战斗意志。

第四场

林乃娴家。

罗克文消沉弹琴。曲曼丽来告知林媛媛的去向,罗克文随曲曼丽去找林媛媛。他们离开后,林媛媛带着童阿男回来,母女矛盾激化,童阿男负气离开。林乃娴和罗克文的软弱自私让林媛媛讨厌极了,她再一次离开家庭。

第五场

公园里,阿香告诉赵大大,有人逼她出卖童阿男,她偷偷前来报信,请赵大大告诉童阿男千万别回家。鲁大成误会了赵大大,于是同意赵大大"去前方",赵大大点明"前方在这儿",二人和解,同去帮助阿香。路华寻找童阿男也来到此地,遇到阿荣,阿荣也带来了阿香的信息。路华情急,也去童阿男家中。童阿男在一旁听到了这一切,也要赶去家里。曲曼丽施计,让童阿男和林媛媛约好后天见面。

第六场

苏州河畔,童阿男家中。路华来到童家,童妈说出了阿香被逼的原委。特务们在黑暗中发动突袭,但是弄错了人,抓走阿香。路华救下了阿香。童阿男回来,跟路华一起去追特务。之后,连长鲁大成、班长陈喜、战士赵大大等人也来到童家,大家都感觉到了上海作为"前方"的复杂。

第七场

部队驻地。欢迎大会,路华等人和童家妈妈以及老乡们交心,谈及童阿男父辈热血,谈及南京路(更是上海)与殖民主义、资本主义的关联,也谈及童阿男父亲的牺牲,由此,解开了童阿男的心结。路华等人对陈喜进行了更为严厉的批评教育。

第八场

南京路,花店门口。军民一心,攻破了特务反动派的破坏计划,戳穿了他们的阴谋,完成了保卫大上海的任务。

第九场

抗美援朝出发前夕,春妮来看陈喜,二人和好。童阿男也接受了教训。战士们在奔赴抗美援朝战场的前夕,站好南京路最后一班岗。

花 与 剑

马 森

景：舞台中部左右各有一坟。坟前各有一树,树叶繁茂。两坟之间在舞台后方较远处有一小茅屋。茅屋前烟雾缭绕,看不太清楚。更远处可见远山及树林。

时：近黄昏,在太阳下山前后。天空有灿烂的晚霞,偶有几只归鸦在空际掠过。

人物：鬼——着黑色或褚色毛质或棉质长袍。不是晚近的那种,是清朝以前中国传统男人所着的那一类。中间以粗绳束腰,下穿草鞋。着面具。面具共有四层：

第一层(母)：作者妇人状,但不甚老,嘴角略显悲凄,面色以奶黄为主,配以粉红,略如京戏中青衣之化装,但两颊没有那么红,且不用吊眼眉。

第二层(父)：尽量使其与演儿的化装近似。

第三层(父亲的朋友)：如剧中所说者,明眸、皓齿、黑须。

第四层(鬼)：为一骷髅头。

此脚色,以男女演员饰演均可。

儿——着浅蓝或白色丝质长袍,以同色之丝带束腰。长发,不着面具。约二十六七岁。无性别。化装、服装均须予人以青春纯美之感。以男女演员饰演均可。但须兼有男性之英挺与女性之妩媚。

  幕开时,鬼着母面具(以下根据所着面具称之)站在舞台前中央作默祷状。一乌鸦呱呱掠过,母仰望天空,作追击状,口中作"哧!哧!"声。旋,了望远处。以手势作惊讶状。儿从舞台左边上。

儿：(见母趋前)请问这位大娘,这里可是双手墓?

母：(打量儿)你问的可是左手执花、右手执剑的双手?

儿：(吃惊地)正是!这位大娘怎么知道左手执花、右手执剑?莫非……莫非……你是母亲!

母：(不语)

儿：(端详母,然后急速趋前,疑惑地)你是母亲？

母：(仍不语)

儿：我看出来了,(趋前拥母)你是母亲,母亲,我的母亲!

母：你为什么回来？

儿：(略感失望地放开母)我也不知道。

母：我不是告诉过你不要回来吗？一生一世也不要回来吗？

儿：是! 我仍然记得你的话,记得你那冰冷的声音。一想到你说话的那种模样,我就会浑身发抖,再也不想回到这里来。

母：可是你为什么又回来了呢？

儿：我也不知道。真的,我也不知道。这些年来我走了不少国家,遇见了不少人,也经历了不少事,可是冥冥之中似乎老是有一个声音低低地对我说:"回去吧! 回去吧! 回到你父亲埋葬的地方!"

母：(冷冷地)所以你就回来了？

儿：(不安地)母亲,请你不要再责备我! 我知道我是不应该回来的。可是有一种力量拉着我、拖着我,一定把我拽到这里来。这些年来,你不知道我挣扎得有多么苦。那个声音总在我耳边似泣似诉地说:"回去吧! 回去吧! 回到你父亲埋葬的地方!"

母：(突然切齿地)那是他的鬼啊! (声调又转平淡地)我不是告诉过你,不管多么苦,多么艰,你都得支持下去,不要回来,千万不要回到这里来!

儿：啊,母亲! 我试过,我试过了种种的法子,可是终于抵不过那声音的力量,我还是要回到这里来,好像是命定了要回到这里来,一点法子也没有!

母：(无可奈何,太息地)唉! 难道真让他说中了？二十年,二十年以后,你又回到这个老地方来!

儿：可不是二十年了？(又趋前拥母)母亲,母亲,我差一点认不出来是你。记得你是那么年轻、漂亮。(双手执母双臂,再端详母。)

母：(平静地)现在老了!

儿：也不能算老,只是没有我记忆中的那么年轻。

母：(沉思地)岁月催人老啊! 你离家的时候(用手比着)才这么高,现在已经这么高了。

儿：母亲,你看,这不是你替我做的袍子？我今天特别穿上,回到双手墓来。

母：这不是我替你做的,这是你父亲的遗物。

儿：(惊讶地)我父亲的遗物？我还以为我父亲的遗物只有花与剑,再也没有别的了。

母：不! 这是在花与剑以外,唯一的一件遗物。你离家的时候,我不是告诉过你吗？等到了二十岁,你的身材就长得跟你父亲一样高了。那时候,你就可以穿起这件袍子。

儿：可是我从来就没有穿过。你看，还是崭新的。这么好的料子，这么好的手工，我舍不得穿。我要等到回到双手墓的那一天再穿，好叫你一眼就认出我来。

母：可不是么，我一眼就认出了这件袍子，只是我料不到你竟长得这么高了！

儿：二十年了啊，母亲！

母：二十年了，整整的二十年了！

儿：二十年来，你一直住在这儿？从没有离开过双手墓？

母：从没有离开过。我怎么能离开呢？这里埋着你父亲的双手，(指左边的坟墓)一边是左手，(指右边的坟墓)一边是右手。

儿：(抚摸着自己的手)父亲的手。除了父亲的手，我一点也不记得父亲的模样。在我的记忆里，好像只有父亲的手。母亲，父亲到底是个什么样子？

母：(端详儿)你为什么要问这个？

儿：因为……因为……我要知道我有一个父亲，一个完整的父亲，而不只是一双手。母亲，人人都有一个父亲是不是？为什么我不能有一个父亲？

母：你本来有一个父亲。

儿：可是为什么除了他的手，我一点都不记得他的模样？

母：因为他很忙，他在写他的书。

儿：对，我记得，他是在写他的书。他永远不停地在写他的书。我敲门的时候，他只把门开一条细缝。门里黑洞洞的，他伸出他的手来，抚摸一下我的头，然后又把门关起来。除了他的手，我真不知道他是谁。母亲，他有没有抱过我？

母：抱过是抱过的。那时候你还小，怕不记得了。

儿：可是打我记事的时候起，他就没有再抱过我，他也没有跟我玩过什么。我多么盼望有一天父亲也会带我去散散步，像我看见别人的父亲一样，把手放在你的肩上，或者搂着你的腰，亲亲热热的。我也盼望父亲跟我一块儿跳绳、下棋、骑自行车……可是什么也没有。我从小就不知道怎么个玩法，我只呆呆地看着别人的孩子又跳又叫。我自己不会玩，也不想玩，因为我心中想着父亲……

母：他很忙，他有他自己的事，他写他的书。

儿：我知道他很忙。每一个父亲都很忙，可是每一个孩子都想着他的父亲，盼望着父亲把他抱在膝上，搂在怀中，亲亲热热的。母亲，有时候我怀疑是否真有过一个父亲。

母：当然你有过一个父亲。

儿：可是他的样子那么模糊，除了他的手……

母：你不是有他一张照片吗？

儿：你是说他惟一的那张照片？左手拿着一朵花，右手扶着一把剑的那张？我离家的时候你放在我手里的？

母：就是。

儿：母亲，那时候我年纪还小。我坐在离国的海船上，手里就玩弄着那张照片。忽然一阵海风把它吹到海里。要是现在，我会奋不顾身地跳下海去，把它捞回来。可是那时候我年纪太小了，我只怔怔地望着海浪把它卷去。从此以后我就再也想不起父亲是什么模样。我只记得他的手，左手拿着一朵花，右手扶着他的剑。

母：花和剑都是你父亲给你的遗物。

儿：也许因为我有父亲的花和剑，所以我才记得那一双执花执剑的手。

母：这两样东西你是不是还带在身边？

儿：噢，母亲，你不说这是给我爱人的礼物么？

母：是你父亲生前这么说过的。

儿：所以我一直带在身边，直到我遇到了丘丽叶。

母：谁是丘丽叶？她是外国人么？

儿：是。我走过了几十个国度，才遇到一个我真正爱上了的女孩。她有金色的发，碧蓝的眼睛。她的皮肤像雪一样的白，油一样的滑，蜜一样的香甜。但更重要的是她说她爱我。我们对坐着，她把她的手放在我的手中，我把我的手放在她的手中，我望着她的眼睛；她望着我的眼睛。我们这么对坐着，整日不说一句话。

母：你爱上了她？

儿：我爱上了她，深深地爱上了她。所以我把父亲的花送给了她。那朵花早已枯萎了，可是仍然有一股奇异的香气。

母：你没有娶她？

儿：我想我会娶她，要不是我又遇见了丘立安。

母：谁是丘立安？

儿：丘立安是丘丽叶的哥哥。他有黑色的发，黑色的须，他骑着一匹高头大马。他的皮肤叫太阳晒成棕铜色，他笑的时候便露出一嘴洁白的牙，他的眼睛亮得像暗夜的明星。他说他爱我。

母：你也爱上了他？

儿：是，我爱上了他，发疯地爱上他。所以我把父亲的剑送给了他。那把剑虽然已经生了绿锈，但仍然相当锋利。

母：你没有嫁他？

儿：我想我是会嫁他的,要是没有丘丽叶。

母：你不知道应该爱谁?

儿：我不知道。要是我娶了丘丽叶,丘立安会伤心死的。要是我嫁了丘立安,丘丽叶也不会活。

母：所以你没法选择?

儿：唉!母亲,爱情原来是这么痛苦!为什么只能爱一个?

母：可怜的孩子,你真是你父亲的孩子!

儿：母亲,为什么?为什么……为什么你这么说?

母：孩子你不该回来。你绝不该不听我的话回到这里来!

儿：我并不想回来,可是我耳边那个声音对我说:"回去吧!回去吧!回到你父亲埋葬的地方!"因为不回来,我实在无法生活。

母：为什么无法生活?你要是爱丘丽叶,你就跟丘丽叶过;你要是爱丘立安,你就跟丘立安过。

儿：两个我都爱,我怎么能跟两个一起过?啊,母亲?要是我只有父亲的花,我就不会去爱丘丽叶;要是我只有父亲的剑,我就不会去爱丘立安。可是我不懂为什么父亲一手执花一手执剑,又把两样都给了我?

母：(急躁不安地)不要问这个!不要问这个!

儿：我要知道!我要知道,母亲!不然,我没法子生活!

母：(逃避地)不要问这个!不要问这个!

儿：母亲,那个声音终日在耳边对我说:"回去吧!回去吧!回到你父亲埋葬的地方!"我回来的目的,就是要弄清楚这些。(过去揪住母亲的衣袖。)

母：(愤怒地摔开儿的手)放开我!放开我!你回来就为了问这个?

儿：(进逼地)不错,母亲!我还要问,父亲是怎么死的?为什么他只有两只手埋在这里?一只在左、一只在右?

母：(尖声地)天哪,天!二十年后他果然回来问这些问题!

儿：母亲,你为什么瞒着我?我父亲的事,我不应该知道吗?

母：死了的人,死了的事,一切都在土里埋得深深的,为什么再来说?

儿：(恳求地)母亲,你得说!你得说!这关系我。我走了这么多国家,仍然回到这个地方来。我必得弄清楚谁是我的父亲,我的父亲做过什么,然后我才能知道我是谁,我能做些什么。

母：难道你不知道你自己是谁?

儿：不知道!不知道,因为我看不清我父亲的面貌。他美,他丑,他勇敢,他懦弱,他和蔼,他暴躁,我都不知道!

母：(无奈地)儿啊,你要我怎么说?你要我说什么?

儿：我要知道一切、一切，关于父亲的一切！你们怎么结婚？又怎么生了我？

　　一只乌鸦落在墓前的一株树上，呱呱地叫了两声。

母：(对乌鸦拍手作激怒状)嗦！嗦！(乌鸦飞去)可恶的老呱！黑老呱！
儿：(坚持地)母亲，请你告诉我！
母：我们的父母要我们结的婚，我们又莫名其妙地生了你。
儿：父亲呢？他是个什么人？
母：你父亲是一个奇怪的人。
儿：为什么？
母：(自语地)他是一个奇怪的人……奇怪的人……
儿：怎么个奇怪法？他爱你吗？
母：(受惊地)爱？什么叫做爱？我们那时候不用这样的字。我们只要你看着我，我看着你，就明白一切的意思。
儿：可是为什么他总把他自己关在一间黑房子里？
母：那是生了你以后的事。本来原是好好的，自从生了你，你的父亲就完全变了一个人。他开始躲着我，不知为什么？
儿：他不再爱你？
母：他很忙，他开始写他的书，他对我不言不笑，好像一个陌生人。
儿：他真在写书吗？可是为什么我从没见过他写的书？
母：因为他写好了以后就烧掉。他写了三部，烧了三部，所以什么也没有留下来。
儿：他真是个奇怪的人。
母：是，他是个奇怪的人。当时我不了解他！我想他有点恨我。
儿：他恨你？为什么？！
母：我也不知道。因为他那么冷淡，对我好像一个陌生人。他不要再碰我。
儿：你恨不恨他？
母：我……我……可是我为什么现在告诉你这些？
儿：(逼迫地)你得说，你得说！这里只有你和我。要是你不说，我无法知道我父亲。水有源头，树有根，要是我不知道我父亲，我实在无法生活。
母：可怕呀！你真地要我说？
儿：再可怕也吓不倒我！我已经走了这么多国，遇到这么多人，经历了这么多事，再可怕也吓不倒我！母亲，你就说吧！
母：(回忆地)我该打哪儿说？

儿：你说他有点儿恨你,你也有点儿恨他。

母：是,他恨我,我也恨他,可是我们却无法分离。

儿：为什么?

母：我也不明白为什么,也许连恨也没有的时候才真无法活。他叫我痛苦,我叫他难过。

我：啊,母亲!

母：所以我们彼此折磨着,却也有点快活!我想他最大的快乐是等我有了个情人,再杀死我!

儿：你有没有情人?

母：我?……啊……没有。可是有一天你父亲带回了他一个朋友。他强壮、热情又快活。他有黑色的发,黑色的须,他的皮肤叫太阳晒成棕铜色。他笑的时候便露出一嘴洁白的牙,他的眼睛亮得像暗夜的明星。他那么看着我……看着我……看着我……

儿：他爱上了你?

母：我不知道……

儿：你爱上了他?

母：啊!别问这个!我不知道,我不知道,叫我怎么说?

儿：我要知道。我要知道关于你,关于我父亲,还有关于这个人的一切。

母：(以下的戏须尽量使观众感觉有两个人的存在)有一天你父亲忽然走来拉起我的手来说(调换一个位置模仿父的声音):"你现在有了情人,你不再怪我了吧?"(回到原来的位置用原来的声音)我说:"我怪你什么?"(转到对面的位置模仿父的声音)"怪我对你的冷漠。"(回到原来的位置用原来的声音)我说:"我什么都不怪,这是命!"(转到对面的位置用原来的声音但模仿父的动作)他于是拉起我的手来,闻了又闻,闻了又闻。(回到原来的位置用原来的声音)"你闻什么?"(转到对面的位置模仿父的声音)"啊!我闻到一种特别的气味!"(回到原来的位置用原来的声音)"你喜欢这种气味吗?"(转到对面的位置模仿父的声音)"醉人,醉人,实在醉人。"(回到原来的位置用原来的声音)我问他:"这是什么气味?"(转到对面的位置用父的声音)"我闻出来,这是他的气味,这明明是他的气味!"(回到原来的位置用原来的声音)"你怎么知道这是他的气味?"听了我的话,他的脸登时白了,他转身走去,(抬脸似乎望着父走去的背影由近而远)再也不说什么。又过了一天,可怕的事情就发生了。

儿：发生了什么?

母：你父亲跟他的朋友双双失踪,但是在他的房里留下一滩血。

儿：(惊呼地)啊,我父亲杀了他?还是他杀了我的父亲?
母：没有人知道!又过了一个月,在那边(手指远处)在那边山谷里,发现了两具尸体。
儿：是父亲跟他的朋友?
母：天知道!

  又有一只乌鸦落在左边的树上呱呱地叫了几声。

母：(尖声对乌鸦追打地)哧!哧!恶鬼!恶鬼!就是这些恶鬼黑老呱吃光了你父亲跟他的朋友。我只捡回了一双手!其他只剩了一堆白骨。
儿：那是父亲的手?
母：那手,一手执花,一手执剑,就像你在照片上看到的一样。
儿：啊!父亲,父亲,你只剩了一双手!可是你也是一个人,一个有血肉的人。你也有过欲、有过爱、有过热情、有过恨……啊,父亲!我要知道,你是否曾经爱过我?
母：(模仿父的声音)我当然爱过你!
儿：母亲,我是对我的父亲说!
母：我就是你的父亲!(撕下第一层面具,现出第二层面具。)
儿：(惊呆地)你说什么?你是我父亲?我父亲不是早已死了么?
父：死了的不是我!死了的是你的母亲跟她的情夫。
儿：(后退地)你……你……我不懂!这怎么可能呢?我父亲的骨头恐怕早已烂掉了。你看,这里是他的墓,埋的一只是左手,一只是右手。
父：(大笑地)哈哈哈哈,你受了你母亲的骗了!这里埋的不是我。这里埋的一个是你的母亲,一个是她的情夫。
儿：母亲她为什么要骗我?
父：因为她不要你知道事情的真象。难道你不记得是她把你送出国去,并且叫你永远不要再回到这里来?
儿：不错!
父：因为她害怕,害怕有一天你知道是她害了我。
儿：母亲?她害了你?
父：自从生了你,你母亲就对我非常冷漠。
儿：因为我?
父：她整日只抱着你,搂着你,对你笑,对你说,再也不顾我!
儿：所以你嫉妒我?
父：我不知道是不是嫉妒你,我只觉得她从此变了一个人,她对我竟那么冷漠。

儿：所以从小你不理我，不抱我，因为你嫉妒我！

父：也许是，也许因为我要占有，占有你的母亲，不能忍受她分一丁点儿爱给别人。

儿：所以你开始恨她？

父：我恨她，她也恨我，我折磨她，她也折磨我。

儿：都是为了我？

父：不！不！不都是为了你，因为在我们的心中早已有了恨。爱和恨是双生的一对，有了爱，也就有了恨。我不但恨她，更恨我自己。

儿：为什么你恨你自己？

父：我恨我不能爱她像爱我自己。

儿：你那么爱你自己？

父：有时候我觉得是，有时候我又觉得不是。有时候我可以完全忘了我自己，那时候我感到无比的快乐。可是等你的母亲一站到我的面前，我马上又回到了我自己。是她，使我不能忘了我自己，她是她，我是我，我们是截然的两个人。我不管多么爱她，也不能变成她，她也不能变成我。我想我爱她爱得太多，超过了我的心力！所以我开始疲倦。（苦恼地）可是我恨我不能再多给她一些。

儿：所以你也恨她？

父：是。她也恨我。我们彼此折磨着。

儿：为什么不干脆分手？

父：分手？从来没想过。你知道，没有折磨的生活空空荡荡更难过。忽然有一天你母亲走来对我说（转到对面的位置模仿母的声音）："我不知道怎么才可使你高兴，叫你满意？"（回到原来的位置用原来的声音）我说："你没法子使我满意，叫我高兴，因为我们爱的太多，恨的也太多！"可是她冷笑着说（转到对面模仿母的声音）："我知道你满意的是什么？你最满意的是先叫我找到一个情人，然后再杀死我。诺，你闻一闻这是什么？"（回到原来的位置把想像中的对方的手举到鼻前）"噢，我闻出来了，这是他的气味，这是我最好的朋友身上的气味。我知道了，现在你爱上了他！"（转到对方的位置模仿母的声音）"是，我爱上了他。你杀死我吧！"（回到原来的位置，用原来的声音）"我才不去杀死你！杀死你，我会更难过！"（转到对方的位置用母的声音）"要是你不杀死我，我就杀死他，他，你那最好的朋友！"（回到原来的位置用原来的声音，恐惧地）"不！不！为什么？"（转到对方的位置模仿母的声音，切齿地）"因为我知道你爱他，你爱他比爱你自己更多！"（回到原来的位置，用原来的声音,恳求地)"我求你别那么做!"可是她听了我的话,白着脸走了。(抬脸望着想像中远去的背影)过了一天,可怕的事情就发生了。

儿:发生了什么事?

父:你的母亲跟我的朋友双双失踪。在你母亲的房里留下了一滩血。

儿:(恐怖地)啊!我母亲杀了他?还是他杀了我的母亲?

父:没有人知道。又过了一个月,在那边(手指远处)在那边的山谷里发现了两具尸体。

儿:是母亲跟她的情人?

父:天知道!

　　又有一只乌鸦落在右边的树上叭叭地叫。

父:(尖声对乌鸦追打地)咻!咻!恶鬼!恶鬼!就是这些恶鬼黑老呱吃光了你母亲跟她的情人!我只捡回了一双手,其他只剩了一堆白骨!

儿:那是谁的手?

父:一只手中捏着一朵花,一只手中握着一把剑。

儿:花和剑不都是你的么?

父:我把花送给了你母亲,把剑送给了我的朋友。

儿:天啊!父亲,你也这么做,像我做的一样。难道你也爱上了他们两个,不知道怎么选择?

父:是,是,我爱他们俩,不知道怎么选择!

儿:啊,父亲,告诉我应该怎么做?

父:(神秘而低沉地)杀死一个,跟另一个过!

儿:杀死丘立安?还是丘丽叶?

父:随便哪一个!

儿:可是我仍然没法子选择。啊,父亲,你到底怎么选择?

父:你真要知道?

儿:当然!

父:我选择了杀死他们两个!

儿:(吃惊地)什么?是你杀死了他们两个?

父:(肯定地)不错,是我杀死了他们两个!

儿:(痛苦地)你不爱他们两个!

父:我爱他们两个!

儿:(急烈地)你说谎!你说谎!你谁都不爱,你也从来没有爱过我!

父:儿啊!就是因为爱你,我才这么选择。

儿：不！不！你不爱我！不爱我！你从来没有抱过我、搂过我、拍过我、哄过我，我怎么能相信你爱过我！

父：你的生命就是我，爱我就是爱我。

儿：你是你，我是我，父亲你真残酷！

父：所有的父亲都残酷！可是我爱你，因为你是儿子，是生命的延续。你带走了我的爱、我的恨、我的一切。我现在已经是空无所有，连生命也没有了，所以我要呼唤你回来。

儿：是你？是你终日价在我的耳旁低低地说："回去吧！回去吧！回到你父亲埋葬的地方"？

父：是我！是我！我早就赌过咒说二十年后你必得回来，回到这里弄明白一切。你要恨，去恨你的母亲，不要来恨我，一切都是她的错！

儿：够了！够了！我现在回来了，可是我不要再弄明白这一切。我只要知道一件事……

父：知道什么？

儿：知道我的父亲是否爱过我。

父：当然，我爱过你。只是那时候你太小，我不知怎么对你说。

儿：啊！父亲！你不必说！你只须拍着我、哄着我、搂着我、抱着我。你现在才来对我说这些。你看，我已经这么大、这么高，你不可能再来拍我、哄我、搂我、抱我；你再对我说千万声爱，也等于白说！

父：(趋前,焦灼地)真的么？

儿：(后退地)请你不要过来！不要过来！你可知道在我年幼的时候，有多少多少日子，我盼望你带我去散散步，把手放在我的肩上，像这个样子，告诉我你喜欢什么、恨什么，告诉我路是怎么走、日子是怎么过。有多少多少日子，我盼望着我们一块儿跳绳、一块儿下棋、一块儿骑自行车，盼望着你把我抱在膝上，这么搂着我，亲亲热热……可是什么也没有，什么也没有过！

父：(又趋前迟疑地)现在让我们来……

儿：(躲避地)现在……现在……现在你不看我再不是小孩子！现在我跟你一样高、一样大，现在我不再需要这一些。

父：(沉痛地)儿啊！告诉我，应该怎么做？我要你知道……

儿：知道什么？知道你也爱我？啊，父亲！知道有什么用？重要的是我的感觉。现在一切都太迟了。

父：(失望地)太迟了……太迟了！你说的对！太迟了……

儿：不过，有一件事，也许你还可以帮我一个忙。

父：(兴奋地)什么？说吧，是什么？无论什么事，我都肯为你做。

儿：我只要你告诉我,是不是我也应该去杀死丘立安与丘丽叶他们两个?

父：(犹豫地)这……这……!

儿：(进逼地)可是你自己杀死了母亲跟你的朋友?

父：就是因为杀死他们,我也并不快乐。

儿：为什么?杀死他们你不是自由了么?你不需要再迟疑踌躇,你也不需要再做任何选择。

父：自由?(狂笑地)哈哈哈哈……那是多大的奢望!人虽已死,爱并没有消灭。

儿：你还爱他们?

父：自然,(指心)他们还在这里活!

儿：(沮丧地)那我是无望的了!

父：慢着,你看,(一手撕下了第二个面具,显出第三个面具。)

儿：(吃惊地后退着)你是谁?

朋友：我是你父亲的朋友,你母亲的情人。

儿：你不是早已死了么?

朋友：死了的其实不是我!

儿：是谁?

朋友：是你的父亲跟母亲。

儿：我真不明白。我的父母都告诉我,他们杀了你,你的尸首又在山谷里喂了黑老呱。

朋友：他们都骗了你!你听我说,你的父母本来极相爱,可是他们又都爱上了我……

儿：所以你们三个人不知怎么办?

朋友：如果去掉一个,两个仍然不快活。

儿：为什么你们不三个一起过?

朋友：三个人怎么你看我来我看你?接吻也不能三张嘴来一起做。

儿：这个我知道!

朋友：所以我们决定不如一同死。有一天我们到了那边(指远处)的山谷里……你父亲手执一把剑,你母亲手拿一朵花。他们俩你看我来我看你,看了好一会儿,你父亲终于一剑刺进你母亲的心窝,又一剑刺进了自己的心窝!

儿：(惊叫地)啊!天哪!别说了!别说了!

朋友：黄土地浇了两滩血!

儿：天哪!他们死得好惨!可是你呢?你为什么没有死?

朋友：(得意地)哈哈!我么?我本来没生,何须死?

儿：你说什么？我不懂！

朋友：我本来就没真活过。我一半是你父亲，一半是你母亲，其实我就是你父母的另一个我。

儿：(厉声地)你是谁？说！你是谁？

朋友：我是你父亲，又是你母亲，又是你父亲的朋友，你母亲的情人。你母亲真笨，她说什么也不要你回到这里来，可是她不明白，不明真象你会更难过。来，让我告诉你实情！

儿：我不要再知道什么实情！我只要知道我自己怎么选择。

朋友：(低声私语地)你根本不要选择什么！因为你根本就没有爱，没有爱过丘立安，也没有爱过丘丽叶，你根本就不是你自己！

儿：那么我是谁！

朋友：你是你父亲的儿子，你母亲的女儿，你事事都跟他们学。他们不曾爱过你，你哪里有什么爱去给别人？

儿：(受惊地)你骗我，你骗我，我明明觉得爱得深，爱得狂……

朋友：你要真地爱，你不必选择什么。干脆杀死他们两个，然后他们就永远在你那里(指儿的心)活！

儿：(激怒地)不！不！你胡说，你胡说！要死，也只有我自己死。

朋友：(劝诱地)去！像你父亲，去杀死丘立安跟丘丽叶！

儿：(反抗地)不！不！

朋友：(诱惑地抓住儿的手)去！要是你爱我，你就为我这么做！

儿：(挣扎地)不！不！你是谁？你是什么人？你到底是什么人？

朋友：你看，你仔细看我是谁？

儿：(细看，迷惑地)你看来又像我的父亲，又像我的母亲，又像丘立安，又像丘丽叶。啊，(悲哀地)你是谁？你到底是谁？

朋友：(狂笑地)哈哈哈……我是爱，我是恨！我是你的心！

儿：(激怒地)啊，你……你……你到底是什么人？(过去一把扯下其第三个面具，显出最后骷髅头的面具来。这时太阳突然沉落，月亮飞升入天空。舞台的光色也忽然由黄昏的灿烂转入月夜的凄迷。鬼渐渐后退慢慢消失在缭绕茅屋的烟气中。一只乌鸦呱呱地叫着飞过。)天哪！天哪！我这是在哪儿？我是谁？我走了那么远的路，到了这里。啊，父亲，是你叫我回到这里，我又遇到了些什么？我应该听母亲的话，永远永远不回来。我应该走自己的路。可是，父亲，你为什么整日价在我耳边低低地说："回去吧！回去吧！回到你父亲埋葬的地方！"就只为了说你爱我？你杀死了母亲，但是你说她在你的心里活！(痛苦地)我的心在跳，我的喉咙似火烧。(以双手叉自己的脖子)好像两只手指在我这里……(挣扎地)我要叫！我要大叫,我不要再爱,爱情叫我太苦恼……我是一个迷了路的人。从来没有人告诉我过路是怎么走,日子是怎么过。(忽然茅屋前出现一只红色的灯笼。)

父亲的声音：(空洞地)来！来！

儿：父亲,是你？是你呼喊我？你已经这么对我呼喊了二十年！够了！够了！我不会再听你的话。我已长成这么高这么大。

父亲的声音：(空洞地)来……来……

儿：(向前奔了几步住脚,哭声地)父亲,告诉我,你爱我！你爱我……不！不！别说什么！太迟了,一切都太迟了！我知道你没有爱过我。我的心中那么空,那么冷,我实在没有爱过谁。你说得对,我没爱过丘立安,也没爱过丘丽叶,因为没有人爱过我！可是我又明明觉得这里(指心)在燃烧。我要爱,我要爱！我要爱丘立安,也要爱丘丽叶。我把剑送给了一个,又把花送给了另一个,叫我怎么选择？你看,连这件袍子都是你的,我注定了要走你的路？噢,不！不！(用力把袍子扯下,露出光背)这是你的！(掷向红灯处)还给你！还给你！

父亲的声音：(空洞地)来！来！跟我来……

儿：(又向前走了两步,驻足。红灯笼慢慢地向舞台后方远处飘去,如夜间人执灯渐行渐远状)啊！父亲,我迷了路。可是我不能跟你走！不能跟你走！(急转身。一只乌鸦飞过,发出寒森森的叫声)我的路在哪儿？

——幕落

对《花与剑》导演的几句话：

这出戏的布景、服装以及演员的表演方式都不能用写实的手法。颜色应强烈、鲜明,动作应明朗、夸大。但不可用喜剧化的夸张,举一个比喻,这出戏好像一朵不像花的人工花。虽然不像现实中的任何花朵,但却是作者居心要说服观众,这是一朵比真花更真的花。这是一种"无中生有"。然而所有的艺术创作都是无中生有的。如果导演体会到这一点,不但可以忠实地表达作者的原意,而且可以进一步去丰富作者原来的构想及意图表达的意象。剧中有些句子是故意押韵的。演员的声调须流利高昂,其急缓高低须有节奏,且须与剧情的进展与角色的情绪相配合。饰鬼的演员声域要广,最好能用不同的声音代表不同的人物。这出戏特别需要配乐,但那是导演与音乐家的事,所以我不说什么。

狗儿爷涅槃（存目）

刘锦云

故事梗概

这是一部现代悲喜剧，共十五场。编剧刘锦云。该剧于1986年发表，同年由北京人民艺术剧院首演。被推为当代剧坛最成熟的剧作之一。

中国农民与土地的关系，是该剧表达的重点。剧作主人公狗儿爷对土地的执着，有着历史的因由——他的父亲为了得到土地，不惜与人打赌，活活吃下了一只狗，最后撑死——因此，主人公被称为狗儿爷，而狗儿爷也从此得到了二亩地，成为了"有土地的农民"。有了土地还不够，狗儿爷人生的终极理想，是成为真正的地主，于是，村子里的地主祁永年就成了他的人生目标。他既痛恨祁永年，又羡慕祁永年。在中国土地革命历史的进程中，他、地主、土地之间彼此纠缠的关系，渐次以意识流的形态展开：

开场，现代中国。

狗儿爷在意识中与祁永年的灵魂对话——此时，他已年老，他的儿子陈大虎与祁永年的女儿已经结合，而他一生希望所寄、象征着身份地位的地主门楼，也面临着被儿子卖拆的命运。就在这个当口，他的意识穿行在过往的岁月里，回归壮年时自己与地主祁永年的对峙、祁永年被土改队打倒、与冯金花婚恋、用三石芝麻买下了祁永年的土地和门楼、土地收归国有失了地、失地后发了疯、冯金花在贫困无奈中离去、陈大虎与祁小梦相恋对自己半哄半骗、时势下又被逼交出风水坡……在这过程中偶尔回到现实，随后又跌入意识流。这个意识流的穿行过程，显现出了狗儿爷土地的从无到有、又得而复失的颠来倒去的历程，狗儿爷的土地终于无法守住，那么，就守住那个象征旧时家门荣耀的"门楼"吧，但在改革开放的经济大潮里，狗儿爷与祁永年的后代——陈大虎与祁小梦，终究还是要开办采石场、进而拆掉门楼。在门楼被拆的那个前夜——也即剧作叙事的开场——狗儿爷烧毁门楼，自己也葬身火海。由此，狗儿爷定格为了一个曾经推动时代车轮滚滚向前、但又在后世时代车轮前螳臂当车的悲壮形象。

狗儿爷的父亲、狗儿爷以及祁永年，他们象征着中国不同类型的农民群像。狗儿爷对土地的执着,既是中国农民自古以来的"思想钢印",更是农耕文明骨子里的文化基因。但中华文明必须发展进步,于是,必须在每一个历史发展的节点中完成代际突破——后代者如陈大虎、祁小梦突破门楼执念,变土地崇拜为经济崇拜,显然也是这种代际突破的表现。突破历史的阵痛当然存在,但历史的进程却又不可避免,这正形成了《狗儿爷涅槃》深沉的悲剧色彩,让人向若兴叹、百感交集。《狗儿爷涅槃》以历史的眼界来深入农民与土地的生命关联,显现出了一种深刻的思辨色彩和人文关怀,也因此,成为1980年代最光彩的话剧文本。

在舞台呈现方面,导演林兆华赋予了该作以深邃沉重的剧场气质,其中,对舞台空间的美学处理,人与灵魂的意识流对话、现实时空与心理时空的交错、中性写意的物造型表达,显现出了1980年代探索性话剧的最高水准。《狗儿爷涅槃》与《桑树坪纪事》,共同构成了1980年代中国探索话剧的代表性作品。

暗恋·桃花源(存目)

赖声川

故事梗概

人　物：

云之凡——恋人女

江滨柳——恋人男

导　演——暗恋剧组导演

副导演——暗恋剧组副导演,女人,三十多岁

江太太——江滨柳妻子

护　士——台北医院护士

女　人——现代装的,寻找刘子骥的女人

老　陶——渔夫

春　花——渔夫妻

袁老板——房东

小　林——桃花源剧组美工

顺　子——桃花源剧组布景

某剧场这晚迎来现代爱情悲剧《暗恋》和古装爱情喜剧《桃花源》两个不相干的剧组,因为都与之签定了当晚的彩排合约,又都是演出在即,双方为了独占唯一的舞台而争执,结果是只能间隔着排戏。

第一幕

《暗恋》剧组中的江滨柳和云之凡在上海外滩公园的秋千上轻轻摇摆,眼中充满了希望。第二天云之凡就要回昆明老家,江滨柳将写给云之凡的信全部交到她手上,云之凡幸福地想起两人的相识。

云之凡：……可是我们居然在昆明不认识,跑到上海来才认识——这么大的上海,要碰到还真不容易呢！如果我们在上海也不认识,

　　　　　　不晓得会怎么样？
江滨柳：[笃定的]不会的,我们一定会在上海认识！
云之凡：你那么肯定？
江滨柳：当然！我没有办法想象如果我们没有在上海认识的话,生活会变得多么空虚。[停顿]我们就算在上海没有认识,在十年之后,我们在[想]……汉口也会认识！如果十年之后在汉口没有认识,那么三、四十、五十、六十年后在[想]……海外也会认识的！[笃定的]我们一定会认识的！
云之凡：可是那样的话,我们都老了。那还有什么意思？
江滨柳：老了,也很美呀！

　　云之凡送给江滨柳一条围巾,说这次回昆明是抗战以来的家庭大团圆,这让江滨柳想起回不去的东北老家。云之凡安慰情绪低落的江滨柳,提到在抗战时有次躲避日本人轰炸,意外碰到个桃花源似的村落,两人约定以后要去看看。

第二幕

　　灯光亮起,《暗恋》剧组导演站在江滨柳和云之凡之间沉思,认为两人演得不对。江滨柳让导演讲具体些。与此同时,饰演江太太和护士的两位演员也出场与云之凡讨论。最后导演要求从过年那里重排。

第三幕

　　云之凡安慰不能回东北的江滨柳。此时《桃花源》剧组成员在舞台后方陆续出现,扰乱了《暗恋》的演出,《暗恋》导演大喊"停"。两个剧组发生争执,双方都声称是剧场安排的今天彩排。《暗恋》导演去找剧场管理员。老陶要求排练不能受干扰,虽然袁老板一再保证,但老陶并不相信。剧务顺子看起来迷迷糊糊的,总有事情做不好。

第四幕

　　老陶独自在家,想喝酒喝不成,想吃饼咬不动;埋怨过鱼儿们串通好了不入网,又埋怨老婆满街跑没人管。老陶妻子春花买药回到家,两人为谁该吃药和生不出孩子是谁的问题发生争吵,春花说袁老板讲这药很有效。本就怀疑春花和袁老板有私情的老陶更加生气。此时袁老板哼着歌来送专门托人从苏州买的棉被,三人欣赏新被子时,袁老板与春花情不自禁地抱在一起,又突然惊醒,尴尬万分。老陶无奈邀请袁老板坐下边喝边聊:

袁老板:[指]上游有大鱼,你为什么不去上游去看看呢?
老　陶:袁老板,您这么说话就太那个了?谁不知道上游有大鱼?可是上游也有激流啊,我的船就那么一点大,我去吧,去吧!去了就回不来了!
春　花:[憋不住了]你要是有点本事,往上游去打打看!
　　　　……
春　花:你说了半天那个什么,你到底说了什么?
老　陶:我说了半天那个什么还不够那个什么吗?
春　花:怎么可能够那个什么?
袁老板:老陶,你说了半天这个这个那个那个,你干脆把话直接说出来不就那个什么了!

最终三人谈崩,同时飞腿落地作揖齐声说:"我死!"

第五幕

老陶边划船边庄严地念白:"晋太原中武陵人,捕鱼为业",又道:"我是夫妻失和、家庭破碎、愤世嫉俗、情绪失调!往上游去吧!"此时《暗恋》导演等人带着场地租约上台,要求《桃花源》剧组离场。袁老板顾不上回应他们,原来顺子把演出主布景错发往高雄,袁老板很生气,只身去追装主布景的卡车。《暗恋》剧组乘机上场布置。神秘女子拉住《暗恋》导演说要找刘子骥,导演将其推给顺子。

第六幕

老年江滨柳躺在病床上看着报纸,听着凄凉的音乐。护士拿着《中国时报》走进病房,询问江滨柳为何登寻人启事:

护　士:我第一次认识会登寻人启事的人耶![念报纸]云之凡:自从上海一别,至今已有四十余年,近来身体一日不如一日……[对江]你好无聊喔!在报纸上写这个干什么?[又念]……自友人处得知你早已来台。盼见报后,速来与我晤面。长庚医院——二〇病房,江滨柳。
[兴奋的]她是你什么人,和我说好不好?

江滨柳：你是哪一年生的？
护　士：一九七二。
江滨柳：[摇头]你不会懂的。
护　士：[揉着江的肩膀]你说说看！说嘛！我会懂的！
江滨柳：[慢慢叙述]三十七年夏天……我们两个人在上海认识。那个夏天是我一生中最快乐的夏天。到了九月，她要回昆明老家，我们在上海公园中分手。以为只是小别几个月就可以再相聚，没想到就一辈子没看到了……[沉默]
护　士：你们不是很要好吗？怎么会让她跑掉？
江滨柳：跑掉？[摇头]你没办法懂，在那个大时代里——人在里头好小……现在这种小时代里，人变得更小。

江太太进来打断了两人的谈话，随后江滨柳进入梦乡。舞台前侧，江太太和护士聊如何认识江滨柳以及婚后生活；舞台后侧，江滨柳在梦境中与青年云之凡又站在秋千前，重复第一幕的对话。之后江滨柳一边看着通过电话向别人哭诉病情的江太太，一边看着青年云之凡，左右矛盾。《暗恋》导演再次喊"停"并上台与演员们讨论剧情，结果自己陷入回忆无法自拔。找回主幕布的袁老板重新占领舞台，神秘女子和顺子又引出一系列啼笑皆非的故事。

第七幕

老陶念着陶渊明的《桃花源记》，进入桃花源。

第八幕

老陶在桃花源中遇到一对酷似袁老板和春花的白袍夫妻，他向这对夫妻讲述了春花有私情的事，并接受了这对夫妻的邀请，暂时住在桃花源。

第九幕

老陶在桃花源中与白袍夫妻玩捉迷藏游戏，游戏结束时被陆续站在他们身后的《暗恋》组全体成员吓一大跳。双方互相指责，最后协商舞台各占用一半，同时排练。

第十幕

舞台一侧,护士劝江滨柳说不可能见到云之凡,被进来的江太太打断。

舞台另一侧,老陶想回武陵看望春花。两个剧组的对白互相搅在一起,让排演无法进行。最终《暗恋》导演妥协,让《桃花源》组先排练。

护　　士:你看你,每一次听这首歌,你就这个样子!

老　　陶:[对白袍女子]我想家!

护　　士:[对江]你不能老想那一件事情。

白袍女子:[对陶]你已经来了这么久了,回去干嘛?

护　　士:[对江]你算算看,从你登报那一天起,都已经……[扳着手指头算]

老　　陶:[对白袍女子]多久了?

护　　士:[对江]——五天了!

白袍女子:[对陶]好久了!

　　　　　[护士和白袍女子互看一眼。]

护　　士:[对江]你还在等她?我看不必了!

老　　陶:[对白袍女子]我怕她还在等我。

白袍女子:[对陶]她不一定想来!

护　　士:……第一天云小姐没有来,到第二天我就知道她铁定是不会来的!

老　　陶:[对白袍女子]不!她会来!

　　　　　[两组的人停顿,互看一眼。]

白袍女子:[继续,对陶]她可能把你给忘了!

护　　士:[对江]……再说,云小姐还在不在这个世上都不知道,你干吗这样?

老　　陶:[对白袍女子]你怎么可以这么讲?

护士、白袍女子:[同时说出]对不起……我不是那个意思!

　　　　　[台上全愣]

　　　　　[白袍男子踱步从左上,微笑着,继续演"桃花源"的戏。"暗恋"组又泄气地四处站着。]

白袍男子:哪一个意思?

老　　陶:大哥!

白袍男子:[温柔的]你们在说什么啊?

白袍女子:他以为我说他"那个"了,其实如果他真的"那个"了,才可能会那个什么嘛！

白袍男子：[听明白了]哦——！不要回去吗！过去那边干什么？[瞄着左边]你现在过去会干扰到他们的生活！

[护士情绪稳定下来，继续"暗恋"接下来的台词。]

护　士：[对江]我是说，说不定云小姐真的来的话，事情反而会更麻烦！

老　陶：[对白袍男子]这话怎么说？

护　士：[对江]因为你可能会更难过！……

老　陶：[答护士的话]不会！

[白袍男子劈头一巴掌打陶。]

白袍男子：你讲哪儿去了？

第十一幕

春花和袁老板生活在一起并生了个孩子，两人因为鸡零狗碎的事情大吵不已。在争吵中，穿着白袍的老陶回到家中。老陶自以为只出去了几个月，看到桌上放着他的牌位和似是而非的家才有所悟。老陶想带春花和袁老板一起去桃花源，但两人认为老陶是鬼魂，后又以为老陶得了精神病。三人谈话时孩子的哭声让袁老板和春花又争吵起来，老陶只好凄凉地离去。

第十二幕

老陶苦苦寻找回桃花源的浮标。后面两个剧组各自在搬道具，剧场管理员登上舞台赶大家离开剧场。在大家的哀求下，管理员同意延长十分钟。他正准备离开，却被神秘女子误认为是刘子骥，《暗恋》导演连忙拉走神秘女子。

第十三幕

江滨柳带着云之凡送的围巾向江太太交待后事时，老年云之凡敲门，护士赶紧带江太太去缴费。江滨柳和云之凡互述来台之后的苦寻和无奈成家的经历。分别前，云之凡蹲下，与坐在轮椅上的江滨柳互相紧握双手。云之凡走后，江滨柳倚在江太太怀里哭泣。

第十四幕

袁老板和《暗恋》导演惺惺相惜地走过舞台,管理员再次赶人并威胁要关门,神秘女子默默在地上拾了一摞纸钱,然后扔上天空,与飘落的桃花瓣混在一起。

《暗恋·桃花源》导读

家书一封

傅 雷

1956 年 10 月 3 日晨

亲爱的孩子,你回来了,又走了;许多新的工作,新的忙碌,新的变化等着你,你是不会感到寂寞的;我们却是静下来,慢慢的回复我们单调的生活,和才过去的欢会与忙乱对比之下,不免一片空虚,——昨儿整整一天若有所失。孩子,你一天天的在进步,在发展:这两年来你对人生和艺术的理解又跨了一大步,我愈来愈爱你了,除了因为你是我们身上的血肉所化出来的而爱你以外,还因为你有如此焕发的才华而爱你;正因为我爱一切的才华,爱一切的艺术品,所以我也把你当作一般的才华(离开骨肉关系),当作一件珍贵的艺术品而爱你。你得千万爱护自己,爱护我们所珍视的艺术品!遇到任何一件出入重大的事,你得想到我们——连你自己在内——对艺术的爱!不是说你应当时时刻刻想到自己了不起,而是说你应当从客观的角度重视自己:你的将来对中国音乐的前途有那么重大的关系。你每走一步,无形中都对整个民族艺术的发展有影响,所以你更应当战战兢兢,郑重将事!随时随地要准备牺牲目前的感情,为了更大的感情——对艺术对祖国的感情。你用在理解乐曲方面的理智,希望能普遍地应用到一切方面,特别是用在个人的感情方面。我的园丁工作已经做了一大半,还有一大半要你自己来做的了。爸爸已经进入人生的秋季,许多地方都要逐渐落在你们年轻人的后面,能够帮你的忙将要越来越减少;一切要靠你自己努力,靠你自己警惕,自己鞭策。你说到技巧要理论与实践结合,但愿你能把这句话用在人生的实践上去;那末你这朵花一定能开得更美,更丰满,更有力,更长久!

谈了一个多月的话,好像只跟你谈了一个开场白。我跟你是永远谈不完的,正如一个人对自己的独白是终身不会完的,你跟我两人的思想和感情,不正是我自己的思想和感情吗?清清楚楚的,我跟你的讨论与争辩,常常就是我跟自己的讨论与争辩。父子之间能有这种境界,也是人生莫大的幸福。除了外界的原因没有能使你把假期过得像个假期以外,连我也给你一些小小的不愉快，破坏了你回家前的对家庭的期望。我心中始终对你抱着歉意。但愿你这次给我的教育(就是说从和你相处而反映出我的缺点)能对我今后发生作用，把我自己继续改造。尽管人生那么无情，我们本人还是应当把自己尽量改好，少给人一些痛苦，多给人一些快乐。说来说去，我仍抱着"宁天下人负我，毋我负天下人"的心愿。我相信你也是这样的。

1960年8月29日

亲爱的孩子，8月20日报告的喜讯使我们心中说不出的欢喜和兴奋。你在人生的旅途中踏上一个新的阶段，开始负起新的责任来，我们要祝贺你，祝福你，鼓励你。希望你拿出像对待音乐艺术一样的毅力、信心、虔诚，来学习人生艺术中最高深的一课。但愿你将来在这一门艺术中得到像你在音乐艺术中一样的成功！发生什么疑难或苦闷，随时向一二个正直而有经验的中、老年人讨教，(你在伦敦已有一年八个月，也该有这样的老成的朋友吧？)深思熟虑，然后决定，切勿单凭一时冲动；只要你能做到这几点，我们也就放心了。

对终身伴侣的要求，正如对人生一切的要求一样不能太苛。事情总有正反两面：追得你太迫切了，你觉得负担重；追得不紧了，又觉得不够热烈。温柔的人有时会显得懦弱，刚强了又近乎专制。幻想多了未免不切实际，能干的管家太太又觉得俗气。只有长处没有短处的人在哪儿呢？世界上究竟有没有十全十美的人或事物呢？抚躬自问，自己又完美到什么程度呢？这一类的问题想必你考虑过不止一次。我觉得最主要的还是本质的善良，天性的温厚，开阔的胸襟。有了这三样，其他都可以逐渐培养；而且有了这三样，将来即使遇到大大小小的风波也不致变成悲剧。做艺术家的妻子比做任何人的妻子都难；你要不预先明白这一点，即使你知道"责人太严，责己太宽"，也不容易学会明哲、体贴、容忍。只要能代你解决生活琐事，同时对你的事业感到兴趣就行，对学问的钻研等等暂时不必期望过奢，还得看你们婚后的生活如何。眼前双方先学习相互的尊重、谅解、宽容。

对方把你作为她整个的世界固然很危险，但也很宝贵！你既已发觉，一定会慢慢点醒她；最好旁敲侧击而勿正面提出，还要使她感到那是为了维护她的人格独立，扩大她的世界观。倘若你已经想到奥里维的故事，不妨就把那部书叫她细读一二篇，特别要她注意那一段插曲。像雅葛丽纳那样只知道love, love, love！的人只是童话中人物，在现实世界中非但得不到love，连日子都会过不下去，因为她除了love一无所知，一无所有，一无所爱，这样狭窄的天地哪像一个天地！这样片面的人生观哪会得到幸福！无论男女，只有把兴趣集中在事业上、学问上、艺术上，尽量抛开渺小的自我(ego)，才有快活的可能，才觉得活的有意义。未经世事的少女往往会存一个荒诞的梦想，以为恋爱时期的感情的高潮也能在婚后维持下去。这是违反自然规律的妄想。古语说，"君子之交淡如水"；又有一句话说，"夫妇相敬如宾"。可见只有平静、含蓄、温和的感情方能持久；另外一句的意义是说，夫妇到后来完全是一种知己朋友的关系，也即是我们所谓的终身伴侣。未婚之前双方能深切领会到这一点，就为将来打定了最可靠的基础，免除了多少不必要的误会与痛苦。

你是以艺术为生命的人，也是把真理、正义、人格等等看做高于一切的人，也是以工作为乐生的人，我用不着唠叨，想你早已把这些信念表白过，而且竭力灌输给对方的了。我只想提醒你几点：——第一，世界上最有力的论证莫如实际行动，最有效的教育莫如以身作则；自己做不到的事千万勿要求别人；自己也要犯的毛病先批评自己，先改自己的。——第二，永远不要忘了我教育你的时候犯的许多过严的毛病。我过去的错误要是能使你避免同样的错误，我的罪过也可以减轻几分；你受过的痛苦不再施之于他人，你也不算白白吃苦。总的来说，尽管指点别人，可不要给人"好为人师"的感觉。奥诺丽纳(你还记得巴尔扎克那个中篇吗?)的不幸一大半是咎由自取，一小部分也因为丈夫教育她的态度伤了她的自尊心。凡是童年不快乐的人都特别脆弱(也有训练得格外坚强的，但只是少数)，特别敏感，你回想一下自己，就会知道对付你的恋人要如何 delicate，如何 discreet 了。

我相信你对爱情问题看得比以前更郑重更严肃了；就在这考验时期，希望你更加用严肃的态度对待一切，尤其要对婚后的责任先培养一种忠诚、庄严、虔敬的心情！

《家书一封》导读

社稷坛抒情

秦　牧

　　北京有座美丽的中山公园,公园里有个用五色土砌成的社稷坛。
　　社稷坛是北京九坛之一,它和坐落在南城的天坛遥遥相对。古代的帝王们,在天坛祭天,在社稷坛祭地。祭天为了要求风调雨顺,祭地为了要求土地肥沃。祭天祭地的终极目的只有一个:就是五谷丰登,可以"聚敛贡城阙"。五谷是从地里长出来的,因此,人们臆想的稷神(五谷)就和社神(土地)同在一个坛里受膜拜了。
　　穿过古柏参天、处处都是花圃的园林,来到这个社稷坛前,突然有一种寥廓空旷的感觉。在庄严的宫殿建筑之前,有这么一个四方的土坛,屹立在地面,它东面是青土,南面是红土,西面是白土,北面是黑土,中间嵌着一大块圆形的黄土。这图案使人沉思,使人怀古。遥想当年帝王们穿着衮服,戴着冕旒,在礼乐声中祭地的情景,你仿佛看到他们在庄严中流露出来的对于"天命"畏惧的眼色,你仿佛看到许多人慴服在大自然脚下的神情。
　　这社稷坛现在已经没有一点儿神秘庄严的色彩了。它只是一个奇特的历史遗迹。节日里,欢乐的人群在上面舞狮,少年们在上面嬉戏追逐。平时则有三三两两的游人在那里低徊。对,这真是一个引发人们思古幽情的好所在!作为一个中国人,可以让这种使人微醉的感情发酵的去处可真多呢!你可以到泰山去观日出,在八达岭长城顶看日落。可以在西湖荡画舫,到南京鸡鸣寺听钟声。可以在华北平原跑马,在戈壁滩上骑骆驼。可以访寻古代宫殿遗迹,听一听燕子的呢喃,或者到南方海神庙旁看浪涛拍岸……这些节目你随便可以举出一百几十种来,但在这里面千万不能遗漏掉这个社稷坛!这坛后的宫殿是华丽的,飞檐、斗拱、琉璃瓦、白石阶……真是金碧辉煌!而坛呢,却很荒凉,就只有五色的泥土。然而这种对照却也使人想起:没有这泥土所代表的土地,没有在大地上胼手胝足的劳动者,根本就不会有这宫殿,不会有一切人类的文明。你在这个土坛上走着走着,仿佛走进古代去,走到一望无际的原野上,在那里,莽莽苍苍,风声如吼。一个戴着高冠,穿着芒鞋的古代诗人正在用他的悲悯深沉的眼睛眺望大地,吟咏着这样的诗句:

> 朝东西眺望没有边际，
> 朝南北眺望没有头绪，
> 朝上下眺望没有依归，
> 我的驱驰不知何所底止！
> ……
> 九州究竟安放在什么上面？
> 河床何以洼陷？
> 地面，从东至西究竟多少宽，从南至北多少长？
> 南北要比东西短些，短的程度究竟是怎样？
> ——屈原：《悲回风》和《天问》，引自郭沫若译诗。

这不仅仅是屈原的声音，也是许许多多古代诗人瞭望原野时曾经涌起的感情。这种"大地茫茫"的心境，是和对于自然之谜的探索和对于人间疾苦的愤慨联结在一起的。

想一想这些肥沃土地的来历，你不由得涌起一种遥接万代的感情。我们居住的这个星球，最古时代，原是一个寂寞的大石球，上面没有一株草，一只虫，也没有一层土壤。经过了多少亿万年，太阳风雨的力量，原始生物的尸骸，才给地球造成了一层层的土壤，每经历千年万年，土壤才增加薄薄的一层。想一想我们那土壤厚达五十公尺的华北黄土高原吧！那该是大自然在多长的时间里的杰作！但这还不算，劳动者开辟这些土地，是和大自然进行过多么剧烈的斗争呀！这种斗争一代接连一代继续着，我们仿佛又会见了古代的唱着《诗经》里怨愤之歌的农民，像敦煌壁画上面描绘的辛勤劳苦的农民，驾着那种和古墓里挖掘出来的陶制高轮牛车相似的车子，奔驰在原野上，辛苦开辟着田地。然而他们一代代穿着破絮似的衣服，吃着极端粗劣的食物。你仿佛看到他们在田野里仰天叹息，他们一家老小围着幽幽的灯光在饮泣。看到他们画红了眉毛，或者在头上包一块黄布揭竿起义，看到他们大批地陈尸在那吸尽了他们的汗水然后又吸尽了他们鲜血的土地。想一想在原始社会中他们怎样匍匐在鬼神脚下，在阶级社会中他们又怎样挣扎在重重枷锁之中。啊，这些给荒凉的大地铺上了锦绣花巾的人们，这些从狗尾草、蟋蟀草中给我们选出了稻麦来的人们，我们该多么感念他们！想像的羽翼可以把我们带到古代去，在一家家的门口清清楚楚看到他们在劳动，在饮食，在希望，在叹息，可惜隔着一道历史的门限，我们却不能和他们作半句的交谈！但怀古思念，想起了我们这个时代的农民是几千年历史中第一次真正挣脱了枷锁，逐渐离开了鬼神天命的羁绊的农民，我们又仿佛走出了黑暗的历史的隧洞，突然见到耀眼的阳光了。

你在这个五色土坛上面走着走着，仿佛又回到公元前几千年去，会见了古代的思想家。他们白发苍苍,正对着天上的星辰,海里的潮汐,陶窑的火光,大地的泥土沉思。那时的思想家没有什么书籍可以阅读参考,日月经天,江河行地,四时代谢,万物死生的现象,都使他们抱头苦思。他们还远不能给世界的现象写出一个较完整的答案。但是他们终究也看出一点道理来了,世间的万物万事,有因有果,有主有从,它们互相错综地关联着……正是由于古代有这样的思想家在这样地思考过,才给后来的历史创造了这样一座五色的土坛。

"五行"的观念和我们这个民族一样地古老,东、南、西、北是人们很早就知道的,人们总以为自己所处是大地的中间,于是在四方之外又加上了一个"中心",东、南、西、北、中凑成了五方五土的观念,直到今天我们还看到好些人家的屋角有"五方五土龙神"的牌位。烧陶方法和冶铜技术发明了,人们在熊熊火光旁边,看到火把泥土变成了陶器,把矿石烧成溶液,木头燃烧发出了火光,水又能够把火熄灭。这种现象使古代的思想家想到木、火、金、水、土(依照《左传》的排列次序)是万物的本源。于是木、火、金、水、土把五行的观念充实起来了。

烧制陶器这件事使人类向文明跨前一大步,在埃及,在希腊,都由此产生了神祇用泥土造人的神话。在中国,却大大地发扬了"五行"的观念。根据木、火、金、水、土五种东西彼此的作用,又产生了五行相克相生的理论。根据这几种东西的颜色:树木是苍翠的,火光是红艳艳的,金属是亮晶晶的,深深的水潭是黝黑的,中原的泥土是黄色的。于是青、赤、白、黑、黄五种颜色就被拿来配木、火、金、水、土,成为颜色上的五行了。

这个四方、五行的观念被古代思想家用来分析许许多多的事物,音乐上的宫、商、角、徵、羽五个音阶,天上二十八宿的分隶青龙、朱雀、白虎、玄武(乌龟)四方,都是和这种观念紧密地联结起来的。

把世界万物的本源看做是木、火、金、水、土五种元素相互作用产生出来的,这和古代印度哲学家把万物说成是由地、火、水、风所构成,古代希腊哲学家说万物的本源是水或者火……那思想的脉络是多么地近似啊。

尽管这种说法在几千年后的今天看来是奇特甚至好笑的,然而那里面不也包含着光辉的真理吗:万物的本源都是物质,物质彼此起着错综的作用……哦!我们遇见的对着泥土沉思的思想家,他们正是古代的略具雏形的唯物主义者!

没有这些古代思想家,我们就不会有这个五色的土坛。审视这五种颜色吧,端详这个根据"天圆地方"的古代观念构筑起来的四方坛吧!它和我们民族的古代文化存在多么密切的关系啊!

我们汉民族的摇篮在黄河的中上游,那里绵亘的是一望无际的黄土高原。因此,黄色被用来配"土",用来配"中心",成为我们民族传统中高贵的颜色。中心是不同于四方的,能够生长五谷的土地是不同于其他东西的,黄色是不同于其他颜色的。在这个土坛的中心,黄土被特别砌成了一个圆形,审视这个黄色的圆圈吧!它使我们想起奔腾澎湃的黄河,想起在地层下不断被发掘出来的古代村落,也想起那古木参天的黄帝的陵墓。

我多么想去抱一抱那些古代的思想家,没有他们的艰苦探索,就没有今天人类的智慧。正像没有勇敢走下树来的猿人,就不会有人类一样。多少万年的劳动经验和生活智慧积累起来,才有了今天的人类文明。每一个人在人类智慧的长河旁边,都不过像一只饮河的鼹鼠。在知识的大森林里面,都不过像一只栖于一枝的鹪鹩。这河是多少亿万滴水汇成的啊,这森林是多少亿万株草木构成的啊!

瞧着这个社稷坛,你会想起了中国的泥土,那黄河流域的黄土,四川盆地的红壤,肥沃的黑土,洁白的白垩土……你会想起文学里许许多多关于泥土的故事:有人包起一包祖国的泥土藏在身旁到国外去;有人临死遗嘱必须用祖国的泥土撒到自己胸上;有人远适异国归来,俯身去吻一吻自己国门的土地。这些动人的关于泥土的故事,使人对五色土发生了奇异的感情,仿佛它们是童话里的角色,每一粒土壤都可以叙述一段奇特的故事或者唱一首美好的诗歌一样。

瞧着这个紧紧拼合起来的五色土坛,一个人也会想起国土的统一,在我们的土地上,为了统一而发生的战争该有多少万次呀!然而严格说来,历史上的中国从来没有高度统一过。四分五裂,豪强纷纷划地称王的时代不去说它了,可怜的共主像傀儡似地住在京都,整天送猪肉龟肉慰问跋扈的诸侯的时代不去说它了,就是号称强盛统一的时代,还不是有许多拥兵自重的藩镇,许多专权用事的贵戚,许多地方的豪霸,在他们的领地里当着小皇帝,使中央号令不行,使国中还有许许多多的小国。中国历史上没有一个时期像今天这样高度统一过,等我们解放了台湾和一些沿海岛屿以后,这种统一的规模就更加空前了。古代思想家的预言:"不嗜杀人者能一之。"由于不剥削人的劳动阶级登上了历史舞台,竟使这一句话在两千多年后空前地应验了。

我在这个土坛上低徊漫步,想起了许许多多的事情。我们未必"前不见古人,后不见来者",凭着思想和感情的羽翼,我们尽可去会一会古人,见一见来者。我仿佛曾经上溯历史的河流,看见了古代的诗人、农民、思想家、志士,看他们的举动,听他们的声音,然后又穿过历史的隧洞,回到阳光灿烂的现实。啊,做一个历史悠久的民族的子孙是多么值得自豪的一回事!做今天的一个中国的人民是多么值得快慰的一回事!回溯过去,瞻望未来,你会觉得激动,很想深深呼吸一口新鲜的空气,想好好地学习和劳动,好好地安排在无穷的时间中一个人仅有一次,而我们又恰恰生逢其时的宝贵的生命。

我真爱北京这座发人深思的社稷坛!

《社稷坛抒情》导读

髻

琦 君

　　母亲年轻的时候，一把青丝梳一条又粗又长的辫子，白天盘成了一个螺丝似的尖髻儿，高高地翘起在后脑，晚上就放下来挂在背后。我睡觉时挨着母亲的肩膀，手指头绕着她的长发梢玩儿，双妹牌生发油的香气混合着油垢味直熏我的鼻子。有点儿难闻，却有一份母亲陪伴着我的安全感，我就呼呼地睡着了。

　　每年的七月初七，母亲才痛痛快快地洗一次头。乡下人的规矩，平常日子可不能洗头。如洗了头，脏水流到阴间，阎王要把它储存起来，等你死以后去喝，只有七月初七洗的头，脏水才流向东海去。所以一到七月七，家家户户的女人都要有一大半天披头散发。有的女人披着头发美得跟葡萄仙子一样，有的却像丑八怪。比如我的五叔婆呢，她既矮小又干瘪，头发掉了一大半，却用墨炭画出一个四四方方的额角，又把树皮似的头顶全抹黑了。洗过头以后，墨炭全没有了，亮着半个光秃秃的头顶，只剩后脑勺一小撮头发，飘在背上，在厨房里摇来晃去帮我母亲做饭，我连看都不敢冲她看一眼。可是母亲乌油油的柔发却像一匹缎子似的垂在肩头，微风吹来，一绺绺的短发不时拂着她白嫩的面颊。她眯起眼睛，用手背拢一下，一会儿又飘过来了。她是近视眼，眯缝眼儿的时候格外的俏丽。我心里在想，如果爸爸在家，看见妈妈这一头乌亮的好发，一定会上街买一对亮晶晶的水钻发夹给她，要她戴上，妈妈一定是戴上了一会儿就不好意思地摘下来。那么这一对水钻夹子，不久就会变成我扮新娘的"头面"了。

　　父亲不久回来了，没有买水钻发夹，却带回一位姨娘。她的皮肤好细好白，一头如云的柔发比母亲的还要乌，还要亮。两鬓像蝉翼似的遮住一半耳朵，梳向后面，挽一个大大的横爱司髻，像一只大蝙蝠扑盖着她后半个头。她送母亲一对翡翠耳环。母亲只把它收在抽屉里从来不戴，也不让我玩，我想大概是她舍不得戴吧。

　　我们全家搬到杭州以后，母亲不必忙厨房，而且许多时候，父亲要她出来招呼客人，她那尖尖的螺丝髻儿实在不像样，所以父亲一定要她改梳一个式样。母亲就请她的朋友张伯母给她梳了个鲍鱼头。在当时，鲍鱼头是老太太梳的,母亲才过三十岁,却要打扮成老太太,姨娘看了只是抿嘴儿笑,父亲就直皱眉头。我悄悄地问她:"妈,你为什么不也梳个横爱司髻,戴上姨娘送你的翡翠耳环呢?"母亲沉着脸说:"你妈是乡下人,哪儿配梳那种摩登的头,戴那讲究的耳环呢?"

姨娘洗头从不拣七月初七,一个月里都洗好多次头。洗完后,一个小丫头在旁边用一把粉红色大羽毛扇轻轻地扇着,轻柔的发丝飘散开来,飘得人起一股软绵绵的感觉,父亲坐在紫檀木榻床上,端着水烟筒噗噗地抽着,不时偏过头来看她,眼神里全是笑。姨娘抹上三花牌发油,香风四溢,然后坐正身子,对着镜子盘上一个油光闪亮的爱司髻,我站在边上都看呆了。姨娘递给我一瓶三花牌发油,叫我拿给母亲,母亲却把它高高搁在橱背上,说:"这种新式的头油,我闻了就泛胃。"

母亲不能常常麻烦张伯母,自己梳出来的鲍鱼头紧绷绷的,跟原先的螺丝髻相差有限,别说父亲,连我看了都不顺眼,那时姨娘已请了个包梳头刘嫂。刘嫂头上插一根大红签子,一双大脚鸭子,托着个又矮又胖的身体,走起路来气喘呼呼的。她每天早上十点钟来,给姨娘梳各式各样的头,什么凤凰髻、羽扇髻、同心髻、燕尾髻,常常换样子,衬托着姨娘细洁的肌肤,袅袅婷婷的水蛇腰儿,越发引得父亲笑眯了眼。刘嫂劝母亲说:"大太太,你也梳个时髦点的式样嘛。"母亲摇摇头,响也不响,她噘起厚嘴唇走了。母亲不久也由张伯母介绍了一个包梳头陈嫂。她年纪比刘嫂大,一张黄黄的大扁脸,嘴里两颗闪亮的金牙老露在外面,一看就是个爱说话的女人。她一边梳一边叽哩呱啦地从赵老太爷的大少奶奶,说到李参谋长的三姨太,母亲像个闷葫芦似的一句也不搭腔,我却听得津津有味,有时刘嫂与陈嫂一起来了,母亲和姨娘就在廊前背对着背同时梳头。只听姨娘和刘嫂有说有笑,这边母亲只是闭目养神。陈嫂越梳越没劲儿,不久就辞工不来了。我还清清楚楚地听见她对刘嫂说:"这么老古董的乡下太太,梳什么包梳头呢?"我都气哭了,可是不敢告诉母亲。

从那以后,我就垫着矮凳替母亲梳头,梳那最简单的鲍鱼头。我踮起脚尖,从镜子里望着母亲。她的脸容已不像在乡下厨房里忙来忙去时那么丰润亮丽了,她的眼睛停在镜子里,望着自己出神,不再是眯缝眼儿的笑了。我手中捏着母亲的头发,一绺绺地梳理,可是我已懂得,一把小小黄杨木梳,再也理不清母亲心中的愁绪。因为在走廊的那一边,不时飘来父亲和姨娘琅琅的笑语声。

我长大出外读书,寒暑假回家,偶然给母亲梳头,头发捏在手心,总觉得愈来愈少。想起幼年时,每年七月初七看母亲乌亮的柔发飘在两肩,她脸上快乐的神情,心里不禁一阵阵酸楚。母亲见我回来,愁苦的脸上却不时展开笑容。无论如何,母女相依的时光总是最最幸福的。

在上海求学时,母亲来信说她患了风湿病,手膀抬不起来,连最简单的螺丝髻儿都盘不成样,只好把稀稀疏疏的几根短发剪去了。我捧着信,坐在寄宿舍窗口凄淡的月光里,寂寞地掉着眼泪。深秋的夜风吹来,我有点冷,披上母亲为我织的软软的毛衣,浑身又暖和起来。可是母亲老了,我却不能随侍在她身边,她剪去了稀疏的短发,又何尝剪去满怀的悲绪呢!

不久,姨娘因事来上海,带来母亲的照片。三年不见,母亲已白发如银。我呆呆地凝视着照片,满腔心事,却无法向眼前的姨娘倾诉。她似乎很体谅我思母之情,絮絮叨叨地和我谈着母亲的近况。说母亲心脏不太好,又有风湿病,所以体力已不大如前。我低头默默地听着,想想她就是使我母亲一生郁郁不乐的人,可是我已经一点都不恨她了。因为自从父亲去世以后,母亲和姨娘反而成了患难相依的伴侣,母亲早已不恨她了。我再仔细看看她,她穿着灰布棉袍。鬓边戴着一朵白花,颈后垂着的再不是当年多彩多姿的凤凰髻或同心髻,而是一条简简单单的香蕉卷。她脸上脂粉不施,显得十分哀戚,我对她不禁起了无限怜悯。因为她不像我母亲是个自甘淡泊的女性,她随着父亲享受了近二十年的富贵荣华,一朝失去了依傍,她的空虚落寞之感,将更甚于我母亲吧。

来台湾以后,姨娘已成了我惟一的亲人,我们住在一起有好几年。在日式房屋的长廊里,我看她坐在玻璃窗边梳头。她不时用拳头捶着肩膀说:"手酸得很,真是老了。"老了,她也老了。当年如云的青丝,如今也渐渐落去,只剩了一小把,且已夹有丝丝白发。想起在杭州时,她和母亲背对着背梳头,彼此不交一语的仇视日子,转眼都成过去。人世间,什么是爱,什么是恨呢?母亲已去世多年,垂垂老去的姨娘,亦终归走向同一个渺茫不可知的方向,她现在的光阴,比谁都寂寞啊。

我怔怔地望着她,想起她美丽的横爱司髻,我说:"让我来替你梳个新的式样吧。"她揪然一笑说:"我还要那样时髦干什么,那是你们年轻人的事了。"

我能长久年轻吗?她说这话,一转眼又是十多年了,我也早已不年轻了。对于人世的爱、憎、贪、痴,已木然无动于衷。母亲去我日远,姨娘的骨灰也已寄存寂寞的寺院中。这个世界,究竟有什么是永久的,又有什么是值得认真的呢?

《髻》导读

拓展阅读

拓展阅读

1. 许珮馨：五四新文学选择性的继承——论五十年代迁台的女作家与五四美学风格的渊源
2. 许珮馨：当娜拉走出家庭——五十年代以降台湾女性散文之流变

听听那冷雨

余光中

  惊蛰一过,春寒加剧。先是料料峭峭,继而雨季开始,时而淋淋漓漓,时而淅淅沥沥,天潮潮地湿湿,即使在梦里,也似乎把伞撑着。而就凭一把伞,躲过一阵潇潇的冷雨,也躲不过整个雨季。连思想也都是潮润润的。每天回家,曲折穿过金门街到厦门街迷宫式的长巷短巷,雨里风里,走入霏霏令人更想入非非。想这样子的台北凄凄切切完全是黑白片的味道,想整个中国整部中国的历史无非一张黑白片子,片头到片尾,一直是这样下着雨的。这种感觉,不知道是不是从安东尼奥尼那里来的。不过那一块土地是久违了,二十五年,四分之一的世纪,即使有雨,也隔着千山万山、千伞万伞。二十五年,一切都断了,只有气候,只有气象报告还牵连在一起。大寒流从那块土地上弥天卷来,这种酷冷吾与古大陆分担。不能扑进她怀里,被她的裙边扫一扫吧,也算是安慰孺慕之情。

  这样想时,严寒里竟有一点温暖的感觉了。这样想时,他希望这些狭长的巷子永远延伸下去,他的思路也可以延伸下去,不是金门街到厦门街,而是金门到厦门。他是厦门人,至少是广义的厦门人,二十年来,不住在厦门,住在厦门街,算是嘲弄吧,也算是安慰。不过说到广义,他同样也是广义的江南人、常州人、南京人、川娃儿、五陵少年。杏花春雨江南,那是他的少年时代了。再过半个月就是清明。安东尼奥尼的镜头摇过去,摇过去又摇过来。残山剩水犹如是。皇天后土犹如是。纭纭黔首纷纷黎民从北到南犹如是。那里面是中国吗?那里面当然还是中国,永远是中国。只是杏花春雨已不再,牧童遥指已不再,剑门细雨渭城轻尘也都已不再。然则他日思夜梦的那片土地,究竟在哪里呢?

  在报纸的头条标题里吗?还是香港的谣言里?还是傅聪的黑键白键马思聪的跳弓拨弦?还是安东尼奥尼的镜底勒马洲的望中?还是呢,故宫博物院的壁头和玻璃柜内,京戏的锣鼓声中太白和东坡的韵里?

  杏花。春雨。江南。六个方块字,或许那片土就在那里面。而无论赤县也好神州也好中国也好,变来变去,只要仓颉的灵感不灭美丽的中文不老,那形象,那磁石一般的向心力当必然长在。因为一个方块字是一个天地。太初有字,于是汉族的心灵他祖先的回忆和希望便有了寄托。譬如凭空写一个"雨"字,点点滴滴,滂滂沱沱,淅沥淅沥淅沥,一切云情雨意,就宛然其中了。视觉上的这种美感,岂是什么 rain 也好 pluie 也好所能满足?翻开一部《辞源》或《辞海》,金木水火土,各成世界,而一入"雨"部,古神州的天颜千变万化,便悉在望中,美丽的霜雪云霞,骇人的雷电霹雹,展露的无非是神的好脾气与坏脾气,气象台百读不厌门外汉百思不解的百科全书。

听听,那冷雨。看看,那冷雨。嗅嗅闻闻,那冷雨。舔舔吧,那冷雨。雨下在他的伞上这城市百万人的伞上雨衣上屋上天线上。雨下在基隆港在防波堤在海峡的船上,清明这季雨。雨是女性,应该最富于感性。雨气空蒙而迷幻,细细嗅嗅,清清爽爽新新,有一点点薄荷的香味。浓的时候,竟发出草和树沐发后特有的淡淡土腥气,也许那竟是蚯蚓和蜗牛的腥气吧,毕竟是惊蛰了啊。也许地上的地下的生命,也许古中国层层叠叠的记忆皆蠢蠢而蠕,也许是植物的潜意识和梦吧,那腥气。

第三次去美国,在高高的丹佛他山居了两年。美国的西部,多山多沙漠,千里干旱,天,蓝似安格罗·萨克逊人的眼睛,地,红如印第安人的肌肤,云,却是罕见的白鸟。落基山簇簇耀目的雪峰上,很少飘云牵雾。一来高,二来干,三来森林线以上,杉柏也止步,中国诗词里"荡胸生层云",或是"商略黄昏雨"的意趣,是落基山上难睹的景象。落基山岭之胜,在石,在雪。那些奇岩怪石,相叠互倚,砌一场惊心动魄的雕塑展览,给太阳和千里的风看。那雪,白得虚虚幻幻,冷得清清醒醒,那股皑皑不绝一仰难尽的气势,压得人呼吸困难,心寒眸酸。不过要领略"白云回望合,青霭入看无"的境界,仍须回中国。台湾湿度很高,最饶云气氤氲雨意迷离的情调。两度夜宿溪头,树香沁鼻,宵寒袭肘,枕着润碧湿翠苍苍交叠的山影和万籁都歇的岑寂,仙人一样睡去。山中一夜饱雨,次晨醒来,在旭日未升的原始幽静中,冲着隔夜的寒气,踏着满地的断柯折枝和仍在流泻的细股雨水,一径探入森林的秘密,曲曲弯弯,步上山去。溪头的山,树密雾浓,蓊郁的水气从谷底冉冉升起,时稠时稀,蒸腾多姿,幻化无定,只能从雾破云开的空处,窥见乍现即隐的一峰半壑,要纵览全貌,几乎是不可能的。至少入山两次,只能在白茫茫里和溪头诸峰玩捉迷藏的游戏。回到台北,世人问起,除了笑而不答心自闲,故作神秘之外,实际的印象,也无非山在虚无之间罢了。云缭烟绕,山隐水迢的中国风景,由来予人宋画的韵味。那天下也许是赵家的天下,那山水却是米家的山水。而究竟,是米氏父子下笔像中国的山水,还是中国的山水上纸像宋画,恐怕是谁也说不清楚了吧?

雨不但可嗅,可亲,更可以听。听听那冷雨。听雨,只要不是石破天惊的台风暴雨,在听觉上总是一种美感。大陆上的秋天,无论是疏雨滴梧桐,或是骤雨打荷叶,听去总有一点凄凉、凄清、凄楚。于今在岛上回味,则在凄楚之外,更笼上一层凄迷了。饶你多少豪情侠气,怕也经不起三番五次的风吹雨打。一打少年听雨,红烛昏沉。二打中年听雨,客舟中,江阔云低。三打白头听雨在僧庐下。这便是亡宋之痛,一颗敏感心灵的一生:楼上,江上,庙里,用冷冷的雨珠子串成。十年前,他曾在一场摧心折骨的鬼雨中迷失了自己。雨,该是一滴湿漓漓的灵魂,在窗外喊谁。

雨打在树上和瓦上,韵律都清脆可听。尤其是铿铿敲在屋瓦上,那古老的音乐,属于中国。王禹偁在黄冈,破如橡的大竹为屋瓦。据说住在竹楼上面,急雨声如瀑布,密雪声比碎玉。而无论鼓琴,咏诗,下棋,投壶,共鸣的效果都特别好。这样岂不像住在竹筒里面,任何细脆的声响,怕都会加倍夸大,反而令人耳朵过敏吧。

雨天的屋瓦,浮漾湿湿的流光,灰而温柔,迎光则微明,背光则幽黯,对于视觉,是一种低沉的安慰。至于雨敲在鳞鳞千瓣的瓦上,由远而近,轻轻重重轻轻,夹着一股股的细流沿瓦漕与屋檐潺潺泻下,各种敲击音与滑音密织成网,谁的千指百指在按摩耳轮。"下雨了,"温柔的灰美人来了,她冰冰的纤手在屋顶拂弄着无数的黑键啊灰键,把响午一下子奏成了黄昏。

在古老的大陆上,千屋万户是如此。二十多年前,初来这岛上,日式的瓦屋亦是如此,先是天暗了下来,城市像罩在一块巨幅的毛玻璃里,阴影在户内延长复加深。然后凉凉的水意弥漫在空间,风自每一个角落里旋起,感觉得到,每一个屋顶上呼吸沉重都覆着灰云。雨来了,最轻的敲打乐敲打这城市,苍茫的屋顶,远远近近,一张张敲过去,古老的琴,那细细密密的节奏,单调里自有一种柔婉与亲切,滴滴点点滴滴,似幻似真,若孩时在摇篮里,一曲耳熟的童谣摇摇欲睡,母亲吟哦鼻音与喉音。或是江南的泽国水乡,一大筐绿油油的桑叶被啃于千百头蚕,细细琐琐屑屑,口器与口器咀咀嚼嚼。雨来了,雨来的时候瓦这么说,一片瓦说千亿片瓦说,说轻轻地奏吧沉沉地弹,徐徐地叩吧挞挞地打,间间歇歇敲一个雨季,即兴演奏从惊蛰到清明,在零落的坟上冷冷奏挽歌,一片瓦吟千亿片瓦吟。

在日式的古屋里听雨,听四月霏霏不绝的黄梅雨,朝夕不断,旬月绵延,湿粘粘的苔藓从石阶下一直侵到他舌底,心底。到七月,听台风台雨在古屋顶上一夜盲奏,千寻海底的热浪沸沸被狂风挟来,掀翻整个太平洋只为向他的矮屋檐重重压下,整个海在他的蜗壳上哗哗泻过。不然便是雷雨夜,白烟一般的纱帐里听羯鼓一通又一通,滔天的暴雨滂滂沛沛扑来,强劲的电琵琶忐忐忑忑忐忐忑忑,弹动屋瓦的惊悸腾腾欲掀起。不然便是斜斜的西北雨,斜斜刷在窗玻璃上,鞭在墙上打在阔大的芭蕉叶上,一阵寒濑泻过,秋意便弥漫日式的庭院了。

在日式的古屋里听雨,从春雨绵绵听到秋雨潇潇,从少年听到中年,听听那冷雨。雨是一种单调而耐听的音乐,是室内乐是室外乐,户内听听,户外听听,冷冷,那音乐。雨是一种回忆的音乐,听听那冷雨,回忆江南的雨下得满地是江湖,下在桥上和船上,也下在四川在秧田和蛙塘,下肥了嘉陵江下湿了布谷咕咕的啼声。雨是潮潮润润的音乐下在渴望的唇上,舐舐那冷雨。

因为雨是最最原始的敲打乐从记忆的彼端敲起。瓦是最最低沉的乐器灰濛濛的温柔覆盖着听雨的人,瓦是音乐的雨伞撑起。但不久公寓的时代来临,台北你怎么一下子长高了。瓦的音乐竟成了绝响。千片万片的瓦翩翩,美丽的灰蝴蝶纷纷飞走,飞入历史的记忆。现在雨下下来下在水泥的屋顶和墙上,没有音韵的雨季。树也砍光了,那月桂,那枫树,柳树和擎天的巨椰,雨来的时候不再有丛叶嘈嘈切切,闪动湿湿的绿光迎接。鸟声减了啾啾,蛙声沉了阁阁,秋天的虫吟也减了唧唧。七十年代的台北不需要这些,一个乐队接一个乐队便遣散尽了。要听鸡叫,只有去诗经的韵里寻找。现在只剩下一张黑白片,黑白的默片。

正如马车的时代去后,三轮车的时代也去了。曾经在雨夜,三轮车的油布篷挂起,送她回家的途中,篷里的世界小得多可爱,而且躲在警察的辖区以外。雨衣的口袋越大越好,盛得下他的一只手里握一只纤纤的手。台湾的雨季这么长,该有人发明一种宽宽的双人雨衣,一人分穿一只袖子,此外的部分就不必分得太苛。而无论工业如何发达,一时似乎还废不了雨伞。只要雨不倾盆,风不横吹,撑一把伞在雨中仍不失古典的韵味。任雨点敲在黑布伞或是透明的塑料伞上,将骨柄一旋,雨珠向四方喷溅,伞缘便旋成了一圈飞檐。跟女友共一把雨伞,该是一种美丽的合作吧。最好是初恋,有点兴奋,更有点不好意思,若即若离之间,雨不妨下大一点。真正初恋,恐怕是兴奋得不需要伞的,手牵手在雨中狂奔而去,把年轻的长发和肌肤交给漫天的淋淋漓漓,然后向对方的唇上颊上尝凉凉甜甜的雨水。不过那要非常年轻且激情,同时,也只能发生在法国的新潮片里吧。

大多数的雨伞想来不会为约会张开。上班下班,上学放学,菜市来回的途中,现实的伞,灰色的星期三。握着雨伞,他听那冷雨打在伞上。索性更冷一些就好了,他想。索性把湿湿的灰雨冻成干干爽爽的白雨,六角形的结晶体在无风的空中回回旋旋地降下来,等须眉和肩头白尽时,伸手一拂就落了。二十五年,没有受故乡白雨的祝福,或许头发上下一点白霜是一种变相的自我补偿吧。一位英雄,经得起多少次雨季?他的额头是水成岩削成还是火成岩?他的心底究竟有多厚的苔藓?厦门街的雨巷走了二十年,与记忆等长,一座无瓦的公寓在巷底等他,一盏灯在楼上的雨窗子里,等他回去,向晚餐后的沉思冥想去整理青苔深深的记忆。前尘隔海。古屋不再。听听那冷雨。

1974 年春分之夜

《听听那冷雨》导读

夏天的瓶供

周瘦鹃

凡是爱好花木的人,总想经常有花可看,尤其是供在案头,可以朝夕坐对,而使一室之内,也增加了生气。供在案头的,当然最好是盆栽和盆景;如果条件不够,或佳品难得,那么有了瓶供,也可以过过花瘾。

对于瓶供的爱好,古已有之。如宋代诗人张道洽《瓶梅》云:

> 寒水一瓶春数枝,清香不减小溪时。
> 横斜竹底无人见,莫与微云淡月知。

徐献可《书斋》云:

> 十日书斋九日扃,春晴何处不闲行。
> 瓶花落尽无人管,留得残枝叶自生。

方回惜《砚中花》云:

> 花担移来锦绣丛,小窗瓶水浸春风。
> 朝来不忍轻磨墨,研落香粘数点红。

这与我的情况恰恰相同,紫罗兰盦南窗下的书桌上,四时不断地供着一瓶花,瓶下恰有一方端砚,花瓣往往落在砚上,我也往往不忍磨墨,生怕玷污了它,足见惜花人的心理,是约略相同的。

说到夏天的瓶供,我是与盆供并重的,从园子里的细种莲花开放之后,就陆续采来供在爱莲堂中央的桌子上,如洒金、层台、大绿、粉千叶等,都是难得的名种。我轮替地用一只古铜大圆瓶、一只雍正黄瓷大胆瓶和一只紫红瓷窑变的扁方瓶来插供,以花的颜色来配瓶的颜色,务求其调和悦目。单单插了莲花还不够,更要采三片小样的莲叶来搭配着,花二朵或三朵,配上了三片叶子,插得有高有低,有直有敧,必须像画家笔下画出来的一样。倘有一朵花先谢了,剩下一只小莲蓬,仍然留在瓶里,再去采一朵半开的花来补缺,这样要连续插供到细种莲花全部开完后为止。在这一个多月的时间里,我把这一大瓶高花大叶的莲花,用树根几或红木几高供中央,总算不辜负了"爱莲堂"这块老招牌;而上面挂着的,恰又是林伯希老画师所画的一幅《爱莲图》,更觉相映成趣。

除了瓶供的莲花之外，还有瓶供的菖兰。菖兰的色彩是多种多样的，有白、红、淡黄、深黄、洒金、茄紫诸色；而我园有一种深紫而有绒光的，更为富丽。我也将花与瓶的颜色互相配合，互相衬托，花以三枝、五枝或七枝为规律，再插上几片叶，高低疏密，都须插得适当，看上去自有画意。有时瓶用得腻了，便改用一只明代欧瓷的长方形小型水盘，插上三五枝小样的菖兰，衬以绿叶，配上大小拳石两块，更觉幽雅入画了。

我爱用水盘插花，觉得比用瓶来插花，更有趣味。除了菖兰，无论大丽、月季、蜀葵等，都是夏天常见的，都可用水盘来插；不过叶子也需要，再用拳石或书带草来一衬托，那是更富于诗情画意了。爱莲堂里有一只长方形的白石大水盘，下有红木几座，落地安放着，我在盘的右边竖了一块二尺高的英石奇峰，像个独秀峰模样，盘中盛满了水，散满了碧绿的小浮萍。清早到园子里，采了大石缸中刚开放的大红色睡莲二三朵，和小样的莲叶三五张，回来放在水盘里，就好像把一个小小的莲塘，搬到了屋子里来，徘徊观赏，真的是"心上莲花朵朵开"了。每天傍晚，只要把闭拢了的花朵撩起来，放在露天的浅水盆中过夜，明天早上，花依然开放，依然放到水盘里。天天这样做，可以持续三四天。

《夏天的瓶供》导读

说大话的故事

邓 拓

看过《三国演义》的人都记得,诸葛亮挥泪斩马谡的时候,曾经提到刘备生前说过,马谡言过其实,不可大用。演义上的这一段话是有根据的。陈寿在《三国志》的《蜀志》中确曾写道:"先主谓诸葛亮曰:马谡言过其实,不可大用。"看来,刘备对于马谡的了解,实在是很深刻的。马谡在刘备的眼里就是一个好说大话的人。说大话的害处古人早已深知,所以,管子说过,"言不得过其实,实不得过其名。"这就是告诫人们千万不要说大话,不要吹牛,遇事要采取慎重的态度,话要说得少些,事情要做得多些,名声更要小一些。

历来有许多名流学者,常常引用管子的这些话,作为自己的座右铭。然而,也有的人并不理会这个道理。据汉代的学者王充的意见,似乎历来忽视这个道理的以书生或文人为最多。王充在《论衡》中指出:"儒者之言,溢美过实。"他的意思显然是认为,文人之流往往爱说大话。其实,爱说大话的还有其他各色人等,决不只是文人之流而已。

古人的笔记小说中写了许多说大话的故事。明代陆灼在《艾子后语》中写的几个故事,我看很有意思。一个故事写道:"艾子在齐,居孟尝君门下者三年,孟尝君礼为上客。既而自齐返乎鲁,与季孙氏遇,季孙曰:先生久于齐,齐之贤者为谁?艾子曰:无如孟尝君。季孙曰:何德而谓贤?艾子曰:食客三千,衣廪无倦色,不贤而能之乎?季孙曰:嘻,先生欺予哉!三千客予家亦有之,岂独田文?艾子不觉敛容而起,谢曰:公亦鲁之贤者也;翌日敢造门下,求观三千客。季孙曰:诺。明旦,艾子衣冠斋洁而往。入其门,寂然也;升其堂,则无人焉。艾子疑之,意其必在别馆也。良久,季孙出见。诘之曰:客安在?季孙怅然曰:先生来何暮?三千客各自归家吃饭去矣!艾子胡卢而退。"

这个故事大概是杜撰的。不但艾子是作者的假托,而且季孙氏也是由附会得来的。凡是春秋战国时代鲁国桓公的儿子季友的后人,都称为季孙氏。陆灼讽刺季孙氏嫉妒孟尝君能养三千食客,就胡乱吹牛说自己也有三千食客,可是经不住实地观察,一看就漏底了。陆灼写出这个杜撰的故事,其目的是要教育世人不可吹牛。我们应该承认他是善意的,似乎不必用考证的方法,对它斤斤计较。

在同书中,还有类似的一些故事。例如说赵国有一个方士好讲大话,自称见过伏羲、女娲、神农、蚩尤、仓颉、尧、舜、禹、汤、穆天子、瑶池圣母等等,以致"沈醉至今,犹未全醒,不知今日世上是何甲子也"。恰好当时,"赵王堕马伤胁,医云:须千年血竭敷之乃瘥,下令求血竭不可得。艾子言于王曰:此有方士,不啻数千岁,杀取其血,其效当愈速矣。王大喜,密使人执方士,将杀之"。这才吓得方士不得不"拜且泣曰:昨日吾父母皆年五十,东邻老姥,携酒为寿,臣饮至醉,不觉言词过度,实不曾活千岁。艾先生最善说谎,王其勿听。赵王乃叱而赦之"。

这个方士最后要求饶命的时候说的这一段话,当然还是一派胡言,并且倒打艾子一耙,诬他说谎,可见方士的用心颇为不善。这又反映了一种情况,就是说大话的人也有秉性难移,死不觉悟的。

历史上说大话的真人真事,虽然有许多,但是这些编造的故事却更富有概括性,它们把说大话的各种伎俩集中在典型的故事情节里,这样更能引人注意,提高警惕,因而也就更有教育意义了。

《说大话的故事》导读

一只木屐

冰 心

淡金色的夕阳,像这条轮船一样,懒洋洋地停在这一块长方形的海水上。两边码头上仓库的灰色大门,已经紧紧地关起了。一下午的嘈杂的人声,已经寂静了下来,只有乍起的晚风,在吹卷着码头上零乱的草绳和尘土。

我默默地倚伏在船栏上,周围是一片的空虚——沉重,时间一分一分地过去,苍茫的夜色,笼盖了下来。

猛抬头,我看见在离船不远的水面上,飘着一只木屐,它已被海水泡成黑褐色的了。它在摇动的波浪上,摇着、摇着、慢慢地往外移,仿佛要努力地摇到外面大海上去似的!

啊!我苦难中的朋友!你怎么知道我要悄悄地离开?你又怎么知道我心里丢不下那些把你穿在脚下的朋友?你从岸上跳进海中,万里迢迢地在船边护送着我?

过去几年的、在东京的苦闷不眠的夜晚——相伴我的只有瓦檐上的雨声,纸窗外的月色,更多的是空虚——沉重的、黑魆魆的长夜;而每一个不眠的夜晚,我都听到戛达戛达的木屐声音,一阵一阵的从我楼前走过。这声音,踏在石子路上,清空而又坚实;它不像我从前听过的、引人憎恨的、北京东单操场上日本军官的军靴声,也不像北京饭店的大厅上日本官员、绅士的皮鞋声。这是日本劳动人民的、风里雨里寸步不离的、清空而又坚实的木屐的声音……

我把双手交叉起,枕在脑后,随着一阵一阵的屐声,在想像中从穿着木屐的双脚,慢慢地向上看,我看到悲哀憔悴的穿着外褂、套着白罩衣的老人、老妇的脸;我看到痛苦愤怒的穿着工裤、披着蓑衣的工人、农民的脸;我看到忧郁彷徨的戴着四角帽、穿着短裙的青年、少女的脸……这些脸,都是我白天在街头巷尾不断看到的,这时都汇合了起来,从我楼前戛达戛达地走过。

"苦难中的朋友!在这黑魆魆的长夜,希望在哪里?你们这样戛达戛达地往哪里走呢?"在失眠的辗转反侧之后,我总是这样痛苦地想。

但是鲁迅的几句话,也常常闪光似地刺进我黑暗的心头,"我想:希望是本无所谓有,无所谓无的。这正如地上的路;其实地上本没有路,走的人多了,也便成了路。"

就这样,这清空而又坚实的木屐声音,一夜又一夜地、从我的乱石嶙峋的思路上踏过;一声一声、一步一步地替我踏出了一条坚实平坦的大道,把我从黑夜送到黎明!

事情过去十多年了,但是我还常常想起那日那时日本横滨码头旁边水上的那只木屐。对于我,它象征着日本劳动人民,也使我回忆起那几年居留日本的一段生活,引起我许多复杂的情感。

从那日那时离开日本后,我又去过两次。这时候,日本人民不但是我的苦难中的朋友,也是我的斗争中的朋友了,我心中的苦乐和十几年前已大不相同。但是,当同去的人们,珍重地带回了些与富士山或樱花有关的纪念品的时候,我却收集一些小小的、引人眷恋的玩具木屐……

县委书记的榜样
——焦裕禄

穆 青　冯 健　周 原

　　一九六二年冬天,正是豫东兰考县遭受内涝、风沙、盐碱三害最严重的时刻。这一年,春天风沙打毁了二十万亩麦子,秋天淹坏了三十多万亩庄稼,盐碱地上有十万亩禾苗碱死,全县的粮食产量下降到了历年的最低水平。

　　就是在这样的关口,党派焦裕禄来到了兰考。

　　展现在焦裕禄面前的兰考大地,是一幅多么苦难的景象呵!横贯全境的两条黄河故道,是一眼看不到边的黄沙;片片内涝的洼窝里,结着青色的冰凌;白茫茫的盐碱地上,枯草在寒风中抖动。

　　困难,重重的困难,象一副沉重的担子,压在这位新到任的县委书记的双肩。但是,焦裕禄是带着《毛泽东选集》来的,是怀着改变兰考灾区面貌的坚定决心来的。在这个贫农出身的共产党员看来,这里有三十六万勤劳的人民,有烈士们流鲜血解放出来的九十多万亩土地。只要加强党的领导,一时有天大的艰难,也一定要杀出条路来。

　　第二天,当大家知道焦裕禄是新来的县委书记时,他已经下乡了。

　　他到灾情最重的公社和大队去了。他到贫下中农的草屋里,到饲养棚里,到田边地头,去了解情况,观察灾情去了。他从这个大队到那个大队,他一路走,一路和同行的干部谈论。见到沙丘,他说:"栽上树,岂不是成了一片好绿林!"见到涝洼窝,他说:"这里可以栽苇、种蒲、养鱼。"见到碱地,他说:"治住它,把一片白变成一片青!"转了一圈回到县委,他向大家说:"兰考是个大有作为的地方,问题是要干,要革命。兰考是灾区,穷,困难多,但灾区有个好处,它能锻炼人的革命意志,培养人的革命品格。革命者要在困难面前逞英雄。"

　　焦裕禄的话,说得大家心里热乎乎的。大家议论说,新来的县委书记看问题高人一着棋,他能从困难中看到希望,能从不利条件中看到有利因素。

"关键在于县委领导核心的思想改变"

　　连年受灾的兰考,整个县上的工作,几乎被发统销粮、贷款、救济棉衣、烧煤所淹没了。有人说县委机关实际上变成了一个供给部。那时候,很多群众等待救济,一部分干部被灾害压住了头,对改变兰考面貌缺少信心,少数人甚至不愿意留在灾区工作。他们害怕困难,更害怕犯错误。……

焦裕禄想:"群众在灾难中两眼望着县委,县委挺不起腰杆,群众就不能充分发动起来。'干部不领,水牛掉井',要想改变兰考的面貌,必须首先改变县委的精神状态。"

夜,已经很深了,焦裕禄躺在床上翻来复去睡不着。他披上棉衣,找县委副书记张钦礼谈心去了。

在这么晚的时候,张钦礼听见叩门声,吃了一惊。他迎进焦裕禄,连声问:"老焦,出了啥事?"

焦裕禄说:"我想找你谈谈。你在兰考十多年了,情况比我熟,你说,改变兰考面貌的主要问题在哪里?"

张钦礼沉思了一下,回答说:"在于人的思想的改变。"

"对。"焦裕禄说:"但是,应该在思想前面加两个字:领导。眼前关键在于县委领导核心的思想改变。没有抗灾的干部,就没有抗灾的群众。"

两个人谈得很久,很深,一直说到后半夜。他们的共同结论是,除"三害"首先要除思想上的病害;特别是要对县委的干部进行抗灾的思想教育。不首先从思想上把人们武装起来,要想完成除"三害"斗争,将是不可能的。

严冬,一个风雪交加的夜晚,焦裕禄召集在家的县委委员开会。人们到齐后,他并没有宣布议事日程,只说了一句:"走,跟我出去一趟。"就领着大家到火车站去了。

当时,兰考车站上,北风怒号,大雪纷飞。车站的屋檐下,挂着尺把长的冰柱。国家运送兰考灾民前往丰收地区的专车,正从这里飞驰而过。也还有一些灾民,穿着国家救济的棉衣,蜷曲在货车上,拥挤在候车室里……

焦裕禄指着他们,沉重地说:"同志们,你们看,他们绝大多数人,都是我们的阶级兄弟。是灾荒逼迫他们背井离乡的,不能责怪他们,我们有责任。党把这个县三十六万群众交给我们,我们不能领导他们战胜灾荒,应该感到羞耻和痛心。……"

他没有再讲下去,所有的县委委员都沉默着低下了头,这时有人才理解,为什么焦裕禄深更半夜领着大家来看风雪严寒中的车站。

从车站回到县委,已经是半夜时分了,会议这时候才正式开始。

焦裕禄听了大家的发言之后,最后说:"我们经常口口声声说要为人民服务,我希望大家能牢记着今晚的情景,这样我们就会带着阶级感情,去领导群众改变兰考的面貌。"

紧接着,焦裕禄组织大家学习《为人民服务》《纪念白求恩》《愚公移山》等文章,鼓舞大家的革命干劲,勉励大家象张思德、白求恩那样工作。

以后,焦裕禄又专门召开了一次常委会,回忆兰考的革命斗争史。在残酷的武装斗争年代,兰考县的干部和人民,同敌人英勇搏斗,前仆后继。有一个区,曾经在一个月内有九个区长为革命牺牲。烈士马福重被敌人破腹后,肠子被拉出来挂在树上。……焦裕禄说:"兰考这块地方,是同志们用鲜血换来的。先烈们并没有因为兰考人穷灾大,就把它让给敌人,难道我们就不能在这里战胜灾害?"

一连串的阶级教育和思想斗争,使县委领导核心,在严重的自然灾害面前站起来了。他们打掉了在自然灾害面前束手无策、无所作为的懦夫思想,从上到下坚定地树立了自力更生消灭"三害"的决心。不久,在焦裕禄倡议和领导下,一个改造兰考大自然的蓝图被制订出来。这个蓝图规定在三五年内,要取得治沙、治水、治碱的基本胜利,改变兰考的面貌。这个蓝图经过县委讨论通过后,报告了中共开封地委,焦裕禄在报告上,又着重加了几句:

"我们对兰考的一草一木都有深厚的感情。面对着当前严重的自然灾害,我们有革命的胆略,坚决领导全县人民,苦战三五年,改变兰考的面貌。不达目的,我们死不瞑目。"

这几句话,深切地反映了当时县委的决心,也是兰考全党在上级党组织面前,一次庄严的宣誓。直到现在,它仍然深深地刻在县委所有同志的心上,成为鞭策他们前进的力量。

"吃别人嚼过的馍没味道"

焦裕禄深深地了解,理想和规划并不等于现实,这涝、沙、碱三害,自古以来害了兰考人民多少年呵,今天,要制伏"三害",要把它们从兰考土地上象送瘟神一样驱走,必须进行大量艰苦细致的工作,付出高昂的代价。

他想,按照毛主席的教导,不管做什么工作,必须首先了解情况,进行调查研究。"没有调查就没有发言权。"要想战胜灾害,单靠一时的热情,单靠主观愿望,事情断然是办不好的。即使硬干,也要犯毛主席早已批评过的"闭塞眼睛捉麻雀","瞎子摸鱼"的错误。要想战胜灾害,必须照毛主席的指示办事,详尽地掌握灾害的底细,了解灾害的来龙去脉,然后作出正确的判断和部署。

他下决心要把兰考县一千八百平方公里土地上的自然情况摸透,亲自去掂一掂兰考的"三害"究竟有多大份量。

根据这一想法,县委先后抽调了一百二十个干部、老农和技术员,组成一支三结合的"三害"调查队,在全县展开了大规模的追洪水,查风口,探流沙的调查研究工作。焦裕禄和县委其他领导干部,都参加了这场战斗。那时候,焦裕禄正患着慢性的肝病,许多同志担心他在大风大雨中奔波,会加剧病情的发展,劝他不要参加,但他毫不犹豫地拒绝了同志们的劝告,他说:"吃别人嚼过的馍没味道。"他不愿意坐在办公室里依靠别人的汇报来进行工作,说完就背着干粮,拿起雨伞和大家一起出发了。

每当风沙最大的时候,也就是他带头下去查风口、探流沙的时候,雨最大的时候,也就是他带头下去冒雨涉水,观看洪水流势和变化的时候。他认为这是掌握风沙、水害规律最有利的时机。为了弄清一个大风口,一条主干河道的来龙去脉,他经常不辞劳苦地跟着调查队,追寻风沙和洪水的去向,从黄河故道开始,越过县界、省界,一直追到沙落尘埃,水入河道,方肯罢休。在这场艰苦的斗争中,县委书记焦裕禄简直变成一个满身泥水的农村"脱坯人"了。他和调查队的同志们经常在截腰深的水里吃干粮,有时夜晚蹲在泥水处歇息……

有一次,焦裕禄从杞县阳垌公社回县的路上,遇到了白帐子猛雨。大雨下了七天七夜,全县变成了一片汪洋。焦裕禄想:"嘀,洪水呀,等还等不到哩,你自己送上门来了。"他回到县里后,连停也没有停,就带着办公室的三个同志出发了。眼前只有水,哪里有路?他们靠着各人手里的一根棍,探着,走着。这时,焦裕禄突然感到一阵阵肝痛,时时弯下身子用左手按着肝部。三个青年恳求着说:"你回去休息吧。把任务交给我们,我们保证按照你的要求完成任务。"焦裕禄没有同意,继续一路走,一路工作着。

他站在洪水激流中,同志们为他张了伞,他画了一张又一张水的流向图。等他们赶到金营大队,支部书记李广志看见焦裕禄就吃惊地问:"一片汪洋大水,您是咋来的?"焦裕禄抢着手里的棍子说:"就坐这条船来的。"李广志让他休息一下,他却拿出自己画的图来,一边指点着,一边滔滔不绝地告诉李广志,根据这里的地形和水的流势,应该从哪里到哪里开一条河,再从哪里到哪里挖一条支沟,……这样,就可以把这几个大队的积水,统统排出去了。李广志听了非常感动,他没有想到焦裕禄同志的领导工作,竟这样的深入细致!到吃饭的时候了,他要给焦裕禄派饭,焦裕禄说:"雨天,群众缺烧的,不吃啦!"说着就又向风雨中走去。

送走了风沙滚滚的春天,又送走了雨水集中的夏季,调查队在风里、雨里、沙窝里、激流里度过了一个月又一个月,跋涉了方圆五千余里,终于使县委抓到了兰考"三害"的第一手资料。全县有大小风口八十四个,经调查队一个个查清,编了号,绘了图;全县有大小沙丘一千六百个,也一个个经过丈量,编了号,绘了图;全县的千河万流,淤塞的河渠,阻水的路基、涵闸……也调查得清清楚楚,绘成了详细的排涝泄洪图。

这种大规模的调查研究,使县委基本上掌握了水、沙、碱发生、发展的规律。几个月的辛苦奔波,换来了一整套又具体又详细的资料,把全县抗灾斗争的战斗部署,放在一个更科学更扎实的基础之上。大家都觉得方向明,信心足,无形中增添了不少的力量。

"榜样的力量是无穷的"

夜已经很深了,阵阵的肝痛和县委工作沉重的担子,使焦裕禄久久不能入睡。他的心在想着兰考县的三十六万人和二千五百七十四个生产队。抗灾斗争的发展是不平衡的,基层干部和群众的思想觉悟也有高有低,怎样才能把毛泽东思想红旗高高举起?怎样才能充分调动起群众的革命积极性?怎样才能更快地在全县范围内开展起轰轰烈烈的抗灾斗争?……

焦裕禄在苦苦思索着。

他披衣起床,重又翻开《毛泽东选集》。在多年的工作中,焦裕禄已养成了学习毛主席著作的习惯,他从毛主席的著作中汲取了无穷的智慧和力量。县委开会,他常常在会前朗读毛主席著作中的有关章节。无论在办公室,或下乡工作,他总要提着一个布兜儿,装上《毛泽东选集》带在身边。每次遇到工作中的困难,他都认真地向毛主席的著作请教,严格地按照毛主席的指示去办。他曾对县委的同志们介绍自己学习毛主席著作的方法,叫做"白天到群众中调查访问,回来读毛主席著作,晚上'过电影',早上记笔记。"他所说的"过电影",主要是指联系实际来思考问题。他说:"无论学习或工作,不会'过电影'那是不行的。"

现在,全县抗灾斗争的情景,正象一幕幕的电影活动在他的脑海里,他带着一连串的问题,去阅读毛主席《关于领导方法的若干问题》那篇文章。目光停在那几行金光闪耀的字上:

"我们共产党人无论进行何项工作,有两个方法是必须采用的,一是一般和个别相结合,二是领导和群众相结合。"

"从群众中集中起来又到群众中坚持下去,以形成正确的领导意见,这是基本的领导方法。"

毛主席的话给了他很大的力量,眼前一下子豁亮起来。他决定发动县委领导同志再到贫下中农中间去。他自己更是经常住在老贫农的草庵子里,蹲在牛棚里,跟群众一起吃饭,一起劳动。他带着高昂的革命激情和对群众的无限信任,在广大贫下中农间询问着、倾听着、观察着,他听到许多贫下中农要求"翻身"、要求革命的呼声。看到许多队自力更生、奋发图强对"三害"斗争的革命精神。他在群众中学到了不少治沙、治水、治碱的办法,总结了不少可贵的经验。群众的智慧,使他受到极大的鼓舞,也更加坚定了他战胜灾害的信心。

韩村是一个只有二十七户人家的生产队。一九六二年秋天遭受了毁灭性的涝灾,每人只分了十二两红高粱穗。在这样严重的困难面前,生产队的贫下中农提出,不向国家伸手,不要救济粮、救济款,自己割草卖草养活自己。他们说:摇钱树,人人有,全靠自己一双手。不能支援国家,心里就够难受了,决不能再拉国家的后腿。就在这年冬天,他们割了二十七万斤草,养活了全体社员,养活了八头牲口,还修理了农具,买了七辆架子车。

秦寨大队的贫下中农社员,在盐碱地上刮掉一层皮,从下面深翻出好土,盖在上面。他们大干深翻地的时候,正是最困难的一九六三年夏季。他们说:"不能干一天干半天,不能翻一锨翻半锨,用蚕吃桑叶的办法,一口口啃,也要把这碱地啃翻个个儿。"

赵垛楼的贫下中农在七季基本绝收以后,冒着倾盆大雨,挖河渠,挖排水沟,同暴雨内涝搏斗。一九六三年秋天,这里一连九天暴雨,他们却夺得了好收成,卖了八万斤余粮。

双杨树的贫下中农在农作物基本绝收的情况下,雷打不散,社员们兑鸡蛋卖猪,买牲口买种子,坚持走集体经济自力更生的道路,社员们说:"穷,咱穷到一块儿;富,咱也富到一块儿。"

韩村,秦寨,赵垛楼,双杨树,广大贫下中农自力更生的革命精神,使焦裕禄十分激动。他认为这就是在毛泽东思想哺育下的贫下中农革命精神的好榜样。他在县委会议上,多少次讲述了这些先进典型的重大意义,并亲自总结了他们的经验。他说:"榜样的力量是无穷的,我们应该把群众中这些可贵的东西,集中起来,再坚持下去,号召全县社队向他们学习。"

一九六三年九月,县委在兰考冷冻厂召开了全县大小队干部的盛大集会,这是扭转兰考局势的大会,是兰考人民自力更生、奋发图强的一次誓师大会。会上,焦裕禄为韩村、秦寨、赵垛楼、双杨树的贫下中农鸣锣开道,请他们到主席台上,拉他们到万人之前,大张旗鼓地表扬他们的革命精神。他把群众中这些革命的东西,集中起来,总结为四句话:"韩村的精神,秦寨的决心,赵垛楼的干劲,双杨树的道路。"他说,这就是兰考的新道路!是毛泽东思想指引的道路!他大声疾呼,号召全县人民学习这四个样板,发扬他们的革命精神,在全县范围内锁住风沙,制伏洪水,向"三害"展开英勇的斗争!

这次大会在兰考抗灾斗争的道路上,是一个伟大的转折。它激发了群众的革命豪情,鼓舞了群众的革命斗志,有力地推动了全县抗灾斗争的发展。它使韩村等四个榜样的名字传遍了兰考,它让毛泽东思想的伟大红旗,在兰考三十六万群众的心目中,高高地升起!

从此,兰考人民的生活中多了两个东西,这就是县委和县人委发出的"奋发图强的嘉奖令"和"革命硬骨头队"的命名书。

"当群众最困难的时候,共产党员要出现在群众面前"

就在兰考人民对涝、沙、碱三害全面出击的时候,一场比过去更加严重的灾害又向兰考袭来。一九六三年秋季,兰考县一连下了十三天雨,雨量达二百五十毫米。大片大片的庄稼汪在洼窝里,渍死了。全县有十一万亩秋粮绝收,二十二万亩受灾。

焦裕禄和县委的同志们全力投入了生产救灾。

那是个冬天的黄昏。北风越刮越紧,雪越下越大。焦裕禄听见风雪声,倚在门边望着风雪发呆。过了会儿,他又走回来,对办公室的同志们严肃地说:"在这大风大雪里,贫下中农住得咋样?牲口咋样?"接着他要求县委办公室立即通知各公社做好几件雪天工作。他说,"我说,你们记记。第一,所有农村干部必须深入到户,访贫问苦,安置无屋居住的人,发现断炊户,立即解决。第二,所有从事农村工作的同志,必须深入牛屋检查,照顾老弱病畜,保证不许冻坏一头牲口。第三,安排好室内副业生产。第四,对于参加运输的人畜,凡是被风雪隔在途中的,在哪个大队的范围,由哪个大队热情招待,保证吃得饱,住得暖。第五,教育全党,在大雪封门的时候,到群众中去,和他们同甘共苦。最后一条,把检查执行的情况迅速报告县委。"办公室的同志记下他的话,立即用电话向各公社发出了通知。

这天,外面的大风雪刮了一夜。焦裕禄的房子里,电灯也亮了一夜。

第二天,窗户纸刚刚透亮,他就挨门把全院的同志们叫起来开会。焦裕禄说:"同志们,你们看,这场雪越下越大,这会给群众带来很多困难,在这大雪拥门的时候,我们不能坐在办公室里烤火,应该到群众中间去。共产党员应该在群众最困难的时候,出现在群众的面前,在群众最需要帮助的时候,去关心群众,帮助群众。"

简短的几句话,象刀刻的一样刻在每一个同志的心上。有人眼睛湿润了,有人有多少话想说也说不出来了。他们的心飞向冰天雪地的茅屋去了。大家立即带着救济粮款,分头出发了。

风雪铺天盖地而来。北风响着尖厉的哨音,积雪有半尺厚。焦裕禄迎着大风雪,什么也没有披,火车头帽子的耳巴在风雪中忽闪着。那时,他的肝癌常常发作,有时痛得厉害,他就用一支钢笔硬顶着肝部。现在他全然没想到这些,带着几个年轻小伙子,踏着积雪,一边走,一边高唱《南泥湾》。

他问青年人看过《万水千山》这个电影没有？他说："你们看，眼前多么象《万水千山》里的一个镜头呵！"

这一天，焦裕禄没烤群众一把火，没喝群众一口水。风雪中，他在九个村子，访问了几十户生活困难的老贫农。在梁孙庄，他走进一个低矮的柴门。这里住的是一双无依无靠的老人。老大爷有病躺在床上，老大娘是个瞎子。焦裕禄一进屋，就坐在老人的床头，问寒问饥。老大爷问他是谁？他说："我是您的儿子。"老人问他大雪天来干啥？他说："毛主席叫我来看望您老人家。"老大娘感动得不知说什么才好，用颤抖的双手上上下下摸着焦裕禄。老大爷眼里噙着泪说："解放前，大雪封门，地主来逼租，撵的我串人家的房檐，住人家的牛屋。"焦裕禄安慰老人说："如今印把子抓在咱手里，兰考受灾受穷的面貌一定能够改过来。"

就是在这次雪天送粮当中，焦裕禄也看到和听到了许多贫下中农极其感人的故事。谁能够想到，在毁灭性的涝灾面前，竟有那么一些生产队，两次三番退回国家送给他们的救济粮、救济款。他们说：把救济粮、救济款送给比我们更困难的兄弟队吧，我们自己能想办法养活自己！

焦裕禄心里多么激动呵！他看到毛泽东思想象甘露一样滋润了兰考人民的心，党号召的自力更生、奋发图强的精神，在困难面前逞英雄的硬骨头精神，已经变成千千万万群众敢于同天抗，同灾斗的物质力量了。

有了这种精神，在兰考人民面前还有什么天大的灾害不能战胜！

"县委书记要善于当'班长'"

焦裕禄常说，县委书记要善于当"班长"，要把县委这个"班"带好，必须使这"一班人"思想齐、动作齐。而要统一思想、统一行动，就必须用毛泽东思想挂帅。

他是这样想的，也是这样做的。

县人委有一位从丰收地区调来的领导干部，提出了一个装潢县委和县人委领导干部办公室的计划。连桌子、椅子、茶具，都要换一套新的。为了好看，还要把城里一个污水坑填平，上面盖一排房子。县委多数同志激烈地反对这个计划。也有人问："钱从哪里来？能不能花？"这位领导干部管财政，他说："花钱我负责。"

但是，焦裕禄提了一个问题：

"坐在破椅子上不能革命吗？"他接着说明了自己的意见："灾区面貌没有改变，还大量吃着国家的统销粮，群众生活很困难。富丽堂皇的事，不但不能做，就是连想也很危险。"

后来,焦裕禄找这位领导干部谈了几次话,帮助他认识错误。焦裕禄对他说:兰考是灾区,比不得丰收区。即使是丰收区,你提的那种计划,也是不应该做的。焦裕禄劝这位领导干部到贫下中农家里去住一住,到贫下中农中间去看一看。去看看他们想的是什么,做的是什么。焦裕禄作为县委的班长,他从来不把自己的意见,强加于人。他对同志们要求非常严格,但他要求得入情入理,叫你自己从内心里生出改正错误的力量。不久以后,这位领导干部认识了错误,自己收回了那个"建设计划"。

有一位公社书记在工作中犯了错误。当时,县委开会,多数委员主张处分这位同志。但焦裕禄经过再三考虑,提出暂时不要给他处分。焦裕禄说,这位同志是我们的阶级弟兄,他犯了错误,给他处分固然是必要的;但是,处分是为了达到治病救人的目的。当前改变兰考面貌,是一个艰巨的斗争,不如派他到最艰苦的地方去,考验他,锻炼他,给他以改正错误的机会,让他为党的事业出力,这样不是更好吗?

县委同意了焦裕禄的建议,决定派这个同志到灾害严重的赵垛楼去蹲点。这位同志临走时,焦裕禄把他请来,严格地提出批评,亲切地提出希望,最后焦裕禄说:"你想想,当一个不坚强的战士,当一个忘了群众利益的共产党员,多危险,多可耻呵!先烈们为解放兰考这块地方,能付出鲜血、生命;难道我们就不能建设好这个地方?难道我们能在自然灾害面前当怕死鬼?当逃兵?"

焦裕禄的话,一字字、一句句都紧紧扣住这位同志的心。这话的分量比一个最重的处分决定还要沉重,但这话也使这位同志充满了战斗的激情。阶级的情谊,革命的情谊,党的温暖,在这位犯错误的同志的心中激荡着,他满眼流着泪,说:"焦裕禄同志,你放心……"

这位同志到赵垛楼以后,立刻同群众一道投入了治沙治水的斗争。他发现群众的生活困难,提出要卖掉自己的自行车,帮助群众,县委制止了他,并且指出,当前最迫切的问题,是从思想上武装赵垛楼的社员群众,领导他们起来,自力更生进行顽强的抗灾斗争,一辆自行车是不能解决什么问题的。以后,焦裕禄也到赵垛楼去了。他关怀赵垛楼的两千来个社员群众,他也关怀这位犯错误的阶级弟兄。

就在这年冬天,赵垛楼为害农田多年的二十四个沙丘,被社员群众用沙底下的黄胶泥封盖住了。社员们还挖通了河渠,治住了内涝。这个一连七季吃统销粮的大队,一季翻身,卖余粮了。

也就在赵垛楼大队"翻身"的这年冬天,那位犯错误的同志,思想上也翻了个个儿。他在抗灾斗争中,身先士卒,表现得很英勇。他没有辜负党和焦裕禄对他的期望。

焦裕禄,出生在山东淄博一个贫农家里,他的父亲在解放前就被国民党反动派逼迫上吊自杀了。他从小逃过荒,给地主放过牛,扛过活,还被日本鬼子抓到东北挖过煤。他带着家仇、阶级恨参加了革命队伍,在部队、农村和工厂里做过基层工作。自从参加革命一直到当县委书记以后,他始终保持着劳动人民的本色。他常常开襟解怀,卷着裤管,朴朴实实地在群众中间工作、劳动。贫农身上有多少泥,他身上有多少泥。他穿的袜子,补了又补,他爱人要给他买双新的,他说:"跟贫下中农比一比,咱穿的就不错了。"夏天,他连凉席也不买,只花四毛钱买一条蒲席铺。

有一次,他发现孩子很晚才回家去。一问,原来是看戏去了。他问孩子:"哪里来的票?"孩子说:"收票叔叔向我要票,我说没有。叔叔问我是谁?我说焦书记是我爸爸。叔叔没有收票就叫我进去了。"焦裕禄听了非常生气,当即把一家人叫来"训"了一顿,命令孩子立即把票钱如数送给戏院。接着,又建议县委起草了一个通知,不准任何干部特殊化,不准任何干部和他们的子弟"看白戏"……

"焦裕禄是我们县委的好班长,好榜样。"

"在焦裕禄领导下工作,方向明,信心大,敢于大作大为,心情舒畅,就是累死也心甘。"

焦裕禄的战友这样说,反对过他的人这样说,犯过错误的人也这样说。

他心里装着全体人民,唯独没有他自己

县委一位副书记在乡下患感冒,焦裕禄几次打电话,要他回来休息,组织部一位同志有慢性病,焦裕禄不给他分配工作,要他安心疗养,财委一位同志患病,焦裕禄多次催他到医院检查,……焦裕禄的心里,装着全体党员和全体人民,唯独没有他自己。

一九六四年春天,正当党领导着兰考人民同涝、沙、碱斗争胜利前进的时候,焦裕禄的肝病也越来越重了。很多人都发现,无论开会、作报告,他经常把右脚跺在椅子上,用右膝顶住肝部。他棉袄上的第二和第三个扣子是不扣,左手经常揣在怀里。人们留心观察,原来他越来越多地用左手按着时时作痛的肝部,或者用一根硬东西顶在右边的椅靠上。日子久了,他办公坐的藤椅上,右边被顶出了一个大窟窿。他对自己的病,是从来不在意的。同志们问起来,他才说他对肝痛采取了一种压迫止疼法。县委的同志们劝他疗养,他笑着说:"病是个欺软怕硬的东西,你压住他,他就不欺侮你了。"焦裕禄暗中忍受了多大痛苦,连他的亲人也不清楚。他真是全心全意投入到改变兰考面貌的斗争中去了。

焦裕禄到地委开会，地委负责同志劝他住院治疗，他说："春天要安排一年的工作，离不开！"没有住。地委给他请来一位有名的中医诊断，开了药方，因为药费很贵，他不肯买。他说："灾区群众生活很困难，花这么多钱买药，我能吃得下吗？"县委的同志背着他去买来三剂，强他服了，但他执意不再服第四剂。

那天，县委办公室的干部张思义和他一同骑自行车到三义寨公社去。走到半路，焦裕禄的肝痛发作，痛得骑不动，两个人只好推着自行车慢慢走。刚到公社，大家看他气色不好，就猜出是他又发病了。公社的同志说："休息一下吧。"他说："谈你们的情况吧，我不是来休息的。"

公社的同志一边汇报情况，一边看着焦裕禄强按着肚子在作笔记。显然，他的肝痛得使手指发抖，钢笔几次从手指间掉了下来。汇报的同志看到这情形，忍住泪，连话都说不出来了，而他，故意做出神情自若的样子，说："说，往下说吧。"

一九六四年的三月，兰考人民的除"三害"斗争达到了高潮，焦裕禄的肝病也到了严重关头。躺在病床上，他的心潮汹涌澎湃，奔向那正在被改造着的大地。他满腔激情地坐到桌前，想动手写一篇文章，题目是：《兰考人民多奇志，敢教日月换新天》。他铺开稿纸，拟好了四个小题目：一、设想不等于现实。二、一个落后地区的改变，首先是领导思想的改变。领导思想不改变，外地的经验学不进，本地的经验总结不起来。三、榜样的力量是无穷的。四、精神原子弹——精神变物质。

充满了革命乐观主义的焦裕禄，从兰考人民在抗灾斗争中表现出来的英雄气概，从兰考人民一步一个脚印的实干精神中，已经预见到新兰考美好的未来。但是，文章只开了个头，病魔就逼他放下了手中的笔，县委决定送他到医院治病去了。

临行那一天，由于肝痛得厉害，他是弯着腰走向车站的。他是多么舍不得离开兰考呵！一年多来，全县一百四十九个大队，他已经跑遍了一百二十多个。他把整个身心，都交给了兰考的群众，兰考的斗争。正象一位指挥员在战斗最紧张的时刻，离开炮火纷飞的前沿阵地一样，他从心底感到痛苦、内疚和不安。他不时深情地回顾着兰考城内的一切，他多么希望能很快地治好肝病，带着旺盛的精力回来和群众一块战斗呵！他几次向送行的同志们说，不久他就会回来的。在火车开动前的几分钟，他还郑重地布置了最后一项工作，要县委的同志好好准备材料，当他回来时，向他详细汇报抗灾斗争的战果。

"活着我没有治好沙丘,死了也要看着你们把沙丘治好!"

开封医院把焦裕禄转到郑州医院,郑州医院又把他转到北京的医院。在这位钢铁般的无产阶级战士面前,医生们为他和肝痛斗争的顽强性格感到惊异。他们带着崇敬的心情站在病床前诊察,最后很多人含着眼泪离开。

那是个多么阴冷的日子呵!医生们开出了最后诊断书,上面写道:"肝癌后期,皮下扩散。"这是不治之症。送他去治病的赵文选同志,决不相信这个诊断,人象傻了似的,一连声问道:"什么,什么?"医生说:"你赶紧送他回去,焦裕禄同志最多还有二十天时间。"

赵文选呆了一下,突然放声痛哭起来。他央告着说:

"医生,我求求你,我恳求你,请你把他治好,俺兰考是个灾区,俺全县人离不开他,离不开他呀!"

在场的人都含着泪。医生说:

"焦裕禄同志的工作情况,在他进院时,党组织已经告诉我们。癌症现在还是一个难题,不过,请你转告兰考县的群众,我们医务工作者,一定用焦裕禄同志同困难和灾害斗争的那种革命精神,来尽快攻占这个高峰。"

这样,焦裕禄又被转到郑州河南医学院附属医院。

焦裕禄病危的消息传到兰考后,县上不少同志曾去郑州看望他。县上有人来看他,他总是不谈自己的病,先问县里的工作情况,他问张庄的沙丘封住了没有?问赵垛楼的庄稼淹了没有?问秦寨盐碱地上的麦子长得怎样?问老韩陵地里的泡桐树栽了多少?……

有一次,他特地嘱咐一个县委办公室的干部说:

"你回去对县委的同志说,叫他们把我没写完的文章写完;还有,把秦寨盐碱地上的麦穗拿一把来,让我看看!"

五月初,焦裕禄的病情进一步恶化了。在这种情况下,他的亲密战友、县委副书记张钦礼匆匆赶到郑州探望他。当焦裕禄用他那干瘦的手握着张钦礼,两只失神的眼睛充满深情地望着他时,张钦礼的泪珠禁不住一颗颗滚了下来。

焦裕禄问道:"听说豫东下了大雨,雨多大?淹了没有?"

"没有。"

"这样大的雨,咋会不淹?你不要不告诉我。"

"是没有淹!排涝工程起作用了。"张钦礼一面回答,一面强忍着悲痛给他讲了一些兰考人民抗灾斗争胜利的情况,安慰他安心养病,说兰考面貌的改变也许会比原来的估计更快一些。

这时候,张钦礼看到焦裕禄在全力克制自己剧烈的肝痛,一粒粒黄豆大的冷汗珠时时从他额头上浸出来。他勉强擦了擦汗,半晌,问张钦礼:

"我的病咋样?为什么医生不肯告诉我呢?"

张钦礼迟迟没有回答。

焦裕禄一连追问了几次,张钦礼最后不得不告诉他说:"这是组织上的决定。"

听了这句话,焦裕禄点了点头,镇定地说道:"呵,那我明白了……"

隔了一会儿,焦裕禄从怀里掏出一张自己的照片,颤颤地交给张钦礼,然后说道:"钦礼同志,现在有句话我不能不向你说了,回去对同志们说,我不行了,你们要领导兰考人民坚决地斗争下去。党相信我们,派我们去领导,我们是有信心的。我们是灾区,我死了,不要多花钱。我死后只有一个要求,要求组织上把我运回兰考,埋在沙堆上,活着我没有治好沙丘,死了也要看着你们把沙丘治好!"

张钦礼再也无法忍住自己的悲痛,他望着焦裕禄,鼻子一酸,几乎哭出声来。他带着泪告别了自己最亲密的阶级战友。……

谁也没有料到,这就是焦裕禄同兰考县人民,同兰考县党组织的最后一别。

一九六四年五月十四日,焦裕禄同志不幸逝世了。那一年,他才四十二岁。

在他生命的最后时刻,中共河南省委和开封地委有两位负责同志守在他的床前。他对这两位上级党组织的代表断断续续地说出了最后一句话:"我……没有……完成……党交给我的……任务。"

他死后,人们在他病榻的枕下,发现了两本书:一本是《毛泽东选集》,一本是《论共产党员的修养》。

他没有死,他还活着

事隔一年以后,一九六五年的春天,兰考县几十个贫农代表和干部,专程来到焦裕禄的坟前。贫农们一看见焦裕禄的坟墓,就仿佛看见了他们的县委书记,看见了他们永远也不会忘记的那个人。

一年前,他还在兰考,同贫下中农一起,日夜奔波在抗灾斗争的前线。人们怎么会忘记,在那大雪封门的日子,他带着党的温暖走进了贫农的柴门;在那洪水暴发的日子,他拄着棍子带病到各个村庄察看水情。是他高举着毛泽东思想的红灯,照亮了兰考人民自力更生的道路;是他带领兰考人民扭转了兰考的局势,激发了人们的革命精神;是他喊出了"锁住风沙,制伏洪水"的号召;是他发现了贫下中农中革命的"硬骨头"精神,使之在全县发扬光大。……这一切,多么熟悉,多么亲切呵!谁能够想到,象他这样一个充满着革命活力的人,竟会在兰考人民最需要他的时候,离开了兰考的大地。

人们一个个含着泪站在他的坟前,一位老贫农泣不成声地说出了三十六万兰考人的心声:

"我们的好书记,你是活活地为俺兰考人民,硬把你给累死的呀。困难的时候你为俺贫农操心,跟着俺们受罪,现在,俺们好过了,全兰考翻身了,你却一个人在这里。……"

这是兰考人民对自己亲人、自己的阶级战友的痛悼,也是兰考人民对一个为他们的利益献出生命的共产党员的最高嘉奖。

焦裕禄去世后的这一年,兰考县的全体党员,全体人民,用眼泪和汗水灌溉了兰考大地。三年前焦裕禄倡导制订的改造兰考大自然的蓝图,经过三年艰苦努力,已经变成了现实。兰考,这个豫东历史上缺粮的县份,一九六五年粮食已经初步自给了。全县二千五百七十四个生产队,除三百来个队是棉花、油料产区外,其余的都陆续自给,许多队还有了自己的储备粮。一九六五年,兰考县连续旱了六十八天,从一九六四年冬天到一九六五年春天,刮了七十二次大风,却没有发生风沙打死庄稼的灾害,十九万亩沙区的千百条林带开始把风沙锁住了。这一年秋天,连续下了三百八十四毫米暴雨,全县也没有一个大队受灾。

焦裕禄生前没有写完的那篇文章,由三十六万兰考人民在兰考大地上集体完成了。这是一篇人颜欢笑的文章,是一篇闪烁着毛泽东思想光辉的文章。在这篇文章里,兰考人民笑那起伏的沙丘"贴了膏药,扎了针",笑那滔滔洪水乖乖地归了河道,笑那人老几辈连茅草都不长的老碱窝开始出现了碧绿的庄稼,笑那多少世纪以来一直压在人们头上的大自然的暴君,在伟大的毛泽东时代,不能再任意摆布人们的命运了。

焦裕禄虽然去世了,但他在兰考土地上播下的自力更生的革命种子,正在发芽成长,他带给兰考人民的毛泽东思想的红灯,愈来愈发出耀眼的光芒。他一心为革命,一心为群众的高贵品德,已成为全县干部和群众学习的榜样。这一切宝贵的精神财富,今天已化为强大的物质力量,推动着兰考人民在自力更生、奋发图强的大道上继续奋勇前进。兰考灾区面貌的改变,还只是兰考人民征服大自然的开始,在这场伟大的向大自然进军的斗争中,他们不仅要彻底摘掉灾区的帽子,而且决心不断革命,把大部分农田逐步改造成为旱涝保收的稳产高产田,逐步实现"上纲要"(达到农业发展纲要规定的产量要求),"过长江",建设社会主义新兰考。

焦裕禄同志,你没有辜负党的希望,你出色地完成了党交给你的任务,兰考人民将永远忘不了你。你不愧为毛泽东思想哺育成长起来的好党员,不愧为党的好干部,不愧为人民的好儿子!你是千千万万在严重自然灾害面前,巍然屹立的共产党员和贫下中农革命英雄形象的代表。你没有死,你将永远活在千万人的心里!

说 园

陈从周

我国造园具有悠久的历史,在世界园林中树立着独特风格,自来学者从各方面进行分析研究,各抒高见,如今就我在接触园林中所见闻掇拾到的,提出来谈谈,姑名"说园"。

园有静观、动观之分,这一点我们在造园之先,首要考虑。何谓静观,就是园中予游者多驻足的观赏点;动观就是要有较长的游览线。二者说来,小园应以静观为主,动观为辅,庭院专主静现。大园则以动观为主,静观为辅。前者如苏州网师园,后者则苏州拙政园差可似之。人们进入网师园宜坐宜留之建筑多,绕池一周,有槛前细数游鱼,有亭中待月迎风,而轩外花影移墙,峰峦当窗,宛然如画,静中生趣。至于拙政园径缘池转,廊引人随,与"日午画船桥下过,衣香人影太匆匆"的瘦西湖相仿佛,妙在移步换影,这是动观。立意在先,文循意出。动静之分,有关园林性质与园林面积大小。象上海正在建造的盆景园,则宜以静观为主,即为一例。

中国园林是由建筑、山水、花木等组合而成的一个综合艺术品,富有诗情画意。叠山理水要造成"虽由人作,宛自天开"的境界。山与水的关系究竟如何呢?简言之,模山范水,用局部之景而非缩小(网师园水池仿虎丘白莲池,极妙),处理原则悉符画本。山贵有脉,水贵有源,脉源贯通,全园生动。我曾经用"水随山转,山因水活"与"溪水因山成曲折,山蹊随地作低平"来说明山水之间的关系,也就是从真山真水中所得到的启示。明末清初叠山家张南垣主张用平冈小陂、陵阜陂阪,也就是要使园林山水接近自然。如果我们能初步理解这个道理,就不至于离自然太远,多少能呈现水石交融的美妙境界。

中国园林的树木栽植,不仅为了绿化,要具有画意。窗外花树一角,即折枝尺幅;山间古树三五,幽篁一丛,乃模拟枯木竹石图。重姿态,不讲品种,和盆栽一样,能"入画"。拙政园的枫杨、网师园的古柏,都是一园之胜,左右大局,如果这些饶有画意的古木去了,一园景色顿减。树木品种又多有特色,如苏州留园原多白皮松,怡园多松、梅,沧浪亭满种箬竹,各具风貌。可是近年来没有注意这个问题,品种搞乱了,各园个性渐少,似要引以为戒。

宋人郭熙说得好："山水以山为血脉，以草为毛发，以烟云为神采"。草尚如此，何况树木呢？我总觉得一地方的园林应该有那个地方的植物特色，并且土生土长的树木存活率大，成长得快，几年可茂然成林。它与植物园有别，是以观赏为主，而非以种多斗奇。要能做到"园以景胜，景因园异"，那真是不容易。这当然也包括花卉在内。同中求不同，不同中求同，我国园林是各具风格的。古代园林在这方面下过功夫，虽亭台楼阁，山石水池，而能做到风花雪月，光景常新。我们民族在欣赏艺术上存乎一种特性，花木重姿态，音乐重旋律，书画重笔意等，都表现了要用水磨功夫，才能达到耐看耐听，经得起细细的推敲，蕴藉有余味。在民族形式的探讨上，这些似乎对我们有所启发。

园林景物有仰观、俯观之别，在处理上亦应区别对待。楼阁掩映，山石森严，曲水湾环，都存乎此理。"小红桥外小红亭，小红亭畔、高柳万蝉声。""绿杨影里，海棠亭畔，红杏梢头。"这些词句不但写出园景层次，有空间感和声感，同时高柳、杏梢，又都把人们视线引向仰观。文学家最敏感，我们造园者应向他们学习。至于"一丘藏曲折，缓步百跻攀"，则又皆留心俯视所致。因此园林建筑物的顶，假山的脚，水口，树梢，都不能草率从事，要着意安排。山际安亭，水边留矶，是能引人仰观、俯观的方法。

我国名胜也好，园林也好，为什么能这样勾引无数中外游人，百看不厌呢？风景洵美，固然是重要原因，但还有个重要因素，即其中有文化、有历史。我曾提过风景区或园林有文物古迹，可丰富其文化内容，使游人产生更多的兴会、联想，不仅仅是到此一游，吃饭喝水而已。文物与风景区园林相结合，文物赖以保存，园林借以丰富多彩，两者相辅相成，不矛盾而统一。这样才能体现出一个有古今文化的社会主义中国园林。

中国园林妙在含蓄，一山一石，耐人寻味。立峰是一种抽象雕刻品，美人峰细看才象。九狮山亦然。鸳鸯厅的前后梁架，形式不同，不说不明白，一说才恍然大悟，竟寓鸳鸯之意。奈何今天有许多好心肠的人，惟恐游者不了解，水池中装了人工大鱼，熊猫馆前站着泥塑熊猫，如做着大广告，与含蓄两字背道而驰，失去了中国园林的精神所在，真太煞风景。鱼要隐现方妙，熊猫馆以竹林引胜，渐入佳境，游者反多增趣味。过去有些园名，如寒碧山庄（留园）、梅园、网师园，都可顾名思义，园内的特色是白皮松、梅、水。尽人皆知的西湖十景，更是佳例。

亭榭之额真是赏景的说明书。拙政园的荷风四面亭，人临其境，即无荷风，亦觉风在其中，发人遐思。而对联文字之隽永，书法之美妙，更令人一唱三叹，徘徊不已。镇江焦山顶的别峰庵，为郑板桥读书处，小斋三间，一庭花树，门联写着"室雅无须大，花香不在多"。游者见到，顿觉心怀舒畅，亲切地感到景物宜人,博得人人称好,游罢个个传诵。至于匾额,有砖刻、石刻,联屏有板对、竹对、板屏、大理石屏,外加石刻书条石,皆少用画面,比具体的形象来得曲折耐味。其所以不用装裱的屏联,因园林建筑多敞口,有损纸质,额对露天者用砖石,室内者用竹木,皆因地制宜而安排。住宅之厅堂斋室,悬挂装裱字画,可增加内部光线及音响效果,使居者有明朗清静之感,有与无,情况大不相同。当时宣纸规格、装裱大小皆有一定,乃根据建筑尺度而定。

园林中曲与直是相对的,要曲中寓直,灵活应用,曲直自如。画家讲画树,要无一笔不曲,斯理至当。曲桥、曲径、曲廊,本来在交通意义上,是由一点到另一点而设置的。园林中两侧都有风景,随直曲折一下,使行者左右顾盼有景,信步其间使距程延长,趣味加深。由此可见,曲本直生,重在曲折有度。有些曲桥,定要九曲,既不临水面(园林桥一般要低于两岸,有凌波之意),生硬屈曲,行桥宛若受刑,其因在于不明此理(上海豫园前九曲桥即坏例)。

造园在选地后,就要因地制宜,突出重点,作为此园之特征,表达出预想的境界。北京圆明园,我说它是"因水成景,借景西山",园内景物皆因水而筑,招西山入园,终成"万园之园"。无锡寄畅园为山麓园,景物皆面山而构,纳园外山景于园内。网师园以水为中心,殿春簃一院虽无水,西南角凿冷泉,贯通全园水脉,有此一眼,绝处逢生,终不脱题。新建东部,设计上既背固有设计原则,且复无水,遂成僵局,是事先对全园未作周密的分析,不假思索而造成的。

园之佳者如诗之绝句,词之小令,皆以少胜多,有不尽之意,寥寥几句,弦外之音犹绕梁间(大园总有不周之处,正如长歌慢调,难以一气呵成)。我说园外有园,景外有景,即包括在此意之内。园外有景妙在"借",景外有景在于"时",花影、树影、云影、水影、风声、水声、鸟语、花香,无形之景,有形之景,交响成曲。所谓诗情画意盎然而生,与此有密切关系(参见拙作《建筑中的借景问题》)。

万顷之园难以紧凑,数亩之园难以宽绰。紧凑不觉其大,游无倦意,宽绰不觉局促,览之有物,故以静、动观园,有缩地扩基之妙。而大胆落墨,小心收拾(画家语),更为要谛,使宽处可容走马,密处难以藏针(书家语)。故颐和园有烟波浩渺之昆明湖,复有深居山间的谐趣园,于此可悟消息。造园有法而无式,在于人们的巧妙运用其规律。计成所说的"因借(因地制宜,借景)",就是法。《园冶》一书终未列式。能做到园有大小之分,有静观动观之别,有郊园市园之异等等,各臻其妙,方称"得体"(体宜)。中国画的兰竹看来极简单,画家能各具一格;古典折子戏,亦复喜看,每个演员演来不同,就是各有独到之处。造园之理与此理相通。如果定一式使学者死守之,奉为经典,则如画谱之有"芥子园",文章之有八股一样。苏州网师园是公认为小园极则,所谓"小而精,以少胜多"。其设计原则很简单,运用了假山与建筑相对而互相更换的一个原则(苏州园林基本上用此法。网师园东部新建反其道,终于未能成功),无旱船、大桥、大山,建筑物尺度略小,数量适可而止,亭亭当当,象一个小园格局。反之,狮子林增添了大船,与水面不称,不伦不类,就是不"得体"。清代汪春田重葺文园有诗:"换却花篱补石阑,改园更比改诗难;果能字字吟来稳,小有亭台亦耐看。"说得透彻极了,到今天读起此诗,对造园工作者来说,还是十分亲切的。

园林中的大小是相对的,不是绝对的,无大便无小,无小也无大。园林空间越分隔,感到越大,越有变化,以有限面积,造无限空间,因此大园包小园,即基此理(大湖包小湖,如西湖三潭印月)。是例极多,几成为造园的重要处理方法。佳者如拙政园之枇杷园、海棠坞,颐和园之谐趣园等,都能达到很高的艺术效果。如果入门便觉是个大园,内部空旷平淡,令人望而生畏,即入园亦未能游遍全园,故园林不起游兴是失败的。如果景物有特点,委宛多姿,游之不足,下次再来。风景区也好,园林也好,不要使人一次游尽,留待多次,有何不好呢?我很惋惜很多名胜地点,为了扩大空间,更希望一览无余,甚至于希望能一日游或半日游,一次观完,下次莫来,将许多古名胜园林的围墙拆去,大是大了,得到的是空,西湖平湖秋月、西泠印社都有这样的后果。西泠饭店造了高层,葛岭矮小了一半。扬州瘦西湖妙在瘦字,今后不准备在其旁建造高层建筑,是有远见的。本来瘦西湖风景区是一个私家园林群(扬州城内的花园巷,同为私家园林群,一用水路交通,一用陆上交通),其妙在各园依水而筑,独立成园,既分又合,隔院楼台,红杏出墙,历历倒影,宛若图画。虽瘦而不觉寒酸,反窈窕多姿。今天感到美中不足的,似觉不够紧凑,主要建筑物少一些,分隔不够。在以后的修建中,这个原来瘦西湖的特征,还应该保留下来。拙政园将东园与之合并,大则大矣,原来部分益现局促,而东园辽阔,游人无兴,几成为过道。分之两利,合之两伤。

本来中国木构建筑,在体形上有其个性与局限性,殿是殿,厅是厅,亭是亭,各具体例,皆有一定的尺度,不能超越,画虎不成反类犬,放大缩小各有范畴。平面使用不够,可几个建筑相连,如清真寺礼拜殿用勾连搭的方法相连,或几座建筑缀以廊庑,成为一组。拙政园东部将亭子放大了,既非阁,又不象亭,人们看不惯,有很多意见。相反,瘦西湖五亭桥与白塔是模仿北京北海大桥、五龙亭及白塔,因为地位不够大,将桥与亭合为一体,形成五亭桥,白塔体形亦相应缩小,这样与湖面相称了,形成了瘦西湖的特征,不能不称佳构,如果不加分析,难以辨出它是一个北海景物的缩影,做得十分"得体"。

远山无脚,远树无根,远舟无身(只见帆),这是画理,亦造园之理。园林的每个观赏点,看来皆一幅幅不同的画,要深远而有层次。"常倚曲阑贪看水,不安四壁怕遮山。"如能懂得这些道理,宜掩者掩之,宜屏者屏之,宜敞者敞之,宜隔者隔之,宜分者分之,等等,见其片断,不逞全形,图外有画,咫尺千里,余味无穷。再具体点说:建亭须略低山巅,植树不宜峰尖,山露脚而不露顶,露顶而不露脚,大树见梢不见根,见根不见梢之类。但是运用上却细致而费推敲,小至一树的修剪,片石的移动,都要影响风景的构图。真是一枝之差,全园败景。拙政园玉兰堂后的古树枯死,今虽补植,终失旧貌。留园曲溪楼前有同样的遭遇。至此深深体会到,造园困难,管园亦不易,一个好的园林管理者,他不但要考查园的历史,更应知道园的艺术特征,等于一个优秀的护士对病人作周密细致的了解。尤其重点文物保护单位,更不能鲁莽从事,非经文物主管单位同意,须照原样修复,不得擅自更改,否则不但破坏园林风格,且有损文物,关系到党的文物政策问题。

郊园多野趣,宅园贵清新。野趣接近自然,清新不落常套。无锡蠡园为庸俗无野趣之例,网师园属清新典范。前者虽大,好评无多;后者虽小,赞辞不已。至此可证园不在大而在精,方称艺术上品。此点不仅在风格上有轩轾,就是细至装修陈设皆有异同。园林装修同样强调因地制宜,敞口建筑重线条轮廓,玲珑出之,不用精细的挂落装修,因易损伤;家具以石凳、石桌、砖面桌之类,以古朴为主。厅堂轩斋有门窗者,则配精细的装修。其家具亦为红木、紫檀、楠木、花梨所制,配套陈设,夏用藤棚椅面,冬加椅披椅垫,以应不同季节的需要。但亦须根据建筑物的华丽与雅素,分别作不同的处理。华丽者用红木、紫檀,雅素者用楠木、花梨;其雕刻之繁简亦同样对待。家具俗称"屋肚肠",其重要可知,园缺家具,即胸无点墨,水平高下自在其中。过去网师园的家具陈设下过大功夫,确实做到相当高的水平,使游者更全面地领会我国园林艺术。

古代园林张灯夜游是一件大事,屡见诗文,但张灯是盛会,许多名贵之灯是临时悬挂的,张后即移藏,非永久固定于一地。灯也是园林一部分,其品类与悬挂亦如屏联一样,皆有定格,大小形式各具特征。现在有些园林为了适应夜游,都装上电灯,往往破坏园林风格,正如宜兴善卷洞一样,五色缤纷,宛或餐厅,几不知其为洞穴,要还我自然。苏州狮子林在亭的戗角头装灯,甚是触目。对古代建筑也好,园林也好,名胜也好,应该审慎一些,不协调的东西少强加于它。我以为照明灯应隐,装饰灯宜显,形式要与建筑协调。至于装挂地位,敞口建筑与封闭建筑有别,有些灯玲珑精巧不适用于空廊者,挂上去随风摇曳,有如塔铃,灯且易损,不可妄挂,而电线电杆更应注意,既有害园景,且阻视线,对拍照人来说,真是有苦说不出。凡兹琐琐,虽多陈音俗套,难免絮聒之讥,似无关大局,然精益求精,繁荣文化,愚者之得,聊资参考!

怀念萧珊

巴　金

一

　　今天是萧珊逝世的六周年纪念日。六年前的光景还非常鲜明地出现在我的眼前。那天我从火葬场回到家中，一切都是乱糟糟的，过了两三天我渐渐地安静下来了，一个人坐在书桌前，想写一篇纪念她的文章。在五十年前我就有了这样一种习惯：有感情无处倾吐时，我经常求助于纸笔。可是一九七二年八月里那几天，我每天坐三四个小时望着面前摊开的稿纸，却写不出一句话。我痛苦地想，难道给关了几年的"牛棚"，真的就变成"牛"了？头上仿佛压了一块大石头，思想好像冻结了一样。我索性放下笔，什么也不写了。

　　六年过去了，林彪、"四人帮"及其爪牙们的确把我搞得很"狼狈"，但我还是活下来了，而且偏偏活得比较健康，脑子也并不糊涂；有时还可以写一两篇文章。最近我经常去龙华火葬场，参加老朋友们的骨灰安放仪式。在大厅里我想起许多事情。同样地奏着哀乐，我的思想却从挤满了人的大厅转到只有二三十个人的中厅里去了，我们正在用哭声向萧珊的遗体告别。我记起了《家》里面觉新说过的一句话："好像珏死了，也是一个不祥的鬼。"四十七年前我写这句话的时候，怎么想得到我是在写自己！我没有流眼泪，可是我觉得有无数锋利的指甲在搔我的心。我站在死者遗体旁边，望着那张惨白色的脸、那两片咽下了千言万语的嘴唇，我咬紧牙齿，在心里唤着死者的名字。我想，我比她大十三岁，为什么不让我先死？我想，这是多么不公平！她究竟犯了什么罪？她也给关进"牛棚"，挂上"牛鬼"的小牌子，还扫过马路。究竟为什么？理由很简单，她是我的妻子。她患了病，得不到治疗，也因为她是我的妻子。想尽办法一直到逝世前三个星期，靠开后门她才住进了医院。但是癌细胞已经扩散，肠癌变成了肝癌。

　　她不想死，她要活，她愿意改造思想，她愿意看到社会主义建成。这个愿望总不能说是痴心妄想吧。她本来可以活下去，倘使她不是"黑老K"的

"臭婆娘"。一句话,是我连累了她,是我害了她。

在我靠边的几年中间,我所受到的精神折磨,她也同样受到。但是我并未挨过打,她却挨了"北京来的红卫兵"的铜头皮带,留在她左眼上的黑圈好几天以后才退尽。她挨打只是为了保护我,她看见那些年轻人深夜闯了进来,害怕他们把我揪走,便溜出大门,到对面派出所去,请民警同志出来干预,那里只有一人值班,不敢管。当着民警的面她被他们用铜头皮带狠狠地抽了一下,给押了回来,同我一起关在马桶间里。

她不仅分担了我的痛苦,还给了我不少的安慰和鼓励。在"四害"横行的时候,我在原单位给人当作"罪人"和"贱民"看待,日子十分难过,有时到晚上九十点钟才能回家。我进了门看到她的面容,满脑子的乌云都消散了。我有什么委屈、牢骚都可以向她尽情倾吐。有一个时期我和她每晚临睡前服两粒眠尔通才能够闭眼,可是天刚刚发白就都醒了。我唤她,她也唤我,我诉苦般地说:"日子难过啊!"她也用同样声音回答:"日子难过啊!"但是她马上加一句:"要坚持下去。"或者再加一句:"坚持就是胜利。"我说"日子难过",因为在那一段时间里我每天在"牛棚"里面劳动、学习、写交代、写检查、写思想汇报。任何人都可以责骂我、教训我、指挥我,从外地到作协来串联的人可以随意点名叫我出去"示众",还要自报罪行。上下班不限时间,由管"牛棚"的"监督组"随意决定。任何人都可以闯进我家里来,高兴拿什么就拿走什么。这个时候大规模的群众性批斗和电视批斗大会还没有开始,但已经越来越逼近了。

她说"日子难过",因为她给两次揪到机关,靠边劳动,后来也常常参加陪斗。在淮海中路大批判专栏上张贴着批判我的罪行的大字报,我一家人的名字都给写出来"示众",不用说"臭婆娘"的大名占着显著的地位。这些文字像虫子一样咬痛她的心。她让上海戏剧学院"狂妄派"学生突然袭击、揪到作协去的时候,在我家大门上还贴了一张揭露她的所谓罪行的大字报。幸好当天夜里我儿子把它撕毁,否则这一张大字报就会要了她的命!

人们的白眼、人们的冷嘲热骂蚕食着她的身心,我看出来她的健康逐渐遭到损害,表面上的平静是虚假的。内心的痛苦像一锅煮沸的水,她怎么能遮盖住!怎么能使它平静!她不断地给我安慰,对我表示信任,替我感到不平。然而她看到我的问题一天天地变得严重,上面对我的压力一天天地增加,她又非常担心,有时同我一起上班或者下班,走近巨鹿路口、快到作家协会,或者走到湖南路口、快到我们家,她总是抬不起头。我理解她,同情她,也非常担心她经受不起沉重的打击。我还记得有一天到了平常下班的时间,我们没有受到留难,回到家里,她比较高兴,到厨房去烧菜。我翻看当天的报纸,在第三版上看到当时做了作协的"头头"的两个工人作家写的文章

《彻底揭露巴金的反革命真面目》。真是当头一棒！我看了两三行，连忙把报纸藏起来，我害怕让她看见。她端着烧好的菜出来，脸上还带笑容，吃饭时她有说有笑。饭后她要看报，我企图把她的注意力引到别处。但是没有用，她找到了报纸。她的笑容一下子完全消失。这一夜她再没有讲话，早早地进了房间。我后来发现她躺在床上小声哭着。一个安静的夜晚给破坏了。今天回想当时的情景，她那张满是泪痕的脸还历历在我眼前。我多么愿意让她的泪痕消失，笑容在她那憔悴的脸上重现，即使减少我几年的生命来换取我们家庭生活中一个宁静的夜晚，我也心甘情愿！

二

　　我听周信芳同志的媳妇说，周的夫人在逝世前经常被打手们拉出去当作皮球推来推去，打得遍体鳞伤，有人劝她躲开，她说："我躲开，他们就要这样对付周先生了。"萧珊并未受到这种新式体罚。可是她在精神上给别人当皮球打来打去。她也有这样的想法：她多受一点精神折磨，可以减轻对我的压力。其实这是她的一片痴心，结果只苦了她自己。我看见她一天天地憔悴下去，我看见她的生命之火逐渐熄灭，我多么痛心，我劝她，安慰她，我想把她拉住，一点也没有用。

　　她常常问我："你的问题什么时候才解决呢？"我苦笑地说："总有一天会解决的。"她叹口气说："我恐怕等不到那个时候了。"后来她病倒了，有人劝她打电话找我回家，她不知从哪里得来的消息，她说："他在写检查，不要打扰他，他的问题大概可以解决了。"等到我从五·七干校回家休假，她已经不能起床。她还问我检查写得怎样，问题是否可以解决。我当时的确在写检查，而且已经写了好些次了。他们要我写，只是为了消耗我的生命。但她怎么能理解呢？

　　这时离她逝世不过两个多月，癌细胞已经扩散。可是我们不知道，想找医生给她认真检查一次，也毫无办法。平日去医院挂号看门诊，等了许久才见到医生或者实习医生，随便给开个药方就算解决问题。只有在发烧到摄氏三十九度才有资格挂急诊号，或者还可以在病人拥挤的观察室里待上一天半天。当时去医院看病找交通工具也很困难，常常是我女婿借了自行车来，让她坐在车上，他慢慢地推着走。有一次她雇到小三轮车去，看好门诊回家，雇不到车，只好同陪她看病的朋友一起慢慢地走回来，走走停停，走到街口，她快要倒下了，只得请求行人到我们家通知。她一个表侄正好来探病，就由他去背了她回家。她希望拍一张X光片子查一查肠子有什么病，但是办不到。后来靠了她一位亲戚帮忙，开后门两次拍片，才查出她患肠癌。以后又靠朋友设法开后门住进了医院。她自己还高兴，以为得救了。只有她一个人不知真实的病情。她在医院里只活了三个星期。

  我休假回家，假期满了，我又请过两次假留在家里照料病人，最多也不到一个月。我看见她病情日趋严重，实在不愿意把她丢开不管，我要求延长假期的时候，我们那个单位一个"工宣队"头头逼着我第二天就回干校去。我回到家里，她问起来，我无法隐瞒，她叹了一口气，说："你放心去吧。"她把脸掉过去，不让我看她。我女儿、女婿看到这种情景自告奋勇跑到巨鹿路去向那位"工宣队"头头解释，希望他同意我在市区多留些日子照料病人。可是那个头头"执法如山"，还说："他不是医生，留在家里有什么用处！留在家里对他改造不利。"他们气愤地回到家中，只说机关不同意，后来才对我传达了这句"名言"，我还能讲什么呢？明天回干校去！

  整个晚上她睡不好，我更睡不好。出乎意外，第二天一早我那个插队落户的儿子在我们房间里出现了，他是昨天半夜里到的。他得到了家信，请假回家看母亲，却没有想到母亲病成这样。我见了他一面，把他母亲交给他，就回干校去了。

  在车上我的情绪很不好。我实在想不通为什么会有这样的事情。我在干校待了五天，无法同家里通消息。我已经猜到她的病不轻了。可是人们不让我过问她的事。这五天是多么难熬的日子！到第五天晚上在干校的造反派头头通知我们全体第二天一早回市区开会。这样我才又回到了家，见到了我的爱人。靠了朋友帮忙她可以住进中山医院肝癌病房，一切都准备好，她第二天就要住院了。她多么希望住院前见我一面，我终于回来了，连我也没有想到她的病情发展得这么快。我们见了面，我一句话也讲不出来，她说了一句："我到底住院了。"我答说："你安心治疗吧。"她父亲也来看她，老人家双目失明，去医院探病有困难，可能是来同他的女儿告别了。

  我吃过中饭就去参加给别人戴上反革命帽子的大会，受批判、戴帽子的人不止一个，其中有一个我的熟人王若望同志，过去，也是作家，不过比我年轻。我们一起在"牛棚"里关过一个时期，他的罪名是"摘帽右派"。他不服，不肯听话，他贴出大字报，声明"自己解放自己"，因此罪名越搞越大，给捉去关了一个时期不算，还戴上了反革命的帽子监督劳动。在会场里我一直在做怪梦。开完会回家，见到萧珊我感到格外亲切，仿佛重回人间。可是她不舒服，不想讲话，偶尔讲一句半句，我还记得她讲了两次："我看不到了。"我连声问她看不到什么？她后来才说："看不到你解放了。"我还能回答什么呢？

  我儿子在旁边，垂头丧气，精神不好，晚饭只吃了半碗，像是患感冒。她忽然指着他小声说："他怎么办呢？"他当时在安徽山区农村插队落户已经待了三年半,政治上没有人管,生活上不能养活自己,而且因为是我的儿子给剥夺了好些公民权利。他先学会沉默,后来又学会抽烟。我怀着内疚的心情看看他,我后悔当初不该写小说,更不该生儿育女。我还记得前两年在痛苦难熬的时候她对我说:"孩子们说爸爸做了坏事,害了我们大家。"这好像用刀子在割我身上的肉,我没有出声,我把泪水全吞在肚里。她睡了一觉醒过来,忽然问我:"你明天不去了?"我说:"不去了。"就是那个"工宣队"头头在今天通知我不用再去干校,就留在市区。他还问我:"你知道萧珊是什么病吗?"我答说:"知道。"其实家里瞒住我,不给我知道真相,我还是从他这句问话里猜到的。

三

第二天早晨她动身去医院,一个朋友和我女儿女婿陪她去。她穿好衣服等候车来。她显得急躁又有些留恋,东张张、西望望,她也许在想是不是能再看到这里的一切。我送走她,心上反而加了一块大石头。

将近二十天里,我每天去医院陪她大半天,我照料她,我坐在病床前守着她,同她短短地谈几句话。她的病情变化,一天天衰弱下去,肚子却一天天大起来,行动越来越不方便。当时病房里没有人照料,生活方面除饮食外一切都必须自理。后来听同病房的人称赞她"坚强",说她每天早晚都默默地挣扎着下了床走到厕所。医生对我们谈起,病人的身体受不住手术,最怕她的肠子堵塞,要是不堵塞,还可以拖延一个时期。她住院后的半个月是一九六六年八月以来我既痛苦又感到幸福的一段时间,是我和她在一起度过的最后的平静的时刻,我今天还不能将它忘记。但是半个月以后,她的病情又有了发展。一天吃中饭的时候,医生通知我儿子找我去谈话。他告诉我:病人的肠子给堵住了,必须开刀。开刀不一定有把握,也许中途出毛病。但是不开刀,后果更不堪设想,他要我决定,并且要我劝她同意。我做了决定,就去病房对她解释,我讲完话,她只说了一句:"看来,我们要分别了。"她望着我,眼睛里全是泪水,我说:"不会的……"我的声音哑了。接着护士长来安慰她,对她说:"我陪你,不要紧。"她回答:"你陪我就好。"时间很紧迫。医生护士们很快作好了准备,她给送进手术室去了,是她的表侄把她推到手术室门口。我们就在外面廊上等候了好几个小时,等到她平安地给送出来。由儿子把她推回到病房去。儿子还在她的身边守过一个夜晚。过两天他也病倒了,查出来他患肝炎,是从安徽农村带回来的。本来我们想瞒住他的母亲,可是无意间让他母亲知道了。她不断地问:"儿子怎么样?"我自己也不知道儿子怎么样,我怎么能使她放心呢?晚上回到家,走进空空的、静静的房间，我几乎要叫出声来："一切都朝我的头打下来吧，让所有的灾祸都来吧。我受得住！"

我应当感谢那位热心而又善良的护士长，她同情我的处境，要我把儿子的事情完全交给她办。她作好安排，陪他看病、检查，让他很快住进别处的隔离病房，得到及时的治疗和护理。他在隔离病房里苦苦地等候母亲病情的好转。母亲躺在病床上，只能有气无力地说几句短短的话，她经常问："棠棠怎么样？"从她那双含泪的眼睛里我明白她多么想看见她最爱的儿子。但是她已经没有精力多想了。

她每天给输血、打盐水针，她看见我去，就断断续续地问我："输多少CC的血？该怎么办？"我安慰她："你只管放心，没有问题，治病要紧。"她不止一次地说："你辛苦了。"我有什么苦呢？我能够为我最亲爱的人做事情，哪怕做一件小事，我也高兴！后来她的身体更不行了。医生给她输氧气，鼻子里整天插着管子。她几次要求拿开，这说明她感到难受。但是听了我们的劝告她终于忍受下去了。开刀以后她只活了五天，谁也想不到她会去得这么快！五天中间我整天守在病床前，默默地望着她在受苦（我是设身处地感觉到这样的），可是她除了两三次要求搬开床前巨大的氧气筒，三四次表示担心输血较多，付不出医药费之外，并没有抱怨过什么，见到熟人她常有这样一种表情：请原谅我麻烦了你们。她非常安静，但并未昏睡，始终睁大两只眼睛。眼睛很大，很美，很亮，我望着，望着，好像在望快要燃尽的烛火。我多么想让这对眼睛永远亮下去！我多么害怕她离开我！我甚至愿意为我那十四卷"邪书"受到千刀万剐，只求她能安静地活下去。

不久前我重读梅林写的《马克思传》，书中引用了马克思给女儿的信里的一段话，讲到马克思夫人的死。信上说："她很快就咽了气。……这个病具有一种逐渐虚脱的性质，就像由于衰老所致一样，甚至在最后几小时也没有临终的挣扎，而是慢慢地沉入睡乡，她的眼睛比任何时候都更大、更美、更亮！"这段话我记得很清楚，马克思夫人也死于癌症。我默默地望着萧珊那对很大、很美、亮的眼睛，我想起这段话，稍微得到一点安慰。听说她的确也"没有临终的挣扎"，她也是"慢慢地沉入睡乡"。我这样说，因为她离开这个世界的时候，我不在她的身边，那天是星期天，卫生防疫站因为我们家发现了肝炎病人，派人上午来做消毒工作。她的表妹有空愿意到医院去照料她，讲好我们吃过中饭就去接替。没有想到我们刚刚端起饭碗，就得到传呼电话，通知我女儿去医院，说是她妈妈"不行"了。真是晴天霹雳！我和我女儿女婿赶到医院。她那张病床上连床垫也给拿走了。别人告诉我她在太平间。我们又下了楼赶到那里，在门口遇见表妹，还是她找人帮忙把"咽了气"的病人抬进来的。死者还不曾给放进铁匣子里送进冷库，她躺在担架上，但已经给白布床单包得紧紧的，看不到面容了。我只看到她的名字。我弯下身子，把地上那个还有点人形的白布包拍了好几下，一面哭着唤她的名字。不过几分钟的时间。这算是什么告别呢？

据表妹说，她逝世的时刻，表妹也不知道。她曾经对表妹说："找医生来。"医生来过，并没有什么。后来她就渐渐"沉入睡乡"。表妹还以为她在睡眠。一个护士来打针才发觉她的心脏已经停止跳动了。我没有能同她诀别，我有许多话没有能向她倾吐，她不能没有留下一句遗言就离开我！我后来常常想，她对表妹说："找医生来"，很可能不是"找医生"，是"找李先生"（她平日这样称呼我）。为什么那天上午偏偏我不在病房呢？家里人都不在她身边，她死得这样凄凉！

我女婿马上打电话给我们仅有的几个亲戚，她的弟媳赶到医院，马上晕了过去。三天以后在龙华火葬场举行告别仪式。她的朋友一个也没有来，因为一则我们没有通知，二则我是一个审查了将近七年的对象。没有悼词，没有吊客，只有一片伤心的哭声。我衷心感谢前来参加仪式的少数亲友和特地来帮忙的我女儿的两三个同学。最后我跟她的遗体告别，女儿望着遗容哀哭，儿子在隔离病房，还不知道把他当作命根子的妈妈已经死亡。值得提说的是她当作自己儿子照顾了好些年的一位亡友的男孩，从北京赶来只为了看见她的最后一面。这个整天同钢铁打交道的技术员和干部，他的心倒不像钢铁那样。他得到电报以后，他爱人对他说："你去吧，你不去一趟，你的心永远安定不了。"我在变了形的她的遗体旁边站了一会。别人给我和她照了相。我痛苦地想：这是最后一次了，即使给我们留下来很难看的形象，我也要珍视这个镜头。

一切都结束了。过了几天我和女儿女婿再去火葬场，领到了她的骨灰盒。在存放室里寄存了三年之后，我按期把骨灰盒接回家里，有人劝我把她的骨灰安葬，我宁愿让骨灰盒放在我的寝室里，我感到她仍然和我在一起。

四

梦魇一般的日子终于过去了。六年仿佛一瞬间似的远远地落在后面了。其实哪里是一瞬间！这段时间里有多少流着血和泪的日子啊。不仅是六年，从我开始写这篇短文到现在又过去了半年，这半年中间我经常在火葬场的大厅里默哀，行礼，为了纪念给"四人帮"迫害致死的朋友。想到他们不能把个人的智慧和才华献给社会主义祖国，我万分惋惜。每次戴上黑纱、插上白花的同时，我也想起我自己最亲爱的朋友，一个普通的文艺爱好者，一个成绩不大的翻译工作者，一个心地善良的好人。她是我的生命的一部分,她的骨灰里有我的泪和血。

她是我的一个读者。一九三六年我在上海第一次同她见面,一九三八年和一九四一年我们两次在桂林像朋友似的住在一起。一九四四年我们在贵阳结婚。我认识她的时候,她还不到二十,对她的成长我应当负很大的责任。她读了我的小说,后来见到了我,对我发生了感情。她在中学念书。看见我之前,因为参加学生运动被学校开除,回到家乡住了一个短时期,又出来进另一所学校。倘使不是为了我,她三七、三八年可能去了延安。她同我谈了八年的恋爱,后来到贵阳旅行结婚,只印发了一个通知,没有摆过一桌酒席。从贵阳我们先后到重庆,住在民国路文化生活出版社门市部楼梯下七八个平方米的小屋里。她托人买了四只玻璃杯开始组织我们的小家庭。她陪着我经历了各种艰苦生活。在抗日战争紧张的时期,我们一起在日军进城以前十多个小时逃离广州,我们从广东到广西,从昆明到桂林,从金华到温州,我们分散了,又重见,相见后又别离。在我那两册《旅途通讯》中就有一部分这种生活的记录。四十年前有一位朋友批评我:"这算什么文章!"我的《文集》出版后,另一位朋友认为我不应当把它们也收进去。他们都有道理,两年来我对朋友、对读者讲过不止一次,我决定不让《文集》重版。但是为我自己,我要经常翻看那两小册《通讯》。在那些年代每当我落在困苦的境地里、朋友们各奔前程的时候,她总是亲切地在我的耳边说:"不要难过,我不会离开你,我在你的身边。"的确,只有在她最后一次进手术室之前她才说过这样一句:"我们要分别了。"

我同她一起生活了三十多年。但是我并没有好好地帮助过她。她比我有才华,却缺乏刻苦钻研的精神。我很喜欢她翻译的普希金和屠格涅夫的小说。虽然译文并不恰当,也不是普希金和屠格涅夫的风格,它们却是有创造性的文学作品,阅读它们对我是一种享受。她想改变自己的生活,不愿做家庭妇女,却又缺少吃苦耐劳的勇气。她听从一个朋友的劝告,得到后来也是给"四人帮"迫害致死的叶以群同志的同意到《上海文学》"义务劳动",也做了一点点工作,然而在运动中却受到批判,说她专门向老作家、反动权威组稿,又说她是我派去的"坐探"。她为了改造思想,想走捷径,要求参加"四清"运动,找人推荐到某铜厂的工作组工作,工作相当繁重、紧张,她却精神愉快。但是我快要靠边的时候,她也被叫回作家协会参加运动。她第一次参加这种急风暴雨般的斗争,而且是以反动权威家属的身份参加,她不知道该怎么办好。她张皇失措、坐立不安,替我担心,又为儿女的前途忧虑。她盼望什么人向她伸出援助的手,可是朋友们离开了她,"同事们"拿她当作箭靶,还有人想通过整她来整我。她不是作家协会或者刊物的正式工作人员,可是仍然被"勒令"靠边劳动站队挂牌,放回家以后又给揪到机关。过一个时期她写了认罪的检查,第二次给放回家的时候,我们机关的造反派头头却通知里弄委员会罚她扫街。她怕人看见,每天大清早起来,拿着扫帚出门,扫得精疲力尽,才回到家里,关上大门,吐了一口气。但有时她还碰到上学去的小孩,叫骂:"巴金的臭婆娘。"我偶尔看见她拿着扫帚回来,不敢正眼看她,我感到负罪的心情。这是对她的一个致命的打击,不到两个月,她病倒了,以后就没有再出去扫街(我妹妹继续扫了一个时期),但是也没有完全恢复健康。尽管她还继续拖了四年,但一直到死,她并不曾看到我恢复自由。这就是她的最后,然而绝不是她的结局。她的结局将和我的结局连在一起。

　　我绝不悲观。我要争取多活。我要为我们社会主义祖国工作到生命的最后一息。在我丧失工作能力的时候,我希望病榻上有萧珊翻译的那几本小说,等到我永远闭上眼睛,就让我的骨灰和她的骨灰掺和在一起。

《怀念萧珊》导读

秦　腔

贾平凹

　　山川不同,便风俗区别,风俗区别,便戏剧存异;普天之下人不同貌,剧不同腔,京、豫、晋、越、黄梅、二簧、四川高腔,几十种品类;或问:历史最悠久者,文武最正经者,是非最汹汹者?曰:秦腔也。正如长处和短处一样突出便见其风格,对待秦腔,爱者便爱得要死,恶者便恶得要命。外地人——尤其是自夸于长江流域的纤秀之士——最害怕秦腔的震撼;评论说得婉转的是:唱得有劲;说得直率的是:大喊大叫。于是,便有柔弱女子,常在戏台下以绒堵耳,又或在平日教训某人:你要不怎么怎么样,今晚让你去看秦腔!秦腔成了惩罚的代名词。所以,别的剧种可以各省走动,惟秦腔则如秦人一样,死不离窝;严重的乡土观念,也使其离不了窝;可能还在西北几个地方变腔走调的有些市场,却绝对冲不出往东南而去的潼关呢。

　　但是,几百年来,秦腔却没有被淘汰,被沉沦,这使多少人在大惑而不得其解。其解是有的,就在陕西这块土地上。如果是一个南方人,坐车轰轰隆隆往北走,渡过黄河,进入西岸,八百里秦川大地,原来竟是一抹黄褐的平原;辽阔的地平线上,一处一处用木橡夹打成一尺多宽墙的土屋,粗笨而庄重;冲天而起的白杨、苦楝、紫槐,枝杆粗壮如桶,叶却小似铜钱,迎风正反翻覆……你立即就会明白了:这里的地理构造竟与秦腔的旋律惟妙惟肖的一统!再去接触一下秦人吧,活脱脱的一群秦始皇兵马俑的复出:高个,浓眉,眼和眼间隔略远,手和脚一样粗大,上身又稍稍见长于下身,当他们背着沉重的三角形状的犁铧,赶着山包一样团块组合式的秦川公牛,端着脑袋般大小的耀州瓷碗,蹲在立的卧的石碌子碌碡上吃着牛肉泡馍,你不禁又要改变起世界观了:啊,这是块多么空旷而实在的土地,在这块土地摸爬滚打的人群是多么"二愣"的民众!那晚霞烧起的黄昏里,落日在地平线上欲去不去的痛苦的妊娠,五里一村,十里一镇,高音喇叭里传播的秦腔互相交织,冲撞,这秦腔原来是秦川的天籁、地籁、人籁的共鸣啊!于此,你不渐渐感觉到了南方戏剧的秀而无骨吗?不深深地懂得秦腔为什么形成和存在而占却时间、空间的位置吗?

　　八百里秦川,以西安为界,咸阳、兴平、武功、周至、凤翔、长武、岐山、宝鸡,两个专区几十个县为西府,三原,泾阳,高陵,户县,合阳,大荔,韩城,白水,一个专区十几个县为东府。秦腔,就源于西府。在西府,民性敦厚,说话多用去声,一律咬字沉重,对话如吵架一样,哭丧又一呼三叹,呼喊远人更是特殊:前声拖十二分地长,末了方极快地道出内容。声韵的发展,使会远道喊人的人都从此有了唱秦腔的天才。老一辈的能唱,小一辈的能唱,男的能唱,女的能唱;唱秦腔成了做人最体面的事,任何一个乡下男女,只有唱秦腔,才有出人头地的可能,大凡有出息的,是个人才的,哪一个何曾未登过台,起码不能吼一阵乱弹呢?!

　　农民是世上最劳苦的人,尤其是在这块平原上,生时落草在黄土炕上,死了被埋在黄土堆下;秦腔是他们大苦中的大乐,当老牛木犁疙瘩绳,在田野已经累得筋疲力尽,立在犁沟里大喊大叫来一段秦腔,那心胸肺腑,关关节节的困乏便一尽儿涤荡净了。秦腔与他们,是和"西凤"白酒,长线辣子,大叶卷烟,牛肉泡馍一样成为生命的五大要素。若与那些年长的农民聊起来,他们想像的伟大的共产主义生活,首先便是这五大要素。他们有的是吃不完的粮食,他们缺的是高超的艺术享受,他们教育自己的子女,不会是那些文豪们讲的,幼年不是祖母讲着动人的迷丽的童话,而是一字一板传授着秦腔。他们大都不识字,但却出奇地能一本一本整套背诵出剧本,虽然那常常是之乎者也的字眼从那一圈胡子的嘴里吐出来十分别扭。有了秦腔,生活便有了乐趣,高兴了,唱"快板",高兴得像被烈性炸药爆炸了一样,要把整个身心粉碎在天空!痛苦了,唱"慢板",揪心裂肠的唱腔却表现了多么有情有味的美来,美给了别人以享受,美也熨平了自己心中愁苦的皱纹。当他们在收获时节的土场上,在月上中天的庄院里大吼大叫唱起来的时候,那种难以想像的狂喜,激动,雄壮,与那些献身于诗歌的文人,与那些有吃有穿却总感空虚的都市人相比,常说的什么伟大的永恒的爱情是多么渺小、有限和虚弱啊!

　　我曾经在西府走动了两个秋冬,所到之处,村村都有戏班,人人都会清唱。在黎明或者黄昏的时分,一个人独独地到田野里去,远远看着天幕下一个一个山包一样隆起的十三个朝代帝王的陵墓,细细辨认着田埂上,荒草中那一截一截汉唐时期石碑上的残字,高高的土屋上的窗口里就飘出一阵冗长的二胡声,几声雄壮的秦腔叫板,我就痴呆了,感觉到那村口的土尘里,一头叫驴的打滚是那么有力,猛然发现了自己心胸中一股强硬的气魄随同着胳膊上的肌肉疙瘩一起产生了。

　　每到农闲的夜里,村里就常听到几声锣响:戏班排演开始了。演员们都集合起来,到那古寺庙里去。吹,拉,弹,奏,翻,打,念唱,提袍甩袖,吹胡瞪眼,古寺庙成了古今真乐府,天地大梨园。导演是老一辈演员,享有绝对权威,演员是一家几口,夫妻同台,父子同台,公公儿媳也同台。按秦川的风俗:父和子不能不有其序,爷和孙却可以无道,弟与哥嫂可以嬉闹无常,兄与弟媳则无正事不能多言。但是,一到台上,秦腔面前人人平等,兄可以拜弟媳为帅为将,子可以将老父绳绑索捆。寺庙里有窗无扇,屋梁上蛛丝结网,夏天蚊虫飞来,成团成团在头上旋转,薰蚊草就墙角燃起,一声唱腔一声咳嗽。冬天里四面透风,柳木疙瘩火当中架起,一出场一脸正经,一下场凑近火堆,热了前怀,凉了后背。排演到什么时候,什么时候都有观众,有抱着二尺长的烟袋的老者,有凳子高、桌子高趴满窗台的孩子。庙里一个跟头未翻起,窗外就哇地一声叫倒号,演员出来骂一声:谁说不好的滚蛋! 他们抓住窗台死不滚去,倒要连声讨好:翻得好! 翻得好! 更有殷勤的,跑回来偷拿了红薯、土豆,在火堆里煨熟给演员作夜餐,赚得进屋里有一个安全位置。排演到三更鸡叫,月儿偏西,演员们散了,孩子们还围了火堆弯腰踢腿,学那一招一式。

  一出戏排成了,一人传出,全村振奋,扳着指头盼那上演日期。一年十二个月,正月元宵日,二月龙抬头,三月三,四月四,五月五日过端午,六月六日晒丝绸,七月过半,八月中秋,九月初九,十月一日,再是那腊月五豆,腊八、二十三……月月有节,三月一会,那戏必是上演的。戏台是全村人的共同的事业,宁肯少吃少穿也要筹资积款,买上好的木石,请高强的工匠来修筑。村子富不富,就比这戏台阔不阔。一演出,半下午人就扛凳子去占地位了,未等戏开,台下坐的、站的人头攒拥,台两边阶上立的卧的是一群顽童。那锣鼓就叮叮咣咣地闹台,似乎整个世界要天翻地覆了。各类小吃趁机摆开,一个食摊上一盏马灯,花生、瓜子、糖果、烟卷、油茶、麻花、烧鸡、煎饼,长一声短一声叫卖不绝。锣鼓还在一声儿敲打,大幕只是不拉,演员偶尔从幕边往下望望,下边就喊:开演呀,场子都满了! 幕布放下,只说就要出场了,却又叮叮咣咣不停。台下就乱了,后边的喊前边的坐下,前边的喊后边的为什么不说最前边的立着;场外的大声叫着亲朋子女名字,问有坐处没有,场内的锐声回应快进来;有要吃煎饼的喊熟人去买一个,熟人买了站在场外一扬手,"日"地一声隔人头甩去,不偏不倚目标正好;左边的喊右边的踩了他的脚,右边的叫左边的挤了他的腰,一个说:狗年快完了,你还叫啥哩? 一个说:猪年还没到,你便拱开了! 言语伤人,动了手脚;外边的趁机而入,一时四边向里挤,里边向外扛,人的旋涡涌起,如四月的麦田起风,根儿不动,头身一会儿倒西,一会倒东,喊声、骂声、哭声一片;有拼命挤将出来的,一出来方觉世界偌大,身体胖肿,但差不多却光了脚,乱了头发。大幕又一挑,站出戏班头儿,大声叫喊要维持秩序,立即就跳出一个两个所谓"二干子"人物来。这类人物多是头脑简单,四肢发达,却十二分忠诚于秦腔,此时便拿了树条儿,哪里人挤,哪里打去,如凶神恶煞一般。人人恨骂这些人,人人又都盼有这些人,叫他们是秦腔宪兵,宪兵者越发忠于职责,虽然彻夜不得看戏,但大家一夜满足了,他们也就满足了一夜。

终于台上锣鼓停了,大幕拉开,角色出场。但不管男的女的,出来偏不面对观众,一律背身掩面,女的就碎步后移,水上漂一样,台下就叫:瞧那腰身,那肩头,一身的戏哟!是男的就摇那帽翎,一会双摇,一会单摇,一边上下飞闪,一边纹丝不动,台下便叫:绝了,绝了!等到那角色儿猛一转身,头一高扬,一声高叫,声如炸雷豁啷啷直从人们头顶碾过,全场一个冷颤,从头到脚,每一个手指尖儿,每一根头发梢儿都麻酥酥的了。如果是演《救裴生》,那慧娘站在台中往下蹲,慢慢地,慢慢地,慧娘蹲下去了,全场人头也矮下去了半尺,等那慧娘往起站,慢慢地,慢慢地,慧娘站起来了,全场人的脖子也全拉长了起来。他们不喜欢看生戏,最欢迎看熟戏,那一腔一调都晓得,哪个演员唱得好,就摇头晃脑跟着唱,哪个演员走了调,台下就有人要纠正。说穿了,看秦腔不为求新鲜,他们只图过过瘾。

在这样的地方,这样的环境,这样的气氛,面对着这样的观众,秦腔是最逞能的。它的艺术的享受,是和拥挤而存在,是有力气而获得的。如果是冬天,那风在刮着,像刀子一样,如果是夏天,人窝里热得如蒸笼一般,但只要不是大雪,冰雹,暴雨,台下的人是不肯撤场的。最可贵的是那些老一辈的秦腔迷,他们没有力气挤在台下,也没有好眼力看清演员,却一溜一排地蹲在戏台两侧的墙根,吸着草烟,慢慢将唱腔品赏。一声叫板,便可以使他们坠入艺术之宫,"听了秦腔,肉酒不香",他们是体会得最深。那些大一点的,脾性野一点的孩子,却占领了戏场周围所有的高空,杨树上,柳树上,槐树上,一个枝杈一个人。他们常常乐而忘了险境,双手鼓掌时竟从树杈上掉下来,掉下来自不会损伤,因为树下是无数的人头,只是招致一顿臭骂罢了。更有一些爬在了场边的麦秸垛上,夏天四面来风,好不凉快,冬日就趴个草洞,将身子缩进去,露一个脑袋。也正是有闲阶级享受不了秦腔吧,他们常就瞌睡了,一觉醒来,月在西天,戏毕人散,只好苦笑一声悄然没声儿地溜下来回家敲门去了。

当然,一次秦腔演出,是一次演员亮相,也是一次演员受村人评论的考场。每每角色一出场,台下就一片喊喊喳喳:这是谁的儿子,谁的女子,谁家的媳妇,娘家何处?于是乎,谁有出息,谁没能耐,一下子就有了定论。有好多外村的人来提亲说媒,总是就在这个时候进行。据说有一媒人将一女子引到台下,相亲台上一个男演员,事先夸口这男的如何俊样,如何能干,但戏演了过半,那男的还未出场,后来终于出来,是个国民党的伪兵,还持枪未走到中台,扮游击队长的演员挥枪一指,"叭"地一声,那伪兵就倒地而死,爬着钻进了后幕。那女子当下哼了一声,闭了嘴,一场亲事自然了了。这是喜中之悲一例。据说还有一例,一个老头在脖子上架了孙孙去看戏,孙孙吵着要回家,老头好说好劝只是不忍半场而去,便破费买了半斤花生,他眼盯着台上,手在下边剥花生,然后一颗一颗扬手喂到孙孙嘴里,但喂着喂着,竟将一颗塞进孙孙鼻孔,吐不出,咽不下,口鼻出血,连夜送到医院动手术,花去了七十元钱。但是,以秦腔引喜的事却不计其数。每个村里,总会有那么个老汉,夜里看戏,第二天必是头一个起床往戏台下跑。戏台下一片石头,砖头,一堆堆瓜子皮,糖果纸,烟屁股,他掀掀这块石头,踢踢那堆尘土,少不了要捡到一角两角甚至三元四元钱币来,或者一只鞋,或者一条手帕。这是村里刁钻人干的营生。而馋嘴的孩子们有的则夜里趁各家锁门之机,去地里摘那香瓜来吃,去谁家院里将桃杏装在背心兜里回来分红。自然少不了有那些青春妙龄的少男少女,则往往在台下混乱之中眼送秋波,或者就悄悄退出,相依相偎到黑黑的渠畔树林子里去了……

秦腔在这块土地上,有着神圣的不可动摇的基础。凡是到这些村庄去下乡,到这些人家去作客,他们最高级的接待是陪着看一场秦腔,实在不逢年过节,他们就会要合家唱一会乱弹,你只能点头称好,不能耻笑,甚至不能有一点不入神的表示。他们一生最崇敬的只有两种人,一是国家领导人,一是当地的秦腔名角。即使在任何地方,这些名角没有在场,只要发现了名角的父母,去商店买油是不必排队的,进饭馆吃饭是会有座位的,就是在半路上挡车,只要喊一声:我是某某的什么,司机也便要嘎地停车。但是,谁要侮辱一下秦腔,他们要争死争活地和你论理,以致大打出手,永远使你记住教训。每每村里过红白丧喜之事,那必是要包一台秦腔的,生儿以秦腔迎接,送葬以秦腔致哀,似乎这个人生的世界,就是秦腔的舞台,人只要在舞台上,生,旦,净,丑,才各显了真性,恶的夸张其丑,善的凸现其美,善使他们获得了美的教育,恶的也使丑里化作了美的艺术。

广漠旷远的八百里秦川,只有这秦腔,也只能有这秦腔,八百里秦川的劳作农民只有也只能有这秦腔使他们喜怒哀乐。秦人自古是大苦大乐之民众,他们的家乡交响乐除了大喊大叫的秦腔还能有别的吗?

1983 年 5 月 2 日草于五味村

《秦腔》导读

巩乃斯的马

周 涛

没话找话就招人讨厌,话说得没意思就让人觉得无聊,还不如听吵架提神。吵架骂仗是需要激情的。

我发现,写文章的时候就像一匹套在轭具和辕木中的马,想到那片水草茂盛的地方去,却不能摆脱道路,更摆脱不了车夫的驾驭,所以走来走去,永远在这条枯燥的路面上。

我向往草地,但每次走到的,却总是马厩。

我一直对不爱马的人怀有一点偏见,认为那是由于生气不足和对美的感觉迟钝所造成的,而且这种缺陷很难弥补。有时候读传记,看到有些了不起的人物以牛或骆驼自喻,就有点替他们惋惜,他们一定是没见过真正的马。

在我眼里,牛总是有点落后的象征的意思,一副安贫知命的样子,这大概是由于过分提倡"老黄牛"精神引起的生理反感。骆驼却是沙漠的怪胎,为了适应严酷的环境,把自己改造得那么丑陋畸形。至于毛驴,顶多是个黑色幽默派的小丑,难当大用。它们的特性和模样,都清清楚楚地写着人类对动物的征服,生命对强者的屈服,所以我不喜欢。它们不是作为人类朋友的形象出现的,而是俘虏,是仆役。有时候,看到小孩子鞭打牛,高大的骆驼在妇人面前下跪,发情的毛驴被缚在车套里龇牙大鸣,我心里便产生一种悲哀和怜悯。

那卧在盐车之下哀哀嘶鸣的骏马和诗人臧克家笔下的"老马",不也是可悲的吗?但是不同。那可悲里含有一种不公,这一层含义在别的畜牲中是没有的。在南方,我也见到过矮小的马,样子有些滑稽,但那不是它的过错。既然桔树有自己的土壤,马当然有它的故乡了。自古好马生塞北。在伊犁,在巩乃斯大草原,马作为茫茫天地之间的一种尤物,便呈现了它的全部魅力。

那是一九七〇年,我在一个农场接受"再教育",第一次触摸到了冷酷、丑恶、冰凉的生活实体。不正常的政治气候像潮闷险恶的黑云一样压在头顶上,使人压抑到不能忍受的地步。强度的体力劳动并不能打击我对生活的热爱,精神上的压抑却有可能摧毁我的信念。

终于有一天夜晚,我和一个外号叫"蓝毛"的长着古希腊人脸型的上士一起爬起来,偷偷摸进马棚,解下两匹喉咙里滚动着咴咴低鸣的骏马,在冬夜旷野的雪地上奔驰开了。

天低云暗,雪地一片模糊,但是马不会跑进巩乃斯河里去。雪原右侧是巩乃斯河,形成了沿河的一道陡直的不规则的土壁。光背的马儿驮着我们在土壁顶上的雪原轻快地小跑,喷着鼻息,四蹄发出嚓嚓的有节奏的声音,最后大颠着狂奔起来。随着马的奔驰、起伏、跳跃和喘息,我们的心情变得开朗、舒展。压抑消失,豪兴顿起,在空旷的雪野上打着唿哨乱喊,在颠簸的马背上感受自由的亲切和驾驭自己命运的能力,是何等的痛快舒畅啊!我们高兴得大笑,笑得从马背上栽下来,躺在深雪里还是止不住地狂笑,直到笑得眼睛里流出了泪水……

那两匹可爱的光背马,这时已在近处缓缓停住,低垂着脖颈,一副歉疚的想说"对不起"的神态。它们温柔的眼睛里仿佛充满了怜悯和抱怨,还有一点诧异,弄不懂我们这两个人究竟是怎么了。我拍拍马的脖颈,抚摸一会儿它的鼻梁和嘴唇,它会意了,抖抖鬃毛像抖掉疑虑,跟着我们慢慢走回去。一路上,我们谈着马,闻着身后热烘烘的马汗味和四围里新鲜刺鼻的气息,觉得好像不是走在冬夜的雪原上。

马能给人以勇气,给人以幻想,这也不是笨拙的动物所能有的。在巩乃斯后来的那些日子里,观察马渐渐成了我的一种艺术享受。

我喜欢看一群马,那是一个马的家族在夏牧场上游移,散乱而有秩序,首领就是那里面一眼就望得出的种公马。它是马群的灵魂,作为这群马的首领当之无愧,因为它的确是无与伦比的强壮和美丽。匀称高大,毛色闪闪发光,最明显的特征是颈上披散着垂地的长鬃,有的浓黑,流泻着力与威严;有的金红,燃烧着火焰般的光彩。它管理着保护着这群牝马和顽皮的长腿短身子马驹儿,眼光里保持着父爱的尊严。

在马的这种社会结构中,首领的地位是由强者在竞争中确立的。任何一匹马都可以争夺,通过追逐、撕咬、拼斗,使最强的马成为公认的首领。为了保证这群马的品种不至于退化,就不能搞"指定",不能看谁和种公马的关系好,也不能凭血缘关系接班。

生存竞争的规律使一切生物把生存下去作为第一意识,而人却有时候会忘记,造成许多误会。

唉,天似穹庐,笼盖四野。在巩乃斯草原度过的那些日子里,我与世界隔绝,生活单调;人与人互相警惕,唯恐失一言而遭灭顶之祸,心灵寂寞。只有一个乐趣,看马。好在巩乃斯草原马多,不像书可以被焚,画可以被禁,知识可以被践踏,马总不至于被驱逐出境吧?这样,我就从马的世界里找到了奔驰的诗韵。油画般的辽阔草原、夕阳落照中兀立于荒原的群雕、大规模转场时铺散在山坡上的好文章、熊熊篝火边的通宵马经、毡房里悠长喑哑的长歌在烈马苍凉的嘶鸣中展开、醉酒的青年哈萨克在群犬的追逐中纵马狂奔,东倒西歪地俯身鞭打猛犬,这一切,使我蓦然感受到生活不朽的壮美和那时潜藏在我们心里的共同忧郁……

哦,巩乃斯的马,给了我一个多么完整的世界!凡是那时被取消的,你都重新又给予了我!弄得我直到今天听到马蹄踏过大地的有力声响时,还会在屋子里坐卧不宁,总想出去看看,是一匹什么样儿的马走过去了。而且我还听不得马嘶,一听到那铜号般高亢、鹰啼般苍凉的声音,我就热血陡涌、热泪盈眶,大有战士出征走上古战场,"风萧萧兮易水寒"的悲壮之慨。

有一次我碰上巩乃斯草原夏日迅疾猛烈的暴雨,那雨来势之快,可以使悠然在晴空盘旋的孤鹰来不及躲避而被击落,雨脚之猛,竟能把牧草覆盖的原野一瞬间打得烟尘滚滚。就在那场暴雨的豪打下,我见到了最壮阔的马群奔跑的场面。仿佛分散在所有山谷里的马都被赶到这儿来了,好家伙,被暴雨的长鞭抽打着,被低沉的怒雷恐吓着,被刺进大地倏忽消逝的闪电激奋着,马,这不肯安全的牲灵从无数谷口、山坡涌出来,山洪奔泻似地在这原野上汇聚了,小群汇成大群,大群在运动中扩展,成为一片喧叫、纷乱、快速移动的集团冲锋!争先恐后,前呼后应,披头散发,淋漓尽致!有的疯狂地向前奔驰,像一队尖兵,要去踏住那闪电;有的来回奔跑,俨然像临危不惧、收拾残局的大将;小马跟着母马认真而紧张地跑,不再顽皮、撒欢,一下子变得老练了许多;牧人在不可收拾的潮水中被携裹,大喊大叫,却毫无声响,喊声像一块小石片跌进奔腾喧嚣的大河。

雄浑的马蹄声在大地奏出鼓点,悲怆苍劲的嘶鸣、叫喊在拥挤的空间碰撞、飞溅,划出一条条不规则的曲线,扭住、缠住漫天雨网,和雷声雨声交织成惊心动魄的大舞台。而这一切,得在飞速移动中展现,几分钟后,马群消失,暴雨停歇,你再看不见了。

我久久地站在那里,发愣、发痴、发呆。我见到了,见过了,这世间罕见的奇景,这无可替代的伟大的马群,这古战场的再现,这交响乐伴奏下的复活的雕塑群和油画长卷!我把这几分钟间见到的记在脑子里,相信,它所给予我的将使我终身受用不尽……

马就是这样,它奔放有力却不让人畏惧,毫无凶暴之相;它优美柔顺却不任人随意欺凌,并不懦弱,我说它是进取精神的象征,是崇高感情的化身,是力与美的巧妙结合恐怕也并不过分。屠格涅夫有一次在他的庄园里说托尔斯泰"大概您在什么时候当过马",因为托尔斯泰不仅爱马、写马,并且坚信"这匹马能思考并且是有感情的"。它们常和历史上的那些伟大的人物、民族的英雄一起被铸成铜像屹立在最醒目的地方。

过去我认为,只有《静静的顿河》才是马的史诗;离开巩乃斯之后,我不这么看了。巩乃斯的马,这些古人称之为骐骥、称之为汗血马的英气勃勃的后裔们,日出而撒欢,日入而哀鸣,它们好像永远是这样散漫而又有所期待,这样原始而又有感知,这样不假雕饰而又优美,这样我行我素而又不会被世界所淘汰。成吉思汗的铁骑作为一个兵种已经消失,六根棍马车作为一种代步工具已被淘汰,但是马却不会被什么新玩艺儿取代,它有它的价值。

牛从轾车变为食用,仍然是实用物;毛驴和骆驼将会成为动物园里的展览品,因为它们只会越来越稀少;而马,当车辆只是在实用意义上取代了它,解放了它时,它从实用物进化为一种艺术品的时候恰恰开始了。

值得自豪的是我们中国有好马。从秦始皇的兵马俑、铜车马到唐太宗的六骏,从马踏飞燕的奇妙构想到大宛汗血马的美妙传说,从关云长的赤兔马到朱德总司令的长征坐骑……纵览马的历史,还会发现它和我们民族的历史紧密相联着。这也难怪,骏马与武士与英雄本有着难以割舍的亲缘关系呢,彼此作用的相互发挥、彼此气质的相互补益,曾创造出多少叱咤风云的壮美形象?纵使有一天马终于脱离了征战这一辉煌事业,人们也随时会从军人的身上发现马的神韵和遗风。我们有多少关于马的故事呵,我们是十分爱马的民族呢。至今,如同我们的一切美好传统都像黄河之水似地遗传下来那样,我们的历代名马的筋骨、血脉、气韵、精神也都遗传下来了。那种"龙马精神",就在巩乃斯的马身上——

　　此马非凡马,
　　房星是本星;
　　向前敲瘦骨,
　　犹自带铜声。

我想,即便我一直固执地对不爱马的人怀一点偏见,恐怕也是可以得到谅解的吧。

1984 年 5 月 20 日于乌鲁木齐

《巩乃斯的马》导读

风雨天一阁

余秋雨

一

不知怎么回事,天一阁对于我,一直有一种奇怪的阻隔。照理,我是读书人,它是藏书楼,我是宁波人,它在宁波城,早该频频往访的了,然而却一直不得其门而入。一九七六年春到宁波养病,住在我早年的老师盛钟健先生家,盛先生一直有心设法把我弄到天一阁里去看一段时间书,但按当时的情景,手续颇烦人,我也没有读书的心绪,只得作罢。后来情况好了,宁波市文化艺术界的朋友们总要定期邀我去讲点课,但我每次都是来去匆匆,没有时间逗留,而当地朋友们则万万没想到我竟然没去过天一阁。

是啊,现在大批到宁波作几日游的普通上海市民回来后都在大谈天一阁,而我这个经常钻研天一阁藏本重印书籍、对天一阁的变迁历史相当熟悉的人却总是对之愧然,实在说不过去。直到一九九○年八月我再一次到宁波讲课,终于在讲完的那一天支支吾吾地向主人提出了这个要求。主人是文化局副局长裴明海先生,天一阁正属他管辖,在对我的这个可怕缺漏大吃一惊之余立即决定,明天由他亲自陪同,进天一阁。

但是,就在这天晚上,台风袭来,暴雨如注,整个城市都在柔弱地颤抖。第二天上午如约来到天一阁时,只见大门内的前后天井、整个院子全是一片汪洋。打落的树叶在水面上翻卷,重重砖墙间透出湿冷冷的阴气。

看门的老人没想到文化局长会在这样的天气陪着客人前来,慌忙从清洁工人那里借来半高统雨鞋要我们穿上,还递来两把雨伞。但是,院子里积水太深,才下脚,鞋统已经进水,惟一的办法是干脆脱掉鞋子,挽起裤管赤脚趟水进去。本来浑身早已被风雨搅得冷飕飕的了,赤脚进水立即通体一阵寒噤。就这样,我和裴明海先生相扶相持,高一脚低一脚地向藏书楼走去。天一阁,我要靠近前去怎么这样难呢?明明已经到了跟前,还把风雨大水作为最后一道屏障来阻拦。我知道,历史上的学者要进天一阁看书是难乎其难的事,或许,我今天进天一阁也要在天帝的主持下举行一个狞厉的仪式?

有时，我确实会半信半疑地揣摩某些神秘领域的可能性。我知道，天一阁之所以叫天一阁，是创办人取《易经》中"天一生水"之义，想借水防火，来免去历来藏书者最大的忧患——火灾。今天初次相见，上天分明将"天一生水"的奥义活生生地演绎给了我看，同时又逼迫我以最虔诚的形貌投入这个仪式，剥除斯文，剥除参观式的休闲，甚至不让穿着鞋子踏入圣殿，只能卑躬屈膝、哆哆嗦嗦地来到跟前。今天这里再也没有其他参观者，这一切岂不是一种超乎寻常的安排？

二

不错，它只是一个藏书楼，但它实际上已成为一种极端艰难、又极端悲怆的文化奇迹。

中华民族作为世界上最早进入文明的人种之一，让人惊叹地创造了独特而美丽的象形文字，创造了简帛，然后又顺理成章地创造了纸和印刷术。这一切，本该迅速地催发出一个书籍的海洋，把壮阔的华夏文明播扬翻腾。但是，野蛮的战火几乎不间断地在焚烧着脆薄的纸页，无边的愚昧更是在时时吞食着易碎的智慧。一个为写书、印书创造好了一切条件的民族竟不能堂而皇之地拥有和保存很多书，书籍在这块土地上始终是一种珍罕而又陌生的怪物，于是，这个民族的精神天地长期处于散乱状态和自发状态，它常常不知自己从哪里来，到哪里去，自己究竟是谁，要干什么。

只要是智者，就会为这个民族产生一种对书的企盼。他们懂得，只有书籍，才能让这么悠远的历史连成缆索，才能让这么庞大的人种产生凝聚，才能让这么广阔的土地长存文明的火种。很有一些文人学士终年辛劳地以抄书、藏书为业，但清苦的读书人到底能藏多少书，而这些书又何以保证历几代而不流散呢？"君子之泽，五世而斩"，功名资财、良田巍楼尚且如此，更遑论区区几箱书？宫廷当然会有一些书，但在清代之前，大多藏得偏于一端，构不成文化规格，又每每毁于改朝换代之际，是不能够去指望的。鉴于这种种情况，历史只能把藏书的事业托付给一些非常特殊的人物了。这种人最好长期为官，有足够的资财可以搜集书籍；这种人为官又最好各地迁移，使他们有可能搜集到散落四处的版本；这种人必须有极高的文化素养，对各种书籍的价值有迅捷的敏感；这种人必须有清晰的管理头脑，从建藏书楼到设计书橱都有精明的考虑，从借阅规则到防火措施都有周密的安排；这种人还必须有超越时间的深入谋划，对如何使自己的后代把藏书保存下去有预先的构想。当这些苛刻的条件全都集于一身时，他才有可能成为古代中国的一名藏书家。

这样的藏书家委实也是出过一些的,但没过几代,他们的事业都相继萎谢。这样的名字,我们可以举出长长一串,但他们的藏书却早已流散得一本不剩了。那么,这些名字也就组合成了一种没有成果的努力,一种似乎实现过而最终还是未能实现的悲剧性愿望。

能不能再出一个人呢,哪怕仅仅是一个,他可以把上述种种苛刻的条件提升得更加苛刻,他可以把管理、保存、继承诸项关节琢磨到极端,让偌大的中国留下一座藏书楼,一座,只是一座! 上天,可怜可怜中国和中国文化吧。

这个人终于有了,他便是天一阁的创建人范钦。

清代乾嘉时期的学者阮元说:"范氏天一阁,自明至今数百年,海内藏书家,唯此岿然独存。"

这就是说,自明至清数百年广阔的中国文化界所留下的一部分书籍文明,终于找到了一所可以稍加归拢的房子。

明以前的漫长历史,不去说它了,明以后没有被归拢的书籍,也不去说它了,我们只向这座房子叩头致谢,感谢它为我们民族断残零落的精神史,提供了一个小小的栖脚处。

范钦是明代嘉靖年间人,自二十七岁考中进士后开始在全国各地做官,到的地方很多,北至陕西、河南,南至两广、云南,东至福建、江西,都有他的宦迹。最后做到兵部右侍郎,官职不算小了。这就为他的藏书提供了充裕的财力基础和搜罗空间。像在文化资料十分散乱、又没有在这方面建立起像样的文化市场的当时,官职本身也是搜集书籍的重要依凭。他每到一地做官,总是非常留意搜集当地的公私刻本,特别是搜集其他藏书家不甚重视、或无力获得的各种地方志、政书、实录以及历科试士录。明代各地仕人刻印的诗文集,本是很容易成为过眼烟云的东西,他也搜得不少。这一切,光有搜集的热心和资财就不够了。乍一看,他是在公务之暇把玩书籍,而事实上他已经把人生的第一要务看成是搜集图书,做官倒成了业余,或者说,成了他搜集图书的必要手段。他内心隐潜着的轻重判断是这样,历史的宏观裁断也是这样。好像历史要当时的中国出一个藏书家,于是把他放在一个颠簸九州的官位上来成全他。

一天公务,也许是审理了一宗大案,也许是弹劾了一名贪官,也许是调停了几处官场恩怨,也许是理顺了几项财政关系,衙堂威仪,朝野声誉,不一而足。然而他知道,这一切的重量加在一起也比不过傍晚时分差役递上的那个薄薄的蓝布包袱,那里边几册按他的意思搜集来的旧书,又要汇入他的行箧。他那小心翼翼翻动书页的声音,比开道的鸣锣和吆喝都要响亮。

范钦的选择,碰撞到了我近年来特别关心的一个命题:基于健全人格的文化良知，或者倒过来说，基于文化良知的健全人格。没有这种东西，他就不可能如此矢志不移，轻世人之所重，重世人之所轻。他曾毫不客气地顶撞过当时在朝廷权势极盛的皇亲郭勋，因而遭到廷杖之罚，并下过监狱。后来在仕途上仍然耿直不阿，公然冒犯权奸严氏家族，严世藩想加害于他，而其父严嵩却说："范钦是连郭勋都敢顶撞的人，你参了他的官，反而会让他更出名。"结果严氏家族竟奈何范钦不得。我们从这些事情可以看到，一个成功的藏书家在人格上至少是一个强健的人。

这一点我们不妨把范钦和他身边的其他藏书家作个比较。与范钦很要好的书法大师丰坊也是一个藏书家，他的字毫无疑问要比范钦写得好，一代书家董其昌曾非常钦佩地把他与文徵明并列，说他们两人是"墨池董狐"，可见在整个中国古代书法史上，他也是一个耀眼的星座。他在其他不少方面的学问也超过范钦，例如他的专著《五经世学》，就未必是范钦写得出来的。但是，作为一个地道的学者、艺术家，他太激动，太天真，太脱世，太不考虑前后左右，太随心所欲。起先他也曾狠下一条心变卖掉家里的千亩良田来换取书法名帖和其他书籍，在范钦的天一阁还未建立的时候他已构成了相当的藏书规模，但他实在不懂人情世故，不懂口口声声尊他为师的门生们也可能是巧取豪夺之辈，更不懂得藏书楼防火的技术，结果他的全部藏书到他晚年已有十分之六被人拿走，又有一大部分毁于火灾，最后只得把剩余的书籍转售给范钦。范钦既没有丰坊的艺术才华，也没有丰坊的人格缺陷，因此，他以一种冷峻的理性提炼了丰坊也会有的文化良知，使之变成一种清醒的社会行为。相比之下，他的社会人格比较强健，只有这种人才能把文化事业管理起来。太纯粹的艺术家或学者在社会人格上大多缺少旋转力，是办不好这种事情的。

另一位可以与范钦构成对比的藏书家正是他的侄子范大澈，范大澈从小受叔父影响，不少方面很像范钦，例如他为官很有能力，多次出使国外，而内心又对书籍有一种强烈的癖好；他学问不错，对书籍也有文化价值上的裁断力，因此曾被他搜集到一些重要珍本。他藏书，既有叔父的正面感染，也有叔父的反面刺激。据说有一次他向范钦借书而范钦不甚爽快，便立志自建藏书楼来悄悄与叔父争胜，历数年努力而楼成，他就经常邀请叔父前去做客，还故意把一些珍贵秘本放在案上任叔父随意取阅。遇到这种情况，范钦总是淡淡地一笑而已。在这里，叔侄两位藏书家的差别就看出来了。侄子虽然把事情也搞得很有样子，但背后却隐藏着一个意气性的动力，这未免有点小家子气了。在这种情况下，他的终极性目标是很有限的，只要把楼建成，再搜集到叔父所没有的版本，他就会欣然自慰了。结果，这位作为后辈新建的藏书楼只延续几代就合乎逻辑地流散了，而天一阁却以一种怪异的力度屹立着。

实际上,这也就是范钦身上所支撑着的一种超越意气、超越嗜好、超越才情,因此也超越时间的意志力。这种意志力在很长时间内的表现常常让人感到过于冷漠、严峻,甚至不近人情,但天一阁就是靠着它延续至今的。

三

藏书家遇到的真正麻烦大多是在身后,因此,范钦面临的问题是如何把自己的意志力变成一种不可动摇的家族遗传。不妨说,天一阁真正堪称悲壮的历史,开始于范钦死后。我不知道保住这座楼的使命对范氏家族来说算是一种荣幸,还是一场延绵数百年的苦役。

活到八十高龄的范钦终于走到了生命尽头,他把大儿子和二媳妇(二儿子已亡故)叫到跟前,安排遗产继承事项。老人在弥留之际还给后代出了一个难题,他把遗产两份,一份是万两白银,一份是一楼藏书,让两房挑选。

这是一种非常奇怪的遗产分割法。万两白银立即可以享用,而一楼藏书则除了沉重的负担没有任何享用的可能,因为范钦本身一辈子的举止早已告示后代,藏书绝对不能有一本变卖,而要保存好这些藏书每年又要支付一大笔费用。为什么他不把保存藏书的责任和万两白银都一分为二让两房一起来领受呢?为什么他把权利和义务分割得如此彻底要后代选择呢?

我坚信这种遗产分割法老人已经反复考虑了几十年。实际上这是他自己给自己出的难题:要么后代中有人义无返顾、别无他求地承担艰苦的藏书事业,要么只能让这一切都随自己的生命烟消云散!他故意让遗嘱变得不近情理,让立志继承藏书的一房完全无利可图。因为他知道这时候只要有一丝掺假,再隔几代,假的成分会成倍地扩大,他也会重蹈其他藏书家的覆辙。他没有丝毫意思要讥刺或鄙薄想继承万两白银的那一房,诚实地承认自己没有承接这项历史性苦役的信心,总比在老人病榻前不太诚实的信誓旦旦好得多。但是,毫无疑问,范钦更希望在告别人世的最后一刻听到自己企盼了几十年的声音。他对死神并不恐惧,此刻却不无恐惧地直视着后辈的眼睛。

大儿子范大冲立即开口,他愿意继承藏书楼,并决定拨出自己的部分良田,以田租充当藏书楼的保养费用。

就这样,一场没完没了的接力赛开始了。多少年后,范大冲也会有遗嘱,范大冲的儿子又会有遗嘱……后一代的遗嘱要比前一代还要严格。藏书的原始动机越来越远,而家族的繁衍却越来越大,怎么能使几代后众多支脉的范氏世族中每一家每一房都严格地恪守先祖范钦的规范呢?这实在是一个值得我们一再品味的艰难课题。在当时,一切有历史跨度的文化事业只能交付给家族传代系列,但家族传代本身却是一种不断分裂、异化、自立的生命过程。让后代的后代接受一个需要终身投入的强硬指令,是十分违背生命的自在状态的;让几百年之后的后裔不经自身体验就来沿袭几百年前某位祖先的生命冲动,也难免有许多憋气的地方。不难想像,天一阁藏书楼对于许多范氏后代来说几乎成了一个宗教式的朝拜对象,只知要诚惶诚恐地维护和保存,却不知是为什么。按照今天的思维习惯,人们会在高度评价范氏家族的丰功伟绩之余随之揣想他们代代相传的文化自觉,其实我可肯定此间埋藏着许多难以言状的心理悲剧和家族纷争,这个在藏书楼下生活了几百年的家族非常值得同情。

后代子孙免不了会产生一种好奇,楼上究竟是什么样的呢?到底有哪些书,能不能借来看看?亲戚朋友更会频频相问,作为你们家族世代供奉的这个秘府,能不能让我们看上一眼呢?

范钦和他的继承者们早就预料到这种可能,而且预料藏书楼就会因这种点滴可能而崩坍,因而已经预防在先。他们给家族制定了一个严格的处罚规则,处罚内容是当时视为最大屈辱的不予参加祭祖大典,因为这种处罚意味着在家族血统关系上亮出了"黄牌",远比杖责鞭笞之类严重多了。处罚规则标明:子孙无故开门入阁者,罚不与祭三次;私领亲友入阁及擅开书橱者,罚不与祭一年;擅将藏书借出外房及他姓者,罚不与祭三年;因而典押事故者,除追惩外,永行摈逐,不得与祭。

在此,必须讲到那个我每次想起都很难过的事件了。嘉庆年间,宁波知府丘铁卿的内侄女钱绣芸是一个酷爱诗书的姑娘,一心想要登天一阁读点书,竟要知府作媒嫁给了范家。现代社会学家也许会责问钱姑娘你究竟是嫁给书还是嫁给人,但在我看来,她在婚姻很不自由的时代既不看重钱也不看重势,只想借着婚配来多看一点书,总还是非常令人感动的。但她万万没有想到,当自己成了范家媳妇之后还是不能登楼。一种说法是族规禁止妇女登楼,另一种说法是她所嫁的那一房范家后裔在当时已属于旁支。反正钱绣芸没有看到天一阁的任何一本书,郁郁而终。

今天,当我抬起头来仰望天一阁这栋楼的时候,首先想到的是钱绣芸那忧郁的目光。我几乎觉得这里可出一个文学作品了,不是写一般的婚姻悲剧,而是写在那很少有人文主义气息的中国封建社会里,一个姑娘的生命如何强韧而又脆弱地与自己的文化渴求周旋。

从范氏家族的立场来看,不准登楼,不准看书,委实也出于无奈。但是,永远地不准登楼,不准看书,对谁也不例外,这座藏书楼存在于世的意义又何在呢?这个问题,每每使范氏家族陷入困惑。

范氏家族规定,不管家族繁衍到何等程度,开阁门必得各房一致同意。阁门的钥匙和书橱的钥匙由各房分别掌管,组成了一圈一环也不可缺少的连环,如果有一房不到是无法接触到任何藏书的。既然每房都能有效地行使否决权,久而久之,每房也都产生了有关天一阁价值的终极性思考。

就在这时,传来消息,大学者黄宗羲先生想要登楼看书!这对范家各房无疑是一个巨大的震撼。黄宗羲是"吾乡"余姚人,与范氏家族没有任何血缘关系,照理是严禁登楼的,但无论如何他是靠自己的人品、气节、学问而受到全国思想学术界深深钦佩的巨人,范氏各房也早有所闻。尽管当时的信息传播手段非常落后,但由于黄宗羲的行为举止实在是奇崛响亮,一次次在朝野之间造成非凡的轰动效应。他的父亲本是明末东林党重要人物,被魏忠贤宦官集团所杀,后来宦官集团受审,十九岁的黄宗羲在廷质时竟义愤填膺地锥刺和痛殴漏网余党,后又追杀凶手,警告阮大铖,一时大快人心。清兵南下时他与两个弟弟在家乡组织数百人的子弟兵"世忠营"英勇抗清,抗清失败后便潜心学术,边著述边讲学,把民族道义、人格道德融化在学问中启迪世人,成为中国古代学术领域中第一流的思想家和历史学家。他在治学过程中已经到绍兴钮氏"世学楼"和祁氏"澹生堂"去读过书,现在终于想来叩天一阁之门了。他深知范氏家族的禁严规矩,但他还是来了,时间是康熙十二年,即1673年。

出乎意外,范氏家族的各房竟一致同意黄宗羲先生登楼,而且允许他细细地阅读楼上的全部藏书。这件事,我一直看成是范氏家族文化品格的一个验证。他们是藏书家,本身在思想学术界和社会政治领域都没有太高的地位,但他们毕竟为一个人而不是为其他人,交出了他们珍藏严守着的全部钥匙。这里有选择,有裁断,有一个庞大的藏书世家的人格闪耀。黄宗羲先生长衣布鞋,悄然登楼了。铜锁在一具具打开,1673年成为天一阁历史上特别有光彩的一年。

黄宗羲在天一阁翻阅了全部藏书,把其中流通未广者编为书目,并另撰《天一阁藏书记》留世。由此,这座藏书楼便与一位大学者的人格连结起来了。

从此以后,天一阁有了一条可以向真正的大学者开放的新规矩,但这条规矩的执行还是十分苛严,在此后近二百年的时间内,获准登楼的大学者也仅有十余名,他们的名字,都是上得了中国文化史的。

这样一来,天一阁终于显现了本身的存在意义,尽管显现的机会是那样小。封建家族的血缘继承关系和社会学术界的整体需求产生了尖锐的矛盾,藏书世家面临着无可调和的两难境地:要么深藏密裹使之留存,要么发挥社会价值而任之耗散。看来像天一阁那样经过最严格的选择作极有限的开放是一个没有办法中的办法。但是,如此严格地在全国学术界进行选择,已远远超出了一个家族的见识和职能范畴了。

直到乾隆决定编纂《四库全书》,这个矛盾的解决才出现了一些新的走向。乾隆谕旨各省采访遗书,要各藏书家,特别是江南的藏书家积极献书。天一阁进呈珍贵古籍六百余种,其中有九十六种被收录在《四库全书》中,有三百七十余种列入存目。乾隆非常感谢天一阁的贡献,多次褒扬奖赐,并授意新建的南北主要藏书楼都仿照天一阁格局营建。

天一阁因此而大出其名,尽管上献的书籍大多数没有发还,但在国家级的"百科全书"中,在钦定的藏书楼中,都有了它的生命。我曾看到有些著作文章中称乾隆下令天一阁为《四库全书》献书是天一阁的一大浩劫,深觉言之有过。藏书的意义最终还是要让它广泛流播,"藏"本身不应成为终极目的。连堂堂皇家编书都不得不大幅度地动用天一阁的珍藏,家族性的收藏变成了一种行政性的播扬,这证明天一阁获得了大成功,范钦获得了大成功。

四

天一阁终于走到了中国近代。什么事情一到中国近代总会变得怪异起来,这座古老的藏书楼开始了自己新的历险。

先是太平军进攻宁波时当地小偷趁乱拆墙偷书,然后当废纸论斤卖给造纸作坊。曾有一人出高价从作坊买去一批,却又遭大火焚毁。

这就成了天一阁此后命运的先兆,它现在遇到的问题已不是让不让某位大学者上楼的问题了,竟然是窃贼和偷儿成了它最大的对手。

1914年,一个叫薛继渭的偷儿奇迹般地潜入书楼,白天无声无息,晚上动手偷书,每日只以所带枣子充饥,东墙外的河上,有小船接运所偷书籍。这一次几乎把天一阁的一半珍贵书籍给偷走了,它们渐渐出现在上海的书铺里。

薛继渭的这次偷窃与太平天国时的那些小偷不同,不仅数量巨大,操作系统,而且最终与上海的书铺挂上了钩,显然是受到书商的指使。近代都市的书商用这种办法来侵吞一座古老的藏书楼,我总觉得其中蕴含着某种象征意义。把保护藏书楼的种种措施都想到了家的范钦确实没有在防盗的问题上多动脑筋,因为在当时这对这样一个家族的院落来说构不成一种重大威胁。这正像范钦想像不到会有一个近代降临,想像不到近代市场上那些商人在资本的原始积累时期会采取什么手段。一架架的书橱空了,钱绣芸小姐哀怨地仰望终身而未能上的楼板,黄宗羲先生小心翼翼地踩踏过的楼板,现在只留下偷儿吐出的一大堆枣核在上面。

当时主持商务印书馆的张元济先生听说天一阁遭此浩劫,并得知有些书商正准备把天一阁藏本卖给外国人,便立即拨巨资抢救,保存于东方图书馆的涵芬楼里。涵芬楼因有天一阁藏书的润泽而享誉文化界,当代不少文化大家都在那里汲取过营养。但是,如所周知,它最终竟又全部焚毁于日本侵略军的炸弹之下。

这当然更不是数百年前的范钦先生所能预料的了。他"天一生水"的防火秘咒也终于失效。

五

然而毫无疑问,范钦和他后代的文化良知在现代并没有完全失去光亮。除了张元济先生外,还有大量的热心人想努力保护好天一阁这座"危楼",使它不要全然成为废墟。这在现代无疑已成为一个社会性的工程,靠着一家一族的力量已无济于事。幸好,本世纪三十年代、五十年代、六十年代直至八十年代,天一阁一次次被大规模地修缮和充实着,现在已成为重点文物保护单位,也是人们游览宁波时大多要去访谒的一个处所。天一阁的藏书还有待于整理,但在文化信息密集、文化沟通便捷的现代,它的主要意义已不是以书籍的实际内容给社会以知识,而是作为一种古典文化事业的象征存在着,让人联想到中国文化保存和流传的艰辛历程,联想到一个古老民族对于文化的渴求是何等悲怆和神圣。

我们这些人,在生命本质上无疑属于现代文化的创造者,但从遗传因子上考索又无可逃遁地是民族传统文化的孑遗,因此或多或少也是天一阁传代系统的繁衍者,尽管在范氏家族看来只属于"他姓"。登天一阁楼梯时我的脚步非常缓慢,我不断地问自己:你来了吗?你是哪一代的中国书生?

很少有其他参观处所能使我像在这里一样心情既沉重又宁静。阁中一位年老的版本学家颤巍巍地捧出两个书函,让我翻阅明刻本,我翻了一部登科录,一部上海志,深深感到,如果没有这样的孤本,中国历史的许多重要侧面将杳无可寻。由此想到,保存这些历史的天一阁本身的历史,是否也有待于进一步发掘呢?裘明海先生递给我一本徐季子、郑学溥、袁元龙先生写的《宁波史话》的小册子,内中有一篇介绍了天一阁的变迁,写得扎实而清晰,使我知道了不少我原先不知道的史实。但在我看来,天一阁的历史是足以写一部宏伟的长篇史诗的。我们的文学艺术家什么时候能把他们的目光投向这种苍老的屋宇和庭园呢？什么时候能把范氏家族和其他许多家族数百年来的灵魂史祖示给现代世界呢？什么时候能让读者惊喜地发现，在我们这样一个古老的国度，许多事物的真实历史过程本身就具有巨大的艺术魅力呢？

《风雨天一阁》导读

拓展阅读

拓展阅读

朱大可：抹着文化口红游荡文坛——余秋雨批判

我与地坛

史铁生

一

我在好几篇小说中都提到过一座废弃的古园,实际就是地坛。许多年前旅游业还没有开展,园子荒芜冷落得如同一片野地,很少被人记起。

地坛离我家很近。或者说我家离地坛很近。总之,只好认为这是缘分。地坛在我出生前四百多年就坐落在那儿了,而自从我的祖母年轻时带着我父亲来到北京,就一直住在离它不远的地方——五十多年间搬过几次家,可搬来搬去总是在它周围,而且是越搬离它越近了。我常觉得这中间有着宿命的味道:仿佛这古园就是为了等我,而历尽沧桑在那儿等待了四百多年。

它等待我出生,然后又等待我活到最狂妄的年龄上忽地残废了双腿。四百多年里,它一面剥蚀了古殿檐头浮夸的琉璃,淡褪了门壁上炫耀的朱红,坍圮了一段段高墙又散落了玉砌雕栏,祭坛四周的老柏树愈见苍幽,到处的野草荒藤也都茂盛得自在坦荡。这时候想必我是该来了。十五年前的一个下午,我摇着轮椅进入园中,它为一个失魂落魄的人把一切都准备好了。那时,太阳循着亘古不变的路途正越来越大,也越红。在满园弥漫的沉静光芒中,一个人更容易看到时间,并看见自己的身影。

自从那个下午我无意中进了这园子,就再没长久地离开过它。我一下子就理解了它的意图。正如我在一篇小说中所说的:"在人口密聚的城市里,有这样一个宁静的去处,像是上帝的苦心安排。"

两条腿残废后的最初几年,我找不到工作,找不到去路,忽然间几乎什么都找不到了,我就摇了轮椅总是到它那儿去,仅为着那儿是可以逃避一个世界的另一个世界。我在那篇小说中写道:"没处可去我便一天到晚耗在这园子里。跟上班下班一样,别人去上班我就摇了轮椅到这儿来。""园子无人看管,上下班时间有些抄近路的人们从园中穿过,园子里活跃一阵,过后便沉寂下来。""园墙在金晃晃的空气中斜切下一溜荫凉,我把轮椅开进去,把椅背放倒,坐着或是躺着,看书或者想事,撅一杈树枝左右拍打,驱赶那些和我一样不明白为什么要来这世上的小昆虫。""蜂儿如一朵小雾稳稳地停在半空;蚂蚁摇头晃脑捋着触须,猛然间想透了什么,转身疾行而去;瓢虫爬得不耐烦了,累了祈祷一回便支开翅膀,忽悠一下升空了;树干上留着一只蝉蜕,寂寞如一间空屋;露水在草叶上滚动,聚集,压弯了草叶轰然坠地摔开万道金光。""满园子都是草木竞相生长弄出的响动,窸窸窣窣窸窸窣窣片刻不息。"这都是真实的记录,园子荒芜但并不衰败。

除去几座殿堂我无法进去,除去那座祭坛我不能上去而只能从各个角度张望它,地坛的每一棵树下我都去过,差不多它的每一米草地上都有过我的车轮印。无论是什么季节,什么天气,什么时间,我都在这园子里呆过。有时候呆一会儿就回家,有时候就呆到满地上都亮起月光。记不清都是在它的哪些角落里了,我一连几小时专心致志地想关于死的事,也以同样的耐心和方式想过我为什么要出生。这样想了好几年,最后事情终于弄明白了:一个人,出生了,这就不再是一个可以辩论的问题,而只是上帝交给他的一个事实;上帝在交给我们这件事实的时候,已经顺便保证了它的结果,所以死是一件不必急于求成的事,死是一个必然会降临的节日。这样想过之后我安心多了,眼前的一切不再那么可怕。比如你起早熬夜准备考试的时候,忽然想起有一个长长的假期在前面等待你,你会不会觉得轻松一点?并且庆幸并且感激这样的安排?

剩下的就是怎样活的问题了。这却不是在某一个瞬间就能完全想透的,不是能够一次性解决的事,怕是活多久就要想它多久了,就像是伴你终生的魔鬼或恋人。所以,十五年了,我还是总得到那古园里去,去它的老树下或荒草边或颓墙旁,去默坐,去呆想,去推开耳边的嘈杂理一理纷乱的思绪,去窥看自己的心魂。十五年中,这古园的形体被不能理解它的人肆意雕琢,幸好有些东西是任谁也不能改变它的。譬如祭坛石门中的落日,寂静的光辉平铺的一刻,地上的每一个坎坷都被映照得灿烂;譬如在园中最为落寞的时间,一群雨燕便出来高歌,把天地都叫喊得苍凉;譬如冬天雪地上孩子的脚印,总让人猜想他们是谁,曾在哪儿做过些什么,然后又都到哪儿去了;譬如那些苍黑的古柏,你忧郁的时候它们镇静地站在那儿,你欣喜的时候它们依然镇静地站在那儿,它们没日没夜地站在那儿,从你没有出生一直站到这个世界上又没了你的时候;譬如暴雨骤临园中,激起一阵阵灼烈而清纯的草木和泥土的气味,让人想起无数个夏天的事件;譬如秋风忽至,再有一场早霜,落叶或飘摇歌舞或坦然安卧,满园中播散着熨帖而微苦的味道。味道是最说不清楚的,味道不能写只能闻,要你身临其境去闻才能明了。味道甚至是难于记忆的,只有你又闻到它你才能记起它的全部情感和意蕴。所以我常常要到那园子里去。

现在我才想到,当年我总是独自跑到地坛去,曾经给母亲出了一个怎样的难题。

她不是那种光会疼爱儿子而不懂得理解儿子的母亲。她知道我心里的苦闷,知道不该阻止我出去走走,知道我要是老呆在家里结果会更糟,但她又担心我一个人在那荒僻的园子里整天都想些什么。我那时脾气坏到极点,经常是发了疯一样地离开家,从那园子里回来又中了魔似的什么话都不说。母亲知道有些事不宜问,便犹犹豫豫地想问而终于不敢问,因为她自己心里也没有答案。她料想我不会愿意她跟我一同去,所以她从未这样要求过,她知道得给我一点独处的时间,得有这样一段过程。她只是不知道这过程得要多久,和这过程的尽头究竟是什么。每次我要动身时,她便无言地帮我准备,帮助我上了轮椅车,看着我摇车拐出小院;这以后她会怎样,当年我不曾想过。

有一回我摇车出了小院,想起一件什么事又返身回来,看见母亲仍站在原地,还是送我走时的姿势,望着我拐出小院去的那处墙角,对我的回来竟一时没有反应。待她再次送我出门的时候,她说:"出去活动活动,去地坛看看书,我说这挺好。"许多年以后我才渐渐听出,母亲这话实际上是自我安慰,是暗自的祷告,是给我的提示,是恳求与嘱咐。只是在她猝然去世之后,我才有余暇设想。当我不在家里的那些漫长的时间,她是怎样心神不定坐卧难宁,兼着痛苦与惊恐与一个母亲最低限度的祈求。现在我可以断定,以她的聪慧和坚忍,在那些空落的白天后的黑夜,在那不眠的黑夜后的白天,她思来想去最后准是对自己说:"反正我不能不让他出去,未来的日子是他自己的,如果他真的要在那园子里出了什么事,这苦难也只好我来承担。"在那段日子里——那是好几年长的一段日子,我想我一定使母亲作过了最坏的准备了,但她从来没有对我说过:"你为我想想。"事实上我也真的没为她想过。那时她的儿子,还太年轻,还来不及为母亲想,他被命运击昏了头,一心以为自己是世上最不幸的一个,不知道儿子的不幸在母亲那儿总是要加倍的。她有一个长到二十岁上忽然截瘫了的儿子,这是她惟一的儿子;她情愿截瘫的是自己而不是儿子,可这事无法代替;她想,只要儿子能活下去哪怕自己去死呢也行,可她又确信一个人不能仅仅是活着,儿子得有一条路走向自己的幸福;而这条路呢,没有谁能保证她的儿子终于能找到。——这样一个母亲,注定是活得最苦的母亲。

有一次与一个作家朋友聊天,我问他学写作的最初动机是什么?他想了一会说:"为我母亲。为了让她骄傲。"我心里一惊,良久无言。回想自己最初写小说的动机,虽不似这位朋友的那般单纯,但如他一样的愿望我也有,且一经细想,发现这愿望也在全部动机中占了很大比重。这位朋友说:

"我的动机太低俗了吧?"我光是摇头,心想低俗并不见得低俗,只怕是这愿望过于天真了。他又说:"我那时真就是想出名,出了名让别人羡慕我母亲。"我想,他比我坦率。我想,他又比我幸福,因为他的母亲还活着。而且我想,他的母亲也比我的母亲运气好,他的母亲没有一个双腿残废的儿子,否则事情就不这么简单。

  在我的头一篇小说发表的时候,在我的小说第一次获奖的那些日子里,我真是多么希望我的母亲还活着。我便又不能在家里呆了,又整天整天独自跑到地坛去,心里是没头没尾的沉郁和哀怨,走遍整个园子却怎么也想不通:母亲为什么就不能再多活两年?为什么在她儿子就快要碰撞开一条路的时候,她却忽然熬不住了?莫非她来此世上只是为了替儿子担忧,却不该分享我的一点点快乐?她匆匆离我去时才只有四十九呀!有那么一会,我甚至对世界对上帝充满了仇恨和厌恶。后来我在一篇题为"合欢树"的文章中写道:"我坐在小公园安静的树林里,闭上眼睛,想,上帝为什么早早地召母亲回去呢?很久很久,迷迷糊糊的我听见了回答:'她心里太苦了,上帝看她受不住了,就召她回去。'我似乎得了一点安慰,睁开眼睛,看见风正从树林里穿过。"小公园,指的也是地坛。

  只是到了这时候,纷纭的往事才在我眼前幻现得清晰,母亲的苦难与伟大才在我心中渗透得深彻。上帝的考虑,也许是对的。

  摇着轮椅在园中慢慢走,又是雾罩的清晨,又是骄阳高悬的白昼,我只想着一件事:母亲已经不在了。在老柏树旁停下,在草地上在颓墙边停下,又是处处虫鸣的午后,又是鸟儿归巢的傍晚,我心里只默念着一句话:可是母亲已经不在了。把椅背放倒,躺下,似睡非睡挨到日没,坐起来,心神恍惚,呆呆地直坐到古祭坛上落满黑暗然后再渐渐浮起月光,心里才有点明白,母亲不能再来这园中找我了。

  曾有过好多回,我在这园子里呆得太久了,母亲就来找我。她来找我又不想让我发觉,只要见我还好好地在这园子里,她就悄悄转身回去,我看见过几次她的背影。我也看见过几回她四处张望的情景,她视力不好,端着眼镜像在寻找海上的一条船,她没看见我时我已经看见她了,待我看见她也看见我了我就不去看她,过一会我再抬头看她就又看见她缓缓离去的背影。我单是无法知道有多少回她没有找到我。有一回我坐在矮树丛中,树丛很密,我看见她没有找到我;她一个人在园子里走,走过我的身旁,走过我经常呆的一些地方,步履茫然又急迫。我不知道她已经找了多久还要找多久,我不知道为什么我决意不喊她——但这绝不是小时候的捉迷藏,这也许是出于长大了的男孩子的倔强或羞涩?但这倔强只留给我痛悔,丝毫也没有骄傲,我真想告诫所有长大了的男孩子,千万不要跟母亲来这套倔强,羞涩就更不必,我已经懂了可我已经来不及了。

儿子想使母亲骄傲,这心情毕竟是太真实了,以致使"想出名"这一声名狼藉的念头也多少改变了一点形象。这是个复杂的问题,且不去管它了罢。随着小说获奖的激动逐日暗淡,我开始相信,至少有一点我是想错了:我用纸笔在报刊上碰撞开的一条路,并不就是母亲盼望我找到的那条路。年年月月我都到这园子里来,年年月月我都要想,母亲盼望我找到的那条路到底是什么。母亲生前没给我留下过什么隽永的哲言,或要我恪守的教诲,只是在她去世之后,她艰难的命运,坚忍的意志和毫不张扬的爱,随光阴流转,在我的印象中愈加鲜明深刻。

有一年,十月的风又翻动起安详的落叶,我在园中读书,听见两个散步的老人说:"没想到这园子有这么大。"我放下书,想,这么大一座园子,要在其中找到她的儿子,母亲走过了多少焦灼的路。多年来我头一次意识到,这园中不单是处处都有过我的车辙,有过我的车辙的地方也都有过母亲的脚印。

二

如果以一天中的时间来对应四季,当然春天是早晨,夏天是中午,秋天是黄昏,冬天是夜晚。如果以乐器来对应四季,我想春天应该是小号,夏天是定音鼓,秋天是大提琴,冬天是圆号和长笛。要是以这园子里的声响来对应四季呢?那么,春天是祭坛上空漂浮着的鸽子的哨音,夏天是冗长的蝉歌和杨树叶子哗啦啦地对蝉歌的取笑,秋天是古殿檐头的风铃响,冬天是啄木鸟随意而空旷的啄木声。以园中的景物对应四季,春天是一径时而苍白时而黑润的小路,时而明朗时而阴晦的天上摇荡着串串杨花;夏天是一条条耀眼而灼人的石凳,或阴凉而爬满了青苔的石阶,阶下有果皮,阶上有半张被坐皱的报纸;秋天是一座青铜的大钟,在园子的西北角上曾丢弃着一座很大的铜钟,铜钟与这园子一般年纪,浑身挂满绿锈,文字已不清晰;冬天,是林中空地上几只羽毛蓬松的老麻雀。以心绪对应四季呢?春天是卧病的季节,否则人们不易发觉春天的残忍与渴望;夏天,情人们应该在这个季节里失恋,不然就似乎对不起爱情;秋天是从外面买一棵盆花回家的时候,把花搁在阔别了的家中,并且打开窗户把阳光也放进屋里,慢慢回忆慢慢整理一些发过霉的东西;冬天伴着火炉和书,一遍遍坚定不死的决心,写一些并不发出的信。还可以用艺术形式对应四季,这样春天就是一幅画,夏天是一部长篇小说,秋天是一首短歌或诗,冬天是一群雕塑。以梦呢?以梦对应四季呢?春天是树尖上的呼喊,夏天是呼喊中的细雨,秋天是细雨中的土地,冬天是干净的土地上的一只孤零的烟斗。

因为这园子,我常感恩于自己的命运。

我甚至现在就能清楚地看见,一旦有一天我不得不长久地离开它,我会怎样想念它,我会怎样想念它并且梦见它,我会怎样因为不敢想念它而梦也梦不到它。

三

现在让我想想,十五年中坚持到这园子来的人都是谁呢?好像只剩了我和一对老人。

十五年前,这对老人还只能算是中年夫妇,我则货真价实还是个青年。他们总是在薄暮时分来园中散步,我不大弄得清他们是从哪边的园门进来,一般来说他们是逆时针绕这园子走。男人个子很高,肩宽腿长,走起路来目不斜视,胯以上直至脖颈挺直不动;他的妻子攀了他一条胳膊走,也不能使他的上身稍有松懈。女人个子却矮,也不算漂亮,我无端地相信她必出身于家道中衰的名门富族;她攀在丈夫胳膊上像个娇弱的孩子,她向四周观望似总含着恐惧,她轻声与丈夫谈话,见有人走近就立刻怯怯地收住话头。我有时因为他们而想起冉阿让与柯赛特,但这想法并不巩固,他们一望即知是老夫老妻。两个人的穿着都算得上考究,但由于时代的演进,他们的服饰又可以称为古朴了。他们和我一样,到这园子里来几乎是风雨无阻,不过他们比我守时。我什么时间都可能来,他们则一定是在暮色初临的时候。刮风时他们穿了米色风衣,下雨时他们打了黑色的雨伞,夏天他们的衬衫是白色的,裤子是黑色的或米色的,冬天他们的呢子大衣又都是黑色的,想必他们只喜欢这三种颜色。他们逆时针绕这园子一周,然后离去。他们走过我身旁时只有男人的脚步响,女人像是贴在高大的丈夫身上跟着漂移。我相信他们一定对我有印象,但是我们没有说过话,我们互相都没有想要接近的表示。十五年中,他们或许注意到一个小伙子进入了中年,我则看着一对令人羡慕的中年情侣不觉中成了两个老人。

曾有过一个热爱唱歌的小伙子,他也是每天都到这园中来,来唱歌,唱了好多年,后来不见了。他的年纪与我相仿,他多半是早晨来,唱半小时或整整唱一个上午,估计在另外的时间里他还得上班。我们经常在祭坛东侧的小路上相遇,我知道他是到东南角的高墙下去唱歌,他一定猜想我去东北角的树林里做什么。我找到我的地方,抽几口烟,便听见他谨慎地整理歌喉了。他反反复复唱那么几首歌。文化革命没过去的时候,他唱"蓝蓝的天上白云飘,白云下面马儿跑……"我老也记不住这歌的名字。"文革"后,他唱《货郎与小姐》中那首最为流传的咏叹调。"卖布——卖布嘞,卖布——

卖布嘞!"我记得这开头的一句他唱得很有声势,在早晨清澈的空气中,货郎跑遍园中的每一个角落去恭维小姐。"我交了好运气,我交了好运气,我为幸福唱歌曲……"然后他就一遍一遍地唱,不让货郎的激情稍减。依我听来,他的技术不算精到,在关键的地方常出差错,但他的嗓子是相当不坏的,而且唱一个上午也听不出一点疲惫。太阳也不疲惫,把大树的影子缩小成一团,把疏忽大意的蚯蚓晒干在小路上,将近中午,我们又在祭坛东侧相遇,他看一看我,我看一看他,他往北去,我往南去。日子久了,我感到我们都有结识的愿望,但似乎都不知如何开口,于是互相注视一下终又都移开目光擦身而过;这样的次数一多,便更不知如何开口了。终于有一天——一个丝毫没有特点的日子,我们互相点了一下头。他说:"你好。"我说:"你好。"他说:"回去啦?"我说:"是,你呢?"他说:"我也该回去了。"我们都放慢脚步(其实我是放慢车速),想再多说几句,但仍然是不知从何说起,这样我们就都走过了对方,又都扭转身子面向对方。他说:"那就再见吧。"我说:"好,再见。"便互相笑笑各走各的路了。但是我们没有再见,那以后,园中再没了他的歌声,我才想到,那天他或许是有意与我道别的,也许他考上了哪家专业的文工团或歌舞团了吧?真希望他如他歌里所唱的那样,交了好运气。

  还有一些人,我还能想起一些常到这园子里来的人。有一个老头,算得一个真正的饮者;他在腰间挂一个扁瓷瓶,瓶里当然装满了酒,常来这园中消磨午后的时光。他在园中四处游逛,如果你不注意你会以为园中有好几个这样的老头,等你看过了他卓尔不群的饮酒情状,你就会相信这是个独一无二的老头。他的衣着过分随便,走路的姿态也不慎重,走上五六十米路便选定一处地方,一只脚踏在石凳上或土埂上或树墩上,解下腰间的酒瓶,解酒瓶的当儿眯起眼睛把一百八十度视角内的景物细细看一遭,然后以迅雷不及掩耳之势倒一大口酒入肚,把酒瓶摇一摇再挂向腰间,平心静气地想一会什么,便走下一个五六十米去。还有一个捕鸟的汉子,那岁月园中人少,鸟却多,他在西北角的树丛中拉一张网,鸟撞在上面,羽毛戗在网眼里便不能自拔。他单等一种过去很多而现在非常罕见的鸟,其他的鸟撞在网上他就把它们摘下来放掉,他说已经有好多年没等到那种罕见的鸟,他说他再等一年看看到底还有没有那种鸟,结果他又等了好多年。早晨和傍晚,在这园子里可以看见一个中年女工程师,早晨她从北向南穿过这园子去上班,傍晚她从南向北穿过这园子回家。事实上我并不了解她的职业或者学历,但我以为她必是学理工的知识分子,别样的人很难有她那般的素朴并优雅。当她在园子穿行的时刻,四周的树林也仿佛更加幽静,清淡的日光中竟似有悠远的琴声,比如说是那曲《献给艾丽丝》才好。我没有见过她的丈夫,没有见过那个幸运的男人是什么样子,我想像过却想像不出,后来忽然懂了想像不出才好,那个男人最好不要出现。她走出北门回家去,我竟有点担心,担心她会落入厨房,不过,也许她在厨房里劳作的情景更有另外的美吧,当然不能再是《献给艾丽丝》,是个什么曲子呢? 还有一个人,是我的朋友,他是个最有天赋的长跑家,但他被埋没了。他因为在"文革"中出言不慎而坐了几年牢,出来后好不容易找了个拉板车的工作,样样待遇都不能与别人平等,苦闷极了便练习长跑。那时他总来这园子里跑,我用手表为他计时,他每跑一圈向我招一下手,我就记下一个时间。每次他要环绕这园子跑二十圈,大约两万米。他盼望以他的长跑成绩来获得政治上真正的解放,他以为记者的镜头和文字可以帮他做到这一点。第一年他在春节环城赛上跑了第十五名,他看见前十名的照片都挂在了长安街的新闻橱窗里,于是有了信心。第二年他跑了第四名,可是新闻橱窗里只挂了前三名的照片,他没灰心。第三年他跑了第七名,橱窗里挂前六名的照片,他有点怨自己。第四年他跑了第三名,橱窗里却只挂了第一名的照片。第五年他跑了第一名——他几乎绝望了,橱窗里只有一幅环城赛群众场面的照片。那些年我们俩常一起在这园子里呆到天黑,开怀痛骂,骂完沉默着回家,分手时再互相叮嘱:先别去死,再试着活一活看。现在他已经不跑了,年岁太大了,跑不了那么快了。最后一次参加环城赛,他以三十八岁之龄又得了第一名并破了纪录,有一位专业队的教练对他说:"我要是十年前发现你就好了。"他苦笑一下什么也没说,只在傍晚又来这园中找到我,把这事平静地向我叙说一遍。不见他已有好几年了,现在他和妻子和儿子住在很远的地方。

这些人现在都不到园子里来了,园子里差不多完全换了一批新人。十五年前的旧人,现在就剩我和那对老夫老妻了。有那么一段时间,这老夫老妻中的一个也忽然不来,薄暮时分惟男人独自来散步,步态也明显迟缓了许多,我悬心了很久,怕是那女人出了什么事。幸好过了一个冬天那女人又来了,两个人仍是逆时针绕着园子走,一长一短两个身影恰似钟表的两支指针;女人的头发白了许多,但依旧攀着丈夫的胳膊走得像个孩子。"攀"这个字用得不恰当了,或许可以用"搀"吧,不知有没有兼具这两个意思的字。

四

我也没有忘记一个孩子——一个漂亮而不幸的小姑娘。十五年前的那个下午,我第一次到这园子里来就看见了她,那时她大约三岁,蹲在斋宫西边的小路上捡树上掉落的"小灯笼"。那儿有几棵大栾树,春天开一簇簇细小而稠密的黄花,花落了便结出无数如同三片叶子合抱的小灯笼,小灯笼先是绿色,继而转白,再变黄,成熟了掉落得满地都是。小灯笼精巧得令人爱惜,成年人也不免捡了一个还要捡一个。小姑娘咿咿呀呀地跟自己说着话,一边捡小灯笼;她的嗓音很好,不是她那个年龄所常有的那般尖细,而是很圆润甚或是厚重,也许因为那个下午园子里太安静了。我奇怪这么小的孩子怎么一个人跑来这园子里?我问她住在哪儿?她随便指一下,就喊她的哥哥,沿墙根一带的茂草之中便站起一个七八岁的男孩,朝我望望,看我不像坏人便对他的妹妹说:"我在这儿呢",又伏下身去,他在捉什么虫子。他捉到螳螂,蚂蚱,知了和蜻蜓,来取悦他的妹妹。有那么两三年,我经常在那几棵大栾树下见到他们,兄妹俩总是在一起玩,玩得和睦融洽,都渐渐长大了些。之后有很多年没见到他们。我想他们都在学校里吧,小姑娘也到了上学的年龄,必是告别了孩提时光,没有很多机会来这儿玩了。这事很正常,没理由太搁在心上,若不是有一年我又在园中见到他们,肯定就会慢慢把他们忘记。

  那是个礼拜日的上午。那是个晴朗而令人心碎的上午,时隔多年,我竟发现那个漂亮的小姑娘原来是个弱智的孩子。我摇着车到那几棵大栾树下去,恰又是遍地落满了小灯笼的季节;当时我正为一篇小说的结尾所苦,既不知为什么要给它那样一个结尾,又不知何以忽然不想让它有那样一个结尾,于是从家里跑出来,想依靠着园中的镇静,看看是否应该把那篇小说放弃。我刚刚把车停下,就见前面不远处有几个人在戏耍一个少女,作出怪样子来吓她,又喊又笑地追逐她拦截她,少女在几棵大树间惊惶地东跑西躲,却不松手揪卷在怀里的裙裾,两条腿袒露着也似毫无察觉。我看出少女的智力是有些缺陷,却还没看出她是谁。我正要驱车上前为少女解围,就见远处飞快地骑车来了个小伙子,于是那几个戏耍少女的家伙望风而逃。小伙子把自行车支在少女近旁,怒目望着那几个四散逃窜的家伙,一声不吭喘着粗气,脸色如暴雨前的天空一样一会比一会苍白。这时我认出了他们,小伙子和少女就是当年那对小兄妹。我几乎是在心里惊叫了一声,或者是哀号。世上的事常常使上帝的居心变得可疑。小伙子向他的妹妹走去。少女松开了手,裙裾随之垂落了下来,很多很多她捡的小灯笼便洒落了一地,铺散在她脚下。她仍然算得漂亮,但双眸迟滞没有光彩。她呆呆地望那群跑散的家伙,望着极目之处的空寂,凭她的智力绝不可能把这个世界想明白吧?大树下,破碎的阳光星星点点,风把遍地的小灯笼吹得滚动,仿佛喑哑地响着无数小铃铛。哥哥把妹妹扶上自行车后座,带着她无言地回家去了。

  无言是对的。要是上帝把漂亮和弱智这两样东西都给了这个小姑娘,就只有无言和回家去是对的。

  谁又能把这世界想个明白呢?世上的很多事是不堪说的。你可以抱怨上帝何以要降诸多苦难给这人间,你也可以为消灭种种苦难而奋斗,并为此享有崇高与骄傲,但只要你再多想一步你就会坠入深深的迷茫了:假如世界上没有了苦难,世界还能够存在么?要是没有愚钝,机智还有什么光荣呢?要是没了丑陋,漂亮又怎么维系自己的幸运?要是没有了恶劣和卑下,善良与高尚又将如何界定自己又如何成为美德呢?要是没有了残疾,健全会否因其司空见惯而变得腻烦和乏味呢?我常梦想着在人间彻底消灭残疾,但可以相信,那时将由患病者代替残疾人去承担同样的苦难。如果能够把疾病也全数消灭,那么这份苦难又将由(比如说)相貌丑陋的人去承担了。就算我们连丑陋,连愚昧和卑鄙和一切我们所不喜欢的事物和行为,也都可以统统消灭掉,所有的人都一样健康、漂亮、聪慧、高尚,结果会怎样呢?怕是人间的剧目就全要收场了,一个失去差别的世界将是一条死水,是一块没有感觉没有肥力的沙漠。

看来差别永远是要有的。看来就只好接受苦难——人类的全部剧目需要它,存在的本身需要它。看来上帝又一次对了。

于是就有一个最令人绝望的结论等在这里:由谁去充任那些苦难的角色?又有谁去体现这世间的幸福,骄傲和快乐?只好听凭偶然,是没有道理好讲的。

就命运而言,休论公道。

那么,一切不幸命运的救赎之路在哪里呢?

设若智慧的悟性可以引领我们去找到救赎之路,难道所有的人都能够获得这样的智慧和悟性吗?

我常以为是丑女造就了美人。我常以为是愚氓举出了智者。我常以为是懦夫衬照了英雄。我常以为是众生度化了佛祖。

五

设若有一位园神,他一定早已注意到了,这么多年我在这园里坐着,有时候是轻松快乐的,有时候是沉郁苦闷的,有时候优哉游哉,有时候悒惶落寞,有时候平静而且自信,有时候又软弱,又迷茫。其实总共只有三个问题交替着来骚扰我,来陪伴我。第一个是要不要去死?第二个是为什么活?第三个,我干嘛要写作?

现在让我看看,它们迄今都是怎样编织在一起的吧。

你说,你看穿了死是一件无需乎着急去做的事,是一件无论怎样耽搁也不会错过的事,便决定活下去试试?是的,至少这是很关键的因素。为什么要活下去试试呢?好像仅仅是因为不甘心,机会难得,不试白不试,腿反正是完了,一切仿佛都要完了,但死神很守信用,试一试不会额外再有什么损失。说不定倒有额外的好处呢是不是?我说过,这一来我轻松多了,自由多了。为什么要写作呢？作家是两个被人看重的字，这谁都知道。为了让那个躲在园子深处坐轮椅的人，有朝一日在别人眼里也稍微有点光彩，在众人眼里也能有个位置，哪怕那时再去死呢也就多少说得过去了，开始的时候就是这样想，这不用保密，这些现在不用保密了。

我带着本子和笔，到园中找一个最不为人打扰的角落，偷偷地写。那个爱唱歌的小伙子在不远的地方一直唱。要是有人走过来，我就把本子合上把笔叼在嘴里。我怕写不成反落得尴尬。我很要面子。可是你写成了，而且发表了。人家说我写的还不坏，他们甚至说：真没想到你写得这么好。我心说你们没想到的事还多着呢。我确实有整整一宿高兴得没合眼。我很想让那个唱歌的小伙子知道，因为他的歌也毕竟是唱得不错。我告诉我的长跑家朋友的时候，那个中年女工程师正优雅地在园中穿行；长跑家很激动，他说好吧，我玩命跑，你玩命写。这一来你中了魔了，整天都在想哪一件事可以写，哪一个人可以让你写成小说。是中了魔了，我走到哪儿想到哪儿，在人山人海里只寻找小说，要是有一种小说试剂就好了，见人就滴两滴看他是不是一篇小说，要是有一种小说显影液就好了，把它泼满全世界看看都是哪儿有小说，中了魔了，那时我完全是为了写作活着。结果你又发表了几篇，并且出了一点小名，可这时你越来越感到恐慌。我忽然觉得自己活得像个人质，刚刚有点像个人了却又过了头，像个人质，被一个什么阴谋抓了来当人质，不定哪天被处决，不定哪天就完蛋。你担心要不了多久你就会文思枯竭，那样你就又完了。凭什么我总能写出小说来呢？凭什么那些适合作小说的生活素材能送到一个截瘫者跟前来呢？人家满世界跑都有枯竭的危险，而我坐在这园子里凭什么可以一篇接一篇地写呢？你又想到死了。我想见好就收吧。当一名人质实在是太累了太紧张了，太朝不保夕了。我为写作而活下来，要是写作到底不是我应该干的事，我想我再活下去是不是太冒傻气了？你这么想着你却还在绞尽脑汁地想写。我好歹又拧出点水来，从一条快要晒干的毛巾上。恐慌日甚一日，随时可能完蛋的感觉比完蛋本身可怕多了，所谓不怕贼偷就怕贼惦记，我想人不如死了好，不如不出生的好，不如压根儿没有这个世界的好。可你并没有去死。我又想到那是一件不必着急的事。可是不必着急的事并不证明是一件必要拖延的事呀？你总是决定活下来，这说明什么？是的，我还是想活。人为什么活着？因为人想活着，说到底是这么回事，人真正的名字叫作：欲望。可我不怕死，有时候我真的不怕死。有时候，——说对了。不怕死和想去死是两回事，有时候不怕死的人是有的，一生下来就不怕死的人是没有的。我有时候倒是怕活。可是怕活不等于不想活呀？可我为什么还想活呢？因为你还想得到点什么，你觉得你还是可以得到点什么的，比如说爱情，比如说，价值感之类，人真正的名字叫欲望,这不对吗?我不该得到点什么吗?没说不该。可我为什么活得恐慌,就像个人质?后来你明白了,你明白你错了,活着不是为了写作,而写作是为了活着。你明白了这一点是在一个挺滑稽的时刻。那天你又说你不如死了好,你的一个朋友劝你:你不能死,你还得写呢,还有好多好作品等着你去写呢。这时候你忽然明白了,你说:只是因为我活着,我才不得不写作。或者说只是因为你还想活下去,你才不得不写作。是的,这样说过之后我竟然不那么恐慌了。就像你看穿了死之后所得的那份轻松?一个人质报复一场阴谋的最有效的办法是把自己杀死。我看出我得先把我杀死在市场上,那样我就不用参加抢购题材的风潮了。你还写吗?还写。你真的不得不写吗?人都忍不住要为生存找一些牢靠的理由。你不担心你会枯竭了?我不知道,不过我想,活着的问题在死前是完不了的。

这下好了,您不再恐慌了不再是个人质了,您自由了。算了吧你,我怎么可能自由呢?别忘了人真正的名字是:欲望。所以您得知道,消灭恐慌的最有效的办法就是消灭欲望。可是我还知道,消灭人性的最有效的办法也是消灭欲望。那么,是消灭欲望同时也消灭恐慌呢?还是保留欲望同时也保留人生?

我在这园子里坐着,我听见园神告诉我:每一个有激情的演员都难免是一个人质。每一个懂得欣赏的观众都巧妙地粉碎了一场阴谋。每一个乏味的演员都是因为他老以为这戏剧与自己无关。每一个倒霉的观众都是因为他总是坐得离舞台太近了。

我在这园子里坐着,园神成年累月地对我说:孩子,这不是别的,这是你的罪孽和福祉。

六

要是有些事我没说,地坛,你别以为是我忘了,我什么也没忘,但是有些事只适合收藏。不能说,也不能想,却又不能忘。它们不能变成语言,它们无法变成语言,一旦变成语言就不再是它们了。它们是一片朦胧的温馨与寂寥,是一片成熟的希望与绝望,它们的领地只有两处:心与坟墓。比如说邮票,有些是用于寄信的,有些仅仅是为了收藏。

如今我摇着车在这园子里慢慢走,常常有一种感觉,觉得我一个人跑出来已经玩得太久了。有一天我整理我的旧相册,看见一张十几年前我在这园子里照的照片——那个年轻人坐在轮椅上,背后是一棵老柏树,再远处就是那座古祭坛。我便到园子里去找那棵树。我按着照片上的背景找,很快就找到了它,按着照片上它枝干的形状找,肯定那就是它。但是它已经死了,而且在它身上缠绕着一条碗口粗的藤萝。有一天我在这园子里碰见一个老太太,她说:"哟,你还在这儿哪?"她问我:"你母亲还好吗?""您是谁?""你不记得我,我可记得你。有一回你母亲来这儿找你,她问我您看没看见一个摇轮椅的孩子?……"我忽然觉得,我一个人跑到这世界上来玩真是玩得太久了。有一天夜晚,我独自坐在祭坛边的路灯下看书,忽然从那漆黑的祭坛里传出一阵阵唢呐声;四周都是参天古树,方形祭坛占地几百平米空旷坦荡独对苍天,我看不见那个吹唢呐的人,惟唢呐声在星光寥寥的夜空里低吟高唱,时而悲怆时而欢快,时而缠绵时而苍凉,或许这几个词都不足以形容它,我清清醒醒地听出它响在过去,响在现在,响在未来,回旋飘转亘古不散。

必有一天,我会听见喊我回去。

那时您可以想像一个孩子,他玩累了可他还没玩够呢,心里好些新奇的念头甚至等不及到明天。也可以想像是一个老人,无可置疑地走向他的安息地,走得任劳任怨。还可以想像一对热恋中的情人,互相一次次说"我一刻也不想离开你",又互相一次次说"时间已经不早了",时间不早了可我一刻也不想离开你,一刻也不想离开你可时间毕竟是不早了。

我说不好我想不想回去。我说不好是想还是不想,还是无所谓。我说不好我是像那个孩子,还是像那个老人,还是像一个热恋中的情人。很可能是这样:我同时是他们三个。我来的时候是个孩子,他有那么多孩子气的念头所以才哭着喊着闹着要来,他一来一见到这个世界便立刻成了不要命的情人,而对一个情人来说,不管多么漫长的时光也是稍纵即逝,那时他便明白,每一步每一步,其实一步步都是走在回去的路上。当牵牛花初开的时节,葬礼的号角就已吹响。

但是太阳,他每时每刻都是夕阳也都是旭日。当他熄灭着走下山去收尽苍凉残照之际,正是他在另一面燃烧着爬上山巅布散烈烈朝辉之时。那一天,我也将沉静着走下山去,扶着我的拐杖。有一天,在某一处山洼里,势必会跑上来一个欢蹦的孩子,抱着他的玩具。

当然,那不是我。

但是,那不是我吗?

宇宙以其不息的欲望将一个歌舞炼为永恒。这欲望有怎样一个人间的姓名,大可忽略不计。

1989 年 5 月 11 日
1990 年 1 月 7 日改

刘 叔 雅

张中行

刘叔雅是民初学术界的知名之士,名文典,字叔雅,因为学术有成就,人都称呼为刘叔雅,表示尊重。

三十年代初,他在清华大学任国文系主任,在北京大学兼课,讲六朝文,我听过一年。他的大名,我早有所知。这少半是来自读他的著作,其中有翻译日本丘浅次郎的《进化与人生》;中文的是他的权威著作《淮南鸿烈集解》。听说他骈体文写得很好,没有见过。大名的多半是来自他的不畏权势。那是一九二八年,他任安徽大学校长,因为学潮事件触怒了老蒋。蒋召见他,说了既无理又无礼的话,据说他不改旧习,伸出手指指着蒋说:"你就是新军阀!"蒋大怒,要枪毙他。幸而有蔡元培先生等全力为他解释,说他有精神不正常的毛病,才以立即免职了事。不论什么时代,像这样常人会视为疯子的总是稀有的,这使我不禁想到三国的祢衡。这位祢衡就在课堂上,一周见一次,于是我怀着好奇的心理注意他的言谈举止。

他偏于消瘦,面黑,一点没有出头露角的神气。上课坐着,讲书,眼很少睁大,总像是沉思,自言自语。现在还有印象的,一次是讲木玄虚《海赋》,多从声音的性质和作用方面发挥,当时觉得确是看得深,说得透。又一次,是泛论不同的韵的不同情调,说五微韵的情调是惆怅,举例,闭着眼睛吟诵:"风压轻云贴水飞,乍晴池馆燕争泥,沈郎憔悴不胜衣。"念完,停一会,像是仍在心里回味,我当时想,他是不是觉得自己就是"沈郎憔悴不胜衣"呢?对于他的见解,同学是尊重的。只是有一次,他表现为明显的言行不一致。不知从哪里说起,他忽然激昂起来,起立,睁大眼睛,说人间的不平等现象使他生气,举例中有有人坐车,有人拉车云云。同学听了都惊奇而感动,想到像这样一位神游六朝的人物忽然注重现世问题,真有"烈士暮年,壮心不已"的意味。说完,下课,有些同学由窗口目送他走出校门。一辆旧人力车过来,他坐上去,车夫提起车把向西跑去,原来他正是"有人坐车"的人。

抗战时期,他到云南,一个时期在西南联大任教。我有个表弟倪君在那里上学,回内地之后跟我说,刘叔雅在那里仍然表现为很怪异,许多事在学校传为笑谈。例如有一次跑警报,一位新文学作家,早已很有名,也在联大任教,急着向某个方向走,他看见,正言厉色地说:"你跑作什么!我跑,因为我炸死了,就不再有人讲《庄子》。"那位作家尊重他是前辈,没还言,躲开他,或者说"桃之夭夭"了。再是不只一次,他讲书,吴宓(号雨僧)也去听,坐在教室内最后一排。他仍是闭目讲,讲到自己认为独到的体会的时候,总是抬头张目向后排看,问道:"雨僧兄以为何如?"吴宓照例起立,恭恭敬敬,一面点头一面答:"高见甚是。"惹得全场为之暗笑。

  1945年抗战胜利,西南联大散伙,各自回各自的老窝,他因为已经不在联大,就没有跟回来。以后一直留在云南,在云南大学任教。有人说这是因为他舍不得云土(烟土,即鸦片)和云腿(火腿),并由此而获得"二云居士"的雅号,不知确否。这且不管它,我觉得遗憾的是不再听到他的"甚是"的"高见",有时难免有类似老成凋谢的惆怅。

  十几年之后,他就真正凋谢了。我有时想起北京大学的卯字号人物,这小一辈的,刘半农终于1934年,享寿四十三;胡适终于1962年,享寿七十一;刘叔雅终于1958年,享寿六十七,但就这一点说是中间人物。学术成就呢,很难说。张文勋为他做的传记说,他还想以余年完成《群书校补》等几种大著作,可惜"出生未捷身先死"。我则以为,他不如降一级,由"子部"转到专搞"集部",多搞搞选学、唐诗,就会对更多的读者有大帮助。——他作古了;如果还健在,听到我这不三不四的意见,恐怕要大喊"小子何知"吧。

四月裂帛

简　媜

三月的天书都印错,竟无人知晓。

近郊山头染了雪迹,山腰的杜鹃与瘦樱仍然一派天真地等春。三月本来毋庸置疑,只有我关心瑞雪与花季的争辩,就像关心生活的水潦能否允许生命的焚烧。但,人活得疲了,转烛于锱铢,或酒色,或一条百年老河养不养得起一只螃蟹?于是,我也放胆地让自己疲着,圆滑地在言语厮杀的会议之后,用寒鸦的音色赞美:"这世界多么有希望啊!"然后,走。

直到一本陌生的诗集飘至眼前,印了一年仍然初版的冷诗,(我们是诗的后裔!)诗的序写于两年以前,若洄溯行文走句,该有四年,若还原诗意至初孕的人生,或则六年、八年。于是,我做了生平第一件快事,将三家书店摆饰的集子买尽——原谅我卤莽啊!陌生的诗人,所有不被珍爱的人生都应该高傲地绝版!

然而,当我把所有的集子同时翻到最后一页题曰最后一首情诗时,午后的雨丝正巧从帘缝蹑足而来。三月的驼云倾倒的是二月的水谷,正如薄薄的诗舟盛载着积年的乱麻。于是,我轻轻地笑起来,文学,真是永不疲倦的流刑地啊!那些颥面的人,不必起解便自行前来招供、画押,因为,唯有此地允许罪愆者徐徐地申诉而后自行判刑,唯有此地,宁愿放纵不愿错杀。

原谅我把冷寂的清官朝服剪成合身的寻日布衣,把你的一品丝绣裁成放心事的暗袋,你娴熟的三行连韵与商籁体,到我手上变为缝缝补补的百衲图。安静些,三月的鬼雨,我要翻箱倒箧,再裂一条无汗则拭泪的巾帕。

　　我不断漂泊,
　　因为我害怕一颗被囚禁的心
　　终于,我来到这一带长年积雨的森林

你把七年来我写给你的信还我,再也没有比这更轻易的事了。

约在医院门口见面,并且好好地晚餐。你的衣角仍飘荡着辛涩的药味,这应是最无菌的一次约会。可惜,惨淡夜色让你看起来苍白,仿佛生与死的演绎仍鞭笞着你瘦而长的身躯。最高的纪录是,一个星期见十三名儿童死去,你常说你已学会在面对病人死亡之时,让脑子一片空白,继续做一个饱餐、更浴、睡眠的无所谓的人。在早期,你所写的那首《白鹭鸶》诗里,曾雄壮地要求天地给你这一袭白衣;白衣红里,你在数年之后《关渡手稿》这样写:

> 恐怕
> 我是你的尸体衣裳
> 非婚礼华服

并且悄悄地后记着:"每次当病人危急时,我们明知无用,仍勉强做些急救的工作。其目的并非要救病人,而是来安慰家属。"

你早已不写诗了,断腕只是为了编织更多美丽的谎言喂哺垂死病人绝望的眼神。也好让自己无时无刻沉浸于谎言的绚丽之中,悄然忘记四面楚歌的现实。你更瘦些,更高些,给我的信愈来愈短,我何尝看不出在急诊室、癌症病房的行程背后,你颤抖而不肯落墨讨论的,关于生命这一条理则。

终于,我们也来到了这一刻,相见不是为了圆谎为了还清面目,七年了,我们各自以不同的手法编织自己的谎,的确也毫发未损地避过现实的险滩。唯独此刻,你愿意在我面前诚实,正如我唯一不愿对你假面。那么,我们何其不幸,不能被无所谓的美梦收留,又何等幸运,历劫之后,单刀赴会。

穿过新公园,魅魅魍魍都在黑森林里游荡,一定有人殷勤寻找"仲夏夜之梦",有人临池摹仿无弦钓。我们安静地各走各的,好像相约要去探两个挚友的病,一个是七年前的你,一个是七年前的我,好像他们正在加护病房苟延残喘,死而不肯瞑目,等亲人去认尸。

"为什么走那么快?"你喊着。

"冷啊!而且快下雨了。"

灯光飘浮着,钢琴曲听来像粗心的人踢倒一桶玻璃珠。餐前酒被洁净的白手侍者端来,耶稣的最后晚餐是从哪儿开始吃的?

"拿来吧,你要送我的东西。"

你腼腆着,以迟疑的手势将一包厚重的东西交给我。

"可以现在拆吗?"我狡诈地问。

"不行,你回去再看,现在不行。"

"是什么?书吗?是圣经?……还是……真重哩!"我掂了又掂,七年的重量。

"你……回去看,唯一、唯一的要求。"

于是,我装作什么都不知道,继续与你晚餐,我痛恨自己的灵敏,正如厌烦自己总能在针毡之上微笑应对。而我又不忍心拂袖,多么珍贵这一席晚宴。再给你留最后一次余地,你放心,凄风苦雨让我挡着,你慢慢说。

"后来,我遇到第二个女孩子,她懂得我写的、想的,从来没有人像她那样……"你说。

"我察觉在不知道的地方,有一种东西,好像遥远不可及,又像近在身边;似在身外,又似在身内,一直在吸引我。我无法形容那是什么——或许是使得风景美丽的不可知之力量;或许是从小至今,推动我不断向前追求的不能拒绝之力量;或许是每时刻我心中最深处的一种呼唤、一种喜悦、一种梦;或许是考娄芮基(Coleridge)在他的《文学传记》所述的'自然之本质',这本质事先便肯定了较高意义的自然与人的灵魂之间,存在着一种'关联'……想着,想着,《关渡手稿》就在这种心境写下来。……"年轻的习医者在信上写着。

"她懂你像你懂自己一样深刻吗?"我问。

"我试着让她知道,我为什么而活。"你说。

"来此两个多星期,天天看病人,跟在医院无两样。空间多,看海与观星成了忘我的消遣。我很高兴能走入'时间'里面去体会时间的分秒之悸动,圣经写说,人生若经过炼金之人的火及漂布之人的碱,必能尝到丰溢的酒杯,于是我更能体会濒死病人的呻吟,可以真实地走过病眼深水的波浪洪涛。在'你的瀑布发声,深渊就与深渊响应'之际,虽然长夜仍然漫漫,我仍旧守候在病人的身旁,守候着风雨之中的花蕾,守候着天发亮的晨星……这是我衷心想告诉你的……"在东引海边的军营里,有一封信这么写。

"为了她我拒绝所有的交往,我告诉另一个女孩子,我在等人;她哭了,她嫁人了。"你颓唐起来。

"啊!"我说:"这个女孩子真是铜墙铁壁啊!是你不能接受她是个非基督徒,还是她不能接受你的主?"

"我曾由只要去爱不是去同情的初学者,变成现在差不多以 make money 为主的医匠。我甚至陷在希望借研究与学术发表演讲来满足内心好大喜功之欲望里而不可自拔,我甚至怕自己突因某种原因而死亡(很多医师因工作太累,开车打瞌睡而撞死)。目前,我正在钻研一种'内生性类似毛地黄之因子',我渴求能在两年内把它分析出来公诸于世,以满足一己暂时的快感……我不知道我是谁?

"我渴望婚姻,但也害怕婚姻带来的角色改变,我是痛苦的空城。直到,我碰到了一位'女作家',我非常喜欢和她做朋友,但我的直觉和教会及所有的人认为我不能和一个非基督徒结婚。我相信我有能力做她的好朋友,但我不知道能否做她的好丈夫?我不能接受夫妻因信仰所发生的任何冲突,我又很希望这位女作家过着幸福快乐的日子,我当然希望结婚的对象也是基督徒……我可能选择独身,我是矛盾的人。"第四十二封信写着。

"的确,"我啜饮着烫舌的咖啡:"天上的父必然要选择他地上的媳,如同平凡的妇人也想选择她天上的父。"

"我不懂她心中真正的想法,她真是铜墙铁壁!"你说。

"她或许了解你的坚持,你却不一定进得去她固执的内野。你们都航行于真理的海,沿着不同的鲸路。你只希望她到你的船上,你知道她的舟是怎么空手造成的?她爱她的扁舟甚于爱你,犹如你爱你的船甚于爱她。如果你为她而舍船,在她的眼中你不再尊贵,如果她为你而弃舟,她将以一生的悔恨磨折自己。的确,隐隐有一种存在远远超过爱情所能掩盖的现实,如果不是基于对永恒生命衷心寻觅而结缡的爱,它不比一介微尘骄傲。你们曾经欢心惊叹,发现彼此航行于同一座海洋;现在,却相互争辩,只为了不在同一条船上。假设,她愿意将你的缆绳结在她的舟身,不要求你弃船,那么你能否接受她的绳,不要求她覆舟?如果比身并航也不为你的宗教所允许,你只有失去她,永远的失去她。"

"我是一个失败的证道者!"你喟然着。

"不!"我说:"如果你不曾成功地摊开你的内心,她早就成为你痛苦的妻。当你朗诵诗篇二十三给她:'耶和华是我的牧者,我必不致缺乏。他使我躺卧在青草地上,领我在可安歇的水边。他使我的灵魂甦醒,为自己的名引导我走义路。'你要相信,她才答应自己去寻找另一处无人到过的迦南美地。如果她在你心中仍然美丽,就是因为这一身永不妥协的探索与敢于迎战的清白足以美丽。她一生不曾侍奉任何的主,而她赞美你,等同赞美了上帝。你信仰了主,你当终生仰望,你既然住着耶和华的殿,享有他赐予的粮,你何苦再寻一座婚姻的空壳?我只听说有人千方百计将他的茅屋改成宫殿,未曾闻过在宫殿里另筑茅屋。你成全了她走自己的义路,这是你赐她最大的福音。她住在她那寒伧的磨坊,无一日不在负轭、磨粮,你要体会,不是为了她自己,为了不可指认、不能执著的万有——让虚空遍满琉璃珍珠,让十五之后日日是好日,让一介生命甘心以粉身碎骨的万有;如同你活着为了光耀上帝。你要眼睁睁看她怎么粉碎,正如她眼睁睁看你七年。"

最后一封信这样落笔:"在我心目中,你一直是个尊贵的灵魂,为我所景仰。认识你愈久,愈觉得你是我人生行路中一处清喜的水泽。

"为了你,我吃过不少苦,这些都不提。我太清楚存在于我们之间的困难,遂不敢有所等待,几次想忘于世,总在山穷水尽处又悄然相见,算来即是一种不舍。

"我知道,我是无法成为你的伴侣,与你同行。在我们眼所能见耳所能听的这个世界,上帝不会将我的手置于你的手中。这些,我都已经答应过了。

"这么多年,我很幸运成为你最大的分享者,每一次见面,你从不吝惜把你内心丰溢的生息倾注于我的杯。像约书亚等人从以实各谷砍了葡萄树的一枝,上头有一挂葡萄,又带了些石榴和无花果来……你让我不致变成一个盲从的所知障者,你激励我追求无上自由的意志,如果有一天我终能找到我的迦南之野,我得感谢你给我翅膀。

"请相信,我尊敬你的选择,你也要心领神会,我的固执不是因为对你任何一桩现实的责难,而是对自己个我生命忠贞不二的守信。你甚美丽,你一向甚我美丽。

"你也写过诗的,你一定了解创作的磨坊一路孤绝与贫瘠,没有一日,我卑微的灵不在这里工作、学习。若我有任何贪恋安逸,则将被遗弃。走惯贫沙,啃过粗粮,吞咽之时意也有蜜汁之感,或许,这是我的迦南地。

"不幻想未来了。你若遇着可喜的姊妹,我当祈福祝祷。你真是一个令人欢喜的人,你的杯不应该为我而空。

"就这样告别好了,信与不信不能共负一轭。"

> 且让我们以一夜的苦茗
> 诉说半生的沧桑
> 我们都是执著而无悔的一群,
> 以飘零作归宿

在你年轻而微弱的生命时辰里,我记载这一卷诘屈聱牙的经文,希望有朝一日,你为我讲解。

如果笔端的回忆能够一丝丝一缕缕再绕个手,我都已经计算好了,当我们学着年轻的比丘尼入舍卫大城乞食,于其城中次第乞已,还至本处时,我要把钵中最大最美的食物供养你,再不准你像以前软硬兼施趁人不备地把一片冰心掷入我的壶。

我们真的因为寻常饮水而认识。

那应该是个薄夏的午后,我仍记得短短的袖口沾了些风的纤维。在课与课交接的空口,去文学院天井边的茶水房倒杯麦茶,倚在砖砌的拱门觑风景。一行樱瘦,绿扑扑的,倒使我怀念冬樱冻唇的美,虽然那美带着凄清,而我宁愿选择绝世的凄艳,更甚于平铺直叙的雍容。门墙边,老树浓荫,曳着天风;草色釉青,三三两两的粉蝶梭游。我轻轻叹了气,感觉有一个不知名的世界在我眼前幻生幻化,时而是一段佚诗,时而变成幽幽的浮烟,时而是一声惋惜——来自于一个人一生中最精致的神思……这些交错纷叠的灵羽最后被凌空而来的一声鸟啼啄破,然后,另一个声音这么问:

"你,就是简媜吗?"

我紧张起来,你知道的,我常忘记自己的名字,并且抗拒在众人面前承认自己,那一天我一定很无措吧!迟顿了很久才说:"是。"又以极笨拙的对话问:"那,你是什么人?"

知道你也学中文的,又写诗,好像在遍野的三瓣酢浆中找四瓣的幸运草:"唷,还有一棵躲在这!"我愉快起来就会吃人:"原来是学弟,快叫学姊!"你面有难色,才吐露从理学院辗转到文学殿堂的行程,倒长我二岁有余。我看你温文又亲和,分明是邻家兄弟,存心欺负你到底:"我是论辈不论岁的!"你露齿而笑,大大地包容了我这目中无人的草莽性情。那一午后我归来,莫名地,有一种被生命紧紧拥住的半疼半喜,我想,那道拱门一定藏有一座世界的回忆。

毕竟,我只善于口头称霸,在往后与你书信嬗递,才发觉你瘦弱的身躯底下,凝炼了多少雄奇悲壮的天质,而你深深懂得韬光养晦,只肯凿一小小的孔,让琢磨过的生命以童子的姿势嬉嬉然到我眼前来。我们不谈身世只论性命,更多时候在校园道上相遇,也只是一语一笑作别,但我坚信:"这人是个大寂寞过的人!"

那时候,你的面目早已因潜伏的病灶难靖,稍稍地倾斜着,反正已经割过了而且是个慢性子的瘤,就不必管吧,只在你心力用瘁的时候,才憔悴起来,我叫你当心,你复来的信不痛不痒地说:"今早文心课见你挽抱书本飘然而去,霎时间萌生一种远飏的感觉,没来得及跟你说。有回上声韵,下了课,正见你倦极而伏案,其时感觉也是一惊。记得有次夜深,与你不期然遇,你说从总图出来,回宿舍去。夜色下的你步履决定,却透着层弱倦后的苍白。一直没能多问候你,反而是你看出我的憔悴。"你始终不愿意称我"简媜",说这二字太坚奇铿锵,带了点刀兵,你宁愿正正经经地写下"敏媜",说有了这"敏"字,行云流水起来,不遭忌的。我深深动容,你一片片莲灿,都为我惜生,而我能为你做什么?性格里横槊赋诗的草莽气质,总让我对最亲近的人杀伐征讨。难得有一回清清淡淡的小聚,临别时,我不经心窜出那头兽、那忘情负义恩将仇报的猛禽:"保重哟,下一次见面或许九天,或九年。"你清和的面容浮掠一丝秋瑟,宽怀地笑纳这些语锋契机,你报平安的信通常这么作结:"写信、说话,欢喜日复一日。看你什么时候有空,小谈。我担心一语成谶。"

尔后,我离了学院,日复日载饥载渴,过的是牛饮而后快的星夜。偶有不死的诗心,才写些哀哀怨怨的信给亲近的人,你总是快快地回:"外出三天,深夜踏雨归来,檐前出现一小叠信。中有你亲切的字迹,你的信束自然令我喜欢。……我的病情,好好坏坏,终须挨上一刀才见分晓。近两个月来的抱病自守,旦夕之间,情知对于生命底千般流转,尽须付与无尽的忍爱。我想,他朝小痊,如你之奔驰,亦须这样。一步一履,无非修行。至此,我依然深心乐观,来日或聚,愿其时你的事业大势底定,我亦澡雪精神。"

我们深心乐观着未来,几次击掌切磋,暗暗以创格自许,不屑袭调。负气使才如我,滔滔洒墨,似欲与千夫万夫一拼。你见我清瘦异常,只吩咐我不可太夜太累,我委屈了,说:"就活这么一次,我要飞扬跋扈!"你语重心长地说:"早慧,难享天年的,古来如此。"

你珍贵我这顽桀的生命,大大地甚于你自己的。那一回生日,你特地去寻玉送我,一龙一凤绕着净瓶(啊! 会是观音的净瓶吗?),你说鬻玉的老者称这块玉的肌理具荷质,返家的途中经过南海路,你去植物园的荷花池,轻轻地轻轻地将这玉沁了又沁……你说:"生命恒有繁华落尽的感觉,只不过,不染淤泥!"

病魔却与你弄斧耍戟,你的眼开始不自觉地泪,夜半常因拭泪而难以入眠,你谦称这是宿业使然。在你卜居的深山穷野,你宛若处子与生灭大化促膝而谈,抱病独居的信,不改涓涓细流的字迹:"有天半夜不能安睡,出至阳台。山间天象澄明,月光大片大片洒落一地。忽然间,我看见自己月下的影子,细细瘦瘦,怯怯地,触目竟十分眼熟,但那分明不是日光中的'我'。我呆呆地忖忖想想,啊,是了——是童话时候的'我'! 我好感动地望着那片身影,然后牵他入梦。偶得一悟,心情愿如庄周,处于病与不病之间。"

你第二度开刀,除去右颜面突变的肉瘤,我将一串琥珀念珠赠你,那是寺里一名师父突然脱下赠我的,我欢喜生命中"突然"的意象。你认真地戴在手腕,虚弱地在病榻上闭目。我又天真起来了,仿佛一名间谍,在你短兵相接的战场之前,先给你解药,你此后可以大胆地无惧地去迎喂毒的流箭。病后,你说:"我渐渐愿意把所有的悲沉、蒙昧、大痛、无明都化约到一种素朴的乐观上,我认为它是生命某种终极的境界。你知我知。"

最珍贵而美丽的,应该是你赴港念比较文学之前的半年。你诗写得少了,专志狼吞文学批评的典籍,你戏谑这是一桩"反美"的工程,但要我千万注意,你并非不爱美。我说:"管你家的什么美不美,天天念原文书,把一个人念得豆芽菜似的,这种美简直王八蛋!"你每星期总要回长庚医院追踪病情,我们相约在中午,趁我歇班的时刻,你教我念书。常常在市嚣流矢的小咖啡店里,你取出一叠白纸、一支钢笔,在喝了一口微冷的红茶之后,开始以沙哑沉浊的声音,为我唤来"福寇"(Michel Foucault),我静静地抱膝听着,进入神思所能触摸的最壮阔与最阴柔的空间,你的话幽浮起来:"……如今,书写已和献祭发生关联,甚至和生命的献祭发生关联……"我幡然有悟:"等等,我下一本书的架构出来了,你要不要听!"知识的考掘通常转化为创作的考掘,我是锈刀,拿你当磨刀石。你不也说了吗,我的生命太千军万马,终究不会听你这座"紫微"。实而言之,你是一则遥远的和平,为了你,我必须不断地战争。

有一回,茶冷言尽,你取出一张泛黄的黑白照片让我瞧:一名十岁男童倚在漫画书店的租台边,白白净净的怯生生的,眼睛里有一股神秘的招引与微燃的悲喜,静静地与世界相看。我惊叹起来:"多美啊!是你吗?"你欢喜地说:"是!"

那一回,你送我回报社上班,沿着木棉击掌、槭实落墨的砖道,你微微地喟叹:"天!给我时间!"

香港一年,你终因病发大量出血而辍学,从中正机场直奔林口长庚,医师已开了病危通知书。你却幽幽转醒,看着病床边来来往往的友好、同窗,或者,你还在等,当养育的父母双亡,亲生的父母待寻。你那时已不能进食,肉瘤塞住口舌,话也不能说了。你见我来,兀自挣身下床,从杂乱的行李中掏出一块精致的香皂,多少年前,我说过一日三浴更甚于心头欢喜,你在纸上写着:"多洗澡!"那一刹——那百千万亿年只可能有一回的一刹,我想狠狠地置你于死。

半年来,我抗拒着再去看你,想给你七七四十九遍的经诵终于不能尽读,我压抑每一丝丝一缕缕一角角关于你的挂念。只有两回梦见,一次你以赤子的形象从半空掠过,我仰首不复寻踪;一次你款款而来,白白净净的面目,我大喜,问:"你好了?"你笑而不答,许久许久才说:"还没开始生病啦!"梦醒后,深深地痛恨自己,现世里的大欢大美被解构得还不够吗?连在可以作主的梦土,也要懦怯地缴械。我终究是个懦夫,不配英雄谈吐。

那么,敬爱的兄弟,我们一起来回忆那一日午后,所有已死的神鬼都应该安静敷座,听我娓娓诉说。

那一日,我借了轮椅,推你到医院大楼外的湖边,秋阳绵绵密密地散装,轮转空空,偶尔绞尽砖岸的莽草。我感觉到你的瘦骨宛若长河落日,我的浮思如大漠孤烟。当我们面湖静坐,即将忘却此生安在,突然,遥远的湖岸跃出一行白鹭,扶摇直上掠湖而去,不复可寻。湖水仍在,如沉船后,静静的海面,没有什么风,天边有云朵堆聚着。

你在纸上问我:"几只?"

我答:"十二只。"你平安地颔首。

也许,不再有什么诘屈聱牙的经卷难得了你我。当你恒常以诗的悲哀征服生命的悲哀,我试图以小说的悬崖瓦解宿命的悬崖;当我无法安慰你,或你不再关怀我,请千万记住,在我们菲薄的流年,曾有十二只白鹭鸶飞过秋天的湖泊。

> 犹似存在主义，
> 或是老庄，
> 或是一杯下午茶，
> 或两本借来的书。

百般凌虐你，你都不生气，或，只生一小会儿气。好似在你那里存了一笔巨款，我尽情挥霍，总也不光。有时失了分寸，你肃起一张沧桑后的脸，像一个塞途者思索不可测的驿站，我就知道该道歉了，摸摸你深锁的额头说："什法子，谁叫你欠我。不生气，生气还得付我利息。"

常常在早餐约会，或入了夜的市集。热咖啡、双面煎荷包蛋、烘酥了的土司，及三份早报。你总替我放糖、一圈白奶，还打了个不切实际的哈欠。我喜欢晨光、翻报、热咖啡的烟更甚于盘中物，你半哄半骗，说瘦了就丑，我说："喂，就吃！"你果真叉起蛋片进贡而来，我从不吝惜给予最直接的礼赞："今天表现不错，记小功一支。"

早晨恒常令我欢心，仿佛摄取日出的力量，从睡眼沉静射入惊蛰的流动，有了奔驰的野性及征服的欲望。早晨对你却是苛责的，你雾着一张脸，听我意兴风发地擘画每一桩工作，帮你整理当日的行程及争辩的重点，战役的成果未必留给我们，但我们联手打过漂亮的仗。

入夜的城市更显得蠢蠢欲动，入夜的我通常是一只安静的软体动物，容易认错、善于仆役，不扎别人的自尊。你活跃于墨色的时空，以锐利的精神带着我游走于市集。一碗卤肉饭、石斑鱼汤、水煮虾也是令人难忘的饮食起居。我擅于剥虾、剔无刺的鱼肉，伺候你。你尽管放心地细数我的不对，定谳白日的蛮悍，我一向从善如流，乖乖地向你忏悔。

当市集悄悄撤退，夜也恹了，我打起一枚长长的呵欠，你说："走吧！回家。"你走你的路，我走我的归途。这城市无疑是我们巨构的室家，要各自走过冗长的通道，你回你的卧室，我有我的睡榻。

那么，的确必须用更宽容的律法才能丈量你我的轨道。你不曾因为我而放弃熟悉的生命潮汐——不管是过往的情涛、现实的波澜，或即将逼近的浪潮；我也不必为你而修改既定的秩序——我有我不能割舍的人际、工作的程序，及关于未来的编排。当我们相约，其实是趁机将自己从曲曲折折的轨道释放出来，以大而无当的姿势携手、寻路。你四十过二的音色里仍留有不肯成熟的童话；(要不，你怎么老是叉橡皮筋偷袭我！)我二十又七的华容仍忘怀不去初为儿女的姿意；(挺喜欢捧你的大手，一支一支地啃你的指头！)你时而化童时而老迈，我时而为人时而原兽，我们生动地演出内心被禁锢的角色，以城市为舞台，行人当盲目的观众。那些令人疲惫的典章制度不容推翻总可以暂忘，你虽然抱怨半生颠踬无以转圜，我却不曾怂恿你或然言弃——那些包袱早已变成心头肉,在我们分手后仍然继续由你背负的。如是,我期望每一次相聚,透过理智的剖析与情感之疏浚,更助益你昂然驼行。我深知,情会淡爱会薄,但作为一个坦荡的人,通过情枷爱锁的鞭笞之后,所成全的道义,将是生命里最昂贵的碧血。因而,你可以原始地袒露,常常促膝一夜,谈你孑然成长的大江南北,谈梦幻与现实互灭,谈你云烟过眼的诸多女人,谈你远去的妻与儿女……常常,我看到那一颗三十多年未落的噙泪。

  同等地,我得以在你身上复习久违的伦常,属于父执与兄长的渴望。过于阴柔的家境,促使我必须不断训练自己雄壮、摹仿男系社会的权威;而我生命的基调,却是要命的抒情传统,三秋桂子十里芰荷的那种,遂拿你砌湖,我得以歌尽舞影,临水照镜(啊!我终究必须恋父情结)。实则如此,每一桩生命的垦拓,须要吮取各式情爱的果实,凡是亏空的滋味,人恒以内在的潜力去做异次元的再造。你在不知不觉中已被我修改,按着我心中的形象发音;正如我愿意为你而俯身,将自己捏成宽口的罍,以盛住你酒后崩塌的块垒——任何一桩情缘,如果不能激励出另一种角色与规则,以弥补梦土与现实之间的断崖,终究不易被我珍爱。

  于是,我们很理智地辩论着婚姻。

  你说,不曾歇息的情涛,总难免落得一身萧索,过往的女人不是不爱,却发现愈爱得深愈陷泥淖;我说,这是剥夺,爱情之中藏有看不见的手。你说,如果我们结婚如何?我问,你视我为何?难道纷落的情锁不曾令你却步?你说,我在你心中不等同于女人,属于一种透明的中性——像白昼与黑夜,时而如男人清楚,时而如女性张皇,你能充分享受诉说,从最崔嵬的男峰吐露至最婉柔的女泽(你有时细心得像一名婢女),我欢愉你所陈述的,那表示,一个人对他(她)内在生命做多元创造的无限可能。而我开始叙述,关于多年来我们另辟蹊径,如今俨然一条轨道的情爱(请注意,放弃世俗轨道的通常要花更多心血为自己领航,且不再有回头的可能)。我们成就一种无名的名分,住在无法建筑的居室,我不要求你成为我的眷属如同我厌烦成为任何人的局部,你不必放弃什么即能获得我的灌注,我亦有难言的顽固却能被你呵护,我们积极相聚也品尝不得不的舍离,遂把所能拥有的辰光化成分分秒秒的惊叹。如果爱情是最美的学习,我愿意作证,那是因为我们学到了布施胜于占取,自由胜于收藏,超越胜于厮守,生命道义胜于世俗的华居。想必你了解,婚姻只是情爱之海的一叶方舟,如果我们愿意乘桴浮于海,何必贪恋短暂的晴朗——要纵浪就纵浪到底吧!我已拍案下注,你敢不敢作庄?

  我们还要一座壳吗?让壳内众所皆知的游戏规则逐渐吞噬我们的章

法。以我不靖的个性,难以避免对你层层剥夺;以你根深柢固的男系角色,终究会逐步对我干涉。原有我深沉的悲观,婚姻也有雄壮的大义,但不适合于我——我喜于实验,易于推翻,遂有不断地、不断地裂帛。

我情愿把这城市当成无人的旷野,那一夜,我爬上大厦广场的花台,你一把攫住,将我驮在肩上,哼着歌儿,凛凛然走过两条街;被击溃之后如果有内伤,那内伤也带着目中无人的酣畅。有一日,深夜作别,我内心击打着滔滔逝水的悲切,不忍责怨你什么,只想一个人把漫漫长夜走完,你说起风了,脱下外衣披我,押我上车,在站牌旁频频向我挥手,然后孤独地走向你候车的街口。那一刹,我又剑拔弩张,想狠狠刺大化的心脏,遂在下一站下车,拼命地跑,越过城市将灭的灯色,汗水淋漓地回到你的背后,你多么单薄,掏烟、点火,长长地向夜空喷雾,像一名手无寸铁的人!我倏地蒙住你的眼睛,重重地咬你的耳朵:"不许动!"你回头,看我,错愕的神情转化成放纵的狂笑,我胜利了,我说。

在借来的时空,我们散坐于城市中最凌乱的蓬壁,抽莫名其妙的烟,喝冷言热语的酒,我将烟灰弹入你的鞋里,问:

"欸,你也不说清楚,嫁给你有什么好处?"

你脱鞋,将灰烬敲出,说:"一日三顿饭吃,两件花衣裳嘛,一把零用钱让你使。"

我又把烟灰弹进去:"那我吃饱了做什么?"

你捏着我的颈子:"这样吆,你写书我读——再弹一次看看!"

我又把烟灰弹进去。

> 我随手抽了把单刀
> 走了趟雪花掩月
> 无声的月夜
> 只有鸽子簌簌地飞起

你怎么来了?

明明将你锁在梦土上,经书日月、粉黛春秋,还允许你闲来写诗,你却飞越关岭,趁着行岁未晚,到我面前说:"半生飘泊,每一次都雨打归舟。"

我只能说:"也好,坐坐!"

关于你生命中的山盟与水逝,我都听说。在茶余饭后,你的身世竟令我思谋,什么样的人,才能与秋水换色,什么样的情,才能百炼钢化成绕指柔。我似乎看到年幼时的你,已然为自己想象海市蜃楼,你愿意成为执戟侍卫,为亘古仅存的一枚日,奉献你绚霞一般的初心。

那么,请不要再怪罪生命之中总有不断的流星,就算大化借你朱砂御笔,你终究不会辜负悲沉的宿命,击倒的人宁愿刎颈,不屑偷生。这次见你,虽然你的眉目仍未能廓然朗清,倒也在一苇航之后,款款立命。你要日复日吐哺,不吐哺焉能归心。

把我当成你回不去的原乡,把我的挂念悬成九月九的茱萸,还有今年春末大风大雨,这些都是你的,总有一日,我会打理包袱前去寻你。但你要答应,先将梦泽填为壑,再伐桂为柱,滚石奠基,并且不许回头望我,这样,我才能听到来世的第一声鸡啼。

你走的时候,留下一把钥匙,说万一你月迷津渡,我可以去开你书中的小屋。我把指环赠你,尽管流离散落,恒有一轮守护你的红日,等候于深夜的山头。

你说:"还要去庙里烧香,像凡夫凡妇。"

那日,我独自去碧山岩,为你拈香,却什么话都没说。

这就是了,所有季节的流转永不能终止。三世一心的兴观群怨正在排练,我却有点冷,也许应该去寻松针,有朝一日,或许要为自己修改征服。

四月的天空如果不肯裂帛,五月的夹衣如何起头?

《四月裂帛》导读

光之四书

林清玄

光 之 色

当塞尚把苹果画成蓝色以后,大家对颜色突然开始有了奇异的视野,更不要说马蒂斯蓝色的向日葵,毕加索鲜红色的人体,夏卡尔绿色的脸了。

艺术家们都在追求绝对的真实,其实这种绝对往往不是一种常态。

我是真正见过蓝色苹果的人。有一次去参加朋友的舞会,舞会不免有些水果点心,我发现就在我坐的位子旁边一个摆设得精美的果盘,中间有几只梨山的青苹果,苹果之上一个色纸包扎的蓝灯,一束光正好打在苹果上,那苹果的蓝色正是塞尚画布上的色泽。那种感动竟使我微微地颤抖起来,想到诗人里尔克称赞塞尚的画:"是法国式的雅致与德国式的热情之平衡。"

设若有一个人,他从来没有见过苹果,那一刻,我指着那苹果说:苹果是蓝色的。他必然要相信不疑。

然后,灯光变了,是一支快速度的舞,七彩的光在屋内旋转,打在果盘上,所有的水果顿时成为七彩的斑点流动。我抬头看到舞会男女,每个人脸上的肤色隐去,都是霓虹灯一样,只是一些活动的碎点,像极了秀拉用细点的描绘。当刻,我不仅理解了马蒂斯、毕加索、夏卡尔种种,甚至看见了除去阳光以外的真实。

在阳光下,所有的事物自有它的颜色,当阳光隐去,在黑暗里,事物全失去了颜色。设若我们换了灯,同样是灯,灯泡与日光灯会使色泽不同,即使同是灯泡,百烛与十烛间相去甚巨,不要说是一支蜡烛了。我们时常说在黑夜的月光与烛光下就有了气氛,那是我们多出一种想像的空间,少去了逼人的现实,即使在阳光艳照的天气,我们突然走进树林,枝叶掩映,点点丝丝,气氛仿佛滤过,就围绕了周边。什么才是气氛呢?因为不真实,才有气有氛,令人迷惑。或者说除去直接无情的真实,留下迂回间接的真实,那就是一般人口里的气氛了。

有一回在乡下,听到一位农夫说到现今社会风气的败坏,他说:"都是电灯害的,电灯使人有了夜里的活动,而所有的坏事全是在黑暗里进行的。"想想,人在阳光的照耀下,到底还是保持着本色,黑暗里本色失去,一只苹果可以蓝,可以七彩,人还有什么不可为呢?

这样一想,阳光确实是无情,它让我们无所隐藏,它的无情在于它的无色,也在于它的永恒,又在于它的自然。不管人世有多少沧桑,阳光总不改变它的颜色,所以仿佛也不值得歌颂了。熟知中国文学的人应该发现,中国诗人词家少有写阳光下的心情,他们写到的阳光尽是日暮(天寒翠袖薄,日暮倚修竹),尽是黄昏(月上柳梢头,人约黄昏后),尽是落日(大漠孤烟直,长河落日圆),尽是夕阳(去年天气旧亭台,夕阳西下几时回),尽是斜阳(斜阳外,寒鸦数点,流水绕孤村),尽是落照(家住苍烟落照间,丝毫尘事不相关)……阳光的无所不在,无地不照,反而只有离去时最后的照影,才能勾起艺术家诗人的灵感,想起来真是奇怪的事。

一朝唐诗、一代宋词,大部分是在月下、灯烛下进行,你说奇怪不奇怪?说起来就是气氛作怪,如果是日正当中,仿佛都与情思、离愁、国仇、家恨无缘,思念故人自然是在月夜空山才有气氛,怀忧边地也只有在清风明月里才能服人,即使饮酒作乐,不在有月的晚上,难道是在白天吗?其实天底下最大的痛苦不是在夜里,而是在大太阳下也令人战栗,只是没有气氛,无法描摹罢了。

有阳光的天色,是给人工作的,不是给人艺术的,不是给人联想和忧思的。有阳光的艺术不是诗人词家的,是画家的专利,中国一部艺术史大部分写着阳光,西方的艺术史也是亮灿照耀,到印象派的时候更是光影辉煌,只是现代艺术家似乎不满意这样,他们有意无意地改变光的颜色。抽象自不必说了,写实,也不要俗人都看得见的颜色,而要透过画家的眼睛,他们说这是"超脱",这是"真实",这是"爱怎么画就怎么画才是创作"。

我常说艺术家是上帝的错误设计,因为他们要在阳光的永恒下,另外做自己的永恒,以为这样就成为永恒的主宰,艺术背叛了阳光的原色,生活也是如此。我们的黑夜愈来愈长,我们的屋子越来越密,谁还在乎有没有阳光呢?现在我如果批评塞尚的蓝苹果,一定引来一阵乱棒,就像齐白石若画了蓝色的柿子也会挨骂一样;其实前后还不过是百年的时间,一百年,就让现代人相信没有阳光,日子一样自在;让现代人相信艺术家的真实胜过阳光的真实。

阳光本色的失落是现代人最可悲的一种,许多人不知道在阳光下,稻子可以绿成如何,天可以蓝到什么程度,玫瑰花可以红到透明,那是因为过去在阳光下工作的占人类的大部分,现在变成小部分了;即使是在有光的日子,推窗究竟看的是什么颜色呢?

我常在都市热闹的街路上散步,有时走过长长的一条路,找不到一根小草,有时一年看不到一只蝴蝶,这时我终于知道:我们心里的小草有时候是黑的,而在繁屋的每一面窗中,埋藏了无数苍白没有血色的蝴蝶。

光 之 香

我遇见一位年轻的农夫,在南方一个充满阳光的小镇。

那时是春末了,一期稻作刚刚收成,春日阳光的金线如雨倾盆地泼在温暖的土地上,牵牛花在篱笆上缠绵盛开,苦苓树上鸟雀追逐,竹林里的笋子正纷纷胀破土地。细心地想着植物突破土地,在阳光下成长的声音,真是人间里非常幸福的感觉。

农夫和我坐在稻埕旁边,稻子已经铺平张开在场上。由于阳光的照射,稻埕闪耀着金色的光泽,农夫的皮肤染了一种强悍的铜色。我在农夫家做客,刚刚是我们一起把谷包的稻子倒出来,用犁耙推平的,也不是推平,是推成小小山脉一般,一条棱线接着一条棱线,这样可以让山脉两边的稻谷同时接受阳光的照射,似乎几千年来就是这样晒谷子,因为等到阳光晒过,八爪耙把棱线推进原来的谷底,则稻谷翻身,原来埋在里面的谷子全翻到向阳的一面来——这样晒谷比平面有效而均衡,简直是一种阴阳的哲学了。

农夫用斗笠扇着脸上的汗珠,转过脸来对我说:"你深呼吸看看。"

我深深地吸了一口气,缓缓吐出。

他说:"你吸到什么没有?"

"我吸到的是稻子的气味,有一点香。"我说。

他开颜地笑了,说:"这不是稻子的气味,是阳光的香味。"

阳光的香味?我不解地望着他。

那年轻的农夫领着我走到稻埕中间,伸手抓起一把向阳一面的谷子,叫我用力地嗅,那时稻子成熟的香气整个扑进我的胸腔,然后,他抓起一把向阴的埋在内部的谷子让我嗅,却是没有香味了。这个实验我深深地吃惊,感觉到阳光的神奇,究竟为什么只有晒到阳光的谷子才有香味呢?年轻的农夫说他也不知道,是偶然在翻稻谷晒太阳时发现的,那时他还是大学学生,暑假偶尔帮忙农作,想像着都市里多彩多姿的生活,自从晒谷时发现了阳光的香味,竟使他下决心要留在家乡。我们坐在稻埕边,漫无边际地谈起阳光的香味来,然后我几乎闻到了幼时刚晒干的衣服上的味道,新晒的棉被、新晒的书画,光的香气就那样淡淡地从童年中流泻出来。自从有了烘干机,那种衣香就消失在记忆里,从未想过竟是阳光的关系。

农夫自有他的哲学,他说:"你们都市人可不要小看阳光,有阳光的时候,空气的味道都是不同的。就说花香好了,你有没有分辨过阳光下的花与屋里的花,香气不同呢?"

我说:"那夜来香、昙花香又作何解呢?"

他笑得更得意了:"那是一种阴香,没有壮怀的。"

我便那样坐在稻埕边,一再地深呼吸,希望能细细品味阳光的香气,看我那样正经庄重,农夫说:"其实不必深呼吸也可以闻到,只是你的嗅觉在都市退化了。"

光 之 味

在澎湖访问的时候,我常在路边看渔民晒鱿鱼,发现晒鱿鱼有两种方式:一种是把鱿鱼放在水泥地上,隔一段时间就翻过身来。在没有水泥地的土地,为了怕蒸起的水气,渔民把鱿鱼像旗子一样,一面面挂在架起的竹竿上——这种景观是在澎湖、兰屿随处可见的,有的台湾沿海也看得见。

有一次一位渔民请我吃饭,桌子上就有两盘鱿鱼,一盘是新鲜的刚从海里捕到的鱿鱼,一盘是阳光晒干以后,用水泡发,再拿来煮的。渔民告诉我,鱿鱼不同于其他的鱼,其他的鱼当然是新鲜最好,鱿鱼则非经过阳光烤炙,不会显出它的味道来。我仔细地吃起鱿鱼,发现新鲜虽脆,却不像晒干的那样有味、有劲,为什么这样,真是没什么道理。难道阳光真有那样大的力量吗?

渔民见我不信,捞起一碗鱼翅汤给我,说:"你看这鱼翅好了,新鲜的鱼翅,卖不到什么价钱的,因为一点也不好吃,只有晒干的鱼翅才珍贵,因为香味百倍。"

为什么鱿鱼、鱼翅经过阳光曝晒以后会特别好吃呢?确是不可思议,其实不必说那么远,就是一只乌鱼子,干的乌鱼子价钱何止是新鲜乌鱼卵的十倍?

后来我在各地旅行的时候,特别留意这个问题。有一次在南投竹山吃东坡肉油焖笋尖,差一点没有吞下盘子。主人说那是今年的阳光特别好,晒出了最好吃的笋干,阳光差的时候,笋干也显不出它的美味,嫩笋虽自有它的鲜美,经过阳光,却完全不同了。

对鱿鱼、鱼翅、乌鱼子、笋干等等,阳光的功能不仅让它干燥、耐于久藏,也仿若穿透它,把气味凝聚起来,使它发散不同的味道。我们走入南货行里所闻到的干货聚集的味道,我们走进中药铺子扑鼻而来的草香药香,在从前,无一不是经由阳光的凝结。现在毋需阳光的干燥方法,据说味道也不如从前了。一位老中医师向我描述从前"当归"的味道,说如今怎样熬炼也不如昔日,我没有吃过旧日当归,不知其味,但这样说,让我感觉现今的阳光也不像古时有味了。

不久前,我到一个产制茶叶的地方,茶农对我说,好天气采摘的茶叶与阴天采摘的,烘焙出来的茶就是不同,同是一株茶,春茶与冬茶也全然两样,则似乎一天与一天的阳光味觉不同,一季与一季的阳光更天差地别了,而它的先决条件,就是要具备一只敏感的舌头。不管在什么时代,总有一些人具备好的舌头能辨别阳光的壮烈与阴柔——阳光那时刻像是一碟精心调制的小菜,差一些些,在食宾口中已自有高下了。

这样想,使我悲哀,因为盘中的阳光之味在时代的进程中似乎日渐清淡起来。

光 之 触

八月的时候,我在埃及,沿着尼罗河自北向南,从开罗逆流而溯,一直往路克索、帝王谷、亚斯文诸地经过。那是埃及最热的天气,晒两天,就能让人换过一层皮肤。

由于埃及阳光可怕的热度,我特别留心到当地人的穿着,北非各地,夏天的衣着也是一袭长袍长袖的服装,甚至头脸全包扎起来。我问一位埃及人:"为什么太阳这么大,你们不穿短袖的衣服,反而把全身包扎起来呢?"他的回答很妙:"因为太阳实在太大,短袖长袖同样热,长袖反而可以保护皮肤。"

在埃及八天的旅行,我在亚斯文旅店洗浴时,发现皮肤一层一层地凋落,如同干去的黄叶。埃及经验使我真实感受到阳光的威力,它不只是烧炙着人,甚至是刺痛、鞭打、揉搓着人的肌肤,阳光热烘烘地把我推进一个不可回避的地方,每一秒的照射都能真实地感应。

后来到了希腊,在爱琴海滨,阳光也从埃及那种磅礴波澜里进入一个细致的形式,虽然同样强烈地包围着我们。海风一吹,阳光在四周汹涌,有浪大与浪小的时候,我感觉希腊的阳光像水一样推涌着,好像手指的按摩。

再来是意大利,阳光像极文艺复兴时代米开朗基罗的雕像,开朗、强壮,但给人一种美学的感应,那时阳光是轻拍着人的一双手,让我们面对艺术时真切的清醒着。

到了中欧诸国,阳光简直成为慈和温柔的怀抱,拥抱着我们。我感到相当的惊异,因为同是八月盛暑,阳光竟有着种种变化的触觉:或狂野、或壮朗、或温和、或柔腻,变化万千,加以欧洲空气的干燥,更触觉到阳光直接的照射。

那种触觉简直不只是肌肤的,也是心灵的,我想起中国的一个寓言:

有一个瞎子,从来没有见过太阳,有一天他问一个好眼睛的人:"太阳是什么样子呢?"

那人告诉他:"太阳的样子像个铜盘。"

瞎子敲了敲铜盘,记住了铜盘的声音,过了几天,他听见敲钟的声音,以为那就是太阳了。

后来又有一个好眼睛的人告诉他:"太阳是会发光的,就像蜡烛一样。"

瞎子摸摸蜡烛,认出了蜡烛的形式,又过了几天,他摸到一支箫,以为这就是太阳了。

他一直无法搞清太阳是什么样子。

瞎子永远不能看见太阳的样子,自然是可悲的,但幸而瞎子同样能有阳光的触觉。寓言里只有手的触觉,而没有心灵的触觉,失去这种触觉,就是好眼睛的人,也不能真正知道太阳的。

冬天的时候,我坐在阳台上晒太阳,同一个下午的太阳,我们能感觉到每一刻的触觉都不一样,有时温暖得让人想脱去棉衫,有时一片云飘过,又冷得令人战栗。晒太阳的时候,我觉得阳光虽大,它却是活的,是宇宙大心灵的证明,我想只要真正地面对过阳光,人就不会觉得自己是神,是万物之主宰。

只要晒过太阳,也会知道,冬天里的阳光是向着我们,但走远了,夏天则又逼近,不管什么时刻,我们都触及了它的存在。

记得梭罗在华尔腾湖畔,清晨吸到新鲜空气,希望将那空气用瓶子装起,卖给那些迟起的人。我在晒太阳时则想,是不是有一种瓶子可以装满阳光,卖给那些没有晒过太阳的人呢?

每一天出门的时候,我们对阳光有没有触觉呢?如果没有,我们的感官能力正在消失,因为当一个人对阳光竟能无感,如果说他能对花鸟虫鱼、草木山河有观,都是自欺欺人的了。

《光之四书》导读

藏书家的心事

董 桥

爱书越痴,孽缘越重;注定的,避都避不掉。瑟帛(James Thurber)有一幅漫画画书房,四壁是书,妻子气冲冲指着丈夫说:"这屋子里有老娘就不能有文学,有文学就没老娘!"可怕之极。西摩·德·利奇(Seymour de Ricci)家里珍藏三万多本书籍拍卖行编印的书目,堆得满满的;有客人来,妻子忍不住抓着客人说:"全是书!你想看看我在哪儿挂我的衣服吗?"客人跟她进卧房,她打开大衣橱给客人看,里头堆满一幢幢的书目,连挂一件衣服的空当都没有。"到处是书!"妻子说完掉头走开。爱丁堡的沙洛利亚(Charles Sarolea)藏书之富出了名,不能不想办法应付"内忧",老劝太太出门旅行;太太不在家的那几天里,他不断打电话请各书商把他订下来的那一大堆书都运回来。太太回来心里总觉得家里的书多了好多,只是本来就有十几万册,现在多了多少她实在不敢说。沙洛利亚有钱,还不至于自己买书弄得家里没米。钱不多,又爱书,更烦了。多年前,英国有个穷藏书家,每买一本书,总是先照定价付钱给书商,再请书商帮帮忙,在那本书的扉页上写个很便宜的假价钱,最好不超过三英镑六便士。这种安排妥当得很,他过世之后,太太变卖那批藏书过日子,发现所得甚丰,不禁伤心起来,怪自己过去整天埋怨丈夫买书浪费金钱。这段故事格外伤感:那位藏书家活得太痛苦,也活得太有味道了。布鲁克(G. L. Brook)那本 *Books and Book Collecting* 里录了不少这些藏书家轶事,实在不忍读下去。

去年,跟伦敦一位老书商谈起贝森(Fred Bason)的事,或可一录。贝森爱书,但家里穷,一辈子到处搜购旧书,装满一大布袋分批卖给旧书铺,解决吃饭问题,再回去编书著书,编过一册《好书待售一览表》,还编过毛姆的书目;著作则有四册《日志》。早年,他母亲硬是要他去当理发师,他偏去买卖旧书。母亲说:"只要你每星期给我赚三十先令回来,我准你去买卖旧书。赚不到三十先令给我,你休想去做旧书生意,快给我滚到理发店去。"贝森从此为了那三十先令什么卑微的生意都做过。幸好他还会弹钢琴,一度每个星期六下午到一家卖旧家具旧钢琴的铺子里去弹钢琴,用琴声引诱顾客来买旧钢琴,卖出一架琴他可以分到两三先令,弹一个下午琴则赚十先令。

贝森跟毛姆既是老朋友,当年不少美国人愿意高价购买毛姆亲笔题款签名的初版书,贝森接到"订单"后就带着那些初版书去找毛姆,毛姆一一照写照签,而且规定所得"润笔"一律分为两份,一份给贝森,一份捐给他当年学医的圣汤玛斯医院。都说毛姆生性凉薄,贝森竟得其独厚,也算缘分。贝森晚年爱说自己一生跟书有缘,到老不悔。痴情到这个地步,难怪女人受不了爱书藏书的男人。但是,《藏书家季刊》(*The Book Collector*)一九七六年有一期登了这样一封读者来信:"内人酷爱收藏图书。她有好多书翻都没翻过。我再三劝她申请公立图书馆的借书证,希望从此治好她的藏书病,她硬是不肯。"爱藏书而称之为"病",甚妙!"爱"字害苦了太多人;买书无罪,爱书其罪,还有什么好说?

把书当工具的人,家里虽有几架子书,都不算"藏书家"。一九七三年五月十一日的《泰晤士报文学增刊》刊登曼比(A. N. L. Munby)的"*Book Collecting in the 1930's*",家里明明剪存了这篇好文章,后来在书店里看到加州书商印刷的单行小册,限印六百七十五本,每本编号,纸质印工都算一流,虽贵,还是忍不住买了下来,这样的人藏书未必太多,却是真正的"藏书家"。自己明明不懂园艺学,对种花种菜兴趣也不大,看到 Sara Midda 的精装本"*In and Out the Garden*",全书百多页文字和插图都是七彩手写手绘,装帧考究,想都不想就买下来,这个人必是"书痴"!

"痴"跟"情"是分不开的;有情才会痴。中国人还有"书淫"之说,指嗜书成癖、整天耽玩典籍的人。此处的"淫"字也会惑起很多联想。"耽玩"迹近"纵欲"。人对书真的会有感情,跟男人和女人的关系有点像。字典之类的参考书是妻子,常在身边为宜,但是翻了一辈子未必可以烂熟。诗词小说只当是可以迷死人的艳遇,事后追忆起来总是甜的。又长又深的学术著作是半老的女人,非打点十二分精神不足以深解;有的当然还有点风韵,最要命是后头还有一大串注文,不肯罢休!至于政治评论、时事杂文等集子,都是现买现卖,不外是青楼上的姑娘,亲热一下也就完了,明天再看就不是那么回事了。倒过来说,女人看书也会有这些感情上的区分:字典、参考书是丈夫,应该可以陪一辈子;诗词小说不是婚外关系就是初恋心情,又紧张又迷惘;学术著作是中年男人,婆婆妈妈,过分周到,临走还要殷勤半天怕你说他不够体贴;政治评论、时事杂文正是外国酒店房里的一场春梦,旅行完了也就完了。

最糟糕是"藏书家"(book collector)给人的印象是个阳性词,古今中外都一样。事实上,藏书家里头的确是男人多女人少——少得很少。藏书家对书既有深情,访书也掺了几分追求女性的"欲望",弄得爱书和爱女人都混起来了,结果,西方藏书家所用的藏书票,不少竟以仕女图作主题、作装饰。这里面必有原因。藏书家的妻子十之八九不藏书,又反对丈夫买书藏书爱书;藏书家的母亲大概多少都有贝森母亲的想法,宁可儿子当理发师也不要他跟那些破书缠绵;藏书家没有母亲没有妻子而有女朋友的话,想来女朋友也不太会理解他的爱书心理。曼比妙想无穷,说是藏书家应该趁早教育妻子,蜜月期间以每日逛一家书店为上策。此议恐怕也不甚实际。书和红袖太不容易衬在一起;"添香"云云,才子佳人的故事而已。藏书家不能自释,只好寄情藏书票上的仕女;有些更激进,竟把春宫镌入藏书票里;年前美国还有好事者编出一部《春宫藏书票》。

西方仕女图藏书票上画的女人,漂亮不必说,大半还带几分媚荡或者幽怨的神情,仕女身边偶有几本书,流露出藏书家心里要的是什么。这当然又是后花园幽会的心态在作祟!伦敦旧书商威尔逊的藏书票藏品又多又精,自己还印制好几款仕女图藏书票,有一次问他为什么一款又一款尽是仕女图?他低声反问:"你不觉得她们迷人吗?"

爱书藏书已经是"痴",是"病",是"淫",是"罪",藏书家还要在藏书票上寄托心事,罪孽更重,殊为多事!

《藏书家的心事》导读

鱼 梦

林燿德

公元前三世纪,秦始皇东巡到琅琊,梦中遇见海神幻化人形,操戈与他大战。秦始皇醒来,召唤占梦博士解梦,占梦博士对答:"人类的肉眼无法目睹海神,但是他常常化身为大鱼蛟龙。天子平时谨慎祝祷天地,竟然夜梦如此恶神,那么只有把它除掉,善神才会降临。"

于是秦始皇下诏,命令工匠赶制巨大的网具,并且备妥连弩。沿着绵亘万里的蓝色海岸,在黑夜中张帆点灯,秦帝国的舰艇像是泼洒在黑色绒布上的珍珠,南北梭巡,寻捕海神化身的鱼怪。

一

浪涛翻搅,无尽无底的深蓝色水域,一波又一波的海流在涨潮退潮的节奏中,反复拍动着地球的脊背。

谁也不知道海神是不是真的化身鱼怪。但是在那规律起伏的海面下,必然潜藏着比人类历史更为荒老的生命冲动。正是那股无以名之的神秘冲动,将鱼群自汪洋中释放到大地的边缘。

五亿年前,那些滚动、挣扎在沙滩和沼泽间的鱼群,长出了肺、长出了脚,困难地向陆地爬行,它们一条条枯涸、风干在荒凉的太古纪元。万中择一的幸存者,在大地上爬着爬着,爬出了万头攒动的生物,爬成了横霸白垩纪的恐龙家族。在那些人类远来不及参与的岁月里,一座座火山喷溅出遮蔽天空的灰烬,大陆和大陆互相推挤,闪电、鸣雷、洪水和宏伟的地壳改造运动,亿万种类的族群分分秒秒向衰亡接近,又有亿万新生的品种在冰雪、沙漠、莽原、丛林或者肥沃的冲积三角洲中不断诞生。

时间和海洋同样都趋近永恒。不知经过多少日出日没,这段漫长的光阴,银河系爆发出来的新星比恒河沙的数目还要来得多,那些爬上岸的古代鱼类终于辗转进化成了人类,而那些留在湖海中的鱼仍旧世世代代浸泡在生命的故乡。

二

新石器时代的中国河姆渡遗址，出土了六支木桨、若干骨质织网器、木鱼、陶鱼和陶舟。原始的河姆渡人，他们肯定是内行于渔获的；当然，他们并不知道那些被食用的鱼是因为来不及进化只好将种族保留在河海之中。

鱼群被河姆渡人的网拖出水面，它们无手无足，咄咄翻动尾鳍，用阖不起来的眼愣愣望着荒原上空的烈日火轮。没有人有足够的证据显示：河姆渡人已经开始崇拜鱼的图腾，但是他们遗留下来的雕塑，那些布满玄幻斑纹的陶鱼和木鱼，却见证了中国原始住民简单而朴实的世界观。

到了二十世纪，台湾离岛上的雅美人依旧保存着人和鱼之间的对应关系：老人吃黑鱼，男子吃灰绿色的鱼，女子则食用红黑纹和白色鱼类；雅美人不吃掉落地上的飞鱼，在飞鱼汛期忌讳土葬，凡有丧事都改为崖葬。在他们的宇宙中，人的生命与鱼的生态紧密地缠结成索。

人类的历史犹如沉积岩，一层黑暗覆盖上另一层黑暗，时间经过，万物在寂灭中复苏，在兴盛时衰亡；鱼的生态，成为古老陆地上住民们观测生命循环的指标。

鱼是生命的象征，也是战争和死亡的象征。

太极的构图由黑白两尾互相追逐的鱼所组成，两尾鱼的追逐是阴阳两极的循环，推动整个宇宙的变化。

秦始皇东巡时梦见海神。对于这个生长在内陆的一世霸主而言，当他第一次看见传说中的海洋时，必然被惊涛裂岸的雄浑气势所震撼，因此他的梦预示着帝国版图的终极已经展现在海洋之前。始皇崇拜统治大地的岳神而敌视汪洋里的鱼龙，正预言着大陆文明对于原始欲望的压抑倾向。

三

浪涛翻搅，无尽无底的深蓝色水域，一波又一波的海流在涨潮退潮的节奏中，反复拍动着地球的脊背。……

浪，浮沉的鱼群，我泅泳在它们之间，亮闪闪的鳞片在四面八方晃动。阳光折射进浅海域，水中展现北极光一般的帘幕，更深的海域中是一片又一片，无数蓝色和寂静所叠积起来的空洞。

我是鱼。泅泳在鱼群之中，左右两侧的眼珠子可以映现三百六十度的世界，这是人类所无法体验的辽阔视野，周遭的海景以无法言说的逼真立体向我包围过来。我身在其中的鱼群，和那些同伴们生得一模一样，以同样的身姿扭摆腰肢,朝向同一个方向前进,它们身上斑斓七彩的鳞片喷放出寒冷的火焰。

当然,以上的叙述必定是一场梦,一个化身为鱼的残梦。一旦我在梦中化身为鱼,才开始体会丧失了手足的悲哀,才开始了解:为什么在地球五亿年前的奥陶纪,那些太古鱼类要拼死爬向干旱的岸上;因为冥冥中它们的基因里产生了生长手足的欲望,产生了语言的欲望;它们想要抬起头来看清楚不被水幕遮蔽的星空,它们艰难地尝试在大气中嚎啸,死而无悔。

四

我醒来的时候,脸上布满晶莹的水珠。

床头柜旁的鱼缸水花激泼,一尾三十厘米长,俗名"红珠"的红鱼,正以纤巧的侧姿扭转它粗拙的腰身。我自床上坐起,分不清楚脸上的水珠究竟来自鱼缸还是我自己的眼眶。

揉揉眼睛,忆起残梦中的涛声。

对于从小生长在玻璃缸中的红珠而言,它和童年的秦始皇一样,绝不明白海洋为何物。三尺长、二尺高、尺半宽的长方形鱼缸是它惟一的世界。它的世界单纯而严苛:两英寸高的白沙石,终年不断的马达声,自隐藏式气孔释放出来的气泡,一支温度计,一套净水过滤系统,保持着十几条供它食用的小鲫鱼。

在摆尾三次就得回身的水域中,它不停地对着我的脸庞冲撞而来,但是它懂得谨慎地避开玻璃,它已经习惯于被透明的墙所束缚。红珠总是尽了最大的努力来亲善我,任何富有养鱼经验的人都知道这种鱼的智商高得足以认得它的主人。隔着一层穿不透的玻璃,红珠灵活旋转的眼珠凝望着我的表情;因为这层玻璃,它无法亲吻我的脸庞,因为这层玻璃,我成为红珠心目中可以信仰却无法了解的神祇,我出没在红珠的生命所无法抵达的神秘空间。

有时候,我深信它为了讨好我而表演捉弄小鲫鱼的趣味。它若无其事地瞪着鲫鱼们滑过它庞硕的体侧,直到时机成熟,一扭身,便张口衔住一尾无辜的鲫鱼,它并不急于一口吞下活生生的食料,让鲫鱼张阖圆唇的头部露出它的大口之外,然后转向我游来。这时,面对我的是两双鱼目:红珠满足的眼神,以及它口中那鲫鱼充满无助的目光。

因为红珠习惯向我表演这个动作,我相信它正反复进行一种仪式,它或许产生了一种关于神的模糊观念。在鱼缸的长方体水域中必定有某种文化诞生,而且是在鱼缸中才会诞生的文化。

如果红珠有手,必定也会将我的脸庞雕刻在某一块白石上;而且会因为我喂食的勤快与否,决定了我的雕像是具备了慈祥的笑容,还是一副冷酷阴狠的嘴脸。

从另一角度来看,红珠又是一个先知,因为它的生态使我相信人类的世界之外,可能存在着一个或者一群超越名相超越人类想像力的"神"。

五

每个星期,我都得花费新台币一百元为红珠购买食用的鲫鱼。它理直气壮地活着,仿佛有天地以来就有它的存在。有时候,它甚至让我觉得人类的世界根本上就是失败的。

在红珠居住的鱼缸旁边,是一整排木书架。

游动的鱼是音乐,一排排静止无言的书籍是另一种音乐。

它们的音乐都是时间的艺术。

比"神"要来得更抽象,又比"神"和我们更接近的正是时间。

时间有时也会冻结,尤其正当我打开一个沙丁鱼罐头,特别感受到那种失去时间的惆怅感。

拉开白铁罐盖,沙丁鱼银灰色的身体沉默地堆积在里头,餐厅粉红色的百叶窗斜斜射进一道道平行的金色阳光,那些银灰色的躯干逆反着百叶窗的投影,漫射出纤细的光晕。它们的时间被冰藏在死亡里。很难想像它们曾经生存在永恒的海洋,它们没有表情、没有幻想也没有梦,它们好像是自月球的宁静海跌落下来的陨石碎片,它们是浸渍在油腻腥气中的化石。

在沙丁鱼罐头里,时间和冰冷的鱼尸凝结成块。

当我们的生命再也无法越过下一个峰头的时候,我们也学习沙丁鱼静静地蛰伏,让一切的记忆都卷藏起来,沉寂为一无所有的镜面。

六

在某一种生物还没有进化出自我意识之前,它们穿越时间的方法是生殖。

巨大的雄鲸就是如此,为了十秒钟的性爱,把生命的膏脂燃尽。发情期降临,它以重达一吨的胸鳍拨动海水,采取奇异的舞姿环绕着雌鲸;它跃出海面,拍击声惊传千里。直到雌鲸心花怒放,和它一齐垂直降潜海底,逆向分开,继而双双浮上海面,相向而驰,在互撞的刹那,同时跃出海面,半空中心腹相连,在不及十秒钟的极乐间,完成繁殖的梦想。数百吨的庞硕躯体,为了性爱的瞬间而存在。

人类为了更复杂的原因而追求毁灭。

在印度支那半岛,无数细小曲折的运河通向湄公河的主干。开航,向南方,在鸦片的收成季。小舟成群,舟身沉甸甸地覆盖着黝黑的梦魇。船夫们沿岸收集阿芙蓉叶片,每张叶片都寄生着梦的使者。船夫们撑动船桨,烈日下,河面如碎钻闪亮,沿岸的森林隐隐骚动。河水永不回头,一艘艘的鸦片船背负着死亡,像待产的鱼顺流而下。

我想到了这样诡谲的画面,发现这个世界拥有许多隐秘的"负空间",它们永远不会被时间涮洗得更苍白,也不曾改变黑暗的色泽,它们的内部从不被岁月入侵。这种晦暗的、獉狂未启的心智,贯穿人类祸乱的历史,它们存在于人类诞生之前,也存在于人类灭亡之后。

七

一亿三千万年前的白垩纪,处处布满古老的菊石,爬行着海生爬虫类的地球浅海域,生育着一种和抹香鲸体积相似的海龙。

海龙拥有四支肉鳍,一排如同正在燃烧的赤色背翅;当然,它也拥有大蜥蜴的长尾,细密锋锐如锯齿的排齿,浑身凸露着灰绿相间的鳞块。在我自己手绘《末世恐龙图鉴》第七十七页上,海龙的想像图,正以一个华丽的华尔兹身段滑翔深蓝色水域,穿越一群愚呆的头足类生物,这幅图我复制自一本正式出版的《恐龙事典》。海龙令我震撼的倒不是它瑰奇的造型,而是考古学家给它的名字,它叫做"时间龙"。

秦始皇梦中的海神一旦化身为大鱼,就该是一尾"时间龙"吧。几亿年的地壳变迁、海洋翻覆,不可计数的事物生灭,鱼的意象就是永恒的音乐、穿越时间的时间龙,就是生殖和死亡的欲望图腾。

八

在晋朝干宝所著的《搜神记》卷十二,记载着南海之外生存着鲛人。鲛人水居如鱼,不废编织,他们哭泣的时候,便自眼眶滴落珍珠。

鲛人的形象令人悱恻,泪眼流珠的绮思更拥有神秘魔幻的浪漫色彩。要是鲛人真的存在,他们到底是人类堕落的变种,还是生灵返璞归真的进化、升华?

在我的潜意识中正隐伏着一群鱼,它们通过我的心灵,又自我的生命再度启航。

它们曾经凝聚成海神的化身,在梦中和秦始皇交战。

它们曾经出现在汉代画像石上,拖拉沉重的车辆,伴随辘轳般的轮轴声,横空扇动它们透明的鳍翅。

它们来自没有语言的复古,经历变化万千的时空,目睹了恐龙一族的灭绝。有一日,它们是不是也将在残敝的、失去了臭氧层的地球上见证人类死亡的寂静。

那时,它们也只是一群巨大的黑影,经过变形的山河、经过颓圮的都会;它们依贴着楼房和街道空洞的棱线游动,穿越无声的建筑和铜像,穿越废弃的绳缆、地铁和核电厂,穿越望不着边际的荒凉田野,穿越融解的极地。它们环行地球,吞食人类灭亡的哀泣。

是的,我悄悄释放它们。

那群扭摆腰杆前进的鱼影,朝向银河深处潜航,去寻找重生的欲望。

垂钓睡眠

钟怡雯

　　一定是谁下的咒语,拐跑了我从未出走的睡眠。闹钟的声音被静夜显微数十倍,清清脆脆的鞭挞着我的听觉。凌晨三点十分了,六点半得起床,我开始着急,精神反而更亢奋,五彩缤纷的意念不停地在脑海走马灯。我不耐烦的把枕头又掐又捏。陪伴我快五年的枕头,以往都很尽责的把我送抵梦乡,今晚它似乎不太对劲,柔软度不够?凹陷的弧度异常?它把那个叫睡眠的家伙藏起来还是赶走了?

　　我耍起性子狠狠的挤压它。枕头依旧柔软而丰满,任搓任揉,雍容大度地容忍我的鲁莽和欺凌。此时无数野游的睡眠都该已带着疲惫的身子各就其位,独有我的不知落脚何处。它大概迷路了,或者误入别人的梦土,在那里生根发芽而不知归途。静夜的狗嗥在巷子里远远近近的此起彼落,那声音隐藏着焦躁不安,夹杂几许兴奋。像遇见猫儿蓬毛挑衅,我突发奇想,它们遇见我那跷家的坏小孩了吧!

　　我便这样迷迷糊糊的半睡半醒,间中偶尔闪现浅薄的梦境,像一湖涟漪被一阵轻风吹开,慢慢的扩散开来。然而风过水无痕,睡意只让我浅尝即止,就像舐了一下糖果,还没有尝出滋味就无端消失。然后,天亮了。闹钟催命似地鬼嚎。

　　我从此开始与失眠打起交道,一如以往与睡眠为伍。莫名所以的就突然失去了它,好像突然丢掉了重要零件的机器。事先没有任何预兆,它又不是病,不痛不痒,严重了可以吃药打针;既不是伤口,抹点软膏耐心等一等,总有新皮长出完好如初的时候。它不知为何而来,从何处降。压力、病变、环境太亮太吵、杂念太多,在医学资料上,这些列举为失眠的诸多可能性都被我否定了。然而不知缘起,就不知如何灭缘。可惜不清楚睡眠爱吃什么,否则就像钓鱼那样用饵诱它上钩,再把它哄回意识的牢笼关起来。失眠让我错觉身体的重心改变,头部加重,而脚下踩的却是海绵。感觉也变得迟钝,常常以血肉之躯去顶撞家具玻璃,以及一切有形之物。不过两三天的时间,我的身体变成了小麦町——小小的瘀伤深情而脆弱,一碰就呼痛,一如我极度敏感的神经。那些伤痛是出走的睡眠留给我的纪念,同时提醒我它的重要性。它用这种磨人脾性损人体肤的方式给我"颜色"好看,多像情人乐此不疲的伤害。然而情人分手有因,而我则莫名的被遗弃了。

每当夜色翻转进入最黑最浓的核心,灯光逐窗灭去,声音也愈来愈单纯,只剩婴啼和狗吠的时候,我总能感受到萎缩的精神在夜色中发酵,情绪也逐渐高昂,于是感官便更敏锐起来。远处细微的猫叫,在听觉里放大成高分贝的厮杀;机车的引擎特别容易发动不安的情绪;甚至迁怒风动的窗帘,它惊吓了刚要莅临的胆小睡意。一只该死的蚊子,发出丝毫没有美感和品味的鼓翅声,引爆我积累的敌意,于是干脆起床追杀它。蚊子被我的掌心夹成了肉饼,榨出无辜的鲜血。我对着那美丽的血色发呆,习惯性的又去瞄一瞄闹钟。失眠的人对时间总是特别在意,哎!三点半了!时间行走的声音让我反应过度,对分分秒秒无情的流失尤其小心眼。我想阅读,然而书本也充满睡意,每一粒文字都是蠕动的睡虫,开启我哈欠和泪腺的闸门。难怪我掀开被子,脚跟着地的刹那,恍惚听见一个似曾相识的声音在冷笑:"认输了吧!"原来失眠并不意味着拥有多余的时间,它要人安静而专心的陪伴它,一如陪伴专横的情人。

我趿上拖鞋,故意拖出叭哒叭哒的响声,不是打地板的耳光,而是拍打暗夜的心脏。心有不甘的旋亮桌灯,温暖的灯光下两只猫儿在桌底下的篮子里相拥酣眠。多幸福啊!能够这样拥抱对方也拥抱睡眠。我不由十分羡慕此刻正安眠的众生、脚下的猫儿,以及那个一碰枕头就能接通梦境的"以前的我"。眼皮挂了十斤五花肉般快提不起来了,四天以来它们阖眼的时间不超过十二个小时,工作量确实太重了。黄色的桌灯令春夜分外安静而温暖。这样的夜晚适宜窝在床上,和众生同在睡海里载浮载沉。

或许粗心的我弄丢了开启睡门的钥匙吧!又或者我突然失去了泅泳于深邃睡海的能力;还是我的梦呓干犯众怒,被逐出梦乡。总而言之,睡眠成了生活的主题,无时无刻都纠缠着我,因为失去它,日子像塌陷的蛋糕疲弱无力。此刻我是猎犬,而睡眠是兔子,它不知去向,我则四处搜寻它的气味和踪迹,于是不免草木皆兵,声色俱疑。众人皆睡我独醒本就是痛苦,更何况睡意都已悉数凝聚在前额,它沉重得让我的脖子无法负荷,当然那睡意极可能是假象,尽管如此,我仍乖乖地躺回床上。模糊中感到钝重的意识不断压在身上,甜美的春夜吻遍我每一寸肌肤,然而我不肯定那是不是"睡觉",因为心里明白身心处在昏迷状态,但同时又听到隐隐的穿巷风声游走,不知是心动还是风动,或是二者皆非,只是被睡眠制造的假象蒙骗了。那浓稠的睡意蒸发成丝丝缕缕从身上的孔窍游离,融入众多沉睡者煮成的无边浓汤里。

就这样意志模糊的过了六天,每天像拖个重壳的蜗牛在爬行。那天对镜梳头时,赫然发现一具近似吸血僵尸的惨白面容,立时恍然大悟,原来别人说我是熊猫只是善意的谎言。此时刚洗过的头发纠结成条,额上垂下的刘海悬一排晶亮的水珠,面目只有"狰狞"二字可形容。头发嫌长了,短些是否较易入眠？太长太密或许睡意不易渗透,也不易把过多的睡意排放出去,所以这才失眠的吧!

到第七天,我暗忖这命定的数字或会赐我好眠,连上帝都只工作六天,第七天可怜的脑袋也该休息了。我听到每一个细胞都在喊困,便决定用诱饵把兔子引回来。那是四颗粉红色、每颗直径不超过零点五公分的梦幻之丸,散发着甜美的睡香,只要吃下一粒,即能享有美妙的好梦。

然而我有些犹豫,原是自然本能的睡眠竟然可以廉价购得。小小的一颗化学药物变成高明的锁匠,既然睡眠之钥可以打造,以后是否连梦境也能够一并复制,譬如想要回味初恋酸酸甜甜的滋味,就可以买一瓶青苹果口味的梦幻之水；那瓶红艳如火的液体可以让梦飞到非洲大草原看日落；淡黄色的是月光下的约会；蓝色的呢！是重回少年那段岁月,尝尝早已遗忘的忧郁少年那种浪漫情怀吧！

我对那几颗小小的东西注视良久。连自己的睡眠都要仰仗外力,那我还残存多少自主,这样活着凭的是什么？然而我极想念那只柔顺可爱的兔子,多想再度感受梦的花朵开放在黑夜的沃土。睡眠是个舒服的网,躲进去可以暂时离开黏身的现实,在梦工场修复被现实利刃划开的伤口。我疲弱的神经再也无法承受时间行走在暗夜的声音。醒在暗夜如死刑犯坐困牢房,尤其月光令人发狂地恐慌。阳光升起时除了一丝凉淡淡的希望,伴随而来是身心俱累的悲观,仿佛刑期更近了,而我要努力撑起钝重的脑袋,去和永无止尽的日子打仗。

我掀开窗帘,从没看过那么刺眼的阳光,狠狠刺痛我充血的眼睛,便刷的一声又把帘子拉上。习惯了苍白的月光和温润微凉的夜露,阳光显得太直接明亮。黑夜来临,我站在阳台眺望灯火灭尽的巷子,仿佛一粒泄气的气球,精神却不正常的亢奋起来,如服食过兴奋剂,甚至可以感觉到充血的眼球发光,像嗜血的兽。

我想起大二时那位仙风道骨的书法老师。上课第一节照例是讲理论,第二节习作。正当同学把浓黑的注意力化作墨汁流淌到纸上,笔尖和宣纸作无声的讨论时,突然听到老师低沉的声音说:"唉！我足足失眠两个星期了。"我讶然抬头,还撇坏了一笔。老师厚重镜片后的眼神闪现异光,那是一头极度渴睡的兽。我正好和他四目相接,立刻深深为那燃烧着强烈睡欲的眼神所慑,那是被睡意腌渍浸透、形神都沦陷的空洞,或许是吸收了太多太多的夜气,以致充满阴冷的寒意。然而他上起课来仍是有条有理,风格流变讲得井然有序,而我现在终于明白他不时用力敲打自己的脑部、揉太阳穴,一副巴不得戳出个洞来的狠劲,其实是一种极度无奈的沮丧。他是在叩一扇生理本能的门,那道门的钥匙因为芸芸众生各持一把,丢掉了借来别人的也无济于事,便那么自责的又敲又戳起来。

然则如今我终于能体会他的无奈了。可怕的是我从自己日趋空洞的眼神,看到当年那瞬间的一瞥复又出现。昼伏夜出的朋友对夜色这妖魅迷恋不已,而愿此生永为夜的奴仆。他们该试一试永续不眠的夜色,一如被绑在高加索山上,日日夜夜被鸷鹰啄食内脏的普罗米修斯,承受不断被撕裂且永无结局的痛苦。然而那是偷火种的代价和惩罚,若是为不知名的命运所诅咒,这永无止境的折难就成了不甘的怨怼而非救赎,如此,普罗米修斯的怨魂将会永生永世盘桓。

失眠就是不知缘由的惩罚。那四颗梦幻之丸足以终止它吗?我听上瘾的人说它是吗啡,让人既爱又恨,明知伤身,却又拒绝不了,因为无它不成眠。这样听来委实令人心寒,就像自家的钥匙落入贼子手里,每晚还要他来给自己开门。于是我便一直犹豫,害怕自己软弱的意志一旦首肯,便坠入深渊永劫不复了。

睡眠的欲望化成气味充斥整个房间,和经过一冬未晒的床垫、棉被浓稠地混合,在久闭的室内滞留不去,形成房间特有的气息。我以为是自己因失眠而嗅觉失灵的缘故。一日朋友来访,我关上房门后问:"你有没有闻到睡眠的味道?"他露出不可思议、似被惊吓的眼神,我才意识到自己言重了。

就像我没有想到会失眠一样,睡眠突然倦鸟知返。事先也没有任何预示,我回避镜子许久了,一如忘了究竟有多少日子是与夜为伴,以免吓着自己,也害怕一直叨念这一点也不稀罕的文明病,终将为人所唾弃。何况失眠不能称为"病"吧!如此身旁的人会厌恶我一如睡眠突然离去。而朋友一旦离开就像逝去的时间永不回头,他们不是身体的一部分,亦非血浓于水的亲密关系,更不会像丢失的狗儿会认路回家。

那天清晨,自深沉香醇的梦海泅回现实,急忙把那四颗粉红色的梦幻之丸埋入昙花的泥土里。也许,它们会变成香喷喷的钓饵,有朝一日再度诱回迷路的睡眠;也可能长出嫩芽,抽叶绽放黑色的夜之花,像昙花一样,以它短暂的美丽温暖晴夜的心脏。

后　窗

周晓峰

　　没有人能够抵抗来自背后的袭击。你不知道什么在靠近,带来突然的改变。世界可以从一个窗口涌现。所罗门王囚禁的魔鬼不断膨胀他的体积,我相信在此之前,他能缩身进入一只瓶子千年,如同我不怀疑神的一滴泪里,能盛尽天下悲苦。小时候好奇,我忍不住回头,观察那个小而神秘的洞穴。黑暗里的金黄瞳孔——作为一名电影观众,你必须习惯它在后方凝视。

　　放映机转动,转动,金属热而微腥的气息……胶片上的速跑小人,跨过重重栅栏,每秒穿越二十四格。小窗里射出一道光线,我转头,光在行进过程中变得浩大汹涌,里面滚动着烟尘——这束光最后落在屏幕上,形成女主角额头上井盖大小的一块耀斑。

　　梦境和电影,给出某种与现实对抗的解释——两者之间还有区别。梦境脆弱,受不了微乎其微的打扰;而电影能够重复放映,弥补我们先天不足的记忆,它比生活本身更经得起考验。河流一再从源头出发。一头豹子,以完全精确的步伐和速度,再次扑杀它的猎物。放映一百遍,旗帜表面涟漪一样变幻莫测的摆动,精准无误地重现。

　　老演员看到银幕上的自己保持着儿童的样貌。电影,可以把过去时态,持续保持为正在进行时……神秘拨转的指针。我喜欢电影的倒叙手段,它是一种复活的力量。蝴蝶可以重温蛹的不幸,采摘的果实再次衔接在枝头,亡灵返回教堂,敲响令人迷惑的钟。

　　电影中一人分饰两角的处理,特别迷惑我。比如一对孪生姐妹的故事。起初我并不知道当善良的妹妹对姐姐说话时,其实她真挚眼神的对面是虚无,她看不见剪辑后才呈现的阴险姐姐,或者,她尚未发现另外一个自己。一个人为什么会在对折之后变成迥异的心肠,像童话中,凶险的王后站在魔镜前,看到的却是白雪公主。

　　电影的魔法,翻开字幕……

那些演员,多么勇敢,不介意他们的毛孔千百倍地放大。棍子样粗的睫毛,坑穴一样深的鼻孔……被描述得似乎可怕的场景,影片中却自然而美好。镜头只呈现女演员两片鲜艳欲滴的嘴唇,她甚至更加诱惑,不会令人产生血盆大口的吞噬感。这是因为,一切都被均匀地放大,维护了物与物之间的均衡。一滴泪水,冲垮了小人国的稻壳舞台——小人国和大人国,因其人物与道具之间在比例上的巨大反差,才让我们震动。电影中的世界,似曾相识,又带有美妙的陌生感。

　　电影呈现给我视觉的极限——不可预料的幻境和天籁,还有最具暴力色彩的场面和灾难,我也是从电影中领略的。即使和千百名观众一起承受恐惧,我也不能减弱心理压力。而那些电影英雄不断历险,刚从巨蟒或杀人狂魔旁边逃生,下一个镜头,他们已经在篝火边炊饮、热吻或熟睡——即便危险再次蹑足靠近。现实生活中的惊惧,只需一次,我就会被终生恐吓,反刍在伤害里。电影让我有幸和英雄一起,参孙般复苏力量和勇气。

　　作为一个巨大的胃,电影完成两个小时之内的消化。主人公注定在两个小时以内悲欢生死,春天注定在两个小时之内落尽繁花。漫长爱情不需要相应的折磨和考验,一百二十分钟,他们在短暂里囊括了永远。宫殿变成七千二百秒以后的废墟。有时候几部电影都是同一演员出任主角,那么你可以看到其中的魔法与摧残,时间的腐蚀剂如何作用。等不及逝如闪电的光阴,电影让你注视着一个人瞬间老去,他的酒糟鼻、或泡或陷的眼,他绝望之后的宁静。二个小时的消化。我感觉自己正通过黑暗,通过微热而蠕动的肠道……二个小时以后,我将作为废物,被排泄到电影以外的世界。

　　我还记得自己遇到的第一次求婚。C用指头捏着战利品,要送给我。蚂蚱挣扎着蹬踏……它中毒般,慢慢吐出嘴角的绿汁。我不喜欢这个礼物。蚂蚱坚硬的头部像是火车头,尤其两个探照灯的眼睛——像那种短短的火车,连同它硬节的身体、灰绿的漆色。我讨厌它的门齿,腿侧的细刺。C随手一扔,蚂蚱的体侧升起两团雾,飞走了。我继续用狗尾草编兔子,长耳朵、短身子,毛茸茸的绿兔子挂在那么细的草秆上,像签子上的烤肉。C在旁边说了一句话,我没听清楚。他的声音很低,低过告密者的耳语。我抬头看他。停了一下,他重复了他的话:"你嫁给我吧。"

　　C的皮肤上有一种油,是包住熟食的草黄纸渐渐洇出的那种油质。这种油质不应出现在一个孩子脸上,不知道是不是早熟,使C提前领略了青春期的光彩。当他说出,我心跳平缓,C是我日日相见的同桌,而我的爱情一定要伴随好奇心的。我没有立即否决他的提议,出于另外的考虑。

　　我势利地心算自己的婚嫁。C要求一件二十年以后才能兑现的事,它会被太多变数修改。但现在答应他,我马上就能享用好处。C家住四层,正对广场,坐在他家的后窗边,直接可以看到周末放映的露天电影,不受蚊子、寒冷与挡在前面的人影干扰,如同剧场里的包厢。

狗尾草的茎很细,又柔软,易于弯成指环,戴进无名指。这枚草戒指的绿色,很像蚂蚱吐出的口水。我八岁,身中电影的毒,黑暗中跳舞的光线足以让我出卖未来。从C这里学习的爱情连同背叛,都是假的,不过电影中的剧情而已。似是而非的小新郎在笑,露出四环素牙。

坦克,飞机,雄赳赳前进着的军队,钢盔下看不清的眼睛,高筒鞭上皮革的光亮……那么沉的暴力附着在一面幔布上,这不是奇迹吗?五天以后,我坐在C家里,肘部支在窗台上,看一部战争片。硕大的光柱之下,观众相互挨近的脑袋,仿佛屋顶乌蒙蒙的瓦片。

尽管看碟更便捷,自由选择的余地大,可我比较排斥,因为它破坏了电影的仪式感。我喜欢银幕无数倍于自己,让我保持在艺术面前应有的低矮。费里尼曾指出,电视进入家中使传播失却了它的"宗教性",而仪式"只有在剧院或电影院中才可能发生。换句话说,'集合地点'变成了一间教堂"。

已经有很多年了,每周四,只要我在北京,一定会去中国电影资料馆。一个上瘾的人。一个被电影绑架而向梦想提出勒索的人。我感到持续作用在自己身上的咒符。资料馆的座椅落差比较大,我习惯坐在后排——向上看,顶棚虚玄的光晕,向下看有若身置危崖。我熟悉这里的工作人员,门外的票贩子。偶尔一个叫李顺民的孤寡老人会从几十里地以外赶来,他七十五岁,左眼盲,每月领取国家的最低保障,残疾人证使他坐公交车不用花钱,但他的收入不足以维护他对电影的热情,所以李顺民在门口等待好心人给他一张免费的富余票……他因此遭到票贩子的厌恶和驱遣。电影资料馆里来的多是常客,在这儿,观众有可能成为熟人。我知道那个学者必然坐在中间隔道靠右的位置,知道那个年轻编导每次等的女士都不同,知道倒数第二排的一对夫妻热衷窃窃私语。别的影院,那些在开演前的光亮里短暂停留过的脸,将被黑暗和遗忘吞没;而此处,黑暗里似乎有秘而不宣的亲人。

资料馆还有一个好处,放的都是原声片,打字幕。虽然少女时期迷恋过童自荣、刘广宁、邱岳峰的配音,但今天我不能容忍异域的脸说本土的话。我宁愿看字幕,无论法文还是土耳其语。追随字幕会有难度,但穿越两个语言世界,我感觉自己像一个正在被翻译的词,或者正在演变的月桂树根上,一个略带困惑的仙女。

陌生人集聚,做同一件事,而这件"做"的事,是以"不做"为表现形式的。他们朝向统一,专心致志。聚众很少不导致盲从或暴力,而电影观众,在黑暗里追随光的降临,安静的脸被镀亮。

我的朋友无法容忍电影院的气息。漆黑一团,众人交换从肺里的空气——做爱是两个人交换体液,他说电影院里有一种集体交媾的气息。他说的对,思想碰撞,情感交欢,所谓激情,是对规则和卫生的破坏。

有一次他陪我看电影,坐在我右侧。前方观众背影起伏,我能感觉他有热度的身体。想起他对影院的敌意,他的存在对我构成某种压迫。我们的呼吸几乎按照同样节奏进行——呼出的气息在眼前升腾,像瓶口释放了所罗门囚禁的不羁魔鬼。这使我对电影的注意力不断分解。我控制着姿态,背部稍稍前倾,两臂叠加在腿上。他在余光里虚掉了。在电影忽强忽弱的光线里,我有一张心不在焉的脸,那是一部西班牙影片,《热舞探戈》——他们的探戈跳得多么好:蜷曲、弹动有韵律的腿,甩动头颅,小腿绕过去,摩擦对方腿后的肌肤……他们配合非凡,带有兴奋感,像一对当众交尾的昆虫。

朋友大概像戒掉公共澡堂一样戒掉了电影院,我则巩固了独自观影的习惯。大约2001年的一个中午,我在影院看《押解的故事》,真正有了一次独自观影的经验。整场电影,唯有我一个观众。前后左右,空荡荡的。环境非常怪异,幽暗中少了那些背影的烘托,我感到了些许的心慌和不适。此前我以为自己一直向往这种孤独。

当嫉妒的继母追问:"谁是世界上最美的女人?"镜子里呈现的是白雪公主,而非观镜者本人。当一面镜子映现出的是另外的现实,包含着判断与选择,不再简单地进行反射,那么它就脱离了普通的镜子,而成为魔镜。电影对现实作出的映现,使之成为魔法之镜。我希望它离生活更近,还是更远?我愿意它因忠诚而普通,还是因说谎而非凡?

童年我曾经被推到一位著名影星身边。我的高度大约到她胸部,仰起脸,她和银幕上一样光彩照人,有种难以比喻的美。头发是波浪形的,她穿一件乔其纱衬衫,领子的样式新颖别致。但我紧张,似乎对某种东西的亵渎而产生隐隐不安。这时候,我闻到了香气,来自她的身体,更令我恍惚。与电影上的她最大的不同,在于这股香气——她,竟然散发出肉体的气息。我不知道来自化妆用品还是体香,但同样令我厌恶。电影里有形体、声音甚至有近似的体积,唯独,没有味道。没有什么比这更能证明,她与现实的勾结。在此之前,我倾向于把电影当作与现实完全分离的东西,或者,把它当作对庸碌生活的解救。

即将放映,光线熄灭,释放一团黑雾……这是乌贼的诡计,作为梦想的电影开始逃亡,现实生活的贪婪大嘴紧随其后。在观众头顶,在放映机与银幕之间,绷直一道道彩色光束,当它们被拨动,我不再使用中学作文的烂俗修辞说梦想的琴弦,但它们从来都是。

囚禁在黑暗里,一个斑斓无比的世界在前面的窗口展开——这就是电影。因为被阻挡在这个世界之外无法纵身进入,对于囚犯来说,它包含着比它本身更多的美好。

但电影是否也降低了我对生活的好奇?电影里我看过太多的名胜美景,看过太多阴谋机巧,仿佛经过预演,以至面对真实场景倒以为平淡。我应该乐观地把这种情绪理解为从容吗,还是说艺术的虚拟效果让我变得挑剔?被间接之物诱引和带离,电影让我预习生活,或者说使我的生活从第一发生的位置后撤……每个电影迷是不是都存在这样的危险,使自己的生活成为被翻译过的生活。

……我梦到自己和一群游客来到德国的中国城。他们拿着小型摄像机,欣喜不已。面前是百余个巨大的格子,檀香木色,并饰有复杂的雕花工艺。每间格子里,都有唐装女子在表演管弦丝竹。她们背后衬着景泰蓝屏风,像孔雀打开的尾羽,华美,工丽,美到超过肉眼观察能力的细节。我梦到身着细绸旗袍的女子,鱼贯而过,迷人的团扇,撩人的腰肢。这是专门为旅游团准备的节目。

我梦到自己离开团队,独自等候一个名角演唱。据说这个名角极少出场,出场也是率性而为,没有预告,可遇不可求。刚才还华艳的环境转眼变了乡村,土路尽头是一个简陋的港湾,游客们陆续登船。晚霞辽阔的红,烘托着汗渍般泛黄的旧帆,他们离去。

我梦到温度的降低,天要黑了,光线明显不够,没有人打灯光,我不知是否还有一场缥缈无期的演出。"你怎么还没走呢?"一个老者问,他有六十多岁的样子,看起来像个农户,但我直觉他就是那个让我执著等待的角儿。他没给我任何承诺就推门进入一个院落——听说,他的化妆秘不外传,谢绝旁观。

我梦见许多京剧脸谱在眼前晃动。背后的面孔不能被分辨,我不知道那些浓墨重彩的脸之中,有没有我期待的那个人。我梦见脸上一阵痒,抬手触摸,指头上蹭下一层厚重的油彩。

罗兰·巴特谈道:"在电影里,不论有关平面的修辞学怎样,能指自身从本质上讲总是平滑的;这是一种不间断的画面连续动作;胶片——名称起得好,它就是一张无开裂的皮……"

而我们的露天电影时代,断片经常发生,对儿童来说,几乎是恐怖的经历。胶片烧着,女主角完美的五官突然浸到滚油里,边缘焦煳,中间鼓起可的。他们朝向统一,专心致志。聚众很少不导致盲从或暴力,而电影观众,在黑暗里追随光的降临,安静的脸被镀亮。

我的朋友无法容忍电影院的气息。漆黑一团,众人交换从肺里的空气——做爱是两个人交换体液,他说电影院里有一种集体交媾的气息。他说的对,思想碰撞、情感交欢,所谓激情,是对规则和卫生的破坏。

有一次他陪我看电影,坐在我右侧。前方观众背影起伏,我能感觉他有热度的身体。想起他对影院的敌意,他的存在对我构成某种压迫。我们的呼吸几乎按照同样节奏进行——呼出的气息在眼前升腾,像瓶口释放了所罗门囚禁的不羁魔鬼。这使我对电影的注意力不断分解。我控制着姿态,背部稍稍前倾,两臂叠加在腿上。他在余光里虚掉了。在电影忽强忽弱的光线里,我有一张心不在焉的脸,那是一部西班牙影片,《热舞探戈》——他们的探戈跳得多么好:蜷曲、弹动有韵律的腿,甩动头颅,小腿绕过去,摩擦对方腿后的肌肤……他们配合非凡,带有兴奋感,像一对当众交尾的昆虫。

朋友大概像戒掉公共澡堂一样戒掉了电影院,我则巩固了独自观影的习惯。大约2001年的一个中午,我在影院看《押解的故事》,真正有了一次独自观影的经验。整场电影,唯有我一个观众。前后左右,空荡荡的。环境非常怪异,幽暗中少了那些背影的烘托,我感到了些许的心慌和不适。此前我以为自己一直向往这种孤独。

当嫉妒的继母追问:"谁是世界上最美的女人?"镜子里呈现的是白雪公主,而非观镜者本人。当一面镜子映现出的是另外的现实,包含着判断与选择,不再简单地进行反射,那么它就脱离了普通的镜子,而成为魔镜。电影对现实作出的映现,使之成为魔法之镜。我希望它离生活更近,还是更远?我愿意它因忠诚而普通,还是因说谎而非凡?

童年我曾经被推到一位著名影星身边。我的高度大约到她胸部,仰起脸,她和银幕上一样光彩照人,有种难以比喻的美。头发是波浪形的,她穿一件乔其纱衬衫,领子的样式新颖别致。但我紧张,似乎对某种东西的亵渎而产生隐隐不安。这时候,我闻到了香气,来自她的身体,更令我恍惚。与电影上的她最大的不同,在于这股香气——她,竟然散发出肉体的气息。我不知道来自化妆用品还是体香,但同样令我厌恶。电影里有形体、声音甚至有近似的体积,唯独,没有味道。没有什么比这更能证明,她与现实的勾结。在此之前,我倾向于把电影当作与现实完全分离的东西,或者,把它当作对庸碌生活的解救。

即将放映,光线熄灭,释放一团黑雾……这是乌贼的诡计,作为梦想的电影开始逃亡,现实生活的贪婪大嘴紧随其后。在观众头顶,在放映机与银幕之间,绷直一道道彩色光束,当它们被拨动,我不再使用中学作文的烂俗修辞说梦想的琴弦,但它们从来都是。

囚禁在黑暗里,一个斑斓无比的世界在前面的窗口展开——这就是电影。因为被阻挡在这个世界之外无法纵身进入,对于囚犯来说,它包含着比它本身更多的美好。

但电影是否也降低了我对生活的好奇?电影里我看过太多的名胜美景,看过太多阴谋机巧,仿佛经过预演,以至面对真实场景倒以为平淡。我应该乐观地把这种情绪理解为从容吗,还是说艺术的虚拟效果让我变得挑剔?被间接之物诱引和带离,电影让我预习生活,或者说使我的生活从第一发生的位置后撤……每个电影迷是不是都存在这样的危险,使自己的生活成为被翻译过的生活。

……我梦到自己和一群游客来到德国的中国城。他们拿着小型摄像机,欣喜不已。面前是百余个巨大的格子,檀香木色,并饰有复杂的雕花工艺。每间格子里,都有唐装女子在表演管弦丝竹。她们背后衬着景泰蓝屏风,像孔雀打开的尾羽,华美,工丽,美到超过肉眼观察能力的细节。我梦到身着细绸旗袍的女子,鱼贯而过,迷人的团扇,撩人的腰肢。这是专门为旅游团准备的节目。

我梦到自己离开团队,独自等候一个名角演唱。据说这个名角极少出场,出场也是率性而为,没有预告,可遇不可求。刚才还华艳的环境转眼变了乡村,土路尽头是一个简陋的港湾,游客们陆续登船。晚霞辽阔的红,烘托着汗渍般泛黄的旧帆,他们离去。

我梦到温度的降低,天要黑了,光线明显不够,没有人打灯光,我不知是否还有一场缥缈无期的演出。"你怎么还没走呢?"一个老者问,他有六十多岁的样子,看起来像个农户,但我直觉他就是那个让我执著等待的角儿。他没给我任何承诺就推门进入一个院落——听说,他的化妆秘不外传,谢绝旁观。

我梦见许多京剧脸谱在眼前晃动。背后的面孔不能被分辨,我不知道那些浓墨重彩的脸之中,有没有我期待的那个人。我梦见脸上一阵痒,抬手触摸,指头上蹭下一层厚重的油彩。

罗兰·巴特谈道:"在电影里,不论有关平面的修辞学怎样,能指自身从本质上讲总是平滑的;这是一种不间断的画面连续动作;胶片——名称起得好,它就是一张无开裂的皮……"

而我们的露天电影时代,断片经常发生,对儿童来说,几乎是恐怖的经历。胶片烧着,女主角完美的五官突然浸到滚油里,边缘焦糊,中间鼓起可怕的大泡——魔鬼降临,它火焰般的皮肤上,两只骷髅的眼睛深陷,张开无牙的嘴……转眼之间,它的脸又翻卷着消失。那个阶段,我的噩梦仿佛全部是在重现一场放映事故,那些鬼脸,与烧灼的胶片一模一样。

十五岁的一个夜晚,我被开水烫伤。从昏厥中醒来,我感到强烈的灼痛,把手放到脸上摸一下……我惊恐地发现一片很大面积的皮肤,贴在自己的指端。瞬间蔓延的疼痛,让我觉得被火包围。幸福生活的胶片,从一个特定镜头那里被烧毁。

当放映中出现断片现象,处理方法是把胶片的药膜面刮掉,露出片基,刮出毛茬以后,用特制胶水粘合。很多年我试图忘记那场青春期的灾难,我拼命刮擦记忆,重新衔接我的过去。我不喜欢照镜子,这样就不被提示,仿佛自己并未被毁容,保持着"无开裂的状态"。如同必须刮出片基与毛茬一样,为了维护所谓的完整,你必须遭受磨蚀,直至暴露疼痛的深层。

偶尔我会想起,做过的那个梦,梦里的中国城和脸上蹭下的油彩——就像回忆别人导演的短片。电影能够制造和我们的生活不对称的华丽与奇迹;而生活与电影重合的,总是那些低微、沉痛、不被缅怀的部分。

我不由自主地伸出两手的拇指和食指,一个手背向内,一个手心向内,对成一个取景框。我轻微错动四根手指的位置,造成宽银幕的比例。

谁的告别,拉下丝绒帷幕?谁的道具箱打开,收拾浮华而廉价的珠翠?谁的妆容,被泪水和寂静冲洗?谁的身体,从台词中蝉蜕?谁的咒语,被另一个人当作摇篮曲催眠?谁的你,在承担孤儿一样的命运?在观众散场的洪流中,谁又允许谁,带上古怪的动物,躲进诺亚方舟?把摄影机当作上帝的左眼,看一看这个需要意义才能支撑的世界。

……电影开始了,两个小时,拧紧体内的弦,钟一样开始走动,感到自己在旋转中轻微晕眩。许诺自己,这是天堂。

纸上的"流明"

张屏瑾

潘曦的绢上作品已成一格,在LUMEN(流明)系列之前,她用浓烈的油彩在中国丝上画出形态姣好的女性形象,充分展现了处理"轻""重"关系的天才。她完全可以像一位顶尖的类型小说家那样,边自我循环,边讲出让人眼花缭乱的故事。然而,眼前的这组作品并非如此,她对自我和世界的现状都有了一些新的想法。对艺术家来说,这首先意味着放弃。以前是流畅的身姿,现在变作扭曲;以前是完满的意象,现在变作残落;以前是风雅的情致,现在变作疏离。

我曾经目不转睛地观看潘曦用精准的色彩勾勒出的织物花纹,赞叹她对细节的把握能力,令人犹如身处于法国作家笔下的妇女乐园(百货商店),那是非常容易令人沉溺的真实、具体和美。在LUMEN系列作品中,织物图案仍然重要,那些蕾丝又纷纷转世,但这次不再是杏花春雨江南般的风物表达,织物的纹样和女人的形体一样,也变得抽象了。仿佛女人身上穿的衣服,被遗弃、扯碎、散落,像野草一样疯长起来,是肌肤和身体的延伸,但又构成了对身体的另一种包围。它们不再仅仅是装饰主义的,更变成了人格、个性和情绪的投射,仿佛是尘世之中弥散的纷繁芜杂的事件与想象,从个体发出的微光,透过环境的折射而破碎无端,又四处点亮。从蕾丝花纹衍变而生的纹饰,在画面上任意地扩散,不再用来加强女性的性别特征,而是强调了女性生存的处境之感。

与之构成对照的,是画面上栩栩如生、十分鲜明地存在着的动物,有蚊、蝇、蟹、蝶,也有蟾蜍、章鱼、壁虎等等。这些青黑色调的冷血动物绝不是点缀,而是主角之一,与织纹、女人构成三足鼎立之势。也可以说,它们是织纹的有生命的对应物,与粉色的女体构成紧张关系。它们是进化链上的剩余物,是文明世界潜意识中的盲目和荒凉,这些昆虫和软体动物不可能服从于女权主义的政治正确,蟾蜍有时以王子的面目出现,在它们面前启蒙理性就像是一个童话。世界一旦蜕去了理性思维的纹饰功能,便会呈现生存的原始状态。它们咬啮、变形、蹑手蹑脚、伸出长舌捕食。它们遍地繁殖无休无止。它们是噩梦中难以摆脱的纠缠者。或许这些生物就是远古以来人性中难以教化的部分,来自帝国和星球的阴暗、潮湿、蛮荒之处,不幸的是,女人正是要用身体的存在去和它们对峙。

在这样的对峙画面之中,我看到了静止的时间。唯一庞大之物恐龙也已风化成头骨,古老的骨殖像墨汁一样淋漓流淌下来,像是某种牢狱,将女人的身体置于觊觎和穿刺之下。在骨头的禁闭之中,好像历史从来没有进步过,肢体的残缺不全仿佛也是这种宰制的后果。但是,画作的整体气氛却并不压抑,女体形象虽则不再那么清新精致,却表现出生气贯注的悲怆之美。在我看来,画上这些单独的、片段式肢体的描绘,是充满灵性的表达,把女人的整体感创造在了画面之外。这种新的女性构图,是否创造了一种对女人所接受的,亘古不变的凝视的抵抗和逃逸?

潘曦的画作因此而带上了从未有过的激烈、犀利和力量感。女人在噩梦中有着无声的抗辩,实际上历史中的女人向来是无声的,但却并非无形,对女人形体的表达有着各种各样的动机。画家这一次把女性的身体表现得如此饱和,无论是色调之明确,还是线条的扩张。那样的挣出重围的手势,那样埋入星云的头颅与硕大身躯的对比,那样的承受和对峙。对手令人气闷:哪怕再温暖如春的身体,再博大的"地母"的精神,也不能够感化对方的冷血、偷袭爱好,以及骨子里的拒绝进化。但是潘曦却将女体的色调非常执着地定格在美丽的胭脂色之上,仿佛这种色调也是一种宿命。她笔下的女体并不顺从,也不是单纯的受害者。我相信这是一个大故事的开端,而首要的在于充分感知他人与自我,这种观察者的冷静和由此带来的优雅,在潘曦的画笔下令人惊讶地展示了出来。

讲故事的人
——诺贝尔文学奖获奖演讲

莫　言

尊敬的瑞典学院各位院士,女士们、先生们:

通过电视或网络,我想在座的各位对遥远的高密东北乡,已经有了或多或少的了解。你们也许看到了我的九十岁的老父亲,看到了我的哥哥姐姐、我的妻子女儿,和我的一岁零四个月的外孙子。但是有一个此刻我最想念的人,我的母亲,你们永远无法看到了。我获奖后,很多人分享了我的光荣,但我的母亲却无法分享了。

我母亲生于1922年,卒于1994年。她的骨灰,埋葬在村庄东边的桃园里。去年,一条铁路要从那儿穿过,我们不得不将她的坟墓迁移到距离村子更远的地方。掘开坟墓后,我们看到,棺木已经腐朽,母亲的骨殖,已经与泥土混为一体。我们只好象征性地挖起一些泥土,移到新的墓穴里。也就是从那一时刻起,我感到,我的母亲是大地的一部分,我站在大地上的诉说,就是对母亲的诉说。

我是我母亲最小的孩子。

我记忆中最早的一件事,是提着家里唯一的一把热水壶去公共食堂打开水。因为饥饿无力,失手将热水瓶打碎,我吓得要命,钻进草垛,一天没敢出来。傍晚的时候我听到母亲呼唤我的乳名,我从草垛里钻出来,以为会受到打骂,但母亲没有打我也没有骂我,只是抚摸着我的头,口中发出长长的叹息。

我记忆中最痛苦的一件事,就是跟着母亲去集体的地里拣麦穗,看守麦田的人来了,拣麦穗的人纷纷逃跑,我母亲是小脚,跑不快,被捉住,那个身材高大的看守人扇了她一个耳光,她摇晃着身体跌倒在地,看守人没收了我们拣到的麦穗,吹着口哨扬长而去。我母亲嘴角流血,坐在地上,脸上那种绝望的神情我终生难忘。多年之后,当那个看守麦田的人成为一个白发苍苍的老人,在集市上与我相逢,我冲上去想找他报仇,母亲拉住了我,平静地对我说:"儿子,那个打我的人,与这个老人,并不是一个人。"

我记得最深刻的一件事是一个中秋节的中午,我们家难得的包了一顿饺子,每人只有一碗。正当我们吃饺子时,一个乞讨的老人来到了我们家门口,我端起半碗红薯干打发他,他却愤愤不平地说:"我是一个老人,你们吃饺子,却让我吃红薯干。你们的心是怎么长的?"我气急败坏地说:"我们一年也吃不了几次饺子,一人一小碗,连半饱都吃不了!给你红薯干就不错了,你要就要,不要就滚!"母亲训斥了我,然后端起她那半碗饺子,倒进了老人碗里。

我最后悔的一件事,就是跟着母亲去卖白菜,有意无意的多算了一位买白菜的老人一毛钱。算完钱我就去了学校。当我放学回家时,看到很少流泪的母亲泪流满面。母亲并没有骂我,只是轻轻地说:"儿子,你让娘丢了脸。"

我十几岁时,母亲患了严重的肺病,饥饿、病痛、劳累,使我们这个家庭陷入了困境,看不到光明和希望。我产生了一种强烈的不祥之兆,以为母亲随时都会自己寻短见。每当我劳动归来,一进大门就高喊母亲,听到她的回应,心中才感到一块石头落了地。如果一时听不到她的回应,我就心惊胆战,跑到厨房和磨坊里寻找。有一次找遍了所有的房间也没有见到母亲的身影,我便坐在了院子里大哭。这时母亲背着一捆柴草从外面走进来。她对我的哭很不满,但我又不能对她说出我的担忧。母亲看到我的心思,她说:"孩子你放心,尽管我活着没有一点乐趣,但只要阎王爷不叫我,我是不会去的。"

我生来相貌丑陋,村子里很多人当面嘲笑我,学校里有几个性格霸蛮的同学甚至为此打我。我回家痛哭,母亲对我说:"儿子,你不丑,你不缺鼻子不缺眼,四肢健全,丑在哪里?而且只要你心存善良,多做好事,即便是丑也能变美。"后来我进入城市,有一些很有文化的人依然在背后甚至当面嘲弄我的相貌,我想起了母亲的话,便心平气和地向他们道歉。

我母亲不识字,但对识字的人十分敬重。我们家生活困难,经常吃了上顿没下顿。但只要我对她提出买书买文具的要求,她总是会满足我。她是个勤劳的人,讨厌懒惰的孩子,但只要是我因为看书耽误了干活,她从来没批评过我。

有一段时间,集市上来了一个说书人。我偷偷地跑去听书,忘记了她分配给我的活儿。为此,母亲批评了我,晚上当她就着一盏小油灯为家人赶制棉衣时,我忍不住把白天从说书人那里听来的故事复述给她听,起初她有些不耐烦,因为在她心目中说书人都是油嘴滑舌,不务正业的人,从他们嘴里冒不出好话来。但我复述的故事渐渐地吸引了她,以后每逢集日她便不再给我排活,默许我去集上听书。为了报答母亲的恩情,也为了向她炫耀我的记忆力,我会把白天听到的故事,绘声绘色地讲给她听。

很快的,我就不满足于复述说书人讲的故事了,我在复述的过程中不断地添油加醋,我会投我母亲所好,编造一些情节,有时候甚至改变故事的结局。我的听众也不仅仅是我的母亲,连我的姐姐,我的婶婶,我的奶奶都成为我的听众。我母亲在听完我的故事后,有时会忧心忡忡地,像是对我说,又像是自言自语:"儿啊,你长大后会成为一个什么人呢?难道要靠耍贫嘴吃饭吗?"

我理解母亲的担忧,因为在村子里,一个贫嘴的孩子,是招人厌烦的,有时候还会给自己和家庭带来麻烦。我在小说《牛》里所写的那个因为话多被村子里厌恶的孩子,就有我童年时的影子。我母亲经常提醒我少说话,她希望我能做一个沉默寡言、安稳大方的孩子。但在我身上,却显露出极强的说话能力和极大的说话欲望,这无疑是极大的危险,但我说故事的能力,又带给了她愉悦,这使她陷入深深的矛盾之中。

俗话说"江山易改、本性难移",尽管有父母亲的谆谆教导,但我并没有改掉我喜欢说话的天性,这使得我的名字"莫言",很像对自己的讽刺。

我小学未毕业即辍学,因为年幼体弱,干不了重活,只好到荒草滩上去放牧牛羊。当我牵着牛羊从学校门前路过,看到昔日的同学在校园里打打闹闹,我心中充满悲凉,深深地体会到一个人,哪怕是一个孩子,离开群体后的痛苦。

到了荒滩上,我把牛羊放开,让它们自己吃草。蓝天如海,草地一望无际,周围看不到一个人影,没有人的声音,只有鸟儿在天上鸣叫。我感到很孤独,很寂寞,心里空空荡荡。有时候,我躺在草地上,望着天上懒洋洋地飘动着的白云,脑海里便浮现出许多莫名其妙的幻象。我们那地方流传着许多狐狸变成美女的故事,我幻想着能有一个狐狸变成美女与我来作伴放牛,但她始终没有出现。但有一次,一只火红色的狐狸从我面前的草丛中跳出来时,我被吓得一屁股蹲在地上。狐狸跑没了踪影,我还在那里颤抖。有时候我会蹲在牛的身旁,看着湛蓝的牛眼和牛眼中的我的倒影。有时候我会模仿着鸟儿的叫声试图与天上的鸟儿对话,有时候我会对一棵树诉说心声。但鸟儿不理我,树也不理我。许多年后,当我成为一个小说家,当年的许多幻想,都被我写进了小说。很多人夸我想象力丰富,有一些文学爱好者,希望我能告诉他们培养想象力的秘诀,对此,我只能报以苦笑。

就像中国的先贤老子所说的那样:"祸兮福之所倚,福兮祸之所伏。"我童年辍学,饱受饥饿、孤独、无书可读之苦,但我因此也像我们的前辈作家沈从文那样,及早地开始阅读社会人生这本大书。前面所提到的到集市上去听说书人说书,仅仅是这本大书中的一页。

辍学之后,我混迹于成人之中,开始了"用耳朵阅读"的漫长生涯。二百多年前,我的故乡曾出了一个讲故事的伟大天才——蒲松龄,我们村里的许多人,包括我,都是他的传人。我在集体劳动的田间地头,在生产队的牛棚马厩,在我爷爷奶奶的热炕头上,甚至在摇摇晃晃地行进着的牛车上,聆听了许许多多神鬼故事,历史传奇,逸闻趣事,这些故事都与当地的自然环境、家庭历史紧密联系在一起,使我产生了强烈的现实感。

我做梦也想不到有朝一日这些东西会成为我的写作素材,我当时只是一个迷恋故事的孩子,醉心地聆听着人们的讲述。那时我是一个绝对的有神论者,我相信万物都有灵性。我见到一棵大树会肃然起敬;我看到一只鸟会感到它随时会变化成人;我遇到一个陌生人,也会怀疑他是一个动物变化而成。每当夜晚我从生产队的记工房回家时,无边的恐惧便包围了我,为了壮胆,我一边奔跑一边大声歌唱。那时我正处在变声期,嗓音嘶哑,声调难听,我的歌唱,是对我的乡亲们的一种折磨。

我在故乡生活了二十一年,期间离家最远的是乘火车去了一次青岛,还差点迷失在木材厂的巨大木材之间,以至于我母亲问我去青岛看到了什么风景时,我沮丧地告诉她:什么都没看到,只看到了一堆堆的木头。但也就是这次青岛之行,使我产生了想离开故乡到外边去看世界的强烈愿望。

1976年2月,我应征入伍,背着我母亲卖掉结婚时的首饰帮我购买的四本《中国通史简编》,走出了高密东北乡这个既让我爱又让我恨的地方,开始了我人生的重要时期。我必须承认,如果没有30多年来中国社会的巨大发展与进步,如果没有改革开放,也不会有我这样一个作家。

在军营的枯燥生活中,我迎来了80年代的思想解放和文学热潮,我从一个用耳朵聆听故事、用嘴巴讲述故事的孩子,开始尝试用笔来讲述故事。起初的道路并不平坦,我那时并没有意识到我20多年的农村生活经验是文学的富矿,那时我以为文学就是写好人好事,就是写英雄模范,所以,尽管也发表了几篇作品,但文学价值很低。

1984年秋,我考入解放军艺术学院文学系。在我的恩师著名作家徐怀中的启发指导下,我写出了《秋水》《枯河》《透明的红萝卜》《红高粱》等一批中短篇小说。在《秋水》这篇小说里,第一次出现了"高密东北乡"这个字眼,从此,就如同一个四处游荡的农民有了一片土地,我这样一个文学的流浪汉,终于有了一个可以安身立命的场所。我必须承认,在创建我的文学领地"高密东北乡"的过程中,美国的威廉·福克纳和哥伦比亚的加西亚·马尔克斯给了我重要启发。我对他们的阅读并不认真,但他们开天辟地的豪迈精神激励了我,使我明白了一个作家必须要有一块属于自己的地方。一个人在日常生活中应该谦卑退让,但在文学创作中,必须颐指气使,独断专行。我追随在这两位大师身后两年,即意识到,必须尽快地逃离他们。我在一篇文章中写道:他们是两座灼热的火炉,而我是冰块,如果离他们太近,会被他们蒸发掉。根据我的体会,一个作家之所以会受到某一位作家的影响,其根本是因为影响者和被影响者灵魂深处的相似之处。正所谓"心有灵犀一点通"。所以,尽管我没有很好地去读他们的书,但只读过几页,我就明白了他们干了什么,也明白了他们是怎样干的,随即我也就明白了我该干什么和我该怎样干。

我该干的事情其实很简单,那就是用自己的方式,讲自己的故事。我的方式,就是我所熟知的集市说书人的方式,就是我的爷爷奶奶、村里的老人们讲故事的方式。坦率地说,讲述的时候,我没有想到谁会是我的听众,也许我的听众就是那些如我母亲一样的人,也许我的听众就是我自己。我自己的故事,起初就是我的亲身经历,譬如《枯河》中那个遭受痛打的孩子,譬如《透明的红萝卜》中那个自始至终一言不发的孩子。我的确曾因为干过一件错事而受到过父亲的痛打,我也的确曾在桥梁工地上为铁匠师傅拉过风箱。当然,个人的经历无论多么奇特也不可能原封不动地写进小说,小说必须虚构,必须想象。很多朋友说《透明的红萝卜》是我最好的小说,对此我不反驳,也不认同,但我认为《透明的红萝卜》是我的作品中最有象征性、最意味深长的一部。那个浑身漆黑、具有超人的忍受痛苦的能力和超人的感受能力的孩子,是我全部小说的灵魂,尽管在后来的小说里,我写了很多的人物,但没有一个人物,比他更贴近我的灵魂。或者可以说,一个作家所塑造的若干人物中,总有一个领头的,这个沉默的孩子就是一个领头的,他一言不发,但却有力地领导着形形色色的人物,在高密东北乡这个舞台上,尽情地表演。

自己的故事总是有限的,讲完了自己的故事,就必须讲他人的故事。于是,我的亲人们的故事,我的村人们的故事,以及我从老人们口中听到过的祖先们的故事,就像听到集合令的士兵一样,从我的记忆深处涌出来。他们用期盼的目光看着我,等待着我去写他们。我的爷爷、奶奶、父亲、母亲、哥哥、姐姐、姑姑、叔叔、妻子、女儿,都在我的作品里出现过,还有很多的我们高密东北乡的乡亲,也都在我的小说里露过面。当然,我对他们,都进行了文学化的处理,使他们超越了他们自身,成为文学中的人物。

我最新的小说《蛙》中,就出现了我姑姑的形象。因为我获得诺贝尔奖,许多记者到她家采访,起初她还很耐心地回答提问,但很快便不胜其烦,跑到县城里她儿子家躲起来了。姑姑确实是我写《蛙》时的模特,但小说中的姑姑,与现实生活中的姑姑有着天壤之别。小说中的姑姑专横跋扈,有时简直像个女匪,现实中的姑姑和善开朗,是一个标准的贤妻良母。现实中的姑姑晚年生活幸福美满,小说中的姑姑到了晚年却因为心灵的巨大痛苦患上了失眠症,身披黑袍,像个幽灵一样在暗夜中游荡。我感谢姑姑的宽容,她没有因为我在小说中把她写成那样而生气;我也十分敬佩我姑姑的明智,她正确地理解了小说中人物与现实中人物的复杂关系。

母亲去世后,我悲痛万分,决定写一部书献给她。这就是那本《丰乳肥臀》。因为胸有成竹,因为情感充盈,仅用了83天,我便写出了这部长达50万字的小说的初稿。

在《丰乳肥臀》这本书里,我肆无忌惮地使用了与我母亲的亲身经历有关的素材,但书中的母亲情感方面的经历,则是虚构或取材于高密东北乡诸多母亲的经历。在这本书的卷前语上,我写下了"献给母亲在天之灵"的话,但这本书,实际上是献给天下母亲的,这是我狂妄的野心,就像我希望把小小的"高密东北乡"写成中国乃至世界的缩影一样。

作家的创作过程各有特色,我每本书的构思与灵感触发也都不尽相同。有的小说起源于梦境,譬如《透明的红萝卜》;有的小说则发端于现实生活中发生的事件——譬如《天堂蒜薹之歌》。但无论是起源于梦境还是发端于现实,最后都必须和个人的经验相结合,才有可能变成一部具有鲜明个性的、用无数生动细节塑造出了典型人物的、语言丰富多彩、结构匠心独运的文学作品。有必要特别提及的是,在《天堂蒜薹之歌》中,我让一个真正的说书人登场,并在书中扮演了十分重要的角色。我十分抱歉地使用了这个说书人的真实姓名,当然,他在书中的所有行为都是虚构的。在我的写作中,出现过多次这样的现象,写作之初,我使用他们的真实姓名,希望能借此获得一种亲近感,但作品完成之后,我想为他们改换姓名时却感到已经不可能了,因此也发生过与我小说中人物同名者找到我父亲发泄不满的事情,我父亲替我向他们道歉,但同时又开导他们不要当真。我父亲说:"他在《红高粱》中,第一句就说'我父亲这个土匪种',我都不在意你们还在意什么?"

我在写作《天堂蒜薹之歌》这类逼近社会现实的小说时,面对着的最大问题,其实不是我敢不敢对社会上的黑暗现象进行批评,而是这燃烧的激情和愤怒会让政治压倒文学,使这部小说变成一个社会事件的纪实报告。小说家是社会中人,他自然有自己的立场和观点,但小说家在写作时,必须站在人的立场上,把所有的人都当做人来写。只有这样,文学才能发端事件但超越事件,关心政治但大于政治。

可能是因为我经历过长期的艰难生活,使我对人性有较为深刻的了解。我知道真正的勇敢是什么,也明白真正的悲悯是什么。我知道,每个人心中都有一片难用是非善恶准确定性的朦胧地带,而这片地带,正是文学家施展才华的广阔天地。只要是准确地、生动地描写了这个充满矛盾的朦胧地带的作品,也就必然地超越了政治并具备了优秀文学的品质。

喋喋不休地讲述自己的作品是令人厌烦的,但我的人生是与我的作品紧密相连的,不讲作品,我感到无从下嘴,所以还得请各位原谅。

在我的早期作品中,我作为一个现代的说书人,是隐藏在文本背后的,但从《檀香刑》这部小说开始,我终于从后台跳到了前台。如果说我早期的作品是自言自语,目无读者,从这本书开始,我感觉到自己是站在一个广场上,面对着许多听众,绘声绘色地讲述。这是世界小说的传统,更是中国小说的传统。我也曾积极地向西方的现代派小说学习,也曾经玩弄过形形色色的叙事花样,但我最终回归了传统。当然,这种回归,不是一成不变的回归,《檀香刑》和之后的小说,是继承了中国古典小说传统又借鉴了西方小说技术的混合文本。小说领域的所谓创新,基本上都是这种混合的产物。不仅仅是本国文学传统与外国小说技巧的混合,也是小说与其他的艺术门类的混合,就像《檀香刑》是与民间戏曲的混合,就像我早期的一些小说从美术、音乐甚至杂技中汲取了营养一样。

最后,请允许我再讲一下我的《生死疲劳》。这个书名来自佛教经典,据我所知,为翻译这个书名,各国的翻译家都很头痛。我对佛教经典并没有深入研究,对佛教的理解自然十分肤浅,之所以以此为题,是因为我觉得佛教的许多基本思想,是真正的宇宙意识,人世中许多纷争,在佛家的眼里,是毫无意义的。这样一种至高眼界下的人世,显得十分可悲。当然,我没有把这本书写成布道词,我写的还是人的命运与人的情感,人的局限与人的宽容,以及人为追求幸福、坚持自己的信念所做出的努力与牺牲。小说中那位以一己之身与时代潮流对抗的蓝脸,在我心目中是一位真正的英雄。这个人物的原型,是我们邻村的一位农民,我童年时,经常看到他推着一辆吱吱作响的木轮车,从我家门前的道路上通过。给他拉车的,是一头瘸腿的毛驴,为他牵驴的,是他小脚的妻子。这个奇怪的劳动组合,在当时的集体化社会里,显得那么古怪和不合时宜,在我们这些孩子的眼里,也把他们看成是逆历史潮流而动的小丑,以至于当他们从街上经过时,我们会充满义愤地朝他们投掷石块。事过多年,当我拿起笔来写作时,这个人物,这个画面,便浮现在我的脑海中。我知道,我总有一天会为他写一本书,我迟早要把他的故事讲给天下人听,但一直到了 2005 年,当我在一座庙宇里看到"六道轮回"的壁画时,才明白了讲述这个故事的正确方法。

我获得诺贝尔文学奖后,引发了一些争议。起初,我还以为大家争议的对象是我,渐渐的,我感到这个被争议的对象,是一个与我毫不相关的人。我如同一个看戏人,看着众人的表演。我看到那个得奖人身上落满了花朵,也被掷上了石块、泼上了污水。我生怕他被打垮,但他微笑着从花朵和石块中钻出来,擦干净身上的脏水,坦然地站在一边,对着众人说:

对一个作家来说,最好的说话方式是写作。我该说的话都写进了我的作品里。用嘴说出的话随风而散,用笔写出的话永不磨灭。我希望你们能耐心地读一下我的书,当然,我没有资格强迫你们读我的书。即便你们读了我的书,我也不期望你们能改变对我的看法,世界上还没有一个作家,能让所有的读者都喜欢他。在当今这样的时代里,更是如此。

尽管我什么都不想说,但在今天这样的场合我必须说话,那我就简单地再说几句。

我是一个讲故事的人,我还是要给你们讲故事。

上世纪60年代,我上小学三年级的时候,学校里组织我们去参观一个苦难展览,我们在老师的引领下放声大哭。为了能让老师看到我的表现,我舍不得擦去脸上的泪水。我看到有几位同学悄悄地将唾沫抹到脸上冒充泪水。我还看到在一片真哭假哭的同学之间,有一位同学,脸上没有一滴泪,嘴巴里没有一点声音,也没有用手掩面。他睁着大眼看着我们,眼睛里流露出惊讶或者是困惑的神情。事后,我向老师报告了这位同学的行为。为此,学校给了这位同学一个警告处分。

多年之后,当我因自己的告密向老师忏悔时,老师说,那天来找他说这件事的,有十几个同学。这位同学十几年前就已去世,每当想起他,我就深感歉疚。这件事让我悟到一个道理,那就是:当众人都哭时,应该允许有的人不哭。当哭成为一种表演时,更应该允许有的人不哭。

我再讲一个故事:30多年前,我还在部队工作。有一天晚上,我在办公室看书,有一位老长官推门进来,看了一眼我对面的位置,自言自语道:"噢,没有人?"我随即站起来,高声说:"难道我不是人吗?"那位老长官被我顶得面红耳赤,尴尬而退。为此事,我洋洋得意了许久,以为自己是个英勇的斗士,但事过多年后,我却为此深感内疚。

请允许我讲最后一个故事,这是许多年前我爷爷讲给我听过的:有八个外出打工的泥瓦匠,为避一场暴风雨,躲进了一座破庙。外边的雷声一阵紧似一阵,一个个的火球,在庙门外滚来滚去,空中似乎还有吱吱的龙叫声。众人都胆战心惊,面如土色。有一个人说:"我们八个人中,必定有一个人干过伤天害理的坏事,谁干过坏事,就自己走出庙接受惩罚吧,免得让好人受到牵连。"自然没有人愿意出去。又有人提议道:"既然大家都不想出去,那我们就将自己的草帽往外抛吧,谁的草帽被刮出庙门,就说明谁干了坏事,那就请他出去接受惩罚。"

于是大家就将自己的草帽往庙门外抛,七个人的草帽被刮回了庙内,只有一个人的草帽被卷了出去。大家就催这个人出去受罚,他自然不愿出去,众人便将他抬起来扔出了庙门。故事的结局我估计大家都猜到了——那个人刚被扔出庙门,那座破庙轰然坍塌。

我是一个讲故事的人。

因为讲故事我获得了诺贝尔文学奖。

我获奖后发生了很多精彩的故事,这些故事,让我坚信真理和正义是存在的。

今后的岁月里,我将继续讲我的故事。

谢谢大家!

故乡即异邦

刘大先

  大雾迷蒙的早晨,我和父亲一前一后走在荒野小径上,说着闲话。难得的亲密时刻。我从小出门读书,很少回家,假期回来彼此交流并不多,父子间轻松漫散地一起去赶集的场合很少,更别说聊聊家常了,所以此刻我的心情很愉悦。湿气弥漫,四周苍茫一片,影影绰绰地什么也看不清,上坡转弯的时候,迎面遇到了表姑妈,父亲的表姐。见到她,我和父亲都很高兴,父亲迎上去招呼她。表姑愣怔了一下,惊讶地望着我,又回身看我父亲,慢慢流下了眼泪。我很奇怪,表姑妈转过来对我说,你爸爸还不知道,他已经死了啊。

  这个时候,我的心里晴明起来,在怅惘中慢慢醒过来,想起来父亲已经去世快六年了,而我在他去世后就再也没有走过家乡那条去集镇的道路。外面天色浓黑,可能是凌晨的某个时分,我在黑暗中坐起来,下床,走到外间的阳台,点了支烟。从十五楼的窗户看出去,青黑色的苍穹笼罩在灯火明灭的北京,城市如同坚硬的礁石,纹丝不动地伫立在幽蓝广袤的大海之上,只有远处高楼顶端的红色航标灯闪烁不定。

一

  人们同自己家乡的关系,往往混杂着普遍的矛盾:甜蜜温馨的记忆似乎并不能阻止冷酷无情的离别。只有眼界狭隘、抱残守缺的人才会觉得家乡完美无疵,而那些出走他乡之人的赞美与缅怀尽管可能是真诚的,也难免打上了时间与空间的滤镜。坚强的人四海为家,而最高级的灵魂则认识到个体情感与认知的局限,从而太上忘情。圣维克多的雨果会保有此种清晰的观念,一般人顶多做到随遇机变、惟适之安,而将家乡作为安放怀旧情绪的处所。在这么做的时候,他们或多或少带有逃离者的歉疚和窃喜。当家乡成为故乡,意味着家乡已经同他隔离开来,曾经的联系变得愈加稀薄,它慢慢隐退为一个审美的对象。

  背井离乡、触景怀乡的故事并不新鲜,桑梓之地或者成为一世的守望,或者成为衣锦荣归的故里,但前现代时期因为羁旅、游宦、战争、行商的漂泊,并没有形成家乡与故乡的割裂。故乡大规模地被抛掷在身后,成为一个只供怀想而不再期盼回归的地方,无疑是现代以来的景观。村社地理、熟人社会、血缘与宗族所形成的诸种共同体,在工商业与城市化进程中纷纷土崩瓦解,人们为了谋求想象中更美好的生活不惜远走他乡。

我想我属于那种将家携带在身上的人。从识字之始,家乡的长川丘陵就开始渐行渐远,新鲜的外部世界洞然敞开,无数新的经验纷至沓来,让人根本无暇回顾那并不愉快的乡村生活,更遑论有闲情逸致去沉思过往。这倒不是一种个人主义的逃离,而是生活的巨大压力。这样的乡村青年一定不是少数,牵连着我们和故乡的可能只有亲情那唯一的线索,但我并不想从社会结构和流动的层面进行浅薄的分析,毕竟个人经验参差不齐,有的人对任何地方都无意流连,他们不一定是有世界的胸怀,纯粹就是情感迟钝而已。

2013年正月初六,我在北京短暂处理一些事情之后,又回到六安,回到我曾经以为很熟悉实际上已然陌生的故乡。不是欢度春节,而是陪伴父亲度过他一生最后的时间——事实上,我也知道,这也将是自己在故乡度过的最后光阴。

节后春运刚刚开始,但是从大城市到小地方的车票还算容易买。我先到合肥,然后搭乘上海至武汉的动车,准备半路在六安下车。合肥离六安很近,高铁只要半个小时,人情风物已是家乡的氛围和感觉。火车站的人并不很多,很多农民工要过完十五才出门。我背着包在候车厅里找落脚的地方。旅客虽然谈不上拥挤,但有人把包搁在身体两边的椅子上作为垫靠,斜倚着,所以竟然没有空闲的位置。踱到大厅一侧时,我看到一个双眉紧蹙的中年人在阅读一本商务印书馆版的那种世界名著翻译本,仔细一看是亚里士多德的《巴门尼德篇》。那个人看上去有些落拓,像个平庸而不得志的大学老师,眉宇之间有种让人讨厌的瞧不上任何人的神情,在这种吵闹的环境中读这样一本书,未免有些牵强,就像他的眉头。我想我在此间别人眼中也就是这种角色吧。

从六安南站出来直接坐公交车去西站,打算搭乘下午三点钟往郭店方向经过火星和黄台的私人巴士——这种私家公交车是县乡一带的地方特色,并不由市里的公交公司统一管理,而是私人拥有的中巴运输车加盟到公交公司中去的,缴纳一定的管理费,但自主性比较强,所走的路线不固定,是根据乘坐人员的多寡决定走哪条乡间小路——那些路是在"村村通公路"工程中修建的,就是在原有自然形成的泥巴路的基础上铺上沙石修筑的非常狭窄的双车道水泥路。

六安的公交车我几乎没有坐过,上车才知道是自动投币一元。我翻了翻钱包找不到一元钱。找个身边的人询问想换一下,也没有。我就先到后面坐下,打算定定神再找人兑换。这时候坐在我前排的瘦瘦的青年给了我一块钱,并且不要我给他的十元钱。他晃了晃手中的一瓶凉茶说:"我也没有零钱,这是刚才在底下买了瓶水换开的。"他随身带了只青黑色的大旅行箱,可能是大学生,更像在外面打工回乡过节的青年,还没有在都市竞争的生涯中变得油滑和冷漠。

西站的车是对霍邱、叶集、固镇方向的,非常混乱,往我家的方向最合适坐的是到小镇郭店的一路车。往这个方向在这个季节有三班车,只有下午三点的一班经过我家所在的黄台村,否则就会从广庙村那里岔路开往另外一个顺河镇。我清晨五点起床,从北京赶到此时,水米未进,已经疲惫得很,懒得张口问人,就背着包在乱七八糟、破烂肮脏的中巴车中间寻觅。正巧听到司机拉客,有乘客问路线,就坐了上去。陆续有人上来,我看到一张认识的脸,是一个远房堂哥。两家离得并不远,但是我们这一辈来往不多,我们至少有十几年没有见过了。他长了乡村中年人的乱蓬蓬的头发,面上已经带有农民常见的沧桑表情,不过我很快就认出了他。他显然没有认出我,咕哝着向司机老婆——也就是售票员——确认这个车子的确切路线。这辆车原先是走丁集那条线的,如果走那条线,我回家就麻烦了,需要再步行十里地。幸运的是,那条线的乘客被上一辆车抢走了,这辆车为了揽客只好临时改走火星镇这条路。这个对我的幸运,对于司机夫妇无疑是不幸,他们等候了半天的乘客一下子被卷走了,所以泼辣的售票员一路骂骂咧咧,跟乘客数落前一辆车车主的不地道。司机偶然故作宽容地让她别计较了,但是可以看出他自己心中也大为不满,只不过一个男人的面子阻止了他的破口大骂。

乡土的伦理礼仪也就是在他这样年近五十岁的中年男人身上还残存着,二十年来的外出务工潮流和近十年内的城镇化进程,已经极大地改变了地方的道德生态。这个季节,年轻人大部分已经奔往江苏上海一带,他们在冬季时回来,带回的不仅是金钱,更多的是新学会的半生不熟的普通话和城市生活方式与观念。我在父母那里听闻这个远房堂哥也曾经在外面打工多年,这几年不知道因为什么原因待在家里。他的父亲和母亲都在苏州做清洁工扫大街,每个月收入约三千,那样的收入比在农村种田强。下车的岔口路西引水支渠上搭建的是一家杂货铺店,兼卖自产的豆腐,我打了十五斤豆腐提着,想着家里可能需要。店主认识我,就问我是不是从北京回来,我说是的。他叹道,那路费要不少钱啊!父亲已经是癌症晚期,医院放弃了治疗,现在家里等死,这里面的无望和恐惧,让家里笼罩着挥之不去的抑郁情绪。我怕父亲的心智已经糊涂,就坐到床头问他还记不记得自己当年当兵时的部队番号,他说是南京军区直属独立炮九师十四团二营六连,番号

6413师6457团56分队六连。这让我又莫名其妙地宽慰了一下,同时陷入一种难以说清楚的惆怅中:那是父亲一生最风华正茂的年代,他当然记得清楚。2009年夏天,我路过江阴出差的时候专门找到了父亲年轻时代生活过的那块驻地,部队已经撤走,番号早就不存在了,但是留下了几门对着长江的大炮,藏在杂花生树中间,成为偶然到来的游客们的猎奇之物。我在一个防空洞的坑壁上用石块刻下了父亲的名字。

夜里忽然天阴下雨,然后就变成大雪。我乡的农谚说:"正月雷打雪,二月雨不歇。三月抄干田,四月秧上节。"此时下雪意味着三月会干晴,对春耕不好。第二天雪还在下,雪里听到门前河汊中发动机的声音,那个用电动船在河中打鱼的人想趁着雪捞一笔。父亲被疼痛折腾了一夜,白天开始睡觉,我松了口气,骑着摩托到乡医院去拿些药,回来的路上踏着荒村中平滑的雪地到河边去看那人打鱼。白雪无声落在水中,倏忽地消失不见,仿佛河流是个无穷无尽的黑洞。那个电动船则是游弋在太空中的飞艇,给寂静空旷的天地带来一丝活气。

师弟刘汀写过一本书叫《老家》,他说:"当我谈论故乡的时候,我说的只是老家。"然而,我并没有老家的观念,和那些拥有可以在故乡静谧生活的人们相比,我们这样的乡土少年注定要在这个迅速变革的社会中离家出走。很多时候,故乡在心中只是幻化成某个具体的意象:童年的明媚夏天,村庄东面的断河,青翠而酸涩的杏子,老屋后的竹林和大橡树……故乡是属于童年无风的岁月的。它和热情的七月有关,和七月傍晚烟霞中的蜻蜓有关。那时的天空无比晴朗,空气清新透亮,万物充满生机,大地一片绿意。我踩着翠绿柔嫩的鸭舌兰,拨开蒲草,脚下的沼泽噗噗作响,一个个欢快的气泡喷涌而出。天地间充满氤氲的气息,一如太古的初蘖。那时候我的眼睛明亮,血气充盈于胸间,现在却身心俱疲。我的脸庞因为长期的失眠而枯黄,我的胡茬如同茅草般涌起,我的面孔变得越来越模糊,失去光泽,没有力度。我想象在一根铁轨上描刻下七月蜻蜓的形象:灵动、鲜红的、充满生机。那段铁轨因为年久失修,锈迹斑斑。我的手指在上面滑动,咯咯作响,铁屑散坠于草丛中。雾霭渐起,我的双眼蒙眬。许久以后当我跌跌撞撞地走回到那段童年的铁轨时,发现那段铁轨已被洪水冲走。一点痕迹也没有留下。那一年的洪水特别多,空中老是飞舞着淡紫色的尘。我不知那是什么,大概是蝴蝶大批迁移时遗落的花粉。那些鲜明而生动的意象是无可捕捉的精灵。我一直想把它们固定在文字中,但是每当面对电脑键盘的瞬间,心灵干枯得挤不出一丝水分。那时候,只听到思绪的碎片纷纷剥落,摔在地上泠泠作响。是什么使我汗流浃背、疲惫不堪,文思阻隔、不着一字,让我陷入长久的失语和无端的惘然?

我想，之所以无法在文字中铭写下那些意象，那是因为它们本来就是一厢情愿的悬想，被净化了的幻象。如同决绝而去不再回头的少年，故乡也同时拒绝了我们的回返。浪漫主义之后，知识分子的"返乡"几乎形成了一种原型母题，自我反思型的现代个体再重回故土的时候往往会经历桃源不在的感伤式怀旧。记忆中渚净沙明、清新修洁的地方已经被现实涂抹得脏乱不堪，外在的风景如同破旧的衣服一样凋敝，人情风俗也变得面目全非。他亟待救赎的情感找不到落脚之处，只能仓皇逃离。但这个故乡其实是心造的故乡，正表明了这个人与他的乡土的割裂，他从中生长出来，并且日益壮大，最终离去，故乡成了一个忆念中的存在，它与现实不再发生联系。所有的故乡在这个时候都成了异邦。

二

"人死了就跟这些烂芋头一样。"

堂哥说这个话的时候，踢了踢脚下那堆被寒冷天气冻糠心了的红薯。我们俩站在松树下，讨论即将到来的葬礼该如何处理。父亲已经到了最后的时刻，他自己应该也明白，只是人总归有着求生的欲望，所以我们也竭力避免谈论生死的话题。但我却不能不考虑即将到来的葬礼问题。

按照大多数亲戚的意见，土葬是最佳选择，但是火葬的政策在那里，偷着埋了也不是事情，如果有人告发，挖出来遗体再倒上煤油烧——此前有过类似的例子，那就麻烦了。堂哥是一个受过现代医学教育的理性主义者，他的意思就是烧了算了。

过了两天，在上海的二弟也请假回来，但是劳累奔波中发了烧。我坐着看护了父亲一夜，六点多钟二弟起床下楼来替换我。我睡了两个小时起床，吃了碗面收拾一下往丁集走，准备去那里乘车到四十公里外的市里采办一些物品，以招待家中来访的客人，当然更主要的是需要计划办理丧事时的用度。丧事与婚礼是乡民生活中的两件大事，前者尤为重要，必须早作打算。我希望运气好能够遇到镇上来接送四散于乡村的学生的私人面包车。如果没有车子，只能步行这十里地，然后在丁集镇找车去市里。

马店小学门口停了辆双排座小车，但是门口的小商店大门紧锁，车中也没有人。我只能继续往前走，心中有些发毛，真要这么走下去，到丁集也该快十二点了。好在刚过马店不多久，背后听到车响，一辆紫色小车子跟过来了，我招手上车，果然是到镇上接学生放学的山寨校车。我和司机聊起来，他很热情地把我从丁集新区送到大路。丁集新区其实就是平行着老街修建的一片规划很齐整的住宅区，清一色的四层板楼。这些新修建的房屋的目标客户是附近乡村的农民。大部分农民都出门打工了,留下的多是老幼病残,农忙时才有少数打工者回乡劳作。我乡农民多去往江苏苏州、昆山以及上海一带,这几年产业转移,苏州的一些服装厂与婚纱厂搬迁到了丁集,季风式的民工也随之迁回,成为私营企业中的工人,无论如何,他们与土地的亲缘关系已经终结。这无疑是城镇化进程中的新现象:农民的土地和他们的居室分离,他们的劳动与栖息之地也发生了分离。

地理空间与身体行为之间的分离隐含着心理的分离,生活在家乡的农民在价值观上已经悄然被外部社会和新兴媒介所改变,表征了中国偏僻角落最基层的共同体单元出现了离心。在市场经济大规模到来之前,至少20世纪80年代前期,农民被城乡二元户籍制度束缚,很少有离乡离土的经验。父亲因为入伍当兵,属于为数不多有过外地别样生活的经历,但他那点微不足道的过往很快就在90年代以来大规模的外出潮流中贬值了。这是截然不同的两种流动。新生代的农民主动或者被动地被新的离心力甩出了原先的凝聚性结构,如同宇宙原点发生的大爆炸,还在膨胀过程之中,星云与星体尚未冷却形成。身体从其生成空间中剥离出来,却又无法摆脱周期性的复归——毕竟能够扎根于都市的是极少数,所以总是像候鸟一样在春节时候返回到乡里。他们的精神处于摇摆型的动态割裂中:每当割裂的伤口即将痊愈或者遗忘时,对于故乡的回归再次将其撕裂,因而这种伤口成为一种周期性发作的病痛。伴随着乡村土地的资本化,归园田居也失去返回的道路,故乡日益形象模糊,与之并行的是传统、习俗、心灵和精神的重新结构。

在丁集街头的风中这么胡思乱想的时候,下起了小雨。我跑到一家店铺里躲雨,条凳上已经坐了两个老几(我们方言中叫中年人为"大老几")。一个头发梳得油光锃亮的中年人,穿着笔挺的西服套装,皮鞋都一尘不染,完全不像是刚从乡下来的。另一位则是典型的农村老头,和这个小集镇的气氛和谐一体。老头穿了件宽松的黄军装外套,劳保棉鞋。我们交谈了几句,立刻打消了可能产生的对于乡土社会逝去的多愁善感的念头。事实上,新一代的农民(工人)只是如同任何历史上的潮流一样,内在包含着相当复杂的成分,利益诉求和生活追求也参差百态。与土地的分离自然而然地发生,并没有带来剧痛——哀悼沦陷的村庄更多是有闲者的怀旧与忧虑。也许是因为农民的短见和缺乏全局和统筹式的眼光,之前局限于一亩三分地,如今满足于工商业溢出红利,他们对现状并没有表现出杞人忧天的不满。这里面的复杂性不是任何个体浮光掠影的观察所能涵括,而遍布在中国大地上的多元性也使得任何个案都不能提供整体性的结论。这涉及一个经久不衰的知识分子难题:需不需要代言,究竟由谁代言,社会不同群落的共同福祉究竟如何确定。

从马店到丁集,司机收了我十块钱,钱集过来的公交车从丁集到六安也是十块钱,后者的路程大约是前者的三到四倍远,这就是地方上根据朴素的经济学本能依照供求关系发明的定价机制,大家都没有异议。从公交西站出来看了一圈,没有找到要去的市场的公交车,就招手喊了个的士,又帮司机招揽了三个人坐后排,我一个人付十块钱,后面三个一起付十块钱——这也是心照不宣的惯例。在市场购买葬礼接待吊客需要用的鸡鸭鱼肉以及纸竹鞭炮的时候,我的心里充满了荒诞感——我东奔西走操持这一切都并不是为父亲在做什么,而是为了活着的人,当他还躺在病床上的时候,我们已经在操办他的丧事。

我和母亲、二弟日夜换班轮流看护父亲,身体和精神在压力下都濒临崩溃。垂死之时,人总是会感到恐惧,父亲一定要两个人守在自己身边,仿佛要抓住人间最后的依恋,这时候他显示出孩童一样的执拗。癌细胞扩散带来的剧痛让他无法以一个姿势躺太久,一会儿就要我们抱着他翻个身,一边哎呦皇天地呻吟。我和二弟整夜坐在床边束手无策,常常是在凌晨三四点最困的时候,他叫我们打电话给堂伯来打杜冷丁镇痛。堂伯以前是乡村医生,如今我的堂哥子承父业,但是因为堂哥自己胆子小,夜里不敢出门——我想这也是一个托词,可能他也被父亲弄得疲沓了。他很冷静:"你们也不必过于难过,我们每个人都要经历这一遭。"

我对父亲一生并不熟悉,只是感到他很聪明,多才多艺,身上有一种我和弟弟都匮乏的理想主义和行动的激情。在亲友们罗生门式的片断叙述中,我只得到一些零碎的信息,了解的事情并不多。我知道他做过侦察兵、司机、榨油作坊的主人、农技站的会计,没有一项是长久的。在最后一个职业上干了几年,没有顶职就回乡自己养鱼——20世纪80年代还有"接班"这种做法,即符合条件的职工子女顶替父母的职位参加工作。父亲雄心勃勃,不想在爷爷的单位中做个处处掣肘的小职员,回到黄台村雇用全村人拦着河汊打坝围成一个池塘。"专业户"的短暂生涯是他一生中最顶峰的时光。有了点钱,还主持修订家谱,这是他做过的最为得意的事情,鄂豫皖苏四省方圆几百里的人都来寻根问祖,记得那时候家中老是宾客盈门,门槛都快被人踩坏了,那是80年代后期。那时候,他还有闲情在无聊的时候画一笔在我看来几乎可以乱真的齐白石式的虾,拉几下胡琴唱《红灯记》,或者跟我们谈一谈《红楼梦》。

1991年的洪水是个分水岭,从此以后他的命运就急转而下。在那之前,父亲养鱼已经有几年的时间,几年都是积淀,1991年这年的鱼长得最好,膘肥体大,数量也壮观。偏偏是涨了洪水,将一塘的鱼都漂走了。我当时在外面住读,两个弟弟亲历了整个过程,我后来在二弟的一篇文章中看到他的回忆:"洪水漫过堤坝,妈妈用铁锹扶泥,做成小堤坝,我跟在后面看,后来水涨高过堤坝足有一米,无可挽回。那时太小,不知道心疼,直至后来每每说起也没有太多的感觉。可是近来随着年龄的增长,回忆起这些,就隐约能体会到爸当时是有多心痛,1991年之后,再也没有养过那么好的鱼了。提起安徽经历的洪水,人们往往记起的是1998年的那场洪灾,但真正对我们家造成重创、对爸和妈造成沉重打击的是人们及媒体上没怎么提过的1991年的那场洪水。"大水先是淹没了池塘,直到次年家中还没有缓过劲来,第三年的大水又一次冲到了家门口。那一年的夏天我上初一,放暑假回到家,大雨滂沱中,父亲躺在床上背对着我,没有回身。我站在门槛里,用脸盆舀门外的水洗手。本来信心十足的父亲,经过如此三年,此后陷入了颓废之中。

一般人都会觉得家是个温暖的地方,在我和我弟弟的经历中却是截然不同的体会,至少我从来没有觉得家是港湾。也许是酒精的影响,颓废了的父亲常常会有无名的暴力,那些遭受暴力的戏剧化场景,亲历者后来回想都有种似真似幻的感觉。我曾经在"豆瓣"看到有个"父母皆祸害"的小组,心中虽不以为然,但也承认确实存在这样令人费解的亲情关系。现在我和弟弟在父亲榻前照料,随叫随到,已经毫无怨恨,这全然在个人的情性,也许民间流传多年的"棍棒底下出孝子"还是有一定道理的。两个弟弟都是学理工科的,与我性格爱好差异很大,但是我们都喜欢《燃情岁月》(*Legends of the Fall*)和谭家明的一部电影《父子》,这都是关于父子的故事,内在里应该隐含了潜意识中的缺憾与想象。我们是在乡土伦理中长大的人,在后来的教育中也接受了个体道德的现代观念,但无法完全分开个体与家庭之间清晰的界限,那种更久远的关于情感与孝道的认知并不与理性相连,而是根植于血肉心灵深处。

坐在垂死的父亲的身边回想起少年事,我和弟弟都平静得很。那些曾经让我们在无数无法入眠的深夜中翻肠搅肚的痛苦,如今都好像已经是别人的事情了。我无法理解身边这个垂危之人幽暗的心灵,就像我无法参透人性数不清的秘密。我们是截然不同的两代人,他经历过最为激进与疯狂的乌托邦岁月,而我和弟弟则成长在改革开放与个体化时代。五六十年代与八九十年代之间的代际差别超过了以往任何时代,但并没有完全断裂,那种藕断丝连才真正让人痛楚。我们似乎"脱嵌"了,但并没有真正的"拔根",有一种更为恒久的情感沉淀在心灵的深处。

父亲已经十几天没有吃东西,只是喝水,不知道为什么还会有粪便排出来。但是他的肛门括约肌已经失控了,必须用手把粪便抠出来。父亲一生强悍坚硬,此时却已经没有了尊严。他自己用手抠出来两团硬邦邦的屎给我们看,还说肛门烂了,然后毫无羞愧地让我们摸他的尾骨,说那里发热。这在外人看来肮脏可笑,在亲人那里则是深沉的悲哀。那些时不时会过来看望一下的亲戚与邻居们都已经不耐烦了,他们像是等待着父亲的死亡,以便尽到情义。父亲已经脱形了,腮帮完全瘪进去,使得嘴巴前凸出来,像个骷髅,眼睛深陷在眼窝里直瞪瞪地看人,模模糊糊地没有光彩。这是一副将死之人的面孔,让人难以直视。每次打完杜冷丁他略微安生的时候,我观察这样的一张脸,心中都升起浓郁的悲怆。他已经不像他自己了。但是他自始至终没有改变的强硬性格,完全没有任何影视剧中那样的感伤情境中的温情,带给我的只有卑琐、愁闷和焦躁。

  不好过呐!父亲带着哭腔说。每隔十几分钟就让我们给他翻个身,为膝盖怎么摆放,会折腾几分钟。我和弟弟都不胜其烦,但是也无能为力。这是一个濒死之手,徒劳无功地试图紧抓着人间的一点点东西,浑然不顾其他。死亡的阴影很早就开始笼罩在他的头上,当还能自己上下走动时还可以玩笑说置之度外,真的事到临头,人类的恐惧本能就轻而易举地俘获了原本就虚张声势的坦然。这种看透了的感觉,让我产生出一种浓郁的悲凉。

  灯光照在院中的葡萄架上,旁边橘树的叶子显出一种跃跃欲试的青葱。空气中是油菜花的清新香气,与田野中的蛙鸣形成了完满的初春之夜。星空黝蓝,松树的浓黑阴影投在地上,我站在阴影里撒了泡尿,河道吹来的南风已经褪去了冬日的寒气,让人精神一耸。时间在悄然流逝,它催逼着衰亡,也孕育着生机。

  有一天父亲对着窗户外面说,楸树发芽了!我今天感觉不错,也许这个病到春天会好呢!我才注意到不知道什么时候外面枯黄落叶的树木居然都泛青了,我们不知不觉已经在屋里待了三个多月。他说这个话的时候的神情带着渴盼,希望我给他一个肯定。那是一种悲怆的留恋,带着侥幸心理,其实是根底里的绝望。我不敢回应他充满期待的眼神,无法欺骗他。我选择了沉默。这种无情无义的举动深深地伤害了内在的情感,让我在许久之后依然会梦见这个场景,看到他期盼的眼神,然后在内疚中醒来。

三

  对于逝者,除碎片拼接,没有其他记忆方式。故乡的远去与亲人的死让我们的生活无法再完整,从此只能碎片地体验生活,像蜻蜓点水,当蜻蜓不再能飞了,腐烂化身为浮游生物,生活在水面底下,而事实上每部分水面也都只不过是片段。

  2013年4月1日是平常的一天,我原以为父亲还会撑几天,因为他的神智依然非常清楚。他执意要求医生加大杜冷丁的剂量,但是医生怕过量会导致他长眠不醒,不敢承担这个责任。我也拒绝了他,同时我也担心这些本来就不是正规渠道来的杜冷丁一旦用完,新的接续不上,无法阻止他下一次的疼痛。但是,我没有想到那次就是他最后一次打杜冷丁。日后在一些偶然的瞬间,我会忽然想起他临终时候的面孔,并且为自己没有能够满足他最后的愿望而懊悔不已。

他半张着嘴,眼睛看着斜前方的某个地方。我摸了摸他的头,还是温的,但是呼吸不知道什么时候停止了。他平静地离开了人世。在家乡的风俗中,死者的妻子是不能在他断气的时候在身边的,我不明白其中的道理,不过还是遵从了习俗。我让母亲上楼去喊熬了一夜正在睡觉的二弟,然后,掀开被子把他抱了起来。虽然很瘦,但是他的身体还是出乎我的意料有一定的分量。床的另一边地上早已铺好了稻草。我把他抱起来,轻轻放到草上。这次他是真正在民俗意义上去世了。这个过程叫作"落草"。

这个时候二弟已经下来,喊了附近的亲戚过来。我们一起帮父亲脱去衣服,用清水擦拭他的身体,换上寿衣。这个过程他的身体一直没有冰凉,以至于有个瞬间我觉得他没有死。我试着喊了他两声,爸,爸!但是他没有应,一点反应都没有。三姑父说,你把你爸的眼睛合上吧。我用手掌拂拭他的眼皮,把他的下巴也托着,抿起了嘴唇。

葬礼在乡土中国应该是最重要的事情,比婚礼还要隆重。我不懂这些习俗,完全听命于亲戚的指示行动,在做这些事情的时候,既没有伤恸欲绝,也没有如释重负,非常平静,就像面对不得不面对的命运本身一样。接下来的各种琐碎的事情让人根本没有心思去悲伤,当你无法改变的时候,你只能去承受,这个时候的号啕与泣泪反倒有些不合时宜。它们是旁观者的抒情和表演,于死者和死者的至亲并没有太大的关系。

这是下午四点多,仲春时节的暮色很快就要降临。我和二弟分头打电话通知嫡系亲戚,一边放鞭炮告知乡亲,点上供香,在瓦盆中点着路头纸,一边叩头迎接前来吊唁的亲友。乡里管民政的部门可以租到冰棺停放遗体,此际的天气并不炎热,但按照亲戚的指示还是打电话租了,这些事情是做给外人看的,必须让死者有尊严,生者才有面子。大姑先从市里赶回来,晚上七点多三弟从合肥赶回来,这时候院子里已经在亲友的帮忙下搭起了临时的孝棚,拉上电线电灯,摆上桌子板凳茶水香烟。姑父和二舅分头开车去集市采购明日接待宾朋的果蔬鱼肉,妯娌婶娘们则开始清洗碗筷、杀鸡切菜。凌晨时分,小姑一家从上海开车才到,我和弟弟、表弟四个人围着遗体铺上草守在棺材旁边"焐材"。

按照姑妈的意思,不想过于草率,所以第二天要停在家中一天。这一天我找风水先生勘察了地,据说太岁西南,所以选了东北方高岗上黎家的一块老房基地做坟。黎家两兄弟是外来户,老二家全家已经打工进城买了房,原来的老房子推倒,只剩下一片废墟和房前屋后的稀疏竹林。地点就在竹林前方的地里,现在这块地是黎家老大所有。"秀才学阴阳,不要一晚上",风水我也略懂一点。这块地是好地,用阴阳先生的话来说是"前有来龙,后有靠山",就是前面对着大河,后面则是高坡。他其实还没有看到地的两侧是两道"冲",也就是一级一级的梯田递嬗着延伸下降到河流的洄湾处——这种地形唤作"白鹤亮翅,步步高升"。不过,风水也总不过是自我安慰的意思,整个世界都已经祛魅,怎么还会留下一块怪力乱神统治的土地呢。

一位叔伯让我带上一条烟两瓶酒和他一道去黎家老大那里去求这块地。我乡的风俗,如果丧家看上了那块地,主人一般都会直接奉送,不去计较,但是出于礼仪,主家还是要上门磕头求地。我从高岗上下来,沿着用耕田机翻过的玉米地往下走,这块地已经被承包,都种上了油桃树苗。旱地坡下的水田也干涸皲裂,布满收割后经冬变成惨白色的稻茬。爬上另一面的高坡就是黎家老大的家,我有孝在身,不能进别人家门,就在外面等候,叔伯去洽谈。事情很顺利。三弟也打来电话,说八名"举重"找好了——"举重"就是抬棺人,是葬礼中非常重要的角色,因为他们负责打井(挖坟坑)、抬棺、烘井(就是用茅草和草纸在坟井中焚烧,烘干土里深层的水汽)、落棺、包坟。这些召之即来的人们是皇天下后土上的人间厚道。

回到家里,竹马纸轿之类也都送来了。这些东西本来应该"五七"过后上坟时候烧。但是,过两天就是清明,我们这些从外地赶回来的孩子也无法一定能在一个多月后再聚齐。所以决定先烧了。这些纸做的物件包括高头大马、楼台亭阁、丫鬟小厮之类,寓意着逝者在另外一个世界的生活。现在与时俱进了,除了原先那些东西,还有纸电话、纸电冰箱、纸电视之类。这在风俗中叫"烧灵",同时还要用逝者的裤子装满草纸扎起来一起烧掉,其他的衣物则丢弃在旁边。烧完"灵",几个儿子要飞快地跑回家用孝巾擦拭棺材上的灰,这被称作"拭材(财)",谁先跑到棺材那里谁先发财,谁擦的地方大,谁发的财就越多。这些不知道是什么时候形成的传统,不过我和弟弟还是遵循了,也许我们的子女一代就不会有这些繁复而又充满讲究的风俗了。我们会直接从医院进火葬场,然后被装入一个小盒子,送进公墓,再后来可能会在晚辈的遗忘中被弃置到垃圾处理中心。

第三天凌晨四点,我们起来洗脸准备早饭招待一起去火葬场送葬的客人,大约有几十辆车,父亲一生孤傲,不怎么与邻居亲友来往,这个季节村中人大多出门打工了,不知道怎么还来了这么些人。有的不熟悉的亲友是闻讯从外地赶回来的,生死事大,他们要送一送也许同样并不算熟悉的故人,然后离开。这是礼俗社会根深蒂固的传承,即便在更年轻一代那里有所淡化,也并未全然消逝,所变的只是形式。敬天法祖,慎终追远是上古以降的传统,但民众的祭祀从来也不过五服三代——活着的人有自己的生活,他们回眸过往,却不会长久停留,而是收拾行囊,再次踏步向前。

送葬风俗是先有一辆车开道,运送冰棺的车其次,其他车跟在后面浩浩荡荡。这是为一个人一生中最后一次送行,所以无论认识不认识,平素有无交情往来,车队经过时,邻路开门的人家都有义务放一挂鞭炮,这是风烛残年的古老乡土依稀尚存的深情厚谊。因为原先计算过路上经过时候的人家,我们准备了一辆车大约七十挂鞭炮和几条烟——人家放炮送的时候,亲属这方要放一挂鞭炮还礼。放鞭炮有堂哥和三叔专门负责。我作为长子,则要下车磕头拜谢,并送一包烟。车子开过傅家、横大路杨家、上庄子我已经不知道姓氏的人家、白土岗辛家,最后上了大道才少一点。十里外的火星镇是我祖母的老家,父亲有几个表兄弟早在街头迎着,又六十里,过了窑岗嘴大桥,市里的表叔的车也停在路边候着了。沿路的鞭炮声让人间恍若节庆。

一路到火葬场,已经七点多,办理手续,骨灰火化出来的时候,我和三姑父、二弟进去把骨灰收拢起来,分头、身、腿三部分用红布包好,装入预先准备的纸箱子中。二弟撑着伞遮住我抱着的纸箱子,走出来上车回家。即便是火化了之后,骨灰依然要装入棺材埋入土中,这是转型中国最诡异的政策应对方式,也是中国民众最深沉的乡土眷恋之情。八位"举重"在我们去火葬场返回的过程中已经按照方位挖好了长方形的坟井。入棺也有仪式,骨灰放入后,要再放一些剪去扣子的死者衣服。我和二、三弟是儿子,每个人要脱下左脚的袜子放进去,还要脱下一件贴身的衣服放入。封好棺,先要斩一只活公鸡,然后八人齐声吆喝上肩。我扛着连夜托人赶制出来的招魂幡在前面引路,弟弟扶棺,堂兄在一路放鞭炮,绕道从大路往坟地走。一路上逢到拐弯上坎后的平坦地方,领头的"举重"就带头"显叫",类似于劳动号子,"嘿呦嚯",其他人和"嚯——",连喊三声,继续前进,有一种荡气回肠的气氛。我也不明白其中的道理,也许是为死者壮行的意思。

整个葬礼的过程,妇女都无法参与,她们只能戴着孝布帮着打杂,临到最后坟包好后,才大家一起来放鞭炮、烧纸、磕头。入土为安,最后连众人送的花圈都一起放入火中焚烧,仿佛一个终结的仪式,一切都归于尘土。但是,当我试图像一个民俗学者或者人类学家一样详细记录葬礼的程序与环节时,我发现这是一个不可能完成的任务,永远无法描绘,所有的只是阐释。那些仪式是过去的惯性,延伸到当下,已经出于各种便利的考虑而简化,它们既是旧俗,也是新变,或许传统就是在这个意义上生生不已的。我只是受到了一次前所未有的教育,它让我知道那依然活在大地上的传统具体而微的所在。

这是我生平第一次亲身参与的葬礼,故乡的风俗我和弟弟都不甚了了,只是按照长辈的吩咐照猫画虎,从中也可以感受到那种在都市里睽违已久的乡里的古道热肠。那些自发来帮助打杂的邻居,在自家门前放炮送行的陌生人,他们知道逝者的儿子终生也不会认识他们,他们只是尽自己的心,所有的举动都成为他们自己的凭吊。我和他们原先就不甚熟悉,以后也终究还是陌生人。故乡的土地埋下了我的父亲,后来又埋下了我的祖母,我的祖父,但是不会埋下我,不会埋下我的弟弟。和故乡的联系终究将一点一点地切断,最终丧失殆尽,它会退化成内心中看似鲜明无比其实不过似有若无的一个意象。那个时候,只能以回忆风景的眼光去忆念它了,它会完全变成一个异国他乡。

又或许故乡和父亲都早就死了,但是我们都还不知道。就像我在北京深夜梦见走在乡间小道上的父亲,热情洋溢地给他的表姐打招呼,还不知道自己已经去世很久。我从来没有理解过故乡,就像我从来也没有理解过父亲。只是他的幽灵会不时造访,提醒我一次一次回返那已经远离的故乡,让我明白夏多布里昂所说的箴言:"每一个人身上都拖着一个世界,由他所见过、爱过的一切所组成的世界,即使他看起来是在另外一个不同的世界里旅行、生活,他仍然不停地回到他身上所拖带着的那个世界去。"

多年后春日的一个上午,偶尔读到远藤周作的《深河》,小说的开篇是一个医院的场景,癌症晚期的妻子将脸转向病房窗户,望着远处枝繁叶茂,宛如怀抱着某种东西的巨大银杏。她告诉丈夫:"那棵树说,生命绝不会消失。"我想起父亲临终前看到楸树发芽时所说的话,泪如雨下。

是的,父亲以另外的方式存在,故乡以异邦的形象出现,而生命绝不会消失,它们都背负在前行之人的身上。